D1844193

»Das Sinngedicht« umspielt ein kulturelles Schema, das sich am Ausgang des 18. Jahrhunderts ausformt: das Rollenverhältnis der Geschlechter in der modernen Liebe und Ehe. Im Spannungsfeld dieses Themas ordnen sich konstante Motive der Kellerschen Dichtung zu vielfältigen Kombinationen. Kellers Erfahrungshintergrund läßt ihn einer der kompensatorischen Lieblingsvorstellungen des Mannes entsagen, die vielerorts durch das 19. Jahrhundert geistert und auch in Kellers Phantasie spukt: Bildet die Frau die Kinder, so will der Mann sich wenigstens die Frau bilden. Kellers Brieffreund Storm legt im Briefwechsel mit seiner Frau die naivsten Zeugnisse solcher männlichen Wunschträume ab, Frauen ihr Unheimliches zu nehmen und zu Heimchen am Herd zu machen. Was daraus bei Keller im gestalterischen Reflexionsakt des Erzählens wird, zeigt »Das Sinngedicht«: Die Brautschau wendet sich zur Damenwahl. Die vermeintliche Gartenlaube des »Sinngedichts« ist der Austragungsort einer höchst aktuellen Auseinandersetzung über das Verhältnis der Geschlechter.

insel taschenbuch 632

Keller

Das Sinngedicht

Gottfried Keller
Das Sinngedicht
Novellen

MIT ILLUSTRATIONEN

HERAUSGEGEBEN UND MIT
EINEM NACHWORT VERSEHEN
VON GERHARD KAISER

INSEL VERLAG

insel taschenbuch 632
Erste Auflage 1982
© dieser Ausgabe Insel Verlag Frankfurt am Main 1982
Alle Rechte vorbehalten
Vertrieb durch den Suhrkamp Taschenbuch Verlag
Umschlag nach Entwürfen von Willy Fleckhaus
Satz: LibroSatz, Kriftel
Druck: Nomos Verlagsgesellschaft, Baden-Baden
Printed in Germany

Das Sinngedicht

ERSTES KAPITEL

Ein Naturforscher entdeckt ein Verfahren und reitet über Land, dasselbe zu prüfen

Vor etwa fünfundzwanzig Jahren, als die Naturwissenschaften eben wieder auf einem höchsten Gipfel standen, obgleich das Gesetz der natürlichen Zuchtwahl noch nicht bekannt war, öffnete Herr Reinhart eines Tages seine Fensterläden und ließ den Morgenglanz, der hinter den Bergen hervorkam, in sein Arbeitsgemach, und mit dem Frühgolde wehte eine frische Sommermorgenluft daher und bewegte kräftig die schweren Vorhänge und die schattigen Haare des Mannes.

Der junge Tagesschein erleuchtete die Studierstube eines Doctor Fausten, aber durchaus ins Moderne, Bequeme und Zierliche übersetzt. Statt der malerischen Esse, der ungeheuerlichen Kolben und Kessel, gab es da nur feine Spirituslampen und leichte Glasröhren, Porzellanschalen und Fläschchen mit geschliffenem Verschlusse, angefüllt mit Trockenem und Flüssigem aller Art, mit Säuren, Salzen und Kristallen. Die Tische waren bedeckt mit geognostischen Karten, Mineralien und hölzernen Feldspatmodellen; Schichten gelehrter Jahrbücher in allen Sprachen belasteten Stühle und Divans, und auf den Spiegeltischchen glänzten physikalische Instrumente in blankem Messing. Kein ausgestopftes Monstrum hing an räucherigem Gewölbe, sondern bescheiden hockte ein lebendiger Frosch in einem Glase und harrte seines Stündleins, und selbst das übliche Menschengerippe in der dunklen Ecke fehlte, wogegen eine Reihe von Menschen- und Tierschädeln so weiß und appetitlich aussah, daß sie eher den Nippsachen eines Stutzers glichen als dem unheimlichen Hokuspokus eines alten Laboranten. Statt bestaubter Herbarien sah man einige feine Bogen mit Zeichnungen von Pflanzengeweben, statt schweinslederner Folianten englische Prachtwerke in gepreßter Leinwand.

Wo man ein Buch oder Heft aufschlug, erblickte man nur den lateinischen Gelehrtendruck, Zahlensäulen und Logarithmen. Kein einziges Buch handelte von menschlichen oder moralischen Dingen oder, wie man vor hundert Jahren gesagt haben würde, von Sachen des Herzens und des schönen Geschmackes.

So wollte also Reinhart sich wieder an eine stille, subtile Arbeit begeben, die er schon seit Wochen betrieb. In der Mitte des Zimmers stand ein sinnreicher Apparat, allwo ein Sonnenstrahl eingefangen und durch einen Kristallkörper geleitet wurde, um sein Verhalten in demselben zu zeigen und womöglich das innerste Geheimnis solcher durchsichtigen Bauwerke zu beleuchten. Schon viele Tage stand Reinhart vor der Maschine, guckte durch eine Röhre, den Rechenstift in der Hand, und schrieb Zahlen auf Zahlen.

Als die Sonne einige Spannen hoch gestiegen, verschloß er wieder die Fenster vor der schönen Welt mit allem, was draußen lebte und webte, und ließ nur einen einzigen Lichtstrahl in den verdunkelten Raum, durch ein kleines Löchlein, das er in den Laden gebohrt hatte. Als dieser Strahl sorgfältig auf die Tortur gespannt war, wollte Reinhart ungesäumt sein Tagewerk beginnen, nahm Papier und Bleistift zur Hand und guckte hinein, um da fortzufahren, wo er gestern stehen geblieben.

Da fühlte er einen leise stechenden Schmerz im Auge; er rieb es mit der Fingerspitze und schaute mit dem andern durch das Rohr, und auch dieses schmerzte; denn er hatte allbereits angefangen, durch das anhaltende Treiben sich die Augen zu verderben, namentlich aber durch den unaufhörlichen Wechsel zwischen dem erleuchteten Kristall und der Dunkelheit, wenn er in dieser seine Zahlen schrieb.

Das merkte er jetzt und fuhr bedenklich zurück; wenn die Augen krank wurden, so war es aus mit allen sinnlichen Forschungen, und Reinhart sah sich dann auf beschauliches Nachdenken über das zurückgeführt, was er bislang gesehen. Er setzte sich betroffen in einen weichen Lehnstuhl, und da es nun gar so dunkel, still und einsam war, beschlichen ihn seltsame Gedanken.

Nachdem er in munterer Bewegung den größten Teil seiner Jugend zugebracht und dabei mit Aufmerksamkeit unter den Menschen genug gesehen hatte, um von der Gesetzmäßigkeit und dem Zusammenhang der moralischen Welt überzeugt zu werden und wie überall nicht ein Wort fällt, welches nicht Ursache und Wirkung zugleich wäre, wenn auch so gering wie das Säuseln des Grashalmes auf einer Wiese, war die Erkundung des Stofflichen und Sinnlichen ihm sein All und Eines geworden.

Nun hatte er seit Jahren das Menschenleben fast vergessen und daß er einst auch gelacht und gezürnt, töricht und klug, froh und traurig gewesen. Jetzt lachte er nur, wenn unter seinen chemischen Stoffen allerlei Komödien und unerwartete Entwicklungen spielten; jetzt wurde er nur verdrießlich, wenn er einen Rechnungsfehler machte, falsch beobachtete oder ein Glas zerbrach; jetzt fühlte er sich nur klug und froh, wenn er bei seiner Arbeit das große Schauspiel mit genoß, welches den unendlichen Reichtum der Erscheinungen unaufhaltsam auf eine einfachste Einheit zurückzuführen scheint, wo es heißt, im Anfang war die Kraft, oder so was.

Die moralischen Dinge, pflegte er zu sagen, flattern ohnehin gegenwärtig wie ein entfärbter und heruntergekommener Schmetterling in der Luft; aber der Faden, an dem sie flattern, ist gut angebunden und sie werden uns nicht entwischen, wenn sie auch immerfort die größte Lust bezeigen, sich unsichtbar zu machen.

Jetzt aber war es ihm, wie gesagt, unbehaglich zu Mut geworden; in der Besorgnis um seine Augen stellte er sich alle die guten Dinge vor, welche man mittelst derselben sehen könne, und unvermerkt mischte sich darunter die menschliche

Gestalt, und zwar nicht in ihren zerlegten Bestandteilen, sondern als Ganzes, wie sie schön und lieblich anzusehen ist und wohllautende Worte hören läßt. Es war ihm, als ob er sogleich viel gute Worte hören und darauf antworten möchte, und es gelüstete ihn plötzlich, auf das durchsichtige Meer des Lebens hinauszufahren, das Schifflein im reizenden Versuche der Freiheit da oder dorthin zu steuern, wo liebliche Dinge lockten. Aber es fiel ihm nicht der geringste Anhalt, nicht das kleinste Verhältnis ein zur Übung menschlicher Sitte; er hatte sich vereinsamt und festgerannt, es blieb still und dunkel um ihn her, es ward ihm schwül und unleidlich, und er sprang auf und warf die Fensterläden wieder weit auseinander, damit es hell würde. Dann eilte er in eine Bodenkammer hinauf, wo er in Schränken eine verwahrloste Menge von Büchern stehen hatte, die von den halbvergessenen menschlichen Dingen handelten. Er zog einen Band hervor, blies den Staub davon, klopfte ihn tüchtig aus und sagte: Komm, tapferer Lessing! es führt dich zwar jede Wäscherin im Munde, aber ohne eine Ahnung von deinem eigentlichen Wesen zu haben, das nichts anderes ist als die ewige Jugend und Geschicklichkeit zu allen Dingen, der unbedingte gute Willen ohne Falsch und im Feuer vergoldet!

Es war ein Band der Lachmannschen Lessingausgabe und zwar der, in welchem die Sinngedichte des Friedrich von Logau stehen, und wie Reinhart ihn aufschlug, fiel ihm dieser Spruch in die Augen:

Wie willst du weiße Lilien zu roten Rosen machen?
Küß eine weiße Galathee: sie wird errötend lachen.

Sogleich warf er das Buch weg und rief: Dank dir, Vortrefflicher, der mir durch den Mund des noch ältern Toten einen so schönen Rat gibt! O, ich wußte wohl, daß man dich nur anzufragen braucht, um gleich etwas Gescheites zu hören!

Und das Buch wieder aufnehmend, die Stelle nochmals laut

lesend, rief Reinhart: Welch ein köstliches Experiment! Wie einfach, wie tief, klar und richtig, so hübsch abgewogen und gemessen! Gerade so muß es sein: errötend lachen! Küß eine weiße Galathee, sie wird errötend lachen!

Das wiederholte er beständig vor sich her, während er Reisekleider hervorsuchte und seinen alten Diener herbeirief, daß er ihm schleunig helfe, den Mantelsack zu packen, und das erste beste Mietpferd bestelle auf mehrere Tage. Er anbefahl dem Alten die Obhut seiner Wohnung und ritt eine Stunde später zum Tore hinaus, entschlossen, nicht zurückzukehren, bis ihm der lockende Versuch gelungen.

Er hatte die artige Vorschrift auf einen Papierstreifen geschrieben, wie ein Rezept, und in die Brieftasche gelegt.

ZWEITES KAPITEL

Worin es zur einen Hälfte gelingt

Als Reinhart eine Weile in den tauigen Morgen hineingezogen, wo hie und da Sensen blinkten und frische Heuerinnen die Mahden auf den Wiesen ausbreiteten, kam er an eine lange und breite, sehr schöne Brücke, welche der Frühe wegen noch still und unbegangen war und wie ein leerer Saal in der Sonne lag. Am Eingang stand ein Zollhäuschen von zierlichem Holzwerk, von blühenden Winden bedeckt, und neben dem Häuschen klang ein klarer Brunnen, an welchem die Zöllnerstochter eben das Gesicht gewaschen hatte und sich die Haare kämmte. Als sie zu dem Reiter herantrat, um den Brückenzoll zu fordern, sah er, daß es ein schönes blasses Mädchen war, schlank von Wuchs, mit einem feinen, lustigen Gesicht und kecken Augen. Das offene braune Haar bedeckte die Schultern und den Rücken und war wie das Gesicht und die Hände feucht von dem frischen Quellwasser.

»Wahrhaftig, mein Kind!« sagte Reinhart, »Ihr seid die schönste Zöllnerin, die ich je gesehen, und ich gebe Euch den Zoll nicht, bis Ihr ein wenig mit mir geplaudert habt!«

Sie erwiderte: »Ihr seid beizeiten aufgestanden, Herr, und schon früh guter Dinge! Doch wenn Ihr mir noch einigemal sagen wollt, daß ich schön sei, so will ich gern mit Euch plaudern, solang es Euch gefällt, und Euch jedesmal antworten, daß Ihr der verständigste Reiter seid, den ich je gesehen habe!«

»Ich sage es noch einmal: der diese schöne neue Brücke gebaut und das kunstreiche Häuschen dazu erfunden, muß sich erfreuen, wenn er solche Zöllnerin davor sieht!«

»Das tut er nicht, er haßt mich!«

»Warum haßt er Euch?«

»Weil ich zuweilen, wenn er in der Nacht mit seinen zwei Rappen über die Brücke fährt, ihn etwas warten lasse, eh ich herauskomme und den Schlagbaum aufziehe; besonders wenn es regnet und kalt ist, ärgert ihn das in seiner offenen Kalesche.«

»Und warum zieht Ihr den Schlagbaum so lang nicht auf?«

»Weil ich ihn nicht leiden kann!«

»Ei, und warum kann man ihn nicht leiden?«

»Weil er in mich verliebt ist und mich doch nicht ansieht, obgleich wir miteinander aufgewachsen sind. Ehe die Brücke gebaut war, hatte mein Vater die Fähre an dieser Stelle; der Baumeister war eines Fischers Sohn da drüben, und wir fuhren immer auf der Fähre mit, wenn Leute übersetzten. Jetzt ist er ein großer Baumeister geworden und will mich nicht mehr kennen; er schämt sich aber vor mir, die ich hübsch bin, weil er immer eine bucklige einäugige Frau im Wagen neben sich hat.«

»Warum hat er, der so schöne Werke erfindet, eine so häßliche Frau?«

»Weil sie die Tochter eines Ratsmannes ist, der ihm den Brückenbau verschaffen konnte, durch den er groß und berühmt geworden. Jener sagte, er müsse seine Tochter heiraten, sonst solle er die Brücke nicht bauen.«

»Und da hat er es getan?«

»Ja, ohne sich zu besinnen; seitdem muß ich lachen, wenn er über die Brücke fährt; denn er macht eine sehr traurige Figur neben seiner Buckligen, während er nichts als schlanke Pfeiler und hohe Kirchtürme im Kopfe hat.«

»Woher weißt Du aber, daß er in Dich verliebt ist?«

»Weil er immer wieder vorüberkommt, auch wenn er einen Umweg machen muß, und dann mich doch nicht ansieht!«

»Habt Ihr denn nicht ein wenig Mitleid mit ihm oder seid Ihr am Ende nicht auch in ihn verliebt?«

»Dann würde ich Euch nichts erzählen! Einer, der eine Frau nimmt, die ihm nicht gefällt, und dann Andere gern sieht, die er doch nicht anzuschauen wagt, ist ein Wicht, bei dem nicht viel zu holen ist, meint Ihr nicht?«

»Sicherlich! Und umso mehr als dieser also recht gut weiß, was schön ist; denn je länger ich Euch und diese Brücke betrachte, desto lauter muß ich gestehen, daß es zwei schöne Dinge sind! Und doch nahm er die Häßliche nur, um die Brücke bauen zu dürfen!«

»Aber er hätte auch die Brücke fahren lassen und mich nehmen können, und dann hätte er auch etwas Schönes gehabt, wie Ihr sagt!«

»Das ist gewiß! Nun, er hat den Nutzen für sich erwählt, und Ihr habt Euere Schönheit behalten! Hier seid Ihr gerade an der rechten Stelle; viele Augen können Euch da sehen und sich an dem Anblick erfreuen!«

»Das ist mir auch lieb und mein größtes Vergnügen! Hundert Jahre möchte ich so vor diesem Häuslein stehen und immer jung und hübsch sein! Die Schiffer grüßen mich, wenn sie unter der Brücke durchfahren, und wer darüber geht, dreht den Hals nach mir. Das fühl ich, auch wenn ich den Rücken kehre, und weiter verlang ich nichts. Nur der Herr Baumeister ist der Einzige, der mich nie ansieht und es doch am liebsten täte! Aber nun gebt mir endlich den Zoll und zieht Euere Straße, Ihr wißt nun genug von mir für die schönen Worte, die Ihr mir gegeben!«

»Ich gebe Dir den Zoll nicht, feines Kind, bis Du mir einen Kuß gegeben!«

»Auf die Art müßte ich meinen Zoll wieder verzollen und meine eigene Schönheit versteuern!«

»Das müßt Ihr auch, wer sagt etwas anderes? Würde bringt Bürde!«

»Zieht mit Gott, es wird nichts daraus!«

»Aber Ihr müßt es gern tun, Allerschönste! So ein bißchen von Herzen!«

»Gebt den Zoll und geht!«

»Sonst tu ich es selbst nicht; denn ich küsse nicht eine jede!

Wenn Dus recht artig vollbringst, so will ich das Lob Deiner Schönheit verkünden und von Dir erzählen, wo ich hinkomme; und ich komme weit herum!«

»Das ist nicht nötig, alle guten Werke loben sich selbst!«

»So werde ich dennoch reden, auch wenn Ihr mich nicht küßt, böse Schöne! Denn Ihr seid zu schön als daß man davon schweigen könnte! Hier ist der Zoll!«

Er legte das Geld in ihre Hand; da hob sie den Fuß in seinen Steigbügel, er gab ihr die Hand und sie schwang sich zu ihm hinauf, schlang ihren Arm um seinen Hals und küßte ihn lachend. Aber sie errötete nicht, obgleich auf ihrem weißen Gesicht der bequemste und anmutigste Platz dazu vorhanden war. Sie lachte noch, als er schon über die Brücke geritten war und noch einmal zurückschaute.

Fürs erste, sagte er zu sich selbst, ist der Versuch nicht gelungen; die notwendigen Elemente waren nicht beisammen. Aber schon das Problem ist schön und lieblich; wie lohnend müßte erst das Gelingen sein!

DRITTES KAPITEL

Worin es zur andern Hälfte gelingt

Hierauf durchritt er verschiedene Gegenden, bis es Mittag wurde, ohne daß ihm eine weitere günstige Gelegenheit aufgestoßen wäre. Jetzt erinnerte ihn aber der Hunger daran, daß es Zeit zur Einkehr sei, und eben als er das Pferd zu einem Wirtshause lenken wollte, fiel ihm der Pfarrherr des Dorfes ein, welcher ein alter Bekannter von ihm sein mußte, und er richtete seinen Weg nach dem Pfarrhause. Dort erregte er ein großes Erstaunen und eine unverhehlte Freude, die alsobald nach Schüsseln und Tellern, nach Töpfchen und Gläsern, nach Eingemachtem und Gebackenem auseinander lief, um das gewöhnliche Mittagsmahl zu erweitern. Zuletzt erschien eine blühende Tochter, deren Dasein Reinhart mit den Jahren vergessen hatte; überrascht erinnerte er sich nun wohl des artigen kleinen Mädchens, welches jetzt zur Jungfrau herangewachsen war, deren Wangen ein feines Rot schmückte und deren längliche Nase gleich einem ernsten Zeiger andächtig zur Erde wies, wohin auch der bescheidene Blick fortwährend ihr folgte. Sie begrüßte den Gast, ohne die Augen aufzuschlagen, und verschwand dann gleich wieder in die Küche.

Nun unterhielten ihn Vater und Mutter ausschließlich von den Schicksalen ihres Hauses und verrieten eine wundersame Ordnungsliebe in diesem Punkte; denn sie hatten alle ihre kleinen Erfahrungen und Vorkommnisse auf das genaueste eingereiht und abgeteilt, die angenehmen von den betrübenden gesondert und jedes einzelne in sein rechtes Licht gesetzt und in reinliche Beziehung zum andern gebracht. Der Hausherr gab dann dem Ganzen die höhere Weihe und Beleuchtung, wobei er merken ließ, daß ihm die berufliche Meisterschaft im Gottvertrauen gar wohl zu statten käme bei der Lenkung einer so wunderbarlichen Lebensfahrt. Die Frau unterstützte ihn eifrigst und schloß Klagen wie Lobpreisungen mit dem Ruhme ihres Mannes und mit dem gebührenden Dank gegen den lieben Gott, der in dieser kleinen, friedlich bewegten Familie ein besonders fein ausgearbeitetes Kunstwerk seiner Weltregierung zu erhalten schien, durchsichtig und klar wie Glas in allen seinen Teilen, worin nicht ein dunkles Gefühlchen im Verborgenen stürmen konnte.

Dem entsprachen auch die vielen Glasglocken, welche mannigfache Familiendenkmale vor Staub schützten, so wie die zahlreichen Rähmchen an der Wand mit Silhouetten, Glückswünschen, Liedersprüchen, Epitaphien, Blumenkränzen und Landschaften von Haar, alles symmetrisch aufgehängt und mit reinlichem Glase bedeckt. In Glasschränken glänzten Porzellantassen mit Namenszügen, geschliffene Gläser mit Inschriften, Wachsblumen und Kirchenbücher mit vergoldeten Schlössern.

So sah auch die Pfarrerstochter aus, wie wenn sie eben aus einem mit Spezereien durchdufteten Glasschranke käme, als sie, sorgfältig geputzt, wieder eintrat. Sie trug ein himmelblau seidenes Kleidchen, das knapp genug einen rundlichen Busen umspannte, auf welchen die liebe, ernsthafte Nase immerfort hinab zeigte. Auch hatte sie zwei goldene Löcklein entfesselt und eine schneeweiße Küchenschürze umgebunden; und sie setzte einen Pudding so sorgfältig auf den Tisch, wie wenn sie die Weltkugel hielte. Dabei duftete sie angenehm nach dem würzigen Kuchen, den sie eben gebacken hatte.

Ihre Eltern behandelten sie aber so feierlich und gemessen, daß sie ohne sichtbaren Grund oftmals errötete und bald wieder wegging. Sie machte sich auf dem Hofe zu schaffen, wo Reinharts Pferd angebunden war, und in eifriger Fürsorge fütterte sie das Tier. Sie rückte ihm ein Gartentischchen unter die Nase und setzte ihm in ihrem Strickkörbchen einige Brocken Hausbrot, halbe Semmeln und Zwiebäcke vor, nebst einer guten Handvoll Salatblätter; auch stellte sie ein grünes Gießkännchen mit Wasser daneben, streichelte das Pferd mit zager Hand und trieb tausend fromme Dinge. Dann ging sie in ihr Zimmerchen, um schnell die unverhofften Ereignisse in ihr Tagebuch einzutragen; auch schrieb sie rasch einen Brief.

Inzwischen ging auch Reinhart hinunter, um das Pferd vorläufig bereit zu machen. Dieses hatte sich das Gießkännchen an die Nase geklemmt und am Gießkännchen hing das Strickkörbchen, und beide Dinge suchte das verlegene Tier unmutvoll abzuschlenkern, ohne daß es ihm gelingen wollte. Reinhart lachte so laut, daß die Tochter es augenblicklich hörte und durch das Fenster sah. Als sie das Abenteuer entdeckte, kam sie eilig herunter, nahm sich ein Herz und bat Reinhart beinahe zitternd, daß er ihren Eltern und niemand etwas davon sagen möchte, da es ihr für lange Zeit zum Aufsehen und zur Lächerlichkeit gereichen würde. Er beruhigte sie höflich und so gut er konnte, und sie eilte mit Körbchen und Kanne wie ein Reh davon, sie zu verbergen. Doch zeigte sie sich bald wieder hinter einem Fliederbusche und schien ein bedeutendes Anliegen auf dem Herzen zu haben. Reinhart schlüpfte hinter den Busch; sie zog einen sorgfältig versiegelten, mit prachtvoller Adresse versehenen Brief aus der Tasche, den sie ihm mit der geflüsterten Bitte überreichte, das Schreiben, welches einen Gruß und wichtigen Auftrag enthielte, doch ja unfehlbar an eine Freundin zu bestellen, die unweit von seinem Reisepfad wohne.

Ebenso flüsternd und bedeutsam teilte ihr Reinhart mit, daß er sie infolge eines heiligen Gelübdes ohne Widerrede küssen müsse. Sie wollte sogleich entfliehen; allein er hielt sie fest und lispelte ihr zu, wenn sie sich widersetze, so werde er das Geheimnis von der Gießkanne unter die Leute bringen, und dann sei sie für immer im Gerede. Zitternd stand sie still, und als er sie nun umarmte, erhob sie sich sogar auf die Zehen und küßte ihn mit geschlossenen Augen, über und über mit Rot begossen, aber ohne nur zu lächeln, vielmehr so ernst und andächtig, als ob sie das Abendmahl nähme. Reinhart dachte, sie sei zu sehr erschrocken, und hielt sie ein kleines Weilchen im Arm, worauf er sie zum zweiten Mal küßte. Aber ebenso ernsthaft wie vorhin küßte sie ihn wieder und ward noch viel röter. Dann floh sie wie ein Blitz davon.

Als er wieder ins Haus trat, kam ihm der Pfarrherr heiter entgegen und zeigte ihm sein Tagebuch, in welchem sein Besuch bereits mit erbaulichen Worten vorgemerkt war, und die Pfarrfrau sagte: Auch ich habe einige Zeilen in meine Gedenkblätter geschrieben, lieber Reinhart, damit uns Ihre Begegnung ja recht frisch im Gedächtnisse bleibe!

Er verabschiedete sich aufs freundlichste von den Leuten, ohne daß sich die Tochter wieder sehen ließ.

Wiederum nicht gelungen! rief er, nachdem er vom Pfarrhof weggeritten, aber immer reizender wird das Kunststück, je schwieriger es zu sein scheint!

VIERTES KAPITEL

Worin ein Rückschritt vermieden wird

Da das Pferd noch hungrig sein mußte, stieg er unweit des Dorfes nochmals ab, vor einem einsamen Wirtshause, welches am Saume eines großen Waldes lag und ein goldenes Waldhorn im Schilde führte. Aus dem Walde erhob sich ein schöner, grün belaubter Berg, hinein aber führte die breite Straße in weitem Bogen.

Unter der schattigen Vorhalle des Wirtshauses saß ein stattliches Frauenzimmer und nähte. Sie war nicht minder hübsch als die Pfarrerstochter und die Zöllnerin, aber ungleich handfester. Sie trug einen schwarzen, fein gefalteten Rock mit roten Säumen und blendend weiße Hemdärmel, deren gestickte weitläufige Ränder offen auf die Handknöchel fielen. In den Flechten des Haares glänzte ein silberner Zierrat, dessen Form zwischen einem Löffel und einem Pfeile schwankte.

Sie grüßte lächelnd den Reisenden und fragte, was ihm gefällig wäre.

»Etwas Hafer für das Pferd«, sagte er, »und da es sich hier kühl und lieblich zu leben scheint, auch ein Glas Wein für mich, wenn Ihr so gut sein wollt!«

»Ihr habt recht«, sagte sie, »es ist hier gut sein, still und angenehm und eine schöne Luft! So laßts Euch gefallen und nehmt Platz!«

Als sie den Wein zu holen ging und mit der klaren Flasche wieder kam, bewunderte Reinhart ihre schöne Gestalt und den sichern Gang, und als sie rüstig ein Maß Hafer siebte und dem Pferde aufschüttete, ohne an Reiz zu verlieren, sagte er sich: Wie voll ist doch die Welt von schönen Geschöpfen und sieht keines dem andern ganz gleich! – Die Schöne setzte sich hierauf an den Tisch und nahm ihre Arbeit wieder zur Hand.

»Wie ich sehe«, sagte Reinhart, »seid Ihr allein zu Haus?«

»Ganz allein«, erwiderte sie voll Freundlichkeit, blanke Zahnreihen zeigend, »unsere Leute sind alle auf den Wiesen, um Heu zu machen.«

»Gibt es viel und gutes Heu dies Jahr?«

»So ziemlich; wenn das Frühjahr nicht so trocken gewesen wäre, so gäbe es noch mehr; man muß es eben nehmen, wies kommt, alles kann nicht geraten!«

»So ist es! Der schöne Frühling war dagegen für andere Dinge gut, zum Beispiel für die Obstbäume, die konnten trefflich verblühen.«

»Das haben sie auch redlich getan!«

»So wird es also viel Obst geben im Herbst?«

»Wir hoffen es, wenn das Wetter nicht ganz schlecht wird.«

»Und was das Heu betrifft, was gilt es denn gegenwärtig?«

»Jetzt, eh das neue Heu gemacht ist, steht es noch hoch im Preise, denn das letzte Jahr war es unergiebig; ich glaube, es hat vor acht Tagen noch über einen Taler gekostet. Es muß aber jetzt abschlagen.«

»Verkauft ihr auch von euerem Heu, oder braucht ihr es selbst, oder müßt ihr noch kaufen, da ihr ein Gasthaus führt?«

»In der Wirtschaft wird kein Heu, sondern fast nur Hafer verfüttert; für unser Vieh aber brauchen wir das Heu, und da ist es verschieden, das eine Jahr kommen wir grad aus, das andere müssen wir dazukaufen, das dritte reicht es so gut, daß wir etwas auf den Markt bringen können; dies hängt von vielen Umständen ab, besonders auch, wie die andern Sachen und Kräuter geraten.«

»Das läßt sich denken! Das läßt sich denken! Und also über einen Taler hat der Zentner Heu noch vor acht Tagen gekostet?«

»Quälen Sie sich nun nicht länger, mein Herr!« sagte die Schöne lächelnd, »und sagen Sie mir die drolligen Dinge, die

Ihnen auf der Zungenspitze sitzen, ohne Umschweif! Ich kann einen Scherz ertragen und weiß mich zu wehren!«

»Wie meinen Sie das?«

»Ei, ich seh es Ihren Augen die ganze Zeit an, daß Sie lieber von anderm sprechen als vom Heu und mir ein wenig den Hof machen möchten, bis Ihr Pferd gefressen hat! Da ich einmal die einsame Wirtstochter hier vorstelle, so wollen wir die wundervollen Dinge nicht verschweigen, welche man sich unter solchen Umständen sagt, und der Welt den Lauf lassen! Fangen Sie an, Herr! und seien Sie witzig und vorlaut, und ich werde mich zieren und spröde tun!«

»Gleich werd ich anfangen, Sie haben mich nur überrascht!«

»Nun, lassen Sie hören!«

»Nun alo – beim Himmel, ich bin ganz verblüfft und weiß nichts zu sagen!«

»Das ist nicht viel. Sollten wir etwa gar die verkehrte Welt spielen und soll ich Ihnen den Hof machen und Ihnen angenehme Dinge sagen, während Sie sich zieren? Gut denn! Sie sind in der Tat der hübscheste Mann, welcher seit langem diese Straße geritten, gefahren oder gegangen ist!«

»Glauben sie etwa, ich höre das ungern aus Ihrem Munde?«

»Das befürchte ich nicht im geringsten! Zwar, wie ich Sie vorhin kommen sah, dacht ich: Gelobt sei Gott, da nahet sich endlich einer, der nach was Rechtem aussieht, ohne daran zu denken! Der reitet fest in die Welt hinein und trägt gewiß keinen Spiegel in der Tasche, wie sonst die Herren aus der Stadt, denen man kaum den Rücken drehen darf, so holen sie den Spiegel hervor und beschauen sich schnell in einer Ecke! Wie Sie aber das Heugespräch führten und dabei Augen machten wie die Katze, die um den heißen Brei herum geht, dacht ich: Es ist doch ein Schulmeister von Art!«

»Sie fallen ja aus der Rolle und sagen mir Unhöflichkeiten!«

»Es wird gleich wieder besser kommen! Sie haben eine so tüchtige Manier, daß man froh ist, Sie zu nehmen, wie Sie sind, da wir armen Menschen uns ja doch unser Leben lang mit dem

Schein begnügen müssen und nicht nach dem Kern fragen dürfen. So betrachte ich Sie auch als einen schönen Schein, der vorübergeht und sein Schöppchen trinkt, und ich benutze sogar recht gern diesen Scherz, um Ihnen in allem Ernste zu sagen, daß Sie mir recht wohl gefallen! Denn so steht es in meinem Belieben!«

»Daß ich Ihnen gefalle?«

»Nein, daß ich es sagen mag!«

»Sie sind ja der Teufel im Mieder! Ein starker Geist mit langen Haaren?«

»Sie glaubten wohl nicht, daß wir hier auch geschliffene Zungen haben?«

»Ei, als Sie vorhin den Hafer siebten, sah ich, daß Sie eine handfeste und zugleich anmutige Dame sind! Ihre Ausdrucksweise dagegen kann ich nicht mit den ländlichen Kleidern zusammenreimen, die Ihnen übrigens vortrefflich stehen!«

»Nun, ich habe vielleicht nicht immer in diesen Kleidern gesteckt – vielleicht auch doch! Jeder hat seine Geschichte, und die meinige werde ich Ihnen bei dieser Gelegenheit nicht auf die Nase binden! Vielmehr beliebt es mir, Ihnen zu sagen, daß Sie mir wohl gefallen, ohne daß Sie wissen, wer ich bin, wie ich dazu komme, dies zu sagen, und ohne daß Sie einen Nutzen davon haben. So setzen Sie Ihren Weg fort als ein Schein für mich, wie ich als ein Schein für Sie hier zurückbleibe!«

Diese Grobheiten und seltsamen Schmeicheleien sagte die Dame nicht auf eine unangenehme Weise, sondern mit großem Liebreiz und einem fortwährenden Lächeln des roten Mundes, und Reinhart enthielt sich nicht, endlich zu sagen: »Ich wollte, Sie blieben nun ganz bei der Stange und es beliebte Ihnen, Ihr schmeichelhaftes Wohlgefallen auch mit einem Kusse zu bestätigen!«

»Wer weiß!« sagte sie, »in Betracht, daß ich in vollkommenem Belieben Sie küssen würde und nicht Sie mich, könnte es mir vielleicht einfallen, damit Sie zum Dank für die angenehme Unterhaltung mit dem Schimpf davonreiten, geküßt worden zu sein wie ein kleines Mädchen!«

»Tun Sie mir diesen Schimpf an!«

»Wollen Sie still halten?«

»Das werden Sie sehen!«

Sie machte eine Bewegung, wie wenn sie sich ihm nähern wollte; in diesem Augenblicke wallte aber ein kalter Schatten über sein Gesicht, die Augen funkelten unsicher zwischen Lust und Zorn, um den Mund zuckte ein halb spöttisches Lächeln, so daß sie mit fast unmerklicher Betroffenheit die angehobene Bewegung nach dem Pferde hin ablenkte, um dasselbe zu tränken. Reinhart eilte ihr nach und rief, er könne nun nicht mehr zugeben, daß sie sein Pferd bediene! Sie ließ sich aber nicht abhalten und sagte, sie würde es nicht tun, wenn sie nicht wollte, und er solle sich nicht darum kümmern.

Sie war aber in einiger Verlegenheit; denn die Sachen standen nun so, daß sie doch warten mußte, bis Reinhart ihr wieder Anlaß bot, ihn zu küssen, daß sie aber beleidigt war, wenn es nicht geschah. Er empfand auch die größte Lust dazu; wie er sie aber so wohlgefällig ansah, befürchtete er, sie möchte wohl lachen, allein nicht rot werden, und da er diese Erfahrung schon hinter sich hatte, so wollte er als gewissenhafter Forscher sie nicht wiederholen, sondern nach seinem Ziele vorwärts streben. Dieses schien ihm jetzt schon so wünschenswert, daß er bereits eine Art Verpflichtung fühlte, keine unnützen Versuche mehr zu unternehmen und sich des lieblichen Erfolges im voraus würdig zu machen.

Er stellte sich daher, um auf gute Manier wegzukommen, als ob er den höchsten Respekt fühlte und von der Furcht beseelt wäre, mit zu weit gehendem Scherze ihr zu mißfallen. In dieser Haltung bezahlte er auch seine Zeche, verbeugte sich höflich gegen sie und sie tat das Gleiche, ohne daß etwas weiteres vorfiel. Sie nahm alles wohl auf und entließ den Reiter in guter Fassung.

Auf diesem Waldhörnchen wollen wir nicht blasen! sagte er

zu sich selbst, als ihm beim Wegreiten das Schild des Hauses in die Augen fiel. Vielleicht führt uns der Auftrag der Pfarrerstochter auf eine gute Spur, wie das Gute stets zum Bessern führt! Ich will den schalkhaften Seitenpfad aufsuchen, der irgend hier herum zu jenem Schloß oder Landsitz führen soll, wo die unbekannte Freundin haust!

FÜNFTES KAPITEL

Herr Reinhart beginnt die Tragweite seiner Unternehmung zu ahnen

Er fand bald diesen Seitenpfad; es war aber wirklich ein schalkhafter; denn kaum hatte er ihn betreten, so verlor er sich in einem Netze von Holzwegen und ausgetrockneten Bachbetten, bald auf und ab, bald in düsterer Tannennacht, bald unter dichtem Buschwerke. Er geriet immer höher hinauf und sah zuletzt, daß er an der Nordseite des ausgedehnten Berges umher irre. Stundenlang schlug er sich im wilden Forste herum und sah sich oft genötigt, das Pferd am Zügel zu führen.

Was mir in dieser Wildnis ersprießen wird, rief er unmutig aus, muß wohl eher eine stachlichte Distel als eine weiße Galathee sein!

Aber unvermerkt entwirrte sich zugleich das Wirrsal in ersichtlich künstliche Anlagen, welche auf die Westseite des Berges hinüberführten. Der Weg ging zwar immer noch durch den Wald; er war jedoch geebnet und das Laubholz schön gehalten; noch immer ging er auf und nieder, enger oder weiter, hier einen Blick in die Ferne erlaubend, dort in dunkle Buchengänge führend. Allein immer deutlicher zeigten sich die Anlagen und verrieten eine feine kundige Hand; da er aber durchaus nicht wußte, wo er war, und nirgends einen Überblick gewinnen konnte, mußte er nun auch befürchten, als ein Eindringling und Parkverwüster zum Vorschein zu kommen. Das Pferd zerriß unbarmherzig mit seinen Hufen den fein geharkten Boden, zertrat Gras und wohlgepflegte Waldblumen und zerstörte die Rasenstufen, die über kleine Hügel führten. Indem er sich sehnte, der traumhaften Verwirrung zu entrinnen, fürchtete er zugleich das Ende und verwünschte die Stunde, die ihn in solche Not gebracht.

Plötzlich lichteten sich die Bäume und Laubwände, ein schmaler Pfad führte unmittelbar in einen offenen Blumengarten, welcher von dem jenseitigen Hofraume nur durch ein dünnes vergoldetes Drahtgitter abgeschlossen war. Gern hätte er sich über Garten und Zaun mit einem Satze hinweggeholfen; da dies aber nicht möglich war, so ritt er mit dem Mute der Verzweiflung und trotzig, ohne abzusteigen, zwischen den Zierbeeten durch, die Schneckenlinien verfolgend, deren weißen Sand der Gaul lustig stäuben ließ.

Endlich war er hinter dem leichten Gitterchen angelangt, das den Garten verschloß, und das Pferd anhaltend, übersah er sich zuerst den Platz, gleichgültig, ob er in dieser barbarischen Lage nun entdeckt würde oder nicht; denn sich zu verbergen schien unmöglich.

Er befand sich auf einer großen Terrasse am Abhange des Berges, auf welcher ein schönes Haus stand; vor demselben lag ein geräumiger gevierter Platz, durch steinerne Balustraden gegen den jähen Abhang geschützt. Der Platz war mit einigen gewaltigen Platanen besetzt, deren edle Äste sich schattend über ihn ausbreiteten. Unter den Platanen und über das Steingeländer hinweg sah man auf einen in Windungen sich weithin ziehenden breiten Fluß und in ein Abendland hinaus, das im Glanze der sinkenden Sonne schwamm. An den zwei übrigen Seiten war der Platz von Blumengründen begrenzt, auf deren einem der verlegene Reinhart hielt. Er sah nun zu seinem Verdrusse, daß vorn an der Balustrade zwei stattliche Auffahrten auf den Hof mündeten.

Unter den Platanen aber erblickte er einen Brunnen von weißem Marmor, der sich einem viereckigen Monumente gleich mitten auf dem Platze erhob und sein Wasser auf jeder der vier Seiten in eine flache, ebenfalls gevierte, von Delphinen getragene Schale ergoß. Teils auf dem Rande einer dieser Schalen, teils auf dem klaren Wasser, das kaum handtief den Marmor deckte, lag und schwamm ein Haufen Rosen, die zu reinigen und zu ordnen eine weibliche Gestalt ruhig beschäftigt war, ein schlankes Frauenzimmer in weißem Sommerkleide, das Gesicht von einem breiten Strohhute überschattet.

Die untergehende Sonne bestreifte noch eben diese Höhe samt der Fontäne und der ruhigen Gestalt, über welche die Platanen mit ihren saftgrünen Laubmassen ihr durchsichtiges und doch kräftiges Helldunkel herniedersenkten.

Je ungewohnter der Anblick dieses Bildes war, das mit seiner Zusammenstellung des Marmorbrunnens und der weißen Frauengestalt eher der idealen Erfindung eines müßigen Schöngeistes als wirklichem Leben glich, umso ängstlicher wurde es dem gefangenen Reinhart zu Mut, der wie eine Bildsäule staunend zu Pferde saß, bis dieses, ein gutes Unterkommen witternd, urplötzlich aufwieherte. Stutzend forschte die schlanke Dame nach allen Seiten und entdeckte endlich den verlegenen Reitersmann hinter dem goldenen Gewebe des leichten Gittertörchens. Er bewegte sich nicht, und nachdem sie eine Weile verwundrungsvoll hingesehen, eilte sie zur Stelle, wie um zu erfahren, ob sie wache oder träume. Als sie sah, daß sich alles in bester Wirklichkeit verhielt, öffnete sie mit unmutiger Bewegung das Gatter und sah ihn mit fragendem Blick an, der ihn einlud: ob es ihm vielleicht nunmehr belieben werde, mit den vier Hufen seines Pferdes aus dem mißhandelten Garten herauszuspazieren? Zugleich aber zog sie sich eilig an ihren Brunnen zurück, eine Handvoll Rosen erfassend und der Dinge gewärtig, die da kommen sollten.

Endlich stieg Reinhart ab, und seinen Mietgaul demütig hinter sich herführend, überreichte er der reizvollen Erscheinung, sie fortwährend anschauend, ohne zu reden, mit einer Verbeugung den Brief der Pfarrerstochter.

Oder vielmehr war es nicht der Brief, sondern der Zettel, auf welchen er das Sinngedicht geschrieben:

Wie willst du weiße Lilien zu roten Rosen machen?
Küß eine weiße Galathee: sie wird errötend lachen.

Den Brief hielt er samt der Brieftasche in der Hand und entdeckte sein Versehen erst, als die Dame das Papier schon ergriffen und gelesen hatte.

Sie hielt es zwischen beiden Händen und sah den ganz verwirrten und errötenden Herrn Reinhart mit großen Augen an, während es zweifelhaft, ob bös oder gut gelaunt, um ihre Lippen zuckte. Stumm gab sie den Papierstreifen hin und nahm den Brief, den der um Nachsicht Bittende oder Stammelnde dafür überreichte. Als sie das große Siegel erblickte, verbreitete sich eine Heiterkeit über das Gesicht, welches jetzt in der Nähe wie ein schönes Heimatland aller guten Dinge erschien. Ein kluger Blick ihrer dunklen Augen blitzte auf, und als sie rasch gelesen, lachte sie und sagte mit schalkhaft bewegter Stimme:

»Ich muß gestehen, mein Herr, das ist mir das seltsamste Ereignis! Ein Unbekannter fällt, Mann und Pferd, vom Himmel und fängt sich wie eine Drossel an dem schwachen Gitterchen meines Gartens, Beete und Wege zerwühlend! Er überbringt mir ein Schreiben, das mit dem Amtssiegel eines ehrwürdigen Geistlichen, mit Bibel, Kelch und Kreuz, gesiegelt ist und in welchem mich meine Freundin im Tale, die Pfarrerstochter, in den flehendsten Ausdrücken beschwört, ja nicht zu vergessen, ihr von dem diesjährigen Rettigsamen zu senden! Wenn Sie in einiger Verfassung sind, sich zu verteidigen und Ihre wunderbare Herkunft zu erklären, so sollen Sie in dieser hochgelegenen Behausung willkommen sein, und ich, die ich zurzeit das Wort führe, da mein gichtkranker Oheim das Zimmer hütet, will ernst und weise mit Ihnen zu Rat gehen über die fernere Entwicklung Ihres merkwürdigen Lebenspfades!«

Nicht nur vom Abglanz der Abendsonne, sondern auch von einem hellen innern Lichte war die ziervolle Dame dermaßen erleuchtet, daß der Schein dem überraschten Reinhart seine Sicherheit wiedergab. Aber indem er sich sagte, daß er hier oder nirgends das Sprüchlein des alten Logau erproben möchte, und erst jetzt die tiefere Bedeutung desselben völlig empfand, merkte er auch, mit welch weitläufigen Vorarbeiten und Schwierigkeiten der Versuch verbunden sein dürfte.

SECHSTES KAPITEL

Worin eine Frage gestellt wird

Er verbeugte sich abermals mit aller Ehrerbietung und sagte:

»Ich bin über mein Geschick nicht weniger erstaunt als Sie, mein Fräulein! nur daß ich ungalanterweise im Vorteil und auf das angenehmste betroffen bin, während ich auf Ihrem Gebiete bis jetzt nichts als Schaden und Unheil angerichtet habe. Seit heute früh im Freien, um einer naturwissenschaftlichen Beobachtung nachzugehen, habe ich den Tag damit zugebracht, einen Brief von einer Dame zur andern zu tragen, worin, wie Sie sagen, um Rettigsamen gebeten wird; ich habe mich an diesem Berge verirrt, Gärten verwüstet und mich zuletzt da gefangen gesehen, wo ich schon freiwillig habe hingehen wollen! Welcher Meister hat diese schönen und witzigen Anlagen gebaut?«

»Ich selbst habe sie erfunden und angegeben, es sind eben Mädchenlaunen!« sagte die Dame.

»Alle Achtung vor Ihrem Geschmack! Da Sie aber so kunstreiche Netze ausbreiten, so haben Sie es sich selbst zuzuschreiben, wenn Sie einmal einen groben Vogel fangen, auf den Sie nicht gerechnet haben!«

»Ei man muß nehmen, was kommt! Zudem freue ich mich zu sehen, daß meine Anlagen zu was gut sind; denn hätten Sie sich nicht darin gefangen, so wären Sie viel früher angekommen und wahrscheinlich längst wieder weggeritten; so aber, da es spät und weit bis zur nächsten Gastherberge ist, habe ich das Vergnügen, Ihnen eine Unterkunft anzubieten. Denn sie sind mir angelegentlich empfohlen von meiner Freundin, und sie schreibt, Sie seien ein sehr beachtenswerter und vernünftiger Reisender, welcher mit ihren Eltern die erbaulichsten Gespräche führe!«

»Das wundert mich! Ich habe kaum zwei oder dreimal das Wort ergriffen und einige Minuten lang geführt!«

»So muß das Wenige, das Sie sagen, umso herrlicher gewesen sein, und ich hoffe, dergleichen auch mit Bescheidenheit zu genießen!«

»O mein Fräulein, es waren im Gegenteil zuletzt solche Dummheiten, die ich besonders der jungen Dame sagte, daß sie den gütigen Empfehlungsbrief schwerlich mehr geschrieben hätte, wenn es nicht schon geschehen wäre!«

»So scheint es denn bei Ihnen in keiner Weise mit rechten Dingen zuzugehen! Wenn ich meinen Zweck erreichen will, Sie hier zu behalten, muß ich am Ende, da alles verkehrt bei Ihnen eintrifft, Sie vom Hofe jagen, damit Sie uns umso sicherer von der andern Seite wieder zurückkommen!«

»Nein, schönstes Fräulein, ich möchte jetzo mit Ihrer Hilfe versuchen, der Dinge wieder Meister zu werden! Weisen Sie mir meinen Aufenthalt an, und ich werde ohne Abweichung stracks hinzukommen trachten und mich so fest halten wie eine Klette!«

»Das will ich tun! Aber dann halten Sie sich ja tapfer und lassen sich weder rechts noch links verschlagen, und wenn Sie sich nicht recht sicher trauen, so bleiben Sie lieber auf einem Stuhle sitzen, bis ich Sie rufen lasse! Auf keinen Fall entfernen Sie sich vom Hause, und wenn Ihnen dennoch etwas Ungeheuerliches oder Verkehrtes aufstoßen sollte, so rufen Sie mich gleich zu Hilfe! Läuft es aber glücklich ab und halten Sie sich gut über Wasser, so sehen wir uns bald wieder.«

Mit diesen Worten grüßte sie den Gast und eilte mit ihrem Rosenkorbe in das Haus, um Leute herzusenden. Es erschien bald darauf ein alter Diener mit weißen Haaren, der, als er das Pferd gesehen, einen Stallknecht aus dem weiter rückwärts gelegenen Wirtschaftshofe herbeiholte. Dann kamen zwei Mädchen in der malerischen Landestracht, die er schon im Waldhorn gesehen, und führten ihn in das Haus. Als Reinhart in dem ihm angewiesenen Zimmer einige Zeit verweilt und sein Äußeres in Ordnung gebracht hatte, erschien das eine der Mädchen wieder mit einer breiten Schale voll Rosen, im Auftrage der Herrschaft die Herberge etwas freundlicher zu machen, und das andere folgte auf dem Fuße mit einer schönen Kristallflasche, die mit einem dunklen südlichen Wein halb gefüllt war, einem Glase und einigen Zwiebäcken, alles auf einem Brette von altmodig geformtem Zinn tragend.

Überrascht von dem Anblick der Gruppe so wie auch etwas übermütig von den fortgesetzt anmutigen Begegnissen dieses Tages, verhinderte er die Mädchen, ihre Gaben auf den Tisch zu setzen, und führte sie mit wichtiger Miene vor einen großen Spiegel, der den Fensterpfeiler vom Boden bis zur Decke bekleidete. Dort stellte er sie, den Rücken gegen das Glas gewendet, auf, und die Jungfrauen ließen ihn einige Augenblicke gewähren, da sie nicht wußten, worum es sich handelte. Mit Wohlgefallen betrachtete er das Bild; denn er sah nun vier Figuren statt zweier, indem der Spiegel den Nacken und die Rückseite der schmucken Trägerinnen wiedergab. Um sie festzuhalten, fragte er sie nach dem Taufnamen ihrer Gebieterin, obschon er denselben bereits kannte, und beide sagten: »Sie heißt Lucia!« Zugleich aber verspürten die Mägde den Mutwillen, stellten die Sachen auf den Tisch und liefen errötend aus dem Zimmer; draußen ließen sie ein kurzes schnippisches Gelächter erschallen, das gar lustig durch die gewölbten Gänge erklang. Bald aber guckten ihre zwei Gesichter wieder zu einer andern Türe des Zimmers herein, und die eine verkündigte mit so ziemlichen Worten, als ob sie nicht eben laut gelacht hätte: noch sollen sie dem Herren sagen, daß er unbedenklich in den nächsten Zimmern herumspazieren möge, falls ihm die Zeit zu lang werden sollte; es seien Bücher und dergleichen dort zu finden. Dann verschwanden sie, indem sie einen Türflügel halb geöffnet ließen.

Reinhart tat ihn ganz auf und trat in das anstoßende Gemach, das jedoch außer einer gewöhnlichen Zimmerausstattung nichts enthielt; er öffnete daher die nächste, bloß angelehnte Türe und entdeckte einen geräumigen Saal, welcher eine Art Arbeitsmuseum der Dame Lucia zu bilden schien. Ein Bücherschrank mit Glastüren zeigte eine stattliche Bibliothek, die indessen durch ihr Aussehen bewies, daß sie schon ältern Herkommens war. An anderen Stellen des Saales hing eine Anzahl Bilder oder war zur bequemen Betrachtung auf den Boden gestellt. Es schienen meistens gut gedachte und gemalte Landschaften oder dann einzelne schöne Porträtköpfe, beides aber nicht von oder nach bekannten Meistern, sondern von solchen, deren Gestirn nicht in die Weite zu leuchten pflegt oder wieder vergessen wird. Öfter sieht man in alten Häusern derlei Anschaffungen vergangener Geschlechter; kunstliebende Familienhäupter unterstützten landsmännische Talente oder brachten von ihren Reisen dies oder jenes löbliche, durchaus tüchtige Gemälde nach Hause, von dessen Urheber nie wieder etwas vernommen wurde. Denn wie Viele sterben jung, wie Manche bleiben bei allem Fleiß und aller Begabung ihr Leben lang ungesucht und ungenannt. Umso achtungswerter erschien die Bildung des Fräuleins, da sie ohne maßgebende Namen diese unbekannten Werke zu schätzen wußte und so eifrig um sich sammelte. Die weiß, wie es scheint, sich an die Sache zu halten, dachte er, als er bemerkte, daß alle die älteren oder neueren Schildereien entweder durch den Gegenstand oder durch das Machwerk einem edlern Geiste zu gefallen geeignet waren. Einige große Stiche nach Niklaus Poussin und Claude Lorrain hingen in schlichten hölzernen Rahmen über einem Schreibtisch; auf diesem lag eine Schicht trefflicher Radierungen von guten Niederländern friedlich neben einem Zusammenstoße von Büchern, welche flüchtig zu besehen Reinhart keinen Anstand nahm. Nicht eines tat ein Haschen nach unnötigen, nur Staat machenden Kenntnissen kund; aber auch nicht ein gewöhnliches sogenanntes Frauenbuch war darunter, dagegen manche gute Schrift aus verschiedener Zeit, die nicht gerade an der großen Leserstraße lag, neben edlen Meisterwerken auch ehrliche Dummheiten und Sachlichkeiten, an denen dies Frauenwesen irgend welchen Anteil nahm als Zeichen einer freien und großmütigen Seele.

Was ihm jedoch am meisten auffiel, war eine besondere kleine Büchersammlung, die auf einem Regale über dem Tische nah zur Hand und von der Besitzerin selbst gesammelt und hochgehalten war; denn in jedem Bande stand auf dem Titelblatt ihr Name und das Datum des Erwerbes geschrieben. Diese Bände enthielten durchweg die eigenen Lebensbeschreibungen oder Briefsammlungen vielerfahrener oder ausgezeichneter Leute. Obleich die Bücherreihe nur ging, soweit das Gestelle nach der Länge des Tisches reichte, umfaßte sie doch viele Jahrhunderte, überall kein anderes als das eigene Wort der zur Ruhe gegangenen Lebensmeister oder Leidensschüler enthaltend. Von den Blättern des heiligen Augustinus bis zu Rousseau und Goethe fehlte keine der wesentlichen Bekenntnisfibeln, und neben dem wilden und prahlerischen Benvenuto Cellini duckte sich das fromme Jugendbüchlein Jung Stillings. Arm in Arm rauschten und knisterten die Frau von Sevigné und der jüngere Plinius einher, hintendrein wanderten die armen Schweizerbursche Thomas Platter und Ulrich Bräcker, der arme Mann im Toggenburg. Der eiserne Götz schritt klirrend vorüber, mit stillem Geisterschritt kam Dante, sein Buch vom neuen Leben in der Hand. Aber in den Aufzeichnungen des lutherischen Theologen und Gottesmannes Johannes Valentin Andreä rauchte und schwelte der dreißigjährige Krieg. Ihn bildeten Not und Leiden, hohe Gelahrtheit, Gottvertrauen und der Fleiß der Widersächer so trefflich durch und aus, daß er zuletzt, auf der Höhe kirchlicher Ämter stehend, ein nur in Latein würdig zu beschreibendes Dasein gewann. In seinem Hause verkehrten Herzoge, Prinzessinnen und Grafen; er mehrte und verzierte das gedeihlichste Hauswesen trotz der Bosheit, mit welcher eine neidische Verwaltung stets seine Besoldungen verkürzen wollte. Endlich kaufte er sogar zwei kostbare Uhren, »die der Künstler Habrecht gemacht hatte«, und einen herrlichen silbernen Pokal, welchen vordem der

Kaiser Maximilian der Zweite seinem Großvater zum Gnadenzeichen geschenkt und die Ungunst der Zeiten der Familie geraubt. Aber dem hochwürdigen Prälaten erlaubte das Wohlergehen, das Ehrendenkmal wieder an sich zu bringen und aufzurichten. Als er zu sterben kam, empfahl er seine Seele inmitten von sieben hochgelehrten, glaubensstarken Geistlichen in die Hände Gottes. Unlang vorher hatte er freilich den letzten Abschnitt seiner Selbstbiographie mit den Worten geschlossen: »Was ich übrigens durch die tückischen Füchse, meine treulosen Gefährten, die Schlangenbrut, litt, wird das Tagebuch des nächsten Jahres, so Gott will, erzählen.« Gott schien es nicht gewollt zu haben.

Diese ergötzliche Wendung mußte der Besitzerin des Buches gefallen; denn sie hatte neben die Stelle ein zierliches Vergißmeinnicht an den Rand gemalt. Aus allen Bänden ragten zahlreiche Papierstreifchen und bewiesen, daß jene fleißig gelesen wurden.

Auf einem andern Tische lagen in der Tat die Pläne zu den Anlagen, in welchen Reinhart sich verirrt hatte, und andere neu angefangene. Diese Pläne waren nicht etwa auf kleine ängstliche Blätter, sondern mit fester Hand auf große Bogen von dickem Packpapier gezeichnet, und Reinhart wurde von allem, was er sah, zu einer unfreiwilligen Achtung und Verwunderung gebracht. Noch mehr wunderte er sich, als er in einer Fensterecke noch einen kleinern Tisch gewahrte, wiederum mit Büchern und Schriften bedeckt, nämlich mit Sprachlehren, Wörterbüchern und geschriebenen Heften, die mühselig mit Vokabeln und Übersetzungsversuchen angefüllt waren. Sie schien nicht nur Altdeutsch und Altfranzösisch, sondern auch Holländisch, Portugiesisch und Spanisch zu betreiben, Dinge, die Reinhart nur zum kleinern Teile verstand und auch das mangelhaft; und die Sache berührte ihn umso seltsamer als es sich in dieser vornehmen Einsamkeit schwerlich um den Gewerbsfleiß eines sogenannten Blaustrumpfes handelte.

Wie er so mitten in dem Saale stand, beinah eifersüchtig auf all die ungewöhnlichen und im Grunde doch anspruchslosen Studien, ungewiß, wie er sich dazu verhalten solle, trat Lucia herein und entschuldigte sich, daß sie ihn so lange allein gelassen. Sie habe seine Gegenwart dem kranken Oheim gemeldet, der bedaure, ihn jetzt nicht sehen zu können, jedoch die Versäumnis noch gutzumachen hoffe. Als Reinhart die schön gereifte und frische Erscheinung wieder erblickte, trat ihm unwillkürlich die Frage, die sein Inneres neugierig bewegte, auf die Lippen, und er rief bedachtlos, indem er sich im Saale umsah: Warum treiben Sie alle diese Dinge?

Die Frage schien keineswegs ganz grundlos zu sein, obgleich sie ihm keine Antwort eintrug. Vielmehr sah ihn das schöne Fräulein groß an und errötete sichtlich, worauf sie ihn mit etwas strengerer Höflichkeit einlud, sie zu begleiten. Reinhart tat es nicht ohne Verlegenheit und ebenfalls mit einiger Röte im Gesicht.

SIEBENTES KAPITEL

Von einer törichten Jungfrau

Denn er fühlte jetzt, als er sie am Arme dahin führte, daß seine Frage eigentlich nichts anderes sagen wollte als: Schönste, weißt du nichts Besseres zu tun? oder noch deutlicher: Was hast du erlebt? Darum schritt das sich gegenseitig unbekannte Paar in gleichmäßiger Verblüffung nach dem Speisezimmer, und jedes wünschte meilenweit vom andern entfernt zu sein, wohl fühlend, daß sie sich unvorsichtig in eine kritische Lage hineingescherzt hatten.

Doch verzog sich die Verlegenheit, als sie in das bereits erleuchtete Zimmer traten, wo die zwei Mägde mit dem Auftragen des Abendessens beschäftigt waren. Man setzte sich zu Tisch und die Mägde, nachdem sie ihren Dienst vorläufig getan, nahmen desgleichen Platz, versahen sich ohne weiteres mit Speise und aßen mit Fleiß und gutem Anstand.

»Sie sehen«, sagte Lucia zu ihrem Gast, »wir leben hier ganz patriarchalisch, und hoffentlich werden Sie sich durch die Gegenwart meiner braven Mädchen nicht beleidigt fühlen!«

»Im Gegenteil«, erwiderte Reinhart, »sie trägt dazu bei, meine Kur zu befördern!«

»Welche Kur?« fragte Lucie, und er antwortete:

»Die Augenkur! Ich habe mir nämlich durch meine Arbeit die Augen geschwächt und nun in einem alten ehrlichen Volksarzneibuche gelesen: kranke Augen sind zu stärken und werden gesunden durch fleißiges Anschauen schöner Weibsbilder, auch durch öfteres Ausschütten und Betrachten eines Beutels voll neuer Goldstücke! Das letztere Mittel dürfte kaum stark auf mich einwirken; das erstere hingegen scheint mir allen Ernstes etwas für sich zu haben; denn schon schmerzt mich das Sehen fast gar nicht mehr, während ich noch heute früh es übel empfand!«

Diese Worte äußerte Reinhart durchaus ernsthaft und ebenso ehrlich als jenes Heilmittel in dem alten Arzneibuche gemeint war. Indem er daher an nichts weniger als an eine Schmeichelei dachte, war es umso mehr eine solche, und zwar eine so wirksame, daß die Frauensleute des Spottes vergaßen. Fräulein Lucia wurde aufs neue verlegen und wußte nicht, was sie aus dem wunderlichen Gaste machen sollte, und die Mägdlein beäugelten ihn heimlich als eine kurzweilige und zuträgliche Abwechslung in diesem klosterartigen Hause. In der Tat war es ihm so wenig um grobe Schmeicheleien zu tun, daß er das Gesagte schon bereute und, um es zu mildern und davon abzulenken, hinzufügte, er habe auch einen glücklichen Tag gehabt und mancherlei Schönes gesehen. So erzählte er auch von der hübschen Wirtstochter im Waldhorn und fragte, welche Bewandtnis es mit dieser eigentümlichen Person habe?

Zugleich jedoch berichtete er mit der unklugen Aufrichtigkeit, welche ihn seit seiner Ankunft plagte, den vollständigen Hergang und die Beschaffenheit seines Ausfluges, die Entdeckung des weisen Sinngedichtes, die Begegnung mit der Zöllnerin und diejenige mit der Pfarrerstochter sowie endlich mit der Waldhornstochter. Denn solange er unter den Augen seiner jetzigen Gastherrin saß oder stand, trieb es ihn wie ein Zauber zur Offenherzigkeit, und wenn er die ärgsten Teufeleien begangen, so würde ihm das Geständnis derselben über die Lippen gesprungen sein.

Allein obgleich diese Wirkung Lucien nur zum Ruhme gereichte, schien sie sich dennoch nicht geschmeichelt zu fühlen. Sich des Zettels erinnernd, den ihr Reinhart erst statt des Briefes in die Hand gegeben hatte, rötete sich ihr Gesicht in anmutigem Zorn, und plötzlich stand sie auf und sagte mit verdächtigem Lächeln:

»So gedenken Sie wohl Ihre eleganten Abenteuer in diesem

Hause fortzusetzen und sind nur in dieser schmeichelhaften Absicht gekommen?«

Woraufsie anfing, ziemlich rasch im Gemach auf und nieder zu gehen, während die zwei Mädchen als erboste Schleppträgerinnen ihres Zornes ebenfalls aufsprangen und ihr folgten, höhnische Blicke nach dem unglücklich Aufrichtigen schleudernd. Reinhart säumte nicht, sich gleichermaßen auf die Beine zu stellen, und nachdem er mit Bestürzung eine kleine Weile dem Spaziergange zugesehen, sagte er:

»Mein Fräulein, wenn Sie es befehlen, so werde ich ohne Verzug das Haus verlassen und mit höflichstem Danke auch für kurzen, aber denkwürdigen Aufenthalt augenblicklich meinen Weg fortsetzen!«

Ohne still zu stehen, erwiderte die Schöne:

»Es ist zwar Nacht und kein Unterkommen für Sie in der Nähe; aber denoch geht es unter den bewußten Umständen nicht an, daß Sie hier bleiben, in allem Frieden sei es gesagt! Auch kann die nächtliche Fahrt Ihrem unternehmenden Geiste nur willkommen sein, und überdies werde ich Ihnen einen Wegleiter samt Laterne mitgeben.«

Demnach blieb ihm nichts anderes übrig als sich zu entfernen; bescheiden ging er der Dame entgegen, und im Begriff, sich ehrerbietig zu verbeugen, besann er sich aber eines Bessern, richtete sich auf und sagte höflich:

»Ich überlege soeben, daß ich für Sie und für mich am besten tue, wenn ich mich doch nicht so schimpflich hier fortjagen lasse! Denn während ich durch mein Bleiben meine eigene Würde bewahre, gebe ich Ihnen Gelegenheit, auf die herrlichste Weise Ihre weibliche Glorie zu behaupten. Denn auch vorausgesetzt, daß ich irgend einen ungehörigen, wenn auch harmlosen Scherz im Schilde geführt hätte, so würde ich gewiß am empfindlichsten gestraft, wenn ich bei aller Freundschaft so respektvoll werde abziehen müssen wie ein junger Chorschüler und ohne im entferntesten jenen frechen Versuch gewagt zu haben! Aber fern seien von mir alle unbotmäßigen

Gedanken! Doch von Ihnen, meine gnädige Wirtin, ebenso fern der bedenkliche Schein, sich mit offener Gewalt und Wegweisung gegen einen ungefährlichen Abenteurer schützen zu wollen!«

Er bot ihr hiermit den Arm und führte sie wieder an ihren Platz, was sie ruhig und schweigend geschehen ließ. Sie setzten sich abermals gegenüber; dann reichte sie ihm die Hand über den Tisch und sagte:

»Sie haben recht, machen wir Frieden! Und zum Zeichen der Versöhnung will ich Ihnen erzählen, was es mit der Waldhornjungfrau für eine Bewandtnis hat. Vorher aber liefern Sie mir als Beweis Ihrer redlichen Gesinnung jenen ruchlosen Reimzettel aus, den Sie bei sich führen! Und ihr Mädchen, nehmt euere Rädchen und spinnt euern Abendsegen!«

Die Mädchen holten zwei leichte Spinnräder und setzten sich herzu; Reinhart suchte das Sinngedicht hervor und gab es Lucien; diese zeigte den Zettel den Mägden und sagte:

»Da seht, welche Torheiten ein ernsthafter Gelehrter in der Tasche trägt!« worauf sie das arme Papierchen unter dem Gekicher der Mädchen an eine der Kerzen hielt, verbrannte und die Asche in die Luft blies. Dann begann sie, während das sanfte Schnurren der Spinnräder für Reinharten eine ebenso neue wie trauliche Begleitung bildete, ihre Mitteilungen.

»Was nun die hübsche Wirtin vor dem Walde betrifft«, sagte sie, »so ist sie allerdings eine eigentümliche Erscheinung. Schon als Kind zeichnete sie sich sowohl durch Schönheit und frisches Wesen als auch durch eine ganz eigene Gescheitheit und Witzigkeit oder Zungenfertigkeit aus, oder wie man es nennen will, und je mehr sie heranwuchs, desto glänzender schienen diese äußern und innern Eigenschaften sich auszubilden. Mit der äußern Schönheit schien es nicht nur, sondern war es auch wirklich der Fall; denn so hübsch sie auch jetzt noch aussieht, so ist sie für die, so sie früher gesehen, doch beinahe nur noch ein Abglanz im Vergleich zu dem, was sie vor einigen Jahren gewesen. Die innere Schöne oder vermeintliche Weisheit des

Mädchens dagegen erwies sich als ein arger Schein; sie hat zwar jetzt noch ein so schlagfertiges Redewerk als es sich nur wünschen läßt, allein es steckt eitel Torheit und Finsternis dahinter. Nicht nur wurde sie von den Eltern, welches roh gleichgültige Wirts- und Landleute sind, niemals dazu angehalten, etwas zu lernen und in ihre Seele hineinzutun, sondern sie empfand auch selber nicht den kleinsten Antrieb und blieb zu rechten Dingen so dumm, daß sie kaum mühselig schreiben lernte, und man sagt, daß ihr sogar das Lesen ziemlich schwer falle. Aber auch in Hinsicht des natürlichen Verstandes, an irgend einem Verstehen des Erheblichen und Bessern im menschlichen Leben fehlte es ihr so sehr, daß sie als ein vollständiges Schaf in der dunkelsten Gemütslage verharrte, indessen sie doch durch ihre Zungenkünste in lächerlichen Dingen und durch eine große Gewandtheit in Kindereien stets den Ruf eines durchtrieben klugen Wesens behielt. Doch nur in zahlreicher Umgebung, wo die Leute kamen und gingen und es auf kein Stichhalten auslief, bewährte sich ihre Weisheit; sobald sie mit einer halbwegs verständigen Person allein war, so dauerte die Herrlichkeit keine Stunde und sie geriet aufs Trockene. Da erklärte sie dann die Leute für langweilige Einfaltspinsel, mit denen nichts anzufangen sei. Befand sie sich aber mit Menschen ihres eigenen Schlages allein, so entstand aus lauter Dummheit zwischen ihnen die trostloseste Stichelei und Zänkerei.

Dennoch hielt sie sich für einen Ausbund, strebte von jeher nach großen Dingen, worunter sie natürlich vor allem das Einfangen eines recht glänzenden jungen Herren verstand. Da sie aber, wie gesgt, nur im großen Haufen ihre Stärke fand, so wollte es ihr nicht gelingen, ein einzelnes Verhältnis abzusondern und ordentlich auf ein Spülchen zu wickeln.

Als meine Großeltern noch lebten, gab es zuweilen viel junge Leute hier, die sich nicht übel belustigten und die Gegend unsicher machten. Vorzüglich gefielen sich die Herren darin, in Verbindung mit den Bewohnern und Gästen umliegender Häuser, das Waldhorn zum Sammelplatz auf Jagd- und

Streifzügen zu wählen, dort tage- und nächtelang zu liegen und der schönen Wirtstochter den Hof zu machen. Die wußte sich denn auch unter ihnen zu bewegen, daß es eine Art hatte und die Eltern vor Bewunderung außer sich gerieten.

Da war nun auch ein junger Städter oft bei uns, ein hübsches, aber durchaus unnützes Bürschchen, der, von ein wenig Schule und Schliff abgesehen, beinah so töricht war wie die Dame im Waldhorn. Reich, übermütig und ein ganz verzogenes Muttersöhnchen, gab er, so leer sein Kopf an guten Dingen war, umso vorlauter in allen Narrheiten den Ton an und war hauptsächlich im Waldhorn der Erste und der Letzte. Dies zu sein war ihm auch Ehrensache, und wenn er einen Streich nicht angegeben hatte oder in den Zusammenkünften nicht die Hauptrolle spielte, so fragte er nichts darnach und tat, als sähe er nichts, statt mitzulachen. Am meisten machte er sich mit der Salome zu schaffen, belagerte sie unaufhörlich, behauptete, sie sei in ihn verliebt und er wolle sich besinnen, ob er um sie anhalten wolle, was selbstverständlich alles nur Scherz sein sollte. Sie widersprach ihm ebenso unaufhörlich mit spitzigen Spottreden, die mehr grob als launig ausfielen, versicherte, sie könne ihn nicht ausstehen, und war inzwischen begierig, wie sie ihn an sich festbinden werde, woran sie nicht zweifelte; denn sie wünschte keinen herrlichern Mann zu bekommen. Allein es wollte sich lange nicht fügen, daß die geringste ernsthafte Beziehung sich bildete; der Meister Drogo (wie ihn seine Eltern närrischerweise hatten taufen lassen) trieb immer nur Komödie, und sie desgleichen, da sie nichts anderes anzufangen wußte, bis seine eigene Narrheit ihr plötzlich zu einem verzweifelten Einfall verhalf.

Im Garten hinter dem Hause gab es eine dichte Laube, die außerdem noch von Gebüschen umgeben war. Dorthin verlockte Drogo eines Abends, als schon die Sterne am Himmel glänzten, die mutwillige Gesellschaft, indem er sich stellte, als ob er vorsichtig der Salome nachschliche und eine geheime Zusammenkunft mit ihr ins Werk setzte. Er glaubte, sie sei schmollend schlafen gegangen, da sie sich den ganzen Abend derb geneckt hatten, und wußte es nun so gut zu machen, daß die Leute wirklich getäuscht wurden und meinten, er wolle sich unbemerkt nach der Laube hinstehlen. Sie winkten einander listig und schlichen ihm ebenso pfiffig nach als er voranhuschte, und als er in die dunkle Laube schlüpfte, umringten sie sachte das grüne Gezelt, um das Liebespaar zu belauschen und zu überfallen; denn es pflegte eben nicht sehr zartsinnig zuzugehen. – Als Junker Drogo nun drin saß und merkte, daß die Lauscher sich nach Wunsch aufgestellt hatten, begann er dieselben zu äffen und neidisch zu machen, indem er ein trauliches Geflüster nachahmte, wie wenn zwei Liebende heimlich zusammen wären; er nannte wiederholt ihren Namen mit seiner eigenen halblauten Stimme und dann den seinigen mit verstelltem Lispeln; die süßesten Wörtchen ertönten, Seufzer, und endlich fiel ein deutlicher Kuß, welchem bald ein zweiter folgte, dann mehrere, die sich zuletzt in einen förmlichen Küsseregen verloren, von zärtlichen Worten unterbrochen, so daß die Lauscher sich anstießen, vor Kichern ersticken wollten und dann wieder aufmerkten, wie die Sperber.

Nun saß der gute Herr Drogo mit seinen Possen keineswegs allein in der Laube; vielmehr saß niemand anders als die Salome auch darin, in eine Ecke geduckt. Sie war nämlich nicht zu Bett, sondern hieher gegangen, um sich ein wenig zu grämen, da die dämliche Unbestimmtheit ihres Schicksals sie doch zu quälen begann, und sie weinte sogar ganz gelinde, eben als der Possenreißer ankam. Sie konnte nicht erkennen, wer es war, und saß bewegungslos im Winkel, um sich nicht zu verraten. Als jedoch die Komödie anfing, erriet sie bald ihren Widersacher und hörte auch gar wohl die übrigen heranschleichen; kurz, da es sich um eine Nichtsnutzigkeit handelte, vermerkte sie endlich den Sinn des ganzen Auftrittes, während sie etwas Ernsthaftes nicht erraten hätte, und sie verfiel stracks auf den Gedanken, den Spötter in seinem eigenen Garne zu fangen, jetzt oder nie!

Als er am eifrigsten dabei war, mit vieler Kunst in die Luft zu küssen, als ob er die roten Lippen der Salome küßte, fühlte er sich unversehens von zwei Armen umfangen, und seine Küsse begegneten denjenigen eines leibhaftigen Mundes. Erschreckt hielt er inne und wollte aufspringen; allein Salome ließ ihn nicht, sondern erstickte ihn fast mit Küssen und rief laut: Sieh, Liebster, soviel Küsse ich dir jetzt gebe, soviel Blitze sollen dich treffen, wenn du mir nicht treu bleibst!

Zugleich brach jetzt das lauschende Volk los, bereit gehaltene Lichter wurden rasch angezündet und damit in die Laube geleuchtet, und unter rauschendem Gelächter und lauten Glückwünschen wurde das Paar entdeckt und umringt. Aber auch die Eltern des Mädchens kamen herbei, ein aus dem mehrjährigen Militärdienste heimgekehrter Bruder, der nicht heiter aussah, Ackerknechte und ländliche Gäste, die noch in der Wirtsstube gesessen. Diese alle machten jetzt unheimliche Gesichter; das Pärchen wurde an der Spitze der ganzen Schar in das Haus begleitet, wo die Eltern Erklärungen verlangten. Salome weinte wieder und ihr war sehr bang; Drogo wollte sich sachte aus der Verlegenheit ziehen und sich abseits drücken, seine Freunde selbst jedoch verlegten ihm den Weg und mochten ihm aus Neid und Schadenfreude sein Schicksal gönnen; sie beredeten ihn ebenso ernsthaft wie die Verwandten des Mädchens, sich zu erklären, während dieses, wie gebändigt, hold und traurig dasaß und der junge Mensch noch das frische Gefühl ihrer Liebkosungen empfand. So verlobte er sich denn feierlich mit ihr und versprach ihr vor allen Zeugen die Ehe.

Es fiel ihm nun nicht schwer, die Zustimmung der Seinigen zu erlangen, die von jeher tun mußten, was ihm beliebte, und so wurde diese Mißheirat, die eigentlich nur äußerlich eine solche war, allseitig beschlossen. Aber, o Himmel! es wäre zehnmal besser gewesen, wenn es innerlich eine solche und die beiden Brautleute sich nicht so vollkommen gleich an Narrheit gewesen wären! Die Braut wurde jetzt modisch gekleidet und ein halbes Jahr vor der Hochzeit in die Stadt gebracht, wo sie die sogenannte feinere Sitte und die Führung eines Hauswesens von gutem Ton erlernen sollte. Damit war sie aber auf ein Meer gefahren, auf welchem sie das Steuer ihres Schiffleins aus der Hand verlor. Eine ihren künftigen Schwiegereltern befreundete Familie nahm sie aus Gefälligkeit bei sich auf. Diese Leute lebten in großer Ruhe und voll Anstand und machten nicht viele Worte; schnelle, unbedachte Reden und Antworten waren da nicht beliebt, sondern es mußte alles, was gesagt wurde, gediegen und wohlbegründet erscheinen; im Stillen aber wurden nicht liebevolle Urteile ziemlich schnell flüssig. Salome wollte es im Anfang recht gut machen; da sie aber einen durchaus unbeweglichen Verstand besaß, so geriet die Sache nicht gut. Ihre Gebarungen und Manieren, welche sich in der freien Luft und im Wirtshause hübsch genug ausgenommen, waren in den Stadthäusern viel zu breit und zu hart, und ihre Witze wurden urplötzlich stumpf und ungeschickt. Sie patschte herum, wollte nach ihrer Gewohnheit immer sprechen und wußte es doch nicht anzubringen; bald war sie demütig und höflich, bald warf sie sich auf und wollte sich nichts vergeben, genug, sie arbeitete sich so tief als möglich in das Ungeschick hinein und wurde von den feinen Leuten, die sie von vornherein scheel angesehen hatten, unter der Hand nur das Kamel genannt, welcher Titel sich behende verbreitete und besonders in den Häusern beliebt wurde, wo man für die Töchter auf ihren Verlobten gerechnet hatte. Denn obgleich der auch kein Kirchenlicht vorstellte, so war er im bewußten Punkte doch ein unentbehrlicher Gegenstand, den man nur mit Verdruß durch die Bauerstochter aus der Berechnung gezogen sah. Die weibliche Gesellschaft versäumte nicht, die Mißachtung sichtbar zu machen, in welche die Arme geriet, und sorgte dafür, daß der Ehrentitel dem Bräutigam zeitig zu Gehör kam, während sie gegen diesen selbst ein zartgefühltes, schonendes Bedauern heuchelte, wie wenn er als das edelste Kleinod der Welt auf schreckliche Weise einer Unwürdigen zum Opfer gefallen wäre. Selbst die Herren, welche der Salome auf dem Lande schön getan und nicht verschmäht hatten, ihr tagelang den Hof zu machen, wollten sich jetzt nicht bloßstellen und ließen sie schmählich im Stich.

So kam es dazu, daß der Bräutigam, wenn die Braut nicht gegenwärtig war, sich für einen armen unglücklichen Tropf hielt, der sein Lebensglück leichtsinnig vernichtet habe, und er bedauerte sich selbst; sobald sie sich aber sehen ließ, schlug ihre Schönheit solche Gedanken aus dem Felde, da er mit seinem leeren Kopfe nur dem Augenblick lebte. Salome aber, die sich überall verkauft und verraten sah und nichts Gutes ahnte, suchte sich umso ängstlicher an die Hauptsache, nämlich an den Bräutigam zu halten und ihn mit vermehrten Liebkosungen zu fesseln; denn sie hatte keine andere Münze mehr auszugeben, und sobald sie aufhörten sich zu schnäbeln, stand die Unterhaltung still zwischen diesen Leutchen, die sonst so rüstig an der Spitze gestanden hatten.

Salome verspürte keine Ahnung, daß die gute Beschaffenheit ihres Geistes, ihre Klugheit in Frage gestellt war; sie schrieb den obwaltenden Unstern einzig ihrer ländlichen Herkunft und dem üblen Willen der Städter zu. Sie hüllte sich daher in ihr Bewußtsein, dachte, wenn sie nur erst Frau wäre, so wollte sie ihre Trümpfe schon wieder ausspielen, und hielt sich inzwischen an den Liebsten, um seiner Neigung sicher zu bleiben.

Da saßen sie nun eines schönen Nachmittags auch auf einem seidenen Sofa oder Divan, Salome in einem kirschroten Seidenkleide, das sie selbst gekauft, mit dicken goldenen Armspangen, die ihr Drogo geschenkt, und in echten Spitzen, die von der Schwiegermutter herrührten, Drogo aber im neuesten Aufputz eines Modeherren. Dergestalt hielten sie sich umfangen und gaben so dem Ansehen nach ein Bild irdischen Glückes ab; denn so jung, so schön und so hübsch gekleidet, wie beide waren, als Brautleute, denen ein langes sorgloses Leben lachte, der lieblichsten Muße genießend in einem stillen Empfangssaale, den sie zur Ruhe gewählt, schien ihnen nichts zu fehlen, um sich im Paradiese glauben zu können. Sie waren über ihrem Kosen sänftlich eingeschlafen und erwachten jetzt wieder, gemächlich eines nach dem andern; der Bräutigam gähnte ein weniges, mit Maß, und hielt die Hand vor; die Braut aber, als sie ihn gähnen sah, sperrte, unwiderstehlich gereizt, den Mund auf, soweit sie konnte und wie sie es auf dem Lande zu tun pflegte, wenn keine Fremden da waren, und begleitete diese Mundaufsperrung mit jenem trost-, hoffnungs- und rücksichtslosen Weltuntergangsseufzer oder Gestöhne, womit manche Leute, in der behaglichsten Meinung von der Welt, die gesundesten Nerven zu erschüttern und die frohsten Gemüter einzuschüchtern verstehen.

Sie müssen sich nicht wundern«, unterbrach sich Lucia, »daß ich diese Einzelheiten so genau kenne: ich habe sie sattsam von beiden Seiten erzählen hören, und es scheint außerdem, daß jenes unglückliche Gähnduett gleich einem unwillkürlichen, verhängnisvollen Bekenntnisse die Wendung herbeiführte. Wenigstens verweilten beide wiederholt bei diesem merkwürdigen Punkte. Der Bräutigam wurde auf einmal ganz verdrießlich und rief: O Gott im Himmel! Ist das nun alles, was du zu erzählen weißt?

Salome wollte ihn küssen; allein er hielt sie ab und sagte: Laß doch, und sage lieber etwas Feines!

Da wurde die Abgewiesene von Röte übergossen; sie sprach aber schnell: Wie man in den Wald ruft, so tönt es heraus! Sag mir etwas Feines vor, so werde ich antworten!

Ach, die Kamele sprechen nicht! erwiderte Drogo unbesonnen mit einem Seufzer. Da wurde sie bleich, lehnte sich zurück und sagte: Wer ist ein Kamel, mein Schatz?

O Liebchen, sagte er, die ganze Stadt nennt dich so!

Und du hältst mich also auch für eines? fragte sie, und er antwortete, indem er sie wieder an sich ziehen wollte: Sicherlich, und zwar für das reizendste, das ich je gesehen!

Da fühlte sich Salome von dem schärfsten Pfeil getroffen, den es für sie geben konnte; denn sie hielt ihre vermeintliche

Klugheit für ihre eigentliche Ehre, für ihr Palladium und ihre Hauptsache. Aber das war gut für sie, weil sie dadurch eine Wehr und einen Halt gewann, sich vom Verderben rettete und ihre Schwäche gutmachte.

Ohne ein ferneres Wort zu sagen, riß sie sich los, löste die Spangen von den Knöcheln, die Spitzen vom Halse, warf sie dem herzlosen Bräutigam vor die Füße und augenblicklich lief sie aus dem Hause, spuckte wie ein Bauer auf die Schwelle desselben und lief, wie sie war, ohne Hut und Handschuh', aus der Stadt. Vor dem Tor erst brach sie in Tränen aus, und in einem fort weinend und schluchzend wanderte und eilte sie, mit dem seidenen Prachtkleide die Augen trocknend (denn sogar ein Taschentuch hatte sie nicht an sich genommen), durch Feld und Forst, bis sie tief in der Nacht im elterlichen Hause anlangte, mehr einer entsprungenen Zigeunerin ähnlich als einer Braut. Sie gab den bestürzten Verwandten keine Antwort, sondern verschloß sich in ihre Kammer. Darin blieb sie mehrere Tage und erschien, als sie wieder hervortrat, in der alten Landtracht. Wo sie jenes rote Seidenkleid hingebracht, hat man nie erfahren. Einige sagen, sie habe es verbrannt, andere, es sei vergraben worden, wieder andere, sie habe es einem Juden verkauft.

Als sie eine Zeitlang zu Haus geblieben, schickte ihr die Stadtfamilie, bei der sie gewohnt, ihre Sachen zu ohne jegliche Nachricht oder Anfrage, und noch fernere Zeit verging, ohne daß der Bräutigam oder sonst jemand nach ihr fragte. Die Ihrigen wollten einen Rechtshandel mit dem Junker Drogo anheben; doch sie verwehrte es zornig, und so ist die Brautschaft der schönen Salome in nichts verlaufen und die Jungfrau noch vorhanden, wie Sie dieselbe gesehen haben, teilweise etwas klüger und besser geworden als früher, teilweise noch törichter. Ihre Lieblingslaune ist, die Männer zu verachten und mit solchen zu spielen, wie sie wähnt, während sie ihre Gesellschaft doch allem andern vorzieht. Aber ich glaube nicht, daß sie nochmals zu einer Verlobung zu bringen wäre.«

ACHTES KAPITEL

Regine

Als Lucia schwieg, wußte Reinhart nicht sogleich etwas zu sagen, da eine gewisse Nachdenklichkeit ihn zunächst befangen und verlegen machte. Des Fräuleins ausführliche und etwas scharfe Beredsamkeit über die Schwächen einer Nachbarin und Genossin ihres Geschlechtes hatte ihn anfänglich befremdet und ein fast unweiblich kritisches Wesen befürchten lassen. Indem er sich aber der Lieblingsbücher erinnerte, die er kurz vorher gesehen, glaubte er in dieser Art mehr die Gewohnheit zu erkennen, in der Freiheit über den Dingen zu leben, die Schicksale zu verstehen und jegliches bei seinem Namen zu nennen. Bedachte er dazu die Einsamkeit der Erzählerin, so wollte ihn von neuem die neugierige und warme Teilnahme ergreifen, die ihn schon zu einer unzeitigen Frage verleitet hatte. Dann aber, als Lucia von dem törichten Küssen und Kosen in so überlegen heiterer Weise und mit einem Anfluge verächtlichen Spottes erzählte, war er geneigt, das als eine strafende Anspielung auf die Torheit zu empfinden, mit der er selbst heute ausgezogen war. Solchen Angriff von sich abzuwehren, schritt er zum Widerspruche und sogar zu einer Art Schutzrede für die verunglückte Salome, indem er begann:

»Die stolze Resignation, zu welcher sie so unerwartet gelangte, scheint mir fast zu beweisen, daß auch Vorzüge, die nur in der Einbildung vorhanden sind, wenn sie beleidigt oder in Frage gestellt werden, die gleiche Wirkung zu tun vermögen wie wirklich vorhandene Tugenden, so daß z. B. die Torheit, wenn ihre eingebildete Klugheit angegriffen wird, in ihrem Schmerze darüber zuletzt wahrhaft weise und zurückhaltend werden kann. Übrigens ist es doch schade, daß die arme Schöne nicht einen Mann hat!«

»Sie ist nun zwischen Stuhl und Bank gefallen«, erwiderte Lucia; »denn mit den Herren war es nichts und mit den Bauern geht es auch nicht mehr, und doch hätte sie einen Mann ihres Standes sogar noch beglücken können, der bei gleichen Geisteskräften und täglicher harter Arbeit ihrer Unklugheit nicht so inne geworden wäre und vielleicht ein köstliches Kleinod in ihr gefunden hätte.«

»Gewiß«, sagte Reinhart, »mußte es irgend einen Mann für sie geben, dem sie selbst mit ihren Fehlern wert war; doch scheint mir die Gleichheit des Standes und des Geistes nicht gerade das Unentbehrlichste zu sein. Eher glaube ich, daß ein derartiges Wesen sich noch am vorteilhaftesten in der Nähe eines ihm wirklich überlegenen und verständigen Mannes befinden würde, ja sogar daß ein solcher bei gehöriger Muße seine Freude daran finden könnte, mit Geduld und Geschicklichkeit das Reis einer so schönen Rebe an den Stab zu binden und gerade zu ziehen.«

»Edler Gärtner!« ließ sich hier Lucia vernehmen; »aber die Schönheit geben Sie also nicht so leicht preis wie den Verstand?«

»Die Schönheit?« sagte er; »das ist nicht das richtige Wort, das hier zu brauchen ist. Was ich als die erste und letzte Hauptsache in den bewußten Angelegenheiten betrachte, ist ein gründliches persönliches Wohlgefallen, nämlich daß das Gesicht des Einen dem Andern ausnehmend gut gefalle. Findet dies Phänomen statt, so kann man Berge versetzen und jedes Verhältnis wird dadurch möglich gemacht.«

»Diese Entdeckung«, versetzte Lucia, »scheint nicht übel, aber nicht ganz neu zu sein und ungefähr zu besagen, daß ein wenig Verliebtheit beim Abschluß eines Ehebündnisses nicht gerade etwas schade!«

Durch diesen Spott wurde Reinhart von neuem zur Unbotmäßigkeit aufgestachelt, so daß er fortfuhr: »Ihre Mutmaßung ist sogar richtiger als Sie im Augenblick zu ahnen belieben; dennoch erreicht sie nicht ganz die Tiefe meines Gedankens.

Zur Verliebtheit genügt oft das einseitige Wirken der Einbildungskraft, irgend eine Täuschung, ja es sind schon Leute verliebt gewesen, ohne den Gegenstand der Neigung gesehen zu haben. Was ich hingegen meine, muß gerade gesehen und kann nicht durch die Einbildungskraft verschönert werden, sondern muß dieselbe jedesmal beim Sehen übertreffen. Mag man es schon Jahre lang täglich und stündlich gesehen haben, so soll es bei jedem Anblick wieder neu erscheinen, kurz, das Gesicht ist das Aushängeschild des körperlichen wie des geistigen Menschen; es kann auf die Länge doch nicht trügen, wird schließlich immer wieder gefallen und, wenn auch mit Sturm und Not, ein Paar zusammenhalten.«

»Ich kann mir nicht helfen«, sagte Lucia abermals, »aber mich dünkt doch, daß wir uns immer auf demselben Fleck herumdrehen!«

»So wollen wir aus dem Kreise hinausspringen und der Sache von einer andern Seite beikommen! Hat es denn nicht jederzeit gescheite, hübsche und dabei anspruchsvolle Frauen gegeben, die aus freier Wahl mit einem Manne verbunden waren, der von allen Vorzügen nur das Gegenteil aufweisen konnte, und haben nicht solche Frauen in Frieden und Zärtlichkeit mit solchen Männern gelebt und sich vor der Welt sogar einen Ruhm daraus gemacht? Und mit Recht! Denn wenn auch irgendein den Andern verborgener Zug ihre Sympathie erregte und ihre Anhänglichkeit nährte, so war diese doch eine Kraft und nicht eine Schwäche zu nennen! Nun kann ich nicht zugeben, daß die Männer tiefer stehen sollen als die Frauen! Im Gegenteil, ich behaupte: ein kluger und wahrhaft gebildeter Mann kann erst recht ein Weib heiraten und ihr gut sein, ohne zu sehen, wo sie herkommt und was sie ist; das Gebiet seiner Wahl umfaßt alle Stände und Lebensarten, alle Temperamente und Einrichtungen, nur über eines kann er nicht hinauskommen, ohne zu fehlen: das Gesicht muß ihm gefallen und hernach abermals gefallen. Dann aber ist er der Sache Meister und er kann aus ihr machen, was er will!«

»Dem Anscheine nach haben Sie immer noch nichts Außerordentliches gesagt«, versetzte Lucia; »doch fange ich an zu merken, daß es sich um gewisse kennerhafte Sachlichkeiten handelt; das gefallende Gesicht wird zum Merkmal des Käufers, der auf den Sklavenmarkt geht und die Veredlungsfähigkeit der Ware prüft, oder ists nicht so?«

»Ein Gran dieser böswilligen Auslegung könnte mit der Wahrheit in gehöriger Entfernung zusammentreffen; und was kann es dem einen und dem andern Teile schaden, wenn das zu verhoffende Glück alsdann umso längere Dauer verspricht?«

»Die Dauer des glatten Gesichtes, das der Herr Kenner sich so vorsichtig gewählt hat?«

»Verdrehen sie mir das Problem nicht, grausame Gebieterin und Gastherrin! Von Vorsicht ist ja von vornherein keine Rede in diesen Dingen.«

»Ich glaub es in der Tat auch nicht, zumal wenn Sie wie zu erwarten steht, sich eine Magd aus der Küche holen werden.«

»Was mir beschieden ist, weiß ich nicht; ich geharre demütig meines Schicksals. Doch habe ich den Fall erlebt, daß ein angesehener und sehr gebildeter junger Mann wirklich eine Magd vom Herde weggenommen und so lange glücklich mit ihr gelebt hat, bis sie richtig zur ebenbürtigen Weltdame geworden, worauf erst das Unheil eintraf.«

»Das würde ja gerade gegen Ihre orientalischen Anschauungen zeugen?«

»Es scheint allerdings so, ist aber doch nicht der Fall, abgesehen von dem abscheulichen Titel, mit dem Sie meine harmlose Philosophie bezeichnen!«

»Und ist Ihre Geschichte ein Geheimnis, oder darf man dieselbe vernehmen?«

»So gut ich es vermag, will ich sie gern aus der Erinnerung zusammenlesen mit allen Umständen, die mir noch gegenwärtig sind, wobei ich Sie bitten muß, das Ergänzungsvermögen, das den Begebenheiten selbst innewohnt, wenn sie wiedererzählt werden, mit gläubiger Nachsicht zu beurteilen!«

Da die zwei spinnenden Mädchen die Räder anhielten und ihre vier Äuglein neugierig auf den Erzähler richteten, sagte Lucia zu ihnen: Fahrt nur fort zu spinnen, ihr Mädchen, damit der Herr, durch das Schnurren verlockt und unterstützt, den Faden seiner Erzählung umso weniger verliert! Ihr könnt euch die Lehre, die sich ergeben wird, dennoch merken und lernen, die Gefahr zu meiden, wenn die furchtbaren Frauenfänger ihre Netze bis in die Küchen spannen!

Reinhart begann somit, als die Rädchen wieder surrten, folgendes zu erzählen:

*I*n Boston lebt eine Familie deutscher Abkunft, deren Vorfahren vor länger als hundert Jahren nach Nordamerika ausgewandert sind. Die Nachkommen bilden ein altangesehenes Haus, wie wenige in der ewigen Flut der Bewegung sich erhalten; und selbst das Haus im wörtlichen Sinne, Wohnung und Geräte, sollen bereits einen Anstrich altvornehmen Herkommens aufweisen, insofern während eines kurzen Jahrhunderts dergleichen überhaupt erwachsen kann. Die deutsche Sprache erlosch niemals unter den Hausgenossen; insbesondere einer der letzten Söhne, Erwin Altenauer, hing so warm an allen geistigen Überlieferungen, deren er habhaft werden konnte, daß er dem Verlangen nicht widerstand, das Urland selbst wieder kennen zu lernen, und zwar um die Zeit, da er sich schon dem dreißigsten Lebensjahre näherte.

Er entschloß sich also, nach der alten Welt und Deutschland auf längere Zeit herüberzukommen; weil er aber, bei einigem Selbstbewußtsein, sich in bestimmter Gestalt und auf alle Fälle als Amerikaner zu zeigen wünschte, bewarb er sich in Washington um die erste Sekretärstelle bei einer Gesandtschaft, deren Sitz in einer der größeren Hauptstädte war. Mit nicht geringer Erwartung segelte er anher, vorzüglich auch auf das schönere Geschlecht in den deutschen Bundesstaaten begierig; denn wenn wir germanischen Männer uns mit Eifer den Ruf ausgezeichneter Biederkeit beigelegt haben, so versahen wir wiederum unsere Frauen mit dem Ruhm einer merkwürdigen Gemütstiefe und reicher Herzensbildung, was in der Ferne gar lieblich und Sehnsucht erweckend funkelt gleich den Schätzen des Nibelungenliedes. Von dem Glanze dieses Rheingoldes angelockt, war Erwin überdies von seinen Verwandten scherzweise ermahnt worden, eine recht sinnige und mustergültige deutsche Frauengestalt über den Ozean zurückzubringen.

Er fühlte sich auch bald so heimisch, wie wenn sein Vater schon ein Jenenser Student gewesen wäre; doch begab sich das nur in der Männerwelt, und sobald die Gesellschaft sich aus beiden Geschlechtern mischte, haperte das Ding. Sei es nun, daß, wie in sonst gesegneten Weinbergen es gewisse Schattenstellen gibt, wo die Trauben nicht ganz so süß werden wie an der Sonnenseite, er in eine etwas ungünstige Gegend geraten war, oder sei es, daß der Fehler an ihm lag und er nicht die rechte Traubenkenntnis mitgebracht, genug, es schienen ihm zusammengesetzte Gebräuche zu walten, die zu entwirren er sich nicht ermuntert fand. Erwin sowohl wie die übrigen Gesandtschaftsglieder waren von einfachen Sitten, klar und bestimmt in ihren Worten und ohne Umschweife. Sie stellten noch die ältere echte Art amerikanischen Wesens dar und gingen den graden Weg, ohne um die hundert kleinen Hinterhalte und Absichtlichkeiten sich zu kümmern oder sie auch nur zu bemerken; sie ließen es bei Ja und Nein bewenden und sagten nicht gern eine Sache zweimal.

Nun erstaunte Erwin, von dieser oder jener Dame sich plötzlich den Rücken zugewendet zu sehen, wenn er auf eine Frage oder Behauptung nach seinem besten Wissen ein einfaches Ja oder Nein erwidert hatte; noch weniger konnte er sich erklären, warum eine Andere das selbst begonnene Gespräch nach zwei Minuten abbrach, in dem Augenblicke, wo er demselben durch eine ehrliche Einwendung festern Halt gab; unbegreiflich erschien ihm eine Dritte, die wiederholt seine Vorstellung verlangt, ihn dann nach dem Klima seiner Heimat befragte und, ohne die Antwort abzuwarten, mit Andern ein neues Gespräch eröffnete. Diese Schneidigkeit war allerdings mehr nur der Mantel für innere Unfreiheit, wie die Zurückhaltung überhaupt, mit welcher er mit seinen Gefährten behandelt wurde, wo er hinkam, während sie gelegentlich entdeckten, daß in ihrer Abwesenheit das breiteste Studium ihrer Personen stattfand. Wenn in diesen Gärten hie und da auch eine Pflanze blühte, die unbefangener und freundlicher dreinschaute, so war auch diese überwacht und sie hütete sich ängstlich, nicht durch die Hecke zu wachsen.

Erwin gab es daher auf, ein Meer von Putz zu befahren, in welchem so wenig persönliche Gestaltung auftauchen wollte, und um sich von den bestandenen Fährlichkeiten zu erholen, machte er längere Ausflüge. Er hielt sich bald in einer der schön gelegenen Universitätsstädte auf, um zugleich die berühmtesten Gelehrten kennen zu lernen und einige gute Studien mitzunehmen; bald machte er sich mit den Orten bekannt, wo vorzüglich die Kunst ihre Pflege fand, und schulte Sinn und Gemüt an dem festlichen Wesen der Künstler. Auf allen diesen Fahrten sah er sich in eine veredelte bürgerliche Welt versetzt, welche, die besseren Güter des Lebens wahrend, sich dieses Lebens mit ungeheucheltem Ernst erfreute. Hier wurden die Kenntnisse und Fähigkeiten mit Fleiß und Ehren geübt, schwärmten und glühten die Frauen wirklich für das, was sie für schön und gut hielten, pflegte jedes Mädchen seine Lieblingsneigung und baute dem Ideal sein eigenes Kapellchen; und weit entfernt, ein aufrichtiges Gespräch darüber zu hassen, wurden sie nicht müde, vom Guten und Rechten zu hören. Dazu brachte der Wechsel der Jahreszeiten mannigfache Festfreuden, die bei aller Einfachheit von altpoetischem Zauber belebt waren. Die schönen Flußtäler, Berghöhen, Waldlandschaften wurden als traute Heimat mit dankbarer Zufriedenheit genossen, wobei die Frauen sich tagelang in freier Luft und guter Laune bewegten; der Waldduft schien ihnen von den Urmüttern her noch wohl zu behagen, und selbst die Bescheidenste scheute sich nicht, einen grünen Kranz zu winden und sich aufs Haupt zu setzen.

Das gefiel dem wackern Erwin nun ungleich besser. Das nähert sich, dachte er, schon eher den Meinungen, die ich herübergebracht habe; es ist nicht möglich, daß diese frohherzigen, sinnigen Wesen inwendig schnöd und philisterhaft beschaffen seien! Auch geriet er ein oder zwei Mal dicht an den Rand eines Verhältnisses, wie man gemein genug zu sagen pflegt. Aber o weh! nun zeigte sich unversehens auch hier eine Art von Kehrseite. Es herrschte nämlich durch einen eigenen Unstern, wo er hinkam, eine solche Öffentlichkeit und gemeinschaftliche Beaufsichtigung in diesen Dingen, daß es unmöglich war, auch nur die ersten Regungen und Blicke ohne allgemeines Mitwissen auszutauschen, geschweige denn zu einem Bekenntnisse zu gelangen, welches zuerst das süße Geheimnis eines Pärchens gewesen wäre. Man schien nur in großer Gesellschaft zu lieben und zu freien und durch die Menge der Zuschauer dazu aufgemuntert zu werden. Sobald ein junger Mann mehrmals mit dem gleichen Mädchen gesprochen, wurde das Verhältnis festgestellt und zur öffentlichen Verlobung gewaltsam in Beschlag genommen. Diese Art war aber für Erwin wie ein Gift. Was nach seinem Gefühle das geheime Übereinkommen zweier Herzen sein mußte, das sollte gleich im Beginn der allgemeinen Teilnahme zur Verfügung gestellt und das Hausrecht des Herzens, der früheste Goldblick des Liebesfrühlings dahingegeben sein. So wurde er denn schon vor dem ersten Kapitel seiner Romane zurückgeschreckt und trug nichts davon als den Verdruß von einigen Klatschereien. Das beweist freilich, daß er eine ordentliche Leidenschaft nicht erfahren hatte; sonst hätte er sich durch solche Schwächen, die dem braven Bürgertum hie und da ankleben, nicht vertreiben lassen. Nichtsdestominder empfand er Verdruß und setzte sich, alles aus dem Sinne schlagend, im ausschließlichen Umgange mit Männern fest, die sich aufeinander angewiesen sahen.

Um diese Zeit, es mögen etwa zwölf Jahre her sein, sah ich Erwin Altenauer in meiner damaligen Heimatstadt, wenn man den Sitz einer Hochschule so nennen darf, wo der Vater als Lehrer hinberufen worden ist, sich ein Haus gekauft und die Tochter des Ortsbankiers geheiratet hat. Ich selbst war kaum zwanzig Jahr alt, obgleich schon seit zwei Jahren Student, so daß ich die Gesellschaft des Deutsch-Amerikaners im Hause meiner Eltern und anderwärts zuweilen genoß. Es war ein nicht kleiner fester Mann mit einem blonden Kopfe und trug nur neue Hüte, aber stets so, als ob es alte Hüte wären. Nur ein paar Sommermonate wollte er in unserer Stadt zubringen, um namentlich eine gewisse Partie älterer Geschichte anzuhören, die ein berühmter Historiker vortrug, und unter dessen Aufsicht die Urkunden zu studieren.

In einem stattlichen Hause, das indessen nur zwei Familien bewohnten, hatte er bei der einen derselben einige Zimmer gemietet, in denen er nicht ermangelte, von Zeit zu Zeit seine Bekannten in der Weise der Junggesellen zu bewirten; sonst aber verbrachte er die Abende gern im fröhlichen Umgange mit gereifteren jungen Leuten verschiedener Nationalität, wie sie mit Bürgerssöhnen aus gutem Hause vermischt in solchen Orten sich zusammenzutun pflegen und von der Mützen tragenden Jugend leicht zu unterscheiden sind, wiewohl sie nicht verschmähen, bei derselben zuweilen vorzusprechen.

In jenem Hause, das noch mit weitläufigen Treppen und Gängen versehen war, fiel ihm seit einiger Zeit bei Ausgang und Rückkehr eine Dienstmagd auf von so herrlichem Wuchs und Gang, daß das ärmliche, obgleich saubere Kleid das Gewand eines Königskindes aus alter Fabelzeit zu sein schien. Ob sie das Wassergefäß auf dem Haupte oder den gefüllten Holzkorb vor sich her trug, immer waren Glieder und Bewegung von der gleichen geschmeidigen Kraft und gelassenen Schönheit; alles aber war beherrscht und harmonisch zusammengehalten durch ein Gesicht, dessen ruhige Regelmäßigkeit von einem Zug leiser unbewußter Schwermut veredelt wurde, einem Zug so leicht und rein wie der Schatten eines durchsichtigen Kristalles. Erwin begegnete der schönen Person nicht oft;

jedesmal aber, wenn sie mit bescheiden gesenktem Blicke still vorüberging, blieb die Erscheinung ihm stundenlang im Sinne haften, ohne daß er jedoch besonders darauf achtete. Eines Tages indessen, als sie auf den Stufen der untern Treppe kniete und scheuerte und er eben herunterstieg, richtete sie sich auf und lehnte sich an das Geländer, um ihn vorbeizulassen; er konnte sich nicht versagen, guten Tag zu wünschen und eine kleine flüchtige Entschuldigung vorzubringen, ohne sich aufzuhalten. Aber in diesem Augenblicke schlug sie ihr Auge so groß und schön auf und ein so mildes halbes Lächeln schwebte wie verwundert um die ernsten Lippen, daß das Bild der armen Magd nicht mehr aus seinen Sinnen verschwand, so zwar, wie wenn einer etwas Gutes weiß, zu dem seine Gedanken jedesmal ruhig zurückkehren, sobald sie nicht zerstreut oder beschäftigt sind. Sonst begab oder änderte sich weiter nichts als daß er sie gelegentlich nach ihrem Namen frug, der auf Regine lautete.

Eines schönen Sonntags, den er im Freien zugebracht, kehrte er spät in der Nacht nach seiner Wohnung heim, mit langsamen Schritten und wohlgemut die Sommerluft genießend. Da und dort schwärmten singende Studenten durch die Gassen, in welche der helle Vollmond schien; vor dem Hause aber, das er endlich erreichte, befand sich ein ganzer Trupp dieses mutwilligen Volkes und umringte eine einsame Frauensperson, die sich an die Haustüre drückte. Ich kann den Auftritt beschreiben, denn ich stand selber dabei. Es war Regine, die auf der runden Freitreppe, drei bis vier Stufen hoch, mit dem Rücken an die Türe gelehnt, dastand und lautlos auf die sehr angeheiterte Schar herabschaute. Sie hatte von ihrer Herrschaft die Erlaubnis erhalten, die Eltern in dem mehrere Stunden entfernten Heimatdorfe zu besuchen, bei der Rückkehr aber die Fahrgelegenheit verfehlt und den Weg in die Nacht hinein zu Fuß zurücklegen müssen. Allein auch die Herrschaft war auf eine Landpartie gegangen und noch nicht zurück, und da Regine keinen Hausschlüssel bei sich führte und überhaupt niemand im Gebäude auf die Glocke zu hören schien, die sie schon mehrmals gezogen, so fand sie sich ausgeschlossen und mußte die Ankunft anderer Hausbewohner abwarten. So fiel sie ihrer Gestalt wegen den jungen Taugenichtsen auf, die nicht säumten, sie zu umringen und mit mehr oder weniger feinen Artigkeiten zu belagern. Der eine nannte sie Liebchen, der andere Schätzchen, dieser Gretchen, jener Mariechen; dann brachten sie ihr ein halblautes Ständchen, und was solcher Kindereien mehr waren; sowie aber einer die Stufen hinansprang, um eine Liebkosung zu wagen, lehnte sie den Angriff mit einer ruhigen Bewegung des freien Armes ab; denn mit der andern Hand hielt sie den von ihr selbst blankgefegten Türknopf gefaßt. Wenn nun einer nach dem andern die Stufen rückwärts hinabstolperte, so lachte der Haufen mit großem Geräusch, ohne daß die Bedrängte darüber ein Vergnügen empfand; vielmehr stieg sie jetzt selbst hinunter und suchte zu entkommen. Aber die Studenten riefen: »Die Löwin will hinaus! Laßt sie nicht durchbrechen!« und schlossen den Ring nur umso dichter.

In diesem Augenblicke drang Erwin, der dem Spiel schon ein Weilchen ganz erstaunt zugesehen, durch die Leute, ergriff die zitternde Magd bei der Hand und führte sie in das Haus, das er mit einer Drehung seines Schlüssels rasch öffnete und ebenso rasch wieder verschloß. Das war so schnell geschehen, daß die Nachtschwärmer ganz verblüfft dastanden und nichts Besseres tun konnten als ihres Weges zu ziehen.

Auf dem Flur, wo jederzeit des Nachts Leuchter bereit standen, zündete Erwin sein Licht an und teilte das Flämmchen mit der aufatmenden Magd, welche froh war, sich geborgen zu wissen und die Herrschaft gebührlicherweise in der Küche erwarten zu können. Und wie es der Welt Lauf ist, so wurde sie von der Sprödigkeit verlassen, die sie soeben noch vor der Türe aufrecht gehalten, und sie litt es, als Erwin ihr mehr schüchtern als unternehmend Hand und Wange streichelte und dies nur einen Augenblick lang; denn obgleich ihr Sonntagskleid fast so dürftig war wie der Werktagsanzug, vom billigsten Zeuge und der ärmlichsten Machenschaft, so verboten doch Form und Ausdruck des Gesichtes die unzarte Berührung jedem, der nicht eben zu den angetrunkenen Gesellen gehörte, und dennoch schien dies Gesicht die Demut selber zu sein.

Von diesem Abend an nahm die stille Erscheinung Erwins Gedanken schon häufiger in Anspruch, und statt ihnen zum bloßen Ruhepunkt zu dienen, zog sie dieselben an sich, auch wenn sie anderwärts verpflichtet waren. Das verspürte er in wenigen Tagen, als er am Fuße der Treppe einen baumlangen Reiterkorporal bei ihr stehen sah, der auf den schweren Pallasch gestützt mit Reginen sprach, während sie nachdenklich an einem Postamente des Geländers lehnte. Erwin merkte im Vorübergehen, daß ein leichtes Rot über ihr Gesicht ging, und schloß daraus auf eine Liebschaft. Das aber störte ihm so alle Ruhe, daß er nach einer halben Stunde das Haus wieder verließ, obgleich niemand mehr im Flur stand, und dermaßen in steter Bewegung den Tag zubrachte. Vergeblich sagte er sich, es sei ja der prächtigen Person nur von Herzen zu gönnen, wenn sie einen so stattlichen Liebsten besitze, der auch ein ernster Mann zu sein schien, wie er in der Schnelligkeit gesehen. Der Umstand, daß es in der Stadt keine Garnison gab und der Reitersmann also von auswärts gekommen sein mußte, ließ das Bestehen eines ernstlichen Liebesverhältnisses noch gewisser erscheinen. Aber nur umso trauriger ward ihm zu Mut. Umsonst fragte er sich, ob er denn etwas Besseres wisse für das Mädchen, ob er sie selbst heimführen würde? Er wußte keine Antwort darauf. Dafür wurde die schöne Gestalt durch das Licht einer Liebesneigung, die er sich recht innig und tief, so recht im Tone deutscher Volkslieder vorstellte, von einem romantischen Schimmer übergossen, der die erwachende Trauer des Ausgeschlossenseins noch dunkler machte. Denn an einem offenen Paradiesgärtlein geht der Mensch gleichgültig vorbei und wird erst traurig, wenn es verschlossen ist.

Früher als gewöhnlich verließ er am Abend seine Gesellschaft und suchte seine Wohnung auf. Da holte er vor der

Türe, die zu seinen Zimmern führte, unversehens die Regine ein, welche zu ihrer Schlafkammer in den Dachräumen hinaufstieg. Sie hielt neben dem Lichte einen kleinen Bogen Briefpapier in der Hand. Der war ihr soeben auf den Boden gefallen, dabei leicht beschmutzt und auch etwas zerknittert worden, und sie besah sich den Schaden, fügte aber sogleich noch einen Ölfleck hinzu von dem Küchenlämpchen her, das ihr von der Herrschaft gegönnt war.

»Was haben Sie da für einen Verdruß, gute Regine?« fragte Erwin, indem er die Türe aufschloß.

»Ach Gott«, sagte sie, »ich soll einen Brief schreiben und habe mir ein Blatt Papier dazu erbeten; und jetzt ist es schon verdorben, eh ich nur oben bin!«

»Kommen Sie mit mir herein, ich geb Ihnen ein anderes!« versetzte er, und sie ging in gutem Vertrauen mit ihm, blieb aber bescheiden an der Zimmertüre stehen, während er ein Büchlein des schönsten Papieres zurecht machte. »Haben Sie denn auch Tinte und Federn?«

»Etwas Tinte habe ich in einem Fläschchen, freilich halb eingetrocknet, und eine kritzliche, kratzliche Stahlfeder ist auch noch da!« erwiderte sie.

»So nehmen Sie hier von diesen Federn mit und holen Sie sich Tinte oder nehmen Sie gleich die Flasche, die Sie ja wiederbringen können. Haben Sie auch einen Tisch zum Schreiben?«

»Leider nein, nur meine Kleiderkommode!«

»Ei, so schreiben Sie hier an diesem Tisch! Ich werde Sie nicht stören und Sie haben sich keineswegs zu scheuen! Oder mögen Sie am Pult schreiben, so sind Sie gerade noch groß genug dazu.«

Er zündete gleichzeitig eine Lampe an, die helles Licht verbreitete, und wendete sich dann wieder zu der schweigenden Person, deren Gesicht, wie am Tage schon einmal, die leichte Röte überflog, mit den Worten: »Sagen Sie, Regine, der schöne Dragoner, der heute bei Ihnen war, ist natürlich Ihr

Schatz? Da ist Ihnen wahrhaftig Glück zu wünschen!« Welche Worte er mit veränderter, etwas unsicherer Stimme hervorbrachte, wie wenn er in Herzensangelegenheiten vor einer großen Weltdame stände.

Das Rot in ihrem Gesichte wurde tiefer und spiegelte sich in dem seinigen, das trotz seiner acht oder neunundzwanzig Jahre ebenfalls rötlich anlief. Zugleich aber blitzten ihre Augen nicht ohne einige Schalkheit der harmlosesten Art zu ihm hinüber, als sie antwortete: »Das war ein Bruder von mir!« Ob sie im übrigen einen Schatz besitze oder nicht, vergaß sie zu sagen. Auch verlangte Erwin diesmal nichts weiteres zu erfahren, sondern schien mit dem Bruder so vollkommen zufrieden, daß seine anbrechende Heiterkeit unverkennbar war und auch dem Mädchen das Herz leicht machte. Ehe sie sich dessen versah, stand sie an dem Stehpulte und schrieb ihren Brief. Sie schrieb, ohne sich zu besinnen, in schönen graden Zeilen eine Seite herunter und faltete das Blatt, ohne das Geschriebene nochmals anzusehen. Erwins Vergnügen, ihr von einem Sofa aus gemächlich zuzuschauen, war daher schon vorbei. Er gab ihr einen Umschlag und sie schrieb, wie er nun in der Nähe sah, mit regelmäßigen saubern Zügen die Adresse an ihre Mutter.

»Wollen sie gleich siegeln?« fragte er, was sie dankbar bejahte. Er bot ihr eine Achatschale hin, worin ein Siegelring und mehrere Petschafte lagen mit fein geschnittenen Wappen, Namenszügen oder antiken Steinen, und lud sie ein, sich ein Siegel zu wählen. Nach Jahren, als sich das Zukünftige begeben hatte, erinnerte er sich mit Wehmut des zartsinnigen Zuges, wie das unwissende junge Weib sich scheute, eines von den kostbaren fremden Siegeln zu gebrauchen, und wünschte mit dem zinnernen Jackenknopfe zu petschieren, den sie zu diesem Zwecke aufbewahre. Es sei ein kleiner Stern darauf abgebildet.

»Damit kann ich auch dienen!« rief er und zog seinen goldenen Bleistifthalter aus der Tasche; das obere Ende desselben war wirklich mit einem runden Plättchen versehen, das einen Stern zeigte und zum Versiegeln eines Briefes tauglich war.

Das ließ sich Regine gefallen. Erwin erwärmte das hochrote Wachs und brachte es auf den Brief; Regine drückte den Stern darauf, und als das schwierige Werk vollbracht war, atmete sie bedächtig auf und sah ihn mit einem treuherzigen Lächeln an.

Den Brief in der Hand haltend, konnte sie jetzt füglich gehen; doch wußte der junge Mann sie noch mit einer Frage aufzuhalten, an die sich eine andere und eine dritte reihte, und so stand Regine an derselben Stelle, bis eine gute Stunde verflossen war, und plauderte mit ihm, der an seinem Arbeitstische lehnte. Er frug nach ihrer Heimat und nach den Ihrigen und sie beantwortete die Fragen ohne Rückhalt, erzählte auch manches freiwillig, da vielleicht noch nie jemand, seit sie unter Fremden ihr Brot verdiente, sich so teilnehmend nach diesen Dingen erkundigt hatte. Sie war das Kind armer Bauersleute, die einen Teil des Jahres im Tagelohn arbeiten mußten. Nicht nur die acht Kinder, Söhne und Töchter, sondern auch die Eltern waren wohlgestaltete große Leute, ein Geschlecht, dessen ungebrochene Leiblichkeit noch aus den Tiefen uralten Volkstumes hervorgegangen. Nicht so verhielt es sich mit dem Seelenwesen, der Beweglichkeit, der moralischen Widerstandskraft und der Glücksfähigkeit der großwüchsigen Familie. In Handel und Wandel wußten sie sich nicht zeitig und aufmerksam zu kehren und zu drehen, den Erwerb vorzubereiten und zu sichern, und statt der Not gelassen aus dem Wege zu gehen, ließen sie dieselbe nahe kommen und starrten ihr ratlos ins Gesicht. Der Vater war durch einen fallenden Waldbaum verstümmelt, die lange Mutter voll bitterer Worte und nutzloser Anschläge; zwei Söhne standen im Militärdienste, der dritte half zu Hause, und die fünf Töchter lebten meistens zerstreut als Dienstmägde und mit verschiedenen Schicksalen, die nicht alle erfreulich oder kummerlos waren für sie und die Angehörigen.

Ungefähr so gestaltete sich das Bild, das Erwin den Worten der Magd entnahm, beinahe das Bild verfallender Größe, welche ihre Sterne verlassen haben, eines Geschlechtes, das im

Laufe der Jahrhunderte vielleicht seine Freiheit dreimal verloren und wieder gewonnen hatte, zuletzt aber nichts mehr damit anzufangen wußte, da es über den Leiden des Kampfes das Geschick verloren. Oder war es zu vergleichen mit einem verkommenen Adelsgeschlechte, das sich in die Lebensart des Jahrhunderts nicht finden kann? Aus den unzusammenhängenden Mitteilungen schloß er aber auch, daß Regine, obgleich das jüngste der Kinder, gewissermaßen das beste, nämlich der stille, anspruchslose Halt der Familie war, an welchen sich Alle wendeten, und das deshalb so ärmlich gekleidet ging, weil es alles hergab, was es aufbrachte, während die andern Schwestern nicht ermangelten sich aufzuputzen, so gut sie es vermochten.

Auch heute war sie wieder in Anspruch genommen worden. Erst neulich hatte sie fast ihren ganzen Vierteljahrslohn den Eltern gebracht, da eine der Töchter in übeln Umständen heimgekommen. Jetzt wurde der Vater von einer nicht eben großen, aber dringenden Schuld geplagt und hatte durch die Mutter dem Dragoner schreiben lassen, daß er entweder selbst etwas Geld zu entlehnen trachten oder aber zur Regine gehen solle, daß diese helfe. Natürlich konnte der Soldat nichts tun, denn der hatte genug zu schaffen, mit kümmerlichen Entlehnungen seinen Sold zu ergänzen. Darum war er zur Schwester herübergekommen, und diese empfand zur übrigen Sorge den Verdruß über die fruchtlosen Reisekosten des Bruders, so klein sie waren, weil sie im Augenblicke auch nicht helfen konnte. Sie hatte darum der Mutter geschrieben, man müsse unter allen Umständen einige Wochen Frist zu erlangen suchen; vorher dürfe sie ihre Herrschaft nicht schon wieder um Geld angehen. Auch hatte sie bei diesen Aussichten bereits seit dem heutigen Vormittage auf den kühnen Plan verzichtet, sich im Herbst einmal ein wollenes Kleid machen zu lassen, wie andere ordentliche Mädchen es im Winter trugen.

Als Erwin sie zum ersten Mal so viel hintereinander sprechen hörte, wurde er von der weichen Beweglichkeit ihrer Stimme angenehm erregt, da die traulichen Worte, je mehr sie in Fluß gerieten, immer mehr einen der schönen Gestalt entsprechenden Wohlklang annahmen, den vielleicht noch niemand im Hause kannte. Aber noch wärmer erregte ihn der Gedanke, daß der Not des guten Wesens so leicht zu steuern sei; um sie jedoch nicht allfällig sofort zu verscheuchen oder argwöhnisch zu machen, unterließ er für einmal jedes Anerbieten einer Hilfe und begnügte sich mit ein paar leichthin tröstenden Worten: das sei ja alles nicht so betrüblich, wie es aussehe, und werde sich schon ein Ausweg finden, sie solle nur so gut und brav bleiben, und so weiter. Ihr düster gewordenes Angesicht hellte sich auch zusehends auf, so freundlich wirkte der ungewohnte Zuspruch auf ihr einsames Gemüt, und gewiß zehnmal wohltuender als wenn er sofort die Börse gezogen und sie gefragt hätte, wieviel sie bedürfe.

Es lief indessen doch nicht ohne alle Bedenklichkeiten ab. Denn als sie, über die so schnell verflossene Stunde erschreckend, sich entfernen wollte und die Zimmertüre öffnete, hörte man von den Treppen her ein Geräusch von Weiberstimmen. Es waren die übrigen Dienstboten des Hauses, die ihre Schlafstellen aufsuchten, und es schien allerdings nicht geraten, daß Regine in diesem Augenblicke aus der Türe des fremden Herren und Hausgenossen trat. Sie drückte ängstlich die Türe wieder zu und blickte dabei den Herren Erwin Altenauer leicht erblassend an, ungefähr wie wenn es an einem Frühlingsabende schwach wetterleuchtet, und Erwin half ihr wortlos auf das Verhallen der Mädchenstimmen lauschen. In diesem Augenblicke sahen sie sich an und wußten, daß sie allein zusammen seien und ein Geheimnis hatten, wenn auch ein unschuldiges. Als man nichts mehr hörte, öffnete Erwin sachte die äußere Türe und entließ die schöne große Jungfrau mit ihrem Lämpchen. Mit milden klugen Augen, ein wenig traurig wie immer, nickte sie ihm gute Nacht; etwas Neuartiges lag in ihrem Blicke, das ihr wohl selbst nicht bewußt war; doch flackerte das Flämmchen ihrer bescheidenen Lampe hell und tapfer in der

Zugluft, welche durch das Treppenhaus wehte, weil die Vorgängerinnen wahrscheinlich die Bodentüre offen gelassen.

Es vergingen nicht viele Tage, bis es Erwin gelang, das Mädchen mit seinem Lämpchen abermals in seine Zimmer zu locken, und bald stellte sich die Gewohnheit ein, daß Regine jeden Abend ein halbes oder auch ganzes Stündchen bei ihm eintrat, bald vor dem Aufstieg der anderen Mägde, bald nach demselben; wahrscheinlich war das bewahrte Geheimnis, die Heimlichkeit der vorzüglichste Anreiz, welcher der guten Freundschaft und dem Wohlgefallen der jungen Leute den Charakter einer Liebschaft gab. Regine war aber so ganz von Vertrauen zu dem stets besonnenen und an sich haltenden Manne erfüllt, daß sie alle Bedenken aus den Augen setzte und sich rückhaltlos dem Vergnügen hingab, die kurzen Stunden eines bessern Daseins zu genießen. Sie war, mit Verlaub zu sagen, Weib genug, um von ihrer günstigen Erscheinung zu wissen; aber mit umso größerer Dankbarkeit empfand sie zum ersten Mal die Ehre, die ein gesitteter Mann ihrer Schönheit antat, ohne daß sie wie eine gescheuchte Katze sich zu wehren brauchte. Erwin aber tat ihr die Ehre an, weil er bereits den Gedanken groß zog, sich hier aus Dunkelheit und Not die Gefährtin zu holen.

Also lebten sie in rein menschlicher Lebensluft so beglückt, wie zwei ebenbürtige Wesen in stiller Heimlichkeit es nur sein konnten; Regine nur die Gegenwart genießend, ohne Hoffnung für die Zukunft, Erwin zugleich von frohen Ahnungen dessen bewegt, was noch kommen mochte. Als er sie eines Abends bei guter Gelegenheit überredete, nun der Eltern wegen der ersehnten Hilfe zu gedenken, und sie zwang zu schreiben und sogleich die nötige Baarschaft zu verpacken, die ihm lächerlich klein erschien, da fügte sie sich mit geheimer Zärtlichkeit des Herzens, nicht aus Eigennutz, sondern weil es von ihm und nicht von einem Andern kam. Diesmal las er den Brief, den sie schrieb, und sah, daß die Sätze allerdings kurz und mager waren, wie eben das Volk schreibt; allein er entdeckte nicht einen einzigen Fehler gegen Rechtschreibung und Sprachlehre und auch keinen gegen Sinn und Gebrauch der Sprache.

»Sie schreiben ja wie ein Actuarius!« sagte er, indem ein Strahl von Freude seine Augen erhellte.

»O wir hatten einen guten Schulmeister!« erwiderte sie froh über sein Lob; »aber das ist nichts, ich habe eine Schwester, die schreibt im Umsehn ganze Briefe voll Torheiten, ohne alle Fehler; wenn sie nur sonst recht täte!« schloß sie mit einem Seufzer. Wie sich später erwies, reiste nämlich die Schwester auf Liebschaften herum und stellte ihre Schönheit nicht unter den Scheffel. Auch war sie schon einmal mit einem kleinen Kind heimgekommen.

Zum Schreiben hatte Regine jetzt gesessen, was sie in Erwins Zimmer noch nie getan. Sie nahm eine amerikanische Zeitung in die Hand, die auf dem Tische lag, und versuchte zu lesen.

»Das ist Englisch!« sagte Erwin, »wollen Sies lernen? Dann können Sie mit mir nach Amerika kommen und einen reichen Mann heiraten!«

Sie errötete stark. »Lernen möcht ich es schon«, sagte sie, »vielleicht fahr ich doch einmal hinüber, wenn es hier zu arg wird!«

Erwin sprach ihr einige Worte vor; sie lachte, bemühte sich aber, in den Geist der wunderbaren Laute einzudringen, und es gelang ihr noch am gleichen Abend, eine Reihe von Worten richtig zu wiederholen und das Alphabet englisch auszusprechen. Ernstlich schlug er ihr nun vor, jeden Abend eine förmliche Unterrichtsstunde bei ihm durchzumachen. Sie tat es mit ebensoviel Eifer als Geschick; kaum waren zwei Wochen verflossen, so sah Erwin, daß dieses höchst merkwürdige Wesen, das sich selbst nicht kannte, alles zu lernen im stande war, ohne einen Augenblick die demütige Ruhe zu verlieren. Er schlug plötzlich das Buch zu, über welchem sie zusammen saßen, ergriff ihre Hand und sagte:

»Liebe Regine, ich will nicht länger warten und säumen! Wollen Sie meine Frau sein und mit mir gehen?«

Sie zuckte zusammen, erbleichte und starrte ihn an, wie eine Tote.

»Nun ist es aus«, sagte sie endlich, indem sie den Kopf auf die Hände stützte; »und ich war so vergnügt!«

»Wieso? Was will das sagen, liebes Kind? Bin ich dir zuwider, oder ist sonst etwas im Wege, das dich bedrängt und hindert?« rief Erwin und legte unwillkürlich den Arm um sie, wie um sie zu schützen und aufrecht zu halten. Aber sie legte seinen Arm leidvoll und entschieden weg und fing an zu weinen.

Sei es nun, daß sie in ihrer geringen und aus dunklen Quellen geschöpften Weltkenntnis den Augenblick gekommen wähnte, wo ein geliebter Mann sich mit einem Heiratsversprechen entlarvte, das ja niemals ernst gemeint sein konnte; sei es, daß sie es für ihre Pflicht hielt, einem ernsten Antrage zu widerstehen, indem sie sich als Gattin eines vornehmen Herren unmöglich dachte; oder sei es endlich, daß sie schon um ihrer Familienverhältnisse willen, die schlimmer waren als sie bisher geoffenbart, sich scheute, den fremden Mann, der so glücklich lebte, an sich zu binden: sie wußte sich nicht zu helfen und schüttelte nur den Kopf.

»Ich glaubte, du seiest mir ein wenig gut!« sagte Erwin kleinlaut und betroffen.

»Es war nicht recht von mir«, rief sie schluchzend, »es auch einmal ein bißchen gut haben und etwa ein Stündchen ungestraft bei einem sitzen zu wollen, den ich so gern habe! Mehr wollte ich ja nicht! Nun ist es vorbei und ich muß gehen!«

Sie stand gewaltsam auf, zündete das Lämpchen an, und ohne sich halten zu lassen, eilte sie hinaus und so stürmisch die Treppe hinauf, daß das Flämmchen verlöschte und sie im Dunkeln verschwand. Am andern Tage, als er ihr zu begegnen suchte, war sie auch aus dem Hause verschwunden. Da er vorsichtig nachforschte, hörte er, sie sei plötzlich aufgebrochen und in ihre Heimat gegangen, und als sie nach mehreren Tagen noch nicht zurückgekehrt war, nahm er einen Wagen und fuhr hinaus, sie aufzufinden. Er traf sie auch in der ärmlichen Behausung der Ihrigen, und zwar in großer Trauer sitzend. Gleich einem Türken bestaunten ihn die großen Leute, Weiber und Männer; aber er erklärte sich sogleich und verlangte die Tochter Regina zur Frau. Und um zu beweisen, wie er es meine, begehrte er den Stand ihrer häuslichen Angelegenheiten zu erfahren und versprach, ohne Verzug zu helfen. Nachdem die Leute sich erst etwas gesammelt und seine Meinung verstanden hatten, beeiferten sie sich, alles offen darzulegen, wobei aber der Alte die Weiber, mit Ausnahme Reginens, hinausschicken mußte, da sie alles vermengten und verdrehten. Auch der Sohn benahm sich neben dem einbeinigen Alten vernünftig und schien doch nicht ohne Hoffnung. Es zeigte sich, daß das kleine Gütchen verschuldet war; allein die Auslösung erforderte eine Summe, die für Erwins Mittel nicht in Betracht kam; es waren eben kümmerlich kleine Verhältnisse. Ließ er obenein noch eine ähnliche oder geringere Summe da, so geriet das reckenhafte Völklein in einen ungewohnten kleinen Wohlstand, und die fernere Vorsorge war ja nicht benommen. Überdies versprach Erwin, seinen Einfluß dafür zu verwenden, daß die beiden im Dienste stehenden Söhne, deren Entlassung nahe bevorstand, ein gutes Unterkommen fänden, wo sie sich emporbringen könnten, bis er besser für sie zu sorgen vermochte, und was die Töchter betraf, so mischte er sich nicht in deren Geschäfte, sondern empfahl dieselben in seinem Innern der lieben Vorsehung. Kurz, es begab sich alles auf das zweckdienlichste nach menschlicher Berechnung. Regine sah zu und redete nicht ein Wort, auch nicht, als Erwin sie in die Kutsche hob, mit welcher er sie unter dem Segen der Eltern entführte. Erst als sie drin saß und die Pferde auf der Landstraße trabten, fiel sie ihm um den Hals und tat sich nach den ausgestandenen Leiden gütlich an seiner Freude, sie nun doch zu besitzen.

Er fuhr aber nicht in unsere Stadt zurück, sondern nach der nächsten Bahnstation und bestieg dort mit Reginen den Bahnzug. In einer der deutschen Städte, darin er schon gelebt, kannte er eine würdige und verständige Gelehrtenwitwe, welche genötigt war, fremden Leuten Wohnung und Kost zu geben. Er hatte selbst dort gewohnt. Dieser wackeren Frau vertraute er sich an, ließ Reginen für ein halbes Jahr bei ihr, damit sie gute Kleider tragen lernte und die von der Arbeit rauhen Hände weiß werden konnten. Dann trennte er sich, wenn auch ungern, von der wie im Traume wandelnden Regine, reiste in unsere Universitätsstadt zurück, um den dortigen Aufenthalt zu beendigen, und so weiter, bis nach Verfluß von weniger als sieben Monaten die brave schöne Regine als seine Gattin abermals neben ihm in einem Reisewagen saß.

Als Reinhart glücklich die Magd auf die Hochzeitsreise geschickt, hielt er einen Augenblick inne und bemerkte erst jetzt, daß das Schnurren der Spinnräder nicht mehr zu hören war; denn die beiden Mädchen hatten über dem erfreulichen Schicksal der Regine das Spinnen vergessen, und die Augen gespannt auf den Erzähler gerichtet, hielten sie Daum und Zeigefinger in der Luft, ohne daß der Faden lief. Die eine mochte sich das schöne Reisekleid der glückhaften Person vorstellen, die andere in Gedanken die goldene Damenuhr betrachten, die ihr ohne Zweifel an langer Kette hing. Hinwiederum bedachte jene die Herrlichkeit des Augenblickes, wo sie im Fall wäre, selbsteigene Dienstboten anzustellen und aus einer großen Zahl sich meldender Mädchen, auf dem Sofa sitzend, einige auszuwählen. Die andere aber nahm sich vor, an Reginens Stelle jedenfalls sofort wenigstens sechs Paar neue Stiefelchen von Zeug und von feinstem Leder machen zu lassen, und mit süßem Schauer sah sie schon den jungen, ledigen Schuhmachermeister vor sich, den sie hatte ins Haus kommen lassen, die Stiefelchen anzumessen, jedes Paar besonders, und sie hielt ihm huldvoll den Fuß hin, bereit, ihm auch die Hand zu schenken, um welche der Blöde endlich anhalten würde. Aber wie ist denn das? Sie wäre ja schon verheiratet und könnte den Schuhmacher nicht mehr nehmen? Aber sie ist ja nicht die Regine, welche den Amerikaner hat, sondern das ledige Bärbchen! Aber nun ist sie ja nicht reich und kann die Stiefeletten nicht bestellen – kurz, sie verwickelte sich ganz in dem Garn ihrer Spekulationen, während Ännchen, das andere Mädchen, bereits drei Köchinnen angestellt und zwei wieder weggejagt hatte.

Da sagte Lucie: »Wenn ihr müde seid, ihr Mädchen, so stellt die Räder weg und geht schlafen! Die merkwürdige Regine ist jetzt versorgt und braucht wahrscheinlich nicht mehr früh aufzustehen, wie ihr es morgen tun müßt.«

Die hübschen Dienerinnen erhoben sich ohne Zögern, als sie dergestalt aus ihrer kurzen Träumerei geweckt worden, und trugen gehorsam die Spinnrädchen aus dem Zimmer.

Zu Reinhart gewendet, fuhr Lucie fort: »Ich wollte es nicht darauf ankommen lassen, daß die guten Kinder die Kehrseite oder den Ausgang Ihrer Geschichte mit anhören; denn soviel ich vermuten kann, wird es nun über die Bildung hergehen, welche an dem in Aussicht stehenden Unheil schuld sein soll, und da wünschte ich denn doch nicht, daß die Mädchen gegen den gebildeten Frauenstand aufsätzig würden!«

»Ich überlege soeben«, erwiderte Reinhart lächelnd, »daß ich am Ende unbesonnen handle und meine eigenen Lehrsätze in bewußter Materie untergrabe, indem ich die Geschichte fertig erzähle und deren Verlauf auseinander lese. Vielleicht werden Sie sagen, es sei nicht die rechte Bildung gewesen, an welcher das Schiff gescheitert. Am besten tu ich wohl, wenn ich Sie mit dem Schlusse verschone!«

»Nein, fahren Sie fort, es ist immer lehrreich zu vernehmen, was die Herren hinsichtlich unseres Geschlechtes für wünschenswert und erbaulich halten; ich fürchte, es ist zuweilen nicht viel tiefsinniger als das Ideal, welches unsern Romanschreiberinnen bei Entwerfung ihrer Heldengestalten oder ersten Liebhaber vorschwebt, wegen deren sie so oft ausgelacht werden.«

»Sie vergessen, daß ich keine eigene Erfindung offenbare, sondern über fremdes Schicksal berichte, das mich persönlich wenig berührt hat.«

»Umso gewissenhafter halten Sie sich an die Wahrheit, damit wir den Fall dann prüfen und reiflich beraten können!« sagte Lucie, und Reinhart erzählte weiter:

*E*rwin Altenauer hatte seine Verheiratung so geheim betrieben, daß in unserer Stadt niemand darum wußte; selbst die Herrschaft der ehemaligen Magd und die übrigen Hausgenossen ahnten nichts von dem Vorgange, und jedermann glaubte, er habe einfach seinen Aufenthalt bei uns beendigt und sei abgereist, wie man das an solchen Gästen ja gewohnt war. Etwa anderthalb Jahre später lebte ich in der Hauptstadt, in welcher jene amerikanische Gesandtschaft residierte. Ich benutzte die dortigen Anstalten zur Fortsetzung meiner etwas willkürlichen und ungeregelten Studien, dünkte mich übrigens schon über das Studententum hinaus zu sein und ging nur mit Leuten um, die alle einige Jahre älter waren als ich.

Auf einmal tauchte Herr Erwin wieder auf. Als ich ihm irgendwo begegnete, lud er mich ein, ihn zu besuchen. Ich fand ihn in wohleingerichteter Wohnung, die von gutem Geschmacke förmlich glänzte, und zwar in tiefer, stiller Ruhe. Zu meiner Überraschung wurde ich der Gemahlin vorgestellt, einer vornehm gekleideten allerschönsten Dame von herrlicher Gestalt. Das reiche Haar war modisch geordnet, die nicht zu kleine, aber wohlgeformte Hand ganz weiß und mit altertümlichen bunten Ringen geschmückt, den Geschenken aus den Familienschätzen des Hauses in Boston. Ich hatte die Regine nur jenes einzige Mal in der Nacht gesehen, wo ich dabei stand, als sie von den Studenten bedrängt wurde; ihre Gesichtszüge waren mir kaum erkennbar geworden, doch auch sonst hätte ich jetzt nicht vermuten können, daß die arme Magd vor mir stand, weil die kleine Begebenheit mir vollkommen aus dem Gedächtnis verschwunden war. Ein Anflug von Schwerfälligkeit in den Bewegungen, der sich erst mit der eleganten Bekleidung eingestellt, war schon im Verschwinden begriffen und schien eher ein Zeichen fremdartigen Wesens als etwas anderes zu sein. Sie sprach ziemlich geläufig Englisch und auch etwas Französisch, wie sich im Verlaufe zeigte, letzteres sogar besser als die meisten Damen bei den amerikanischen Legationen. Als sie hörte, woher ich sei, sah sie ihren Mann flüchtig an, wie wenn sie ihn über ihr Verhalten befragen wollte; er rührte sich aber nicht und so ließ sie sich auch weiter nichts merken. Dennoch schämte er sich nicht etwa ihres frühern niedern Standes, sondern wollte denselben nur so lange geheim halten, bis sie völlige Freiheit und Sicherheit der Haltung und damit eine Schutzwehr gegen Demütigungen erworben habe.

Da er indessen das Bedürfnis offener Mitteilung nach irgend einer Seite hin nicht ganz unterdrücken konnte, schon um dem Geheimnisse jeden verdächtigen Charakter zu nehmen, wählte er mich bald zum Mitwisser, und ich war nicht wenig verwundert, in der eigentümlichen Staatsdame die arme Magd wiederzufinden, die jetzt allmählig in meinem Gedächtnisse lebendig ward, wie sie wortlos die Bedränger von sich abwehrte. Auch der Frau geschah damit ein Gefallen; denn sie hatte wenigstens außer ihrem Manne noch einen Menschen, mit welchem sie ohne Rückhalt von sich sprechen konnte.

Ich erfuhr nun auch, in wie seltsamer Art Erwin die Ausbildung der Frau bisanhin durchgeführt hatte. Vor allem war er mit ihr nach London gegangen, da es ihm zuerst um die englische Sprache zu tun gewesen; und damit sie vor jeder häuslichen Arbeit bewahrt blieb, wohnte er, wie später in Paris, nur in Gasthäusern, und auch dort mußte er fortwährend aufpassen und dazwischen treten, daß sie nicht die Zimmer selbst aufräumte und die Betten machte oder gar zu den Dienstboten und Angestellten in die Küche ging, um ihnen zu helfen. Ebenso kostete es ihn einige Mühe, sie an größere Zurückhaltung gegenüber den Dienenden und Geringen zu gewöhnen, so zwar daß sie, ohne der menschlichen Freiheit Abbruch zu tun, die zu große Vertraulichkeit vermeiden lernte, um einst leichter befehlen zu können. Dieser Punkt soll für beide Personen nicht ohne etwelche Bekümmernis erledigt worden sein; denn während Regine sich immer wieder vergaß und schwer begriff, warum sie nicht mit ihresgleichen über alles plaudern sollte, was diese freute oder bedrückte, dachte Erwin fortwährend nur an den gemessenen Ton, der in seinem elterlichen Hause herrschte, und an die Rangstufe, welche Regine dort einzunehmen berufen war. Die Heimführung, die noch bevorstand, beherrschte alle seine Gedanken; in Reginen hoffte er ein Bild verklärten deutschen Volkstumes über das Meer zu bringen, das sich sehen lassen dürfe und durch ein außergewöhnliches Schicksal nur noch idealer geworden sei. Wollte er aber diesen Erfolg nicht nur einem Glücksfunde, sondern auch seiner liebevoll bildenden Hand verdanken, so war ihm nur umso mehr daran gelegen, daß auch in Nebendingen das Werk so vollkommen als möglich sei und sein Triumph durch keine kleinste Unzukömmlichkeit gestört werde. Man kann wohl sagen, daß er bei aller Humanität und Freisinnigkeit, die ihn beseelte, hierin umso geiziger, ja ängstlicher war als er sich in allen wesentlichen und wichtigen Dingen ganz sicher fühlte.

Ein zweifelloser Erfolg seiner Erziehungskunst blühte ihm fast unerwartet auf einem andern Gebiete. Während des Aufenthaltes in England war ein berühmter deutscher Männerchor dorthin gekommen, um in einer Reihe von Konzerten sich mit großem Aufsehen hören zu lassen. Erwin, der keine Gelegenheit versäumte, seiner Frau alle bildenden Genüsse zugänglich zu machen, führte Reginen ebenfalls in die weite Halle, wo Tausende von Menschen als Zuhörer versammelt waren. Sie wagte sich kaum zu rühren, mitten in dem Heere von reichen und geschmückten Leuten sitzend, und vernahm nicht eben viel Einzelnes von den Gesängen. Da hoben die neunzig bis hundert Sänger so deutlich und ausdrucksvoll, wie wenn sie nur *ein* Mann wären, die Weise eines altdeutschen Volksliedes an, daß Regine jedes Wort und jeden Ton augenblicklich erkannte, denn sie hatte das Lied als halbwüchsiges Mädchen einst selber gesungen und es erst in der Dienstbarkeit und Mühsal des Lebens vergessen. Unverwandt lauschend blickte sie nach dem Häuflein der schwarzgekleideten Männer hin, das wie eine dunkle Klippe aus dem schweigenden und schimmernden Menschenmeere ragte, und was sie hörte, war und blieb das Lied aus ihren Jugendtagen, die so schwermütig waren wie das Lied. Der brausende Beifall, der dem letzten Tone folgte, weckte sie aus der traumartigen Versenkung, und erst jetzt schaute sie erstaunt zu ihrem Manne hinüber, als ob sie fragen wollte, was das gewesen sei. Der wies auf den Text in dem Hefte hin, das sie in der Hand hielt, ohne es bis jetzt gebraucht zu haben, und wahrlich, da stand das Lied zu lesen, Wort für Wort.

Beim Nachhausefahren fing sie es im Dunkel des Wagens an zu singen, und als Erwin über die anmutige Regung erfreut ihre Hand faßte, frug sie, was das nur sei, daß ein schlichtes Liedchen armer Landleute so fern von der Heimat gesungen werde und einer vornehmen Menschheit so gut gefalle? Noch mehr vergnügt über diese Frage, erwiderte er, Grund und Ursache der Erscheinung seien die gleichen, warum auch sie, das Kind des Volkes, ihm so wohl gefalle und so sehr von ihm geliebt werde. Dann sagte er ihr vorderhand das Nötigste über die Sache; schon am nächsten Tage aber suchte er einen deutschen Buchhändler auf, der, wie er gehört, auch alte Sachen kaufte und wieder verkaufte, und bei diesem fand er die bekannte Sammlung, welche Des Knaben Wunderhorn heißt. Er lehrte sie das kleine Lied in den stattlichen Bänden auffinden, und sie erblickte und las es mit einem gewissen Stolze zwischen den Hunderten von ähnlichen und noch schöneren Liedern. Aber auch diese las sie und legte das Buch nicht aus der Hand, bis sie es durchgelesen hatte, manches Lied zwei- und dreimal. So ereignete sich das Seltene, daß ein ungeschultes Volkskind ein starkes Buch Gedichte mit Aufmerksamkeit und Genuß durchlas in einem Zeitalter, wo Gebildete dergleichen fast nie mehr über sich bringen. Da sie liebte, so fühlte sie erst jetzt noch das schöne Glühen der Leidenschaft mit, wie es in jenen Liedern zum Ausdrucke kommt, und sie empfand dies Glühen umso glückseliger als sie selbst ja in sicheren Liebesarmen ruhte.

Jetzt aber nahm Erwin den Augenblick wahr und holte die Goetheschen Jugendlieder herbei. Zuerst zeigte er ihr diejenigen, die der Dichter dem Volkstone abgelauscht und nachgesungen; dann las er mit ihr eins ums andere der aus dem eigenen Blute entstandenen, indem er der wohlig an ihn gelehnten Frau die betreffenden Geschichten dazu erzählte. Wie über eine leichte Regenbogenbrücke ging sie vom Wunderhorn in dieses lichte Gehölz maigrüner Ahornstämmchen hinüber, oder einfacher gesagt, es dauerte nicht lang, so regierte sie das Büchlein selbständig, und es lag auf ihrem Tisch, wie wenn sie die erinnerungsreiche und wählerische Matrone einer vergangenen Zeit gewesen wäre, und doch lebte sie alles, was darin stand, mit Jugendblut durch, und Erwin küßte die erwachenden Spuren eines neuen Geistes ihr von Augen und Mund.

Es kann natürlich nicht jeder Pfad und jedes Brücklein aufgezeigt werden, auf denen Altenauer nun dem holden Weibe das Bewußtsein zuführte, nicht als ein Schulmeister, sondern mehr als ein aufmerksamer und dankbarer Finder von allerlei kleinen Glücksfällen. In Paris, wohin er sie nachher führte, galt es vorzugsweise durch das Auge zu lernen, und da er selbst Vieles zum ersten Male sah, so lernte er mit ihr gemeinsam und erklärte ihr gemächlich, was er soeben erfahren. Sie nahm ihm die Neuigkeiten begierig vom Munde und sammelte sie so geizig auf wie ein junges Mädchen die Blumen ihres Liebhabers. Und die kleinen Dinge, die ein solches etwa in der Schule gelernt hat, wie das Verständnis der Landkarte und dergleichen, wurden ganz nebenbei, ohne allen Zeitverlust, betrieben. Nur wollte einstweilen kein rechter Zusammenhang in die Sachen kommen; auch beschäftigte es zuweilen Erwins Gedanken, daß Regine wohl allerlei Lehrhaftes aus seinem Munde hören, nie aber solches für sich allein lesen wollte. Sie brachte es nicht über sich, nur einige Seiten Geschichtliches oder Beschauliches hintereinander in sich aufzunehmen, und legte jedes Buch dieser Art bald weg. Doch hoffte er nun, nachdem über alles Erwarten es bis jetzt so herrlich gegangen, die Hauptsache eben in Deutschland zu erreichen, und er stellte sich, in seinem Glücke immer begieriger auf einen glänzenden Abschluß seines Bildungswerkes geworden, nunmehr kühnere Anforderungen als er früher je gewagt haben würde. In diesem Zustande war es, daß ich das merkwürdige Ehepaar vorfand, und als ich dann das unschuldige Geheimnis desselben erfuhr, nahm ich den wärmsten Anteil an seinem Schicksal und Wohlergehen. Die Frau war bei all dem Außergewöhnlichen ihres Lebensganges und trotz der Glücksumstände, in die sie geraten, die Bescheidenheit selbst, einfach, liebenswert und dabei so ehrlich wie ein junger Hund.

Wie ein Blitz aus heiterm Himmel traf eine Nachricht aus Boston ein, infolge welcher Erwin, ohne einen Tag zu verziehen, nach Amerika abreisen mußte, um bei der Ordnung gewisser Verhältnisse hilfreich zu sein, von denen das Wohl der ganzen Familie abhing. Er entschloß sich augenblicklich zur Reise, entschied aber nach einigem Schwanken, daß Regine über die paar Monate seiner Abwesenheit hier zurückbleiben sollte. Die Herbststürme hatten eben begonnen und schon waren Nachrichten von auf der See stattgehabten Unglücksfällen sowie von vermißten Schiffen eingetroffen. Um keinen Preis wollte er das Leben und die Gesundheit seiner Frau den Gefahren der Meerfahrt aussetzen; umsonst fiel sie ihm fast zu Füßen und flehte wie ein Kind, sie mitzunehmen, damit sie bei ihm sei; sobald er nur einen Blick auf ihre Gestalt und ihr

Gesicht warf, graute es ihm, dieses schöne Geschöpf sich auf einem untergehenden Schiffe zu denken, und so bitter ihm die zeitweilige Trennung auch war, so zog er sie doch der offenbaren Gefährdung des teuersten Wesens vor.

»Siehst du, mein Kind«, sagte er, indem er ihre Wange sanft streichelte, »es gehört auch zum Leben, sich einer schweren Notwendigkeit unterziehen zu lernen und von der Hoffnung zu zehren! Solches wird uns noch mehr widerfahren und so wollen wir guten Mutes den Anfang machen!«

Im geheimen freilich bestärkte ihn noch der Gedanke, um jeden Preis die letzte Hand an sein Bildungswerk legen zu können, ehe er die Gattin in das Vaterhaus mitbringe; die menschliche Eitelkeit vermengt sich ja mit den edelsten Ideen und verleiht ihnen oft eine Hartnäckigkeit, die uns sonst fehlen würde.

Erwin verreiste also ohne Verzug, um den nächsten Dampfer nicht zu versäumen, und er reiste umso gefaßter als er Ursache zu haben glaubte, seine Frau in gutem Umgange zurückzulassen, so wie auch das Haus mit erfahrenen und ordentlichen Dienstboten versehen war. Er langte wohlbehalten in der Heimat an; allein die Geschäfte wickelten sich nicht so rasch ab, wie er gehofft, und es dauerte gegen drei Vierteljahre, bis er nach Europa zurückkehren konnte. Während der Zeit genoß Regine allerdings einer hinreichenden Gesellschaft. Da waren voraus drei Damen, deren Umgang ihrem Manne zweckmäßig für sie geschienen hatte, da sie im Rufe einer großen und schönen Bildung standen; denn überall, wo es etwas zu sehen und zu hören gab, waren sie in der vordersten Reihe zu finden, und sie verehrten und beschützten alles und jedes, das von sich reden machte. Erst später erfuhr ich freilich, daß man sie in manchen Kreisen schon um diese Zeit die drei Parzen nannte, weil sie jeder Sache, deren sie sich annahmen, schließlich den Lebensfaden abschnitten. Sie waren immer in Geräusch, Bewegung und Unruhe; denn sie besaßen alle drei selbstzufriedene und gleichgültige Männer, die sich nicht um die Frauen kümmerten. Obgleich diese nicht eben sehr jung waren, umarmten sie sich doch mit stürmischer Leidenschaft, wenn sie sich trafen, küßten sich laut schallend und nannten sich Kind und süßer Engel. Auch hatten sie einander liebliche Spitznamen gegeben, und eine hieß die Sammetgazelle, die andere das Rotkäppchen, die dritte das Bienchen; die erste, weil sie das Sammetauge des genannten Tieres habe, die zweite, weil sie einst in einem lebenden Bilde jene Märchenfigur vorgestellt, die letzte, weil sie in Gärten oder Gewächshäusern keine Blume sehen konnte, ohne sie zu betasten und zu erbetteln. Trotz dieser harmlosen Schwärmerei gab es böse Leute, welche behaupteten, die Parzen führten unter sich eine Sprache wie mit allen Hunden gehetzt und von allen Teufeln geritten, ungefähr wie alte Studenten, besonders seit sie als Wahrzeichen ihres Geniewesens eine junge Malerin in ihren Verband aufgenommen hatten, die schon in allen Schulen gewesen. Eigentlich war es ein junger Maler, denn sie schneuzte wie ein kleines Kätzchen, wenn man ihr Malerin sagte. Die schöne wohlklingende Endsilbe, mit welcher unsere deutsche Sprache in jedem Stande, Berufe und Lebensgebiete die Frau bezeichnen und damit dem Begriffe noch einen eigenen poetischen Hauch und Schimmer verleihen kann, war ihr zuwider wie Gift und sie hätte die verhaßten zwei Buchstaben am liebsten ganz ausgereutet. War man dagegen gezwungen, den männlichen Artikel *der* und *ein* mit ihrem Berufsnamen zu verbinden, so tönte ihr das wie Musik in die Ohren. Sie trug stets ein schäbiges Filzhütchen auf dem Kopfe und ließ das Kleid so einrichten, daß sie ihre Hände zu beiden Seiten in die Taschen stecken konnte, wie ein Gassenjunge. Diese Art Verirrung mahnt mich immer an die mittelalterliche Sage vom Kaiser Nero. Die wirklich verübten Tollheiten desselben fand sie nicht abscheulich und verrückt genug, und um das denkbar Schmählichste hinzuzufügen, ersann sie die Geschichte von seinem Gelüste nach der Geschlechtsänderung. Er habe wollen guter Hoffnung werden und ein Kind gebären und zweiundsiebenzig Ärzten bei Todesstrafe befohlen, ihm dazu zu verhelfen. Die hätten keinen andern Ausweg gewußt als dem Scheusal einen Zaubertrank zu brauen. Weil aber der Teufel nichts Wirkliches, sondern nur Blendwerke schaffen könne, so sei Nero allerdings schwanger geworden, zu seiner großen Zufriedenheit, und habe aber dann eine dicke Kröte aus dem Munde zu Tage gefördert. Auch für das Tierlein sei er dankbar gewesen und habe sich voll Eitelkeit Domina und Mutter nennen lassen. Dann habe er ein großes Freudenlager errichtet, um das Geburtsfest zu begehen. Die Amme des Kindleins, in grünen, mit goldenen Vögeln gestickten Atlas gekleidet, sei mit dem Kind auf dem Schoße auf einen silbernen Wagen gesetzt worden, welchem hundert fremde Könige hätten folgen müssen nebst unendlichen Würdeträgern, Priestern und Kriegern. Und so sei der Zug unter dem Schalle der Posaunen, Flöten und Pauken hinausgegangen nach dem Lager. Als jedoch der Wagen über eine Brücke gefahren sei, unter der sich eine trübe Lache befunden, habe die Kröte das schöne Sumpfwasser gewittert und sei vom Schoße der Amme hinuntergesprungen und nicht mehr gesehen worden. Auf diese Art dachte die Sage den Nero am allerärgsten zu brandmarken, und sie knüpfte an das Märchen unmittelbar den Untergang des Tyrannen.

In der Tat hat die Wut, sich die Attribute des andern Geschlechtes anzueignen, immer etwas Neronisches; möge jedes Mal die Kröte in den Sumpf springen!

Die Malerin besaß mehr Männer- als Frauenkleider; wenn sie jene auch nicht am Tage tragen durfte, so zog sie dieselben umso häufiger des Nachts an und streifte so in der Stadt herum, und es hieß, daß bald die Gazelle, bald das Rotkäppchen oder das Bienchen trotz ihrer allmählig eintretenden größeren Korpulenz sich zuweilen in einen derartigen Anzug hineinzwängten und zu einem geheimen Streifzug verleiten ließen, um als freie Männer unter das Volk zu gehen und die unauslöschliche Neugierde zu befriedigen.

Als einst ein junger Gelehrter in öffentlichem Saale eine Reihe geistvoller Vorträge hielt, hatte Erwin seine Frau hingeführt, in der Hoffnung, daß für ihr Verständnis doch einige Brosamen abfallen und die Pforten der Bildung immerhin sich etwas weiter auftun würden, wenn auch nur durch ahnende Einblicke. In den Saal tretend fanden sie unter dem bescheidenern allgemeinen Publikum keinen Platz mehr und sahen sich genötigt, immer weiter nach dem Vordergrunde in der Gegend der Kanzel zu dringen, wo diejenigen saßen, die überall die gleichen sind und zuvorderst zu sitzen pflegen. Da glänzten und schimmerten dicht unter den Augen des Redners richtig die drei Renommistinnen, die jedoch liebenswürdig und gefällig der schönen Fremden sogleich einen Platz zwischen sich ermöglichten, so daß Erwin froh war, die Regine untergebracht zu sehen, und sich in eine Fensternische zurückzog. Seit geraumer Zeit hatten die Parzen schon die ebenso eigenartige als geheimnisvolle Frau ins Auge gefaßt; sie benutzten jetzt die Gelegenheit, aufs freundlichste und betulichste mit ihr Bekanntschaft, ja Freundschaft zu schließen, denn zu ihren Renommistereien gehörte unter anderm auch, für schöne oder sonst interessante Frauen ganz besonders zu schwärmen und solche Kreaturen mit neidloser Huldigung geräuschvoll vor aller Welt zu umgeben. Erwin sah von seinem Standorte aus mit Befriedigung, wie seine Frau so gut aufgehoben war, und als er sie nach dem Schlusse des Vortrages wieder in Empfang nahm, erwiderte er die Einladungen der Damen zu baldigem Besuche mit dankbarer Zusage. Als nicht lange hernach seine Abreise notwendig wurde, hielt er es, wie schon gesagt, für einen glücklichen Umstand, daß Regine einen so bildend anregenden Verkehr gefunden habe, und er anempfahl ihr, denselben fleißig zu suchen; mit arglosem Vertrauen gehorchte sie, obschon die wortreichen, lauten und unruhigen Auftritte und Lebensarten ihr wenigstens im Anfang nichts weniger als wohl zu behagen schienen.

Indessen verlor ich sie aus den Augen, wenigstens für den

persönlichen Umgang. Ich war meinem Versprechen gemäß nach Erwins Abreise noch zwei oder drei Mal hingegangen, um zu sehen, ob ich etwas nützen könne. Schon das erste Mal waren zwei von den Renommistinnen dort anwesend; ich hörte zu, wie sie die Regine bereden wollten, auf dem im Wurfe liegenden Wohltätigkeitsbazar eine Verkaufsstelle zu übernehmen, und wie sie das Kostüm berieten. Es gelang ihnen jedoch diesmal noch nicht, ihre Bescheidenheit zu hintergehen. Später traf ich sie nicht mehr zu Hause. Die ältere Dienerin klagte, daß die Damen sie immer häufiger hinwegholten, und doch müsse man gewissermaßen jede Zerstreuung willkommen heißen, denn wenn die Frau allein sei, so sehne sie sich unaufhörlich nach ihrem Manne und weine, wie wenn sie ihn verloren hätte.

Eines Tages geriet ich zufällig in die sogenannte permanente Gemäldeausstellung. Was sah ich gleich beim Eintritt? Reginens Bildnis als phantastisch angeordneten Studienkopf, über Lebensgröße, mit theatralisch aufgebundenem Haar und einer dicken Perlenschnur darin, mit bloßem Nacken und gehüllt in einen Theatermantel von Hermelin und rotem Sammet, d. h. jener von Katzenpelz und dieser von Möbelplüsch, das alles mit einer scheinbaren Frechheit gemalt, wie sie von gewissen Kunstjüngern mit unendlichem mühevollem Salben und Schmieren und ängstlicher Hand zuweilen erworben oder wenigstens geheuchelt wird.

Natürlich war der »Studienkopf« das Werk der Malerin und Regine von den Parzen beschwatzt worden, derselben in ihrem Atelier aus Gefälligkeit zu sitzen. Ob sie wußten, daß die Künstlerin das Bild ausstellen und verkaufen wollte, kann ich nicht sagen; Regine wußte es jedenfalls nicht, wie mich ihre Haushälterin versicherte, als ich hinging, um jene zu sprechen, aber nur diese antraf. Denn ich hatte bemerkt, daß das Bild bereits von einem Händler angekauft war, der Gemäldetransporte nach Amerika lieferte. – Die Geschichte gefiel mir keineswegs und ich schwankte, ob ich dem Erwin Altenauer schreiben solle oder nicht. Allein die drei Renommistinnen galten trotz ihrer wunderlichen Aufführung für ehrbare Frauen und waren es wohl auch, und sie machten nicht unansehnliche Häuser. Der Mann der Gazelle war ein großer Spritländler, derjenige des Rotkäppchens ein Justizrat, der vierzehn Schreiber beschäftigte, und der Mann des Bienchens der oberste Regent über die vierzig Töchterschulen der Provinz, der zudem eine polyglotte Riesenchrestomathie herausgab, alles bedeutende Gewährleistungen für die Ehrbarkeit, während ich selber ein unerfahrener und unbedeutender junger Mensch war.

Ich sah die gute Regine nun nicht mehr als etwa in einer Theaterloge inmitten ihrer Beschützerinnen, welche vor Vergnügen glänzten, wenn sie durch die schöne Erscheinung die Augen des ganzen Hauses auf sich lenken konnten. Auch empfingen sie genugsamen Herrenbesuch. Regine schien mir das eine Mal traurig und gedrückt zu sein; das andere Mal schien sie aber aufzutauen und eine wachsende Sicherheit und Munterkeit des Benehmens zu zeigen. Vielleicht, dachte ich, ist das gerade, was Erwin wünscht, und die drei Gänse haben am Ende nichts Böses zu bedeuten.

Ein einziges Mal vor Erwins Rückkunft sprach ich seine Frau noch näher in vertraulicher Weise und sah sie sogar während eines ganzes Tages. Der Monat Juni war gekommen und das prächtigste Sommerwetter im Lande. Da bat sie mich eines Tages in einem zierlichen Briefchen, bei ihr vorzusprechen, und als ich kam, teilte sie mit, es sei von ihren Freundinnen und deren Freunden eine große Landpartie verabredet, die zu Wagen gemacht werden sollte. Nun wolle ihr die Sache doch nicht recht gefallen, und sie wünsche wenigstens einen guten Freund und Bekannten ihres Mannes und ihres eigenen Hauses dabei zu wissen, weil ihr ja manche von den Teilnehmern weder vertraut genug noch sonst angenehm seien. Sie glaube im Sinne Altenauers zu handeln, wenn sie so verfahre; denn sie wisse, daß er etwas auf mich halte u.s.w. Sie habe daher kurzweg angekündigt, sie werde mich als ihren besondern Begleiter mitbringen, und sie bitte mich nun, wenn ich ihr den Gefallen erweisen wolle, einen Wagen zu bestellen und sie zur bestimmten Stunde abzuholen und auf den Sammelplatz zu bringen. Man habe allerdings ihren Wunsch teilweise dadurch gekreuzt, daß ich sofort zum Kavalier der jungen Malerin bestimmt worden sei, wozu ich mich vortrefflich eigne; doch hoffe sie, die Regine, daß ich mich wohl zuweilen werde losmachen und ein bißchen mit ihr plaudern können.

Ich sagte mit Freuden zu und nahm mir vor, den weiblichen Schmierteufel von Maler je eher je lieber hinzusetzen und mich an die Frau Altenauer zu halten. Als ich diese dann holte, fand ich es ehrenvoll, an ihrer Seite zu fahren; sie war in hellfarbigen duftigen Sommerstoff gekleidet und in jeder Beziehung einfach, aber tadellos ausgerüstet. Sie räkelte nicht in der Wagenecke herum, sondern saß mit ihrem Sonnenschirme in anmutiger Haltung aufrecht, während die Malerin, die später uns beigesellt wurde, sich sofort zurückwarf und die Beine übereinander schlug. Auch die übrigen Damen erschienen, als wir den Sammelplatz erreichten, alle in heiterer Sommertracht, weiß oder farbig, und auch die Herren hatten sich mit Hilfe der Mode so schäferlich als möglich gemacht. Nur die Malerin war wie eine Krähe; sie steckte in einem trostlos dunklen, nüchternen und schlampigen Kleide, mit der beleidigenden Absicht, ja keinen Anspruch auf weibliche Anmut und Frühlingsfreude machen zu wollen. Statt des Filzes trug sie freilich ein Strohhütchen auf dem Kopfe, aber ein schwarzgefärbtes, das von den feinen weißen Florentinerhüten der andern Frauenzimmer schustermäßig abstach. Von einer freien Locke oder Haarwelle war nichts zu sehen; gleich einem Kranze von Schnittlauch trug sie das gestutzte Haar um Ohren und Genick. Was werden das für traurige Zeiten sein, wenn es so kommt, daß mit den lichten Kleidern und den fliegenden Locken der jungen Mädchen und Frauen die Frühlingslust aus der Welt flieht!

Ich wurde von der Gesellschaft nicht unartig aufgenommen; da aber durch den von mir mitgebrachten Wagen überschüssiger Raum gewonnen war, setzte man uns, wie bemerkt, die Malerin herein mit der Anzeige, daß das meine Schutzbefohlene sei. Als man abfuhr und die Kutschen im Freien rollten, zog der Künstler ungesäumt ein Stück Brot und ein paar Äpfel aus der Tasche und biß hinein; denn er hatte noch nicht gefrühstückt, wie er sagte, und er genoß immer nur rohes Obst und Brot des Morgens, weil es das Billigste war. Das tat er nicht aus Armut, sondern aus Geiz; denn er verstand es sehr wohl, gehörig Geld zu verdienen, und studierte auch nichts mehr, seit das Geld einging. Beim Erwerbe aber wußte sie, um ihrem Geschlecht jetzt wieder die Ehre zu geben, sich sehr unschüchtern überall vorzudrängen, und hier nahm sie urplötzlich die Rücksichten auf das Geschlecht von jedermann in Anspruch. Der rohe Äpfelschmaus, wobei sie Kerne und Hülsenstücke über die Wagenwand hinausspuckte, ärgerte mich dergestalt, daß ich beschloß, sie jetzt schon zu verscheuchen. Ich begann ein Gespräch über die Künstlerinnen im allgemeinen und einige merkwürdige Erscheinungen im besondern, und ich lobte vorzüglich diejenigen, welche neben ihrem Rufe in den schönen Künsten zugleich des unvergänglichen Ruhmes einer idealen Frauengestalt mit heiterm oder tragischem Schicksale genossen. Zuletzt schilderte ich den lieblichen Eindruck, den das Bildnis der Angelika Kaufmann, von ihr selbst gemalt, auf mich gemacht habe, den blühenden Kopf mit den vollen reichen Locken von einem grünen Efeukranze umgeben, der Körper in weißes Gewand gehüllt, und ich vervollständigte die Gestalt, indem ich sie begeistert an die Glasharmonika setzte, das Auge emporgehoben, und rings um sie her die edelste römische Gesellschaft gruppierte, welche den ergreifenden Tönen lauschte.

»Das sind tempi passati«, unterbrach mich die Malerin, »jetzt haben wir Künstler anderes zu tun als Glasglocken zu reiben und mit Efeukränzchen zu kokettieren!«

»Das sehn wir wohl!« sagte ich mit einem Seufzer, »aber es war doch eine schönere Zeit!«

Sobald nun die Wagen den ersten Halt machten, stieg, um ein stattliches Masculinum zu gebrauchen, der Unhold aus und mischte sich unter die Gesellschaft, ohne mich weiter anzusehen. Damit war es freilich noch nicht getan. Eben als Frau Regine sich freute, von der Malerin erlöst zu sein, gegen die sie einen unerklärlichen Widerwillen empfinde, kamen die Parzen herbei und stellten den für heute ihr bestimmten Kavalier vor, einen jungen Herren von der brasilianischen Gesandtschaft mit einem langen, aus vielen Wörtchen bestehenden Grafentitel, er selbst lang und schlank, wie ein alter Ritterspeer, pechschwarz und blaß, mit der schönsten graden Nase und glühenden Augen. Er war die neueste Schwärmerei der drei Parzen, und weil er gewünscht hatte, mit der schönen Regine bekannt zu werden, brachten sie ihn unverzüglich mit ihr zusammen, womit sie zu erreichen hofften, daß beide interessante Erscheinungen zugleich in ihrer Umgebung gesehen würden.

Als Wirt des Wagens mußte ich dem Herren natürlich den guten Sitz neben meiner Dame einräumen, die eigentlich nun seine Dame wurde. Er benahm sich übrigens durchaus artig und ernst, ja nur zu ernsthaft nach meiner Meinung, da dies auf weitgehende verwegene Absichten deuten konnte. Regine war still, soviel an ihr lag; sie beantwortete aber seine Anreden mit freiem Anstande, und da der Brasilianer nicht Deutsch und nicht viel mehr Englisch oder Französisch verstand als sie, so blieb die Unterhaltung von selbst in bescheidenen Schranken. Das Ziel der Fahrt war der neben einem fürstlichen Lustschlosse liegende Meierhof, wo eine gute Wirtschaft für Stadtleute betrieben wurde und die unbenutzten Räume, die Rasengründe, Gehölze und Alleen der anstoßenden Gärten zur Verfügung standen. Nachdem das gemeinschaftliche Frühstück eingenommen, zerstreute sich die Gesellschaft für den übrigen Teil des Vormittags zum freien Ausschwärmen und verlor sich nach allen Seiten in den reizenden Gärten. Allein Regine ließ mich keineswegs von ihrer Seite; immer wußte sie mich für irgend etwas in Anspruch zu nehmen und herbeizurufen, und da zuletzt die Absicht offenbar wurde, daß nicht der Südländer, sondern ich als ihr dienstbarer Geist gelten und genannt werden sollte, so zog sich der Graf mit der besten Art von der Welt ein wenig zurück, ohne Aufsehen zu erregen; er schloß sich andern Gruppen an, deren Wege den unsrigen kreuzten, kam zuweilen wieder, um einige artige Worte zu wechseln und sich abermals zu entfernen, als ob er es eilig hätte, auch anderswo gewärtig zu sein. Es gab auch zu tun für ihn; so mußte er einen scheltenden Gärtner beschwichtigen, als Bienchen aus einem Treibhause schon ein paar prächtige Blumen ohne weiteres hervorgeholt hatte, obgleich die freie Luft von Blütenduft geschwängert war und der Boden von Farben glänzte.

Mich aber ergriff jetzt Regine unversehens beim Arme und zog mich raschen Schrittes beiseite, bis wir auf einsamere Schattenwege gelangten. Jetzt öffnete sie auf einmal ihr Herz: sie habe sich auf diesen Tag gefreut, um sich von Erwin satt sprechen zu können. Die anderen Frauen sprächen nie von ihren Männern und auch von dem ihrigen, nämlich Erwin, täten sie es nur, um alles Mögliche auszufragen und ihre Neugierde nach Dingen zu befriedigen, die sie nichts angingen. Da schweige sie lieber auch. Mit mir aber, der ich ein guter Freund und ja ein Landsmann sei, wolle sie nun reden, was sie freue. Sie fing also an zu plaudern, wie sie auf seine baldige Ankunft hoffe, wie gut und lieb er sei, auch in den Briefen, die er schreibe; was er für Eigentümlichkeiten habe, von denen sie nicht wisse, ob sie andere gebildete oder reiche Herren auch besitzen, die sie aber nicht um die Welt hingeben möchte; ob ich viel von ihm wisse aus der Zeit, ehe sie ihn gekannt? Ob ich nicht glaube, daß er glücklicher gewesen sei als jetzt, und tausend solcher Dinge mehr. Sie redete sich so in die Aufregung hinein, daß sie schneller zu gehen und zu eilen begann, wie wenn sie ihn gleich jetzt zu finden gedächte, und so gelangten wir unerwartet auf einen freien sonnigen Platz, der einen kleinen Teich umgab. In der Mitte des letztern erhob sich eine flache goldene Schale, aus welcher das Wasser über ein großes Bouquet frischer Blumen so sanft und gleichmäßig herabfiel und so ohne jedes Geräusch, daß es vollkommen aussah, als ob die schönen Blumen unter einer leise fließenden Glasglocke ständen, die von der Sonne durchspielt war. Regine hatte die Wasserkunst noch niemals gesehen. »Wie schön!« rief sie stillstehend; »wie ist es nur möglich, das hervorzubringen?«

Unwillkürlich setzte sie sich auf eine Bank, dem artigen Wunder gegenüber, und schaute unverwandt hin. Ein seliges Lächeln spielte ebenso leis um den Mund wie das Wasser um die Blumen, und ich sah wohl, daß die lebendige Kristallglocke, die so treu die Rosen schützte, die Gedanken der Frau nur wieder auf den Mann zurückgewendet hatte. Wie ich so neben ihr stand und sie meinerseits voll Teilnahme betrachtete, ohne daß sie dessen inne ward, fühlte ich mich innig bewegt. Ich hätte vormals nie geglaubt, daß es eine so reine Freude geben könnte, wie diejenige ist, in die Liebe einer holden Frau zu einem Dritten hineinzusehen und ihr nur Gutes zu wünschen!

Aber unvermerkt nahm ich wahr, wie die stille Heiterkeit sich wandelte, leise, leis! und einer immer dunkler werdenden Schwermut Raum zu geben schien. Die Lippen blieben leicht geöffnet, wie sie es im Lächeln gewesen, aber mit bekümmertem Ausdruck. Das Haupt senkte sich ein weniges, wie von tiefem Nachdenken, und endlich fielen schwere Tränen ihr aus den Augen.

Betroffen weckte ich sie aus diesem Zustande, indem ich mir erlaubte, die Hand leicht auf ihre Schulter zu legen und zu fragen, was ihr so Trauriges durch den Sinn fahre? Sie schrak zusammen, suchte sich zu fassen, und aus den paar Worten, die sie stammelte, ahnte ich, daß erst das Heimweh nach dem

Manne sie ergriffen und dann der Zweifel an der Rechtmäßigkeit und Dauer ihres Glückes sie beschlichen hatte. Ich bestrebte mich, sie durch einige zuversichtliche Scherzworte aus der verzwickten Stimmung herauszubringen. Sie wurde auch wieder ruhig und unbefangen, und als wir weitergehend bald darauf dem Brasilianer begegneten, der uns suchte, um uns zur Mittagstafel zu holen, die unter Bäumen schon bereit stehe, empfing sie ihn mit Freundlichkeit. Von dem bescheiden dienstfertigen Wesen des hübschen Ritters bestochen, schien sie ihre frühere Härte gutmachen zu wollen und nahm seinen Arm an für den kurzen Weg, den wir bis zum Orte des Speisevergnügens noch zurückzulegen hatten, und sie duldete sogar seine Gesellschaft und Bedienung bei Tische, was er in tadellosester Weise benutzte. Dagegen entzog sie sich den üblichen Lauf-, Spring- und Lärmspielen, welche später beliebt wurden, und nahm mich unverhohlen abermals in Anspruch, was mich bei aller Teilnahme und guten Freundschaft, die ich für sie empfand, doch nachgerade ein wenig zu demütigen begann, da ich mir beinahe wie ein unbedeutendes junges Vetterlein vorkam, das ein stolzes Mädchen als Bedeckung mit sich führt. An dem großen Kaffeekränzchen, das dann unter erneuter Lustbarkeit abgehalten wurde, nahm sie wiederum teil und versorgte jetzt den immer gleichen Südländer selbst mit Kaffee und Kuchen. Als es dann zur Heimfahrt ging, mußte ich natürlich den Herren wieder in unsern Wagen bitten, zumal unter den übrigen Gruppen verschiedene Spannungen entstanden waren. Insbesondere die Renommistinnen schmollten alle drei etwas mehr oder weniger, aus welcher Ursache, blieb mir unbekannt; ich hörte nur das halblaute Wort eines Fahrtgenossen, es pflege so das gewöhnliche Ende aller Landpartieen zu sein, die jene anstellten. Indessen glaubte ich mehr als ein Mal während des Tages das Phänomen bemerkt zu haben, daß eine gewisse innere Unruhe und Unzufriedenheit durch alle Lustigkeit ging, wie ein heimlicher Lufthauch im welkenden Laube zittert und raschelt, oder wie es im

Liede von einer Gesellschaft Männer und Frauen heißt, die in einer Lustgondel auf stillem Wasser fahren:

Die Herzen schlagen unruhvoll,
Kein Auge blickt wohin es soll!

und die einzige Regine schien die ruhigste Person von allen zu sein.

Doch machte ihr die sinkende Sonne, die wir vom Wagen aus so schön niedergehen sahen, und die mählig eintretende Dämmerung, welche die Kinder und die Volksfrauen gern gesprächig und munter macht, viel Vergnügen; sie plauderte ordentlich und in einer Stunde mehr als sie seit dem Vormittage gesprochen hatte, und erst als es vollends dunkel wurde und die Sterne nacheinander aufgingen, wurde sie stiller und schwieg zuletzt ganz.

Der Graf flüsterte mir auf französisch zu, er glaube, daß Madame schlafe. Sie sagte aber ganz vergnügt: »Ich schlafe nicht!« Und als wir endlich an ihrem Hause vorfuhren, nachdem die Gesellschaft ziemlich ohne Abschied auseinandergerasselt war, und sie von ihrer kleinen Dienerschaft, die mit Lichtern im Torwege stand, empfangen wurde, schüttelte sie uns beiden ganz herzhaft die Hände zum Abschied, so gutes Vertrauen schien sie jetzt wieder zur Weltordnung gefaßt zu haben.

Der Brasilianer und ich waren nicht minder zufrieden, als vernünftige und ordentliche Leute, die einen guten Eindruck davontrugen, und wir wurden einig, zusammen noch eine wohlberufene Weinstube zu besuchen und uns bei einer ruhigen Zigarre etwas Gutes zu gönnen. Wir stießen auf das Wohl der schönen Frau mit einigen lobenden Worten an, der Graf wie ein ruhiger und anständiger Kenner, und ich machte ihm es großartig nach, worauf wir nicht mehr davon sprachen, sondern uns der Betrachtung des nächtlich angeheiterten Weltlaufes überließen. Doch sprach der des Trinkens nur mäßig gewöhnte Südländer dem Weine nicht eifrig zu; ich mußte das Beste tun, und so trennten wir uns nach ausgerauchter Zigarre schon vor zehn Uhr. Der schwarzäugige Graf suchte seine Wohnung auf; ich aber verfügte mich, zur Schande meiner Jugendjahre sei es gestanden, schleunig noch in eine neun Schuh hohe Bierhalle, wo junge deutsche Männer saßen, die einst Studenten gewesen und sich langsam und vorsichtig der braunen Studentenmilch entwöhnten.

Ich hielt es am andern Tage für schicklich, der Frau Regine einen Besuch abzustatten. Als ich an ihrer Türe die Glocke zog, öffnete mir die ältere Dienerin oder Haushälterin, oder wie man die Person nennen will, die von allem etwas vorstellte und versah. Zu meiner Verwunderung betrachtete sie mich mit einem unheimlich ernsten Gesichte, das zugleich von quälender Neugierde eingenommen schien. Sie besah mich vom Fuß bis zum Kopfe und ließ den Blick über diesen hinaus noch weiter in die Höhe gehen, als ob sie in dem Luftraume über mir etwas suchte. Sie schüttelte unbewußt den Kopf, brach aber das Wort, das sie zu sagen im Begriffe war, ab und wies mich kurz in das Zimmer, wo die Frau sich aufhielt. Hier befiel mich ein neues Erstaunen, ja ein völliger Schrecken. Im Vergleich mit dem blühenden Zustande, in welchem ich die Regine am vorigen Tage gesehen, saß sie jetzt in einer Art Zerstörung am Fenster und vermochte sich kaum zu erheben, als ich eintrat; sie ließ sich aber gleich wieder auf den Stuhl fallen. Das Antlitz war totenbleich, überwacht und erschreckt, beinahe gefurcht; die Augen blickten unsicher und scheu, auch fand sie kaum die Stimme, als sie meinen Gruß erwiderte. Besorgt und fast ebenso tonlos fragte ich, ob sie sich nicht wohl befinde? »Allerdings nicht zum besten«, antwortete sie mit einem müden und erzwungenen Lächeln, das aus einem rechten Elende hervorkam; aber sie versuchte kein Wort der Erklärung hinzuzufügen, und nachdem sie in einem kurzen richtungslosen Gespräche sich und mich furchtsam überwacht hatte, begab ich mich in der sonderbarsten Verfassung von der Welt wieder nach

Hause. Denn ich war so verdutzt und unbehaglich im Gemüte, ohne mir irgend eine Rechenschaft darüber geben zu können, daß ich vorzog, allein zu bleiben. Kaum saß ich aber eine kleine Stunde bei meinen Büchern, so klopfte es an der Türe, die Altenauersche Haushälterin kam herein, stellte einen Korb mit Markteinkäufen neben die Türe und setzte sich, kurz um Erlaubnis bittend, auf einen Stuhl, der unweit davon an der Wand stand.

»Sie sind noch ein junger Mann«, sagte sie, »aber Sie kennen meine Herrschaft von früher her, und ich weiß, daß der Herr etwas auf Sie hält. Da kann ich mir nicht anders helfen und muß mich Ihnen anvertrauen, ob Sie einen Rat wissen in der schwierigen Sache, die mich bedrückt!«

Immer mehr betroffen und verwirrt fragte ich, was es sei und was denn vorgehe?

Nachdem sie sich etwas verschnauft und sich zögernd besonnen, sagte sie: »Gestern Nachts, als ich in meinem Schlafzimmer, das außerhalb unserer abgeschlossenen Wohnung in einem Zwischengeschosse liegt, noch wach war und eine zerrissene Schürze flickte, es mochte schon zehn Uhr vorüber sein, hörte ich an der Flurtüre sachte klingeln, so daß die Glocke nur einen einzigen Ton von sich gab. Ich horchte auf; dann hörte ich, wie der inwendig steckende Schlüssel umgedreht und die Tür geöffnet, zugleich aber ein halbunterdrückter Ausruf oder Schrei ausgestoßen wurde. Da ging ich, immer horchend, nach meiner Türe und machte sie auf, um zu sehen, was es denn so spät noch gebe. In diesem Augenblicke aber sah ich einen Lichtschein verschwinden und die Flurtüre sich schließen, und der Schlüssel wurde zweimal gedreht. Ich eilte hin, um wieder zu horchen, da ich doch einigermaßen besorgt war. Ich hört nur noch ein kleines Getrappel von Schritten und darauf eine der inneren Türen zugehen, worauf ich nichts mehr vernehmen konnte. Endlich dachte ich, es müsse die Köchin oder das jüngste Mädchen sein, das noch einen Auftrag oder ein Anliegen gehabt. Ich ging also wieder in mein Zimmer und bald darauf schlafen. Vor Tagesanbruch erwachte ich über einem kurzen Gebell des großen Hundes, welchen die über uns wohnende Herrschaft auf ihrem Flure liegen hat. Wieder hörte ich eine Türe gehen; ernstlich beunruhigt, stellte ich mich schnell auf die Füße, öffnete ein weniges meine Türe und sah hinaus. Ein großer Mann, höher als Sie sind, Herr Reinhart, ging nach der Treppe zu, mit schwerem Gange, obgleich er so behutsam als möglich auftrat. Ich konnte aber nichts Deutliches von ihm sehen, es war eben nur wie ein riesiger Schatten, da meine Frau, wie mir schien auf zitternden Füßen, mit dem Nachtlämpchen vor ihm herschwankte und das Licht mit der Hand so bedeckte, daß nach rückwärts kein Schein fallen konnte. So gings die Treppe hinunter, das Haustor wurde geöffnet und geschlossen, die Frau kam wieder heraufgestiegen, vor ihrer Türe hielt sie einen Augenblick an und tat einen tiefen Seufzer; dann verschwand sie und alles ward wieder still. Dann schlug es zwei Uhr auf den Türmen. Die Frau war, soviel ich sehen konnte, in ihrem Nachtgewande.

»Begreiflich fand ich keinen Schlaf mehr. Die Laterne in unserm Treppenhaus wird Punkt zehn Uhr gelöscht und das Tor geschlossen; der Mensch oder was es war mußte also sich vor dieser Zeit ins Haus geschlichen haben oder dann einen Hausschlüssel besitzen. Als ich um die fünfte Morgenstunde schellte, tat mir die Frau die Türe auf, nach der während der Abwesenheit des Herren eingeführten Ordnung; denn wenn er da ist, so wird der Flurschlüssel nicht inwendig umgedreht, damit ich des Morgens selbst öffnen kann und nicht zu läuten brauche. Die Frau zog sich aber wie ein Geist sogleich wieder in ihr Schlafzimmer zurück. In den von der Sonne erhellten Zimmern bemerkte ich wenig Unordnung. Einzig in dem Eßzimmer stand das Büffet geöffnet; eine Karaffe, in der sich seit Wochen ungefähr eine halbe Flasche sizilianischen Weines fast unverändert befunden hatte, war geleert, das vorhandene Brot im Körbchen verschwunden und ein Teller mit Backwerk säuberlich abgeräumt. Auf dem Tische sah ich den vertrockneten Ring von einem überfüllten Weinglase, auf dem Boden einige Krumen; der Teppich vor dem Sofa war von unruhigen Füßen verschoben, von bestäubten Schuhen befleckt.

»Als die Frau später zum Vorschein kam, war sie verändert, wie Sie ja wohl selbst gesehen haben. Nicht ein Wort hat sie verlauten lassen, und ich habe bis jetzt noch nicht gefragt und weiß nicht, was ich tun soll; ich weiß, es ist ein fremder Mann über die Nacht dagewesen und heimlich wieder fort. Ich kann das Geheimnis nicht aufdecken und doch dem braven Ehemanne gegenüber nicht die Mitwisserin und Hehlerin eines Verbrechens sein! Und ich kann das arme schöne Geschöpf auch nicht ohne weiteres zugrund richten. Was denken Sie nun hievon, Herr Reinhart, was zu tun sei?«

Ich war wie erstarrt. Sorge und Entrüstung für Erwin Altenauer, aber zugleich auch tiefes Mitleid mit dem Weibe, wenn es wirklich schuldig sein sollte, durchstürmten mich, als ich mich einigermaßen besann. Ich dachte unwillkürlich an den Brasilianer und fragte die ganz verstörte Haushälterin, wie denn der Fremde gekleidet gewesen sei, ob fein oder gewöhnlich? Sie beharrte aber darauf, daß sie nichts habe erkennen können; nur einen breiten, tief ins Gesicht hängenden Schlapphut glaube sie gesehen zu haben.

Ich grübelte und schwieg einige Zeit, während die redliche Person verschiedene Male merklich stöhnte, so nahe ging ihr die Sache, und ich konnte daraus ersehen, wie sehr sie an der Frau gehangen hatte, die jetzt so unglücklich war. Diese Erkenntnis verstärkte meine eigene Teilnahme. Endlich sagte ich: »Wir müssen uns, glaube ich, in den Fall versetzen, wo in einem Hause gebildeter Leute ein Gespenst gesehen worden ist, oder gar eine fortgesetzte Spuk- und Geistergeschichte rumort hat. Die schreckhaften Dinge, Erscheinungen, Poltertöne sind nicht mehr zu leugnen, weil vernünftige und nüchterne Personen Zeugen waren und sie zugeben müssen. Allein obgleich keine natürliche Erklärung, kein Durchdringen des Geheimnisses für einmal möglich ist, so bleibt doch nichts anders übrig als an dem Vernunftgebote festzuhalten und sich darauf zu verlassen, daß über kurz oder lang die einfache Wahrheit ans Tageslicht treten und jedermann zufriedenstellen wird. So müssen auch wir den unerklärlichen Vorgang auf sich beruhen lassen, überzeugt oder wenigstens hoffend, die Rechtlichkeit der Frau werde sich so unwandelbar herausstellen, wie ein Naturgesetz.«

Die gute Dienerin, die mehr an Gespenster als an Naturgesetze glauben mochte, schien durch meine Worte nicht aufgerichtet zu werden; doch gelobte sie mir auf mein Andringen, gegen jedermann ohne Ausnahme das Geheimnis zu wahren und schweigend zu erwarten, wie es mit der Frau weiter gehen wolle.

Ich selbst war keineswegs beruhigt. Immer fiel mir der lange Brasilianer wieder ein, wie ein Dolchstich. Sollte doch gestern ein rasches Einverständnis stattgefunden haben, als Abschluß längern Widerstandes und fortgesetzter Verführungskünste? Und wenn der Verführer vielleicht wirklich ins Haus gedrungen ist, muß er denn wirklich gesiegt haben? Aber seit wann trinken feine Herren, wenn sie auf solche Abenteuer ausgehen, so viel süßen Wein, und seit wann frißt ein vornehmer Don Juan so viel Brot dazu? Und warum nicht, wenn er Hunger hat? Der erst recht!

Kurz, ich wurde nicht klug daraus. Nach Tisch wollte ich den schwarzen Grafen in einem Gartencafé aufsuchen, in welchem jüngere Leute seiner Gesellschaftsklasse sich eine Stunde aufzuhalten pflegten. Ich dachte wenigstens zu beobachten, was er für ein Gesicht machte. Allein ich kam von der Idee zurück, sie widerte mich an, und was hatte ich mich darein zu mischen? Dafür traf ich ihn von selbst auf einer Promenade mit andern Herren. Er grüßte mich genau so ruhig, gesetzt und unbefangen, wie er mich gestern verlassen.

Nach der Regine getraute ich mir vorderhand nicht mehr zu sehen. Das sind Dinge, die du am Ende nicht zu behandeln verstehst noch zu verstehen brauchst! sagte ich mir. Einige Tage später ging ich in das Theater und sah Reginen in der Loge der drei Parzen sitzen und hinter ihr den Grafen. Die Parzen spiegelten sich offenbar in dem Bewußtsein, Aller Augen auf sich gerichtet zu sehen. Der Graf saß ruhig und unterhielt sich höflich mit den Damen; Regine war blaß und schien unzweifelhaft mehr hergeschleppt worden als freiwillig gekommen zu sein. Es wurde Maria Stuart gegeben. Gegen den Schluß des Trauerspieles betrachtete ich die Loge von meinem dunklen Winkel aus durch das Glas, während die Augen des ganzen Hauses auf die Bühne gerichtet waren, wo Leicester die Hinrichtung der Maria belauschte, die unter seinen Füßen vor sich ging. Der Schauspieler war ein dummer Geck, der in seinem weißen Atlaskleide die kümmerlichsten Faxen machte, weshalb ich auch meine Blicke von ihm abgewendet hatte. Aber Regine, welche bis dahin, wie ich gut gesehen, der Handlung nur mit mühseliger Teilnahme gefolgt war, blickte jetzt mit einer wahren Seelenangst hin, und als der Schauspieler das Fallen des Hauptes mit einem ungeschickten Umpurzeln anzeigte, zuckte sie schrecklich zusammen, so daß der Graf sie einen Augenblick lang aufrecht halten mußte. Sonst hatte vielleicht niemand den Vorfall bemerkt.

Endlich kam die Nachricht, Erwin sei auf der Rückreise begriffen. Ich will, was noch zu erzählen ist, so folgen lassen, wie es sich teils für ihn entwickelt hat, teils mir durch ihn später bekannt wurde. Die Geschäfte hatten ihn zuletzt nach New York geführt, wo er sich dann einschiffte. Dort war er in die Verkaufsräume eines Kunsthändlers getreten, der nebenbei ein Lager von amerikanischen Gewerbserzeugnissen eleganter Art hielt; er wollte nur schnell nachsehen, ob sich etwas für Reginen Geeignetes und Erfreuliches fände. Indem er das auf einem Tische ausgebreitete glänzende Spielzeug musterte, wurde sein Blick durch ein starkfarbiges Bild seitwärts gezogen, das an der Wand unter andern Sachen hing, die alle mit der Bezeichnung »Neue deutche Schule« versehen waren. Sobald er nun hinsah, kam es ihm vor, als ob das seine Frau wäre. Die rechte Persönlichkeit und Seele fehlten zwar dem Bild und der fremdartige Aufputz machte die zweifelhafte Ähnlichkeit noch fraglicher; es konnte sich um einen allgemeinen Frauentypus, um ein Spiel des Zufalls handeln. Allein Regine hatte ihm ja geschrieben, daß sie einer talentvollen Künstlerin zum Studium gesessen sei; hier stand der Name der Malerin mit großen Buchstaben auf dem Bilde geschrieben, der Vorname freilich in einer Abkürzung, die ebensowohl einen männlichen wie einen weiblichen Vornamen bedeuten konnte; hingegen war die Stadt und die Jahrzahl zutreffend. Erwin fühlte sich, trotz dem blitzartigen Eindruck von Lust, den ihm der unerwartete Anblick verursacht hatte, gleich darauf ganz widerwärtig berührt. Nicht nur, daß das Bildnis seiner Gattin als Verkaufsgegenstand herumreiste, auch die komödienhafte Tracht und die Aufschrift »Studienkopf«, als ob es sich um ein käufliches Malermodell handelte, kurz, der ganze Vorgang verursachte ihm, je länger er darüber dachte, den größten Ärger. Doch verschluckte er den, so gut er konnte, und erhandelte das Bild mit möglichst gleichgültiger Miene, ohne ahnen zu lassen, wie nah ihm das Original stehe. Er ließ es verpacken und sandte es nach Boston, eh er zu Schiffe ging, nicht ohne den Vorsatz, ein wenig nachzuspüren, wer eigentlich an der begangenen Taktlosigkeit die Schuld trage. Denn diese maß er keineswegs der Regine bei, obgleich er bei dem Anlaß einen kleinen Seufzer nicht unterdrücken konnte, ob diese höhere, diese Taktfrage der Bildung (oder wie er die Worte sich stellen mochte) sich bis zu der immer näher rückenden Heimführung auch noch vollständig lösen werde?

Nun, er kam also eines schönen Julimorgens an. Er war die Nacht über gefahren, um schneller da zu sein. Als er den Torweg betrat, sah er durch eine offene Türe die Hausdienerschaft auf dem Hofe um einen Milchmann versammelt und freute sich, seine Frau unversehens überraschen zu können. Die Wohnung stand offen und ganz still und er ging leise durch die

Zimmer. Verwundert fand er im Gesellschaftssaale eine große Neuigkeit: auf eigenem Postamente stand ein mehr als vier Fuß hoher Gipsabguß der Venus von Milo, ein Namenstagsgeschenk der drei Parzen; jede von ihnen besaß einen gleichen Abguß, der zu Dutzenden in Paris bestellt wurde; denn es war eine eigentümliche Muckerei im Kultus dieses ernsten Schönheitsbildes aufgekommen; allerlei Lüsternes deckte sich mit der Anbetung des Bildes, und manche Damen feierten gern die eigene Schönheit durch die herausfordernde Aufrichtung desselben auf ihren Hausaltären.

Erwin betrachtete einige Sekunden die edle Gestalt, die übrigens in ihrem trockenen Gipsweiß die Farbenharmonie des Saales störte. Aber wie überrascht stand er eine Minute später unter der Türe des Schlafzimmers, das er leise geöffnet, als er eine durchaus verwandte, jedoch vom farbigen Leben pulsierende Erscheinung sah. Den herrlichen Oberkörper entblößt, um die Hüften eine damaszierte Seidendraperie von blaßgelber Farbe geschlungen, die in breiten Massen und gebrochenen Falten bis auf den Boden niederstarrte, stand Regine vor dem Toilettespiegel und band mit einem schwermütigen Gesichtsausdrucke das Haar auf, nachdem sie sich eben gewaschen zu haben schien. Welch ein Anblick! hat er später noch gesagt. Freilich weniger griechisch als venezianisch, um in solchen Gemeinplätzen zu reden.

Aber auch welche Gewohnheiten! Wie kommt die einfache Seele dazu, auf solche Weise die Schönheit zu spiegeln und die Venus im Saale nachzuäffen? Wer hat sie das gelehrt? Woher hat sie das große Stück unverarbeiteten Seidendamast? Ist sie mittlerweile so weit in der Ausbildung gekommen, daß sie so üppige Anschaffungen macht, wie ein solcher Stoff ist, nur um ihn des Morgens um die Lenden zu schlagen während eines kleinen Luftbades? Und hat sie diese Künste für ihn gelernt und aufgespart?

Diese Gedanken jagten wie ein grauer Schattenknäuel durch sein Gehirn, nur halb kenntlich; sie zerstoben jedoch gänzlich, als er den Ausdruck ihres Gesichtes im Spiegel sah und sie ungesäumt beim Namen rief, um den Kummer zu verscheuchen, den er erblickte. Das war seine nächste treue Regung. Sie lag nun glückselig in seinen Armen und alles ging in den ersten paar Stunden, bis sie sich etwas ausgeplaudert, gut von statten, auch das kleine Verhör wegen des Aufzuges, in welchem er sie getroffen. Errötend und mit verfinsterten Augen erzählte sie, man habe ihr nicht Ruhe gelassen, bis sie der bewußten Malerin für eine Studie hingestanden; das sei eine wahre Pflichterfüllung, eine Gewissenssache und durchaus unverfänglich und alles bleibe unter ihnen, d. h. den Freundinnen, von welchen eine der Malstunde beigewohnt habe. Nun, da man ein solches Wesen von ihrem Wuchse gemacht und sie den Damast einmal gekauft und bezahlt, habe sie gedacht, das erste Anrecht, sie so zu sehen, wenn es denn doch etwas Schönes sein solle, gehöre ihrem Mann, und darum habe sie sich schon seit ein paar Tagen daran zu gewöhnen gesucht, das Tuch ohne die Malerin in gehöriger Weise umzuschlagen und festzumachen. Es sei auch nur ein kleines Bildchen gemacht worden.

Aber wo es denn sei? fragte der Mann, seinerseits errötend. Ei, die Malerin habe es mitgenommen, es sei ja ein Frauenzimmer, erwiderte Regine betreten. Überdies wolle es eine der drei Freundinnen als Andenken in Anspruch nehmen. Erwin sah die Unerfahrenheit und Unschuld der guten Regine oder glaubte jetzt wenigstens daran, nahm sich aber doch vor, die seltsamen Damen aufzusuchen und sich das Bild zu verschaffen. Den ersten Tag blieb er zu Hause; eh es Abend wurde, war Regine mehr als einmal von neuem in Trauer und Angst verfallen, wenn sie sich auch immer wieder zusammenraffte oder über dem Besitze des Mannes ihr Gemüt sich aufhellte. Genug, Erwin fühlte, daß sie nicht mehr die gleiche sei, die sie gewesen, daß irgend ein Etwas sich ereignet haben müsse. Ohne die verhoffte Ruhe brachte er die Nacht zu, während die Frau schlief; er wußte aber nicht, ob sie zum ersten Male wieder den Schlaf fand oder stets geschlafen hatte.

Am zweiten Tage nach seiner Ankunft ging er auf seine Gesandtschaft, um einige Verrichtungen zu besorgen, die man ihm in Washington zur mündlichen Abwicklung übertragen. Unter anderm gab es da obschwebende seerechtliche Interessen, wegen welcher mit den brasilianischen Diplomaten Rücksprache zu nehmen war, eh bei den europäischen Staaten vorgegangen wurde; übrigens handelte es sich weder um ein entscheidendes Stadium noch um eine sehr große Bedeutung der Sache. Erwin trug seinem Gesandten dasjenige vor, was sich auf unsern Ort, wo wir lebten, bezog. Der Herr hatte Zahnweh und ersuchte ihn, nur selbst zu den Brasilianern zu gehen und in seinem Namen das Nötige zu verhandeln. Erwin ging hin, traf aber bloß einen Sekretär. Der Gesandte sei in Karlsbad, hieß es; doch habe der Attaché, Graf Soundso, die bezüglichen Akten an sich genommen und studiere sie soeben; er sei ohne Zweifel in der Lage, Aufschluß zu erteilen und entgegenzunehmen und Vorläufiges anzuordnen. Um keine weitere Zeit zu verlieren, begab sich Erwin ohne Aufenthalt zu dem Grafen, welches eben der unsrige war. Die beiden Männer hatten sich noch nie gesehen, weil der Brasilianer erst während Erwins Abwesenheit an die Stelle gekommen war. Der Südamerikaner begrüßte den nördlichen Mann unbefangen, sagte, er habe das Vergnügen, dessen Gemahlin zu kennen, und fragte nach ihrem Befinden. Dann ging die geschäftliche Unterredung vor sich, welche etwa eine halbe Stunde dauerte. Erwin war nicht, was man im gemeinen Sinne eifersüchtig nennt; daher war ihm die Bekanntschaft des Grafen mit seiner Frau nicht aufgefallen, trotz der schwarzäugigen Romantik; er hatte seine Häuslichkeit über der gemächlichen Verhandlung vergessen und ging jetzt vollkommen ruhig an der Seite des Grafen, der ihn hinausbegleitete. Wieder, wie in New York, leuchtete plötzlich ein Bild auf, das er vorher nicht gesehen. Neben der Zimmertüre, welcher er bisher den Rücken gekehrt, stand ein Ziertischchen und auf demselben, an die Wand gelehnt, ein kleines Ölbild in breitem, krausgeschnitztem

Goldrahmen. Es war die Figur von Erwins Frau, wie er sie bei seiner Rückkunft im Schlafzimmer angetroffen. Die Malerin hatte doch die Rücksicht genommen, das Gesicht unkenntlich zu machen, d. h. dasjenige eines andern Modells hinzumalen; allein Erwin erkannte den Seidenstoff und die ganze Erscheinung auf den ersten Blick. Die dämonische Malerin hatte ihr zum Überfluß beide Hände an das Hinterhaupt gelegt, wie Erwin sie mit dem Haar beschäftigt zuerst gesehen.

Er trat mit einem Schritte vor das Tischchen und ließ die Augen an dem Bild haften, indessen es vor denselben in einen Nebel zerfloß und sich wieder herstellte, abwechselnd, man könnte sagen, wie Aphrodite aus dem Dunst und Schaume des Meeres. Er wagte nicht wegzublicken noch den Grafen anzusehen, und doch war es ihm zu Mut wie einem Ertrinkenden. Aber zum Glück jagten sich die Vorstellungen ebenso schnell als es bei einem solchen geschehen soll. Es war immer eine Möglichkeit, daß der Graf nicht wußte, was er besaß; warum also am unrechten Orte sich selbst und die Frau verraten? Nötigenfalls konnte er ja wiederkommen und den Feind seiner Ehre im Angesichte des Bildes niederstoßen. Aber müßte nicht das Weib vorher gerichtet, vielleicht vernichtet sein? Denn ein böser Zusammenhang wird immer deutlicher; woher sonst das elende Wesen im Hause? Was ist indessen mit einer solchen Vernichtung gewonnen, und wer ist der Richter? Ich, der ich ein junges, ratloses Geschöpf fast ein Jahr lang allein lasse?

So war vielleicht eine Minute vergangen, eine von den scheinbar zahllosen und doch so wenigen, die wir zu leben haben. Plötzlich faßte er sich gewaltsam zusammen, sah den Grafen flüchtig an und sagte, ohne den Mund zu verziehen: »Sie haben da ein hübsches Bildchen!«

»Ich habe es in einem hiesigen Atelier gekauft«, sagte der Andere, »es soll nach dem Leben gemalt sein!«

Sie schüttelten sich mit der bei Diplomaten üblichen Herzlichkeit die Hand und Erwin zog seines Weges. Er ging aber nicht in seine Behausung, auch nicht zu der Malerin oder zu den Parzen, wie er früher willens gewesen, noch auch zu mir oder sonst zu jemandem, sondern er lief eine Stunde weit auf der heißen Landstraße vor das Tor hinaus, genau bis zum ersten Stundenzeiger, und von da wieder zurück. In dieser Zeit wollte er mit seinem Entschlusse im reinen sein und dann um kein Jota davon abgehen; kein Fremder sollte davon wissen oder darein reden.

In der Mittagshitze, im Staube der Straße, unter den Wolken des Himmels, im Angesichte mühseliger Wandersleute, die ihres Weges zogen, müder Lasttiere, heimwärts eilender Feldarbeiter ließ er die Frau unsichtbar neben sich gehen, um die traurige Gerichtsverhandlung sozusagen unter allem Volke mit ihr zu führen. Es bedünkte ihn in der Tat beinahe, als säh er sie mühsam an seiner Seite wandeln, nach Antwort auf seine Fragen suchend, und seine Bitterkeit wurde vom Mitleiden umhüllt, aber nicht versüßt.

Als er an das Stadttor zurückkam, war sein Beschluß fertig, wenn auch nicht das Urteil. Er wollte nicht den Stab, sondern die ganze Geschichte überm Knie brechen, die Frau übers Meer entführen und der Zeit die Aufklärung des Unheils überlassen. Auch gegen Reginen wollte er schweigen, gewärtig, ob sie Recht und Kraft zur freien Rede aus sich selber schöpfe, und je nach Beschaffenheit würde sich dann das Weitere ergeben. Unterdessen sollte die stumme Trennung, die zwischen sie getreten, ihr nicht verborgen bleiben und sie fühlen, daß die Entscheidung nur aufgeschoben sei.

Mit diesem Vorsatze trat er wieder in sein Haus, wo er Reginen nicht fand. Ihr war erst seit Erwins Ausgang das Bedenkliche und Unzulässige des Vorfalls mit dem Bilde schwer ins Gewissen gefallen; Blick und Wort Erwins hatten sie getroffen und die Dämmerung ihres Bewußtseins plötzlich erleuchtet. Von Angst erfüllt war sie fortgeeilt, zunächst zur Malerin, das Bild von ihr zu fordern. Sie suchte Ausflüchte, versprach es zu schicken oder selbst zu bringen, und gedrängt von der Flehenden, sagte sie endlich, das Bild müsse bei einer der drei Damen sein (der Parzen nämlich), jedenfalls sei es gut aufgehoben und in sicheren Händen. Regine lief zum sogenannten Bienchen, zur Sammetgazelle, zum Rotkäppchen, keine wollte etwas von dem Bilde wissen, jede lächelte zuerst verwundert und jede erhob dann einen dummen Lärm und wollte durchaus die Ärmste auf der Jagd nach ihrem Bildnis geräuschvoll weiter begleiten.

Unverrichteter Sache, aber mit doppelter Last beladen kehrte sie heim und traf ihren Mann in Geschäften mit einem Agenten, dem er, wie sie trotz der Erschöpfung allmählig bemerkte, den Verkauf der ganzen hausrätlichen Einrichtung, das Verpacken und Spedieren der mitzunehmenden Gegenstände und ähnliche Dinge auftrug. Als der Agent fort war, sagte Erwin zu Reginen, welche bleich und stumm in einer Ecke saß: »Du kommst gerade recht und kannst die Dienstboten auszahlen und entlassen; es schickt sich das besser für die Frau! Wir reisen nämlich heut abend weg und sind in zwei Tagen auf der See; denn wir gehen zu meinen Eltern!«

Kein Wort mehr noch weniger sagte er zu ihr und sie wagte nicht ein einziges zu sprechen. Nur tief aufatmen hörte er sie, wie wenn sie sich durch die Aussicht, über das Meer zu kommen, erleichtert fühlte.

Am selben Tage noch wurden also Koffer gepackt, Rechnungen bezahlt und alle die Dinge verrichtet, die mit einer plötzlichen Abreise verbunden sein mögen. Erwin brachte dann noch eine halbe Stunde auf der Gesandtschaft zu, sonst nahm er von niemandem Abschied. Ich vernahm von alledem das erste Wort durch die entlassene Haushälterin, die mich wenige Tage später nochmals aufsuchte, um ihr Gewissen zu beschwichtigen, indem sie mir gestand, sie habe im Tumulte des letzten Nachmittages während eines stillen Augenblickes dem Erwin mit wenig Worten leise gesagt, es sei ein einziges Mal in der Nacht ein fremder Mann dagewesen und von da an sei die Verstörung im Hause. Sie wisse nicht, wer und was es gewesen sei, glaube aber, es ihm nicht verschweigen zu dürfen, damit er in seiner Sorge nicht zu viel und nicht zu wenig sehe. Darauf habe Erwin sie mit trüben Augen angeschaut und, obgleich sie gemerkt, wie ihn die Mitteilung erschüttert, gesagt, er wisse die Sache wohl, es sei ein Geheimnis, das sie nur verschweigen solle, er habe den Mann selbst gesandt.

Unmittelbar nach der kurzen Unterredung habe er in der gleichen milden und gelassenen Weise wie vorher das Wenige mit Reginen gesprochen, was er zu sprechen hatte, und beim Verlassen des Hauses der dicht verschleierten Frau den Arm gegeben. Nun wisse sie, die Haushälterin, doch nicht, ob sie recht getan und das Unglück vergrößert habe.

Ich fragte sie, ob sie von der Sache jemals den übrigen Bediensteten oder Hausgenossen oder sonst jemand etwas gesagt? Sie beteuerte das Gegenteil und versprach nochmals, es ferner so zu halten, und ich glaube, sie hat es auch getan. Indessen beruhigte ich sie wegen des Geschehenen. Wenn jener geheimnisvolle Besuch übler Art gewesen sei, meinte ich, so sei nicht viel zu verderben; sei er aber unschuldiger Natur, so komme die dunkle Geschichte umso eher zur Abklärung.

Es fiel mir schwer, an das ganze Ereignis so recht zu glauben. Die plötzliche Abreise machte nicht so viel Aufsehen, da die Ankunft Erwins noch nicht einmal in weiteren Kreisen bekannt gewesen, und die Parzen schienen sich ausnahmsweise still zu halten. Ich ging nach einigen Tagen mit einer Art Heimweh durch die Straße, wo Altenauers gewohnt, und sah an das Haus hinauf. Da wurde soeben aus dem Portale ein niederes vierrädriges Kärrchen gezogen, auf welchem die Venus von Milo stand und ein wenig schwankte, obgleich sie mit Stricken festgebunden war. Ein Arbeiter hielt sie mit Gelächter aufrecht und rief: hüh! während der andere den Wagen zog. Ich schaute ihr lange nach, wie sie sich fortbewegte, und dachte: So geht es, wenn schöne Leute unter das Gesindel kommen! Ich glaubte, die Regine selbst dahinschwanken zu sehen.

Drei Jahre später, als Regine längst tot war, traf ich Erwin Altenauer als amerikanischen Geschäftsträger in der gleichen Stadt wieder. Er hatte die Stelle absichtlich gewählt, um durch seine Anwesenheit das Andenken der Toten zu ehren und zu schützen, und von ihm erfuhr ich den Abschluß der Geschichte; denn er liebte es, mit mir von dieser Sache zu sprechen, da ich die Anfänge kannte.

Schon die Seefahrt nach dem Westen muß ein eigenartiger Zustand von Unseligkeit gewesen sein. Die wochenlange Beschränkung auf den engen Raum bei getrennten Seelen, die doch im Innersten verbunden waren, das wortkarge, einsilbige Dahinleben, ohne Absicht des Wehtuns, die hundert gegenseitigen Hilfsleistungen mit niedergeschlagenen Augen, das Herumirren dieser vier Augen auf der unendlichen Fläche und am verdämmernden Horizonte des Ozeans, in den Einsamkeiten des Himmels, um vielleicht einen gemeinsamen Ruhepunkt zu suchen, den sie in der Nähe nicht finden durften, alles mußte dazu beitragen, daß die Reise dem Dahinfahren zweier verlorenen Schatten auf Wassern der Unterwelt ähnlich war, wie es die Traumbilder alter Dichter schildern. Schon das gedrängte Zusammensein mit einer Menge fremder Menschen verhinderte natürlich den Austrag des schmerzlichen Prozesses; aber auch ohne das tat Regine keinen Wank; sie schien sich vor dem Fallen einer drohenden Masse und jedes Wörtlein zu fürchten, welches dieselbe in Bewegung bringen konnte. Ebenso ängstlich wie sie ihre Zunge hütete, überwachte sie auch jedes Lächeln, das sich aus alter Gewohnheit etwa auf die Lippen verirren wollte, wenn sie unverhofft einmal Erwins Auge begegnete. Er sah, wie es um den Mund zuckte, bis die traurige Ruhe wieder darauf lag, und er war überzeugt, daß sie damit jeden Verdacht auch der kleinsten Anwandlung von Koketterie vermeiden wollte, oder nicht sowohl wollte als mußte. Welch ein wunderbarer Widerspruch, diese Kenntnis ihrer Natur, dieses Vertrauen, und das dunkle Verhängnis!

Erwin aber scheute sich ebenso ängstlich vor dem Beginn

des Endes; nach dem bekannten Spruche konnte er begreifen und verzeihen, aber er konnte nicht wiederherstellen, und das wußte er.

Und nun erst der Einzug in das Vaterhaus zu Boston! Statt der siegreichen Freude der Anerkennung, des Beifalls, ein geheimnisvolles gedrücktes Ansichhalten, ein schweigsames vorsichtiges Wesen und zuletzt eine allgemeine Stille im Hause als Folge des halbwahren Vorgebens von einem plötzlichen Zerwürfnisse, einer krankhaften Laune der jungen Frau. Nur der Mutter anvertraute Erwin einen Teil der Wahrheit, soweit diese nicht zu grausam, zu hart für Reginen und ganz unerträglich auch für die Mutter gewesen wäre. Indem ihr der erste Anblick Reginens ein hohes Wohlgefallen und ihre ganze Haltung eine schmerzliche Teilnahme, aber freilich auch die tiefste Sorge verursacht hatten, war sie mit einem behutsam schonenden Vorgehen einverstanden, und sie suchte das Beispiel zu geben, die halb Geächtete mit einer gewissen ernsten Sanftmut zu behandeln, wie es etwa verwirrten kranken Personen gegenüber geschieht. Alle Familienglieder, Angestellten und Dienstboten des Hauses hielten den gleichen Ton inne, ohne sichtbare Verständigung; Regine hingegen sah sich mitten in der Schar der neuen Verwandten und Hausgenossen vereinsamt, ohne zu fragen oder zu klagen. In der entlegenen Wohnung eines Seitenflügels lebte sie bald wie eine freiwillige Gefangene, während Erwin gleich anfangs für einige Wochen verreist war, um das getrennte Leben weniger auffällig zu machen. Allein wo er ging und stand, fühlte er die Last des Elendes, in das er mit Reginen geraten, die Sehnsucht nach ihrer Gegenwart und nach den vergangenen Tagen und zugleich den Abscheu vor dem Abgrunde, den er mehr als nur ahnen und fürchten mußte. Und je unvermeidlicher ihm der Verlust erschien, umso unersetzlicher und einziger dünkte ihm die Unselige, an welche er alle die Liebe und Sorge gewendet hatte. Zuletzt überwog das Verlangen nach ihrem Anblicke so stark, daß er am achtzehnten Tage seiner Reise umkehrte, in der Absicht, die Entscheidung herbeizuführen und die Frau auf die Gefahr hin, sie sofort auf immer zu verlieren, wenigstens dies eine Mal noch zu sehen.

Während der Zeit hatte seine Mutter die einsame Regine jeden Tag besucht und ein Stündchen mit einer Arbeit bei ihr gesessen, ihr auch etwas zu tun mitgebracht und ein ruhiges Gespräch in Güte mit ihr unterhalten, wobei sie freilich das Meiste tun mußte. Jedoch vermied sie es gewissenhaft, mit Fragen und Verhören in die junge Frau zu dringen, die in aller einsilbigen Trauer Zeichen demütiger Dankbarkeit erkennen ließ, wie eine edle Natur auch in zeitweiliger Geistesabwesenheit die Spuren des Guten zeigt. An dem Tage, an welchem Erwin bereits auf dem Heimwege begriffen war, fand seine Mutter die Regine in eifrigem Schreiben begriffen. Dies erregte ihre Aufmerksamkeit und wollte ihr gar wohl gefallen; es lagen schon mehrere beschriebene Blätter da, welche Regine ruhig zusammenschob, ohne sie ängstlich zu verbergen. Den Umstand, daß sie überhaupt nie etwas zu verheimlichen suchte und ihr Zimmer stets ebenso reinlich geordnet als unverschlossen und für jedermann zugänglich hielt, hatte die Mutter überhaupt schon wahrgenommen.

Erwin fuhr in peinlicher Ungeduld wieder mit einem sausenden Nachtzuge und betrat Morgens um sechs Uhr sein Haus. Schnell eilte er nach seinem eigenen Schlafzimmer, um sich zu reinigen und die Kleider zu wechseln. Kaum hörte jedoch die Mutter von seiner Ankunft, so suchte sie ihn auf und erzählte ihm von Reginen. Nachdem sie, teilte sie ihm in sichtbarer Ergriffenheit mit, die Zeit her von ihrem ganzen Benehmen einen solchen Eindruck erhalten, daß jene eine entsetzliche Heuchlerin und Schauspielerin sein müßte, wenn es erlogen wäre, habe sie in der vergangenen Nacht oder vielmehr kurz vor Anbruch des Tages eine seltsam rührende Entdeckung gemacht. Von Schlaflosigkeit geplagt, sei sie aufgestanden und habe sich in der Finsternis nach dem kleinen Saale hin getappt, welcher dem von Reginen bewohnten Seitenflügel gegenüber liege. Dort sei auf einem Tischchen ein kleines Fläschchen mit erfrischender Essenz unter Nippsachen stehen geblieben, das sie seit lange nicht mehr gebraucht. Wie sie dasselbe nun gesucht, habe sie über den Hof weg einen schwachen Lichtschimmer bemerkt, während sonst noch alles in der nächtlichen Ruhe gelegen. Als sie genauer hingeschaut, habe sie gleich erkannt, daß der Schimmer aus Reginens Fenster komme, und sodann habe sie diese selbst gesehen vor einem Stuhle knieen, mit gefalteten Händen. Auf dem Stuhle habe ein kleines Buch gelegen, offenbar ein Gebetbuch, beleuchtet von dem daneben stehenden Nachtlämpchen. Das Gesicht der Frau habe sie nicht sehen können, sie habe es tief vornüber gebeugt, und so sei sie unbeweglich verharrt, eine Viertelstunde, die zweite und vielleicht auch die dritte. Lang habe die Mutter der Erscheinung zugeschaut; ein paarmal habe Regine das Blatt umgewendet und es dann wieder rückwärts umgeschlagen, auch das Umwenden etwa vergessen und längere Zeit ins Leere hinaus gebetet oder sonst Schweres gedacht; immerhin scheine sie nur ein und dasselbe Gebet, oder was es sein möge, gelesen zu haben. Jedesmal, wenn sie sich ein wenig bewegt habe, sei das schauerlich rührend anzusehen gewesen in der nächtlichen Stille und bei der Verlassenheit der armen Person. Endlich, da die Mutter im leichten Nachtkleide gefröstelt, habe sie sich nicht getraut, länger zu stehen, und gedacht, jene sei ja wohl aufgehoben bei ihrem Gebetbuche, und sei wieder zu Bett gegangen, allerdings ohne den Schlaf noch zu finden. »O mein Sohn«, rief die Mutter mit überquellenden Augen, »es wäre doch ein großes Glück, wenn dieses Geschöpf gerettet werden könnte! Ich habe noch nichts Schöneres gesehen auf dieser Welt! Wozu sind wir denn Christen, wenn wir das Wort des Herren das erste Mal verachten wollen, wo es sich gegen uns selbst wendet?«

Erschüttert mit sich selber ringend rief Erwin, der mehr wußte als die Mutter: »O Mutter, Christus der Herr hat die Ehebrecherin vor dem Tode beschützt und vor der Strafe; aber er hat nicht gesagt, daß er mit ihr leben würde, wenn er der Erwin Altenauer wäre!«

Doch schon im Widerspruch mit seinen Worten ließ er die Mutter stehen und ging, wie er war, in den Reisekleidern und vom Rauche des nächtlichen Schnellzuges geschwärzt, nach Reginens Zimmer und klopfte sanft an der Türe. Kein Laut ließ sich hören; er öffnete also die unverriegelte Türe und trat hinein. Das Zimmer war leer; mit klopfendem Herzen sah er sich um. Auf der Kommode lag ihr altes Gesangbuch, das er wohl kannte mit seinen Liedern und einer kleinen Anzahl Kirchen- und Hausgebeten. Es war geschlossen und ordentlich an seinen Platz gelegt.

Ihr Bett stand in einem Alkoven, dessen schwere Vorhänge nur zum kleinern Teile vorgezogen waren. Er trat näher und sah, daß das Bett leer war; nur eines der feinen und reichverzierten Schlafhemden von der Aussteuer, die er seiner Frau selbst angeschafft, lag auf dem Bette; es schien getragen, lag aber zusammengefaltet auf der Decke. Erschrocken und noch mehr verlegen kehrte er sich und schaute sich um, ob sie nicht vielleicht dennoch im Zimmer hinter ihm stünde, allein es war leer wie zuvor. Indem er sich nun abermals kehrte und dabei einem der Vorhänge näherte, stieß er an etwas Festes hinter demselben, wie wenn eine Person dort sich verborgen hielte. Rasch wollte er den dicken Wollenstoff zurückschlagen, was aber nicht gelang; denn die Laufringe an der Stange waren gehemmt. Er trat also, den Vorhang sonst lüftend, so gut es ging, hinter denselben und sah Reginens Leiche hängen. Sie hatte sich eine der starken seidenen Ziehschnüre, die mit Quasten endigten, um den Hals geschlungen. Im gleichen Augenblicke, wo er den edlen Körper hängen sah, zog er sein Taschenmesser hervor, das er auf Reisen trug, stieg auf den Bettrand und schnitt die Schnur durch; im andern Augenblicke saß er auf dem Bette und hielt die schöne und im Tode schwere Gestalt auf den Knieen, verbesserte aber sofort die Lage der Frau und legte sie sorgfältig auf das Bett. Aber sie war kalt und leblos; er aber wurde jetzt rat- und besinnungslos und er starrte mit großen Augen auf die Leiche. Gleich aber erwachte er wieder zum Bewußtsein durch die ungewohnte Tracht der Toten, die sein starrendes Auge reizte. Regina hatte das letzte Sonntagskleid angezogen, welches sie einst als arme Magd getragen, einen Rock von elendem braunem, mit irgend einem unscheinbaren Muster bedrucktem Baumwollzeuge. Er wußte, daß sie ein Köfferchen mit einigen ihrer alten Kleidungsstücke jederzeit mit sich geführt, und er hatte diesen Zug wohl leiden mögen, der ihm jetzt das Seelenleid verdoppelte. Endlich besann er sich wieder auf einen Rettungsversuch; er öffnete das ärmliche Kleid, das nach damaliger Art solcher Mägderöcke auf der Brust zugeheftelt war. Unter dem Kleide zeigte sich eines der groben Hemden ihrer Mädchenzeit, und zwischen dem Hemde und der Brust lag ein ziemlich dicker Brief mit der an Erwin gerichteten Überschrift. Hastig küßte er den Brief, warf ihn aber auf das Bett und fing an, Reginens Brust mit der Hand zu reiben, sprang empor, hob die Leiche wie eine leichte Puppe in die Höhe, drückte sie an seine Brust und hielt ihr stöhnend das Haupt aufrecht, legte sie gleich wieder hin und lief hinaus, um Hilfe zu suchen. Alles eilte herbei und ein Arzt war bald zur Stelle; doch die arme Regine blieb leblos und der Doktor stellte den Todesfall fest, welcher die schwermütige junge Deutsche nach kurzem Eheglück getroffen habe. Erwin blieb endlich allein bei der Leiche zurück und las den Brief.

Die Stätte, an welcher man den Brief finden werde, solle beweisen, wie sie ihn bis in den Tod liebe. Mit diesen Worten begann die Schrift. Einige weitere Sätze ähnlicher Natur verschwieg Erwin, wie er sich ausdrückte, als heiliges Geheimnis der Gattenliebe. Woher sie solche Töne genommen, sei eben das Rätsel der ewigen Natur selbst, wo jegliches Ding unerschöpflich zahlreich geboren werde und in Wahrheit doch nur ein einziges Mal da sei.

Dann folgte die Eröffnung dessen, was sie bedrückt und ihr

Leben verdorben, ohne daß sie geahnt hatte, in welchem Umfange. Es war freilich traurig und einfach genug, das Geheimnis jenes nächtlichen Besuches, von dem sie nicht einmal wußte, daß er gesehen worden. Der Zustand ihrer Verwandten hatte sich mit der Zeit hie und da doch wieder etwas verschlimmert und wiederholtes Eingreifen und Aushelfen nötig gemacht. Jedesmal verursachte das der armen Regine, die jetzt ihrem Mann mehr anhing als den Eltern und Geschwistern, Kummer und Sorge. Besonders der eine der Brüder, der Soldat gewesen, konnte sich mit dem Leben nicht zurecht finden. Unzufrieden und düstern Gemütes wechselte er immerfort die Stelle und den Aufenthalt, da er sich ungerecht behandelt glaubte und es zuletzt auch wurde, weil es nicht lange dauert, bis die Menschen, die sich selbst mißhandeln, auch von den andern mißhandelt werden, sozusagen aus Nachahmungstrieb. So war er von einer guten Zugführerstelle, die man ihm bei einer Eisenbahn verschafft hatte, allmählig bis zum Gehilfen oder vielmehr Knechte eines Pferdehändlers heruntergekommen, der ihn als ehemaligen Reitersmann gut brauchen konnte und doch schlecht behandelte. Mit einer Anzahl Pferde durch den Wald reitend waren sie in schweren Streit geraten; der Meister hieb dem Knechte mit der Peitsche über das Gesicht, und der Knecht schlug ihn hinwieder ohne Zögern tot und floh auf einem der Pferde aus dem Walde. Einige Meilen von der Mordstätte entfernt verkaufte er das Tier und irrte mit dem Erlös im Land umher, ohne den Ausweg finden zu können. Der erschlagene Roßhändler war von einem unbekannt gebliebenen zweiten Verbrecher, der zuerst auf den Platz gekommen, seines Geldranzens beraubt, diese Schuld aber natürlich dem Totschläger aufgebürdet und derselbe als Raubmörder verfolgt worden; so wenigstens hatte er ausgesagt und ging nicht von seiner Aussage ab. Dieser Bruder nun, und niemand anders, war es, der in jener Nacht bei Reginen Zuflucht und Hilfe gesucht, nachdem er halb verhungert sich nur nächtlicher Weile herumgetrieben, überall von den Häschern verfolgt. Er war schon in einem Seehafen gewesen und hatte seine Baarschaft von dem verkauften Pferde an einen Schiffsplatz gewendet, wurde aber im letzten Augenblicke durch erneuerte Steckbriefe wieder hinweggescheucht, ins Binnenland. In der alleräußersten Not hatte er der Schwester Wohnung umschlichen und war bei ihr eingedrungen; sie hatte ihn mit einigen Kleidungsstücken von ihrem Manne und mit Geld versehen, damit er wiederum die Flucht über die See versuchen konnte. Aber von Stund an war ihre Ruhe dahin; denn sie war nur von dem einzigen Gedanken besessen, daß sie als die Schwester eines Raubmördes ihren Gatten Erwin in ein schmachvolles Dasein hineingezogen und des Elendes einer verdorbenen Familie teilhaftig gemacht habe. Und dazu kam ja immer noch der Jammer über die Ihrigen und selbst den unglücklichen Bruder.

Aber wie mußte sich der heimliche Jammer steigern, als sie in einem Tageblatt, das mehr für die Dienstboten als für sie da war, zufällig die schreckliche Nachricht las, der Raubmörder sei endlich gefangen worden. Niemand in der Stadt, außer mir, kannte ihren Namen, und so achtete niemand darauf. Was mich betraf, so las ich überhaupt dergleichen Sachen nicht und blieb somit auch in der Unwissenheit. Der Gefangene verriet mit keiner Silbe den Besuch bei der Schwester, obgleich er sich damit über die bei ihm gefundene Baarschaft hätte ausweisen können; es war dies bei aller Verkommenheit ein Zug von Edelmut. So lebte sie wochenlang in der trostlosen Seelenstimmung dahin, bis sie plötzlich die Nachricht und Beschreibung von der Hinrichtung las und alle Geister der Verzweiflung auf sie einstürmten. Wie sollte Erwin fernerhin mit der Schwester eines hingerichteten Raubmörders leben? Wie der Ertrinkende am Grashalm hielt sie sich an dem einzigen Gedanken, dessen sie fähig war: Nur schweigen, schweigen!

Nach diesem ward ihr Selbstvertrauen zum Überfluß noch erschüttert durch den Vorfall mit der Malerin. Sie wußte nicht, daß das Bild in den Händen eines Mannes, des Brasilianers, war, und doch bekannte sie es jetzt als eine Sünde, daß sie sich habe verleiten lassen. Sie habe daraus den Schluß ziehen müssen, daß sie nicht die Sicherheit und Kenntnis des Lebens besitze, die zur Erhaltung von Ehre und Vertrauen erforderlich sei. Allerdings hatte die Ärmste ja annehmen müssen, die Malergeschichte allein habe hingereicht, Erwins Vertrauen zu untergraben; hätte sie ahnen können, daß der Besuch des Bruders gesehen und wie er ausgelegt worden, so würde sie keine Rücksicht abgehalten haben, sich vom Verdachte zu reinigen, und dann wäre alles anders gekommen. Allein das Schicksal wollte, daß die beiden Gatten, jedes mit einem andern Geheimnis, dasselbe aus Vorsorge und Schonung verbergend, an sich vorbeigingen und den einzigen Rettungsweg so verfehlten. Um auf den Brief zurückzukommen, so schloß Regine mit der Bitte, sie in dem Gewande zu begraben, in welchem sie einst als arme Magd gedient habe. Möge Erwin dann dasjenige Kleid, in welchem er sie in der schönen Zeit am liebsten gesehen, zusammenfalten und es ihr im Sarge unter das Haupt legen, so werde sie dankbar darauf ruhen.

Nach ihrem Begräbnisse war das erste, was er unternahm, die neue Versorgung der armen Angehörigen. Bei dieser Gelegenheit erfuhr er, daß der hingerichtete Bruder den erschlagenen Meister wirklich nicht ausgeplündert, indem der wahre Täter, wegen anderer Verbrechen in Untersuchung geraten, auch dieses freiwillig gestanden hatte. Erwin Altenauer hat sich bis jetzt nicht wieder verheiratet.

Als Reinhart schwieg, blieb es ein Weilchen still; dann sagte Lucie nachdenklich: »Ich könnte nun einwenden, daß Ihre Geschichte mehr eine Frage des Schicksals als der Bildung sei; doch will ich zugeben, daß eine schlimme Abart der letzteren durch die Parzen, wie Sie die Trägerinnen derselben nennen, von Einfluß auf das Schicksal der armen Regine gewesen ist. Aber auch so bleibt sicher, daß es dem guten Herren Altenauer eben unmöglich war, seiner Frauenausbildung den rechten

Rückgrat zu geben. Wäre seine Liebe nicht von der Eitelkeit der Welt umsponnen gewesen, so hätte er lieber die Braut gleich anfangs nach Amerika zu seiner Mutter gebracht und dieser das Werk überlassen; dann wäre es wohl anders geworden! Jetzt ist es aber Zeit, unsere merkwürdige Sitzung aufzuheben; ich bitte zu entschuldigen, wenn ich mich zurückziehe, obgleich ich beinahe fürchte, im Traum die schöne Person wie eine mythische Heroenfrau an der seidenen Schnur hängen zu sehen; denn trotz ihrer Wehrlosigkeit steckt etwas Heroisches in der Gestalt. Der Wahlherr hat diesmal wirklich auf Rasse zu halten gewußt!«

Sie bot dem Gaste gute Nacht und sandte gleich darauf den bejahrten Diener her, den Reinhart bei seiner Ankunft gesehen. Der freundliche Mann führte ihn nach seinem Schlafgemache, indem er ihm erzählte, der alte gichtbrüchige Herr beabsichtige, am Morgen mit dem Herren Reinhart zu frühstücken, da nach gewissen Anzeichen der diesmalige Anfall zu weichen beginne.

Mit wunderlich aufgeregtem Gefühle legte sich Reinhart in dem fremden Hause zu Bett, unter *einem* Dache mit dem ziervollsten Frauenwesen der Welt. Wie es Leute gibt, deren Körperliches, wenn man es zufällig berührt oder anstößt, sich durch die Kleidung hindurch fest und sympathisch anfühlt, so gibt es wieder andere, deren Geist einem durch die Umhüllung der Stimme im ersten Hören schon vertraut wird und uns brüderlich anspricht, und wo gar beides zusammentrifft, ist eine gute Freundschaft nicht mehr weit außer Weg. Dazu kam, daß Reinhart heute mehr von menschlichen Dingen, wie die Liebeshändel sind, gesprochen hatte als sonst in Jahren.

NEUNTES KAPITEL

Die arme Baronin

*E*r war zwar bald und fest eingeschlafen; doch der neue Inhalt, die Schatzvermehrung seiner Gedanken weckte ihn vor Tagesanbruch, wie wenn es ein lebendiges Wesen außer ihm wäre, das freundlich seine Schulter berührte. Er mußte sich lange besinnen, wo er sei, und erst als er das von der Morgendämmerung erhellte Viereck des großen Fensters aufmerksam betrachtete, kam er seinen gestrigen Erlebnissen auf die Spur. Es wurde ihm beinahe feierlich angenehm zu Mut, und indem er in diesem Gefühle so hindämmerte, entschlief er wieder und erwachte erst, als das schöne Landgebiet, in das er hinausschaute, schon im vollen Sonnenscheine lag und der Fluß weithin schimmerte. In den Platanen war großes Vogelkonzert, eine Schar dieser Musikanten flatterte und saß an den Marmorschalen des Brunnens, in dessen Nähe ein Tisch zum Frühstücke gedeckt war.

»Lux, mein Licht! wo bleibst du?« hörte er eine alte, obwohl noch kräftige Stimme rufen und sah darauf den vermutlichen Oheim, vom Diener gestützt und mit einer Krücke versehen, hinter dem Hause hervorkommen. Der Ruf Lux galt natürlich der Nichte, deren Namen Lucia er sich dergestalt zugestutzt hatte. Es schien ein ehemaliger Kriegsoberst zu sein, da er einen langen grauen Schnurrbart trug sowie einen Rock von halbmilitärischem Zuschnitt und ein verschlissenes Bändchen im Knopfloch. Nun erschien auch das Fräulein auf dem morgenfrischen Schauplatze, und so säumte Reinhart nicht länger, sich fertig zu machen und auch hinunter zu gehen, wo er den Herrn und die Dame am Tische sitzend antraf, dicht neben dem Brunnen mit seinem klingenden kristallklaren Wasser. Reinhart verhinderte rasch, daß der alte Herr sich erhob, als er ihm von Lucien vorgestellt wurde. – Der Oheim fixierte ihn aufmerksam mit der Freiheit alter Soldaten oder Sonderlinge, indem er nach und nach, ohne sich zu eilen, vorbrachte, sein Name sei ihm wohlbekannt, es komme nur darauf an, ob er etwa der Sohn des Professors gleichen Namens in X sei; denn wenn er sich recht besinne, so sei ein Freund aus jungen Jahren dort hängen geblieben und ein berühmter Pandektenpauker geworden.

Reinhart bestätigte lachend seine Vermutung, und Lucie erklärte das Ereignis für ein sehr artiges, welches sie teilweise herbeigeführt zu haben sich etwas einbilde. Der Oheim jedoch fuhr fort das Gesicht des jüngern Gastes zu studieren und immer tiefer in seiner Erinnerung nachzugraben, indessen sein eigenes Gesicht einen säuerlich süßen Ausdruck annahm, dann in ein halb spöttisches Lächeln, dann in einen weichen Ernst überging und zuletzt von einem vollen biedern Lachen erhellt wurde. Er faßte kräftig die Hand des jungen Reinhart, schüttelte sie und fragte: Haben denn Ihre Eltern nie von mir gesprochen?

Reinhart dachte nach und schüttelte den Kopf, sagte aber nach einem weitern Besinnen: »Es müßte denn sein, was auch wahrscheinlich ist, daß Sie einst auch ein Leutnant gewesen sind, ehe Sie Herr Oberst wurden. Dunkel entsinne ich mich aus meinen Kinderjahren, daß die Eltern, bald der Vater, bald die Mutter, meistens diese, von einem Leutnant sprachen, und zwar hieß es scherzend: Das hätte der Leutnant nicht getan, oder: Was würde der Leutnant zu dem Falle sagen, und so weiter. Dann verlor sich die Gewohnheit, wenn es eine war, und ich habe die Sache vergessen.«

»Sehen Sie, es ist richtig!« rief der Oberst, »der Leutnant bin ich! In Ihrem angenehmen Angesicht habe ich die Spuren von beiden verehrten Eltern herausgefunden, vom Herren sowohl wie von der Dame, und es geht mir fast ein Licht auf, wie wenn meine junge Lux hier an meinem engen Altershorizont aufgeht als meine tägliche Morgensonne! Sein Sie uns willkommen und bleiben Sie jedenfalls einige Tage, oder besser, machen Sie Ihre Reise fertig und kommen Sie bald wieder für länger! Spielen Sie Schach?«

»Leider nein, ich spiele überhaupt gar nichts!«

»Ei, das ist schade, warum denn nicht?« rief der Alte.

»Ich bin zu dumm dazu!« erwiderte Reinhart, der in der Tat weder die Aufmerksamkeit noch die Voraussicht aufbrachte, welche zum ernsthaften Spielen erforderlich sind. Lucie sah ihn unwillkürlich mit einem dankbaren Blicke an, da sie einen Genossen in dieser Art von Dummheit in ihm fand.

»Nun«, sagte der alte Herr, »solang man jung ist, spürt man eben keine Langeweile und braucht kein Spiel. Die hats auch so, die hier sitzende Jugendfigur! Später wird sies wohl noch lernen; denn ich hoffe, es gibt eine schöne alte Jungfer aus ihr, die ewig bei mir bleibt und auf meinem Grabe fromme Rosen züchtet und okuliert.«

»Das kann geschehen«, sagte die Nichte, »wenn über das Heiraten solche Anschauungen aufkommen, wie ich sie aus dem Munde des Herren Ludwig Reinhart habe hören müssen! Denke dir, Onkel, wir haben gestern bis Mitternacht verunglückte Heiratsgeschichten erzählt! Die gebildeten Männer verbinden sich jetzt nur mit Dienstmädchen, Bäuerinnen und dergleichen; wir gebildeten Mädchen aber müssen zur Wiedervergeltung unsere Hausknechte und Kutscher nehmen, und da besinnt man sich doch ein bißchen! Sagen Sie, Herr Reinhart, haben Sie nicht noch eine Treppenheirat zu erzählen?«

»Freilich hab ich«, antwortete er, »eine ganz prächtige, eine Heirat aus reinem Mitleiden!«

»O Himmel!« rief Lucie, »wie glücklich! Magst du sie auch hören, lieber Onkel?«

»Da ihr Faulpelze nichts spielen und nur schwatzen wollt, so ist es das Beste, was wir tun können, wenn wir uns einige blaue Wunder vormachen!«

Der Tisch wurde abgeräumt, Lucie ließ sich einen Arbeitskorb bringen und Reinhart suchte den Eingang seiner Geschichte zusammen. Denn, sagte er, die Personen, die es angeht, stehen in der Blüte ihres Glückes, und um sie in keiner Weise darin zu stören, ist es nötig, sie in eine allgemeine Form der Unkenntlichkeit zu hüllen. Es dürfte daher am zweckmäßigsten sein, die Sache gleich in der Art zu erzählen, wie ein gezierter Novellist sein Stücklein in Szene setzt. Ich würde damit zugleich in meiner Erzählungskunst, die mir wie ein Dachziegel auf den Kopf gefallen, einen Fortschritt anstreben können, man weiß ja nie, wo man es brauchen kann. Es würde also etwa so lauten:

Brandolf, ein junger Rechtsgelehrter, eilte die Treppe zum ersten Stockwerk eines Hauses empor, in welchem eine ihm befreundete Familie wohnte, und wie er so in Gedanken die Stufen übersprang, stieß er beinah eine weibliche Person über den Haufen, die mitten auf der Treppe lag und Messer blank scheuerte. Es war ihm, als ob mit einem der Messer nach seiner Ferse gestochen würde; er sah zurück und erblickte unter sich das zornrote Gesicht eines, soviel er wegen des umgeschlagenen Kopftuches sehen konnte, noch jugendlichen Frauenzimmers, welches er für ein Dienstmädchen hielt. Grollend, ja böse blickte sie nieder auf ihre Arbeit, und Brandolf trat unangenehm betroffen in die Wohnung seiner Freunde. Dort untersuchte er den Absatz seines Stiefels und fand, daß wirklich eine kleine Schramme in das glänzende Leder gestochen war.

»Es ist doch ein Elend mit uns Menschen!« rief er aus; »täglich sprechen wir von Liebe und Humanität und täglich beleidigen wir auf Wegen, Stegen und Treppen irgendein Mitgeschöpf! Zwar nicht mit Absicht; aber muß ich mir nicht selbst gestehen: wenn eine Dame im Atlaskleide auf den Stufen gelegen hätte, so würde ich sie sicherlich beachtet haben! Ehre dieser wehrbaren scheuernden Person, die mir wenigstens ihren rächenden Stachel in die Ferse gedrückt hat, und wohl mir, daß es keine Achillesferse war!«

Er erzählte den kleinen Vorfall, alle riefen: »Das ist die Baronin!« und der Hausvater sagte: »Lieber Brandolf! Diesmal hat Ihre humane Düftelei den Gegenstand gänzlich verfehlt! Die Dame auf der Treppe ist eine wahrhafte Baronin, die aus reiner Bosheit, um den Verkehr zu hemmen, und aus Geiz, statt ihre Innenräume zu brauchen, die gemeinsame Treppe mit Hammerschlag beschmutzt und Messer blank fegt und dabei aus Adelstolz uns Bürgerliche weder grüßt noch auch nur ansieht!«

Verwundert über diese seltsame Aufklärung, ließ sich Brandolf das Nähere berichten. Die Baronin war vor einigen Wochen in das Haus gezogen, in die jenseitige kleinere Hälfte des Stockwerkes, und hatte allsobald ihren prunkenden Namen an die Türe geheftet, zugleich aber einen Zettel vor das Fenster gehängt, welcher eine möblierte Wohnung zum Vermieten ausbot. Schon waren einige Fremde dagewesen, aber keiner hatte es länger als ein paar Tage ausgehalten, und sie waren mittelst Bezahlung einer tüchtigen Rechnung entflohen. Wer in die aufgestellte Falle dieser Miete ging, der durfte in seiner Stube nicht rauchen, nicht auf das prunkhafte Sofa liegen, nicht laut umhergehen, sondern er mußte die Stiefel ausziehen, um die Teppiche zu schonen; er durfte nicht im Schlafrock oder gar in Hemdsärmeln unter das Fenster liegen, um die freiherrliche Wohnung nicht zu entstellen, und überdies befand er sich wie ein hilfloser Gefangener, weil die Baronin keinerlei Art von Bedienung hielt, sondern alles selbst besorgte und daher jede Dienstleistung rundweg verweigerte, welche nicht in der strengsten Grenze ihrer Pflicht lag. Sie stellte alle Morgen eine Flasche frischen Wassers hin und füllte am Abend das Waschgeschirr, sonst aber reichte sie nie ein Glas Wasser, und wenn der Mietsmann am Verschmachten gewesen wäre. Das alles begleitete sie mit unfreundlichen, oder vielmehr meistens mit gar keinen Worten. Niemand kannte ihre Verhältnisse und woher sie kam; mit niemandem ging sie um, und wenn ihre häuslichen Beschäftigungen sie an den Brunnen, in den Hof, unter die Mägde und Dienstleute führten, so fuhr sie wie ein böser Geist schweigend unter ihnen herum.

Kurz, man war übereingekommen, daß sie ein ausgemachter Teufel und Unhold sei, welcher sein menschenfeindliches und räuberisches Wesen auf eigene Faust betreibe und hauptsächlich den Plan gefaßt habe, durch sein Benehmen einen häufigen Wechsel der Mieter zu veranlassen, um solchergestalt viele kleine, aber dennoch übertriebene Rechnungen ausstellen und überschüssige Mietgelder einziehen zu können, wenn die Verunglückten vor der Zeit wegzogen. Und dieser Plan, wenn er wirklich bestand, war allerdings nicht übel, da das Haus in einer lebhaften und schönen Straße lag, welche immer aufs neue anständige und wohlhabende Fremde herbeilockte, die dann froh waren, sich bald loszukaufen und Andern Platz zu machen.

Als diese Schilderung, verwebt mit noch vielen absonderlichen Zügen, beendigt war, fühlte Brandolf eher ein geheimes Mitleid mit der bösen Baronin als Zorn und Verachtung, und als die Freunde ihn scherzweise fragten, ob er nicht ihr Hausgenosse werden und bei der wunderlichen Nachbarin einziehen wolle, erwiderte er ernsthaft: »Warum nicht? Es käme nur darauf an, die Dame in ihrem eigensten Wesen an der Kehle zu packen und ihr den Kopf zurechtzusetzen!«

Da er aber sah, daß die Frau des Hauses nicht geneigt war, des weitern auf diesen Scherz oder Gedanken einzugehen, so schwieg er, kam aber für sich darauf zurück, als er auf der Straße bemerkte, daß die Vermietungsanzeige eben wieder vor dem Hause hing.

Brandolf konnte gar nicht begreifen, wie man bösen und ungerechten oder tollen Menschen gegenüber in Verlegenheit geraten und den Kürzern ziehen könne. So gutmütig und friedfertig er im Grunde war, empfand er doch stets eine rechte Sehnsucht, sich mit schlimmen Käuzen herumzuzanken und sie ihrer Tollheit zu überführen. Wo er von erlittenem Unrecht hörte, wurde er noch zorniger über die, welche es duldeten, als über die Täter, weil durch das ewige Nachgeben diese Unglücklichen nie aus ihrer Verblendung herauskämen.

Nur die offene Gewalt ließ er unbekämpft, weil sie sich selbst brandmarke und weiter keiner Beleuchtung bedürfe, um in ewiger Jämmerlichkeit und Selbstzerstörung dazustehen. Er besaß ein tiefes Gefühl für menschliche Zustände und vertraute so sehr auf das Menschliche in jedem Menschen, daß er sich vermaß, auch im Verstocktesten diesen Urquell zu wecken oder wenigstens dem Sünder das Bewußtsein beizubringen, daß er durchschaut und von der Übermacht des Spottes umgarnt sei. Allein sei es, daß die Argen seine sieghafte Sicherheit von weitem ausspürten, sei es das irdische Schicksal, welches uns das, was man wünscht, selten erreichen läßt, Brandolf bekam fast nie so recht wohlbegründete Händel, und wo eine ausgesuchte üble Existenz blühte, kam er immer zu spät, die Blume zu brechen. Daher ging er an der Pforte der Baronin wie an einem verschlossenen Paradiese vorbei, in welches einzudringen und mit dem hütenden Drachen zu streiten er sich herzlich sehnte.

Als im September die Freundesfamilie samt Kindern und Dienstboten, mit Kisten und Koffern im Wagen untergebracht war, um die Reise nach Italien anzutreten, wo ein Winter verlebt werden sollte, als die schwerfällige Maschine endlich unter den Seufzern der Haus- oder hier der Reisefrau fortrollte, da hatte Brandolf, der den Schlag zugemacht, im Hause eigentlich nichts mehr zu tun, und er hätte füglich nach seiner eigenen Wohnung gehen können. Er stieg aber wieder die Treppe hinauf, klingelte bei der Baronin und wünschte ihre Zimmer zu besehen. Sie erkannte ihn als denjenigen, der sie auf der Treppe gestoßen, und als den täglichen Besucher der Nachbarschaft. Mißtrauisch und mit großen Augen sah sie ihn an, ohne ein Wort zu sprechen, und hielt die Türe so, als ob sie ihm dieselbe vor der Nase zuschlagen wollte; doch konnte sie das nicht wagen und ließ ihn mit knappen Worten eintreten.

Mit saurer Höflichkeit führte sie ihn zu den Zimmern; sie waren höchst anständig und solid eingerichtet, und Brandolf erklärte nach flüchtiger Besichtigung, die er mehr zum

Scheine vornahm, daß er die Wohnung miete und gleich am nächsten Tage einziehen werde. Ohne die mindeste Freudenbezeugung verbeugte sich die Baronin ein bißchen, von der er übrigens nicht viel sah, weil sie wieder das verhüllende Tuch um Kopf und Hals geschlagen hatte, einer Kapuze ähnlich, und eine Art grauen Überwurfes trug, der sowohl einen Mantel wie einen Hausrock vorstellen konnte. Er eilte, die Veränderung seinen bisherigen Wirtsleuten anzuzeigen. Die waren sehr betrübt darüber, da sie noch nie einen so guten und liebenswürdigen Mieter bei sich gesehen hatten, und da sie selbst ordentliche und wohlgesinnte Leute waren, so nahm sich Brandolfs Entschluß doppelt unbegreiflich aus. Sie konnten sich denselben auch nur dadurch erklären, daß der Herr als ein reicher und unverheirateter studierter Mensch seine Launen und keine Sorgen habe und also sich nach Belieben den Hafer könne stechen lassen.

Erst als Brandolf seine Habseligkeiten in das neue Losament gebracht hatte und sich dort einhauste, sah er sich genötigt, genauer auf die für solche Mietzimmer ungewöhnliche Ausstattung zu achten. Es waren überhaupt nur drei nach der Straße gelegene Stuben; diese schienen aber mit dem Hausrate einer ganzen Familie angefüllt zu sein und alles von teuren Stoffen und Holzarten gearbeitet. Der Boden war mit bunten Teppichen überall belegt, an manchen Stellen doppelt; in jedem Zimmer standen Sekretäre, feine Schränke, Luxusmöbel, Spieltische und Spiegelgebäude, Sofas und weiche Polsterstühle im Überfluß; prächtige Vorhänge bekleideten die Fenster, und sogar an den Wänden drängte sich eine Bilderware von Gemälden, Kupferstichen und allem Möglichen zusammen, wie wenn der Wandschmuck eines weitläufigen Hauses da zur Auktion aufgestapelt worden wäre. Erschien der Raum der sonst ziemlich großen Zimmer hiedurch beengt, so wurde der Umstand noch bedenklicher durch einige Eckgestelle, auf deren schwank aufgetürmten Stockwerken eine Menge bemalten oder vergoldeten Porzellanes und unendlich dünner

Glassachen stand und zitterte wie Espenlaub, wenn ein fester Tritt über die Teppiche ging. An allen diesen Zerbrechlichkeiten war das gleiche Wappen gemalt oder eingeschliffen, welches auch auf der Karte an der Eingangstüre prangte über dem Namen der Baronin Hedwig von Lohausen. Als er später schlafen ging, bemerkte Brandolf, daß die Freiherrenkrone nicht minder auf die Leinwand des prachtvollen Bettes gestickt war, welches das eine der beiden Hauptstücke einer ehemaligen Brautaussteuer zu sein schien. Alles aber, trotz der durch die drei Zimmer herrschenden Fülle, war in tadellosem Stande gehalten und nirgends ein Stäubchen zu erblicken, und Brandolf wunderte sich nur, ob der Mieter für sein teures Geld eigentlich zum Hüter der Herrlichkeit bestellt sei und ihm ehestens ein Reinigungswerkzeug mit Staublappen und Flederwisch anvertraut werde? Denn wenn jemand anders die Arbeit besorgte, so mußte ja fast den ganzen Tag dieser Jemand sich in den Zimmern aufhalten. Es ist aber schon jetzt zu sagen, daß keines von beidem der Fall war; alles wurde in Abwesenheit des Mietsmannes getan wie von einem unsichtbaren Geiste, und selbst die Glas- und Porzellansachen standen immer so unverrückt an ihrer Stelle, wie wenn sie keine Menschenhand berührt hätte, und doch war weder ein Stäubchen noch ein trüber Hauch daran zu erspähen.

Nunmehr begann Brandolf aufmerksam die bösen Taten und Gewohnheiten der Wirtin zu erwarten, um den Krieg der Menschlichkeit dagegen zu eröffnen. Allein sein altes Mißgeschick schien auch hier wieder zu walten; der Feind hielt sich zurück und witterte offenbar die Stärke des neuen Gegners. Leider vermochte ihn Brandolf nicht mit dem Tabakrauche aus der Höhle hervorzulocken; denn er rauchte nicht, und als er zum besondern Zwecke ein kleines Tabakspfeifchen, wie es die Maurer bei der Arbeit gebrauchen, nebst etwas schlechtem Tabak nach Hause brachte und anzündete, um die Baronin zu reizen, da mußte er es nach den ersten drei Zügen aus dem Fenster werfen, so übel bekam ihm der Spaß. Teppiche und

Polster zu beschmutzen, ging auch nicht an, da er das nicht gewöhnt war; so blieb ihm vorderhand nichts übrig als die Fenster aufzusperren und einen Durchzug zu veranstalten. Dazu zog er eine Flanelljacke an, setzte eine schwarzseidene Zipfelmütze auf und legte sich so breit unter das Fenster als möglich. Es dauerte richtig nicht lange, so trat die Freiin von Lohausen unter die offene Türe, rief ihren Mietsmann wegen des Straßengeräusches mit etwas erhöhter Stimme an, und als er sich umschaute, deutete sie auf eine große Roßfliege, die im Zimmer herumschwirrte. Es sei in der Nachbarschaft ein Pferdestall, bemerkte sie kurz. Sogleich nahm er selbst die Zipfelmütze vom Kopf, jagte die Fliege aus dem Zimmer und schloß die Fenster. Dann setzte er die Mütze wieder auf, zog sie aber gleich abermals herunter, da die Dame noch im Zimmer stand und ihn, wie es schien, statt mit Entrüstung, eher mit einem schwachen Wohlgefallen in seinem Aufzuge betrachtete. Ja, soviel von ihrem ernsten und abgehärmten Gesichte zu sehen war, wollte beinah ein kleiner Schimmer von Heiterkeit in demselben aufzucken, der aber bald wieder verschwand, so wie auch die Frau sich zurückzog.

Zunächst wußte Brandolf nichts weiter anzufangen; er hüllte sich in seinen schönen Schlafrock, tat Jacke und Zipfelmütze wieder an ihren Ort und nahm Platz auf einem der Divans. Dort gewahrte er ein Klingelband von grünen und goldenen Glasperlen und zog mit Macht daran. Wie ein Wettermännchen erschien die Baronin auf der Schwelle, immer in ihrem grauen Schattenhabit mit dem kapuzenähnlichen Kopftuche. Brandolf wünschte seinem Schneider, der viele Straßen weit wohnte, eine Botschaft zu senden. Die Baronin errötete; sie mußte selbst gehen, denn sie hatte sonst niemanden. Ob es so dringlich sei oder bis Nachmittag Zeit habe? fragte sie nach einem minutenlangen Besinnen. Allerdings sei es dringlich, meinte Brandolf, es müsse ein Knopf an den Rock genäht werden, den er gerade heut tragen wolle. Sie sah ihn halb an und war im Begriff, die Türe zuzuschlagen, drehte sich aber doch nochmals und fragte, ob sie den Knopf nicht ansetzen könne? »Ohne Zweifel, wenn Sie wollten die Güte haben«, sagte Brandolf, »er hängt noch an einem Faden; allein das darf ich Ihnen nicht zumuten!« »Aber eine halbe Stunde weit zu laufen?« erwiderte sie und ging ein kleines, altes Nähkörbchen zu holen, in welchem ein Nadelkissen und einige Knäulchen Zwirn lagen. Brandolf brachte den Rock herbei, und die vornehme Wirtin nähte mit spitzen Fingerchen den Knopf fest. Da sie mit der Arbeit ein wenig ins hellere Licht stehen mußte, sah Brandolf zum ersten Mal etwas deutlicher einen Teil ihres Gesichtes, ein rundlich feines Kinn, einen kleinen, aber streng geformten Mund, darüber eine etwas spitze Nase; die tief auf die Arbeit gesenkten Augen verloren sich schon im Schatten des Kopftuches. Was aber sichtbar blieb, war von einer fast durchsichtigen weißen Farbe und mahnte an einen Nonnenkopf in einem altdeutschen Bilde, zu welchem eine etwas gesalzene und zugleich kummergewohnte Frau als Vorbild diente.

Es blieb aber nicht viel Zeit zu dieser Wahrnehmung; denn sie war im Umsehen fertig und wieder verschwunden.

Für den ersten Tag war Brandolf nun zu Ende, und so vergingen auch mehrere Wochen, ohne daß sich etwas ereignete, das ihm zum Einschreiten Ursache gegeben hätte. Er mußte sich also aufs Abwarten, Beobachten und Erraten des Geheimnisses beschränken; denn ein solches war offenbar vorhanden, obgleich die Frau hinsichtlich ihrer Bösartigkeit verlästert wurde. Da fiel ihm nun zunächst auf, daß der Teil der Wohnung, wo sie hauste, immer unzugänglich und verschlossen blieb; es war auch nichts weiter als eine Küche, ein einfenstriges schmales Zimmer und ein kleines Kämmerchen. Dort mußte sie Tag und Nacht mutterseelenallein verweilen, da außer einem Bäckerjungen man niemals einen Menschen zu ihr kommen hörte. Ein einziges Mal konnte Brandolf einen Blick in die Küche werfen, welche mit sauberm Geräte ausgestattet schien; aber kein Zeichen bekundete, daß dort gefeuert und gekocht wurde. Nie hörte er einen Ton des Schmorens oder ein Prasseln des Holzes oder ein Hacken von Fleisch und Gemüse oder den Gesang von gebratenen Würsten oder auch nur von armen Rittern, die in der heißen Butter lagen. Von was nährte sich denn die Frau? Hier begann dem neugierigen Mietsmanne ein Licht aufzugehen: wahrscheinlich von gar nichts! Sie wird Hunger leiden – was brauch ich so lange nach der Quelle ihres Verdrusses zu forschen! Ein Stück Elend, eine arme Baronin, die allein in der Welt steht, wer weiß durch welches Schicksal!

Er genoß im Hause nichts als jeden Morgen einen Milchkaffee mit ein paar frischen Semmeln, von denen er jedoch meistens die eine liegen ließ. Da glaubte er denn eines Tages zu bemerken, daß Frau Hedwig von Lohausen, als sie das Geschirr wegholte, mit einer unbewachten Gier im Auge auf den Teller blickte, ob eine Semmel übrig sei, und mit einer unbezähmbaren Hast davoneilte. Das Auge hatte förmlich geleuchtet wie ein Sterngefunkel. Brandolf mußte sich an ein Fenster stellen, um seiner Gedanken Herr zu werden. Was ist der Mensch, sagte er sich, was sind Mann und Frau! Mit glühenden Augen müssen sie nach Nahrung lechzen, gleich den Tieren der Wildnis!

Er hatte diesen Blick noch nie gesehen. Aber was für ein schönes glänzendes Auge war es bei alledem gewesen!

Mit einer gewissen Grausamkeit setzte er nun seine Beobachtung fort; er steckte das eine Mal die übrigbleibende Semmel in die Tasche und nahm sie mit fort; das andere Mal ließ er ein halbes Brötchen liegen, und ein drittes Mal alle beide, und stets glaubte er an dem Auf- und Niederschlagen der Augen, an dem raschern oder langsamern Gang die nämliche Wirkung wahrzunehmen und überzeugte sich endlich, daß die arme Frau kaum viel anderes genoß als was von seinem Frühstücke übrigblieb, ein paar Schälchen Milch und eine halbe oder ganze Semmel.

Nun nahm die Angelegenheit eine andere Gestalt an; er mußte jetzt trachten, die wilde Katze, wie er sie wegen ihrer

Unzugänglichkeit nannte, gegen ihren Willen ein bißchen zu füttern, nur vorsichtig und allmählig. Er gab vor, zu einem spätern Frühstück, das er sonst außerhalb einnahm, nicht mehr ausgehen zu wollen, und bestellte sich eine tägliche Morgenmahlzeit mit Eiern, Schinken, Butter und noch mehr Semmeln. Davon ließ er dann den größern Teil unberührt, in der Hoffnung, die arme Kirchenmaus werde davon knabbern. Das mochte auch während einiger Tage geschehen; dann aber schien sie den Handel zu wittern, wurde mißtrauisch und bemerkte eines Morgens, er möchte entweder weniger bestellen oder über die Reste in irgend einer Weise verfügen, und zuletzt nahm sie auch die Semmel nicht mehr, die übrigblieb. Da wußte er nun wieder nichts mit ihr anzufangen.

Eines Tages, als er von einem Ausgang nach Hause kam, traf er sie auf dem Hausflur bei einer Gemüsefrau, welche auf ihrem Kärrchen einen prächtigen Nelkenstock zu verkaufen hatte, der trotz der vorgerückten Jahreszeit noch ganz voll von hochroten Nelken blühte. Die Baronin nahm den Topf in die Hand und drückte schnell ein wenig das Gesicht in die Blumen, offenbar von einem Heimweh nach dergleichen ergriffen; sie fragte zögernd um den Preis, schüttelte den Kopf, gab den Stock zurück und schlurfte eilig davon. Brandolf erstand sogleich das Gewächs, hoffend, es ihr noch auf der Treppe aufdringen zu können; sie war aber schon in ihrem Malepartus verschwunden und er trug den Nelkenstock in seine Wohnung, wo er denselben auf ein Tischlein stellte, das er nebst einem Stuhle zum Lesen an ein Fenster gerückt hatte. Sorgfältig legte er jedoch zur Schonung des Tischchens einen Quartanten unter den Topf.

Später begab er sich wieder weg, um zu Tische zu gehen, und da es zu regnen begann, versah er seine Füße mit Gummischuhen. Daher war sein Schritt unhörbar, als er nach einigen Stunden zurückkehrte und ins Zimmer trat. Unter der geöffneten Türe stehend, sah er die Frau auf dem Stuhle vor dem Nelkenstocke sitzen, einen Staubwedel in der Hand. Sie lehnte müde zurück und war eingeschlafen, die Hände mit dem Wedel im Schoße. Leise schloß er die Türe und schlich nach dem Sofa, von wo aus er mit verschränkten Armen die schlafende Frau aufmerksam betrachtete. Man konnte nicht sagen, daß es gerade ein ausdrücklicher Gram war, der auf dem Gesichte lagerte; es glich sozusagen mehr einer Abwesenheit jeder Lebensfreude und jeder Hoffnung, einer Versammlung vieler Herrlichkeiten, die nicht da waren. Einzig an den geschlossenen Wimpern schienen zwei Tränen zu trocknen, aber ohne Weichmut, wie ein paar achtlos verlorene Perlen.

Desto weichmütiger wurde Brandolf von dem Anblick; je länger er hinsah, umso enger schloß er ihn ans Herz; er wünschte dies unbekannte Unglück sein nennen zu dürfen, wie wenn es der schönste blühende Apfelzweig gewesen wäre oder irgend ein anderes Kleinod. Er hatte sein Leben lang etwas Närrisches an sich und soll es jetzt noch haben, insofern man das närrisch nennen kann, was einem nicht jeder nachtut.

Plötzlich erschütterte sich die Schläferin wie von einem unwilligen oder ängstlichen Traume und erwachte. Verwirrt sah sie um sich,und als sie den Mann mit dem teilnehmenden Ausdruck im Gesichte wahrnahm, raffte sie sich auf und bat, mit milderen Worten als sie bisher hören lassen, um Entschuldigung. Sie tat sogar ein übriges und fügte zur Erklärung bei, Nelken seien ihre Lieblingsblumen und sie habe dem Gelüsten nicht widerstehen können, ein wenig bei dem schönen Stock auszuruhen, wobei sie leider eingeschlafen. Einst habe sie über hundert solcher Stöcke gepflegt, einer schöner als der andere und von allen Farben.

»Darf ich Ihnen diesen anbieten, Frau Baronin?« sagte Brandolf, der sich sogleich erhoben hatte, »ich habe ihn unten gekauft, als ich sah, daß Sie die Pflanze in die Hand genommen und mit Gefallen betrachteten.«

Das milde Wetter war aber schon vorüber. Mit Rot übergossen schüttelte sie den Kopf. »Bei mir ist zu wenig Licht dafür«, sagte sie, »hier steht er besser!« Als ob es sie gereute, schon so viel gesprochen zu haben, grüßte sie knapp, ging hinaus und ließ sich die folgenden Tage kaum blicken.

Endlich brachte sie die erste Monatsrechnung, auf einen Streifen grauen Papiers geschrieben. Er las sie absichtlich nicht durch; mit dem innerlichen Wunsche, sie möchte recht hoch sein, bezahlte er den Betrag, der jedoch die Ausgabe keineswegs überschritt, auf die er zu rechnen gewohnt war. Während er das Geld hinzählte, stand die sonderbare Wirtin, wie ihm schien, eher in furchtsamer als in trotziger Haltung lautlos da, wie wenn sie der gewohnten Aufkündigung entgegensähe. Aber entschlossen, durchaus ein Licht in das Dunkel dieses Geheimnisses zu bringen, ließ er sie hinausgehen, ohne die geringste Lust zum Ausziehen zu verraten. Neugierig, wie es sich mit ihren Rechnungskünsten verhalte, studierte er gleich nachher den Zettel und fand ihn nicht um einen Pfennig übersetzt; dagegen war jedesmal, wo er beim Frühstück nur ein Brötchen gegessen, das zweite übriggebliebene nicht aufgeschrieben. Nun wurde er gar nicht mehr klug aus der ganzen Geschichte, zumal als er beim Weggehen gegen Abend zum ersten Male von der Gegend der Küche her ein schüchternes Knallen wie von einem brennenden Holzscheitlein hörte und den Geruch von einer guten gebrannten Mehlsuppe empfand, die mitzuessen ihn seltsam gelüstete. Nun war er überzeugt, daß die Baronin erst jetzt sich etwas Warmes zu kochen erlaubte. Am Ende, dachte er, tut sie das alle Monat einmal, wenn die Rechnung bezahlt wird, wie die Arbeiter am sogenannten Zahltag ins Wirtshaus zu gehen pflegen!

Und in der Tat war von der üppigen Kocherei schon am nächsten Tage nichts mehr zu verspüren.

Um die Mitte des Monats Oktober kam es zu einer fast ebenso langen Unterredung, wie die vor dem Nelkenstock war. Die Baronin machte Brandolf aufmerksam, daß jeden Tag der Winter eintreten und die Feuerung in den Öfen nötig werden könne, und sie fragte, ob er Holz wolle anfahren lassen und wieviel? Und es kam ihm vor, als ob sie mit einiger

Spannung auf die Antwort warte, aus welcher sie ersehen konnte, ob er bis zum Frühjahr zu bleiben gedenke. Er nannte ein so großes Quantum, daß man alle Öfen der ganzen Wohnung damit heizen und auch auf dem Herde ein lustiges Feuer bis in den Mai hinaus unterhalten konnte. Zugleich übergab er ihr eine Banknote mit der Bitte, alles Nötige zu besorgen, den Einkauf und das Kleinmachen des Holzes; sie nahm die Note und verrichtete das Geschäft mit aller Sorgfalt und Sachkunde. Es dauerte auch kaum acht Tage, so fing es an zu schneien, und jetzt mußte die einsame Wirtin sich öfter sehen lassen, da sie die drei Öfen ihres Mietsherren selbst einfeuerte und mit Holzherbeitragen und allem andern genug zu tun hatte. Sie bekam dabei rußige Hände und ein rauchiges Antlitz und sah bald völlig einem Aschenbrödel gleich.

Wenn Brandolf aber gehofft, sie werde nicht so dumm sein und auch ihr eigenes Wohngelaß etwas erwärmen, so hatte er sich darin getäuscht, denn so wenig als im Sommer konnte er gewahren, daß dort das kleinste Feuerchen entfacht wurde. Und doch war inzwischen die Kälte stärker und anhaltend geworden; wenn die Baronin ihre Geschäfte beendigt hatte, so mußte sie sich einsam im kalten Gemache aufhalten, und Gott mochte wissen, was sie dort tat. Auch wurde sie ersichtlich immer blasser, spitziger und matter, und es schien ihm, als ob sie die Holzkörbe jeden Tag mühsamer herbeischleppe, so daß es ihm, der ohnedies ein gefälliger und galanter Mann war, ins Herz schnitt. Allein jeden Versuch, sie zum Sprechen zu bringen und eine Hilfe einzuleiten, lehnte sie beharrlich ab, wie wenn sie sich so recht vorsätzlich aufreiben wollte. Er aber war ebenso hartnäckig und wartete auf den Augenblick, der schließlich nicht ausbleiben konnte.

Indessen wurde die Zeit doch etwas lang in Hinsicht auf seine Verhältnisse. Sein verwitweter Vater war ein großer Gutsbesitzer und sehr reicher Mann, welcher wünschte, daß der einzige Sohn bei ihm lebte und die Verwaltung der Güter übernahm. Auf der andern Seite war der Sohn ein entschiedenes juristisches Talent und ein gut empfohlener junger Mann, welcher von oben dringend zum Staatsdienste aufgefordert und ermuntert wurde. Er war auch nach der Hauptstadt gekommen, um sich die Dinge näher anzusehen und sich für einstweilen zu entschließen, wenn auch nicht für immer. Täglich einige Stunden auf dem Ministerium als Freiwilliger arbeitend und im übrigen ein etwas wähliger reicher Muttersohn, ließ er sich mit aller Gemächlichkeit Raum, zum Entschlusse zu kommen. Doch wurde soeben von neuem in ihn gedrungen, da man ihn zu einer bestimmten Funktion ausersehen hatte, die seinen Aufenthalt in einem entlegenen Landeskreise erforderte. Er aber wollte den Abschluß seines Abenteuers in der Mietswohnung durchaus nicht fahren lassen, der Vater drang ebenfalls auf Erfüllung seines Wunsches, und so lag er eines Morgens länger im Bette als gewöhnlich und sann über den Ausweg nach, den er zu ergreifen habe. Endlich gelangte er zu der Meinung, daß er ja ganz füglich seine juristischen Kenntnisse und amtlichen Beziehungen benutzen könne, um im Stillen und mit aller Schonung über die Vergangenheit und Gegenwart der Baronin die wünschbaren Aufschlüsse zu sammeln und je nach Befund und Umständen der verlassenen Frau eine bessere Lage zu verschaffen oder aber sie aus dem Sinne zu schlagen und sein Unternehmen als ein verfehltes aufzugeben.

Mit diesem Vorsatz kleidete er sich an und eilte seinen Morgenkaffee zu nehmen, um sich ungesäumt auf den Weg zu machen. Allein trotz der vorgerückten Stunde war das Kaffeebrett nicht an der gewohnten Stelle zu erblicken; die Zimmer waren erkaltet und in keinem Ofen Feuer gemacht. Verwundert machte er eine Türe auf und horchte auf den Flur hinaus; es war nichts zu sehen und zu hören. Er zog die bewußte schöne Klingelschnur, aber es blieb totenstill in der Wohnung. Besorgt schritt er den Gang entlang, bis er an die Küchentüre gelangte, und klopfte dort erst sanft, dann stärker, ohne daß ein Lebenszeichen erfolgte. Er öffnete die Türe, durchschritt die stille Küche bis zu einer andern Türe, welche in die Wohnstube der Baronin führen mußte. Dort pochte er wiederum behutsam an und lauschte und horchte, hörte aber nichts als ein unterbrochenes hastiges Atmen und zeitweiliges Stöhnen. Da öffnete er auch diese Türe und trat in das tiefe und düstere Zimmer, dessen kahle Wände von der Kälte bis zum Tropfen feucht waren; das nach dem Hofe hinausgehende Fenster bedeckte ein einfacher weißer Vorhang samt der dicken Stickerei von Eisblumen. Auf einem elenden Bette, das aus einem Strohsacke, einem groben Leintuche und einer jämmerlich dünnen Decke bestand, lag die Baronin. Eine schmale, feine Gestalt zeichnete sich durch die Decke hindurch; der blasse Kopf lag auf einem ärmlichen Kissen und das feuchte nußbraune Haar in verworrenen Strähnen um das Gesicht herum, das mit offenen Augen an die geweißte feuchte Decke starrte. Sie war mit einem dünnen Flanelljäckchen angetan; die Arme und Hände, die auf der Wolldecke lagen, schlotterten demnach von Kälte und Fieber zugleich und ebenso zitterte der übrige Körper sichtbar unter der Decke. Erschrocken trat Brandolf an das Bett und rief die Kranke an; sie drehte wohl die Augen nach ihm, schien ihn aber nicht zu erkennen; doch bat sie mit schwacher Stimme hastig um Wasser. Stracks lief er in die Küche zurück, fand dort Wasser und füllte ein Glas damit. Er mußte ihr den Kopf heben, um ihr dasselbe an den Mund zu bringen; mit beiden Händen hielt sie seine Hand und das Glas fest und trank es begierig aus. Dann legte sie den Kopf zurück, sah den fremden Mann einen Augenblick an und schloß hierauf die Augen.

»Kennen Sie mich nicht? wie geht es Ihnen?« sagte Brandolf und suchte an ihrem dünnen weißen Handgelenk den Puls zu finden, der sich mit seinem heftigen Jagen bald genug bemerklich machte. Als sie nicht antwortete, noch die Augen öffnete, eilte er zu der Hausmeisterin hinunter, die im Erdgeschoß hauste, und forderte sie auf, zu der Erkrankten zu gehen und Hilfe zu leisten, während er einen Arzt herbeihole. Er selbst machte sich unverzüglich auf den Weg, dies zu tun; er war dem bewährten ärztlichen Vorsteher eines Krankenhauses befreundet und suchte ihn an der Stätte seiner vormittäglichen Tätigkeit auf. Der Arzt beendigte so rasch als möglich die noch zu verrichtenden Geschäfte und fuhr dann unverweilt mit dem Freunde, den er in seinen Wagen nahm, nach dessen Wohnung. »Du hast da eine wunderliche Wirtin gewählt«, sagte er scherzend; »am Ende, wenn sie stirbt, bekommst du noch Pflegekosten, Begräbnis und Grabstein auf die Rechnung gesetzt und kannst alsdann ausziehen!«

»Nein, nein!« rief Brandolf, »sie darf nicht sterben! Ich hab es einmal auf dies mysteriöse Bündel Unglück abgesehen, und es ist mir fast zu Mut wie einem schwachen Weibe, dem das Kind erkrankt ist!«

Er erzählte dem Arzte, solange der Weg es noch erlaubte, einiges von der Lebensart der Baronin. Jener schüttelte immer verwunderter den Kopf. »Lohausen!« sagte er, »wenn ich nur wüßte, wo ich den Namen schon gehört habe! Gleichviel, wir wollen sehen, was zu tun ist!«

»Das ist ja ein vertracktes Loch!« rief er dann, als er das feuchte, kalte und finstere Zimmer betrat, in dem die Kranke lag. Sie war jetzt bewußtlos und hatte sich nach Aussage der Hausmeisterin nicht geregt, seit Brandolf fortgegangen. Nach kurzer Betrachtung erklärte der Arzt den Zustand für den lebensgefährlichen Ausbruch einer tiefen Erkrankung. »Vor allem muß sie hier weg«, sagte er, »und in ein rechtes Bett in guter Luft! In meinen Krankensälen wird sich leicht ein Platz finden, wenn wir sie hinbringen; die Einzelzimmer sind freilich im Augenblicke alle in Anspruch genommen.«

»Wir können die menschenscheue Frau nicht dem Momente aussetzen, wo sie an unbekanntem Orte und unter einer Menge fremder Gesichter zu sich kommt«, versetzte Brandolf, der das Kleinod seiner Teilnahme nicht aus dem Hause lassen wollte. »Und überdies«, sagte er, »haben wir es hier sichtlich mit verborgener und arg verschämter Armut zu tun, deren Gemütsbewegungen auch berücksichtigt sein wollen. Ich kann mein äußerstes Zimmer ganz gut entbehren; dort bringt man sie hin, setzt eine zuverlässige Wärterin hinein und schließt das Zimmer nach meiner Seite her ab, so sind beide Parteien ungestört. Hätten wir nur erst das Bett!«

»Ich habe hier neben in die Kammer hineingeguckt«, berichtete jetzt die Hausmeisterin, »und gesehen, daß die Stücke eines vollständigen schönen Bettes dort beieinander liegen. Der Himmel mag wissen, warum die wunderliche Dame auf diesem Armesünderschragen schläft, während sie ein so gutes Lager vorrätig hat!«

»Das will ich Euch sagen, Frau Hausmeisterin!« sprach Brandolf, »sie tut es, weil sie das gute Bett spart, um nötigenfalls zwei Mieter einlogieren zu können. So viel habe ich gesehen, daß sie wahrscheinlich ihr Leben lang gewöhnt war, mit dem Entbehren immer an sich selbst anzufangen, vielleicht nicht aus Güte, sondern weil sie es für notwendig hielt. Denn die kleine schmale Weibsanstalt unter dieser Decke ist ein wahrer Teufel von Unerbittlichkeit gegen sich und Andere.«

Der Arzt aber warf nun ein: »So will ich eine gute Wärterin, die ich kenne, gleich selbst aufsuchen und hersenden.« Worauf er sich in seiner Kutsche wieder entfernte, nachdem er noch angedeutet, er werde Verhaltungsbefehle und Anordnungen der Wärterin mitgeben. Auch die Hausmeisterin mußte sich in eigenen Geschäften zurückziehen und Brandolf saß allein am Leidensbette der Fieberkranken, bis die Wärterin mit ihrem Korbe und ihren Siebensachen anlangte, von der Hausmeisterin begleitet. Zuerst wurde nun das bessere Zimmer eingerichtet und das gute Bett darin aufgeschlagen und sodann die Übersiedlung der Baronin bewerkstelligt. Als die beiden Frauen sich nicht recht anzuschicken wußten, nahm Brandolf das kranke Aschenbrödel, in seine Decke gewickelt, kurzweg auf den Arm und trug es so sorglich, wie wenn es das zerbrechliche Glück von Edenhall gewesen wäre, hinüber und ließ hierauf die Weiber das Ihrige tun. Beide versorgte er mit dem nötigen Geld, um alles Erforderliche vorzusehen und zu beschaffen, und empfahl ihnen, die treulichste Pflege zu üben. Für sich selber bestellte er noch eine besondere Aufwärterin, welche des Morgens herkam und den Tag über da blieb, so daß es in der sonst so stillen Küche auf einmal lebendig wurde.

Etwas länger als zwei Wochen blieb die Kranke bewußtlos, und der Arzt versicherte mehrmals, daß in dem zarten Körper eine gute Natur stecken müsse, wenn er sich erholen solle. Es geschah dennoch; die Fieberstürme hörten auf und eines Tages schaute sie still und ruhig um sich. Sie sah das schöne Zimmer mit ihrem eigenen Geräte, die freundliche Wärterin und den behäbigen Doktor, der mit tröstlichen Mienen und Worten an ihr Lager trat; aber sie frug nicht nach den Umständen, sondern überließ sich der schweigenden Ruhe, wie wenn sie fürchtete, derselben entrissen zu werden. Erst am zweiten oder dritten Tage fing sie an zu fragen, was mit ihr geschehen sei und wer für sie gesorgt habe. Als sie vernahm, daß es der Herr Mietsmann sei, schwieg sie wieder und lag lang in stillem Nachsinnen; aber der Trotz schien gebrochen, die Nachricht sie eher ein wenig zu beleben als zu beunruhigen.

Als Brandolf von der besseren Wendung hörte, wurde er sehr zufrieden und empfand etwas wie das Vergnügen eines Kindes, wenn ein lieber Gast im Hause sitzt und nun allerlei angenehme und merkwürdige Dinge in Aussicht stehen. Wie wenig braucht es doch, dachte er im Stillen, um sich selber einen Hauptspaß zu bereiten, und was für schöne Gelegenheiten liegen immer am Wegrande bereit, wenn man sie nur zu sehen wüßte!

Inzwischen hatte sich die Kunde von der erkrankten und von ihm verpflegten adeligen Wirtsfrau weiter verbreitet und er bekam in den Kreisen, die er besuchte, davon zu hören, was ihn keineswegs belästigte. Er machte sich nur darüber lustig, daß er in das Haus gezogen sei, einen ungerechten Drachen zu bändigen, und statt dessen nun den Kranken- und Armenpfleger spielen müsse. Durch das Gerede entwickelten sich dagegen ein paar dürftige Angaben über das Vorleben des Pfleglings. Als die Tochter eines im Nachbarstaate seßhaft gewesenen und verstorbenen Freiherren von Lohausen sei sie mit einem Rittmeister von Schwendtner verheiratet worden, habe sich aber nach einer dreijährigen unglücklichen Ehe von ihm scheiden lassen, und der etc. Schwendtner sei dann in übeln Umständen verschollen. Brandolf empfand sogleich eine sonderbare Eifersucht gegen den Unbekannten und eine zornige Straflust, nicht bedenkend, daß er den Mann am Ende auch noch pflegen müßte, wenn er denselben in die Hände bekäme.

Nach ungefähr weiteren acht Tagen befand sich die Baronin entschieden auf dem Wege der Genesung, wenn keine schlimmen Einflüsse dazu kamen. Brandolf war sehr begierig, das gerettete Wesen anzusehen, und ließ durch die Wärterin ordentlich anfragen, ob die Frau Baronin seinen Besuch empfangen würde. Denn er wollte auch im Punkte der Höflichkeit zur Befestigung ihrer Gesundheit beitragen und gut machen, was sie als dienende Wirtin in ihrer Vermummung erlitten haben mochte. Kurzum, es sollte alles wohlsinnig und freundlich hergehen, solang er die Hand im Spiele hatte.

Als er den Bericht erhielt, daß sie seinen Besuch erwarten wolle, zog er einen Ausgehrock und Handschuh an und begab sich in das Krankenzimmer hinüber.

Er erstaunte nicht wenig, sie in ihrem hübsch zugerüsteten Bette liegen zu sehen, und hätte sie beinahe nicht wieder erkannt, angetan wie sie war mit reinlich weißem Gewande, und mit dem vergeistert weißen Gesichte, das von dem leicht, aber schicklich geordneten Haar umrahmt wurde. Sie richtete mit großem Ernste die Augen auf ihn, als er auf einem Stuhle Platz nahm, den die Wärterin neben das Bett gestellt hatte. Ihr Blick haftete zerstreut und aufmerksam zugleich an seinem Gesichte und schien dasselbe neugierig zu prüfen, während er nach ihrem Befinden frug und seine Zufriedenheit über ihre Wiedergenesung ausdrückte.

»Ihr Freund, der gute Herr Doktor«, sagte sie leis, »meint, ich werde gesund werden.«

»Er ist davon überzeugt und ich auch, denn er versteht es!« erwiderte Brandolf, und sie fuhr fort:

»Sie haben es nicht gut getroffen mit Ihrer Wohnung! Statt besorgt und bedient zu werden, wie es sich gehört, mußten Sie die Wirtin versorgen und verpflegen lassen, die Sie nichts angeht!«

»Ich hätte es ja nicht besser treffen können«, antwortete er mit offenherzigem Vergnügen; »tun Sie uns nur den Gefallen und lassen sich ferner recht geduldig pflegen und nichts anfechten! Nicht wahr, Sie versprechen es?«

Er hielt ihr unbefangen und zutraulich die Hand hin und sie legte ihre fast wesenlose blasse Hand hinein, die nur durch die Schwäche ein kleines Gewicht erhielt. Zugleich bildete sich auf dem ernsten Munde ein ungewohntes unendlich rührendes Lächeln, wie bei einem Kinde, das diese Kunst zum ersten Male lernt; dasselbe machte aber Miene, in ein weinerliches Zucken übergehen zu wollen. Brandolf verschlang das flüchtige kleine Schauspiel mit durstigen Augen; da er sich jedoch erinnerte, daß er die Kranke nicht lang hinhalten und aufregen durfte, so drückte er sanft ihre Hand und empfahl sich.

Er eilte aber auch um seiner selbst willen davon, weil es ihn an die freie Luft drängte, ein Freudenliedchen zu pfeifen, das er schon begann, während er Mantel und Hut an sich nahm, um zum Mittagsmahle zu gehen. Fröhlich begrüßte er die tägliche Tischgesellschaft und verführte die Herren sogleich zu einem außergewöhnlichen Gütlichtun, indem er eine Flasche duftenden Rheinweins bestellte. Einer nach dem andern folgte dem Beispiel; es entstand eine bedeutende Heiterkeit, ohne daß jemand wußte, was eigentlich die Ursache sei. Schließlich wurde Brandolf als der Urheber ins Gebet genommen.

»Ei«, sagte er, »meine Katze hat Junge, und als ich heut eines der Tierchen in die Hand nahm, gingen ihm in demselben Augenblicke die Äuglein auf und ich sah mit ihm die Welt zum ersten Mal.«

Die Herren schüttelten lachend die Köpfe ob dem Unsinn;

Brandolf hingegen wurde am gleichen Nachmittage noch sehr scharfsinnig. Denn als er tatlustig auf sein Bureau ging, wo er die Akten eines in der Provinz hausenden höhern Justizbeamten zu prüfen hatte, arbeitete er mit so vergnüglich hellem Geiste, daß eine ausgezeichnete Kritik zustande kam, infolge welcher jener ungerechte Mann aus der Ferne erheblich beunruhigt, gemaßregelt und endlich sogar entsetzt wurde, alles wegen des jungen Kätzleins, dessen Welterblickung Brandolf gefeiert haben wollte.

Am nächsten Tage wiederholte er seinen Besuch und brachte der bleichen Baronin einige zartgefärbte junge Rosen, die er im Gewächshause eines Gärtners zusammengesucht. Sie hielt dieselben in der Hand, die auf der Decke ruhte. Dergleichen Artigkeit hatte sie noch nie erlebt und vielleicht auch niemals verlangt. Es war daher wie eine erste Erfahrung in ihrem neu beginnenden Leben, und nach Maßgabe der noch nicht zu Kräften gekommenen Herzschläge verbreitete sich ein schwacher rötlicher Schimmer, gleich demjenigen auf den Rosen, über die blassen Wangen. Gleichzeitig verband sich mit dem Schimmer ein schon lieblich ausgebildetes Lächeln, vielleicht auch zum ersten Male in dieser Art und auf diesem Munde. Es erinnerte fast an den Text eines alten Sinngedichtes, welches heißt: »Wie willst du weiße Lilien zu roten Rosen machen? Küß eine weiße Galathee, sie wird errötend lachen.« Von einem Kusse war freilich da nicht die Rede.

Brandolf sorgte jetzt jeden Tag um etwas Erquickliches für die Augen oder den Mund, wie es der Arzt erlaubte, und die Genesende ließ es sich gefallen, da es ja doch ein Ende nehmen mußte. Nach Ablauf einer weiteren Woche verkündigte die Wärterin, daß die Baronin aufgestanden sei und Brandolf sie im Lehnstuhle finden werde. So war es auch. Sie trug ein bescheidenes altes Taftkleid und ein schwarzes Spitzentüchlein um den Kopf; immerhin sah man, daß sie dem Besuch Ehre zu erweisen wünschte. Sie blickte mit sanftem Ernste zu ihm auf, als er Glück wünschend eintrat und auf ihren Wink sich setzte.

»Wie ich damals mit einem Messer nach Ihrer Sohle stach«, sagte sie, »dachte ich nicht, daß ich einst so Ihnen gegenüber sitzen werde!«

»Es war ein sehr lieber Stich; denn er ist die Ursache unserer guten Freundschaft und ohne ihn würde ich kaum je Ihr Zimmerherr geworden sein«, antwortete Brandolf, »weil ich kam, um Sie dafür zu strafen.«

»Sie haben freilich Kohlen auf mein Haupt gesammelt«, sagte sie traurig, »indem Sie wahrscheinlich mein Leben gerettet haben. Aber Sie griffen zugleich in dies gerettete Leben ein, weil ich es nun ändern muß. Ich erfahre, daß ich nicht auf die bisherige selbständige Weise bestehen kann, und will versuchen irgendwo als Wirtschafterin oder so was unterzukommen. Ich habe mir von der Wärterin und der Hausfrau soweit möglich die Ausgaben zusammentragen lassen, und um die Rechnung zu bereinigen und die nötigen Mittel für die nächste Zukunft zu gewinnen, gedenke ich nun meinen Hausrat, das letzte was ich besitze, zu veräußern, sobald ich vollständig hergestellt bin. Ich muß Ihnen also die Wohnung kündigen und bitte Sie, mir das nicht ungut aufzunehmen. Sie tun es aber nicht, denn Sie sind der erste gute Mann, der mir vorgekommen ist, und es tut mir leid, Sie so bald verlieren zu müssen!«

»Dieser Verlust wird Ihnen nicht so leicht gelingen!« rief Brandolf fröhlich und ergriff ihre Hand, die er fest hielt. »Denn Ihr Vorsatz trifft auf das beste mit dem Plane zusammen, den ich für Sie entworfen habe! Glauben Sie denn, wir werden Sie ohne weiteres wieder so allein in die Einöde hinauslaufen lassen?«

»Ach Gott«, sagte sie und fing an zu weinen, »ich bin so gute Worte nicht gewohnt, sie brechen mir das Herz!«

»Nein, sie werden es Ihnen gesund machen!« fuhr er fort, »hören Sie mich freundlich an! Mein Vater lebt als verwitweter alter Herr auf seinen Gütern, während ich mich noch einige Zeit fern halten muß. Unsere alte Wirtschaftsdame ist vor einem halben Jahre gestorben und der Vater sehnt sich nach einer weiblichen Aufsicht. So lassen Sie sich denn zu ihm bringen, sobald Sie zu Kräften gekommen sind, und machen Sie sich nützlich, solange es Ihnen gefällt und bis sich etwas Wünschenswerteres zeigt! Daß Sie uns nützlich sein werden, bin ich überzeugt; denn ich halte die starre Entbehrungskunst, die Sie hier geübt haben, nur für die erkrankte Form eines sonst kerngesund gewesenen haushälterischen Sinnes, und ich weiß, daß Sie Ihren Untergebenen gerne gönnen werden, was ihnen gehört, wenn die Sachen vorhanden sind. Hab ich nicht recht?«

Ihre Hand zitterte sanft in der seinigen, als sie leise sagte: »Es tut freilich wohl, sich so beschreiben zu hören, und ich brauche gottlob nicht nein zu sagen!«

Sie blickte ihn dabei mit Augen so voll herzlicher Dankbarkeit an, daß ihm über diesem neuen lieblichen Phänomen die Brust weit wurde.

»Also ist es abgemacht, daß Sie kommen?« fragte er hastig, und sie sagte: »Ich finde jetzt nicht mehr die Kraft, es abzulehnen, aber Sie müssen doch vorher vernehmen, wer ich bin und woher ich komme!«

»Morgen plaudern wir weiter, es eilt nicht!« rief er mit eifriger Fürsorge und stand entschlossen auf, so ungern er ihre Hand fahren ließ, als er bemerkte, daß sie angegriffen, müde und hinwieder aufgeregt wurde.

Desto besser sah sie verhältnismäßig am andern Tage aus. Sie erhob sich von ihrem Sessel und ging ihm mit kleinen Schritten entgegen, als er kam. Doch nötigte er sie sofort zum Sitzen.

»Ich habe sehr gut geschlafen die ganze Nacht«, sagte sie, »und zwar so merkwürdig, daß ich fast während des Schlafes selbst die Wohltat fühlte, wie wenn ich es wüßte.«

»Das ist recht!« sagte er mit dem Behagen eines Gärtners, der ein verkümmertes Myrtenbäumchen sich neuerdings erholen und im frischen Grün überall die Blüten erwachen sieht. Denn er gewahrte mit Verwunderung, welch anmutigen Ausdruckes dieses Gesicht im Zustande der Zufriedenheit und

Sorglosigkeit fähig war. Er nahm einen kleinen Spiegel, der in der Nähe stand, und hielt ihn der Frau vor mit den Worten: »Schauen Sie einmal her!«

»Was ists?« sagte sie leicht erschrocken, indem sie in den Spiegel sah, aber nichts entdecken konnte.

»Ich meinte nur, wie schön Sie aussehen!«

»Ich? ich war nie eine Schönheit, und bin es, kaum dem Grab entronnen, wohl am wenigsten!«

»Nein, keine Schönheit, sondern etwas Besseres!«

Das rote Fähnchen ihres Blutes flatterte jetzt schon kräftiger von den weißen Wangen. Sie wagte aber nicht zu fragen, was er damit sagen wolle, und nahm ihm schweigend den Spiegel aus der Hand; und doch schlug sie mit einer innern Neugierde die Augen nieder, was das wohl sein möchte, das besser als eine Schönheit sei und doch im Spiegel gesehen werden könne. Brandolf bemerkte das nachdenkliche Wesen unter den Augdeckeln; er sah, daß es wieder Ungewohntes war, was ihr gesagt worden, und da es ihr nicht weh zu tun schien, so ließ er sie ein Weilchen in der Stille gewähren, bis sie von selbst die Augen aufschlug. Es ging ein sogenannter Engel durch das Zimmer. Um nicht eine Verlegenheit daraus werden zu lassen, ergriff die Baronin das Wort und sagte: »Es ist mir jetzt so ruhig zu Mut, daß ich glaube, Ihnen meine Angelegenheit ohne Schaden kurz erzählen zu können; es ist nicht viel.

»Sie sehen in mir die Abkömmlingin eines Geschlechtes, das sich seit hundert Jahren nur von Frauengut und ohne jede andere Arbeit oder Verdienst erhalten hat, bis der Faden endlich ausgegangen ist. Jede Frau, die da einheiratete, erlebte das Ende ihres Zugebrachten, und immer kam eine andere und füllte wieder den Krug. Ich habe meine Großmutter noch gekannt, deren Vermögen der Großvater bequemlich aufbrauchte, bis der Sohn erwachsen und heiratsfähig war. Diesem verschaffte sie dann im Drange der Selbsterhaltung eine reiche Erbin aus ihrer Freundschaft, von welcher man wußte, daß ihr im Verlaufe der Zeit noch mehr als ein Vermögen zufallen würde, so daß es nach menschlicher Voraussicht endlich etwas hätte klecken sollen. Diese starb aber noch in jungen Jahren, nachdem sie zwei Knaben zur Welt geboren hatte, und weil nun möglicherweise zwei Nichtstuer mehr dem Hause heranwuchsen, ruhte jene nicht, bis sie dem Sohne, meinem Vater, eine zweite Erbin herbeilocken konnte, von der ich sodann das Dasein empfing. Allein ich erlebte noch, wie die Großmutter, ehe sie starb, ihre Sorge verfluchte, mit der sie die zwei jungen Weiber ins Unglück gebracht.

»Der Vater verschwendete das Geld auf immerwährenden Reisen, da es ihm nie wohl zu Hause war. Mit den zunehmenden Jahren fing eine andere Torheit an, ihn zu besitzen, indem er sich an falsche Frauen hing, denen er Geld und Geldeswert zuwendete, was er aufbringen konnte. Sogar Korn und Wein, Holz und Torf ließ er vom Hofe weg und jenen zuführen, die alles nahmen, was sie erwischen konnten. Die heranwachsenden Söhne verachteten ihn darum, taten es ihm aber nach und bestahlen das Haus, wo sie konnten, um sich Taschengeld zu machen. Niemand vermochte sie zu zwingen etwas zu lernen, und als sie das Alter erreichten, wußten sie sogar dem Militärdienste aus dem Wege zu gehen, obgleich sie groß und gesund waren. Der Vater haßte sie und lauerte auf die Erbschaften, die ihrer von mütterlicher Seite her noch warteten, um als natürlicher Vormund das Vermögen seiner Söhne wenigstens noch während ein paar Jahren in die Hände zu bekommen. Allein sie wurden richtig volljährig, ehe die Glücksfälle rasch einer nach dem andern eintraten; und nun rafften sie ihren Reichtum zusammen und reisten miteinander in die Welt hinaus, um zu treiben, was ihnen wohlgefiel, und nicht einen Pfennig ließen sie zurück. Sie hingen aneinander wie die Kletten; während man sonst von einer Affenliebe spricht, hielten die zwei Brüder mit einer Art von Halunkenliebe zusammen und tun es wahrscheinlich jetzt noch, wenn sie noch leben; denn man weiß nicht, wo sie sind.

»Der Vater wurde kränklich und starb, und nun war die

Mutter mit mir allein auf dem verarmten Stammsitze zu Lohausen, den sie nie gesehen zu haben wünschte. Schon seit Jahren hatte sie zu retten gesucht, was zu retten war, und jetzt kämpfte sie wie ein Soldat gegen den Untergang. Von ihr lernte ich fast von Nichts zu leben und das Nichts noch zu sparen. Mit wenigen Leuten hielten wir uns auf dem Hofe, obgleich er schon verschuldet war. Früh und spät schaute die Mutter zur Sache; ihr Vermögen war verloren, aber noch hatte auch sie zu erben und in dieser Hoffnung hielt sie uns aufrecht. Sie erlebte es aber nicht; als sie einen naßkalten Herbsttag hindurch auf dem Felde verweilte, um das Einbringen von Früchten selbst zu überwachen, trug sie eine Krankheit davon, die sie in wenigen Tagen dahinraffte.

»Nun befand ich mich allein, aber nicht lang. Die letzte Erbschaft, die in das unselige Haus kam, fiel mir zu; sie betrug volle zweihunderttausend Taler. Mit ihr waren plötzlich auch die Brüder wieder da, scheinbar in ordentlichen Umständen, obgleich von wilden Gewohnheiten. Sie brachten einen Rittmeister Schwendtner mit sich, einen hübschen und gesetzten Mann, der einen wohltätigen Einfluß auf sie zu üben und sie förmlich im Zaume zu halten schien, wenn sie allzusehr über die Stränge schlugen. Er war mit Rat und Tat bei der Hand und voll bescheidener Aufmerksamkeit, ohne das Hausrecht zu verletzen. Die Dienstboten schienen froh, einen kundigen Mann sprechen zu hören, denn sie waren freilich nicht mehr von der vorzüglichsten Art und verstanden selbst nicht viel. Trotzdem blieb ein Rest von Unheimlichkeit, der mir an allem nicht recht zusagte, und ich befand mich in ängstlicher Beklemmung. Allein vielleicht gerade wegen dieser Angst und in meiner Verlassenheit fiel ich der Bewerbung des Rittmeisters, die er nun anhob, zum Opfer; ich heiratete den Mann in tiefer Verblendung, ohne ein zarteres Gefühl, das ich nicht kannte, und nun fing meine Leidenszeit an.

»Denn alles war eine abgekartete Komödie gewesen. Mein Vermögen wurde mir aus den Händen gespielt, ich wußte nicht wie, und angeblich in einer hauptstädtischen Bank sicher angelegt. Die Brüder verschwanden wieder, nachdem sie den Lohn ihres Seelenverkaufes mochten empfangen und sich vorbehalten haben, an dem Raube ferner teilzunehmen. Drei Jahre brachte ich nun unter Mißhandlungen und Demütigungen zu. Die Brüder habe ich nicht mehr gesehen. Mein Mann war häufig oder eigentlich meistens abwesend, bis er eines Tages mit einer ganzen Gesellschaft halb betrunkener Männer zu Pferde und zu Wagen auf dem Hofe ankam und mir befahl, eine gute Bewirtung zuzurüsten. Ich tat, was ich vermochte, während die Männer auf das Pistolenschießen gerieten. Ich hatte ein krankes Kind in der Wiege liegen, welches ich einen Augenblick zu sehen ging; es war nach langem Wimmern ein wenig eingeschlafen. Da kam Schwendtner mit der Pistole in der Hand und verlangte, ich sollte ›seinen Jungen‹ der Gesellschaft vorweisen. Ich machte ihn auf den Schlaf des armen Kindes aufmerksam. Er aber rief: Ich will dir zeigen, wie man ein Soldatenkind munter macht! und schoß die Pistole über dem Gesichtchen los, daß die Kugel dicht daneben in die Wand fuhr. Es schreckte erbärmlich auf und verfiel in tödliche Krämpfe, war auch in drei Tagen dahin. An jenem Tage aber zwang mich der Unhold, beim Essen mit zu Tisch zu sitzen. Um Ruhe zu bekommen, tat ich es für einige Minuten, und da insultierte er mich vor dem ganzen Troß mit ehrlosen Worten, die nur ein Verworfener seiner Frau gegenüber in den Mund nimmt. Ich stand auf und schwankte hinweg zu meinem in Zuckungen liegenden Kinde.

»Inzwischen fuhr die Gesellschaft wieder davon, wie sie gekommen war. Nachher starb, wie gesagt, das Kind; ich begrub es in der Stille, ohne den Mann zu benachrichtigen, und verließ nachher das Lumpenschloß, dessen Namen mir leider geblieben ist. Durch den Verkauf meiner mütterlichen Schmucksachen gewann ich die Mittel, einen Advokaten zu nehmen, der mich von dem Manne befreite und die Auseinandersetzung besorgte, die damit endete, daß ich nicht einen

Taler mehr von dem Meinigen zu sehen bekam. Alles war verschwunden, obschon schwerlich aufgebraucht in so wenig Jahren. Schwendtner wurde nicht lange nachher wegen einer andern Niederträchtigkeit aus dem Offiziersstande gestoßen und soll sich eine Zeit lang mit meinen Brüdern als Spieler herumgetrieben haben. Zuletzt sollen alle drei miteinander ins Gefängnis gekommen sein. Das Gut Lohausen wurde verkauft und ich behielt nichts als die hausrätliche Einrichtung, mit der ich, wie Sie sehen, mich als Zimmervermieterin durchzubringen gesucht habe, freilich mit wenig Glück. Seit zwei Jahren ziehe ich in dieser Stadt, wo mich niemand leiden mag, von einem Haus in das andere, immer von der Angst gehetzt, die Miete nicht zusammenbringen zu können. So ist am hellen Tage das Kunststück fertig gebracht worden, daß eine schwache Frau fast verhungern mußte, während drei baumstarke Männer unbekannt wo ihr rechtmäßiges Erbe vergeudeten. Denn gewiß haben sie Teile davon in Sicherheit gebracht, wie ja die Diebe auch ihren Raub zu verbergen wissen und gemächlich hervorholen, wenn sie aus dem Zuchthaus kommen.«

Nicht nur weil sie mit ihrer Erzählung zu Ende war, sondern auch weil Brandolf Zeichen der Unruhe von sich gab und glühende Augen machte, hielt sie inne. Ehe sie jedoch seine Aufregung recht wahrnehmen konnte, hatte er den in ihm aufgestiegenen Grimm schon bezwungen und er verschluckte gewaltsam die Wut, die ihn gegen das Gesindel erfüllte, damit die genesende Frau nicht in Mitleidenschaft gerate, nachdem sie die Unglücksgeschichte so gelassen erzählt wie einen quälenden Traum, von dem man erwacht ist.

»Das ist nun vorbei und wird nicht wieder kommen!« sagte Brandolf ruhig und ergriff ihre Hand, die er sänftlich streichelte; denn er fing ein wenig an, sie wie eine wohlerworbene Sache zu behandeln oder ein anvertrautes Gut, für das man verantwortlich ist, das man aber dafür nicht aus der Hand läßt. So zog sich das neue Leben still und geruhig dahin, bis im sonnigen März der Arzt die Baronin für genesen und fähig erklärte, ohne Gefahr eine Reise anzutreten.

Jetzt wurde der ganze Hausrat, vor allem das Porzellan und Glas mit den unzähligen Wappen, verkauft; nur was zum Andenken an ihre Mutter dienen konnte, behielt sie, alles andere aber wollte sie wo möglich aus ihrem Gedächtnisse vertilgen.

Auch ließ sie ihren bescheidenen Kleidervorrat nach neuerm Zuschnitt umändern, suchte auf Brandolfs Bitte, da es daran fehle, eine ordentliche Stubenjungfer aus, und reiste endlich, mit seinen Grüßen wohlversehen, von der Jungfer begleitet, in die Provinz, wo der Vater Brandolfs hauste und zu ihrem Empfange alles vorbereitet war.

Brandolf dagegen begab sich in eine andere Landesgegend, wo er die Aufgabe übernommen hatte, während einiger Monate ein nicht unwichtiges Amt provisorisch zu verwalten und gewisse in Verwirrung geratene Verhältnisse in Ordnung zu bringen. Man gedachte hiedurch seine Kräfte zu prüfen und ihn zu Weiterm vorzubereiten; er aber behielt sich vor, nach vollbrachter Sache in seine Freiheit zurückzukehren.

Es dauerte nicht viele Wochen, so kamen Briefe des alten Herren, Brandolfs Vater, die vom Lobe der Frau Hedwig von Lohausen und von dem neuen Stande der Dinge voll waren. Es sei, wie wenn sie eine Schar Wichtelmännchen im Dienste hätte, so glatt und gutgeordnet gehe seit ihrer Ankunft alles von statten; ein wahrer Segen liege in ihren Händen und rührend sei ihre sichtbare stille Freude über die Fülle und Sicherheit, in welcher sie sich bewegen könne und zweckmäßig zu walten berufen sei. Von früh bis spät freue sie sich der Bewegung, aber ohne alles Geräusch, und lieblich sei es, wenn sie sich hinwieder eine Stunde der Ruhe überlasse, fast mehr wie um nicht immer bemerklich zu sein und Andern auch Erholung zu gönnen als wie um selbst zu ruhen. Auch die Stubenjungfer habe die besten Manieren und die Küche sei vortrefflich geworden, kurz, der Herr Vater befinde sich wie im Himmel und fühle sich verjüngt. Fast beginge er die Torheit, noch zu heiraten, um die treffliche Person nicht mehr zu verlieren.

Endlich kam ein Brief, in welchem der Vater schrieb, er habe sich den Gedanken einer Heirat wirklich überlegt und gefunden, daß der Sohn sie ins Werk setzen müsse. Denn so liebevoll die Frau von Lohausen für ihn sorge, hänge ihr Herz jedenfalls am Sohne, er müsse es ihr angetan haben, das bemerke er wohl. Niemals spreche sie von ihm; aber sooft sein Name genannt werde, erröte sie ein wenig, gleich einem jungen Mädchen, dem sie auch in ihrer schlanken und feinen Tournüre ähnlich sei. Darum wünsche der Vater, daß Brandolf sich entschließen könnte, den Sprung zu wagen; er hoffe auf keine bessere Schwiegertochter für seine Verhältnisse.

Brandolf antwortete, er sei es zufrieden. Die Hedwig sei ihm als Schützling lieb, wie wenn sie sein Kind wäre; allein er könne sie auch als sein Frauchen lieb haben und werde sie alsdann mit einem seidenen Faden am feinen Knöchel anbinden, damit sie ihm nie mehr abhanden komme. Doch müsse der Papa für ihn fragen und den Korb einheimsen, den es allenfalls absetze.

Darauf schrieb der Alte zurück, er habe es sofort getan und augenblicklich ein Ja erhalten. Es sei auf dem Wege zu dem großen Gemüsegarten geschehen, den sie in so herrlichen Stand gebracht habe. Sie sei so ehrlich und offen, daß sie sich nicht eine Sekunde lang zu zieren vermocht, sondern ihm gleich beide Hände zitternd entgegengestreckt habe, von einem ganz merkwürdig hingebenden und seelenvollen Ausdruck des schmalen Gesichtes begleitet. Ja, ja, die kleine Hexe sei nicht nur nützlich, sondern auch angenehm, usw.

Hierauf begann Brandolf allerhand kleine Briefchen und große Geschenke an die Erwählte zu senden. Sie antwortete ebenso kurz; aber die Buchstaben flimmerten von den Empfindungen, die darin lebten. Der Tag der Verlobung wurde in den Monat Mai verlegt und die Verwandten und Freunde geladen.

Als Hauswirtin hatte Hedwig die Pflicht und Freude, alle Vorbereitungen zu treffen,und sie selbst war die Braut. Bei Brandolfs Ankunft war sie ihm allein entgegengeeilt; so hatten sie es verabredet. Er stieg aus dem Wagen und wandelte mit ihr durch einen einsamen blumigen Wiesenpfad, auf dessen Mitte er sie fest an sich drückte und sie an seinem Halse hing, von den niederhängenden Ästen der weiß blühenden Apfelbäume geschützt. Hier ist nun weiter nichts zu sagen als daß eine jener langen Rechnungen über Lust und Unlust, die unsere modernen Shylocks eifrig aufsetzen und dem Himmel so mürrisch entgegenhalten, wieder einmal wenigstens ausgeglichen wurde.

Da Brandolf bis gegen den Herbst hin mit seiner amtlichen Verrichtung beschäftigt und nicht gesonnen war, auch nach der Hochzeit noch im Dienste zu bleiben, wurde die Zeit der Weinlese zu dem Feste bestimmt, um zugleich eine natürliche Lustbarkeit mit demselben zu verbinden und es zu einer gewissermaßen symbolischen Feier für die wirtliche Braut zu gestalten, die so vieles erduldet und entbehrt hatte. Es sollte auch von einer Hochzeitsreise nicht die Rede sein, sondern das eheliche Leben gleich im Anfange in das Arbeitsgeräusch und den bacchischen Tumult des Herbstes untertauchen.

Zur Zeit der Kornernte reiste Brandolf nochmals auf ein paar Tage nach Hause; nachdem er die Braut im bittern Winter kennen gelernt, im Lenz sich mit ihr verlobt, wollte er sie im Glanze des Sommers sehen, ehe der Herbst die Erfüllung brachte. Sie war jetzt vollkommen erstarkt und beweglich, aber immer besonnen und still waltend, und die helle Liebesfreude, die in ihr blühte, von der gleichen unsichtbaren Hand gebändigt und geordnet wie die Wucht der goldenen Ähren, die jetzt in tausend Garben auf den Feldern gebunden lagen. Zwischen zwei ausgedehnten gelben Ackerflächen zog sich ein schmaler Forst alter Eichen, deren Schatten das blendende Licht der Felder und der Sommerwolken kräftig unterbrach; ein klarer Bach floß überdies in diesem Schatten. Hier hatte

Hedwig ihren Aufenthalt; sie ordnete die Ernährung der vielen Arbeitsleute, und jedermann wollte hier speisen; auch der alte Herr war herausgekommen. Und obgleich die Gegenwart der Frau von jedermann angenehm empfunden wurde, war es doch, wie wenn sie nicht da wäre. Nach verrichteter Mahlzeit blieb sie allein im durchsichtigen Forste zurück, zwischen dessen Stämmen man überall das Feld übersehen konnte. Sie nahm sich die Zeit, rasch die Erntekränze zu besorgen, und Brandolf leistete ihr Gesellschaft. Im einfachsten Sommerkleide, nur ein dünnes Goldkettchen um den Hals, welches die Uhr trug, schien sie eine Tochter der freien Luft zu sein und sich allein des gegenwärtigsten Augenblickes zu erfreuen, ohne ein Wissen um Vergangenheit oder Zukunft.

»Bist du auch schon so gewesen wie jetzt in diesem Augenblicke?« sagte Brandolf vertraulich, indem er ihrem Tun und Lassen gemächlich zuschaute.

»Nein«, antwortete sie, »ich habe die Erinnerung nicht! Es ist mir alles neu und darum so froh und kurzweilig. Ich scheine mir überhaupt früher nicht gelebt zu haben.«

Auf der Rückreise nach dem Orte seiner jetzigen Tätigkeit bekam Brandolf Regenwetter und sah sich deshalb mehr als sonst veranlaßt, bei den am Wege stehenden Herbergen abzusteigen. So geriet er auch, schon viele Meilen unterwegs, in eine Posthalterei, deren große Gaststube von Reisenden aller Art angefüllt war. Darunter befanden sich drei lange verwilderte Kerle mit struppigen Bärten und elenden Kleidern, welche verdorbene Musikinstrumente bei sich trugen. Brandolf bemerkte, wie die drei Menschen nach Verhältnis der fortwährend neuankommenden Gäste mit ihren Branntweingläschen von Tisch zu Tisch weggedrängt und zuletzt ganz aus der Stube gewiesen wurden. Murrend, aber ohne Widerstand gingen sie auf den Hof hinaus, stellten sich dort unter das Vordach eines Holzschuppens und nahmen, wahrscheinlich um sich zu rächen, ihre Instrumente zur Hand. Aber sie begannen eine so gräßliche Musik hören zu lassen, daß in der Stube das Publikum zu fluchen anhub und verlangte, die Kerle sollten schweigen. Ein gutmütiger Krämer sammelte einige Groschen und rote Pfennige für die Unglücklichen und brachte ihnen die kleine Ernte, worauf sie den Lärm einstellten und in einem Winkel zusammenhockten, um das Nachlassen des Unwetters abzuwarten. Brandolf fragte einen Aufwärter, was das für traurige Musikanten seien. Ja, erwiderte der Bursche, das seien unheimliche und wenig beliebte Gesellen. Die zwei etwas kürzeren nenne man die Lohäuser, und der ganz lange heiße nur der schlechte Schwendtner. Man munkle, es seien drei Junker, die einst reich gewesen und dann ins Zuchthaus gekommen seien.

Hedwig war in der Tat im Irrtum, als sie glaubte, das ihr abgestohlene Vermögen sei zum Teile noch vorhanden und die Räuber erfreuten sich seiner. Sie hatten es freilich so im Sinne gehabt und waren, um das Geld wuchern zu lassen, unter die Börsianer gegangen; allein die drei Spitzbuben waren an die Unrechten geraten und in weniger als sechs Wochen bis auf die Haut ausgezogen. Wütend hierüber wollten sie sich durch einen großartigen Wechselbetrug rächen und heraushelfen und sich alsdann aus dem Staube machen. Es mißlang und sie wurden ein Jahr lang eingesperrt und mußten gestreifte Kleider anziehen. Als sie herauskamen, standen sie auf der Straße; sogar ihre guten Kleider samt den seidenen Schlafröcken hatte das Amt verkauft, und sie mußten mit den bescheidenen Hüllen vorlieb nehmen, welche die öffentliche Wohltätigkeit ihnen verabreichte. So konnten sie sich nicht einmal mehr zu der Ehrenstufe von Professionsspielern erheben, die sie früher bekleidet, und sanken, weil sie sich immerfort schlecht aufführten, schnell auf die Landstraße hinunter. Dort konnten sie erst recht nicht voneinander lassen; wenn sie sich je auseinander verfügten, um besser fortzukommen, so waren sie in zwei Wochen sicher wieder beisammen; nur ein gelegentlicher Polizeiarrest vermochte sie im übrigen zu trennen. Der lange Rittmeister Schwendtner hatte in seinen jüngern Jahren etwas geigen gelernt und wußte mit Not noch eine Saite aufzuziehen und darauf zu kratzen. Die beiden Lohäuser hatten als Knaben einst Posthorn und Klarinette lernen sollen, die Arbeit aber frühzeitig eingestellt. Solch ideale Jugendbestrebungen kamen ihnen jetzt im Unglück zu statten und liehen ihnen den Vorwand, einen dauernden Verband zu bilden und das Land nach Brot und Abenteuern zu durchstreifen.

Brandolf seinerseits, der an einem Fenster des Posthauses saß und durch das an demselben herabrieselnde Regenwasser nach den drei grauen Brüdern hinausschaute, konnte nicht im Zweifel sein, wen er da vor sich sehe. Schrecken und Sorge um seine Braut waren die erste Wirkung des unwillkommenen Anblickes. Sie ahnte nicht, daß ihr böses Schicksal so nahe um sie her schweifte. Dann stieg der Zorn mächtig in ihm auf und er verspürte Lust, die Peitsche seines Kutschers zu nehmen, hinauszugehen und auf die drei Menschen einzuhauen. Je länger er aber hinsah, desto milder wurde die gewaltsame Stimmung und verwandelte sich zuletzt in eine launige Genugtuung, als er sich doch überzeugen mußte, wie übel es den Kumpanen erging. Er sah, wie der schlechte Schwendtner einmal ums andere die geröteten Augen wischte und sich an seinem durchlöcherten Schuhwerk zu schaffen machte, in welches er ein Stückchen Birkenrinde schob, das er vor dem Schuppen fand, während die Lohäuser aus dem Schnappsack einige Brotrinden hervorsuchten und daran kauten, dann aber einen weggeworfenen Zigarrenstummel aus dem Straßenkot holten, reinigten und abwechselnd rauchten; denn die Halunkenliebe zwischen ihnen schien geblieben zu sein.

Nach ungefähr einer halben Stunde, während es in Strömen fortregnete, war in Brandolfs Gedanken ein mehr lustiger als gewalttätiger Rache- und zugleich Befreiungsplan fertig, der sich um den Beschluß drehte, das Kleeblatt auf seine Weise zur Hochzeit zu laden. Und unverweilt machte er sich an die Vollziehung.

Er führte einen anschlägigen und getreuen Knecht vom

väterlichen Gute mit sich, der Jochel hieß und mit ihm aufgewachsen war, auch in früheren Jahren manchen närrischen Streich mit ihm bestanden hatte. Diesen Jochel zog er jetzt ins Vertrauen und unterrichtete ihn, wie er die drei Musikanten sich merken und ihre Spur verfolgen müsse, damit er zur rechten Zeit sich in geeigneter Verkleidung an sie machen und sie in die Nähe des Gutes locken konnte, mit der Aussicht auf ordentlichen Gewinn und schönes Leben. Denn es handelte sich darum, sie am Tage der Hochzeit und des Winzerfestes zur Hand zu haben, ohne daß sie wußten, was vorging.

Es gelang auch der Schlauheit des guten Jochel so vortrefflich, daß er sie bis zum rechten Zeitpunkt richtig auf den Platz brachte, das heißt in ungefährliche Nähe, wo ihnen der Mund wässerte, den Jochel vorderhand mit einem und andern Kruge Most erquickte und diesen wieder mit einem Gläschen Branntwein abwechseln ließ. Sie übten dabei wohlmeinend ihre grausigen Harmonien, da sie allen Ernstes glaubten, eine Hauptrolle spielen zu müssen bei irgend einem dummen Teufel von Gutsbesitzer, und die Geistertöne drangen schon unheimlich über den Wald her, hinter welchem sie verborgen saßen. Inzwischen hatte die Weinlese seit einigen Tagen begonnen und nahte dem Schlusse. Außer den eigenen zahlreichen Werkleuten waren viele fröhliche Bauernjungen und Mädchen zugezogen, die Herrschaftshäuser von Köchen und Köchinnen, Aufwärtern und andern Dienern aus der Stadt besetzt und ein Teil der Hochzeitgäste auch schon eingerückt, während eine gute Ballmusik noch erwartet wurde.

So kam nun der große Festtag heran, von der goldig mildesten Oktobersonne geleitet, welche einen Duftschleier nach dem andern von der Erde hob und zerfließen ließ, bis alles Gelände mit Bäumen und Hügeln in warmem Farbenschmucke erglänzte und die Ferne ringsherum in geheimnisvollem Blau eine glückverheißende Zukunft darstellte. Im Hauptgebäude war vormittags die Trauung, bei welcher schon die feine Musik aus den offenen Fenstern tönte. Dann folgte das

Festmahl der Hochzeitgäste, indes die Winzer und die eingeladenen Landleute im Freien tafelten und nach einer tapferen Landmusik bereits tanzten. Gegen Abend jedoch, als die Sonne immer lieblicher ihre Bahn abwärts ging, fand nun der große Aufzug der Winzer statt, an welchem die drei Kujone mitzuwirken berufen waren. Der Zug bestand freilich in nicht viel anderm als daß die Winzer und Kelterer in allen möglichen Vermummungen, mit ihren Gerätschaften klopfend, unter dem Voraustritte ihrer Musik an den Herrschaften vorüberzogen, die am Eingange des Parkes auf einem erhöhten Brettergerüste standen, in dessen Mitte ein aus Efeugeflechten errichtetes Tempelchen Braut und Bräutigam besonders einfaßte.

Doch entwickelte sich der Zug malerisch genug unter den hohen Bäumen hervor, und Brandolf hatte dafür gesorgt, daß durch allerhand buntes Zeug, ein Dutzend Thyrsusstäbe, Schellentrommeln, Satyrmasken und vorzüglich durch eine Anzahl artiger Kindertrachten, welche die Zeit der Traubenblüte vorstellten, Abwechslung und Farbe in die Sache kam. Das Ganze drückte das Vergnügen eines guten Weinjahres aus; der Schluß hingegen war der Verachtung vorbehalten, die einem schlechten Weinjahre unter allen Umständen gebührt. Die drei Teufel eines solchen: der Teufel der Säure, derjenige der Blödigkeit und der Teufel der Unhaltbarkeit wurden rückwärts an den Schwänzen herbei- und vorübergezogen und mußten durch ihre Musik das Gift und das Elend eines schändlichen Weines ausdrücken.

Das waren eben unsere drei Herabgekommenen. Man hatte denselben, um ihnen jeden Argwohn zu benehmen, den Charakter ihrer Rolle offen mitgeteilt. Sie wußten auch, daß eine Hochzeit da war; allein Jochel hatte ihnen so unbefangen einen falschen Namen der Braut genannt, auf den sie überdies kaum achteten, daß sie ihre wahre Lage bis zum letzten Augenblicke nicht ahnten. Dennoch wollte ihr gutes Herkommen und adeliges Blut sich empören, als sie eingekleidet und sozusagen angeschirrt wurden. Man hüllte sie nämlich in grau und schwarz gefleckte Ziegenfelle, schwärzte ihnen die Gesichter und setzte ihnen Ziegenhörner auf den Kopf. An ihren Hinterseiten waren Kuhschwänze sehr stark befestigt, alle drei Schwänze zusammengebunden und an ein langes Heuseil geknüpft; an dieses Seil aber stellten sich links und rechts an die zwanzig kräftige Jünglinge in Küfertracht mit dichten Weinlaubkränzen auf den Stirnen und zogen das Seil an, um die drei Teufel im Triumphe rücklings über den Schauplatz zu schleppen. Wie gesagt, wollten diese sich zuerst störrisch zeigen; allein die fünf Taler Lohn, die jedem versprochen waren, überwanden den Widerstand.

So kamen sie denn auch heran; immer rückwärts hopsend und stapfend, durften sie keinen Augenblick stille stehen; hinter ihrem Rücken hörten sie die vordere Musik, das Singen, Jauchzen und Trommeln der Winzer und Bacchanten, ohne zu wissen, wohin sie kamen; sie hörten das Schreien und Lachen des Volkes am Wege und sahen endlich die Reihen der geschmückten Hochzeitgäste, welche in die Hände klatschten und Beifall riefen. Mit Schweißtropfen auf der rußigen Stirne kratzte der Herr Rittmeister von Schwendtner erbärmlich an seiner Geige und bliesen die Lohäuser in ihre gesprungenen Röhren, bis sie unversehens vor dem Efeutempelchen anlangten, in dem die Braut stand, lieblich in ihren wehenden Schleiern und im Glanze der Abendsonne, die auf ihrem Diamantenschmucke funkelte. Jochel, der das Seil lenkte, hieß dasselbe ein wenig nachlassen, damit die Gehörnten stehen bleiben konnten. Alle drei erkannten augenblicklich die ehmalige Frau und die Schwester; aber sie glaubten zu träumen. Sie ließen die Instrumente sinken und starrten gleich irrsinnigen Menschen hinauf, wo sie stand und ihnen lächelnd zunickte; denn sie wußte nicht, wen sie vor sich sah, und glaubte, auch diese Gestalten seien bestrebt, ihren Ehrentag mit den ungebärdigen armen Späßen zu feiern. Brandolf aber klatschte fest in die Hände und rief: Gut, gut so, ihr Leute!

Wie träumend griffen sie an ihre Hörner, dann hinten an die

Schwänze, wo sie sich gebunden fühlten; dann blickten sie wieder an das Zauberbild der verratenen Schwester, der Gattin hinauf; das böse Gewissen ließ sie aber den Mund nicht öffnen, und eh sie sich besinnen konnten, ließ Jochel das Seil wieder anziehen, daß sie die rückspringende Prozession fortsetzen mußten. Der Zug ging um das Haus herum, auf dessen hinterm Balkone die Stadtmusik stand und ihn begrüßte. Dann mündete er in den Park und erschien zum zweiten Male vor der Herrschaft und ging vorüber. Wieder ließ man die drei Unholde einen Augenblick vor der Braut still stehen und wieder mußten sie weiter stolpern und immer lauter und betäubender wurde der Lärm und der Jubel. Allein Brandolf winkte, und zum dritten Male wiederholte sich die Szene. Die armen Teufel merkten, daß sie abermals vorgeführt wurden, und suchten seitwärts mit Gewalt auszubrechen. Denn trotz ihrer Verkommenheit empfanden sie den Verrat und Hohn, dem sie verfallen waren, mit dem Stolze der früheren Tage. Doch die unbarmherzige Kraft des Seiles hielt sie fest, und sie standen abermals vor der Braut und sie stierten abermals zu ihr hinauf. Sie knirschten und stöhnten und ballten die Fäuste. Da warf Brandolf drei Louisdors, jeden in ein Papierchen gewickelt, hinunter, und blitzschnell haschten sie darnach, wie drei Affen, denen man Nüsse zuwirft. Es schien ihnen jetzt doch möglich zu sein, daß man sie nicht kenne.

Indessen winkte Brandolf wieder, Jochel zog das Seil an und der Spuk verschwand endlich. Sie wurden aber nicht losgelassen und auch nicht zu dem Volke gebracht, das sich wieder zu Schmaus und Tanz begab, sondern Jochel führte sie und die zwanzig Küfer nach einer entfernt gelegenen Schenke, um die Teufelsgruppe dort extra zu bewirten. Nur mußten die drei Gehörnten jetzt vorwärts gehen und musizieren, indessen die Küfer hinter ihnen das Seil hielten. Darüber wurde es dunkel, und als die wunderliche Gesellschaft bei der Schenke anlangte, sah man in der Gegend des Winzerfestes drüben ein herrliches Feuerwerk gen Himmel steigen. Die Teufel wurden jetzt endlich mit ihren Schwänzen losgebunden, blieben aber fortwährend von den kräftigen Burschen umringt und Jochel ging nicht von ihrer Seite, so daß sie nicht die geringste Gelegenheit fanden, ein einziges Wort unter sich zu reden. Indessen erlabten sie sich, ihre innere Zerstörung vergessend, an dem reichlichen Essen und Trinken, das aufgesetzt wurde, bis jemand das Fenster öffnete und nach dem Herrschaftshause hinwies, dessen Fenster alle von Licht strahlten, während eine prächtige Ballmusik durch die stille Nachtluft deutlich, aber fein gedämpft herübertönte. Ob dem Hause standen die schönsten Sterne, was freilich die Teufel nicht rühren mochte; denn wenn sie für dergleichen Gefühl gehabt hätten, so wären sie jetzt nicht hier gewesen. Nur der weiche, vornehme Klang der Violinen verletzte ihnen das Herz, weil er sie an bessere Zeiten erinnerte und sie sich die Schwester und Gattin vorstellen mußten, wie sie in diesem Augenblicke im Reigen dahinschwebte.

Um die Not ihres Innern zu ersäufen, überließen sie sich umso gieriger dem Getränke, das ihnen Jochel rückhaltlos einschenkte. Als er sie für betrunken genug hielt, fing er an, sie zu necken und zum Zorn zu reizen, Andere folgten und zerrten sie an den Schwänzen, worauf sie unverweilt um sich schlugen und eine schöne Prügelei anhuben.

In diesem Augenblicke erschienen zwei Gendarmen, die im Hause darauf gewartet hatten, und eh eine Viertelstunde verflossen war, saßen die drei Landstreicher festgemacht auf einem Leiterwagen, und zwei Stunden später in der Nacht im Gefängnisturme der Kreishauptstadt. Es erging ihnen jedoch nicht so übel. Vielmehr wurden sie am Morgen vorgerufen und befragt, ob sie, mit Kleidern, Wäsche, Reisegeld und Schriften hinreichend versehen, unter Überwachung der Polizei nach der neuen Welt auswandern wollten, und drei Tage nachher reiseten sie schon in Begleit eines Polizeiagenten, der Geld und Pässe auf sich trug, nach dem Seehafen. Der Agent verließ sie erst in dem Augenblicke, als das Schiff die Anker lichtete.

Hedwig erfuhr den ganzen Hergang erst, als sie eines Tages, ein schönes jähriges Knäblein auf dem Schoße haltend, die Sorge aussprach, daß das Kind einst seinen bösen Oheimen in die Hände laufen oder gar die Bekanntschaft des häßlichen Schwendtner machen könnte. Jetzt erst erzählte ihr der Mann den harten Spaß, den er sich damals mit den Herren erlaubt. Entsetzt schaute sie auf, das Kind wie zum Schutze gegen unbekannte Gefahren an sich drückend; allein er beruhigte und tröstete sie sogleich mit der Nachricht, daß laut Briefen, die er zu verschaffen gewußt, die drei Gesellen nach ihrer Ankunft in Amerika, wie umgewandelt, sich sofort getrennt hätten. Ja, der Einfall habe die merkwürdigste Wirkung auf sie getan; jeder von den Dreien sei in dem amerikanischen Wirbel aufrecht schwimmend dahin getrieben und an einem bescheidenen sichern Ufer gelandet, wo er sich halte. Einer sei ein stiller Bierzapfer in der Nähe von Newyork, der andere Schulhalter in Texas und der dritte Prediger bei einer kleinen Religionsunternehmung, und allen gehe es gut.

Brandolfs Vater wurde achtundachtzig Jahre alt und versicherte, das verdanke er nur der Lebensfreude, welche von der stillen Gesundheit der Frau Tochter ausströme. So verschieden ist es mit der Dankbarkeit des Bodens beschaffen, in welchen eine Seele verpflanzt wird.

ZEHNTES KAPITEL

Die Geisterseher

»*I*hr Herr Brandolf ist ja ein Ausbund von einem edlen und wohlmögenden Frauenwähler!« sagte Lucie, als Reinhart die verarmte Baronin in seiner Erzählung zu Glück und Ehren gebracht hatte; »aber sind Sie auch sicher, daß dieser Erkieser seines Weibes nicht ein wenig das Spiel des Zufalls war oder am Ende selbst eher gewählt wurde, während er zu wählen glaubte?«

»Wieso?« fragte Reinhart.

»Ich meine nur!« erwiderte Lucie; »haben Sie auch alle Umstände ordentlich aufgefaßt und wiedergegeben und nichts übersehen, was auf eine bescheidene Einwirkung, ein kleines Verfahren der guten Frau von Lohausen hindeuten ließe?«

»Kennen Sie die Leute, oder haben Sie sonst schon von der Geschichte gehört?«

»Ich? Nicht im mindesten! Ich höre heute zum ersten Male davon reden.«

»Nun, wenn Sie also keine andere Quelle kennen, so müssen Sie sich schon an meine Redaktion halten, die ich nach bestem Wissen und Gewissen besorgt habe. Ich beteuere, daß auch nicht die leiseste Spur von Koketterie und Schlauheit soll zwischen den Zeilen zu lesen sein, und ich bitte Sie, hochzuverehrendes Fräulein, nichts hineinlegen zu wollen, was hineinzulegen ich nicht die Absicht hatte!«

»Und ich bitte den hochzuverehrenden Herren tausendmal um Verzeihung, wenn meine Vermutung beleidigend war, daß der armen Frau Hedwig noch ein Rest von eigenem Willen hätte vergönnt sein können im Punkte des Heiratens!«

»Ei, mein ungnädiges Fräulein, warum denn so gereizt? Ich wehre mich ja lediglich für eine Frauengestalt, die durch ihre

Hilflosigkeit nur gewinnt und dem Geschlechte zur Zierde gereicht!«

»Ei natürlich, ja! So versteh ich es ja auch!« sagte Lucie mit fröhlichem Lachen, welches ihre Locken anmutig bewegte; »ein sanftes Wollschäfchen mehr auf dem Markte! Diesmal handelt es sich noch um die Nutzbarkeit einer guten Wirtschafterin, und wir müssen gestehen, Sie haben das Thema fast wie ein Kinder- und Hausmärchen herausgestrichen!«

»Aber, liebe Lux«, rief jetzt der Oberst, »sei doch nicht so zänkisch! Du hast ja, Gott sei Dank, nicht nötig, dich über diese Dinge zu ereifern, wenn du doch unverheiratet bleiben und mein Alter verschönern willst! In dieser Hoffnung will ich dir übrigens jetzt etwas Hilfe bringen! Mit unserer Wahlfreiheit und -herrlichkeit, bester Freund, ist es nämlich nicht gar so weit her, und wir dürfen nicht zu sehr darauf pochen! Wenigstens hab ich die Ehre, Ihnen in mir einen alten Junggesellen vorzustellen, der vor langen Jahren einst zum Gegenstande der Wahlüberlegung eines Frauenzimmers geworden, als er nur die Hand glaubte ausrecken zu dürfen, und dabei so schmählich unterlegen ist, daß ihm das Heiraten für immer verging. Wenn ihr es hören wollt, so will ich euch das Abenteuer, so gut ich kann, erzählen; es lächert mich jetzt und zugleich gelüstet mich, es vor meinem Ende zum ersten Male jemandem zu erzählen oder schwatzend zu redigieren, wie unser Freund Reinhart sich ausdrückt.«

Die jungen Leute bezeugten natürlich ihre Neugierde, die sie beide auch empfanden, und sie baten den Oheim, mit seinen Mitteilungen nicht zurückzuhalten.

Er warf noch einen aufmerksam forschenden Blick auf Reinharts Gesicht, blickte hierauf nachdenklich zu Boden und ließ seinen weichen silbernen Schnurrbart durch die Finger laufen, als er seine Rede begann.

*E*s ist bald geschehen, daß man alt wird (sagte er), so rasch, daß man beim Rückblicke auf den durchlaufenen Weg sich nur auf einzelnes etwa besinnen und sich namentlich nicht mit reumütigen Betrachtungen über die begangenen dummen Streiche aufhalten kann. Denn dieselben scheinen in der perspektivischen Verkürzung so dicht hintereinander zu stehen wie jene Meilensteine, welche der Reiter für die Leichensteine eines Kirchhofes ansah, als er auf seinem Zauberpferde an ihnen vorüberjagte. Dennoch gibt es eine Art von Fehlern, Begehungen oder Unterlassungen scheinbar ganz unbedeutender und harmloser Art, welche ihrer Folgen wegen zehnmal schwerer im Gedächtnis haften bleiben als die gröberen Vergehungen und Versäumnisse, und während wir diese in unserm Sinne längst genugsam bedauert und gebüßt haben, überkommt uns immer wieder Reu und Ärger, sobald jene in der Erinnerung aufleben. Man verzögert den Besuch bei einem Kranken, und er stirbt, ohne ein letztes Wort gesagt zu haben, dessen man bedurfte. Einem guten Freunde haben wir Opfer gebracht und große Dienste geleistet; aber wir lassen ihn mit einer kleinen Freundlichkeit im Stiche, auf die er gerechnet hat; die Entfremdung, welche eintritt, halten wir für Undank, und nun erst überlassen wir den Mann auf schnöde Weise seinem Unstern und bereuen es zeitlebens. Statt, wie wir uns vorgenommen, richtig an der Arbeit zu sitzen, laufen wir eines Morgens früh vom Hause weg, bleiben den ganzen Tag fort und verfehlen einen entscheidenden Besuch, der sich nie wiederholen wird. Wir lieben die Wahrheit und verhehlen sie aus blödem Hochmut oder auch aus einer Anwandlung von Mutlosigkeit das einzige Mal, wo es notwendig für uns war, sie zu sagen. Gegen Lust und Willen geht einer mit Menschen von schlechtem Rufe öffentlich spazieren und wird von einer ihm teuren Person gesehen, die sich von ihm abwendet, und was dergleichen Unstern mehr ist.

Wir haben schon von der westdeutschen Universitätsstadt gesprochen, wo Sie geboren sind, Herr Reinhart. Dort habe ich auch einmal als Student gelebt, zur Zeit als der erste Napoleon noch regierte und die Frauensleute unter den Armen gegürtet waren. Ich sollte Jura studieren, fand aber nicht viel Muße dazu, da ich einen Anführer unter den Rauf- und Zechbrüdern vorstellte und sonst allerlei Verworrenes zu treiben hatte. Von der politischen Not des Vaterlandes mit leidend, suchte ich Erleichterung in aufgespannten Kraftgesinnungen und verzweifelt heroischem Dasein, welches bald in ein halbkatholisches Romanzentum, bald in eine grübelnde Geisteskälte hinüberschillerte. Ich war bald mehr ein aufgeklärter Mystiker, bald mehr ein gläubiger Freigeist, alles natürlich ohne die entsprechenden Kenntnisse zu pflegen, die mit solchen Richtungen damals verbunden wurden. Nichts verstand ich ganz als die körperlichen Übungen, Fechten, Reiten und Trinken, letzteres nicht im Übermaß, aber doch genug, um zuweilen empfindsam zu werden und die moralischen Leiden der Zeit in erhöhtem Maße zu fühlen. Da war denn ein Freund vonnöten, der ohne Überhebung sein Herz dem Vertrauen öffnete und ohne Spott den gewünschten vernünftigen und kühlen Zuspruch erteilte.

Einen solchen fand ich in einem Studenten, dem wir den altdeutschen Spitznamen Mannelin gegeben, wobei wir ihn einstweilen noch lassen wollen. Ich hatte in einem Kollegium den Platz neben ihm erhalten, und er war mir vielleicht dadurch anziehend geworden, daß er fast in allem das Gegenteil von mir zu sein schien. Immer ruhig, meistens fleißig, war er doch kein Spielverderber, und obschon er weder focht noch ritt noch viel trank, nahm er an den allgemeinen Versammlungen und Hauptsachen teil und sah mit einer fast gelahrten und feinen Haltung schon als Jüngling in die Welt und war gern gesehen.

Engere Bekanntschaft machte ich mit diesem Mannelin in dem Bankhause, bei welchem ich empfohlen war und auch er seine Wechsel vorzuweisen hatte. Der Bankier pflegte auf jeden Sonntag einige Studenten zu seinen Tischgesellschaften einzuladen, und so trafen wir einstmals dort als Tischnachbarn zusammen und unterhielten uns so gut, daß wir nachher einen langen Spaziergang zusammen machten und uns auch in der Folge öfter sahen. Ich fühlte bald das Bedürfnis, meine Lustbarkeiten und Waffentaten häufiger zu unterbrechen und den ruhigen Genossen aufzusuchen, dem immer eine Stunde oder mehrere zur Verfügung standen, weil er immer vorher schon etwas getan hatte und auch nachher wieder gleichmütig arbeiten konnte, wenn es notwendig war, es mochte Tag oder Nacht sein.

Mit großer Duldsamkeit ertrug er meine Vorliebe für das Unerklärliche und Übersinnliche, das ich fortwährend in allen Dingen herbeizog und anrief, und verteidigte ohne allen Eifer seinen Standpunkt der Vernunft, wie einer, der es besser weiß, aber es nicht gerade fühlen lassen will. Er war schon von seinem Vater her ein geübter Kantianer und ließ, was darüber hinausging, sich nicht anfechten. Närrischerweise freute ich mich eigentlich dessen und war seiner Gesinnung und seines Wissens froh, während ich ihn mit phantastischen Reden bekämpfte. Es war mit mir, wie wenn jemand durch einen verrufenen Wald geht und auf seine Furchtlosigkeit pocht, im Stillen aber sich auf das gute Schießgewehr verläßt, das ein Begleiter mit sich führt. Zuweilen wollte es mir allerdings vorkommen, als ob ich dem Mannelin ein bißchen zum stillen und am Ende gar spaßhaften Studium diente, wie es auf Hochschulen ja immer solche Leimsieder gibt, die für das Geld, das sie ihre Eltern kosten, von allem etwas glauben lernen zu sollen und sich allen Ernstes einbilden, für so und so viele Zehngroschenstücke Lektionen in der Menschenkenntnis nehmen zu können. Die Zehngroschenstücke verwenden sie nämlich an einige Flaschen Bier oder Wein, die sie dabei wagen müssen, und sie bringen sie den Vätern unter der Rubrik: »Allgemeines zur Weltbildung« extra in Rechnung. Aber ein solcher Leimsieder war Mannelin doch nicht. Er liebte wirklich in mir das Widerspiel und den harmlosen Kerl, der ich im Grunde war, und wenn eine kleine Spitzbüberei dabei mitwirkte, so war es die Kunst, mit der er sich an meinen vielen

Erholungen, wenn ich sie erzählte, förmlich selber erholte, ohne sie zu teilen.

Als unsere gute Freundschaft in dem Bankierhause bemerkt wurde, lud man uns immer zusammen ein, wie wir auch bald zu einer Art von Hausfreunden gediehen, deren erwartetes oder unerwartetes Erscheinen stets gern gesehen wurde. Wegen der Verschiedenheit unseres Wesens ging für die Andern auch immer etwas Kurzweiliges um uns vor, woran vorzüglich die einzige Tochter Hildeburg ihr Vergnügen zu finden schien. Ohne in der Denkweise dem einen oder andern entschieden beizustimmen, brachte sie uns immer ins Gefecht, und wenn nicht ein besonders angesehener Gast vorhanden war, der auf die Gesellschaft der Tochter des Hauses Anspruch erhob, so nahm sie bei Tisch unfehlbar zwischen uns beiden oder ganz in der Nähe Platz. Als das endlich zu scherzenden Bemerkungen Anlaß gab, erklärte sie uns offen als ihre lieben und getreuen Diener, ernannte mich zu ihrem Marschall und den Mannelin zu ihrem Kanzler, und was dergleichen Späße mehr waren. Eine vielbegehrte reiche Erbin und in allen Dingen verständige und, wie der Student sagt, patente Person, ein fixer Kerl, wie sie war, setzte sie sich durch solche Freiheiten keinerlei Mißdeutungen aus.

Das hinderte indessen nicht, daß wir beide uns in sie verliebten und es einander leicht anmerkten. Doch blieben wir dabei nicht nur friedlicher Gesinnung, sondern die gemeinsame Verehrung diente sogar dazu, unsere Freundschaft zu befestigen und den Verkehr angenehm zu beleben, weil ja ohnehin von ernsthaften Folgen für uns noch jahrelang nicht die Rede sein konnte, auch Hildeburg uns so vollkommen unparteiisch behandelte, daß keiner vor dem andern aufgemuntert oder gereizt wurde. Wie Mannelin im Innersten dachte, wußte ich freilich nicht; ich dagegen kann nicht leugnen, daß ich mich heimlich für prädestiniert hielt, weil die Schöne ebenso stark brünett war wie ich selber, Mannelin hingegen der blonden Menschenart angehörte. In der Tat waren ihre wagerechten Augenbraunen so sammetdunkel wie der heraldische schwarze Zobel auf den alten Wappenschilden, und über der Stirne hing die krause Nacht eines Tituskopfes – na, ich will keine Beschreibung zum besten geben, nur anmerken will ich noch, daß an festlichen Tagen ein paar kleine Brillantsterne aus der nächtlichen Wildnis funkelten wie Leuchtwürmchen. Und dennoch fiel der Blick, der von dem Schimmer angezogen wurde, sogleich hinunter in den warmen Glanz der dunklen Augen, die meistens gütig ihn empfingen. Aber trau, schau wem!

Doch ein heißeres Feuer entflammte sich, in welchem die Stadt Moskau aufging und das dem Napoleon die Stiefelsohlen verbrannte. Es dauerte nicht lange, so hieß es bei der studierenden Jugend überall: heimgereist! Mir stand schon eine Stelle in einem kaiserlichen Dragonerregimente offen; Mannelin wollte als bescheidener Fußgänger in die preußische Infanterie treten, und beide rüsteten wir uns zum Abzuge. Vorher mußten wir aber nochmals im Bankierhause speisen und wurden mit aller Freundschaft behandelt. Der Ernst jener Tage hinderte nicht, daß an der Sonne der Hoffnung auch Fröhlichkeit und Scherz wieder aufblühten, und so wurde denn, als man auf das Wohl der scheidenden jungen Krieger trank, die Hildeburg ein wenig aufgezogen und gefragt, welchen von uns sie am unliebsten verliere?

»Das weiß ich wahrhaftig selber nicht!« rief sie; »erst war mir der Kanzler lieber; seit aber in seinem Umgange der wilde Marschall so gesittet und liebenswürdig geworden ist, verliere ich diesen auch ungern! Und doch ist es wieder nicht recht, wenn der Andere, der die Quelle der Besserung ist, es büßen soll! Mag mir der Himmel helfen!«

Sie verbarg auf das artigste die Wehmut des Abschiedes hinter der Miene einer komischen Verlegenheit, ergriff endlich ein herzförmiges Zuckergebilde des Nachtisches, zerbrach es und gab jedem von uns eine Hälfte. Ich tauchte die meinige in das Weinglas und verschlang sie sogleich zum Zeichen meines Liebeshungers; Mannelin dagegen behielt die seinige in der

Hand und spielte scheinbar damit, bis er sie unbeachtet in die Tasche schieben konnte.

Nach aufgehobener Tafel wurde ein Spaziergang durch den Garten gemacht, soweit die Wege in der frühen Jahreszeit gangbar waren; denn wir befanden uns in den ersten Monaten des Jahres 1813. Ich weiß nicht, wie es kam, daß wir uns mit dem Mädchen bald von den übrigen Gästen entfernten und ihr zu beiden Seiten gingen. Wir fühlten uns jetzt ernster und zugleich leidenschaftlicher gestimmt als früher, da wir uns der Tiefe unserer Neigung zu dem schönen Wesen deutlicher bewußt wurden; nur die Ungewißheit der Zukunft und die voraussichtliche Dauer und Gefährlichkeit des bevorstehenden oder vielmehr schon begonnenen Krieges mochten verhüten, daß sich die zwischen uns beiden bis anher waltende gleichmütige Freundschaft trübte.

Hildeburg merkte wohl an unserm stillen Wesen und an der Natur unserer Atemzüge, was uns bewegte, und sie selbst wurde fühlbar erregter. Als wir unversehens vor einem Pavillon anlangten, stieß sie die Türe auf, ging hinein und öffnete die vom Winter her noch verschlossenen Fensterläden, indem sie uns rasch mit einem Blicke überflog. Wir folgten ihr in den kleinen Saal und sie wandte sich uns zu.

»Ich bin in allem Ernste in einer so traurigen Lage, wie noch nie ein Mädchen gewesen ist; denn ich habe euch beide lieb und kann es nicht auseinander lösen. Du, Marschall, hast mein halbes Herz verschlungen; das ist töricht, aber es verführt mich; und du, Kanzler, hast die andere Hälfte aufbewahrt, das ist auch töricht, aber es ist treu und beglückt mich. Ich werde nie die Frau eines Mannes werden, es wäre denn einer von euch beiden; dazu müßte aber der eine fallen! Wenn beide fallen oder beide zurückkehren, werde ich ledig bleiben, als das Opfer eines heillosen unnatürlichen Naturspieles oder unvernünftigen Ereignisses, das in meiner Seele und meinen Sinnen vorgeht und das ich vor der Welt verbergen muß, wenn ich mich nicht mit Schmach bedecken will! Da ich mir aber keinen von euch tot denken kann und will, so lebt wohl und auf ewig, liebste Brüder!«

Nach diesen Worten fiel sie jedem von uns um den Hals und küßte ihn heftig auf den Mund, zuerst mich und dann den Mannelin, hierauf den Mannelin und endlich mich noch einmal. Wir standen wie vom Himmel gefallen und vermochten uns nicht zu regen. Für uns war die Situation ganz verflucht und ich habe weder im Krieg noch im Frieden eine ähnlich verzwickte Lage wieder erlebt. Denn wenn, wie wir es ja soeben erfahren hatten, ein ehrbares Frauenzimmer allenfalls in leidenschaftlicher Wallung zwei Männer nacheinander küssen kann, so werden diese, wenn sie das Weib lieben, niemals dazu kommen, dasselbe nun gemeinsam anzufassen und wieder zu küssen. Wir brauchten uns auch nicht darüber zu besinnen, weil sie, ehe das möglich war, uns enteilte und im Vorbeigehen die Hand auf den Mund legend ausrief: »Ihr verpfändet mir euere Ehre, daß ihr schweigt!«

Es war uns nicht möglich, noch länger zu weilen; wir verabschiedeten uns, wobei Hildeburg wie alle Andern unsere Hände schüttelte und die Tränen der Rührung nicht verhehlte.

Da gingen wir nun mit unserm geteilten Glück und Mißglück von hinnen und sprachen, nachdem wir ein gezwungenes Lachen bald aufgegeben, über eine Stunde lang kein Wort miteinander, obgleich wir zusammen blieben. Wir konnten uns nicht sehr gehoben fühlen; denn ein Graf von Gleichen, der zwei Frauen hat, kann dabei ein guter Ritter und Kreuzfahrer sein; zwei gute Gesellen aber, die der Gegenstand der Doppelneigung eines jungen Mädchens sind, müssen sich doch etwas zu zwiefältig, zu halbschürig vorkommen, und es ist nicht jedermanns Sache, ein siamesischer Zwilling zu sein. Dennoch hatte uns das seltsame Geständnis Hildeburgs und ihre leidenschaftliche Umarmung Herz und Sinn noch vollends gefangen genommen, und wir liebten das schöne schlanke Naturspiel unvermindert fort, zumal dasselbe ja noch tragischer als wir gestellt war, wenn es sich so mit ihm verhielt, wie es sagte.

Es half uns denn auch das Empfinden der Tragik über die gegenseitige Verlegenheit hinweg. Als wir den Versammlungsort aufsuchten, wo an die hundert junge Männer, die am nächsten Tage nach allen Seiten unter die Fahnen eilen mußten, den Abend noch zubringen wollten, da erhob sich unser Geist zu der Höhe der aufwogenden und rauschenden Vaterlands- und Kampfesfreude. Wir saßen dicht nebeneinander in der gedrängten Schar; und als gegen Mitternacht die Gläser unter dem donnernden Rufe: Tod oder Freiheit! in die Höhe fuhren, da hielt Mannelin mir sein Glas entgegen und sagte: »Sollte es so kommen, daß einer von uns fällt und der andere das Weib gewinnt, so soll er leben! Auf sein Glück!«

Nicht minder pathetisch stieß ich an, daß beide Gläser klirrten, indem ich rief: »Und Friede dem Toten!«

So trennten wir uns als wackere Freunde, und nach wenigen Stunden fuhren wir auf getrennten Wegen dahin, ohne daß wir für die Zukunft irgend eine Abrede oder Bestimmung getroffen hatten. Wie das Kriegsglück wollten wir auch das Schicksal unserer ungewöhnlichen Liebesgeschichte sich selbst überlassen.

Mannelin hatte hellere Sterne als ich; während ich noch immer unter Österreichs zögernden Standarten harren mußte, stürmte der blonde Duckmäuser mit seiner Muskete schon von Schlacht zu Schlacht, und erst auf Leipzigs Feldern kam ich zum Tanze und atmeten wir den gleichen Pulverdampf, aber ohne uns zu sehen oder voneinander zu wissen.

Ich kann dem Verlaufe des gewaltigen Feldzuges jetzt nicht weiter folgen. Auch in Paris traf ich den Freund nicht, obgleich wir fast gleichzeitig dort einmarschiert waren. Schon zum Leutnant vorgerückt, war er sozusagen fast auf dem Pflaster jener Stadt noch schwer verwundet worden und lag, als ich seine Spuren suchte, unerreichbar in einem entlegenen Lazarett. Es hieß sogar, er werde bereits gestorben sein, als ich meine Nachforschungen fortsetzte; da widerstrebte es mir, mich von seinem Tode zu überzeugen, um an geweihter Stätte des Kampfes und Sieges nicht die nackte Selbstsucht in mir aufkommen zu lassen. Denn seit Streit und Mühsal aufgehört hatten und die Friedenspalmen winkten, waren auch die Gedanken an das verhexte Liebeswesen wieder stärker wach geworden, und ich blieb absichtlich im Dunkeln über Mannelins Tod, damit ich nicht gleich wie ein Wechselgläubiger vor das schöne Mädchen zu treten versucht würde, an dessen Verheißung, den Überlebenden zu heiraten, ich fest glaubte.

Im Monat Mai des Jahres 1814, zur Zeit wo das lange Rheintal blühte wie ein einziger Fliederbusch, zog unser Regiment über den Strom ostwärts; es bekam aber den Befehl, in der Rheingegend Halt zu machen, um die ferneren Umstände abzuwarten, wie wir denn auch bald nachher nach der Lombardei gesandt wurden. Die Schwadron, in der ich ritt, kam aber nirgends anders hin zu stehen als in unsere gute Universitätsstadt. Mit welchen Gedanken sah ich die Pferde in den Marstall und die Reitbahn stellen, in denen sich der Student so oft getummelt hatte! Und als ich mein Quartier im Gasthofe bezog, in welchem ich vor fünf Vierteljahren so manche Flasche ausgestochen, waren Wirt und Dienerschaft sehr verwundert über den ernsthaften Kriegsmann.

Allein auch ich verwunderte mich, da ich auf Befragen vernahm, die Bankiersfamilie befinde sich zur Zeit nicht in der Stadt, sondern auf einem Landsitze, der ungefähr eine Meile entfernt sei. Ein französischer Emigrant, der vor zwanzig Jahren das Grundstück an sich gebracht, hatte es nämlich augenblicklich zum Verkaufe ausgeboten, als die Ordnung der Dinge in Frankreich umgestürzt war; und der Bankier hatte nicht gesäumt, das Gut auf die leichte und billige Weise zu erwerben, die in solchen Zeit- und Kriegsläufen denen möglich ist, welche baares Geld haben.

Ich konnte daher am Tage der Ankunft nicht mehr vorsprechen, ritt aber umso zeitiger am andern Morgen hinaus, von meinem Reitknechte begleitet. Es regnete ein wenig an dem Tage, weshalb ich den Kragen des weißen Reitermantels aufgestellt und die Schirmmütze etwas tief in die Augen gezogen hatte, als ich durch eine lange Allee auf das alte schloßartige Gebäude zuritt, das wenig gut unterhalten schien. Man mochte glauben, daß eine gewöhnliche Offiziers-Einquartierung angekommen sei, da auch in der Umgebung schon österreichische Reiterei erschienen war. Es trat daher nur ein Diener aus der Türe, mich zu empfangen und nach meinen Wünschen zu fragen. Statt ihm zu antworten, sprang ich vom Pferde, überließ die Zügel meinem Burschen und betrat sogleich das einst stattlich gebaute, jetzt etwas verfallene Vestibül des Hauses. Erst als ich ihm den Mantel übergab, erkannte mich der Diener trotz des veränderten Aussehens, das der Krieg mir verliehen, und führte mich freundlich überrascht in einen Saal, wo der Herr und die Frau des Hauses die Zeitungen lasen. Auch sie erkannten mich nicht sofort, erhoben sich aber mit lebhafter Freude, als es geschah, und hießen mich willkommen. »Was wird Hildeburg sagen«, riefen sie, »wenn der Marschall wieder da ist! Und wo bleibt denn der Kanzler? Wissen Sie nichts von ihm? Wie oft haben wir von beiden Herren gesprochen!«

Eh ich antworten konnte, trat Hildeburg in den Saal, die allein mich von einem Fenster aus erkannt hatte, sobald ich nur von der Landstraße in die Allee eingebogen war.

Ich vergesse niemals die Erscheinung, wie sie mir entgegentrat. Wie ein weißes Tuch, so bleich war das Gesicht, das Auge träumerisch erschreckt und auf dem Munde doch ein Lächeln des Wiedersehens, das aus dem Herzen kam, blasse Trauer und errötende Freude, mehrere Sekunden lang sich jagend: es war kein Zweifel, sie hielt den armen Mannelin für tot und mich für gekommen, mein Recht geltend zu machen!

Zum Glücke waren die Eltern an allerlei wunderliche Stimmungen gewöhnt, sonst hätten sie jetzt ihren wahren Zustand ahnen müssen, besonders als ich nicht länger vermeiden konnte, von Mannelin zu erzählen, was ich wußte, was freilich wenig und doch bedenklich genug war. Der Papa meinte, es sei doch zu hoffen, daß er sich noch unter den Lebenden befinde, ansonst gewiß der eine oder andere der jüngeren Freiwilligen, die in den letzten Wochen bereits in ihre Hörsäle zurückgekehrt seien, eine bestimmte Todeskunde gebracht hätte. Auch in den Verlustlisten, die er ziemlich aufmerksam durchlaufen, sei ihm der Name so wenig vorgekommen als der meinige.

Allein als Hildeburg eine Viertelstunde später mit mir zu zweit durch eine Zimmerflucht wandelte, um mir das Haus zu zeigen, das erst neu hergestellt und eingerichtet werden müsse, hielt sie plötzlich an und sagte mit leise hallenden Klagetönen: »Es ist nur zu wahr! Mein kluger, lieber Kanzler Mannelin liegt in Frankreich unter dem grünen Rasen; sie haben ihm die Brust durchschossen und seine treuen blauen Augen ausgelöscht! Und du, Marschall, bist gekommen, es mir zu sagen!«

Und gleichzeitig sah sie mich mit tief aufflammenden Augen an, die ebensowohl aus Haß wie aus Liebe so erglüht sein konnten. Denn auf den blaß gewordenen Lippen lag jetzt nichts als bittere Trauer. Das Du, mit dem sie mich anredete, wagte ich nicht zu erwidern, so herrisch hatte es geklungen, beinah wie der Herr mit dem Diener oder der Offizier mit dem Soldaten sprach.

»Nein, Fräulein Hildeburg!« sagte ich, einen Schritt zurücktretend, doch mit scheuer Ehrerbietung, denn sie sah gar zu merkwürdig aus, fast wie wenn sie besessen wäre: »Ich weiß von nichts und hoffe, er lebt noch!«

»Den Teufel hoffst du!« rief sie mit funkelnden Augen und lachte jählings laut auf, indessen mich das Gewissen Lügen strafte. Denn in diesem Augenblicke schien es mir, daß ich nicht genug getan hatte, um über das Schicksal Mannelins ins klare zu kommen, und zugleich fühlte ich mich von brennender Eifersucht gegen den Abwesenden gepeinigt, der so leidenschaftlich betrauert wurde. Sie hatte ihn offenbar mehr geliebt oder liebte jetzt noch nur ihn. In dieser Beklemmung tat ich einen unfreiwilligen schweren Seufzer, worauf Hildeburg mich bei der Hand nahm und mit veränderter Stimme sagte: »Kommen Sie und sprechen wir vorderhand nicht mehr davon!«

Ruhig ging sie neben mir in den Saal zurück, wo eine Erfrischung aufgetragen war, und als ich gegen Abend mich nach der Stadt begab, reichte sie mir treuherzig die Hand und sagte, sie hoffe mich noch öfter zu sehen, solange das Regiment in der Gegend bleibe. Da die Witterung meistens gut war, so fand sich fast täglich Ursache und Vorwand, den Spazierritt zu wiederholen, und wenn ich ausblieb, sagte Hildeburg am nächsten Tage sogleich: »Warum sind Sie gestern nicht gekommen?« Sie schien sich mir wieder mehr zuzuneigen, und das eine Mal verlor sie unversehens einen trauten Blick an mich, das andere Mal streifte sie mich leicht mit einer Berührung, kurz sie beglückte mich mit jenen kleinen Zeichen, mit welchen Liebende anfangen, sich an den Gedanken eines dereinstigen Beisammenseins zu gewöhnen. Dann aber blieb sie wieder tagelang in sich gekehrt und lebte sichtlich mit düsteren Sinnen in der Ferne. Mein eigener Zustand schwankte daher fortwährend zwischen Hell und Dunkel hin und her, so daß ich ungeduldig das Ende herbeiwünschte. Allerdings stand es auch einem jungen Dragoner, der seit Jahr und Tag den Säbel in der Faust führte und über manche Blutlache hinweggesetzt hatte, nicht sonderlich gut an, um ein Frauenzimmer herum zu schmachten, das doch nicht dicker war als ein Spinnrocken, wenn auch noch so hübsch gedreht.

Als ich eines schönen Nachmittags auf den Landsitz hinausritt und eben in der langen Ulmenallee in unwilliger Gemütsbewegung das Pferd in eine unruhige und heftige Gangart versetzt hatte, ohne dessen bewußt zu sein, eilte mir aus dem Hause ein fröhliches Menschenpaar entgegen: Hildeburg, welche einen preußischen Infanterieoffizier, oder mein Freund Mannelin, der das Fräulein Hildeburg an der Hand führte; ich konnte in der Überraschung nicht erkennen, welches von beidem der Fall war. Meine erste Empfindung war die Freude über das unverhoffte Wiedersehen, die zweite ein Gefühl der Zufriedenheit über die Herstellung des frühern Zustandes zwischen den drei Personen, womit wenigstens für den Augenblick der quälende Zweifel beseitigt wurde. Auch Hildeburg gab ähnlichen Gefühlen Ausdruck, indem sie ausrief: »Nun ist alles gut, nun sind wir alle wieder beisammen!«

Mannelin vollends war unverkennbar glücklich und zufrieden, die Dinge so zu finden, da er schon gefürchtet haben mochte, zu spät zu kommen; denn er wußte, daß er irrigerweise für tot ausgegeben worden. Er war aber nicht so unrettbar verletzt gewesen und jetzt leidlich geheilt; doch hatte er einen mindestens halbjährigen Urlaub antreten müssen, um sich ganz zu erholen. Schon wieder mit Büchern versehen, war er auf dem Wege nach einem Badeort mit heißen Quellen begriffen und hielt kurze Einkehr in der Universitätsstadt. Erst auf dem Landgute des Bankherren hatte er heute vernommen, daß ich ebenfalls im Lande sei. Mannelin hatte durch den Kriegsdienst sich sehr vorteilhaft verändert, was das Äußere betrifft. Ohne gerade martialisch dreinzuschauen, hatte er doch an fester Haltung gewonnen. Sein leichter blonder Bart auf Wangen und Oberlippe erhielt durch den Ernst der Ereignisse und Abenteuer, der in den Augen und auf dem Munde sich gelagert hatte, eine größere Bedeutung als ihm sonst zugekommen wäre, und das militärische Wissen und Erfahren, um welches er reicher geworden, vereinigte sich vortrefflich mit seinem wissenschaftlichen Geiste. Aber ungeachtet er die bedeutendsten Kriegstaten mitgemacht und zahlreichere Gefechte und Gefahren bestanden als ich, hörte man ihn niemals davon sprechen, und wäre er nicht unfreiwillig in die zeitgemäßen Gespräche mit verflochten worden, so würde man vermutet haben, er sei die ganze Zeit über nie aus seiner Studierstube herausgegangen.

Das verlieh dem liebenswürdigen Duckmäuser einen neuen Glanz, der indessen auch mir zugute kam; denn als ich einst nach eifrigem Sprechen vom Hauen und Stechen in der darauffolgenden Stille plötzlich wahrnahm, wie renommistisch ich mich neben ihm ausnehmen mußte, suchte ich mich beschämt zu bessern und wurde auch hie und da bescheidener.

Leider mußte ich nachher, da ich Soldat von Profession blieb, mich doch wieder an das Schreien und Rufen gewöhnen.

So verlebten wir noch eine Reihe von angenehmen heiteren Tagen, bis nicht unerwartet und doch unverhofft der Abmarschbefehl für mein Regiment anlangte, und zwar hatte der Aufbruch in sechs Tagen stattzufinden. Von Stund an war Hildeburg in ihrem Benehmen verändert. Bald unruhig und zerstreut, bald in sich gekehrt und über etwas brütend, das sie beschäftigte und drückte, wechselten ihre Launen unaufhörlich, und als ob sie es selbst nur zu wohl wüßte, entzog sie sich meist der Gesellschaft, die zuweilen ziemlich zahlreich wurde, je mehr die Umgebung des erst später wohnlich zu machenden Hauses zum Aufenthalt im Freien einlud. Indem ich, von dem veränderten Betragen des Mädchens abermals betroffen, über dasselbe nachdachte, fühlte ich mich geneigt, die Erscheinung zu meinen Gunsten auszulegen und zu glauben, nun komme die Reihe, als Abwesender oder gar Verlorener zu glänzen und betrauert zu werden, an meine werte Person. Ich überlegte, wie ich mich dazu zu stellen habe: ob ich edel gesinnt die Dinge nach Abrede gehen lassen und dem Rivalen vertrauensvoll das Feld räumen oder ob ich den Vorteil benutzen und mit dem Gewicht der neuen Sachlage dem Zünglein der Wage einen leichten, aber plötzlichen Stoß geben solle?

Hildeburg selbst schien mir entgegenzukommen; sie veranlaßte ihre Eltern, mir zu Ehren ein Abschiedsessen zu geben, und mich forderte sie bei der Einladung auf, es so einzurichten, daß ich auch den Abend bleiben könne. Ein Bett für mich solle trotz der mangelhaften Einrichtung bereit sein, meinte sie, und vor Gespenstern würde ich mich wohl kaum genieren. Denn es gehe die Rede, daß in dem ältern Flügel des Hauses etwas nicht richtig sei.

In der Tat hatten die Dienstboten von einem alten Gärtner dergleichen Reden gehört und mit eigenen Beobachtungen, die sie zu machen glaubten, ergänzt. Während der Mahlzeit, welche reich und belebt genug war, geriet die Unterhaltung ebenfalls auf diesen Gegenstand. Die alte Mama beklagte sich über so beunruhigende Herumbietungen, die doch keinen vernünftigen Grund haben könnten; der alte Herr verwies darauf, daß mit Luft und Licht und frischer Tünche der neuen Arbeiten das Unwesen sich wohl verziehen werde. Mich aber stach der Vorwitz, mich wieder einmal der sogenannten Nachtseiten und der jenseitigen Geheimnisse usw. anzunehmen, und ich kehrte den ernsten Kriegsmann heraus, der auf nächtlichen Schlachtfeldern und zwischen Tod und Leben verlernt habe über dergleichen zu spotten.

Mannelin, der bisher das Gespräch nicht teilnahmswert gefunden, sah mich ganz verwundert an und fragte mich treuherzig lachend, ob ich noch unter die Geisterseher gehen wolle? Hiedurch gereizt, bejahte ich die Frage kühnlich, sofern ich nur das Glück wirklich haben sollte, ein Stück der andern Welt jetzt schon kennen zu lernen; zugleich aber stellte ich ein wenig großtuerisch in Aussicht, den Dingen ins Gesicht sehen und sie zur Rede stellen zu wollen, wenn sie anders herankämen. Um was sichs eigentlich handle im vorliegenden Falle? schloß ich meine Prahlerei.

»Es soll ein Poltergeist sein, den man die alte Kratt nennt!« sagte Hildeburg, halb eingeschüchtert durch meine Reden, wie wenn sie befürchtete, es möchte am Ende etwas Wahres aus der Sache werden. Vor achtzig Jahren habe nachweisbar eine freiherrliche Familie Kratt das Gut besessen; weiteres habe man noch nicht herausgebracht als daß es nur selten und nur in gewissen Nächten spuke.

Da die Mutter Hildeburgs ein ängstliches und noch mehr verdrießliches Gesicht zu machen begann über die Verunzierung des neuen Besitzes und mein Freund Mannelin sich gleichgültig von dem Gespräch wieder abgewandt hatte, wurde dasselbe fallen gelassen und man kam nicht mehr darauf zurück. Ich hatte zwei Kameraden mitgebracht, lustige Donauleute, die sich das gute Leben im Privatkreise wohl gefallen ließen nach langen Entbehrungen, und es ging den Rest des

Tages über sehr munter zu. Als sie am Abend, da auch die anderen Gäste zurückkehrten, den leichten Wagen vorfahren ließen, in welchem wir gemeinschaftlich angekommen, schwankte ich einen Augenblick, ob ich nicht mit ihnen fahren sollte, da es wegen des bevorstehenden Abmarsches allerlei zu tun gab und ich mich doch in nichts verfehlen wollte. Ich brauchte nur Helm und Säbel zu holen und rasch Adieu zu sagen, das heißt bis zum folgenden Tage. Da stand aber schon die Hildeburg bei uns auf der Freitreppe und sagte gleichmütig: »Ich dachte, Sie würden morgen noch mit uns im Garten frühstücken; doch lassen Sie sich nicht abhalten, wenn es nicht angeht. Jedenfalls steht Ihr Zimmer bereit.«

Natürlich blieb ich nun da; die zwei Österreicher küßten der Dame die Hand, schwangen sich in den Wagen und fuhren wie die Kugel aus dem Rohre davon, während ich mit Hildeburg dem leuchtenden Diener ins Haus zurückfolgte, mit einem geheimen Herzklopfen wegen der süßen Entscheidung, die ich halbwegs erwartete. Hildeburg zog sich jedoch bald in die Unsichtbarkeit zurück, und der Tag endigte für mich damit, daß ich in der Gesellschaft Mannelins und von Hildeburgs Vater noch mehrere Gläser starken Punsches trank, den die Frauen uns hatten anrichten lassen. Dann plauderte ich noch eine Viertelstunde mit Mannelin auf seinem Zimmer und folgte endlich etwas schlaftrunken dem Diener, der mich in die Stube brachte, wo mein Nachtlager stand. Ich hatte fast alles vergessen, was mich vor Stunden noch erregte, und sah das Gemach nur flüchtig an, in dem ich mich befand. Es schien ein sehr großes, aber niedriges Zimmer, dessen Wände und Decke mit hölzernem Tafel- und Leistenwerke bekleidet waren. An den Wänden stand hie und da ein alter Polstersessel und in einer Ecke ein altertümliches Himmelbett, das von allen vier Seiten dunkle Umhänge umgaben. In der Nähe des Bettes befand sich ein Tisch mit Wasser und dergleichen, auf welchen der Diener seine zwei Leuchter stellte, eh er sich zurückzog; weiter war nichts zu erblicken als in einer entfernten Ecke, dem

Bette schräg gegenüber, eine alte Schreibkommode mit einem Aufsatz. Dicht dabei befand sich eines der Fenster, durch welche ein schwaches Mondlicht in den Raum fiel, und ich sah noch, wie die verdunkelte Politur des alten Hausrates das Licht matt reflektierte. Als ich die Uhr auf den Tisch legte, sah ich, daß es halb zwölf Uhr war. Das erinnerte mich nochmals an die Spukgeschichte; da es mir aber jetzt mehr um den Schlaf als um ein Abenteuer zu tun war, verließ ich mich unbedenklich wieder auf Mannelins guten Verstand, löschte die Lichter und legte mich, immerhin die Unterkleider anbehaltend, in das Bett, das übrigens vortrefflich war. In drei Minuten schlief ich fest; ich glaube, ich dachte nicht einmal mehr an die geliebte Hildeburg, kann es aber nicht bestimmt sagen. Mein Leichtsinn nahm diesmal ein übles Ende.

Ich mochte kaum eine halbe Stunde geschlafen haben, so wurde ich durch einen schrecklichen Knall oder Fall geweckt, der mitten im Zimmer erfolgt sein mußte. Ich sperrte die Augen auf, und halb schwindlig von den aufgestörten Geistern des genossenen Getränkes, von Schlaftrunkenheit und Überraschung, suchte ich mich zu besinnen, was ich denn gehört habe? Es dünkte mich, es könnte ein schwerer Gegenstand in oder außer dem Zimmer umgestürzt, ebensogut aber in dem baufälligen Hause oben oder unten etwas gebrochen sein. Zuletzt aber behielt ich wieder den Eindruck, daß der Ton in nächster Nähe entstanden sein müsse. Ich sah und horchte hin, aber nichts war zu sehen oder zu hören als der unheimliche Mondglanz auf der dunklen Schreibkommode. Auf einmal fegt' und kratzt' etwas hinter der Wand, dicht an meinem Bette. Ich warf mich herum und starrte; das war nun außer dem Spaß! Und wie ich starre, fährt mir ein eiskalter Luftzug über das Gesicht, die Bettvorhänge flattern einen Augenblick lang hin und her und plötzlich wird mir die Decke vom Leibe gerissen.

»Donnerwetter!« rufe ich beklemmt und setze mich endlich aufrecht, jetzt ganz munter geworden. Es spukte wahrlich. Ich brachte die Beine aus dem Bett und saß nun quer auf demselben; mehr vermochte ich nicht zu tun, weil das Unbekannte trotz der possenhaften Form, in der es sich ankündigte, lähmend auf meine Glieder wirkte. Eben dies Possenhafte war ja selbst schreckhaft mit seinem Höllenhumor. Plötzlich wehen die Gardinen wieder, der eisige Hauch fährt mir über die linke Seite des Gesichtes und über den Nacken. Und indem ich mich schüttle, höre ich dicht hinter mir, wie durch die Wand hindurch, Schritte schlurfen, eine dünne zitternde Weiberstimme stöhnt etwas Unverständliches, und indem ich mit neuem Schrecken hinhöre, steht schon einen Schritt links von mir eine gebeugte graue Weibergestalt mit einer verschollenen Schleiermantille um den Kopf. Sie muß hinter meinen Bettvorhängen und aus der Wand hervorgekommen sein. Nur einen Augenblick steht sie still, um Atem zu schöpfen; denn sie keucht wie eine engbrüstige Alte, die treppauf und -nieder und durch lange Korridore gegangen ist. Dann schlurft sie mit klatschenden Pantoffeln weiter, schräg über den Zimmerboden, auf die Schreibkommode zu, vor der sie anhält. Mit einer leichenblassen Hand tastet sie an dem alten Möbel herum, wie wenn sie das Schlüsselloch suchte; ich sehe die gespreizten mageren Finger herumfahren. Richtig zieht sie einen Bund kleiner Schlüssel hervor, sucht einen derselben aus, steckt ihn in das Schlüsselloch und schließt die Schreibklappe auf. Unmittelbar darauf zieht sie mit sicherm Griff eines von den vielen Schiebládchen des Innern ganz heraus, guckt in die leere Öffnung und fährt mit der Hand hinein. Ich höre dort abermals ein Schlüsselchen umdrehen und sehe die Gestalt ein zweites verborgenes Fach hervorziehen, aus welchem sie hastig ein Paket nimmt, es öffnet und ein darin liegendes Papier entfaltet, in welchem ein drittes enthalten ist, das sie wiederum auseinanderschlägt. Dies alles sah ich im Zwielicht des Mondes, der durch das Fenster scheint. Und weiter sah ich deutlich, wie die alte Frau ein anderes Lädchen zieht, ein Etwas aus demselben nimmt, das ein Radiermesser sein muß; denn sie bückt sich tiefer auf das aufgeschlagene Papier, das jetzt einen stattlichen Foliobogen darstellt, und liest darin, liest, nachdem das Gespenst eine Brille aufgesetzt hat, einen veritablen Nasenklemmer! Jetzt setzt sie den Finger auf eine Stelle und fängt an etwas auszuradieren. Obgleich sie mir den Rücken zukehrt, erkenne ich doch jede Bewegung. Sie keucht bei der Arbeit mit stärkeren Atemzügen, die in der Kehle wie boshafte Geister einander zu drängen und zu kratzen scheinen; sie bläst das Abgeschabte weg, hustet wie ein alter schwindsüchtiger Notarius publicus, bläst wieder, fährt mit dem Finger über die radierte Stelle und schabt abermals. Endlich scheint die Arbeit gelungen zu sein; ein niederträchtiges, kurzes, heiseres Gelächter mit hi, hi, hi! dringt mir durch Mark und Bein, und ohne mich rühren zu können, denke ich doch: Hier ist einstmals ein Vertrag gefälscht, ein Geburtsrecht, ein Erbe, ein Lebensglück gestohlen worden!

Plötzlich wird das Messerchen wieder hingelegt, wo es genommen worden, mit der scheinbaren historischen Natürlichkeit solcher Dämonen, das Papier oder die Urkunde zusammengefaltet, eins ins andere gelegt und ein Schubfach nach dem andern zugestoßen, die Klappe zugeschlagen und verschlossen. Plötzlich dreht sich die Gestalt um und schleppt sich nach der Richtung hin zurück, wo ich reglos sitze, bis sie beinah dicht vor mir still steht und mich anschaut. Nie vergesse ich das infame Hexengesicht, obschon es nur seitwärts vom Monde gestreift wurde und der größte Teil im Schatten lag. Nase, Kinn, der Mund, alles grinste, wie in blühendem Leichenwachs ausgeprägt, mir entgegen, voll Hohn und Grimm, wie das dunkle Feuer in den doch unkenntlichen Augen. Ich war in Kartätschenfeuer geritten, das mir wie Zephirsäuseln vorkam gegen die Schauerlichkeit, die mich jetzt übernahm. Was hatte ich mit diesem verfluchten Wesen zu schaffen, dem ich nie ein Leides getan? Was sollte das für eine Vernunft in der Welt sein, wo ein beherzter ehrlicher Kerl macht- und wehrlos dem wesenlosen Scheusal gegenüber dasaß und bei der geringsten Bewegung vielleicht durch die Schrecken der Ewigkeit um Gesundheit und Leben kam? Dergleichen verworrenes Zeug schwirrte mir durch den Kopf, als das Gespenst mich anschaute; ich fühlte, wie das Haar mir zu Berge stand, der Atem versagte mir, und ich konnte gleich einem, den der Alp drückt, nur noch rufen: »Die alte Kratt!« als mir für einen Moment die Sehkraft und Besinnung schwand. Eine Minute später war die Erscheinung verschwunden. Selbstverständlich schlug jetzt, zur Vollendung des Spukes, auch noch die erste Stunde nach Mitternacht an einer entfernten Turmuhr. Als das bekannte wohltätige Eins gehörig verhallt war, wagte ich endlich mich zu rühren und suchte Licht zu machen. Die Leuchter standen da, aber ich fand kein Feuerzeug; so blieb mir nichts übrig als mich zu Bette zu legen, und ich spürte bei dieser Gelegenheit die Bettdecke, die auf dem Boden lag. Ich nahm sie an mich, und sobald ich mich wieder horizontal ausgestreckt und nichts Verdächtiges mehr geschah, schlief ich ein und erwachte, als es schon lange Tag war. Erst jetzt stellte ich einige Untersuchungen an. Die Türe, die sichtbar einzig ins Zimmer führte, war noch von innen verschlossen, und der besondere altmodische Riegel, der über dem Schlosse angebracht, überdies vorgeschoben. Die Schreibkommode war am Tage ein ganz gemütliches Möbel. Auf dem Pultdeckel oder der Klappe war von buntem Holze eine Landschaft eingelegt. Aus einem See ragte eine Insel mit einem Schloß, und auf dem Wasser saßen zwei Herren mit langen Perücken und kleinen Dreieckhütchen in einem Nachen und schossen auf Enten. Im Vordergrunde standen ein paar ruinierte Tempelsäulen, unter welchen ein dritter Herr mit hohem Rohrstocke tiefsinnig promenierte; alles so idyllisch und unverfänglich als möglich. Was mich aber am meisten wunderte, war ein Schlüssel, der ruhig im Schlosse stak, während ich doch deutlich den Schlüsselbund klirren und den Schlüssel des Gespenstes umdrehen und ausziehen gehört hatte. Ich machte die Klappe auf und sah die Schublädchen, zog eines nach dem andern auf, aber alle waren leer, kein Radiermesser und nichts! Auch das geheime Fach fand sich mit seinem Schlüsselchen, es war auch leer, und ich hatte doch das Paket und die Papiere gesehen!

Es blieb also nur noch die Umgebung des Bettes zu untersuchen. Dasselbe stand mit dem Kopfende eine gute Spanne von der Wand entfernt, so daß zwischen der Gardine und der Wand allerdings jemand, der nicht zu dick war, sich mit Not dort durchwinden konnte. Als ich jedoch die schwere Bettstelle mit Mühe etwas weggerückt hatte, fand sich ringsum nichts als das gleiche Holzgetäfel, wie es überall die Wände und auch die Decke bekleidete. Von einer Ursache des Knalles konnte ich auch nirgends eine Spur entdecken.

Desto ernster erneuerte sich der Eindruck des Gesehenen; die schnurrige und widerwärtige Seite des Spukes trat zurück vor der Ahnung der endlosen Unruhe einer Seelensubstanz, für die sich, wenn dies Landhaus einst lange vom Erdboden verschwunden sein wird, dasselbe stets wieder aufbaut mit dem alten Zimmer und der Kommode, in welcher die verbrecherischen Papiere liegen, so wie auch der Schlüsselbund und das Radiermesser immer vorhanden, obschon sie vom Roste längst aufgelöst sind. Ich grübelte über diese furchtbare Existenz und Fortdauer in der bloßen Vorstellung, deren reale Natur jedem Einzelnen dereinst noch schrecklich klar werden könnte, und da der Tod in den Kriegszeiten mir als einem Soldaten sozusagen zur Seite stand, dachte ich über mich selbst nach, über meinen Leichtsinn und dies oder jenes, was ich verfehlt haben mochte. Erst jetzt, da ich keine Wahl mehr hatte, beschwerte mich die übersinnliche Jenseitigkeit mit ihren dunklen Schatten, und ich empfand ein Heimweh wie nach einem Beichtvater, während ich den Säbel umschnallte und die Gesellschaft aufsuchte, welche eben in einer Laube beim Frühstücke saß.

Man sprach eben von dem nächtlichen Knall, der demnach im ganzen Hause gehört worden war, und da ich mit düsterm Gesicht hinzutrat und mich erst schweigend verhielt, wurde die Stimmung noch betroffener und verlegener. Befragt, ob ich es auch gehört, bejahte ich, ohne weiteres hinzuzufügen, da ich die Familie nicht erschrecken mochte und es der Zeit und dem Gespenste selbst überließ, die Herrschaft mit den Merkwürdigkeiten dieses Hauses bekannt zu machen. Erst als ich mit Hildeburg und Mannelin vor meinem Weggehen noch etwas auf und nieder ging und die erstere zu mir sagte: »Was ist Ihnen denn, daß Sie so ernst und schweigsam sind?« antwortete ich unwillkürlich: »Was wird es sein? Die alte Kratt hab ich gesehen!«

»Und haben Sie mit ihr gesprochen?«

Sie sagte das mit unbefangenem Lachen, wie man tut, wenn man etwas für einen Scherz hält. Doch sah sie mich dabei aufmerksam an. Ich antwortete nicht darauf, zumal Mannelin mich ebenfalls erstaunt anblickte und ich nicht aufgelegt war, eine Disputation mit ihm zu bestehen. Da der Kutscher bereit war, mich nach der Stadt zu fahren, nahm ich mit dem Versprechen Abschied, am nächsten Tage noch ein letztes Mal zu kommen, und fuhr nicht mit leichtem Herzen weg. Der Geisterbesuch, die Trennung von dem anziehenden und trefflichen Mädchen, die Ungewißheit der Zukunft und auch der Umstand, daß Mannelin allein bei Hildeburg zurückblieb, alles trug dazu bei, meine Gedanken trüb und schwer zu machen.

Ich will nur gleich den chronologischen Verlauf zu Ende erzählen. Nach meiner Abfahrt setzten Hildeburg und Mannelin die Gartenpromenade fort, und erst jetzt drückte der Freund seine mit einigem Unwillen vermischte Besorgnis über den Stand meiner geistigen und körperlichen Gesundheit aus, da ich nicht nur von Gewissensfurcht, sondern sogar von förmlichen Halluzinationen geplagt scheine. Es wäre schade für mich, wenn ich in dem krankhaften Wesen weiter dahinlebte und Fortschritte machte, und er frage sich, ob er mich nicht zur Einholung eines Urlaubes veranlassen und an den bewußten Badeort mit sich nehmen solle. Offenbar hätten die

Kriegserlebnisse meinem beweglichen Wesen nicht gut getan, und so weiter.

Hildeburg erwiderte nachdenklich, ob er denn so sicher wisse, daß nur Täuschung sei, was ich gesehen zu haben vorgebe? Ihres Teiles befürchte sie, allerdings gegen alle Vernunft, daß doch dies oder jenes möglich sein könnte, und für diesen Fall wäre es ihr mehr um die Eltern zu tun sowie um die übrigen Verwandten und Freunde, denen der Aufenthalt in dem verrufenen Gebäude kein Vergnügen mehr machen würde. Die Vornahme der baulichen Wiederherstellung schiene unter solchen Umständen geradezu nicht mehr ratsam, und dergleichen mehr.

Jetzt schaute Mannelin die Sprecherin mit ebenso besorgtem als liebevollem Blicke an. Ihn bekümmerte, daß sie solchem Unsinn zugänglich schien. Sie las die Sorgen in seinen Augen und blickte wahrscheinlich hiefür wieder dankbar zurück; doch verharrte sie in ihrem Zweifel und sagte nach fernerm Nachdenken: »Ich muß doch wenigstens wissen, ob Andere in dem alten Gemache eine ähnliche Erfahrung machen oder ob es wirklich nur der Rittmeister ist, der etwas sieht. Ich werde den Johann beauftragen, dort eine Nacht zuzubringen.«

»Der alte Johann«, sagte Mannelin, »wird natürlich so viele Geister sehen als man wünscht oder fürchtet! Wenn Sie einen zuverlässigen Bericht wollen, so lassen Sie die Stube für mich zurechtmachen! Ich will mich in Gottes Namen der kuriosen Aufgabe unterziehen, wenn durchaus etwas geschehen soll!«

»Sie?« rief Hildeburg, »nein, Sie dürfen es nicht tun! Sie sind mir zu gut dazu! Wenn dennoch etwas an der Sache wäre, so könnte der Eindruck auf Sie gerade noch ein viel stärkerer sein als bei unserm Freunde und Ihnen ernstlich schaden!«

Mannelin blieb aber bei seinem Vorsatze, und so ließ er sich, als gegen elf Uhr man allerseits schlafen ging, in das Gemach leuchten, in welchem ich die letzte Nacht zugebracht hatte.

»Wollen Sie nicht wenigstens Ihren Degen und die Pistolen mitnehmen?« sagte der Diener, der aus dem frühern Zimmer die nötigen Sachen trug und von dem Vorhaben unterrichtet war.

»Nein!« antwortete Mannelin; »gegen Geister würden die Waffen nichts helfen, und wenn allenfalls lebendige Leute einen Unfug treiben, so muß man nicht gleich Blut vergießen!«

Genug, mein Mannelin befand sich endlich, gleich mir, allein in dem unheimlichen Zimmer. Er ging mit dem Leuchter darin herum, verriegelte die Türe und legte sich halb angekleidet zu Bett, nachdem er den Tisch an dasselbe gerückt. Dann las er eine Stunde oder länger, bis es am Turme Mitternacht schlug. Dann klappte er das Buch zu und horchte noch eine Weile mit offenen Augen. Als aber alles still blieb, wurde ihm das Ding langweilig; er löschte das Licht, legte sich auf die Seite und schlief ein. Kaum hatte er einige Minuten geschlafen, so erfolgte zwar kein Knall wie gestern, allein es klopfte dicht hinter ihm an die Wand, ein altes Mütterchen sagte vernehmlich: »Ja, ja!« Der kalte Luftzug strich über sein Gesicht, die Gardinen flatterten und die Decke flog weg. Und indem Mannelin sich besann, aber ganz ruhig liegen blieb, wie wenn er nichts merkte, sah er schon die alte Kratt in der Mitte des Zimmers gegen die Fensterecke zuschlurfen, wo die Kommode stand und der Mond schien, wie gestern. Er war jetzt doch ziemlich überrascht und das Herz klopfte ihm bedeutend, weil er die Natur und Tragweite des Abenteuers nicht kannte. Aber wie der Jäger, von einem Tiere überrascht, sein Gewehrschloß schnell in Ordnung bringt, stellte Mannelin geschwind seine Gedanken in eine kleine Reihe, als ob es Polizeileute wären, und sich selbst an ihre Spitze. Ohne sich zu rühren, folgte er der Erscheinung aufmerksam mit den Augen und sah, wie sie an der Kommode tastete und die Klappe öffnete, kurz alles tat, wie ich es gesehen. Als sie nun auf dem Papiere radierte, war er schon leise aufgestanden und ihr auf unhörbaren Socken nachgeschlichen und stand hinter ihrem Rücken. Das grauenhafte buckelige Weibchen kratzte, schabte, keuchte und hustete und blies den Staub weg, kurz war so geschäftig wie der Teufel, und Mannelin guckte dem Gespenste still über die Schulter, bis es fertig war und sein schändliches heiseres Gelächter aufschlug. Da sagte er plötzlich.

»Na, Frauchen, was treiben Sie denn da?«

Wie eine Schlange schnellte das Gespenst empor und stand wohl um einen Kopf höher als vorher ihm gegenüber. Mit dem schrecklichen Gesichte starrte sie ihm entgegen; aber schon hatte er die Hand auf ihre Schultern gelegt; dann packte er sie unversehens um die Hüfte, um sie in die Gewalt zu bekommen und die graue Mantille wegzuziehen. Er fühlte einen allerdings schlangenförmigen, aber sehr lebenswarmen Körper, und da sie sich jetzt in seinen Armen hin und her wand und mit dem Leichengesicht nahe kam, faßte er unerschrocken die im Monde glänzende schreckliche Nase und behielt eine abfallende Wachsmaske in der Hand, während Hildeburgs feines Gesicht zu ihm emporlächelte. Leider küßte er es sogleich zu verschiedenen Malen und an verschiedenen Stellen, beschränkte sich aber doch endlich auf den Mund, nachdem derselbe ein unhöfliches: »Du lieber Kerl!« ausgestoßen hatte. Schließlich ließen sie sich auf einen Stuhl nieder, das heißt, Mannelin saß darauf und Hildeburg auf seinen Knieen. Ich will nicht untersuchen, ob es nicht anständiger gewesen wäre, wenn sie einen zweiten Stuhl herbeigeholt hätten; die Außerordentlichkeit des Abenteuers und die einsame Nachtstille mögen zur Entschuldigung dienen; ich will nur die Tatsache meines Suppliciums erhärten: alles das wäre mein gewesen, wenn ich in der vorigen Nacht den einfachen Verstand des verfluchten Duckmäusers besessen hätte!

Denn in seinem Arme ruhend erklärte sie ihm nun den Handel. Sie habe, seit wir beide wieder in ihrer Nähe gewesen, ihre Lage nicht länger ertragen und doch auch nicht zur frühern Entsagung so ohne weiteres zurückkehren mögen, und da sie die unglückliche Doppelliebe längst als eine unwürdige Krankheit erkannt, beschlossen, sich durch gewaltsame Wahl zu heilen. Die Idee der Ausführung sei ihr plötzlich durch das

Gerede von der Spukgeschichte gekommen. Demjenigen von uns beiden, welcher dem Gespenste gegenüber den größern Mut erweise, wolle sie sich ergeben und den andern freilassen; denn daß sie uns beide gefangen halte, habe sie wohl gewußt. Nun habe sich die Verwirrung so klar ausgeschieden, wie wir alle nur wünschen könnten. Ich, der Rittmeister, so brav ich sei, habe der göttlichen Vernunft mankiert im rechten Augenblick; Mannelin sei ihr treu geblieben ohne Wanken und sie trage ihm daher Herz und Hand an, und so weiter, und so weiter muß ich abermals sagen, um das Unerträgliche nach so viel Jahren noch abzukürzen. Sie wurden in der Nacht noch handelseinig, daß sie heimlich verlobt sein wollten, bis der Augenblick gekommen sei, wo Mannelin bei ihren Eltern um sie werben könne.

Diese artigen Vorgänge wurden mir in einer Geheimsitzung, die zu dritt stattfand, am andern Tage feierlich eröffnet, als ich zum letzten Male hinausritt. Ich hatte ahnungsvoll das raschere Pferd gewählt, da ich jetzt umso unaufhaltsamer wieder davongaloppieren konnte. Vorher mußte ich jedoch mit dem Pärchen den Weg begehen, den Hildeburg als Gespenst gemacht hatte. Ich will nicht weitläufig beschreiben, wie schlau sie alles angestellt; wie sie den Knall einfach dadurch hervorgebracht, daß sie auf dem Boden über dem alten Zimmer einen wackeligen leeren Schrank mittelst einer Hebelstange umgestürzt, ihn freilich nachher nicht mehr aufrichten konnte, weshalb auch in der zweiten Nacht die Detonation unterblieb; wie aus einem verborgenen Vorraume das Heizloch eines ehemaligen Ofens in das Zimmer ging und von einem verschiebbaren Felde des Holzgetäfels verdeckt war, das Gespenst aber eben dort durchkriechen und hinter den Bettvorhängen hervorschlüpfen konnte; wie sie die Bettdecke mittelst eines Schnurgeschlinges wegziehen konnte, das in den Falten der Gardinen versteckt hing; wie sie den kalten Durchzug verursachte, indem sie im besagten Vorraume ein nach Norden gehendes Fenster sperrweit öffnete, im Zimmer aber schon vorher den obern Flügel eines nach Osten gehenden Fensters aufgetan hatte, so daß im Augenblicke, wo sie das alte Ofenloch freimachte, die Luft durchstrich; wie sie den Charakter der Gespensterrolle mit merkwürdiger Phantasie ausstudiert, und zwar in der größten Schnelligkeit: das erklärte sie uns jetzt Schritt für Schritt, damit ja kein Zweifel übrig blieb, und besonders mich ermahnte sie auf dem Passionswege wiederholt, gewissermaßen bei jeder Station, doch nicht mehr so leichtgläubig zu sein. Dabei hing sie sich zuweilen traulich an meinen Arm, so daß mir nichts übrig blieb als das Gesicht eines Ideals von Esel dazu zu schneiden und fromme Miene zum bösen Spiel zu machen. – Zum Überflusse mußte auch noch das Traurigste, was es gibt, der Zufall, sein Siegel darauf drücken. Um ganz unparteiisch zu verfahren, hatte das gute Mädchen vorher im Stillen das Loos gezogen, welchen von den zwei Liebhabern sie zuerst der Prüfung unterwerfen solle; denn, sagte sie, mancher zufällige Umstand konnte auf das Ergebnis von Einfluß sein, die Verschiedenheit des Wetters, der Mondhelle, des körperlichen Befindens und der Gemütsstimmung konnte eine veränderte Urteilskraft bedingen, wie ich denn auch geschehenermaßen am Tage vor meiner Prüfungsnacht mehr Getränke zu mir genommen als der Andere zu seiner Stunde wegen Mangel an Gesellschaft habe tun können, da ich ja fortgewesen sei! Also genau wie beim Pferderennen, wo bis aufs kleinste alles verglichen und abgewogen wird!

Daß durch den Sieg meines Nebenbuhlers trotz des technisch untadelhaften Verfahrens ihren geheimsten Wünschen besser entsprochen worden sei als wenn ich gesiegt hätte, daran durfte ich schon damals nicht zweifeln. Denn sie schien von Stund an von jeder Last befreit und ungeteilten leichten Herzens zu leben, welches hat, was es wünscht.

»*D*as ist die Geschichte von Hildeburgs Männerwahl, bei der ich unterlegen bin«, schloß der Oberst, und rasch gegen Reinhart gewendet sagte er:

»Wissen Sie, wie sie eigentlich hieß? Denn Hildeburg wurde sie nur von Mannelin und mir genannt, wenn wir am dritten Orte von ihr sprachen. Sonst aber hieß sie Else Moorland, später Frau Professorin Reinhart und wird demnach Ihre Frau Mutter sein! Lebt sie noch? Und wie gehts ihr?«

Für erwachsene junge Leute ist es immer eine gewisse Verlegenheit, von den Liebesgeschichten zu hören, welche der Heirat der Eltern vorausgegangen. Die Erzeuger stehen ihnen so hoch, daß sie nur ungern dieselben in der Vorzeit auf den gleichen menschlichen Wegen wandeln sehen, auf denen sie selbst begriffen sind. Auch Reinhart saß jetzt in nicht angenehmer Überraschung und war ganz rot, da die Laune, in welcher er sich seit zwei Tagen bewegte, sich gegen ihn selbst zu kehren schien. Ein paarmal während der Erzählung des alten Herren hatte es ihm vorkommen wollen, als ob es sich um Bekanntes oder Geahntes handle; doch war das vorübergegangen, wie man oft nicht merkt oder nicht erkennt, was einen am nächsten angeht. Zu der seltsamen Entdeckung trat ein noch seltsamerer Eifer der Selbstsucht, als er bedachte, wie nahe die Gefahr gestanden habe, daß ein Anderer als sein Vater die Mama bekommen hätte, und was wäre alsdann aus ihm, dem Sohne geworden? Und was war er jetzt anderes als der Sohn der willkürlichsten Manneswahl einer übermütigen Jungfrau? Nun, Gott sei Dank, war es wenigstens seine Mutter und sein Vater! Es hätte können schlimmer ausfallen! Wie denn schlimmer, du Dummkopf? Gar nicht wäre es dann ausgefallen!

Dergleichen Gedanken fuhren ihm in rascher Folge durch den Sinn, bis er die Augen aufschlug und sah, wie Lucie behaglich in ihrem Gartenstuhle lehnte, die Arme übereinander gelegt, und die Augen in voller Heiterkeit auf ihn gerichtet hielt. Das ganze Gesicht war so heiter wie der Himmel, wenn er vollkommen wolkenlos ist.

»Trösten Sie sich mit dem Evangelium«, sagte sie, »wo es heißt: Ihr habt mich nicht erwählet, sondern ich habe euch erwählet!«

»Schönsten Dank für den Rat!« erwiderte Reinhart, durch den Sonnenschein in ihren Augen zum Lachen verführt; »ich begreife und würdige durchaus die Genugtuung, die Ihnen die Erzählung des Herren Oberst verschafft! Daß ich in meinem eigenen Papa geschlagen würde, hätte ich allerdings nicht geglaubt!«

»Wie undankbar! Seien Sie doch stolz auf Ihren Herren Vater, der meinen so vortrefflichen Onkel hier besiegt hat! Wie vortrefflich muß er selbst sein! Ich bin wahrlich ein bißchen verliebt in ihn nur vom Hörensagen! Ist er noch so hübsch blond?«

»Er ist schon lange grau, aber es steht ihm gut.«

»Und die Mutter?« warf jetzt der Oberst dazwischen, »ist sie auch grau, oder noch schwarz und schlank wie dazumal?«

»Dunkelhäuptig ist sie noch und schlank auch, aber nur dem Geiste nach; ich glaube nicht, daß sie jetzt noch durch das Ofenloch und zwischen Bett und Wand hervorschlüpfen könnte.«

»Ich möchte sie doch nochmals sehen und den Mannelin auch«, sagte der Oheim Luciens mit weicher Stimme. »Ich fühle mich ganz versöhnlich und verzuckert im Gemüt!«

»Und mich empfehlen Sie wohl gütigst der Mama, wenn Sie ihr schreiben?« sagte das Fräulein mit einem anmutigen Knicks; »oder werden Sie nichts von Ihrer kleinen Reise und den hiesigen Ereignissen sagen?«

»Ich werde es gewiß nicht unterlassen, schon weil ich trachten muß, den Herren Oberst und vielleicht auch die Nichte mit gutem Glück einmal hinzulocken, wo die Eltern wohnen.«

»Das tun Sie ja! Sie werden auch sicher gelegentlich hören, daß wir unversehens dort gewesen sind, nicht wahr, lieber Onkel?«

»Sobald ich wieder fest auf den Füßen bin«, rief dieser, »werden wir die lang geplante Reise machen und alsdann die alten Freunde im Vorbeigehen aufsuchen.«

»Jetzt fällt mir erst ein«, sagte Reinhart, »daß unser seit mehr als dreißig Jahren neuerbautes Landhaus an der Stelle des alten Gebäudes stehen wird, das die Großeltern Moorland gekauft hatten! Da können Sie auch darin rumoren, wenn Sie kommen, Fräulein Lucie!«

»Sobald ich in zwei Männer zugleich verliebt bin, werde ich mir damit helfen!« erwiderte sie ausweichend, und Reinhart bereute sein unbedachtes Wort; wenn eine feine Seele auf nachtwandlerischem Pfade einer neuen Bestimmung zuschreitet und aus sich selbst freundlich ist, so darf man sie nicht mit zutäppischen Anmutungen aufschrecken.

Der heitere Glanz ihres Gesichtes war zum Teil erloschen, als die kleine Gesellschaft sich jetzt erhob. Reinhart sprach von seiner Abreise, sowohl aus Schicklichkeit als in einer Anwandlung von Kleinmut, und erbat sich Urlaub, um die nötigen Anstalten zu treffen. Der alte Herr widersetzte sich.

»Sie müssen wenigstens noch einen Tag bleiben!« rief er; »an den paar Stunden, die ich mit Ihnen zugebracht, habe ich vorläufig nicht genug, und über das Zukünftige sprechen wir noch weiter. Das unverhoffte Vergnügen, an meine jungen Tage wieder anzuknüpfen, lasse ich mir nicht so leicht vereiteln!«

»So plötzlich wird Herr Reinhart nicht gehen können«, sagte jetzt Lucie, »denn sein Pferd ist in der Frühe mit unsern Pferden auf die Weide hinauf gelaufen und soll dort drollige Sprünge machen. Es kann also heute niemand weder fahren noch reiten bei uns, es müßte denn strenger Befehl ergehen, die Tiere heimzuholen.«

»Nichts da!« versetzte der Oberst; »dem armen Leihpferd ist es auch zu gönnen, wenn es einen guten Tag hat. Jetzt will ich mich für eine Stunde zurückziehen und sehen, ob meine Zeitungen angekommen sind. Soll ich Ihnen auch welche schicken, Sohn Hildeburgs?«

»Zeitungen werden für Ihre angegriffenen Augen schwerlich gut sein«, sagte Lucie; »wenn Sie lesen wollen, so holen Sie sich lieber irgend ein altes Buch mit großem Druck, Sie wissen ja wo, und bleiben Sie dort im kühlen Schatten oder gehen Sie damit unter die Bäume! Ich muß jetzt leider ein bißchen nach der Wirtschaft sehen!«

Luciens Sorge für seine Augen, deren Zustand er beinahe selbst vergessen hatte, tat ihm so wohl, daß er sich ohne Widerrede fügte und nach ihrem Bücher- und Arbeitszimmer ging, nachdem die drei Personen sich getrennt. Er griff das erste beste Buch, ohne es anzusehen, von einem Regale herunter, und da es in dem Zimmer ihm nicht ganz geheuer dünkte, begab er sich in den Vexierwald hinaus, durch welchen er hergekommen war. Dort bemächtigte sich seiner immer mehr ein gedrücktes Wesen, das sich zuletzt in dem Seufzer Luft machte: Wär ich doch in meinen vier Wänden geblieben! Nicht nur die vernommene Kunde von den ganz ungewöhnlichen Jugendtaten seiner Mutter, die Anwesenheit eines Liebhabers und Rivalen seines Vaters, sondern auch der ungebührlich wachsende Eindruck, den Lucie auf ihn machte, verwirrten und verdüsterten ihm das Gemüt. Das waren ja Teufelsgeschichten! Der Verlust seiner goldenen Freiheit und Unbefangenheit, der im Anzuge war, wollte ihm fast das Herz abdrücken. Man sieht ja, dachte er, welchen Wert sie darauf legen, obenauf zu sein! Da lob ich mir die ruhige Wahl eines stillen, sanften, abhängigen Weibchens, das uns nicht des Verstandes beraubt! Aber freilich, das sind meistens solche, die rot werden, wenn sie küssen, aber nicht lachen! Zum Lachen braucht es immer ein wenig Geist; das Tier lacht nicht!

Auf diese Art brachte er die Zeit zu, und als er in das Haus zurückkehrte, traf er zum Überflusse die Pfarrfamilie, welche auf Besuch gekommen war, um das Ereignis gerade seiner Erscheinung weiter zu betrachten und nach der Wirkung zu forschen, welche dieselbe unter den großen Platanen am Berge zurückgelassen habe. Das Pfarrerstöchterchen errötete über und über, da er dem Mädchen im blauen Seidenkleidchen die Hand gab, und Lucie, welcher er die Geschichte erzählt hatte, blickte ihn mit heller Schadenfreude an, die aber in ihren

Augen so gutartig und schön war wie in andern Augen das wärmste Wohlwollen. Über diesem Besuche verging der Tag in anhaltendem Geräusch und Gespräch; die Pfarrleute duldeten nicht, daß man sie eine Minute ohne Rede und Antwort ließ oder sich einer Zerstreuung hingab. Da der Oberst sich auf Grund seiner schlechten Gesundheit zeitig unsichtbar machte und Lucie das Töchterlein mehrmals entführte, um ihr allerlei Anpflanzungen zu zeigen, bleib Reinhart zuletzt allein übrig, den Eltern standzuhalten, und als gegen Abend die Familie mit ihrer Kutsche abgefahren war, schien eine Mühle abgestellt zu sein.

»Ich bewundere Ihre Geduld«, sagte Lucie, als sie nun allein waren, »mit der Sie den guten Leuten zugehört und Bescheid gegeben haben.«

»Hab ich denn wirklich so geduldig ausgesehen?« fragte Reinhart verwundert; er hatte nicht das beste Gewissen, weil er die guten Menschen innerlich dahin gewünscht, wo der Pfeffer wächst.

»Vortrefflich haben Sie ausgesehen! Glauben Sie nur, man ist immer etwas besser als man es Wort haben will! Zur Belohnung sollen Sie eine gute Tasse Tee bekommen und meine Mädchen wieder spinnen sehen! Wein gebe ich Ihnen nicht mehr; denn Sie haben bei Tische schon etwas mehr in den heimlichen Zorn hinein getrunken als für Ihre Augen gut war.«

»Nun soll ich doch wieder zornig gewesen sein?«

»Ja freilich! Umso rühmlicher ist die nachherige Selbstbeherrschung und Geduld!«

Als es dunkel und der Tee getrunken war, nahmen die Mädchen wirklich ihre Rädchen und spannen noch eine Stunde. Das Schnurren sowie das zwanglose und friedliche Gespräch, das man zuweilen wie zum Spaße beinah ausgehen ließ, um es doch gemächlich wieder anzubinden, beruhigten vollends die aufgeregten Geister in Reinharts Brust, so daß er zuletzt sich häuslich mit der Lampe beschäftigte, die nicht hell brennen wollte, und dabei plauderte, indessen Lucie ihm vergnüglich zuschaute.

In guter Laune zog er ab, als alles zu Bett ging, und nahm vermutlich aus Versehen das Buch mit, das er aus Luciens Zimmer geholt und bis jetzt noch nicht aufgeschlagen hatte. Erst auf seinem Gastzimmer tat er es und sah, daß es eine Geschichte von Seefahrten und Eroberungen des siebzehnten Jahrhunderts war. Das Buch mußte seinerzeit fleißig gelesen worden sein, da es zum zweiten Male gebunden worden. Denn viele Blätter klebten von der Farbe des bunten Schnittes zusammen, und als Reinhart zwei solche voneinander löste, lag ein Blättchen altes Papier dazwischen, mit vergilbter Schrift bedeckt. An einem Junimorgen des Jahres 1732 schrieb eine Dame in französischer Sprache an eine andere: »Liebste Freundin! Lesen Sie die artige kleine Geschichte, die ich hier angestrichen habe! Guten Tag! Ihre getreue Freundin J. Morgens 9 Uhr.« Dies Briefchen mußte der Buchbinder, der den neuen Einband gemacht, nicht gesehen haben, denn es war mit eingebunden und seither von keinem Auge mehr erblickt worden. Daneben war in der Tat eine halbe Seite des Buchtextes mit Rotstein angestrichen, der sich auch auf dem gegenüberstehenden Blatte abgedruckt hatte, so daß Reinhart nicht wußte, welche der beiden bezeichneten Stellen galt. Dennoch wunderte ihn, was an jenem Junimorgen vor hundert und zwanzig oder mehr Jahren die verschollene Dame so pikierte, daß sie das Buch der Freundin schickte. Er las daher auf beiden Seiten und fand eine allerdings seltsame Heiratsanekdote, die ohne Zweifel das war, was die zwei Damen beschäftigt hatte. Das Histörchen gefiel auch Reinharten, und weil er doch keinen Schlaf verspürte, spann und malte er den größten Teil der Nacht hindurch das Geschichtchen aus und nahm sich vor, es vorzutragen, sofern nochmals eine Erzählerei stattfinden sollte. Es schien ihm nämlich prächtig zur Abwehr gegen die Überhebung des ebenbürtigen Frauengeschlechts zu taugen.

ELFTES KAPITEL

Don Correa

Wie wenn sie Reinharts Vorsatz und Vorbereitung gekannt hätte, sagte Lucie am Morgen, als die drei Personen wieder unter den Platanen am Brunnen saßen: »Heute werden wir leider die Zeit ohne Geschichtserzählungen verbringen müssen, wenn der Onkel nicht dennoch eine zweite Hildeburg erfahren hat oder Herr Ludwig Reinhart noch eine dritte Treppenheirat kennt.«

»Behüt uns Gott«, lachte und murrte der Onkel durcheinander, »vor einer zweiten Schmach jener Art. Ich hatte ein für allemal genug!«

»Und was mich betrifft«, nahm Reinhart das Wort, »so kenne ich einen dritten Fall von der Treppe herrührender Vermählung freilich nicht, dafür aber einen Fall, wo ein vornehmer und sehr namhafter Mann seine namenlose Gattin buchstäblich vom Boden aufgelesen hat und glücklich mit ihr geworden ist!«

»Wie herrlich!« rief Lucie fröhlich lachend, weniger aus Mutwillen als vor Vergnügen und Neugierde, zu erfahren, was Jener abermals vorzubringen wisse. »Am Ende«, fügte sie hinzu, »geraten Sie noch zu der Geschichte des heiligen Franz von Assisi, der die Armut selbst geheiratet hat! Oder Sie sind sogar eine Art Reiseprediger für Verheiratung armer Mädchen? Fangen Sie an!«

»Ohne Verzug!« sagte Reinhart, indem er sich räusperte und begann:

Wir sprechen von dem portugiesischen Seehelden und Staatsmanne Don Salvador Correa de Sa Benavides, der schon in jungen Jahren so tatenreich gewesen, daß er bereits damals den

Haß der Neider erfuhr, während die Jugend sonst von diesem Übel verschont zu bleiben pflegt. Denn ältere Männer müssen schon sehr traurige Gesellen werden, bis sie Jünglinge oder Frauen wegen eines Erfolges beneiden. Den Jünglingen selbst aber ist das Laster meistens noch unbekannt oder es nimmt in ihnen wenigstens die edlere Gestalt eines fruchtbaren Wetteifers an.

Zu einer solchen Zeit neidischer Verfolgung legte Don Correa den vom Jugendgrün bekleideten Kommandostab nieder und stieß den Degen in die Scheide, und um die Muße nicht ganz ungenutzt vorübergehen zu lassen, gedachte er zum ersten Male der Freuden der Liebe und hielt dafür, da es doch einmal sein müsse, es wäre jetzt am besten, auf die Lebensgefährtin auszugehen, ehe die Tage der Arbeit und des Kampfes zurückkehrten. Nachher sei diese Sache abgetan.

Nun bewog ihn aber sein Selbstgefühl, vielleicht der erlittenen Beleidigung wegen und auch in der Meinung, eine umso treuere und ergebenere Gattin zu erhalten, dieselbe als ein gänzlich unbekannter und ärmlicher Mensch zu suchen und zu erwerben, so daß er sie mit Verheimlichung von Namen, Rang und Vermögen sozusagen nur seiner nackten Person verdanken würde. Er schiffte sich also zu Rio de Janeiro, wo er Gouverneur gewesen, in aller Stille, nur von einem Diener begleitet, ein und begab sich nach Lissabon. Dort wohnte er unbemerkt in einem entlegenen Gemache seines Palastes und ging nur verkleidet aus, in die Theater, die Kirchen und auf die öffentlichen Spaziergänge, wo es schöne Damen aus der Hauptstadt und aus den Provinzen zu sehen gab. Lange wollte sich nichts zeigen, was ihm besonders in die Augen gestochen hätte, bis er eines Abends bei irgend einem der öffentlichen Schauspiele eine junge Frau sah, deren Schönheit und Benehmen ihm auffielen. Sie war weder groß noch klein zu nennen und vom Kopfe bis zu den Füßen schwarz gekleidet, den steifen weißen Ringkragen ausgenommen, der nicht nur dem strengen, wohlgeformten Gesichte mit seinem blühweißen

Kinn, sondern auch den dicken schwarzen Lockenbündeln zu beiden Seiten als Präsentierteller diente. Von der Brust glühte ein paarmal, wenn die Dame sich regte, das dunkelrote Licht eines Rubins auf; die Brust selbst zeugte von einem normalen und gesunden Körperbau, desgleichen die in den Händen und Füßen ersichtliche Ebenmäßigkeit.

Diese Dame saß auf einem Lehnsessel in der vordersten Reihe; rechts und links von ihr hockten auf dreibeinigen Stühlchen ein Stallmeister und ein Geistlicher, hinter dem Sessel stand ein Page, und ganz zuletzt hockte noch eine Kammerfrau auf einem Schemel. Alle diese Personen verhielten sich so still und steif wie Steinbilder und wagten kein Wort weder unter sich noch mit der Herrin zu sprechen, wenn diese nicht einen leisen Wink gab. Merkwürdig schien besonders der Stallmeister, welcher, den hohen Spitzhut auf den Knieen haltend, mit furchtbarem Ernste dasaß. So fadenscheinig sein ergrauter und umfangreicher Schädel war, reichten doch die langgezogenen Silberfäden hin, nicht nur auf der Mitte der Stirne eine fest in sich zusammengerollte Seeschnecke zu bilden, die von keinem Sturme aufgelöst wurde, sondern auch noch beide bartlose Wangen mit zwei sauber gekämmten Backenbärtchen zu bekleiden, welche allnächtlich sorgsam gewickelt und hinter die Ohren gelegt wurden. Dafür war das aufwärts gehörnte Schnurrbärtchen von echtem, steif gewichstem Bartwuchse. Der Anblick konnte für närrisch gelten; doch Don Correa wußte schon aus Erfahrung, daß dergleichen komische Pedantismen an untergebenen Beamten und Dienern meist auf Ordnungssinn und pünktliche Pflichterfüllung raten lassen; denn um einen alten Kopf mit solcher Künstlichkeit täglich aufzustutzen, muß ein armer Teufel, der nicht selbst bedient wird, früh aufstehen und sich an geregeltes Leben gewöhnen, das allen seinen Verrichtungen zugut kommt. Übrigens ging die Sage, das knappe Wams des Stallmeisters sei aus einer alten Mohrschleppe der Dame geschnitten.

Was den geistlichen Herrn betrifft, so bot derselbe durchaus nicht den Anblick eines verwöhnten oder herrschsüchtigen Beichtvaters, sondern sah eher einem eingeschüchterten, kurz gehaltenen Hofmeisterlein gleich, und er hielt, während er mit halb niedergeschlagenen Augen die Weltlichkeiten des Schauspiels wahrnahm, mit zagen Händen seinen flach gerollten Hut auf dem Schoße, als ob es eine Schüssel voll Wasser wäre.

Von dem kleinen Pagen guckte nur das weiße spitzige Gesichtchen nebst einem blutroten Wamsärmel hinter der Stuhllehne hervor, und von der Kammerfrau vollends sah man erst, als sie aufstand, daß sie ebenfalls einen hochroten Rock, irgend eine rote Kopftracht und ein Korallenhalsband trug. Die Dame schien sich demnach nur in Schwarz und Rot zu gefallen.

Während sie so unbeweglich und halb gelangweilt dem Spektakel beiwohnte und selten über etwas lächelte, ging dann und wann irgend ein Kavalier einzeln oder mit andern, die noch Platz suchten, an ihr vorbei und grüßte sie höflich, wechselte auch wohl ein paar Worte mit ihr, den Hut in der Hand. Sie blickte aber keinem entgegen, der sich nahte, und keinem nach, wenn er weiterging, sondern grüßte nur mit überaus feiner Kopfneigung und holdseliger Bewegung der Lippen, welche den Don Salvador geheimnisvoll reizte, so ernst, ja starr auch der Mund gleich nachher wieder verharrte.

Er fragte, in der Menge der geringen Bürger verborgen, einige Nachbarn nach dem Namen der vornehmen Frau; es konnte aber keiner Auskunft geben, weil sie wahrscheinlich eine Fremde sei. Da er aber mit jedem Augenblicke von der schönen und eigentümlichen Erscheinung mehr eingenommen wurde und jedenfalls wissen wollte, wen er vor sich habe, so blieb ihm nichts andres übrig als das Ende abzuwarten und zu sehen, wohin die Dame mit ihrem Gefolge sich begeben würde. Er stellte sich daher zeitig an den Ausgang, durch welchen die Herrenleute sich entfernten, und wartete geduldig, bis die Unbekannte in der gemächlichen Prozession erschien, mit welcher die Grandezza sich fortbewegte, um die bereit stehenden Kutschwagen, Pferde oder Maultiere zu besteigen.

Für die Fremde wurden drei prächtig geschirrte Maultiere bereit gehalten. Das erste bestieg sie selbst mit Hilfe des Stallmeisters, das zweite dieser mit dem Pagen hinter sich, das dritte der junge Priester, hinter welchem die Kammerfrau Platz nahm, sich fest an ihm haltend, so daß, als das herumstehende Volk sich an dem Anblick belustigte, das Pfäffchen schämig errötete. Ein Läufer mit Windlicht ging voran, worauf die drei Tiere eines dem andern folgten und in einiger Entfernung Don Correa den Schluß machte. Der kleine Zug bewegte sich durch Gassen und über Plätze, bis er in den Vorhof der Herberge zum »Schiff des Königs« einbog, in welcher fast ausschließlich reiche oder vornehme Reisende wohnten. Nachdem die Fremde mit ihren Leuten abgesessen und auf den Stiegen, die in die oberen Teile des Hauses führten, verschwunden war, trat Don Correa in eine Gaststube zu ebener Erde, die von See- und Handelsleuten aller Weltteile angefüllt war. Er ließ sich in der Ecke zunächst dem Schenktische eine kleine Abendmahlzeit vorsetzen und begann mit der Aufseherin, die an der Kasse saß und Geld einnahm, ein zerstreutes Gespräch nach Gunst und Gelegenheit, die beide nicht ausblieben. Denn der Don hatte etwas in seinem Gesicht und in seinem Wesen, das vielen Weibern ohne Zeitversäumnis gefiel, obwohl er dieses Vorteiles bis jetzt wenig inne geworden.

Er vernahm also, was er nur wünschen konnte: daß die fremde Dame eine junge Witwe sei und Donna Feniza Mayor de Cercal genannt werde. Sie besitze im Südwesten von Portugal ein kleines Städtchen und großen Reichtum und wohne meistens auf einem einsamen Felsenschloß am Meere; dort lebe sie so eingezogen, daß weiter nichts von ihr gesagt werden könne, und wenn sie nicht alle Jahre einmal nach der Hauptstadt käme, um ihre Geschäfte zu besorgen und ihren Leuten einige Zerstreuung zu gönnen, so wüßte man überhaupt nichts von ihr. In Lissabon mache sie nur wenige Besuche und auf ihre Besitzungen habe sie noch nie jemanden eingeladen. Übrigens sei sie musterhaft religiös und versäume keinen Morgen die heilige Messe; daher beruhe es jedenfalls auf boshafter Verleumdung, wenn hie und da gemunkelt werde, man halte sie für eine Hexe und ihre Dienerschaft für ein Häuflein böser Geister.

Als Don Correa hiemit genugsam unterrichtet war, verließ er die Herberge, um andern Tages desto früher bei der Hand zu sein. Er verwandelte sich in einen halbschwarzen maurischen Matrosen und belagerte das »Schiff des Königs«, bis die Herrschaft aus der Türe trat und die Maultiere bestieg. Im gleichen Aufzuge wie gestern, ein Maultier mit der Nase am Schwanze des andern, ritt die Dame nach der großen Kathedralkirche und Correa folgte. Da er sah, daß am Portale niemand bei der Hand war, die Maultiere zu halten, drängte er sich hinzu und anerbot, den Dienst zu leisten, der ihm vom Stallmeister auch übertragen wurde. Der junge Kriegsmann war seiner Zeit und Geburt gemäß ein guter Katholik; es gefiel ihm daher sehr gut, daß die Frau von Cercal ihre Dienerschaft so vollzählig mit in die Messe nahm und an dem Segen der Religion teilnehmen ließ, und das Gemunkel von einem Zauberwesen erhöhte unter diesen Umständen eher seine Teilnahme als daß es ihn abschreckte. Nach Beendigung des Gottesdienstes konnte er die Dame nun ganz in der Nähe sehen, und das umso ungestörter als sie keinen Blick weder auf ihn noch auf irgend einen der Umstehenden warf. Sie erschien ihm in dieser Nähe und am hellen Tageslichte noch schöner und vollkommener als am vorigen Abend. Er fand in der Eile kaum die Geistesgegenwart, das kleine Trinkgeld aus der Hand des Pagen mit der Miene eines dankbaren armen Teufels in Empfang zu nehmen. Alles ging wieder so still und feierlich zu, daß der geordnetste Haushalt, die friedlich anständigste Lebensart in dem Banne dieser Frau zu walten schien. Zuletzt kam die Reihe des Aufsteigens an die einer roten Siegellackstange gleichenden Kammerfrau, welche der maurische Schiffsgesell dienstfertig hinter den Rücken des Geistlichen hob, und als ihn beim Abreiten der Aufzug doch etwas grotesk anmutete, schrieb er die seltsame Sitte der ländlichen Abgeschiedenheit zu, aus welcher die Dame herkam.

Solange sie noch in Lissabon verweilte, strich er in immer neuen Verkleidungen um sie herum, wenn sie öffentlich erschien, was aber nicht mehr manchen Tag dauerte. Und jedesmal, wo er sie sah, bestärkte sich sein Entschluß, diese und keine andere zu seiner Gemahlin zu machen. Daher nahm er, als sie abgereist war, seine eigene Gestalt wieder an, jedoch mit dem Aussehen eines armen und geringen Edelmannes. Er suchte einen abgetragenen braunen Mantel und einen ebenso mißlichen Filzhut hervor, gürtete einen Degen um, dessen Stahlkorb ganz verrostet war und dessen lange Klinge einen Zoll unten aus der Lederscheide hervorguckte, da letztere längst den metallenen Stiefel verloren hatte. So ausgestattet verließ er vor Tagesanbruch seinen Palast und die Stadt Lissabon und fuhr mit wenigen seiner Leute in der bereit gehaltenen eigenen Barke längs der Seeküste südwärts, bis er in die Gegend kam, wo die Frau von Cercal hausen sollte.

Der Ort, dessen Namen sie führte, lag hinter dem Küstengebirge, das Schloß aber, in welchem sie wohnte, an dem steilen Abhange gegen das Meer hin. Don Correa kreuzte so lange auf offener See, bis er sich vergewissert hatte, daß die Donna Feniza wieder dort sei, und er segelte einigemal so nahe vorüber, daß er mit seinen scharfen Augen die Lage und Bauart erkennen konnte. Dann fuhrt er wieder hinaus und wartete einen starken Wind oder womöglich ein Sturmwetter ab, und als dieses wirklich eintrat, schoß er auf dem wogenden Meere mit vollen Segeln heran, zog sie ein wie ein strandender Schiffer und ließ sich zuletzt, nachdem die Barke weidlich umhergeworfen worden, wie er war, mit seinem Degen und dem zusammengewickelten Mantel auf den klippenreichen Strand schleudern, so daß er sich mit Mühe durch die Brandung schlug und festen Fuß gewinnen konnte. Seinen Leuten hatte er strenge befohlen, sich mit der Barke wieder auf die offene See zu machen und nach Hause zu fahren, sobald sie sähen, daß er das Ufer erreicht habe. Das taten sie denn auch und wußten mit ebensoviel Kühnheit als Geschicklichkeit das dem Untergange nahe Fahrzeug, welches man vom Land aus schon verloren glaubte, zu wenden und die hohe See zu gewinnen, wo man es bald aus den Augen verlor.

Don Salvador Correa erklomm den schmalen Strandweg und begann einen steilen Staffelpfad hinanzusteigen, der hinter Felsen und Gebüsch halb versteckt in die Höhe führte. Als er einige Dutzend Stufen zurückgelegt, kam ihm ein Knabe entgegen, welcher der ihm schon bekannte Page der Schloßfrau war. Man hatte oben des Fahrzeuges Kampf mit dem Unwetter beobachtet, jedoch nicht sehen können, was zunächst dem Lande vorging, weshalb die Frau den Pagen heruntergesandt, damit er Kundschaft hole. Don Correa fragte den Knaben, wo und auf wessen Gebiet er sich befinde, und gab ihm mit wenigen Worten zu verstehen, daß er gestrandet und ohne Obdach sei, worauf der Kleine ihm verdeutete, er möchte warten, bis er hinaufgelaufen sei und mit den Befehlen der Herrin zurückkomme. Zugleich zeigte er dem Fremden eine natürliche Grotte, welche auf einem kleinen Absatz in den Fels hineinging und eine Ruhebank enthielt, auch mit einem verschließbaren Gatter versehen war. Da die Sonne schon wieder durch die zerrissenen Wolken brach, indessen das Meer noch rollte und rauschte, so hing Don Correa seinen triefenden Mantel über das Gatter, damit er trockne, und setzte sich auf die Bank; denn er war von dem Abenteuer ebenso erschöpft, wie wenn er unfreiwillig gestrandet wäre. Indem bemerkte er lächelnd die zahlreichen Mottenlöcher, die in den dunklen Mantel gefressen waren und nun, da die Nachmittagssonne dahinter stand, wie ein Sternhimmel schimmerten. Drei solcher Löcher standen so schön in einer Reihe, daß sie prächtig den Gürtel des Orion vorstellten, einige andere zeigten ziemlich genau das Sternbild der Kassiopeia, zweie standen sich wie die Gestirne der Waage gegenüber, und eine Menge einzelner Löchlein ließen sich je nach ihrer Stellung und Entfernung voneinander von einem Kundigen so oder anders benennen. Weil aber manche davon noch von Wassertropfen wie mit kleinen Glaskügelchen verschlossen waren, so schimmerten sie in den Sonnenstrahlen bläulich oder rötlich, und Don Correa, der ein Sternkenner und Astrologe war, betrachtete die Erscheinung sogleich mit Aufmerksamkeit als ein bedeutsames Spiel des Zufalls. Er brachte unverweilt eine Konstellation zusammen, in welcher ihm das Venusgestirn glückverheißend zu glänzen schien.

Er war in diesen Anblick und die dazu gehörigen Gedanken so vertieft, daß er leichte Schritte, die sich näherten, nicht hörte und daher höchlich erstaunte, als der Mantel unversehens von einer Hand zurückgeschoben und statt des Planeten Venus die ganze Gestalt der Donna Feniza Mayor de Cercal sichtbar wurde, hinter welcher der Knabe stand.

Correa erhob sich indessen mit ritterlicher Haltung und bat um Verzeihung, daß er keinen Hut abnehmen könne, weil das Meer ihm den seinigen geraubt habe. Aber noch mehr wurde er überrascht, als die in Lissabon so spröd und einsilbig gewesene Frau ihn jetzt mit großen Augen und unverkennbarem Wohlgefallen anschaute und mit fester wohltönender Stimme fragte, woher er komme und wer er sei.

Und von ihrer Schönheit von neuem betroffen, war er kaum im stande, das zurechtgezimmerte Märchen von seinem widrigen Schicksal als armer Edelmann, der sein Glück in weiter Welt zu suchen gezwungen und an diesem Ufer elendiglich gestrandet und im Stiche gelassen worden sei, mit einigem Zusammenhange vorzubringen. Umso bessern Eindruck schien er aber zu machen. Die Frau setzte sich statt seiner auf die Bank, und als sie im weitern Verlaufe des Gespräches wahrnahm, daß der Fremde nach seinem ganzen Wesen ein junger Mann von Stand, Lebensart, Geist und Entschlossenheit sein müsse, lud sie ihn höflich ein, Platz neben ihr zu nehmen und sich auszuruhen, und schloß damit, ihm die wünschenswerte Hilfeleistung und Gastfreundschaft auf ihrer Burg anzubieten. Ein Hut werde sich ohne Zweifel auch aufbringen lassen, fügte sie bei, als sie schon auf dem engen Steige voranging, während der schiffbrüchige Kavalier mit seinem Mantel folgte und der Page als der letzte die Staffeln erkletterte.

Einige Tage später trug der glückliche Abenteurer nicht nur einen neuen Hut, sondern noch verschiedene andere schöne Kleidungsstücke, welche die Donna ihm geschenkt; nur den alten Mantel mit dem Sternhimmel hatte er noch umgeschlagen, als er mit ihr den Staffelweg hinunter stieg, um an dem einsamen Strande spazieren zu gehen. Die Sonne gab aber so warm, daß das sehr hübsche Paar bald einen Schatten suchte und jene Grotte betrat. Hand in Hand saßen sie auf der Steinbank, und als die Sonne tiefer gehend auch hier eindrang, hingen sie scherzend den Mantel vor den Eingang und betrachteten die von den Motten geschaffenen Sternbilder.

»Noch nie haben Sterne der Armut ein schöneres Glück bestrahlt!« flüsterte Correa und legte den Arm um die schlanke Frauengestalt. Sie deutete mit dem Finger auf ein etwas größeres Loch, das vielmehr wie ein kleiner Riß aussah:

»Hier glänzt sogar eine Mondsichel unter den Sternlein, gleich dem Hirten unter den Schäfchen, wie die Dichter sagen!«

»Das ist nicht von den Motten, sondern ein verjährter Degenstich!« erwiderte Correa. Sie wollte wissen, woher der Stich rühre, und er erzählte, wie er als junges Studentchen einst sich seiner Haut habe wehren müssen, als er nächtlicherweile einem unter dem Hause einer Schönen plärrenden Ständchensinger im Vorbeigehen ein Halt's Maul! zugerufen habe. Denn von Frauenliebe sei ihm sehr wenig bewußt und das katermäßige Miaulen an allen Straßenecken höchst widerwärtig gewesen. Nur der Mantel, den er mit der linken Hand vorgehalten, habe den Stoß des ergrimmten Lautenkratzers abschwächen können. Dessenungeachtet habe er noch ziemlich geblutet.

Ob er jetzo wirklich ernsthaft zu lieben verstehe, fragte Feniza Mayor und küßte ihn, eh er zu antworten vermochte.

So ging es den einen wie den andern Tag, bis die sonst so gemessene und stolze Dame von Cercal gänzlich betört und in Leidenschaft verloren war, und Don Correa fand weder Zeit noch Gedanken, über das Wunder sich zu verwundern, da er selbst in hitziger Verliebtheit gefangen saß; kurz, es war nicht zu ergründen, welches von beiden das andere in so kurzer Zeit verführt und verwandelt habe. Da blieb es denn, weil nichts sie hinderte, nicht aus, daß sie sich zusammen verlobten und die Hochzeit vorbereiteten, die in aller Eile vor sich gehen sollte.

Donna Mayor fragte kaum, woher er stamme, und gab sich mit dem Märchen zufrieden, das er ihr aufband in der Meinung, eines Tages als der vor sie hinzutreten, der er war. Umso unbefangener gab er sich jetzt dem Vergnügen hin, von ihrem Liebeseifer sich kleiden, speisen und tränken und liebkosen zu sehen, da er hieraus die Überzeugung schöpfte, daß er so viel Gunst nur sich allein verdanke.

Die Hochzeit wurde im Palaste der kleinen Stadt Cercal gefeiert, die hinter dem Berge lag. Das zu Pferde über den Berg ziehende Hochzeitsgeleite glänzte und schimmerte weithin und verkündete, daß die schöne Feniza Mayor sich zum zweiten Male verehelichte; doch war eigentlich niemand fröhlich als sie und der Bräutigam. Der merkte aber von allem nichts und freute sich nur auf den Glanz, mit welchem er einst seine Braut überraschen wollte, wenn die Zeit des Glückes und der Macht zurückgekehrt sein werde. Einzig in der alten Kirche fiel nach geschehener Trauung ihm ein seltsamer Anblick auf. An dem Grabmale des ersten Mannes der Donna Feniza, das an einem Mauerpfeiler errichtet war, lehnte die dürre blaßgelbliche Kammerfrau in ihrem blutroten Sonntagskleide und warf einen düster glimmenden Blick auf den blühenden Don Correa. Sie stand bei den Leuten in dem Verdachte, jenen häßlichen und ältlichen Gemahl, von welchem der größte Teil des Reichtums herstammte, im Schlafe aus der Welt geschafft, auch noch andere Dinge verübt zu haben, die ihre schöne Herrin ihr geboten. Doch vergaß Correa, der hievon nichts wußte, den unheimlichen Blick bald wieder.

Etwa ein halbes Jahr lang lebte man nun wie auf der Insel der Kalypso, bis der Tatendurst des Salvador Correa endlich mit doppelter Gewalt wieder erwachte und ihn nicht länger so weichlich dahinleben und träumen ließ. Er hatte schon geheime Winke erhalten, daß die Regierung sich seiner zu bedienen und trotz seinen Feinden ihn mit erhöhtem Ansehen zu bekleiden wünsche, weshalb er es an der Zeit fand, nach Lissabon zu reisen und die Verhältnisse herzustellen. Aber noch sollte die Frau nicht wissen, um was es sich handle, sondern erst nach verrichteten Dingen mit ihm in seinen Palast einziehen. Er teilte ihr daher lediglich mit, daß er eine Reise in notwendigen Geschäften vorhabe, und da sie hierüber feuerrot im Gesichte wurde, achtete er nicht sehr darauf, streichelte ihr die flammenden Wangen und begab sich in den Stall, um die Pferde auszusuchen für ihn und einen Reitknecht. Allein es kam der Stallmeister herbei, fragend, was zu seinen Diensten stände, und als Don Correa die zwei Pferde bezeichnete, die man ihm satteln solle, zog der Stallmeister ehrerbietig sein ledernes Hauskäppchen, machte einen steifen, aber tiefen Bückling und sagte höflich, die Pferde gehörten seiner gnädigen Donna und er werde nicht verfehlen, ungesäumt ihre Willensmeinung einzuholen. Hierauf richtete er sich wieder in die Höhe, worauf Correa dem Alten, den er aufmerksam betrachtet, eine Ohrfeige gab und ihn aus dem Stalle warf, nicht sowohl aus Rohheit als aus angeborner Matrimonialpolitik, die in diesem ersten Falle ihm ungesucht zu Gebote stand, so wenig er auch auf dem Gebiete schon erfahren war. Sodann befahl er einem Knechte mit harter Stimme und strengem Blicke, die Pferde zu satteln und sich selber zur Abreise bereit zu machen, worauf er wieder in den Saal hinaufging, gestiefelt und gespornt und den alten Mantel um die Schultern geschlagen.

Im Augenblicke seines Eintretens stand die Donna des Hauses leichenblaß und ohne alle Fassung, so unvorbereitet war sie irgend etwas zu sagen oder zu tun. Bei ihr standen der Stallmeister, der sein zerstörtes Ammonshorn auf dem Schädel mit der Hand bedeckte, und die Kammerfrau. Correa, der immer in der besten Meinung lebte und arglos guter Laune war, umarmte die Frau zum Abschied und teilte ihr beiläufig mit, er habe den Stallmeister, der ihm als dem Herren nicht gehorchen wolle, soeben aus dem Dienste gejagt, und da es in einem hinginge, so entlasse er auch die rotröckige Kammerdame, deren Gesicht ihm nicht gefalle. Beide Personen wünsche er bei seiner Rückkunft nicht mehr zu treffen und werde für anständige und ihm genehme Leute sorgen.

Niemand regte sich oder erwiderte ein Wort. Auf der steinernen Wendeltreppe, die er nun hinabstieg, drückte sich der Page mit feindseligem Blick in eine Ecke. »Geh hinauf zur Frau«, rief er ihm zu, »und sag ihr, ich hätte dich auch fortgejagt! Sollte ich dich noch sehen, wenn ich wiederkomme, so werf ich dich aus dem Fenster!« Wie eine Spinne rannte der Page treppan.

Im Torwege standen die Pferde gesattelt und der Reitknecht im Reisekleid dabei. Er benahm sich aber so zögernd und verdrießlich, daß der Herr den Widerwillen gut bemerkte, mit welchem auch dieser Dienstbote ihm gehorchte. In der Tat waren sie kaum ein Hundert Schritte auf dem Bergpasse davongeritten, so ertönte eine schrille Pfeife aus dem Turmfenster; der Knecht hielt erst eine Weile still, wandte dann sein Pferd und sprengte verhängten Zügels in die Burg zurück.

Stehn wir so? sagte Don Correa bei sich selbst, als er die Flucht des Burschen bemerkte. Anstatt denselben zu verfolgen, setzte er aber seinen Weg fort, da er sich lieber allein behelfen als solchen Dienern anvertrauen wollte. Im übrigen belustigte ihn die Sache eher als sie ihn ärgerte, und fast bedünkte es ihn, es sei kurzweiliger, ein Weibchen zu besitzen, wo sich ein bißchen Pfeffer und Salz daran finde statt lauter Honig.

Die Angelegenheit in Lissabon erledigte sich nach Wunsch. Er wurde zum Vizeadmiral ernannt und jedermann wollte, da er jetzt öffentlich auftrat, sein bester Freund sein. Doch rüstete er sich sofort zur Abreise, da er von der Regierung den Auftrag hatte, mit drei großen Kriegsschiffen nach Brasilien zu gehen und die dortigen Geschäfte vorderhand zu übernehmen.

Das Admiralschiff ließ er zur Aufnahme einer vornehmen Dame einrichten und aus seinem Familienpalaste jede Bequemlichkeit und stattliches Geräte hintragen. Auch kostbare Geschenke aller Art kaufte er ein, welche er der Gemahlin bei ihrer Ankunft auf dem Schiffe zu überreichen und so das von ihr Empfangene reichlich zu erwidern dachte. Denn er hatte beschlossen, mit dem Geschwader bis auf die Höhe ihres Küstensitzes zu fahren, dort anzuhalten und sie auf das Schiff abzuholen, wo sie dann erst vernehmen sollte, wer ihr Gemahl sei.

Die Kunde von dem Auftreten Don Correas verbreitete sich im Lande; aber so wenig das Publikum etwas von seiner Verheiratung wußte, so wenig ahnte die Frau von Cercal, daß von ihrem Manne die Rede sei, wenn sogar in ihre entlegene Felsenwohnung das Gerücht von dem Glanze des neuen Admirals drang.

Etwa eine Stunde nach Sonnenuntergang, in einer mondlosen Nacht, fuhren die drei mächtigen Schiffe heran und stellten sich in gehöriger Entfernung dem Schlosse gegenüber auf, dessen Lage der Admiral nicht nur aus den dunklen Formen des Gebirges, sondern auch den hell erleuchteten Saalfenstern des Hauptturmes erkannte. Um die Überraschung möglichst vollständig zu machen, ließ er nur die notwendigsten Laternen auf den Decks brennen und auch die gegen das Land hin verhüllen. Desto heller und prächtiger strahlte das Innere des Admiralschiffes und besonders die große Kajüte, welche einem fürstlichen Saale gleich sah. Eine Tafel war mit Seidenscharlach und über diesem mit weißem Leinendamast gedeckt; mit schwerem Silbergeschirr und vielarmigen Kandelabern beladen, welche mit vergoldeten Gefäßen voll duftender Blumen ferner Himmelsstriche abwechselten, ließ der Tisch vermuten, daß er für eine höchste Ehrenerweisung zugerüstet sei. Vor jedem Gedecke stand ein Stuhl mit hoher wappengestickter Lehne, der eines vornehmen Gastes harrte; längs den mit reichem Zierat bekleideten Wänden unterhielt sich eine zahlreiche Gesellschaft in leisem Gespräche, und zwischen den verschiedenen Gruppen bewegten sich wohlgekleidete gewandte Diener, so wie auch in einem kleinern Gemach zwei Kammerfrauen der Herrin gewärtig waren. Nicht nur die sämtlichen Offiziere der drei Kriegsschiffe, sondern auch eine Anzahl höherer Staatsbeamten mit ihren Weibern oder Töchtern, welche die Reise mitmachten, bildeten die ansehnliche, auf die Lösung des Rätsels begierige Versammlung.

Um halb zehn Uhr begab sich Don Correa in ein Landungsboot und ließ sich ans Ufer führen, nachdem er angeordnet, daß genau um Mitternacht, wo er auf der Rückfahrt begriffen sei, alle Verdecke erleuchtet, die Raketen steigen und die Kanonen der Breitseiten gelöst werden sollten. Er hatte sich in den alten braunen Mantel gehüllt und einen einfachen Hut aufgesetzt. Am Ufer ausgestiegen, befahl er der Bootsmannschaft, ruhig seiner zu harren, und schritt unverweilt den Staffelweg hinauf, den er auch in der Dunkelheit zu finden wußte. Das Burgtor war verschlossen; doch sah er durch Gitterspalten einen Lichtschein sich bewegen und klopfte mit dem Degenknopf zweimal an das Tor. Mit einer Laterne vor sich hin leuchtend, öffnete der abtrünnige Stallknecht den Torflügel und starrte dem einsamen Ankömmling in das Gesicht, als ob er den Teufel sähe.

»Geh vor mir her und leuchte!« sagte Don Correa kurz, ohne den Burschen zweimal anzublicken. Derselbe gehorchte freilich diesmal dem Befehl; aber er sprang so behende treppauf, daß Correa nicht auf dem Fuße folgen konnte und im Dunkeln tappen mußte. Oben angelangt, stieß der Knecht eine Türe auf und rief mit atemloser Kehle in das erhellte Gemach hinein: »Der Herr ist da!«

»Wer ist da?« sagte Donna Feniza, die in ihrem Armstuhle am Nachtessen saß.

»Er, der die Ohrfeigen gibt und uns Andere weggejagt hat oder noch wegjagen wird!«

»O du Esel!« rief die Frau in all ihrem Reize und ließ zugleich ein kurzes Gelächter läuten, als sie jetzt dicht hinter dem Burschen den Admiral stehen sah und wie er ihn an der Schulter beiseite schob.

Dieser nun schaute mit einem völligen Schrecken auf die Szene, wenn bei einem Manne seiner Art das Wort angewendet und nicht eher mit dem Ausdruck äußerstes Erstaunen zu ersetzen ist. Am runden Tische, an welchem er so manche schöne Stunde ihr gegenüber gesessen, waren außer der Herrin noch zu sehen der Stallmeister, die Kammerfrau, der junge Beichtvater, und ihr zunächst ein Unbekannter, ein stämmiger Mensch von halb kriegerischem Anstrich, mit breiten Schultern und einer langen Schmarre über Nase und halbes Gesicht hinweg, so daß auch der Schnurrbart in zwei Teile getrennt und das äußerste Gebüschlein jenseits der roten Furche stand. Diese Entstellung schien jedoch der schönen Hausfrau keineswegs zu mißfallen; denn im ersten Moment, da er unter die Türe trat, hatte Correa mit allem andern auch gleichsam im Wetterleuchten bemerkt, wie sie während des Gelächters einen vollen Blick in das Gesicht ihres Nachbars geworfen hatte.

Dennoch waren in der Verwirrung seines Geistes die ersten Gedanken nicht auf diese Sorgen gerichtet; sondern auf die glänzende Versammlung an Bord seines Schiffes. Wie sollte er, ohne Zeit zu verlieren und ohne Gewalt zu brauchen, das Haus räumen und die Frau gütlich bewegen, sich in Staat zu werfen oder wenigstens etwas aufzuputzen und ihn zu begleiten, ohne daß er jetzt schon das Geheimnis verriet? Denn trotz dem üblen

Eindrucke, den der Auftritt auf ihn machte, schwankte er noch nicht, die wildgewordene Taube festzuhalten und wieder zu zähmen, und dazu brauchte er ja vor allem die herrliche Überraschung, die er mit so viel Mühe und Sorgfalt ihr bereitet hatte.

Aus diesen Gedanken, während welchen er nicht einmal zu bemerken fähig war, wie die Frau nicht Miene machte, sich auch nur ein wenig zu erheben und ihm entgegenzugehen, weckte ihn unversehens ihre Stimme, als sie inmitten der allgemeinen Todesstille sagte:

»Ei wahrlich! Das ist ja mein Gemahl! Und wie! Habt Ihr, edler Don, Kleider und Geld, was ich Euch gegeben, auf Eueren Irrfahrten so bald durchgebracht, daß Ihr in Euerem mottenzerfressenen Bettlermantel wieder vor mir steht?«

Er überlegte einen Augenblick, was sie eigentlich gesagt habe, und fand, daß es jedenfalls nichts Schönes und Liebevolles sei. Einen Blick auf die kleine Tafelrunde werfend, antwortete er, mehr um aus der Verlegenheit zu kommen, mit trockenen, aber nicht ganz traulichen Worten:

»Laß dich lieber fragen, meine gute Hausfrau, wie es kommt, daß ich hier die Leute noch vorfinde, die ich weggeschickt habe, bis auf den Spatz, der hinter deinem Sessel steht? Hat dieser nicht ausgerichtet, daß er entlassen sei? Und wer ist der fremde Herr, den ich an meinem Tische so breit da sitzen sehe, ohne mein Vorwissen?«

Die Dienstleute blickten alle halb spöttisch, halb ängstlich auf die Gebieterin; der Fremde warf einen Blick auf sein Seitengewehr, das an breiter Koppel von gelbem Leder mit großen Messingschnallen in der Fensternische hing.

Feniza aber sagte mit schnippischen und schnöden Worten:

»Dieser Tisch ist, soviel mir bewußt, mein Tisch, und es sitzt daran, wem ich es erlaube. Nehmt, statt zu zanken, lieber den Platz ein, der noch frei ist, und stärkt Euch, wenn Ihr Hunger habt! Aber benehmt Euch so, wie es jedem ziemt, der seine Füße unter meinen Tisch streckt!«

Das plötzliche Gelächter der Anwesenden war zunächst das Echo dieser Rede. Selbst der spitznäsige Page ließ ein durchdringendes Gekicher hören, wie es zu tönen pflegt, wenn unerwachsene Buben sich in die Unterhaltung der Erwachsenen mischen und dieselbe überschreien.

Es gab aber gleich darauf einen größern Lärm. Don Salvador hatte sich mit wechselnder Farbe dem Tische genähert, legte die Hand daran, und indem er sagte: »So? strecke ich meine Füße unter den Tisch?« stürzte er denselben um mit allem, was darauf stand, mit Schüsseln, Krügen, Gläsern und Leuchtern, und dies mit einer solchen Gewalt, daß zu gleicher Zeit alle, die daran gesessen, samt ihren Stühlen zu Boden geschleudert wurden, mit Ausnahme der Frau. Die hatte, von des Mannes verändertem Gesicht und seinem Herantreten erschreckt, sich merkwürdig schnell von ihrem Stuhl erhoben und in eine Ecke geflüchtet, von wo sie furchtsam und neugierig hervorschaute.

Indessen war der Erste, der sich aus der Verwüstung vom Boden aufgerichtet, der fremde Gesell, und Correa sah nun, als jener auf den Beinen stand und mit dem gezogenen Schwerte auf ihn eindrang, daß er es mit einem außergewöhnlich großen und starken Manne zu tun hatte. Er verlor aber keine Zeit; obgleich feiner und schmächtiger gewachsen als jener, ergriff er den nächsten schweren Stuhl von Eichenholz, schwang ihn über dem Recken und schlug nicht nur seine Waffe nieder, sondern auch die rechte Schulter so gründlich entzwei, daß er augenblicklich gelähmt und überdies vor Schmerz halb ohnmächtig und ganz wehrlos wurde. Als ein Mensch von niederm Charakter floh er gleich aus dem Zimmer, und ihm folgte die übrige Kompanie, sowie sie sich allmählig aus den Scherben aufraffte. Sie wischten wie chinesische Schatten hinaus; hinter seinem Rücken machte die Kammerfrau noch ein Zeichen gegen die Herrin, die es mit fast unmerklichem Kopfnicken erwiderte. Nur der Page war noch im Zimmer und steckte die Nase hinter der Frau hervor. Correa tat einen

Schritt, faßte den Knaben an den Locken und warf ihn wie einen jungen Hasen den Übrigen nach vor die Türe, welche er hierauf verriegelte.

Dann stellte er sich, auf die gezogene Degenklinge gestützt, vor die Frau, welche mit zitternden Knieen und ausgestreckten Händen da stand, und sagte, nachdem er sie eine Weile ernstlich betrachtet:

»Was bist du für ein Weib?«

»Was bist du für ein Mann?« fragte sie entgegen mit furchtsamer Stimme und immerfort zitternd.

»Ich? Salvador Correa, der Admiral und Gouverneur von Rio bin ich! Wirst du mir nun gehorchen?«

Durch diese offenbar ungeheure Lüge bekam das Weib in ihren Augen moralisch wieder das Oberwasser. Denn da sie nur an sich selbst, an ihren Reichtum und an die Kirche, sonst aber an nichts in der Welt glaubte, so schien es ihr ganz undenkbar, daß der eigene Mann, den sie eine Zeitlang als ihre Puppe angesehen, etwas Rechtes sein könnte.

Sie schlug eine unangenehme Lache auf, indem sie rief:

»Nun merk ich, was du für ein Windbeutel bist! Ein Schlucker wie du, den ich schiffbrüchig am Strande aufgelesen, und der berühmte, der reiche Don Correa!«

»Da du mich nur mir selbst gegenüberstellst und der Vergleich deine bösliche Beschimpfung aufwiegt, so kann ich darüber hinweggehen!«

Mit diesen Worten, die er mit einer durch die äußerste Not gebotenen Gelassenheit aussprach, da die Zeit unaufhaltsam verstrich und er in seiner Verstrickung aller Sinne nur die Schande und das gefährdete Ansehen erblickte, wenn er wie ein Tor unverrichteter Sache zu seinen Schiffen zurückkehrte, – mit diesen Worten ergriff er das Weib am Arme und führte es an ein Fenster, welches auf das nächtliche Weltmeer hinausging.

»Dort liegen meine Schiffe vor Anker«, sagte er; »in einer halben Stunde werden wir beide dort sein, wo viele Herren und Damen uns erwarten und du als meine Gemahlin begrüßt wirst! Morgen früh kehren wir nochmals hierher zurück, um einzupacken und eine zwischenweilige Verwaltung zu bestellen, denn du wirst mich nach Brasilien begleiten. Jetzt spute dich, ein schickliches Festgewand anzulegen, und wenn du zögerst, werde ich deinen unglücklichen Possen ein Ende machen und deine weiße Kehle mit diesem Eisen durchbohren!« Er erhob die lange Degenklinge. Das Auge vom Meere abwendend, wo sie nur einen schwachen Lichtschimmer hatte entdecken können, warf sie den Blick auf das glänzende Eisen. Plötzlich umschlang sie mit den Armen seinen Hals und bedeckte ihm den Mund mit so feurigen Küssen, als sie ihm jemals gegeben.

»Warum sollte ich dir nicht gehorchen, da ich erfahren, wie du an mir hängst?« flüsterte sie in zärtlichen Lauten; »alles ist vorüber und ich gehe mit dir bis an das Ende der Welt. Aber ich kann mich nicht allein ankleiden und die Kammerfrau hast du mir vertrieben, also wirst du mir ein wenig helfen müssen!«

Sie ergriff süß lächelnd seine Hand und er folgte ohne Widerstand in ihre Kammer, in der Hoffnung, seine Ehre mindestens vor der Welt noch zu retten. Doch behielt er den gezogenen Degen in der Hand, da die Drohung so schnell gewirkt.

Nun begann sie aber die kostbare Zeit zu verzetteln, indem sie erst mit verstellter Unentschlossenheit ein Staatskleid aussuchte und mit niedlichem Geplauder seinen Rat verlangte, dann das Oberkleid, das sie trug, von ihm aufnesteln ließ, tausend Kleinigkeiten herbeiholte, dazwischen mit Kosen und Schmeicheln sich zu schaffen machte, bis die eiserne Wanduhr in der Kammer das Viertel auf Mitternacht schlug.

»Wenn du nicht gleich fertig wirst«, sagte Correa, »so trag ich dich mit Gewalt hinunter, wie du bist.«

»Nur noch das große Halsband will ich holen«, rief sie, »und den Rubin, der zu dem schwarzen Kleide so gut steht. Und meine weißen Kragen hat die Kammerfrau heute unter den Händen gehabt. Im Augenblick bin ich wieder da.«

Damit schlüpfte sie aus einer Türe, eh Correa sich besonnen

hatte, ob er sie gehen lassen wolle. Die Türe verschloß sie von außen, ganz leise, und durcheilte mit dem Licht in der Hand die übrigen Räume, bis sie ein Stockwerk tiefer ihre vertriebenen Genossen fand, die mit lauernden Blicken in einem Häuflein standen.

»Zündet an! Zündet an!« kreischte sie heiser; »er ist ein Pirat und hat ein Schiff auf der See! Steckt unverzüglich an, es wird euch nicht reuen! Zündet an! Freiheit und Leben sind wohl einen alten Turm wert!«

Gleich einer Furie eilte sie voraus und hielt das Licht an einen Haufen Reisig, der auf einer hölzernen Treppe lag, während die übrigen ein Gebirge von Strohwellen in Brand setzten, das die steinerne Haupttreppe verstopfte. Dann wurde in der Küche ein großer Stoß entzündlicher Stoffe entflammt, deren Glut bald die hölzerne Diele ergreifen mußte; dann verteilten sich die Dämonen auf den untersten Flur, in den Stall, die Scheune, den Holzschuppen im Hofe, überall Feuer anlegend, und sammelten sich schließlich vor dem Schloßtore, das sie verrammelten, dessen Schlüssel sie mit sich nahmen. Die Pferde waren schon draußen und wurden bestiegen, auch dem Manne mit der gebrochenen Schulter auf eines geholfen; die Kammerfrau hielt ein Kästchen mit Geld, Preziosen und Papieren auf dem Schoße, und so zog die Gesellschaft, gegen zehn Personen stark, ohne einen Laut von sich zu geben, vom Tore hinweg nach den Bergen zu und verlor sich in der Dunkelheit. In diesem Augenblicke donnerten die Kanonen von den Kriegsschiffen, daß die Luft zitterte und der Berg erdröhnte, und als die Übeltäter sich erschrocken umschauten, sahen sie auf dem Meere die Schiffe taghell beleuchtet und eine sprühende Raketengarbe gen Himmel steigen, während eine schmetternde Trompetenfanfare, mit Paukenschall vermischt, herüberklang.

»Das ist kein Pirat, das ist ein großer Kapitän oder gar ein Admiral«, stöhnte der mit der Schulter, der im Fieber schlotterte.

»Fort, fort! Es ist der Teufel!« schrie die Donna Feniza, die jetzt auch wieder zu schlottern anfing, und die Kavalkade der Mordbrenner floh, ohne sich weiter umzusehen, über das Gebirge.

Der Admiral ging aber nicht verloren. Nachdem mehrere Minuten vorüber und die Frau nicht zurück war, wollte er selbst nachsehen, und als er alle Türen von außen verschlossen fand, merkte er den Verrat. Als er aber mit Gewalt eine aufgesprengt und alle Zugänge mit lohendem Feuer angefüllt sah, welches zu durchschreiten schon nicht mehr möglich war, kehrte endlich die ruhige und klare Besonnenheit des tatkundigen Mannes wieder bei ihm ein; statt den Ausgang in der Tiefe zu suchen, die vom Feuer verrammelt war, erstieg er die oberste Höhe des Hauptturmes, in dem er sich befand. Dort hing in einer Mauerlücke eine Glocke, deren Seil auswendig bis in den Hof hinunter ging und dort gezogen zu werden pflegte. Don Correa hatte selbst ein neues Seil besorgt, das nicht dick, aber stark genug war für eine kühne Tat, wenn nur der oberste Punkt, die Verbindung mit dem Glöcklein selbst, versichert wurde. Er stieg also mit allem Bedacht hinauf, ein Licht in der Hand, das freilich von den aus der Tiefe nach der Höhe wallenden Rauch- und Hitzewogen beinah ausgelöscht wurde. Auf der obersten Turmtreppe schnitt er ein Seil, das statt eines Geländers diente, entzwei und befestigte das Glockenseil damit derart, daß er die Fahrt wagen durfte. Dazu diente ihm auch der alte gestirnte Mantel, in dessen Falten er beide Hände wickelte, als er nun vom hohen Turme niederglitt. Auf dem Hofe angekommen, mußte er schon zwischen den verschiedenen Brandanstalten hindurch springen, um ein Ausgangsloch zu erreichen, an welches die Mordbrenner nicht gedacht hatten.

Rasch ins Boot gestiegen und seinen Sitz einnehmend, befahl er die sofortige Abfahrt, und als er genugsam vom Strande entfernt war, sah er das Schloß in roten Flammen stehen, indessen von den Schiffen her die Geschütze dröhnten und der

Glanz der Lichter strahlte. Eine sonderbarere Lage hatte er noch nie zwischen zwei Feuern erlebt, und mit bitterm Lächeln genoß er die Ironie und die Lehre dieser Lage, die Lehre, daß man in Heiratssachen auch im guten Sinne keine künstlichen Anstalten treffen und Fabeleien aufführen soll, sondern alles seinem natürlichen Verlaufe zu überlassen besser tut.

Das Gefühl der Befreiung von einer unbekannten schmachbringenden Zukunft und der unmittelbaren Lebensgefahr erhellte dennoch etwas die dunkle Laune, so daß er auf seinem Admiralschiffe die glänzende Gesellschaft zu Tisch sitzen ließ und mit gefaßtem Sinne einige Worte an sie richtete. Er habe geglaubt, sagte er, den Herrschaften eine ehrliche Gemahlin und Reisegefährtin vorstellen zu können; allein der unerforschliche Wille der Vorsehung hätte es dahin gelenkt, daß eine Flamme des Unheiles und des Unterganges angezündet und ein Gericht notwendig geworden sei, welches das traurige Rätsel den Freunden lösen werde.

In der Tat setzte er nach beendigter Mahlzeit noch vor Tagesanbruch ein Standgericht nieder, welches die Verfolgung und Aburteilung der Urheber des Schloßbrandes aussprach. Der Umstand, daß das Verbrechen im Angesichte eines Kriegsgeschwaders verübt und dessen Führer beinahe das Opfer wurde, schien die Gerichtsbarkeit der Kriegsflagge hinreichend zu begründen. Unmittelbar darauf ließ Correa zwanzig Reiter und vierzig Fußsoldaten ans Land setzen und dieselben auf zwei Wegen, die er ihnen angab, nach Cercal marschieren; denn er vermutete mit Recht, daß die Übeltäter sich dorthin gewendet. Sie lagen auch wirklich alle im tiefen Schlafe in der Behausung der Feniza Mayor, als die Soldaten kurz nach Sonnenaufgang anlangten, und wurden zu ihrem Entsetzen aufgeweckt und gebunden nach der Brandstätte am Ufer zurückgeführt, auch eine Anzahl von Urkundspersonen aus dem Bergneste mitgenommen. Ein erfahrener Untersuchungsrichter befand sich schon bei der Expedition, welcher an Ort und Stelle die erste Erhebung des Tatbestandes leitete und die

Einzelverhöre vornahm. Nachher wurden die Gefangenen auf das Admiralschiff gebracht, wo unter einem Zelte das Gericht und neben demselben der Admiral mit der Feldherrnbinde und dem Orden des Goldenen Vließes saß. Vor ihm stand nun die Frau von Cercal inmitten ihres Anhanges, mit zerrüttetem Aussehen, und sie starrte bald nach ihm hin, bald nach den Richtern, bald nach den umstehenden Offizieren und Kriegern.

So treulich die seltsame Sippschaft früher zusammengehalten und so anhänglich die Dienstleute der Herrin bisher geschienen, so gänzlich zertrümmert war jetzt das alles. Eines sagte gegen das andere aus, eines gegen alle und alle gegen eines. Es ergab sich, daß die Kammerfrau den ersten Mann der Feniza auf deren Wunsch hin im Schlafe erdrosselt, nachdem sie den Platz an seiner Seite im Ehebette leise verlassen hatte. Dann zog die Vollzieherin des Mordes, von welcher die Herrin von Cercal abhängig geworden, ihren Bruder herbei, eben den Mann mit der Schulter, der bald als Soldat, bald als Bandit sich herumtrieb. An diesen Menschen hing sich die Frau, bis er kurz vor dem Auftreten des Don Correa, ihrer überdrüssig geworden, mit einem guten Stücke Geld davonging, um sich in den Kriegsläuften, wie er sagte, einen Rang zu erfechten. Während Correas Abwesenheit war er wieder erschienen, und die Frau in ihrem unergründlichen sittlichen und geistigen Zustande hatte ihn auf- und angenommen und nur darauf gedacht, den Correa durch ihn zu vertreiben oder zu vernichten, wenn er wieder käme. Von unversöhnlichem Haß erfüllt, beriet sie gerade am Tage vor seiner Ankunft mit ihrer Gesellschaft, was zu tun sei, und sie beschlossen, wenn er nicht anders zu bezwingen wäre, ihn im Schlosse abzusperren und dieses zu verbrennen. Die nötigen Vorkehrungen hatten die Kammerfrau, der Stallmeister und seine Knechte bald getroffen, als sie aus der Stube gejagt waren; denn was im Hause lebte, haßte den vermeintlichen Bettler und Emporkömmling wie Gift, was eben auch eine unglückliche Frucht der Erfindung war, die

Correa ins Werk gesetzt, um sich glücklich zu verheiraten, und die ihm bald das Leben gekostet hätte.

Mit alledem waren das Wesen und die Seele der Feniza selbst nicht weiter aufgeklärt als die Tatsachen gingen. Der Vergleich mit dem schönen weichen Fell einer geschmeidigen Tigerkatze oder mit der blauen stillen Oberfläche eines tiefen Gewässers, auf dessen Grunde häßliches Gewürme im Schlamme kriecht, und dergleichen hätte zu nichts geführt. Ihr Charakter war darum nicht minder auch ihr Schicksal. Wäre es ihr möglich gewesen, in der letzten Stunde den Worten des Mannes zu glauben, mit dem sie sich doch verbunden hatte, so wäre sie ohne Zweifel mit ihm gegangen und gerettet worden. Aber nur für einmal; denn nachher würde sie es nicht über sich gebracht haben, die Selbstsucht, Willkür, die Liebe zum Laster und die vollendeten Künste der Heuchelei zu unterdrücken, die ihre Lebensluft waren.

Jetzt war sie aber ärger zerbrochen als die Schulterknochen ihres Buhlgesellen. Als Correa seine Aussage tun mußte, blickte er sie nicht an; dennoch erschien er ihr auf seinem Stuhle wie ein Höllenrichter. Das weiße feine Kinn, das einst so vornehm auf dem Halskragen geruht hatte, zitterte fahl und schlaff ohne Unterlaß, während ihre scheuen Augen an seinem Munde hingen, und die Perlenzähne klapperten beinahe vernehmlich. Alles dies quälte den Admiral fast so viel wie sie selbst. Denn war sie schuldiger, weil das Geschöpf den wahren Menschen in ihm nicht geahnt hatte, als er, dem es mit der Bestie in ihr gerade so ergangen war?

Nachdem in Folge kurzer Beratung alle Angeklagten zum Tode verurteilt worden, ließ er das Gericht durch ein paar geistliche Kapitelsherren, die an Bord waren, vervollständigen und seine Ehe mit der Verbrecherin feierlich auflösen. Die Gültigkeit dieser letzten Verhandlung kam nicht mehr in Frage, weil die Feniza Mayor von Cercal gleich nachher mit ihren Genossen ans Land zurückgebracht und an der geschwärzten Mauer des ausgebrannten Turmes aufgehangen wurde, worauf der Admiral die Anker lichten ließ und die Fahrt nach Westen fortsetzte. Nach vollen zehn Jahren erst nahm er auf ebenso ungewohnte, aber glücklichere Weise die zweite Frau.

Um diese Zeit nämlich segelte der Admiral Correa von Brasilien aus mit einer bedeutenden Flotte nach der Westküste von Afrika, um die dortigen Besitzungen den Holländern wieder abzunehmen, welche sich während des portugiesischen Verfalls darin festgesetzt hatten. Er erschien unversehens vor St. Paul von Loanda, belagerte und erstürmte diesen und andere Plätze und zwang überall die Holländer zur Übergabe und zum Rückzuge, so daß er in zwei Monaten die Gebiete von Benguela, Loanda, kurz, die südliche Westküste von Afrika der Herrschaft seiner Fahnen und seines Landes wieder unterwarf und seinen Namen mit neuen Ehren erschallen ließ. Dazu brachte er an die zwanzig kleinere Negerkönige unter die Gewalt seines Stabes, sah sich dann aber veranlaßt, Halt zu machen und zur größeren Sicherheit und Ausbreitung der portugiesischen Herrschaft den Weg des Unterhandelns einzuschlagen, eh er die Waffen wieder ergriff.

Denn über die hinterliegenden Landstriche dehnte sich in unbekannter Weite das Reich des sogenannten Königs von Angola, dessen wahre Stärke nicht leicht zu berechnen war, zumal er sich in geheimnisvoller Ferne hielt und mit einem Nimbus von Macht und Schrecken umgab, der so gut auf einiger Wirklichkeit als auch nur auf schlauer Prahlerei oder Täuschung beruhen konnte.

Correa setzte sich daher in einer geeigneten Landschaft fest und ließ den für furchtbar geltenden Negerfürsten durch eine Gesandtschaft gefangener Häuptlinge auffordern, sich bei ihm einzufinden, um seine Tributpflicht und die portugiesische Oberherrschaft über ganz Angola anzuerkennen und für den Anfang zum Zeichen guten Willens gleich so und so viel Goldstaub und Elfenbein mitzubringen. Der König von Angola fühlte sich durch diese Botschaft nicht angenehm berührt, suchte sich aber mit eigentümlicher Staatsklugheit aus der Sache zu ziehen. Er tötete die armen Abgesandten, sobald sie Correas Befehle verkündigt, damit sie den Frevel nicht wiederholen konnten. Dagegen sandte er schleunig eine eigene Botschaft mit einigen großen Elefantenzähnen und einem Säcklein Goldsand in das portugiesische Lager und ließ jene Gegenstände als großmütiges Geschenk der Freundschaft überreichen und die Abordnung seiner königlichen Schwester anzeigen, welche mit der Vollmacht zu allem Nötigen ausgestattet sein werde.

Der schreckliche Tyrann und Wüstenlöwe befolgte die Politik manches zahmen Spießbürgerleins in Europa, welches immer die Frau hinschickt, wo Mut und kluge Beredsamkeit erwünscht sind; nur mußte er, da er etwa hundert Frauen besaß, die er selbst nicht fürchtete, dafür zur Schwester greifen, die ein keckes Einzelstück war und im Gerüchte stand, daß sie schon einmal im Begriffe gewesen sei, den König, ihren Bruder, abzusetzen und hinrichten zu lassen.

Daß seine Abgesandten umgebracht worden seien, wußte Don Correa nicht; er betrachtete daher die von dem angolesischen Herrscher getroffenen Maßregeln als Zeichen eines halben Gehorsams und baldiger Unterwerfung; als er aber nach einiger Zeit von den ausgesandten Spähern vernahm, daß Annachinga, die Fürstin von Angola, sich mit einem Gefolge nähere, das eher einem Heerzuge gleiche, so stellte er seine Truppen in einer Ordnung auf, die zur Schlacht wie zur Ehrenparade diente. In der Tat wimmelte es wie ein schwarzer Wolkenschatten heran, der immer mehr ins Breite wuchs und ein bald dumpfes, bald gellendes Dröhnen von Menschenstimmen, Tiergeheul und kriegerischen Instrumenten aus sich heraus gebar. Die Portugiesen fanden für gut, als Gegengruß ihre zahlreichen schweren Geschütze abzufeuern, deren Metall in der afrikanischen Sonne funkelte, worauf das dunkle Heerwesen, von dem rollenden, in den Bergen widerhallenden Donner erschreckt, still stand bis auf den letzten Mann und sich den

Anordnungen der heransprengenden Reiter fügte. Diese verlangten, daß nur die Fürstin mit ihrem eigentlichen Gefolge näher komme, der große Haufen aber sich nicht weiter von der Stelle rühre. So entwickelte sich aus der Masse heraus ein kleinerer Zug, der immer noch ansehnlich genug war in seinem barbarischen Pompe mit den damals noch vorhandenen Spuren einer jetzt gänzlich verwilderten Völkerwelt.

Voraus wurde als Geschenk des Königs eine Herde wilder Tiere, Elefanten, Giraffen, Löwen, Tiger und dergleichen an Ketten geführt, und zwar von Männern, die mit ihrem hohen Wuchs und trotzigen Aussehen die Kraft und Überlegenheit des Volkes zeigen sollten, mit welchem man es zu tun habe. Dann ritt ein Dutzend persönlicher Vasallen der Annachinga auf ziemlich bunt geschirrten Ochsen vorüber, jeder von einigen schild- und speertragenden Reisigen oder Knappen begleitet, wahrscheinlich seinen Untervasallen; denn auch diese gingen schlank wie Tannen und elastisch einher, gleich Leuten, die auch noch irgend etwas unter sich haben. Auf einem mit Ochsen bespannten Wagen schwerfälligster Form, der mit Decken behangen war, erschien endlich die Fürstin, in kostbare, offenbar sehr alte Stoffe gekleidet, Hals und Arme mit einer Last von Ketten und Ringen geschmückt. Sie saß nach abendländischer Weise auf ihrem Sitze, eine kalte Unbeweglichkeit zur Schau tragend, von welcher manche große Frau des Okzidents hätte lernen können. Ihrem Wagen folgten zwei andere Wagen mit Hofdamen und Sklavinnen und diesen zu Fuß eine Leibwache mit hundertjährigen guten Stahlwaffen, Helebarden und Flambergen, die unverkennbar einst im Abendlande geschmiedet worden. Den Schluß bildeten ein Dutzend Fetischträger nebst Hof- und Feld-Regenmachern, deren beschwörerische und drohende Gebärden und Sprünge die portugiesischen Soldaten belustigten. Besonders gegen eine Anzahl Jesuiten, welche herbeigekommen waren, das Schauspiel mit anzusehen, richteten die schwarzen Hexenmeister ihre Verwünschungen, da sie dieselben als ihre Hauptfeinde und Brotneider ansahen; die Jesuiten aber widmeten ihnen die wissenschaftliche Aufmerksamkeit gebildeter Männer und lernten den törichten Heiden ruhig ab, was zu lernen war.

Im Innern des Lagers wurde die Fürstin erst recht mit Trommeln- und Trompetenlärm empfangen und eingeladen, vom Wagen zu steigen. Sauber gekleidete, aber keineswegs hohe Offiziere führten sie in eine leicht erbaute lange Zelthalle, die durch Tapeten in verschiedene Räume abgeteilt war. Im ersten Raume befand sich eine Versammlung von Würdenträgern und oberen Offizieren, welche die nötigen Erkennungen mit der Fürstin austauschten und die einleitenden Gespräche unterhielten, bis sie zu ihrer Verwunderung vernahm, daß der Höchststehende gar nicht hier, sondern in einem innersten Verschlage aufhältlich sei und sie nur allein, allenfalls in Begleit ihrer Frauen und der Dolmetscher, empfange. Da sie einmal da war, drang sie schweigend, aber mit ungeduldiger Entrüstung vorwärts und stand mit immer größerm Erstaunen vor dem Admiral, der ganz allein auf einem erhöhten Thronsessel saß, nur einen stehenden Pagen neben sich. Er trug den schimmernden Galaküraß, über demselben den feinsten Spitzenkragen und dicke Ordensketten, und auf dem Kopfe den mit Federn ausgeschlagenen Hut mit Goldschnur und Diamantagraffe. Das Gemach war an Wänden und Decke ganz mit gewirkten Seidentapeten bekleidet und der Boden mit Teppichen belegt; im übrigen war außer dem Thronsessel keinerlei Art von Stuhl zu erblicken, ein rotes Kissen ausgenommen, welches in einiger Entfernung vom Throne auf der Erde lag.

Zwei Herren, die sie herein begleitet hatten und sich jetzt aufrecht auf die Seite stellten, wiesen stumm auf das Kissen, als Annachinga sich umsah, wo sie Platz nehmen solle. Sie bemerkte nichts als das Trüpplein ihrer Frauen hinter sich und winkte eine derselben herbei. Diese kniete unverweilt hinter das Kissen, indem sie die Arme auf den Boden legte und so in der Stellung einer ägyptischen Sphinx einen Ruhesitz bildete. Auf diesen Sitz ließ sich die Fürstin würdevoll nieder, die Füße auf das vor ihr liegende Kissen streckend, stolz und immer schweigend gewärtig, was weiter geschehen werde.

»Es ist wohlgetan«, ließ sich der Admiral nun vernehmen, »daß der Mann, den man den König von Angola nennt, meine Botschafter gehört und den Willen meines Landes und seines Gebieters geehrt hat, obgleich ich noch lieber gesehen hätte, wenn er selbst gekommen wäre!«

Nachdem die beiden Dolmetscher, die mit hereingekommen, diese Rede zuerst unter sich, dann dem Ohr der Fürstin verständlich gemacht, erwiderte sie:

»Du bist nicht ganz auf dem richtigen Wege des Verstehens, denn deine Abgesandten wurden nicht angehört, sondern vertilgt, wie sie den Mund auftaten!«

Als diese Worte wiederum übersetzt waren und Don Correa ihren Sinn erfuhr, schwieg er eine Weile und ließ nur sein blitzendes Auge auf der schwarzen Person ruhen. Dann ließ er fragen, warum man die Boten getötet habe und was man für einen Erfolg von dieser Tat erwarte?

»Sie wurden getötet«, antwortete sie, »weil sie die Untertanen und Dienstleute des Königs gewesen sind und Unwürdiges gegen ihn in den Mund genommen haben. Durch ihr Blut wurde seine Würde versöhnt, dir aber ist kein Schaden dadurch geschehen, da du jetzt anbringen magst, was du von uns wünschest!«

»Ich habe nicht zu wünschen, sondern zu befehlen und zur Rechenschaft zu ziehen!« sagte der Admiral in strengem Tone; »mäßige daher deine Sprache, wenn ich dich nicht binden und wegführen lassen soll!«

Allein ohne sichtbaren Eindruck dieser Worte, ohne mit den Wimpern oder den Lippen zu zucken, erwiderte Annachinga auf die Drohung:

»Du wirst dich auf die sechzig oder siebenzig weißen Leute besinnen, die in unsern Händen sind! Mehr als die Hälfte davon gehören deinem Lande an!«

Hiemit schien die Sage bestätigt, daß eine ziemliche Zahl

Europäer im Innern von Angola festgehalten werde, wie denn auch seit Jahren manche holländische und portugiesische Kaufleute verschwunden und erst in letzter Zeit noch einzelne Soldaten, die sich verirrt, in Gefangenschaft geraten waren. Obgleich die schwarze Dame mutmaßlich übertrieb, so konnte immerhin genug an der Sache wahr sein, und Don Correa überdachte einen Augenblick das Mißliche des Umstandes und was er zu antworten habe. Aber die Negerfürstin, gleich einer vollendeten Diplomatin, ließ seine Verlegenheit nicht dauern oder groß werden, sondern fuhr sogleich fort, indem sie plötzlich auf die Hauptfrage übersprang.

»Wir wissen nicht«, sagte sie, »welchen Nutzen du dir davon versprichst, uns als Unterworfene zu behandeln und uns die Knechtschaft anzubieten, ehe du nur unsere Macht geprüft, einen Angriff gewagt, geschweige denn uns überwunden hast. Und wenn du uns wirklich besiegt hättest, so wären die Vorteile für dich geringer als dir ein freundliches Verhältnis zu uns gewähren kann. Schließest du ein Freundschaftsbündnis mit uns, das ich dir anzutragen bevollmächtigt bin, so gewinnst du eine starke Vormauer und einen mächtigen Beistand gegen alle übrigen Feinde, die dir bereit stehen, und statt unsere ungezählten Pfeile auf dich gerichtet zu sehen, werden sie gegen deine Feinde schwirren und dir den Weg freimachen. Statt eines erzwungenen Tributes endlich wird deinem Lande ein gegenseitig geordneter freiwilliger Verkehr größern Gewinn bringen als eine für uns schmähliche Beraubung je abwerfen könnte. Dieses bitte ich zu erwägen, ehe du zu den Waffen greifst; denn ohne Kampf wird es für dich nicht ablaufen, was du anstrebst!«

Hatte Don Correa schon an der Art ihres Aufzuges erkannt, daß er es mit einer gewissen Macht zu tun hatte, die vielleicht nicht ungestraft zu unterschätzen war, so mußte er sich jetzt sagen, daß dieselbe auch wußte, was sie wollte, und mit Vernunftgründen zu unterhandeln fähig schien. Er änderte also schnell entschlossen seinen Plan und sagte:

»Da man uns bestimmte und deutliche Anträge macht, welche von ehrlichem Entgegenkommen zeugen, so ist genügender Grund vorhanden, hierüber Rat walten zu lassen. Ich bin bereit, bis zum Austrag der Sache freie Verhandlung auf gleichem Fuße zu gewähren, und behalte mir den endgültigen Entschluß nach Umständen vor. Du magst jetzt wählen, ob du inzwischen die Gastfreundschaft in unserer Mitte annehmen oder dich bis zu einer zweiten Unterredung in dein eigenes Heerlager zurückziehen willst!«

Die Fürstin erklärte, das letztere vorzuziehen, und erhob sich mit derselben stolzen Würde von ihrem Sitze, mit welcher sie sich darauf niedergelassen hatte. Zugleich erhob sich auch der Admiral, um sie seinen Worten entsprechend auf gleichem Fuße zu behandeln und ritterlich hinauszugeleiten. Als dergestalt die Anwesenden dem Ausgange zuschritten, bemerkte Don Correa, daß die knieende Sklavin unbeweglich liegen blieb, und machte lächelnd die Fürstin aufmerksam, daß sie vergesse, ihren lebendigen Feldstuhl mitzunehmen.

»Ich setze mich nie zum zweiten Male auf denselben Stuhl«, antwortete sie, ohne zurückzublicken. »So mag er dem Hause bleiben, in welchem ich mich seiner bedient habe. Ich schenke dir diese Person!«

So aufschneiderisch diese Rede klang, so gab sie ihm doch aufs neue zu denken, und er begleitete die Fürstin nicht ohne kriegerische Höflichkeit bis an den Ausgang des Lagers. Als er hierauf sich wieder in das große Zelt zurückzog, um zunächst die Angelegenheit für sich allein zu überlegen, bemerkte Don Correa mit einiger Überraschung, daß in dem verlassenen Raume das junge Weib noch immer still und reglos auf seinen Knieen und Ellbogen lag.

Er trat näher, ging um das schöne Bildwerk herum, welchem das Mädchen, oder was es war, eher glich als einem Lebewesen, und betrachtete mit Erstaunen und auch mit Verlegenheit die Erscheinung, mit der er nichts anzufangen wußte. Sie war in weißes Baumwollenzeug gekleidet, das von den

Schultern bis zu den Füßen ging und unter den Armen bis gegen die Hüften hin mit Binden von gleicher Farbe umwickelt war. Nur die hellbraunen Schultern und die Arme waren bloß und in Formen von vollkommener Schönheit und Ebenmäßigkeit gebildet. Das Haar erschien trotz seiner Ebenholzschwärze nicht so wollig wie bei den Negern, sondern fiel in weicheren breiten Bändern rings vom Haupte, nachdem es ein auf diesem befestigtes, kronenartiges Körbchen von Weidenzweigen durchflochten. Von dem Gesichte konnte Don Correa nichts sehen, weil es zur Erde gerichtet und von dem niederhängenden Haar verschleiert war.

Obgleich gegen Sklaven und farbige Menschen gleichgültig und verhärtet wie die ganze gebleichte Welt, bückte er sich endlich doch ein wenig und sagte in mitleidigem Tone: »Wie lange wirst du noch liegen? Steh auf!«

Das arme Weib erriet den Sinn dieses Befehles und richtete sich empor; doch waren die Glieder von der unnatürlichen Lage beinah erstarrt und der Atem beengt; sie schwankte im Aufstehen und wußte sich nicht recht zu helfen, so daß Don Correa ihr die Hand reichen und sie einen Augenblick halten mußte, um sie vor dem Umfallen zu schützen. Da stand sie nun vor ihm mit vor Scham niedergeschlagenen Augen, und eine Purpurröte wallte sichtbar über die braunen Wangen. Übrigens war die Gesichtsbildung edel, wenn auch an den Schnitt altägyptischer Frauengesichter erinnernd oder sonst an verschollene Völkerstämme alter Zeiten. Verwundert über die vornehme Anmut der ganzen Erscheinung, legte er die Hand unter ihr kurzes Kinn und drückte es sanft in die Höhe, so daß sie den Kopf zurückbiegen und ihn mit den mandelförmigen großen Augen ansehen mußte. Da sah er sowohl in diesen dunklen Augen als auf dem kirschroten Munde die stumme Klage und Trauer der leidenden Natur, die immer das Herz des Menschen rührt, während ihre triumphierenden Schrecken es nicht bezwingen können. Der Mann, der seit zehn Jahren an den schönsten und glänzendsten Frauen achtlos vorübergegangen und für ihre Blicke unempfindlich geblieben, wurde jetzt urplötzlich wie von einem Zauber oder einer Offenbarung bewegt; er vermochte nicht eine Sekunde der Versuchung zu widerstehen, das stille, fremde Menschenbild in den Arm zu nehmen und leis auf beide Wangen zu küssen. Damit zeichnete er es sänftlich als sein Eigentum und schwur in seinem Innern, dasselbe niemals zu verlassen; denn trotz der schlechten Erfahrung, die er einst gemacht, glaubte er jetzt der Eingebung, daß dieses weibliche Wesen ihn nicht betrüben werde.

Zugleich beschloß er auf derselben Stelle, die heidnische Sklavin in den Besitz der menschlichen und christlichen Freiheit und des Selbstbewußtseins zu setzen, eh er weiterging, und rief zu diesem Ende hin seinen Pagen herbei, durch welchen er das Weib sofort nach Loanda in das Haus eines seiner Offiziere bringen ließ, dessen Familie dort wohnte. Ein zurückkehrender Proviantwagen unter der Aufsicht eines ergrauten Soldaten kam der nicht eben großen Reise zu statten.

Als sodann Don Correa die Unterhandlungen mit der angolesischen Königsschwester bis zu einem gewissen Punkte weitergeführt und diese sich mit ihrem Troß hinwegbegeben hatte, eilte er ebenfalls nach Loanda St. Paul. Er fand die Sklavin bei den Frauen des Offiziers wohl aufgehoben und schon in christlicher Tracht einhergehend, das dunkle Haar nach Art der portugiesischen Mägde bescheiden geflochten und aufgebunden. Es wollte ihm beim ersten Anblick fast vorkommen, als hätte sie mit der einfachen Weidenkrone und dem weißen Wickelgewande einen guten Teil ihres geheimnisvollen Reizes verloren, und er bedauerte beinah schon die Umwandlung; doch sah er bald, daß die unschuldige und weltursprüngliche Demut ihres Antlitzes, verbunden mit dem natürlich edlen Gang, der ihr eigen war, jedes Kleid beherrschten, das man ihr geben konnte. Während des Verkehrs mit Annachinga hatte er diese einmal beiläufig, wie man sich etwa aus Höflichkeit über die Beschaffenheit eines Geschenkes bei dem Geber erkundigt, befragt, welcher Rasse die Sklavin eigentlich angehöre und woher sie dieselbe erhalten habe. Er sprach überdies vorsichtigerweise in dem Tone, mit welchem ein Fant sich nach der Nahrung eines geschenkten seltenen Vögelchens erkundigt, ob man es mit Würmern oder mit Körnern füttere u.s.w. Annachinga sagte ihm, die Person stamme von Sonnenaufgang her, wahrscheinlich von einem ausgerotteten Volke, und sei mit ihrer Mutter auf dem Wege der Eroberung und des Handels quer durch den Weltteil bis gegen Westen geraten. Sie selbst habe sie als zehnjähriges Kind erhalten und seither besessen; jetzt möge sie siebzehn Jahre alt sein; sie verstehe weiße und bunte Zeuge zu weben, sonst aber sei sie noch zu roh und unwissend, da sie noch nie aus Frauenhand gekommen. Sie schicke sich am besten für den Dienst seiner Gemahlin oder Fürstin, der er sie schenken möge; die Art sei immerhin rar geworden. Wolle er sie aber bei sich behalten, so solle er sie nur mit der Peitsche dressieren, wenn sie zu ungelehrig sei. Im übrigen habe man noch nichts an sie gewendet hinsichtlich der modegerechten Aufstutzung; noch seien die üblichen Zähne nicht ausgebrochen, die Wangen nicht tätowiert und noch kein Ring durch die Nase gezogen, zu was allem das Alter jetzt da sei.

Höflich, aber leichthin, der Geringfügigkeit des Gegenstandes entsprechend, dankte Don Correa der Dame für ihren sportmäßigen Rat und nahm das Gespräch über die wichtigeren Staatsgeschäfte wieder auf.

In Loanda fand er jetzt die Angaben der Annachinga durch das, was man inzwischen der Sklavin hatte abfragen können, so ziemlich bestätigt. Sie erinnerte sich dunkel, als kleines Kind steinerne Häuser an einem Wasser gesehen und einen großen Lärm und Rauch erlebt zu haben, dann an der Hand oder auf dem Arm der Mutter durch unendliche Landstrecken gekommen zu sein, bis die Königsschwester von Angola Mutter und Kind gekauft. Deutlicher war ihr das Spätere gegenwärtig, wie die Mutter von der Fürstin hart behandelt worden und frühzeitig gestorben sei. Sonst wußte sie von sich nichts weiter als daß sie Zambo hieß.

Das nächste, was der Admiral nun tat, war, daß er sie taufen ließ und hiefür ein kleines Fest veranstaltete, ohne im übrigen sein Vorhaben zu verraten. Die Kirche wurde mit Palmenzweigen und Blumen geschmückt, unter dem Vorwande, diesen ersten Sieg über das noch zu unterwerfende Königreich zu feiern, und der Altar flimmerte von Lichtern. Ein Dutzend Jesuiten sangen und musizierten während des Hochamtes gleich hundert Nachtigallen, und der dreizehnte hielt die Predigt, in welcher er die erbauliche Vorstellung ausmalte, daß Zambo ein letzter Nachkomme der weisen Königin von Saba sei und nun erst das Heil erworben habe, daß diese merkwürdige Vorfahrin im Alten Testamente bei den Juden vergeblich gesucht.

Don Correa selbst war der Taufpate und die vornehmste Frau in Loanda die Patin, als die Handlung nun vollzogen und Zambo mit dem Namen Maria getauft wurde. Sie ließ alles mit sanfter Ergebung über sich ergehen, ohne den Mund zu verziehen; erst als die Taufe vorüber war und sie an den Altar geführt wurde, um sich noch besonders der großen Namenspatronin vorzustellen und das Knie vor ihr zu beugen, richtete sie das Auge schüchtern auf das hölzerne Marienbild, welches nach Vertreibung der ketzerischen Holländer in neuem Glanze aufgerichtet war, die Krone frisch vergoldet, das Gesicht so stark gefirnißt, daß es glänzte wie ein Spiegel und die linke Wange wirklich das daran gedrückte Näschen des Christuskindes abspiegelte. Weil die Wange aber rundlich gewölbt war, so erschien das Näslein darin so groß, daß die Zambo-Maria vermeinte, es wohne ein Mann in der durchsichtigen Frau, der seine Nase herausstrecke, und da sie überhaupt noch nie ein derartiges Bildwerk gesehen, so hielt sie es für einen lebendigen Zauber und fing sich gewaltig an zu fürchten. Zitternd raffte sie sich auf und suchte zu entfliehen. Sie fand aber wegen der vielen Umstehenden keinen Ausweg und flüchtete an die Seite des Don Correa, in welchem sie ihren Beschützer sah, und deutete mit der Hand nach dem leuchtenden goldenen Weiblein, in welchem ein Geist stecke, der größer sei als es selbst. Alles drängte sich herzu, um zu sehen und zu hören, was sich mit der neuen Christin begebe, und man suchte sich gegenseitig verständlich zu machen, was sie gesagt habe.

Auf einmal ertönte die laute Stimme eines der Priester, der rief: »Wunder! Wunder! Ein großes Heil ist geschehen! Der Herr ist eingekehrt in seine irdische Wohnung, in sein liebliches Pavillon und Sommerhäuschen! Er will die erste Heidin sehen, die wir hier getauft haben!«

Alles blickte starren Auges auf das Altarbild, auf welches die Zambo gedeutet hatte, und bald rief hier, bald dort einer aus der Menge: »Ich seh es auch! Ich seh es auch!« ohne daß jemand wußte, was eigentlich zu sehen sei. Die Jesuiten, schnell gefaßt, die günstige Gelegenheit zu packen, schlugen alle weiteren Erörterungen mit einem mächtigen Tedeum nieder, das sie anstimmten und in welches alles Volk einfiel. Dann ergriffen sie die Neugetaufte und führten sie mit Kreuz und Fahne in Prozession in der Kirche und um die Kirche herum, unter geschwungenen Räucherfässern und fortwährend ihr *Ora pro nobis* singend. Immer mehr Volk lief herbei, und in kurzer Zeit war sie ihrem Herrn und Beschützer abhanden gekommen und unsichtbar geworden, denn man schleppte sie auch noch in den Straßen herum und in verschiedene Häuser hinein, wo man sich an ihrem Anblicke erbauen wollte.

Endlich ging Don Correa, sie zu suchen, und holte sie aus dem dicksten Haufen Leute heraus, wo sie sich ersichtlich voll Furcht und Angst befand, da sie gar nicht wußte, was alles zu bedeuten habe, und zu glauben begann, sie solle jenem kleinen glänzenden Weiblein zum Opfer gebracht, das heißt getötet werden; denn sie hatte in den schwarzen Königreichen gesehen, daß zum Opfern bestimmte Menschen so umhergeführt wurden. Sie klammerte sich daher an Correas Arm, sobald er sie erreichte und ihre Hand nahm. Die Jesuiten waren jedoch nicht willens, auf ihre Eroberung so leicht zu verzichten, indem sie behaupteten, Zambo-Maria müsse dem Himmel geweiht werden und in der Hut der Kirche bleiben. Er werde das Nötige schon besorgen, rief der mächtige Befehlshaber; zunächst sei die Person noch sein Eigentum und sein Patenkind, das jetzt einem kleinen Taufeschmaus beiwohnen und einige Geschenke empfangen müsse. Dessenungeachtet murrte und sträubte sich die Menge, das Wunder fahren zu lassen, und es bedurfte des entschlossenen Auftretens Correas, das zitternde Weib freizumachen. Er ließ sie, von seinem Pagen begleitet, vorangehen und schritt mit einigen seiner Kriegsleute hinterdrein. So begaben sie sich nach einem kleinen Landhause, das er in Loanda bewohnte; die Frau Patin war inzwischen mit ihrer Begleitung dort angekommen, da sie schon früher aus dem Gewühle entflohen war, und die nicht zahlreiche Gesellschaft nahm an dem gedeckten Tische Platz, nachdem der in Unordnung geratene Anzug des Täuflings von den anwesenden Frauen wiederhergestellt worden.

Zambo saß zwischen der Patin und ihrer bisherigen Pflegerin. Sie war mit einem weißen Schleier und einem mit roten Rosen durchflochtenen Myrtenkranze geschmückt, wodurch das helldunkle Gesicht und der von goldenem Kettchen umgebene Hals eine Wirkung von ungewöhnlichem Reize machten.

Don Correa, der ihr gegenüber saß, mußte sich etwas zusammennehmen, sie nicht zu oft anzusehen, nicht nur der anwesenden Frauen, sondern auch des Geistlichen wegen, der sie getauft hatte und ebenfalls zugegen war. Obgleich die braune Marie schon einigermaßen an das abendländische Tischgeräte gewöhnt war, vermochte sie doch nicht zu essen; denn der Wechsel der Eindrücke, die sie so rasch nacheinander empfangen, bedrückte ihr Herz. Sie glaubte sich wohl der Gefahr entzogen und fühlte auch, obschon sie nicht ein Wort der Tischgespräche verstand, man rede freundlich von ihr; doch ihre neue Lage, Umgebung und Zukunft erschienen ihr so gänzlich fremd und unbekannt, daß die Reglosigkeit ihrer Seele eher zu- als abnahm. Erst als Don Correa eigenhändig einen Teller mit süßen Früchten und portugiesischem Backwerke füllte und ihr denselben hinüberreichte, fing sie gehorsam und ehrfürchtig an zu naschen und aß den Teller tröstlich leer. »Ei seht«, sagten die Frauen, »wie gut sie dem gütigen Herren zu gehorchen versteht! Wahrhaftig, seine Gnaden haben eine Eroberung gemacht!«

Als nun alles über den unversehens leer gewordenen Teller lachte, schaute Maria verwundert um sich und lachte auch. Noch niemand hatte sie lachen sehen und alle waren erstaunt über den Liebreiz, welcher sich wie aus dem Himmel geholt so unerwartet über die fremdartigen Gesichtszüge verbreitete und ebenso schnell wieder verschwand, als sie beschämt die Augen niederschlug.

Unterdessen war die Dämmerung hereingebrochen und die Gesellschaft erging sich nach aufgehobener Tafel noch einige Zeit im Freien, um die wohltuende Nachtluft zu genießen, welche Meer und Land balsamisch kühlend umfloß. Über den Gesprächen der zerstreut auf und nieder gehenden Leute blieb die Zambo oder Maria unbeachtet, wie es so zu geschehen pflegt, nachdem der Mensch sein bescheidenes Teil Aufmerksamkeit erregt hat. Sie stand abseits unter einer Gruppe hoher Palmenbäume, an einen der Stämme geschmiegt, und blickte unverwandt nach Westen, wo die Sichel des untergehenden Mondes über dem Meere glänzte, und zwar so stark, daß die Palmen ihren Schatten warfen. Die äußerste Kante des großen goldenen Gestirnes schimmerte noch extra im fernen Sonnenlicht gleich einem blitzenden schmalen Ringe, während Zambos scharfes Auge zugleich die nach dem Innern des Ringes hin allmählig verschwimmenden Gebilde wahrnahm, die von dem Lichte schwächer getroffen, ihr aber vertraut waren. Stets aber hing das Auge wieder an dem blitzenden Ringe. Es war die letzte Überlieferung eines wahrscheinlich schon seit tausend Jahren untergegangenen Kultus, welche in dem Mädchen von der alten Heimat oder der toten Mutter her noch dämmerte; vielleicht wendete sie sich, ohne es zu wissen, noch einmal der verschollenen Selene zu, ehe sie der goldenen Göttin folgte, an deren Altar sie heute gestanden, kurz, sie streckte wie um Schutz flehend die Hand nach dem Gestirn aus.

Da faßte jemand sänftlich diese Hand; es war Don Correa, der vorsichtig an sie herangetreten und ihr dieselbe Hand auf den Mund legte, zum Zeichen, daß sie schweigen solle. Dann streifte er einen schimmernden Ring an ihren Finger und küßte sie schnell auf den Mund, worauf er ebenso ungesehen hinwegschritt, als er gekommen war. Bald nachher ging die kleine Gesellschaft auseinander und Zambo kehrte mit ihrer Beschützerin in deren Behausung zurück.

Am nächsten Tage schon ließ der Admiral zwei seiner Schiffe unter Segel gehen, die er nicht mehr brauchte, und sandte sie mit Depeschen, das eine nach Brasilien, das andere nach Portugal. Auf demjenigen, das nach Brasilien ging, hatte er in der Frühe bereits die Zambo nebst einer Dienerin untergebracht und dem Befehlshaber auf die Seele gebunden. Die Schwester seiner längst verstorbenen Mutter lebte in Janeiro als Äbtissin eines Konventes von Dominikanerinnen. Dieser anvertraute er die Zambo mit einem Briefe, worin er die vornehme Klosterfrau bat, das getaufte Heidenkind in den klösterlichen Schutz aufzunehmen, mit christlicher Sitte und guter Lebensart bekannt zu machen und es aber für die Rückkehr in die Welt bereit zu halten, alles unter Zusicherung schuldiger Dankbarkeit und gewünschter Gegendienste.

Die Abfahrt der Schiffe war freilich schon früher bestimmt gewesen; die Einschiffung der Zambo aber hatte er ganz plötzlich und rasch betrieben, und als die Jesuiten ihre Spekulationen auf die Wunderperson an diesem Tage weiter ausarbeiten und vor allem nur die Visionärin in Sicherheit bringen wollten, fuhren die Schiffe längst außer Sicht, und der zukünftige Wallfahrtsort an der Westküste des Weltteils verwandelte sich einstweilen in ein Luftschloß und ist es auch geblieben.

Zambo-Maria selbst wußte am wenigsten, was mit ihr vorging. Als der Admiral seine letzten Anordnungen auf dem Schiffe getroffen und dasselbe verließ, hatte er sich zum Abschiede nicht länger bei ihr aufgehalten als bei anderen Nebenpersonen und kaum ihre schmale braune Hand einen Augenblick in die seine genommen und gestreichelt, indem er seinem guten Taufpatchen, daß es jeder hören konnte, ein paar gewöhnliche Worte der Aufmunterung sagte, dann aber sich abwendete und nicht mehr umsah. Das Naturkind schien aber die Hauptsache schon so weit zu verstehen, daß sie die paar leichten Liebkosungen, die sie von ihm erfahren, sowie das Geschenk des Ringes sorgfältig bei sich behielt, obschon die Frauenspersonen bereits das eine und andere Wort mit ihr austauschen konnten und sie schon auf dem Schiffe ein weniges Portugiesisch plaudern lernte.

In der Zeit waren auch die Unterhandlungen mit dem Königreich von Angola zu Ende geführt und die Fürstin, wie gesagt, mit ihren Leuten abgezogen. Die Schlauheit und Beredsamkeit der schwarzen Diplomatin konnte nicht hindern, daß ihr Bruder doch als Vasall der Krone Portugals betrachtet und schließlich Don Correa zum Regenten in Angola ernannt wurde. Er regierte das Königreich mehrere Jahre.

Mit Ablauf des ersten Jahres aber fuhr er nach Rio de Janeiro hinüber, um das Kleinod heimzuholen, das er dort aufgehoben wußte, und Hochzeit zu halten. Zur Belohnung für seine Taten hatte der König unter anderm seinem Wappen zwei Negerkönige mit goldenen Kronen als Schildhalter beigegeben. Diese Figuren widmete er der zukünftigen Gattin als Zierrat, indem er sie auf Geräte, Schmuck und Tapezerei, die er in den europäischen Fabriken bestellte, überall anbringen ließ. Noch auf dem Schiffe, als es in den Hafen von Rio de Janeiro einlief, entwarf er in Gedanken ein Gemälde, das er bestellen wollte, auf welchem Zambo-Maria in der Tracht einer Königin von Saba getauft wurde und die zwei Mohrenkönige das Taufbecken hielten. Als er aber das Kloster der

Dominikanerinnen betrat und im Sprechzimmer stand, um seine Frau Tante, die Äbtissin, nach dem jungen Weibe zu fragen, sagte ihm die nach der Begrüßung mit trockenen Worten, die braune Person sei vor kurzen Tagen fortgelaufen und verschwunden.

Don Carrea erblaßte und stand wie vom Blitze getroffen. Der erste Gedanke sodann war nicht etwa ein Fluch auf die Entflohene, sondern auf die eigene Torheit. »Warum hast du die arme Kreatur nicht bei dir behalten«, sagte er sich, »und gleich geheiratet wie sie war! Jetzt wird sie zu grunde gehen!«

Er fragte die Nonne, ob man denn keine Vermutung hege, was sie zur Flucht bewogen und wo sie sich hingewendet habe? Jene verneinte alles und meinte, der Admiral möge, wenn so viel an dem Weibe gelegen sei, sie jetzt selbst aufsuchen lassen, wozu er mehr Macht und Mittel besitze als sie. Erst jetzt ging er in sein altes Wohnhaus zu Rio, das er zur Hochzeit einzurichten gedacht hatte. Er fand schon manche Kiste mit angekommenen Sachen vor; aber statt sie zu öffnen, sandte er nach allen Seiten Leute aus, die Spur der Verschwundenen zu suchen, und machte sich selber auf den Weg, voll Erbarmen mit ihrer Ratlosigkeit. Auch war die anfängliche Liebeslaune, die ihn beim ersten Anblick nach so langem Unterbruche befallen, zeither zu einer inneren Neigung erwachsen, zu einem tiefern Bedürfnisse, dieser Menschenseele außerhalb des Weltgeräusches so recht für sich gut zu sein, und er fragte sich, als er fruchtlos nach ihr ausschaute, ob er sich mit seinen äußerlichen und luxuriösen Anstalten und Bestellungen nicht gegen die Einfachheit des unschuldigen Wesens versündigt und es zur Strafe dafür nun verloren habe. Er erinnerte sich, wenn der Ausdruck bei einem solchen Herren und Kriegsmanne überhaupt angebracht ist, schmerzlich des pomphaften Empfanges, den er dem bösen Weibe von Cercal einst bereitet, und welch trauriges Ende jene glänzenden Vorbereitungen genommen.

Von dem Verlangen getrieben, über das Wesen und Leben der Zambo im Kloster Näheres zu erfahren, eilte er wieder hin und befragte die Stiftsvorsteherin eifrig und sogar mit einer gewissen Heftigkeit, die über den Rang und Stand des Mannes wie über die Tragweite der Sache fast hinauszugehen schien. Die alte Dame mit ihrem goldenen Kreuz auf der Brust sah ihn, aus wohlgenährten Augenlidern blinzelnd, aufmerksam an und erzählte dann sehr gelassen nur Gutes von der Negerin, wie sie die Maria nannte, trotzdem sie offenbar keine war. Sie habe die portugiesische Sprache schon ziemlich brauchen gelernt, sich still und gehorsam verhalten und gern mit den weiblichen Arbeiten beschäftigt.

»Welche Arbeiten?« fragte Don Correa, der wußte, daß die Damen in diesem Stifte so wenig etwas taten, was man arbeiten nennen konnte, als diejenigen außerhalb desselben. Er fürchtete daher, das Mädchen möchte zu niedrigen Arbeiten, wo nicht zum Sklavendienste gebraucht worden und vielleicht deshalb entflohen sein. Allein die Äbtissin fuhr ausweichend fort, allerlei Vorteilhaftes von dem verschwundenen Kinde zu bekunden, und dem Herrn wurde es nur immer bitterer und fast traurig zu Mut, als er das alles anhörte. Die Alte aber schloß mit den Worten: »Item, man hätte nicht gedacht, daß sie so schnöde weglaufen würde!«

Mit verworrenen Gedanken ging er endlich wieder in seine Wohnung, um sich nur etwas zu sammeln. Denn er, der sonst in Entschluß und Tat nie zu zögern pflegte, sah sich diesem Geheimnisse gegenüber durchaus ohnmächtig und unentschlossen. Die Dienstverhältnisse erlaubten ihm nicht, lang in Rio de Janeiro zu verweilen; verließ er aber die Stadt und das Land, so verlor er jede Hoffnung, die Zambo doch noch zu finden, und der Mann, der Land und Leute zu erobern gewohnt war, sah sich außer Stand, das unschuldigste und bescheidenste Heiratsprojekt auszuführen.

Als er in solchen düsteren Betrachtungen das Haus erreicht hatte und eben in seinem Kabinette Degen und Handschuhe auf den Tisch warf, kam sein Page Luis vorsichtig hereingeschlüpft, ihm eine merkwürdige Nachricht zu bringen. Es war ein vierzehnjähriger aufgeweckter Knabe und seinem Herren so ergeben und vertraut, daß dieser ihn für sicherer und zuverlässiger hielt als alle andern Diener und ihm auch sonst wegen seines anmutigen Wesens herzlich wohl wollte. Luis hinterbrachte also nun, als er so von ungefähr in der Straße geschlendert sei, habe ihn die Frau des Nachbars, eines alten französischen Schiffsherrn, die für eine heimliche Protestantin gelte, herbeigewinkt und ihm hinter der Haustüre zugeflüstert, er solle seinem Don sagen, sie könne ihm den Ort nennen, wo Se. Exzellenz finde, was sie suche; man möge nur, sobald es dunkel sei, einen Augenblick in die Veranda hinter ihrem Hause kommen. Don Correa verfehlte den Gang nicht und vernahm von der munteren Alten, nachdem er ihr Verschwiegenheit und Schutz zugesichert, daß seine Zambo vor unlanger Zeit auf einem nach Marseille gehenden Schiffe ihres Mannes in ein Kloster zu Cadix gebracht worden sei. Überdies wußte sie, daß es sich darum handle, das Mädchen zu einer Art von Wundertäterin und Heiligen zu machen, daß es widerstanden hatte, mit Blutrünstigkeiten Stirn und Hände verzieren zu lassen und eine heilige Blutschwitzerin zu werden; ja, der Alten war sogar bekannt, daß dem bräunlichen Frauenzimmer ein Verlobungsring vom Finger gestreift und weggenommen worden sei. Einen Teil dieser Dinge hatte sie auf ganz geheimem Wege durch eine Flamänderin erfahren, die in dem Kloster als Bäckerin angestellt war und die Alte bisweilen besuchte.

Don Correa erkannte sogleich die Wahrheit der Angaben und dankte der Frau dafür, sie bittend, auch ihrerseits die Sache geheim zu halten. Ein stiller Grimm erfüllte ihn trotz seiner katholischen Gesinnung gegen die Jesuiten, die offenbar von Afrika aus über seinen Kopf hinweg die Hand im Spiele hatten, und nicht minder erwachte sein Zorn gegen die verlogene Prälatin, seine Muhme. Diese vermutete in der Tat nicht mit Unrecht, daß der Neffe wieder einmal einen wunderlichen Heiratsstreich im Schilde führe, und hatte umso größere Ursache, ihn daran hindern zu helfen, als sie längst mit einer rühmlicheren Verbindung für ihn beschäftigt war und nur auf den Augenblick lauerte.

Der Admiral und Regent oder Vizekönig von Angola legte sich noch in der gleichen Nacht den Vorwand zurecht, die Reise nach Europa auszudehnen und am Hofe zu Lissabon über den Stand und die Zukunft der afrikanischen Angelegenheiten persönlich zu berichten, und am nächsten Tage ging er mit zwei Schiffen ostwärts unter Segel, ohne das Ziel der Fahrt bekannt zu machen. Mit großer Ungeduld sah er die Tage und Wochen vergehen, obgleich er mit dem günstigsten Wind und Wetter segelte, und als er endlich in den Golf von Cadix abbiegen konnte, fand er die Bai und den Hafen durch Wachtschiffe verschlossen, weil die Pest in der Stadt hauste.

Dieser neue Unstern steigerte seinen Unmut und die Besorgnis für die arme Zambo aufs höchste, zum Glück aber auch seine Besonnenheit. Da er wegen der auf ihm lastenden Verantwortung sowie bei der sicheren Nutzlosigkeit überhaupt nicht daran denken konnte, seine Person auf spanischem Boden auszusetzen, beschloß er, vorerst die Fahrt nach Lissabon zu beendigen und nur den Knaben Luis auf Kundschaft zu schicken. Er vertraute demselben, der die Zambo kannte und von ihr gekannt war, sein Geheimnis ganz an, ließ ihn das Gewand eines zerlumpten Schifferjungen anziehen und versah ihn reichlich mit Geld, worauf er ihn südlich von der Bucht bei der St. Petersinsel in der Dunkelheit der Nacht an den Strand bringen ließ. Mit aller Verwegenheit und Begeisterung eines romantischen Knaben und der Freiheit froh, verlor sich der kluge Bursche landeinwärts, indessen Don Correa bald nachher auf das Kap St. Vincent lossteuerte, um den Weg nach Lissabon vollends zurückzulegen. Von dort aus dachte er dann mit oder ohne Nachricht des Knaben weiter vorzugehen.

Es dauerte keinen Tag, so trieb sich Luis mit einer Schachtel voll indianischer Schnurrpfeifereien in der Stadt herum und bot überall seinen Kram zum Verkaufe an, wurde aber allenthalben weiter geschickt, hier mit dem Unwillen derer, welche

Pestkranke oder schon Tote hatten, dort mit dem Gelächter und den Flüchen des gesund gebliebenen Pöbels, der sich zechend, tanzend und singend in Schenken und auf öffentlichen Plätzen herumtrieb. Luis ließ sich aber nichts anfechten, sondern durchwanderte die Stadt die Kreuz und Quere, bis er auf ein Nonnenkloster stieß, welches dem Dominikanerorden angehörte. Es bestand aus einem Haufen alter Gebäude und hoher Mauern, die da und dort mit sarazenischen Fensterlöchern durchbrochen waren. Natürlich war ihm der Eintritt so verschlossen wie jedem andern Mannsbilde; nur in die Kirche konnte er eintreten und bemerkte dort, daß der Gottesdienst ungeregelt abgehalten wurde und das Innere des Klosters so voll Unruhe war wie die übrige Stadt.

In der Herberge, die er aufgesucht, kaufte er von der Tochter eines plötzlich verstorbenen Bauers einen kleinen Esel und von einem Verkäufer alter Kleider einen Weiberrock und ein zerrissenes Kopftuch; dann belud er den Esel mit einem Korbe voll frischer Orangen, schwang sich selbst, als arme Bauerndirne gekleidet, auf das Kreuz des Esels und ritt gemächlich in der Richtung des Klosters davon. In diesem Aufzuge gelang es ihm in einen Vorhof einzudringen, dessen Türe sich just geöffnet hatte, um einen Arzt einzulassen; und da drinnen Verwirrung und Ratlosigkeit herrschte, indem die Äbtissin soeben von der Krankheit ergriffen worden, so trieb die angebliche Orangendirne ihren Esel unbeachtet bis in einen Garten, wo einige Klosterfrauen ängstlich spazieren gingen. Da fing er an seine Früchte auszurufen und einen solchen Lärm zu machen als ein kreischendes Landmädchen, daß bald mehrere Nonnen herbeikamen und um den Esel herumstanden. Die eine und andere kaufte ein paar Orangen, die der schlaue Knabe beinah um nichts hergab, der schlechten und unglücklichen Zeit wegen, und der geringe Preis verlockte die guten Frauen, die Gelegenheit zu benutzen und sich die kleine Erfrischung zu verschaffen. Einige suchten sich unter den goldenen Kugeln einen Vorrat aus, indem sie dieselben in der Hand wogen und an die Nase brachten, und inzwischen ließ Luis seine Augen verstohlen herumgehen, ob er nirgends die Zambo erblicken könne. Und das Glück wollte, daß es geschah. In einiger Höhe schauten hinter einem hölzernen Gitter zwei Frauengesichter herunter, wovon das eine, noch im weltlichen Haarschmuck und ohne Schleier, niemand anderm als der dunklen Zambo angehörte.

Kaum hatte Luis sie erkannt, so trieb er unvermerkt den Esel näher, bis das graue Tierchen unter dem Fenster stand; und nun fing jener aus Leibeskräften an zu rufen: »Kauft, hochwürdige Damen! Kauft frische Orangen für den Durst! Sie sind gesund, wie die Ärzte sagen, und preiswürdig! Für ein halbes Soundsoviel und ein viertel Nichts dazu kann ich drei Stücke geben! Kauft, gnädige Frauen, und erlabt Euch, so vergeßt Ihr die Gefahr! Das Neueste ist, daß niemand in den Hafen von Cadix einfahren darf, der aus der Ferne kommt. Nehmt die Orangen geschenkt, fromme Frau Mutter! Gestern mußte der Vizekönig von Angola, der berühmte und prächtige Don Salvador Correa, der tapfere Erstürmer so vieler Festungen, unverrichteter Dinge aus unserm Gewässer abziehen. Ich sah seine Schiffe; er sei nach Lissabon gefahren, heißt es, und werde einige Zeit sich dort aufhalten! Er soll ein gar schöner und stolzer Herr sein, sagt man; aber solche Leute sind oftmals die allerleutseligsten mit denen, die ihnen gefallen! Kauft mir die Orangen ab, so kann ich nach Hause!«

Alles das rief der kecke Bursche so vernehmlich als möglich, mit dem Gesichte so gewendet, daß die Zambo ihn sehen und hören mußte. Kaum hatte er auch den Namen Don Correa in die Lüfte gesendet, so horchte sie auf und verwandte kein Auge mehr von ihm, bis sie plötzlich sein Gesicht erkannte und ein Freudestrahl in ihren Augen aufleuchtete.

In diesem Momente trat aber eine lange Priorin oder Chormeisterin oder dergleichen hervor, die sagte: »Was schreit und klatscht denn die Dirne? Wie kommt sie in den Garten herein, und was weiß und hat sie von einem Vizekönig zu plaudern?«

Und sie schritt noch näher heran und streckte die dürre Hand, an welcher ein Paternoster hing, nach dem Rockärmel des verkleideten Pagen aus, der aber inzwischen schnell zu bewerkstelligen wußte, daß der Esel hinten ausschlug, der Korb auf den Boden fiel und die Orangen umherrollten. Während ein Teil der Nonnen nach den Orangen lief, der andere vor dem ausschlagenden Esel floh, machte Luis mit aufgeschürztem Rocke, daß er aus den Klosterräumen hinauskam, und rannte mit langen Schritten durch lauter Nebengassen davon. In der Herberge angekommen, wechselte er unbemerkt die Kleider, bezahlte den Wirt mit erlösten Kupfermünzen und verstelltem Feilschen, ging unverweilt aus der Stadt und wanderte, bis er den nächsten Hafenort erreichte, wo er eine Fahrgelegenheit nach Lissabon fand.

So glücklich, wie wenn er den schönsten Vogel im Garn gefangen hätte, überbrachte er seinem Herren die Nachricht von der wiedergefundenen Zambo-Maria, und sein fröhliches Gesicht hellte die düsteren Züge desselben auf. Don Correa fühlte sich von einem Teile seiner Sorgen befreit. Es bestand kein Zweifel, daß die Nonnen sein nicht zu bestreitendes Eigentum herausgeben mußten; damit aber eine nochmalige geheime Wegschleppung unmöglich wurde, war es nötig, sie mit einem Regierungsbefehl zu überraschen, der ihnen keine Zeit zu weiteren Umschweifen ließ. Correa war der Mann, einen solchen Befehl auszuwirken; allein dazu erforderte es einige Zeit, und während derselben konnte die Zambo zehnmal der Pest zum Opfer fallen. Und hinwieder verhinderten wahrscheinlich doch die Schrecken der tödlichen Seuche die Nonnen und Pfaffen, dem verlassenen Mädchen den Kopf zu scheren und den Schleier aufzuzwingen und den übrigen Hokuspokus aufzuführen, da sie zunächst für sich zu sorgen hatten. Genug, die Sorgen kehrten über diesen Widersprüchen der Sachlage mit aller Schwere zurück, und Don Correa schlug sich abermals vor die Stirn aus Zorn über sich selbst, daß er die Maria nicht gleichzeitig mit der Taufe zur Gemahlin erhoben und bei sich behalten habe. Dennoch versäumte er nicht, für die Ausstellung eines unzweideutigen Befehles bei der spanischen Oberbehörde die nötigen Schritte zu tun, worin er von seiner Regierung im Stillen gehörig unterstützt wurde. Allein es verging eine Woche nach der anderen, ehe das Dekret da war, und damit verfloß auch die Zeit, welche er bei allem Ansehen, dessen er genoß, in Europa zubringen konnte.

Eines Abends spät ging er in seinem Gemache nachdenklich auf und ab und überlegte sich, ob es seiner würdig sei, in dieser Weiberfrage so viel Wesens zu machen und so viel Ärgernis zu dulden, und ob das Bedürfnis und Projekt, sich ein so stilles weiches Ruhebett in der Häuslichkeit zu bereiten, überhaupt vor einem höhern Urteile zu rechtfertigen sei. Der Page Luis saß an dem Tische in der Mitte des Zimmers, über eine große Seekarte gebückt und halb in Schlummer versunken; denn der Admiral gab ihm selber Unterricht in der Schiffahrtskenntnis und prüfte ihn zuweilen, was er auch diesen Abend getan hatte, bis er durch den Hauptgegenstand, der ihn belästigte, selbst zerstreut wurde und den Knaben außer Acht ließ. Die Kerzen des silbernen Kandelabers, der die Seekarte mit ihren unbeholfenen Gebilden beleuchtete, waren zur Hälfte herabgebrannt, und die Stutzuhr auf dem Kamine zeigte die zehnte und eine halbe Stunde.

»Ich bin nun sechsunddreißig Jahre alt«, sagte er bei sich, »und dürfte die Fackel des Eros füglich auslöschen! Wer Krieg führen und befehlen soll, muß reinen Tisch im Herzen und kühles Blut haben. Das Haus ist freilich zu erhalten; allein vielleicht wäre es am besten, dem Willen der Frau Muhme zu folgen und eine gleichgültige Dame ins Haus zu setzen, die den Staat macht und uns kalt läßt! Und wäre es am Ende für die arme Zambo nicht auch besser, wenn sie vor den Stürmen des Lebens geschützt und zu einem frommen Nönnchen gemacht würde?«

Hier wurde die Stille der Nacht unterbrochen durch ein schüchternes Zeichen der Hausglocke, die in der weiten Flurhalle des Palastes hing. Ein einziger Anschlag ließ sich vernehmen, welchem ein schwächlicher Nachklang folgte, der im Entstehen abbrach und erstarb. Don Correa achtete nicht darauf und setzte seine Promenade fort. Wie er aber doch alles bemerkte, was vorging, so ward er nach ein paar Minuten inne, daß das Haustor nicht geöffnet wurde, sondern alles still blieb und der Torhüter mithin schlafen oder abwesend sein mußte. Nachdem er erst jetzt ein kleines Weilchen still gestanden und gehorcht hatte, trat er zu dem schlafenden Knaben, weckte ihn und sagte: »Es hat jemand auf der Straße geläutet; geh hinunter und laß den Pförtner nachsehen, was es sei!«

Als der Knabe aufsprang und sofort hinauslaufen wollte, rief der Herr noch: »Nimm hier den Leuchter mit und komm gleich wieder, so will ich so lange im Dunkeln stehen!«

Es schien ihm aber doch etwas lang zu dauern; er hörte die schweren Torflügel nach einiger Zeit auf und zu machen, aber es währte noch Minuten, bis die Schritte des Knaben näher kamen, und er öffnete fast ungeduldig die Zimmertüre, um das vermißte Licht bälder zu sehen und den zögernden Pagen zur Eile zu mahnen. In der linken Hand den Leuchter hoch emporhaltend, daß sein hübsches Gesicht hell bestrahlt wurde, führte Luis mit der rechten die Zambo oder Maria herbei, welche von den Füßen bis zum Haupte vom Straßenstaube bedeckt und vor Müdigkeit wankend ihm folgte.

»Da ist sie von selbst gekommen!« rief der Knabe mit triumphierender Freude über das treffliche Abenteuer. Zambo dagegen fiel aus Erschöpfung und Aufregung vor den Admiral hin und umfing mit den Armen seine Füße, während aus den zu ihm aufblickenden Augen große Tränen quollen. In froher Überraschung hob er sie, nun zum zweiten Male, von der Erde auf und sein Schlafrock von dunklem Sammet wurde vom Staube weiß gefärbt. Gleich dem Vater des verlorenen Sohnes eilte er selbst, die weibliche Dienerschaft aufzujagen und ihr den nächtlichen Ankömmling zu jeglicher Pflege zu übergeben und anzuempfehlen.

Dann erst ließ er sich von dem Pagen mitteilen, wie er die Zambo gefunden. Luis erzählte mit glückseligem Eifer, daß er, ohne den Torwärter zu wecken, vorläufig nur die Klappe des vergitterten Guckfensters geöffnet und hinausgeschaut habe. Da sei eine müde Frauengestalt draußen gestanden, die sich kaum aufrecht gehalten, und als er durch das Gitter das Licht auf sie gerichtet, sei es die gute Zambo gewesen. Nun habe er selbst die Riegel zurückgestoßen, die Pforte aufgetan und die Frau, die zitternd dagestanden, gleich bei der Hand genommen und hereingezogen zu seinem Hauptvergnügen; denn sie habe ihn erkannt und sei augenscheinlich etwas munterer geworden. Gesprochen hätten sie kein Wort, als er das Tor wieder geschlossen und den Kandelaber vom Boden aufgenommen, wohin er ihn gestellt, und auch als er sie die Treppe hinangeleitet, habe er nur ein paarmal lachend nach ihr umgeschaut, um ihr sozusagen im Namen Seiner Gnaden freundlich zuzunicken. Don Correa zahlte dem Knaben seine Ausgaben ohne Verzug mit einem Lächeln gütiger Zufriedenheit zurück und strich ihm das dichte lange Haar aus der Stirne, die es im bewegten Eifer des Burschen bedeckt hatte. Er blieb noch so lange mit ihm wach, bis er die Meldung empfing, die Fremde sei mit allen nötigen Erquickungen versehen zu Bette gebracht worden und in Schlaf versunken. Dann ging er selbst den Schlaf zu finden, während der Page sich noch in der Küche herumtrieb und den Weibern, die mit gegen die Hüften gestemmten Armen und offenen Mäulern um ihn herum standen, über das Ereignis allerlei Schnaken vormachte.

Am nächsten Morgen fühlte sich Zambo so gut erholt und gesund, daß sie vor dem Hausherrn erscheinen und ihre merkwürdige Wanderfahrt erzählen konnte. Die Pest, welche damals übrigens außer in Cadix nur an einem einzigen Hafenplatze aufgetreten, hatte durch ein paar rasch erfolgte Erkrankungen und den Tod der Vorsteherin das Kloster so erschreckt und verwirrt, daß während einiger Tage weder Hausordnung noch Ordensregel geachtet wurde, die Pforten auf- und zugingen und jeder tat, was er wollte. Dieser Zustand verlockte die Afrikanerin desto unwiderstehlicher, die Freiheit zu suchen, um in ihr die Hand ihres Herren und die rechtmäßige geliebte Unfreiheit wiederzufinden. Sie hatte deutlich verstanden, was der verkleidete Luis gerufen, und es für ein Zeichen genommen, daß sie ihren Gebieter aufsuchen solle. Daher verließ sie in einer Abenddämmerung einfach das Kloster durch eine offen stehende Seitentüre und wanderte die Nacht hindurch um die Meerbucht von Cadix herum und auf der Straße nach Norden, bis sie zur Stadt Sevilla gelangte. Sie trug noch etwas Geld bei sich verborgen, das ihr jetzt zu statten kam, bald aber zu Ende ging, weil sie von den Leuten überall übervorteilt und betrogen wurde, als sie ihre Unerfahrenheit und Unkenntnis bemerkten. Sobald sie aber nichts mehr besaß, erhielt sie das Wenige, um das sie aus Hunger bat, um Gotteswillen. Von Sevilla aus fing sie an nach der Stadt Lissabon zu fragen und ging unablässig in der Himmelsrichtung, die man ihr jeweilig zeigte, über Ebenen und Gebirge und die Ströme und Flüsse hinweg, viele Tage, Wochen lang; denn die öfteren Irrgänge verdoppelten die Länge des Weges. Trotz aller Mühsal waltete ein freundlicher Stern über ihrem Haupte, was Don Correa leicht begriff, als er die schuldlose Anmut und ernsten Züge mit neuem Wohlgefallen betrachtete. Sie erreichte endlich die Umgebung der portugiesischen Hauptstadt mit Sonnenuntergang; bis sie nicht mehr zweifeln konnte, daß sie in Lissabon sei, war aber die Nacht schon vorgerückt, und sie fragte nach der Wohnung des Admirals, zu dessen Haushalt sie gehöre, wie sie mit gutem Instinkte aussagte. Eine Scharwache übergab sie der andern, ohne sie zu beleidigen, obgleich den Leuten das Abenteuer ungewöhnlich vorkam. So wurde sie von einem Stadtviertel ins andere mitgeführt und zuletzt einem alten Nachtwächter überlassen, der sie vollends vor den Palast des Admirals brachte, nachdem er aus ihren Worten auf die Wahrheit ihrer Aussage geschlossen hatte. Da solle sie an der Glocke ziehen, riet er, indem er ihr den eisernen Griff zeigte und sie dann stehen ließ.

Diese Erzählung trug sie allerdings nicht fließend vor; sie mußte ihr vielmehr stückweise abgefragt werden; dennoch war Don Correa erfreut, die Zambo zum ersten Male in seiner eigenen Sprache zusammenhängend reden zu hören und überdies nicht nur in ihren Worten, sondern auch in den von der Sprache belebten Zügen des dunklen Antlitzes das Licht eines guten Verstandes wahrzunehmen, gleich dem Morgenschimmer, der einen schönen Tag verspricht. Freilich waren diese Züge bewegter als sonst, weil auch sie die erlernte Sprache ihres Beschützers zum ersten Male ihm gegenüber hören ließ und sich lange darauf gefreut hatte.

»Wo hast du den Ring gelassen, den ich dir gegeben?« fragte er sie, ihre Hand ergreifend, wie wenn er ihn suchte.

»Verzeih, Herr, man hat mir den Ring genommen!« sagte sie mit gesenktem Blicke.

Er trat zu einem schweren Schranke, aus welchem er ein mit Silber eingelegtes glänzendes Stahlköfferchen holte, das er öffnete. Die darin liegenden Schmucksachen und Kleinodien mit einem Rucke durcheinander rüttelnd, bis er einen Frauenring fand, hielt er denselben einen Augenblick gegen das Licht, wie wenn er sich ein letztes Mal den Schritt überlegte, den zu tun sich ihm nochmals die Wahl bot. Als er vor zwölf Jahren ausgezogen war, die erste Frau zu freien, hatte er in der Eile vergessen, den Trauring seiner Mutter mitzunehmen, wie er sich vorgenommen. Jene dunklen Vorgänge mit ihrer elenden Täuschung traten einen Moment vor seine Seele; doch dünkte ihm der Umstand, daß der unentweihte Ring jetzt im rechten Augenblicke noch zur Hand war, ein günstiges Zeichen, und er steckte ihn der Zambo an den Finger, daran der frühere gesessen.

Das Trauungsfest, welches er ohne Zaudern herbeiführte, machte trotz der verhältnismäßig großen Einfachheit ein allgemeines Aufsehen, obschon kein so schreiendes, wie es heutzutage der Fall sein würde. Selbst der König und die Königin sandten Vertreter mit ihren Glückwünschen, und die Versammlung war eine glänzende, wenn auch nicht sehr zahlreiche. Die Braut durfte sich trotzdem sehen lassen. Zambo war in einen schweren weißen Seidenstoff gekleidet, der in schmale Streifen mit Goldfäden abgenäht worden. Der breite stehende Spitzenkragen, der silberdurchwirkte Schleier und die in das Haar geflochtenen Perlenschnüre, das auf dem freien Teile des Busens liegende Diamantkreuz hoben ihre dunkle oder vielmehr hellbraune Farbe wie etwas Selbstverständliches, ja Einzigmögliches hervor, und ihre angeborene schlanke und grade Körperhaltung war so edel, daß Don Corręa, als ein gelehrter Geistlicher unter den Gästen ihm flüsternd anerbot, einen Stammbaum zu verfassen und ihre Abkunft auf die Königin von Saba zurückzuführen, stolz auf ihre Haltung hinwies und sagte, es sei nicht nötig.

Der fremdartige Reiz der ganzen Erscheinung wurde aber noch erhöht durch die über sie ausgegossene natürliche Demut und den träumerischen Glanz ihrer Augen, welche verrieten, daß sie nicht recht wußte, was mit ihr vorging, da sie von den Nonnen in keiner Weise auf weltliche Dinge vorbereitet worden.

Das erfuhr Don Correa erst auf seinem schönen Admiralschiffe, als er gleich nach der Hochzeit mit der Gemahlin die Rückreise nach Afrika angetreten hatte. Die Donna Maria Correa hielt sich nach wie vor für seine Sklavin, die jede Änderung des Schicksals zu gewärtigen habe und zum Dienen bestimmt sei. Zuerst verdrießlich darüber, daß sie in dieser Beziehung das in Klöstern und unter Geistlichen zugebrachte Jahr gänzlich verloren, machte er sich selbst zu ihrem Lehrer, so gut er das mit seinem seemännischen Wesen vermochte. Bald aber wurden die Stunden, die er über dem Unterricht im einsamen Schiffsgemache mit der Gattin verlebte, zu Stunden der schönsten Erbauung. Denn als er ihr allmählig die Freiheit ihrer Seele begreiflich machte, Ehre und Recht einer christlichen Ehefrau beschrieb und ihr die Pflicht des persönlichen Willens und Beschließens auseinandersetzte, was alles durch Liebe zusammengehalten und verklärt werden müsse, da soll es gar schön anzusehen gewesen sein, wie von Tag zu Tag das Verständnis heller aufging und die junge Frau mit dem Lichte menschlichen Bewußtseins erfüllte. Außerdem hörte sie viele ihr bisher unbekannte Worte, und indem sie dieselben wiederholte und den Sinn sich anzueignen suchte, bereicherte sie zugleich im höchsten Sinne ihre neue Sprache.

Eines Tages, als das Geschwader dem Ziele seiner Fahrt näher kam, erging sich Don Correa mit der Frau auf dem obersten Verdecke und führte sie in den luftigen Pavillon, der über dem Stern des Schiffes errichtet war. Die Zeltdecken schützten hier vor den Sonnenstrahlen und den Blicken des Schiffsvolkes. Sie schauten still auf den unendlichen Ozean hinaus, dessen gleichmäßig schimmernde Wellen in zahllosen Legionen heranrauschten und die Schiffe ruhig weiter trugen.

»Hat das Meer auch eine Seele und ist es auch frei?« fragte die Frau.

»Nein«, antwortete Don Correa, »es gehorcht nur dem Schöpfer und den Winden, die sein Atem sind! Nun aber sage mir, Maria, wenn du ehedem deine Freiheit gekannt hättest, würdest du mir auch deine Hand gereicht haben?«

»Du frägst zu spät«, erwiderte sie mit nicht unfeinem Lächeln; »ich bin jetzt dein und kann nicht anders, wie das Meer!«

Da sie aber sah, daß diese Antwort ihn nicht befriedigte und nicht seiner Hoffnung entsprach, blickte sie ihm ernst und hochaufgerichtet in die Augen und gab ihm mit freier und sicherer Bewegung die rechte Hand.

ZWÖLFTES KAPITEL

Die Berlocken

»*D*as haben Sie gut gemacht!« sagte Lucie; »wir Andern wollen uns merken, wie nützlich die Demut ist und wie erhöht wird, wer sich erniedrigt hat! Aber auch mir ist während Ihrer Erzählung ein kleines Lesefrüchtchen aus meinen Büchern eingefallen, das gleichfalls von einer farbigen Person, einer Wilden handelt. Vielleicht haben wir noch die Muße, das Geschichtchen abzuwandeln, und zwar im wörtlichen Sinne, indem wir ein wenig ins Holz hinausgehen?«

»Es scheint mir, daß ich hier in eine Art von Duell hineingeraten bin«, versetzte der Oberst; »Herr Reinhart hat dein schönes Geschlecht der Erde und der Stellung wieder näher gebracht, die er ihm anweist. Ohne Zweifel willst du den Streich parieren und dich aus eigener Kraft vom Boden erheben, auf welchem die braune Weibsperson zweimal gelegen hat. Lege also los, liebe Lux, und schau, daß du nicht liegen bleibst! Wenn ich aber mit zuhören soll, so muß ich bitten, daß wir diesen Aufenthalt nicht verlassen; denn wie du weißt, kann ich noch nicht weit marschieren.«

»Verzeih, lieber Onkel«, sagte die Lux, »daß ich das im Gefechtseifer vergessen habe! Es versteht sich von selbst, was du wünschest! Ich wollte nur der Ungeduld unseres Gastes entgegenkommen, der mir etwas unruhig zu werden scheint und vielleicht gerne den Ort verändert!«

»Achten Sie nicht darauf!« antwortete Reinhart, »warum soll ich nicht unruhig sein, wenn ich ein Geschütz auf mich richten sehe, dessen Trefffähigkeit und Ladung ich noch nicht kenne? Also fangen Sie gütigst an und seien Sie nicht zu grausam!«

Lucie räusperte sich zum Scherz ein wenig und sagte: Anfangen! Das hab ich gar nicht bedacht, daß man anfangen muß!

Warum soll ich mich eigentlich abquälen, um eine Sache zu blasen, die mich nicht brennt? Nun, ich springe gleich hinein!

Zur Zeit, da Marie Antoinette sich nach Frankreich verheiratete, gab es in der Touraine einen hübschen guten Jungen, der noch gar nicht flügge war und keinem Menschen etwas zu Leide getan hatte. Er hieß Thibaut von Vallormes und war Fahnenjunker in einer Kompagnie eines Fußregimentes, das ich nicht näher zu bezeichnen wüßte, indem ich den Namen desselben nicht angezeigt fand. Trotz seiner kriegerischen Stellung war er, wie gesagt, noch halb kindisch und hielt sich, wenn er nicht Dienst hatte, immer bei alten Tanten, Basen und anderen würdigen Matronen auf, deren Putzschachteln, Galanterieschränke und bemalte Coffrets er durchschnüffelte und von denen er sich Geschichten erzählen ließ, während er ihre Cremetörtchen, Blancmangers und Zuckerbrötchen schmauste. Aber auch diesem unschuldigen Knaben schlug die Stunde des Schicksals, wo sich die Sachen änderten und er begann ein gefährlicher Mensch und Mann zu werden.

Zum Pagendienste bei den Zeremonien der königlichen Vermählung wurden aus der Armee eine Anzahl gerade solcher hübschen Bürschchen zusammengesucht und nach Paris berufen, und auch der zierliche junge Thibaut ward des Glückes teilhaft. Nach dem Schlusse der Festlichkeiten geschah es dann, daß unter anderm auch die sämtlichen Pagen in einem Salon des Versailler Schlosses versammelt, gespeist und beschenkt wurden, eh sie zur Heimreise auseinandergingen. Nachdem ein Kammerherr oder so was jedem sein Paketchen überreicht, wurde ihnen unerwartet kund getan, daß die junge Dauphine die Junker noch zu sehen wünsche. Sie mußten also hinmarschieren, wo sie mit einigen Hofdamen saß; jeder Einzelne wurde ihr vorgestellt und erhielt unter graziösen Dankesworten für seinen artigen Dienst noch eigenhändig ein Geschenk, das ihr ein Hofherr darreichte. So bekam Thibaut eine schöne goldene Uhr, aber ohne Kette oder Band, mit den

Worten, die Berlocken müsse er sich mit der Zeit selbst dazu erobern.

Ganz rot vor Vergnügen betrachtete Thibaut die Uhr, als er mit den andern Jungen in einem großen Omnibus nach Paris zurückfuhr und sie die erhaltenen Geschenke sich gegenseitig zeigten. Es war auf der Rückseite in einem Kranze von Rocaille ein kleiner Seehafen graviert, in dessen Hintergrunde die Sonne aufging und ihre Strahlenlinien sehr fein und gleichmäßig nach allen Seiten ausbreitete. Das Innere der Schale aber zeigte sich gar mit einer bunten Malerei emailliert: ein winziges Amphitritchen fuhr in seinem Wagen, von Wasserpferden gezogen, auf den grünen Wellen einher, von einem rosenfarbigen Schleier umwallt, und auf dem blauen Himmel stand ein weißes Wölkchen. Im Vordergrunde gab es noch Tritonen und Nereiden.

Als alle die Herrlichkeiten genugsam bewundert worden und auch die freundlichen Worte der künftigen Königin besprochen und kommentiert, brachte auch Thibaut vor, was sie ihm gesagt, und er setzte hinzu: »Wenn ich nur wüßte, was ihre Königliche Hoheit damit meinte, daß ich die Berlocken selbst erobern müsse!«

»Ha!« rief ein Standartenjunker von der Reiterei, »das ist doch klar; es bedeutet, daß Sie sich die Berlocken aus kleinen Andenken von Damen herstellen sollen, deren Herzen Sie geraubt haben! Je mehr, je besser!«

»Ich möchte doch nicht behaupten, daß die Frau Dauphine so etwas gemeint hat«, wandte ein anderer Junge schüchtern ein, »ich glaube eher, sie wollte sagen, Monsieur de Vallormes möge sich die nötigen Bijoux von der Mama, den Frau Tanten und allerhand Cousinen erbitten oder schenken lassen, weil sich ihre Königliche Hoheit nicht damit abgeben kann, so viele kleine Gegenstände auszusuchen und zusammenzustellen!«

»Ei warum nicht gar«, meinte der Kornett, »das wären langweilige Berlocken! Es müssen eroberte Trophäen sein! Jeder Gentilhomme trägt sie!«

Thibaut entschied sich für die letztere Auslegung, und als er in seine Stadt Tours zurückkam, sah er sich von Stund an nach den Gelegenheiten um, die schrecklichen Raubzüge zu beginnen. Er vermied die Plauderstübchen der alten Tanten und guckte eifrig nach jungen Mädchen aus, die etwas Glänzendes an sich trugen, sei es am Halse, an der Hand oder an den Ohren. Da er sich aber auf die Hauptsache, die Eroberung der Herzen, noch nicht verstand und nach einigen törichten Possen gleich nach jenen Dingen greifen wollte, so wurde ihm überall auf die Finger geschlagen und es wollte sich nichts für seine Uhr ergeben.

Einst reiste er für die Osterfeiertage nach Beaugency an der Loire, wo er Verwandte besaß, und da schien sich ein Anfang für seine Unternehmungen gestalten zu wollen. Es war nämlich ein sehr schönes Frauenzimmer aus dem benachbarten Orleans dort zum Besuche, das freilich schon etwa zweiundzwanzig Jahre zählte und daher den Kopf eine Hand breit höher trug als der kaum siebzehnjährige Fähnrich, wie sie auch ohnehin hochgewachsen war. Aber obschon Thibaut ein wenig in ihre Augen hinauf blicken mußte, war er doch nicht zu stolz, sich in sie zu verlieben, zumal er an ihrem Halse ein Herz von roten Korallen hängen sah, das ihm außerordentlich in die Augen stach. Es war ungefähr so groß wie ein holländischer Dukaten und konnte geöffnet werden. Inwendig saß ein grünes Spinnlein, sehr kunstreich aus einem kleinen Smaragdsteine gemacht, die Äuglein von winzigen Brillanten und die länglichen Füße von feinem Golde. Die Spinne zitterte und bewegte sich aber unaufhörlich samt ihren acht Beinchen, weil sie mit künstlichen Gelenken von der heikelsten Arbeit versehen und außerdem auf einer kleinen, unsichtbaren Spiralfeder befestigt war. Dieses Herz hatte die schöne Guillemette von ihrem Bräutigam zum Geschenk erhalten; denn sie war mit einem höhern Offiziere verlobt, der in den amerikanischen Besitzungen Frankreichs verwendet wurde und den Zeitpunkt der Vermählung bis nach seiner Rückkehr verschoben hatte.

Als er ihr vor der Abreise das Herz gab, sagte er wie im Scherz, er wolle sehen, ob sie so Sorge dazu trüge, daß das unruhige Spinnlein noch unzerbrochen sei, wenn er wiederkäme; nota bene aber setze er voraus, daß sie das Kleinod nicht etwa beiseite lege, sondern es beständig am Halse trage. Er sprach vielleicht damit die Hoffnung aus, sie werde sich während der Zeit seiner Abwesenheit recht ruhig und gleichmütig verhalten und ihr eigenes Herz samt dem Korallenherzen ungefährdet bleiben.

Als nun der junge Thibaut sich in sie verliebte, beging Guillemette den Fehler, sich sein Hofmachen als kleine Erheiterung eine Weile gefallen zu lassen, was sie schon seiner Jugend wegen für unverfänglich hielt. Sie ließ sich von ihm Fächer und Handschuhe tragen, spielte und lachte mit ihm, wie wenn sie noch ein halbes Kind wäre, und wenn er nicht von selbst in ihre Nähe kam, rief und lockte sie ihn herbei. Sooft er es möglich machen konnte, eilte er nach Beaugency, wo sie längere Zeit blieb, und jagte mit ihr durch Garten und Saal. Eines Tages aber, als er ihr plötzlich zu Füßen fiel und ihre Kniee umspannte, mußte er erfahren, daß sie ihn lachend abschüttelte und er weiter von dem Ziele des Herzensraubes war als jemals. Da faßte er in jugendlichem Leichtsinn den Vorsatz, ihr wenigstens das Korallenherz zu stehlen, und führte ihn auch aus. Während einer sommerlichen Nachmittagsstunde hatte sich Guillemette in ein kühles Gartenzimmer eingeschlossen, um zu schlafen, leider aber nicht das offene Fenster bedacht. Durch dieses Fenster entdeckte Thibaut das in einem geflochtenen Armsessel schlafende Fräulein und stieg leise wie eine Katze hinein. Das Herz hing an einem Sammetbändchen an ihrem Halse und es gelang ihm, dasselbe loszumachen und in die Tasche zu stecken, auch wieder durch das Fenster zu entfliehen, ohne daß sie erwachte oder er von einem Menschen gesehen wurde. Die grüne Spinne mochte in ihrer dunklen Kapsel noch so sehr zittern und blinkern, so half es doch weder ihr noch der schlafenden Schönen; sie mußte mit dem Diebe gehen und nahm das Glück der armen Guillemette mit sich. Als sie erwachte und einige Zeit später den Verlust entdeckte, suchte sie das Herz überall, und erst als sie es nirgends fand, erschrak sie und sann beklommen nach, wo es möchte geblieben sein. Sie fragte auch den Thibaut, ob er es nicht gefunden habe, und als er das verneinte, glaubte sie ihm anzusehen, daß er doch darum wisse. Sie bat ihn heftig, es ihr zu sagen; er leugnete und lachte zugleich und sie betrachtete ihn zweifelnd und geriet über seinem Anblick in große Angst, da er immer mit den Augen zwinkerte. Zuletzt fiel sie ihm zu Füßen und flehte, er möchte ihr das Herz wiedergeben oder sagen, wo es sei, und erst jetzt hielt er seinen Raub für eine rühmliche Beute, weil er merkte, wieviel ihr daran gelegen und daß sie dem Weinen nahe war. Wie wenn er sich in falschen Schwüren üben wollte, beschwor er laut und heuchlerisch seine Unschuld, machte aber, daß er fortkam, und ließ sich nie wieder vor ihr blicken. Als der Verlobte nach einem Jahre aus den Kolonien zurückkehrte und, das Herz vermissend, nach demselben fragte, sagte die Braut der Wahrheit gemäß, daß sie es entweder verloren habe oder es ihr gestohlen worden sei, sie wisse das nicht recht; allein sie brachte die Worte so verlegen, so erschrocken hervor, daß der Bräutigam einem etwelchen Verdachte nicht widerstehen konnte. Und als er dringend nach den Umständen fragte, unter welchen sie ein solches Andenken habe verlieren können, gab sie eine unglückliche Antwort, in der die Reue sich hinter beleidigtem Stolze verbarg. Die Verlobung löste sich auf; der Bräutigam heiratete eine andere Person, und die Guillemette blieb arm und verlassen mitten in der Welt sitzen.

Thibaut, der inzwischen Leutnant geworden, trug nun das Herz an seiner Uhrkette und sah schon lange nach einem neuen Gehängsel aus, das er jenem beigesellen konnte. So gewahrte er denn einstmals die kleine Denise, das Töchterlein des seligen Notars Jakob Martin, das eben aus der Klosterschule gekommen und nun bei der Mutter lebte. Er wunderte sich, wie artig das Mädchen ausgewachsen war und auf den roten Stöckelschuhen daherging. Auf der Brust trug es ein bescheidenes Herz von Bergkristall, das, in Gold gefaßt, auch geöffnet werden konnte; aber es war nichts darin und das Herz ganz durchsichtig. Dennoch faßte er sogleich den Plan, dasselbe zu erobern, als er so stehen blieb und dem Mädchen nachschaute, das mit blutrotem Gesichte davoneilte. Er spazierte täglich an ihrem Hause vorüber, sandte ihr verliebte Gedichtchen zu, die er den Poesieen des Mr. Dorat, der Frau Marquise d'Antremont oder des Herrn Marquis de Pezai und anderen Dichtern der damaligen Zeit entlehnte, aber ohne Unterschrift ließ. Es gelang ihm dadurch, den Kopf der jungen Denise und ihrer Mutter zugleich in Verwirrung zu setzen, so daß er den Zutritt im Hause erhielt und mit eitler Freude empfangen wurde, wenn er mit einem Blumensträußchen oder einem billigen Fächer von gefärbtem Papier erschien, worauf ein paar Gräser und eine Nelke gedruckt waren. Ein ehrbarer Kaufmannssohn, dessen Vater mit dem verstorbenen Notar befreundet gewesen, zog sich vor dem Herren von Vallormes zurück, an welchen die kleine Denise zuerst ihr natürliches und dann ihr kleines Kristallherz verlor. Sobald er aber dieses mit ihrer zärtlichen Einwilligung abgelöst und an seiner Uhr befestigt hatte, verließ er sie und kehrte nie mehr zurück. Ungeachtet sie sehr wohlhabend war, kostete es der Mutter manche sauere Mühe, den jungen Kaufmann mit der Zeit wieder herbeizuschaffen, der dann aus dem erst so blühenden Denischen ein gedrücktes Hausfrauchen, so ein bescheidenes aufgewärmtes Sauerkräutchen machte.

Es dauerte jetzt einige Zeit, bis Thibaut wieder auf eine Spur geriet, die er jedoch abermals verlor, wie es auch dem geschicktesten Jäger geschehen kann, und als er eines Sonntagnachmittags nichts anzufangen wußte, nachdem er seine Berlocken genugsam besehen hatte, fiel es ihm ein, endlich einmal seine jüngste Tante Angelika zu besuchen, die noch nicht ganz fünfzig Jahre alt sein mochte und eine empfindsame alte Jungfer war. Da sie gerade am offenen Schreibtische saß, machte sich Thibaut hinter die ihm bekannten Lädchen und Schatullen, um darin zu schnüffeln, wie ehemals. Er stieß auf ein Schächtelchen, das er noch nie gesehen, und als er es öffnete, lag auf einem Flöcklein Baumwolle ein Herz von milchweißem Opal, das, längst vom Bande gelöst, hier im Stillen schlummerte. Am Tageslichte schillerte das Herz in zartem Farbenspiele wie ein Schein ferner Jugendzeiten.

»Welch ein schönes Bijou!« rief Thibaut, »wollen Sie mir das nicht schenken?«

»Was fällt dir ein, lieber Neffe?« fragte sie verwundert, indem sie ihm das Herz aus der Hand nahm und es mit glänzenden Augen betrachtete; »was wolltest du auch damit tun? Es einem andern Frauenzimmer schenken?«

»O nein!« sagte Thibaut, »ich würde es an meine Uhr hängen und dabei stets meiner Tante Angelika eingedenk sein!«

»Ich kann es dir dennoch nicht geben«, erwiderte die Dame mit weicher Stimme, »es ist meine teuerste Erinnerung, denn der Geliebte und Verlobte meiner Jugend hat es mir geschenkt!«

Auf sein neugieriges Verlangen erzählte sie dem Neffen mit vielen Worten die verjährte Liebesgeschichte mit einem herrlichen jungen Edelmann, der voll seltener Treue und Hingebung unter schwierigen Umständen an ihr gehangen, sich ihretwegen geschlagen und in der Blüte der Jahre in der glorreichen Schlacht von Fontenoy als ein tapferer Held gefallen sei, vor mehr als dreißig Jahren. Die Beschreibung all der Liebenswürdigkeit, der männlichen Schönheit und Jugend des Verlorenen, der in seinem Umgange genossenen Glückseligkeit verklärte die Erzählende mit einem solchen Abglanz der Erinnerung und Sehnsucht, daß trotz der stark angegrauten Haare, die im Negligé unter dem gefälteten Häubchen hervor über Nacken und Schultern herunterflossen, eine neue Jugend ihr Gesicht zu beleben und rosig zu färben schien.

Ganz begeistert fiel Thibaut auf ein Knie, wie wenn er selbst der verlorene Liebhaber wäre, und rief, die Hände auf sein Herz legend: »Ich schwöre Ihnen, teuerste Tante, daß ich Sie ähnlich geliebt haben würde, wäre meine Jugend mit der Ihrigen zusammengefallen! Ja ich liebe Sie jetzt, wie nur eine junge Seele eine andere junge Seele lieben kann! O schenken Sie mir Ihr schönes Herz, ich will es hegen und an mich schließen, daß es nicht mehr einsam ist!«

Er war in der Tat so närrisch verzückt, daß er selbst nicht wußte, ob er das kleine Schmuckherz oder das liebende Menschenherz verlangte; die Tante Angelika aber verwechselte in ihrer Schwärmerei den gegenwärtigen Augenblick mit der Vergangenheit und den neben ihr knieenden Jüngling mit dem lange entschwundenen Geliebten. Sie schlang in süßer Vergessenheit beide Arme um den Hals des hübschen Schlingels und drückte ihm mehrere Küsse auf die Lippen, und der Taugenichts entblödete sich nicht, der traumvergessenen würdigen Dame das gleiche zu tun, wie wenn sie noch zwanzig Jahre alt wäre. Voll Schrecken erwachte sie aus ihrer süßen Verirrung, die sie nun doch nicht recht bereuen konnte; sie machte sich hastig aus seinen Armen frei, und während sie ihn mit feuchten Augen nochmals ansah, drückte sie ihm zitternd das Opalherz in die Hand und bat ihn, sie doch gleich zu verlassen. Dann lehnte sie sich mit gefalteten Händen in ihren Sessel zurück, um sich von dem höchst seltsamen Erlebnisse zu erholen.

Als Thibaut die neue Trophäe an der Uhr befestigt hatte, dünkte ihm die Berlocke mit drei Herzen nunmehr stattlich genug zu sein, um sie endlich auszuhängen; auch kam es ihm gerade recht, daß er an eine Offiziersstelle in Paris versetzt wurde; denn nur diese Stadt konnte fortan der rechte Schauplatz seiner ferneren Taten sein. Und es fehlte ihm nicht an Eroberungen und Protektionen, die ihm bald eine eigene Kompagnie verschafften, deren Kapitän er wurde. Allein je vornehmer die Damen waren, deren Eroberung er machte, und je kostbarer die Kleinödchen, die er an seine Uhrkette hing, desto unklarer wurde es ihm, ob er eigentlich es sei, der die Schönen sitzen ließ, oder ob er von ihnen verlassen werde. Gleichviel, sein Uhrgehänge klirrte und blitzte, daß es eine Art hatte, und er galt für den gefährlichsten Kavalier der Armee, wenn er im Kreise der Herren Kameraden die Geschichte der einzelnen Merkwürdigkeiten erzählte und die Juwelen und Perlen streichelte, die sich darunter fanden. Und er ging mit den Berlocken zu Bett und stand mit denselben auf.

Zuletzt wurde ihm sein Ruhm fast langweilig, besonders da kein Plätzlein mehr für neue Siegeszeichen auf seiner Weste vorhanden war. Weil er aber ein für allemal ein Glückskind heißen konnte, zeigte sich in diesem Stadium die Aussicht auf einen neuen Lebens- und Siegeslauf, den als ein bewährter und geprüfter Mann anzutreten es ihn gelüstete.

Gerade damals hatte die französische Begeisterung für den Freiheitskampf der Nordamerikaner ihren Höhepunkt erreicht, und nachdem schon viele Franzosen als Freiwillige für die Gründung der großen Republik mitgefochten, war es bekanntlich dem Marquis von Lafayette gelungen, die Absendung eines förmlichen Hilfsheeres zu bewirken. Der Kapitän Thibaut von Vallormes ging mit und befand sich bei den sechstausend Mann, welche vom Grafen von Rochambeau über den Ozean geführt wurden und im Juli 1780 auf Rhode-Island landeten. Thibaut war weder ein nachlässiger noch ein untapferer Soldat, und so geriet er im Verlaufe des schwierigen Krieges und auf den Hin- und Herzügen bald in die vorderste Linie, bald sonst auf ausgesetzte Punkte. Der frische Luftzug der neuen Welt, der gewaltige Hauch der Freiheit, der von ihm ausging, und die anhaltende Beschäftigung des Dienstes unter allerlei Gefahren ließen den Offizier allgemach ernster erscheinen; auch an seiner Einzelperson, geringen Orts, machte sich der Übergang aus dem spielenden Dasein in das, was nachher kam, sichtbar. Als die Heeresabteilung, bei der er stand, an irgend einen breiten Fluß vorrückte, auf dessen anderm Ufer ein größerer Indianerstamm lagerte, entflammte er mit den anderen Franzosen in Enthusiasmus, nun der wahren Natur und freien Menschlichkeit so unmittelbar gegenüber zu stehen; denn jeder von ihnen trug sein Stück Jean Jacques Rousseau im Leibe. Es handelte sich darum, mit den Indianern in Verkehr zu treten, sie entweder in Güte als Freunde zu gewinnen oder sie wenigstens zu einem neutralen Verhalten zu veranlassen, und zu diesem Ende hin wurden die Oberbefehlshaber erwartet, indessen auch am andern Ufer, bei den Indianern, noch eine Anzahl wichtiger Häuptlinge zu einer Konferenz eintreffen sollten.

Die französischen Militärs aber mochten den Tag nicht erwarten, ihre Neugierde und die Lust an den idealen Naturzuständen zu befriedigen; sie lockten schon vorher die wilden Rothäute über das Wasser und schifften auch zu ihnen hinüber, und jeder suchte in seinem Gepäcke nach Gegenständen, welche er verschenken oder an Merkwürdigkeiten vertauschen konnte. Thibaut war unter den Ersten, die über den Strom setzten, und tat es bald täglich nicht nur ein-, sondern zweimal, und war in den Wigwams zu Hause. Nämlich eines der indianischen Mädchen zog ihn unwiderstehlich hinüber, daß er seine ganze siegreiche Vergangenheit vergaß und einem Neuling gleich auf den Spuren einer Wilden umherirrte.

Ich kann es nicht wagen, eine Beschreibung von dem wunderbaren Wesen zu machen, und muß es den Herren überlassen, sich nach eigenem Geschmacksurteil das Schönste vorzustellen, was man sich damals unter einer eingeborenen Tochter Columbias dachte, sowohl was Körperbau und Hautfarbe als Kostüm und dergleichen betrifft. Ein hoher Turban von Federn wird unerläßlich, ein buntes Papagenakleidchen rätlich sein; doch wie gesagt, ich will mich nicht weiter einmischen und nur noch andeuten, daß sie in ihrer Sprache Quoneschi, das heißt Libelle oder Wasserjungfer genannt wurde.

So viel ist sicher, daß sie es meisterlich verstand, wie eine Libelle ihm bald über den Weg zu schwirren, bald sich unsichtbar zu machen, jetzt einen verlangenden Blick auf ihn zu werfen, dann spröd und kalt ihm auszuweichen; allein Thibaut wurde nicht müde, sich betulich und geduldig zu zeigen und sie wenigstens mit schmachtenden Augen zu verfolgen, wenn sie durchaus nicht in die Nähe zu bringen war. So gleichgültig er zuletzt gegen das Frauengeschlecht in Frankreich gewesen, so heftig verliebte er sich jetzt in das rote Naturkind und ging geradezu mit dem Gedanken um, dasselbe zu seiner rechtmäßigen Gemahlin zu erheben. Wie würde das philosophische Paris erstaunen, dachte er sich, ihn mit diesem Inbegriff von Natur und Ursprünglichkeit am Arme zurückkehren und in die Salons treten zu sehen.

Durch seine Beharrlichkeit schien die zierliche Wasserjungfer wirklich allmählich zahm und halbwegs vertraulich zu werden; die Herren Kameraden, die bisher darüber gelächelt, daß seine Macht über die Frauenherzen sich nicht bis an den Hudson und den Delaware erstrecke, fingen an ihn zu bewundern und zu loben, daß er als echter Franzose nicht das Feld räume; kurz, er hatte zwischen Tag und Nacht schon mehr als ein kleines Stelldichein abgehalten mit wunderlichem Zwiegespräche von Gebärden und abgebrochenen Worten, wobei keines das andere verstand noch auszudrücken wußte, was es wollte. Nur Eines glaubte Thibaut zu bemerken, nämlich daß Quoneschi jedenfalls von einem zärtlichen Gedanken bewegt war, der sie fortwährend beschäftigte und die dunklen Augen öfters wie in banger oder zweifelhafter Erwartung auf ihn richten ließ.

Nun waren die höheren Personen auf beiden Seiten des Flusses versammelt und die Unterhandlungen für einstweilen erledigt, die indianischen Häuptlinge im französischen Lager auch gut bewirtet worden, und es blieb noch der offizielle Besuch der französischen Herren bei den Wilden übrig, welche sich auch ein wenig zeigen wollten. Am Vorabend kam noch ein ganzes Schiff voll Weiber herübergefahren, die vor dem Weitermarsch der Franzosen noch allerlei Verkäufliches an den Mann zu bringen wünschten, wie Früchte, wilde Putzsachen, Muscheln, gesticktes Leder und dergleichen. So entstand rasch noch eine lebendige Marktszene und die Franzosen benutzten billigerweise den Anlaß, mit den Frauen zu sponsieren, wie es von je ihre Art gewesen ist. Thibaut aber wußte seine Quoneschi oder Wasserjungfer, die ein Körbchen voll Erdbeeren zu verkaufen hatte, in sein Hauptmannszelt zu locken und nahm sie dort schärfer ins Gebet als bisher; denn es war keine Zeit mehr zu verlieren. Er suchte ihr mit feuriger Ungeduld deutlich zu machen, daß er sie mit nach Europa nehmen und mit ihren Eltern um sie handeln wolle, in ehrbarem Ernste und zu ihrem Heil und Glücke. Daß sie ihn ganz verstand, ist zu bezweifeln; dagegen ist sicher, daß sie sich deutlicher auszudrücken wußte. Indem sie mit der kleinen rötlichen Hand sein Kinn und beide Hände streichelte, deutete sie auf die Berlocken an seiner Uhr, die sie zu haben wünschte, nachdem sie offenbar schon lange ihren Geist beschäftigt hatten. Dazu sagte sie immer auf Englisch: Morgen! Morgen! und drückte mit holdselig naiven Gebärden aus, daß etwas Wunscherfüllendes vorgehen würde, wo gewiß alle Welt zufriedengestellt werde.

Unser guter Thibaut erschrak über die Deutlichkeit des Verlangens nach den Berlocken und besann sich ein Weilchen mit melancholischem Gesichte; er war ganz überrascht von der ungeheuerlichen Keckheit des Begehrens und konnte es nur begreifen, wenn er bedachte, daß das unschuldige Wesen weder die Bedeutung noch den Wert dessen kannte, was es forderte. Als aber das Mädchen traurig das Haupt senkte und die Hand aufs Herz legte und noch mit anderen Zeichen verriet, daß sie große Hoffnungen auf die Erfüllung ihres Wunsches gesetzt hatte, legte er diese Zeichen zu seinen Gunsten aus und änderte seine Gedanken. Im Grunde, dachte er, ist es nur in der Ordnung, wenn ich diese Erinnerungen Derjenigen zu Füßen lege, welcher ich mich für das Leben verbinden will! Noch mehr, es ist ja ein schönes Symbol, wenn ich diese Siegesspolien aus einer überlebten und überfeinerten Welt sozusagen der noch jungen Natur in Person aufopfere, die uns eine neue Welt gebären soll! Und am Ende bringt das gute

Kind mir den kleinen Schatz, der so lange auf meiner Weste gebaumelt hat, getreulich wieder zu, und es wird sich gar witzig ausnehmen, wenn die Tochter des Urwaldes einst die Kleinode, bald dieses, bald jenes, vor den Augen unserer Damen an sich schimmern läßt!

Mit raschem Entschlusse löste er den Ring, der das Gehängsel zusammenhielt, von der Uhr und übergab es ihr in seiner ganzen Pracht und Kostbarkeit. Mit einer kindlichen Freude, welche die zarte Rothaut des Urwaldes womöglich noch röter machte, empfing die Libelle, die Wasserjungfer, den Schatz und überhäufte den Geber mit Zeichen der lieblichsten Dankbarkeit; dann lief sie eilig davon, indem sie nochmals mit leuchtenden Augen: Morgen! Morgen! rief.

Thibaut hingegen empfand ein Gefühl, wie wenn einer ihm den schönen Zopf abgeschnitten hätte, der so stattlich den Rücken seines Scharlachrockes schmückte, und in der Nacht hatte er einen schweren Traum. Es träumte ihm, er habe das Korallenherz der schönen Guillemette aufgemacht, die grüne Spinne sei herausgelaufen und habe ihn in die Nase gebissen, die wie eine Rübe aufgeschwollen sei.

Am Morgen wurde es ihm wieder besser zu Mute, als er den klar erglänzenden Tag gewahrte, der über der großen Stromlandschaft aufgegangen war, und heitern Herzens bestieg er die übersetzende Kahnflottille, da er ja endlich der wahren Liebe und Seligkeit entgegenfuhr.

Das rote Volk war in einem weiten Ringe um ein Feuer versammelt, an welchem Hirsche und andere Jagdbeute gebraten und gute Fische gekocht wurden. Die Frauen und Mädchen machten die Köche und brachten sonst noch allerhand ihrer Leckereien herbei. Die Männer saßen ernst im Kreise herum, vorab die Häuptlinge, alle in ihrem höchsten Schmuck und Staate. Für die französischen Herren aber war ein besonderer Raum und Ehrenplatz offen gelassen, den sie vergnügt über das neue Schauspiel einnahmen; und nun begann ein Schmausen, das den Indianern freilich besser zu schmecken schien als den Europäern, wenn es den letzteren auch von den Frauen selbst zugetragen und dargereicht wurde. Nur Thibaut erquickte sich vollkommen; denn die schöne Quoneschi hatte ihn sogleich herausgefunden und nur ihn bedient; sie blieb auch gern bei ihm, als er sie festhielt, und winkte ihren Schwestern schalkhaft zu, als ob sie jetzt nicht mehr zu ihnen käme. Traulich und keineswegs ohne Grazie saß sie zu seinen Füßen, und als er sanft ihren roten Sammetrücken, wie die Herren vielleicht sich ausdrücken würden, mit lässiger Hand streichelte, dünkte er sich der Christofor Columbus zu sein, welchem sich der entdeckte Weltteil in Gestalt eines zarten Weibes anschmiegt.

Jetzt war die Mahlzeit beendigt, der Platz um das Feuer wurde geräumt und der Kreis erweitert, worauf ein Zug junger Krieger aufmarschierte, um zu Ehren der befreundeten Macht einen schönen Kriegstanz zum Besten zu geben. Ein lauter Schrei oder Ausruf der Alten und Häuptlinge begrüßte die Schar, welche von dem längsten und kräftigsten der Jünglinge, einem baumstarken Bengel, angeführt wurde.

Wenn ich vorhin bescheiden auf eine Schilderung der schönen Libelle verzichtet habe, behielt ich mir vor, dafür das Äußere dieses jungen Kriegshelden umso ausführlicher darzustellen, soweit meine schwachen Kräfte reichen; denn hier tritt ja das Frauenauge mit seinem Urteile in sein Amt. Denke man sich also einen Komplex herrlich gewachsener riesiger Glieder vom sattesten Kupferrot und vom Kopf bis zu den Füßen mit gelben und blauen Streifen gezeichnet, auf jeder Brust zwei kolossale Hände mit ausgespreizten Fingern abgebildet, so hat man einen Vorgeschmack dessen, was noch kommt. Denn eine malerische Welt für sich war das Gesicht, die eine Hälfte der Stirn, der Augendeckel, der Nase und des Kinnbackens bis zum Ohre mit Zinnober, die andere mit blauer Farbe bemalt, und dazwischen eine Anzahl fein tätowierter Linien dieser und jener Farbe. Die ganzen Ohrmuscheln waren rings mit herabhängenden Perlquasten besetzt, die pechschwarzen langen

Haarsträhnen mit einer Menge Schnüre von kleinen Muscheln, Beeren, Metallscheibchen und dergleichen durchflochten und darauf noch ein Helm von weißen Schwanenfedern gestülpt; ein Skalpiermesser samt einem blonden Skalp steckte als Haarnadel in dem Wirrwarr, nicht zu gedenken noch anderer Quincaillerie, die weniger deutlich zu unterscheiden war. Allein über all diesem Kopfputze sträubte sich ein Kamm gewaltiger Geierfedern, weiß und schwarz, in die Höhe und zog sich längs des Rückgrates hinunter gleich einem Drachenflügel, ganz aus den längsten Schwungfedern bestehend. Dazu nun der reich gestickte Wampumgürtel, die gestickten Schuhe und Mocassins, so wird man gestehen müssen, daß hier ein Schatz von Schönheit und männlicher Kraft versammelt war. Allein erst der glühende furchtbare Blick machte noch das Tüpfelchen auf das i, und als der Tapfere, den man »Donner-Bär« nannte, den Tanz anhub, zu stampfen begann und mit schrecklichem Gesange die rotbemalte Axt über dem Haupte schwang, indem er die andere Faust gegen die schlanke Hüfte stützte, da fühlten die europäischen Gäste beinah ihre gepuderten Haare knistern, denen besonders das Skalpiermesser nicht gefiel.

Quoneschi, die Wasserjungfer aber, die zu den Füßen Thibauts lag, tat erst einen Seufzer und ließ dann einen jauchzenden Jubelruf ertönen; sie rüttelte den Offizier am Arme und zeigte mit feurigen Augen auf den Kriegstänzer, indianische Worte redend wie mit Engelszungen, die aber Thibaut nicht verstand, bis ein hinter ihm stehender Amerikaner sagte: »Das Weibsbild schreit immer, das sei ihr Verlobter, ihr Liebhaber, dessen Frau sie noch heute sein werde!«

Ganz starr vor Erstaunen blickte Thibaut nach dem Tänzer hin, dessen schreckliches Gesicht in allen Farben zu blitzen schien, so daß er es nicht deutlich zu sehen vermochte in seiner Verwirrung. Immer näher kam der Donner-Bär mit seiner Bande; da riefen auf einmal mehrere Offiziere unter schallendem Gelächter:

»Parbleu! der hat ja die Berlocken des Herren von Vallormes an der Nase hängen!«

Entsetzt sah Thibaut die Wahrheit dieser Bemerkung; sie hingen dort, die Berlocken. Der Wilde tanzte jetzt dicht vor ihm, und unter seiner blau- und rotbemalten Nase, deren Rücken durch einen scharf gebogenen weißen Strich bezeichnet war, funkelte und blitzte es, bammelte das Korallenherz der verlassenen Guillemette, das Kristallherz der kleinen Denise, das Opalherz der Tante Angelika hin und her, nach links und nach rechts, und baumelten die anderen Sachen, die Kreuzchen, Medaillons und Ringe, blinkernd und blitzend durcheinander und peitschten beide Nasenflügel des Helden.

Jetzt tanzte dieser ein Weilchen auf derselben Stelle, still wie die Luft vor dem Gewitter, indem er nur mit dem einen oder andern Fuße ein wenig trampelte; plötzlich aber stieß er ein wahres Bärengebrüll hervor, ergriff die Quoneschi am Arme, schwang sie wie ein geschossenes Reh auf seine Schulter und raste, gefolgt von seinen Äxte schwingenden Genossen und dem Beifallrufe der roten Völker, aus dem Ringe hinaus. Der Herr von Vallormes bekam weder die Berlocken noch die Indianerin je wieder zu sehen.

DREIZEHNTES KAPITEL

In welchem das Sinngedicht sich bewährt

»*F*ast glaub ich, dort wartet ein Schreinermeister, den ich bestellt habe und sprechen muß; ich empfehle mich so lange den Herren!« sagte Lucie unmittelbar nach dem Schlusse der kleinen Erzählung und ging, sich leicht und mit verhaltenem Lächeln verneigend, davon. Reinhart blickte ihr nach und sah dann den alten Oberst an.

»Was hat Ihre prächtige Nichte«, sagte er, »nur für einen Zorn auf meine armen Schützlinge, daß sie so satirische Pfeile auf mich abschießt? Das geht ja fast über das Ziel hinaus!«

»Je nun«, erwiderte der Oberst lachend, »sie wehrt sich eigentlich doch nur ihrer Haut, die übrigens ein feines Fell ist! Und merken Sie denn nicht, daß es weniger schmeichelhaft für Sie wäre, wenn sich die Lux gleichgültig dafür zeigte, daß Sie für allerhand unwissende und arme Kreaturen schwärmen, zu denen sie einmal nicht zu zählen das Glück oder Verdienst hat?«

Ob Reinhart als Gelehrter schon so unpraktisch oder als junger Mann noch so unkundig oder blind war, genug, er hatte diese Seite der Sache noch gar nicht bedacht und errötete über den Worten des Alten ordentlich von der inneren Wärme, die sie ihm verursachten.

»So geht es«, sagte er mit unmerklicher Bewegung; »wenn man immer in Bildern und Gleichnissen spricht, so versteht man die Wirklichkeit zuletzt nicht mehr und wird unhöflich. Indessen habe ich natürlich an das Fräulein gar nicht gedacht, so wenig als eigentlich an mich selbst, so wie man auch niemals selber zu halten gedenkt, was man predigt. Es ist Zeit, daß ich abreite, sonst verwickle ich mich noch in Widersprüche und

Torheiten mit meinem Geschwätz, wie eine Schnepfe im Garn.«

»Gut, reiten Sie«, antwortete der alte Herr, »aber kehren Sie bald wieder! Kommen Sie zuweilen Sonntags und nehmen Sie statt des alten Nilpferdes einen jungen Kutscher mit guten Trabern, so fahren Sie rascher vom Fleck und sind weniger vom Wetter abhängig. Ich mag der Lux zur Abwechslung eine heitere junge Gesellschaft, wie die Ihrige, gönnen; sie ist frei, munter und selbständig und macht keine Dummheiten. Ich selbst aber freue mich ordentlich sentimental darauf, den Freunden meiner Jugend durch Sie am Lebensabend noch einmal nahe zu treten, und freue mich auch, der Dame Else Moorland, Ihrer Mutter, meine Nichte unter Augen zu stellen, damit sie sieht, wir seien hier auch nicht von Stroh!«

Nachdem sie noch ein Weilchen geplaudert, Reinhart mit ungeduldigem Herzklopfen, eilte er ins Haus, den Mantelsack zu packen, und nach dem Stalle, das Pferd satteln zu lassen, welches sich auf der Weide rund gefressen hatte. Er war so eilig, weil er glaubte, Zeit und Geschick damit zu beschleunigen, mochten sie bringen, was sie wollten.

»Sie werden doch noch mit uns essen, eh Sie reisen?« sagte Lucie betreten, als er wieder unter den Platanen erschien und sie dort vorfand.

»Es ist nicht möglich«, antwortete Reinhart; »wenn ich heute noch zu Haus ankommen will, so muß ich vor Tisch aufbrechen!«

»Ei, ist denn Ihre Fahrt schon zu Ende? Sie haben sie ja kaum begonnen! Sie werden doch die schädliche Arbeit nicht schon wieder aufnehmen wollen?«

»Gewiß nicht, mein Fräulein, ich möchte jetzt mein Augenlicht mehr schonen als jemals, denn die bewußte Kur hat ihm so gut getan, daß es undankbar wäre, es wieder zu gefährden!«

»Sie werden natürlich auf allen den bewußten Stationen Halt machen, über welche Sie hergereist sind?«

»Dann würde ich nicht weit kommen! Ich denke vielmehr

den andern, kürzern Weg von hier aus zu nehmen, der über die Althäuser Brücke führt.«

Lucie schien mit diesem unbedeutenden Gespräche zufrieden zu sein; sie entließ den berittenen Naturforscher in freundlicher Weise und er zog so ernst seines Weges wie ein Afrikareisender, nachdem er vor einigen Tagen so munter ausgefahren war. An diesem Tage ging er zwar wieder in heiterer Stimmung schlafen, nachdem er noch einen geselligen Kreis aufgesucht und in dessen Fröhlichkeit sein Wissen um Lucien als anonymen Teilnehmer hatte mitlaufen lassen. Am nächsten Morgen aber fühlte er sich vereinsamt und merkte, daß er angeschossen war.

Und es kam ärger; unbekannte Nöten fingen an sich in seinem Herzen zu regen, daß er widerwillig die Natur dieses Muskels von neuem untersuchen und, als hiebei nichts herauskam, sich gewöhnen mußte, in angestrengter Arbeit die Störungen zu vergessen, wenn er nicht einem unwürdigen Zustande der Träumerei verfallen wollte. Dennoch wiederholte er den Besuch auf dem Landgute zunächst nicht, um durch das Getrenntsein den Ernst der Lage gründlicher zu erforschen und klarzustellen. Nur ein paar Briefe schrieb er ohne jede unbescheidene Anspielung und erhielt ebensolche Antworten. Desto froher machte ihn ein unerwarteter Brief seiner Mutter Else oder Hildeburg, welche ihm im Laufe des Sommers schrieb, daß der Oberst und seine schöne Nichte auf einer Reise bei ihnen vorgesprochen hätten und wie das eine erquickliche Geschichte und ein fröhlicher Tag gewesen, wie ferner für den Herbst ein Gegenbesuch verabredet sei. Die Lucie sei eine ernsthafte und kluge Person mit dem Gemüt eines Kindes, und der Papa Reinhart, der den Leuten sonst so kurze Zettel zukommen lasse, schreibe ihr bereits so lange Briefe, wie er ihr, der Mutter Else, kaum in der ersten Zeit geschrieben habe. Aber sie möge es ihr wohl gönnen und freue sich schon darauf, die Briefe ihres Mannes zu lesen, wenn sie einmal dort sei.

Im September kam ein Briefchen von Lucie; sie schrieb:

»Ihre Eltern sind beide hier bei uns; wollen Sie nicht auch kommen? Es wäre doch nicht schön, wenn wir die liebe Herrschaft nicht mit der Anwesenheit des Sohnes regalieren könnten und so gottesjämmerlich daständen, nachdem wir mit seiner Freundschaft geprahlt haben! Aber lassen Sie das Nilpferd zu Hause und bringen Sie einen Koffer mit! Der Onkel Marschall will mit Ihnen smollieren, was mir leider als einem Frauenzimmer versagt bleibt!«

Obgleich Reinhart, der so ausführliche Weiber- und Liebesgeschichten aus dem Stegreife erzählt hatte, die letzteren Worte schon als vorläufige Andeutung eines Abschlages anzusehen geneigt war, sofern er etwa einen solchen herausfordern würde, packte er doch einen Koffer mit allen wünschbaren und kleidsamen Sachen, die in seinem Besitze waren, und fuhr hin. Er fand alles in schönster Laune unter den Platanen vereinigt; die Else Moorland trug ohne Schaden an ihrer Matronenwürde ein schneeweißes Kleid gleich der Lucie, da eine warme Sommersonne schien, und ihr schwarzes Haar ohne Haube entrollt. Der Oberst hatte die Krücke im Hause gelassen und trug Sporen an den Stiefeln. Der alte Reinhart sah aus, wie wenn er ein dreiunddreißigjähriger Privatdozent wäre und erst noch alles zu erreichen hätte, was er schon geleistet und erreicht, und die Lucie war still und bescheiden, wie ein ganz junges Mädchen, während sie doch fünf- oder sechsundzwanzig zählte, kurz, niemand wollte alt sein oder es werden, denn alle hatten es in sich, und es war eine allgemeine Herrlichkeit und Zufriedenheit; nur Lucie und Reinhart schienen abwechselnd etwas stiller oder nachdenklicher, je nachdem das eine oder das andere bewölkten Himmel über sich sah. So vergingen einige Tage in großer Behaglichkeit.

Nun sollte endlich auch ein Besuch in dem bekannten Pfarrhause abgestattet werden, dessen Oberhaupt ein Studienfreund des alten Reinhart gewesen, woher eben die Bekanntschaft auch mit dem Sohne.

»Gehen Sie auch gern hin?« sagte Lucie besorgt zu dem

jungen Reinhart, weil sie wünschte, daß ihm jeder Tag heiter und angenehm verlief, und wußte, daß ihn die besondere Art der Pfarrleute zuweilen ermüdete.

»Ich bin in der Tat nicht recht aufgelegt«, versetzte er, »einen ganzen Tag dort zuzubringen.«

»Da bleibst du eben hier«, riet die Mutter, »es handelt sich ja ohnehin mehr um uns Alte; wenn der Marschall mitfährt, so wird der Wagen so schon besetzt; er will uns nämlich in seiner leichten Jagdstellage, oder wie man es nennt, hinführen, der Eisenfresser. Sei ruhig, Marschall!«

Dies rief sie, weil der Oberst, hinter ihr stehend, sie an einer Bandschleife zupfte, als er das Wort vernahm.

»Und was geschieht denn mit dir, Lux?« sagte er hierauf.

»Mit mir? Ich muß eben das Haus hüten, wie alle armen Haushälterinnen, und für den Abend sorgen!«

»Gut, dann sorge auch für ein rechtschaffenes Getränke! Denn das Smollieren mit dem jungen Duckmäuser muß einmal stattfinden, daß die Duzerei durchgeführt ist. Du kannst auch gleich mithalten!«

Beide junge Leute erröteten wie Konfirmanden, die erst etwas erleben sollen. Kein Mensch hätte geglaubt, daß sie sich vor einigen Monaten schon alles mögliche Zeug erzählt hatten.

Als die Alten fort waren und jetzt auf einmal eine Stille herrschte, standen die Jungen noch verlegener da und schienen doch zu zögern, die innestehende Waage des Augenblickes zu stören, bis Reinhart den Ausweg fand, Lucien um ein Buch zu bitten, darin er lesen könne. Sie lud ihn ein, selbst nachzusehen, was ihm diene. So gingen sie gemächlich in das Haus hinein, die Treppe hinauf, und betraten das bescheidene Museum, in welchem das Fräulein seine Jahre verbrachte. Durch die offen stehenden Fenster wollte die Luft herein, indes das milde Gold der Septembersonne, von der grünen Seide der Gardinen halb aufgehalten, halb durchgelassen, den Raum mit einem sanften Dämmerschein erfüllte.

»Was wollen Sie lesen?« fragte Lucie.

»Darf ich eines von Ihren Lebensbüchern nehmen?« erwiderte Reinhart; »ich habe bemerkt, daß hin und wieder etwas an den Rand geschrieben ist, und nun empfinde ich ein Gelüste, diesen Spuren nachzugehen und Ihre guten Gedanken zu haschen. Vielleicht, wenn es überhaupt erlaubt wird, entdecke ich das Geheimnis, welches Sie in den Offenbarungen anzieht!«

»Das Geheimnis ist ein sehr einfaches«, versetzte Lucie, »und doch ist es allerdings eines. Ich suche die Sprache der Menschen zu verstehen, wenn sie von sich selbst reden; aber es kommt mir zuweilen vor, wie wenn ich durch einen Wald ginge und das Gezwitscher der Vögel hörte, ohne ihrer Sprache kundig zu sein. Manchmal scheint mir, daß Jeder etwas anderes sagt als er denkt, oder wenigstens nicht recht sagen kann, was er denkt, und daß dieses sein Schicksal sei. Was der Eine mit lautem Geräusche kundgibt, verschweigt der Andere sorgfältig, und umgekehrt. Der bekennt alle sieben Todsünden und verheimlicht, daß er an der linken Hand nur vier Finger hat. Jener zählt und beschreibt mittelst einer doppelten Selbstbespiegelung alle Leberflecken und Muttermälchen seines Rückens; allein daß ein falsches Zeugnis, das er einst aus Charakterschwäche oder Parteilichkeit abgelegt, sein Gewissen drückt, verschweigt er wie ein Grab. Wenn ich sie nun alle so miteinander vergleiche in ihrer Aufrichtigkeit, die sie für kristallklar halten, so frage ich mich: gibt es überhaupt ein menschliches Leben, an welchem nichts zu verhehlen ist, das heißt unter allen Umständen und zu jeder Zeit? Gibt es einen ganz wahrhaftigen Menschen und kann es ihn geben?«

»Es sind wohl manche ganz wahrhaftig«, sagte Reinhart, »nur sagen sie nicht alles auf ein Mal, sondern mehr stückweise, so nach und nach, und die Natur selbst, sogar die heilige Schrift verfahren ja nicht anders!«

»Was mich tröstet«, fuhr Lucie fort, »ist, daß mehr Gutes als Schlimmes verschwiegen wird. Beinah Jeder würde, wenn er nur Gelegenheit und Stimmung fände, uns zuletzt doch noch mit dem Unangenehmsten bewirten, das er über sich aufzubringen wüßte; Viele aber sterben, ohne daß sie des Guten und Schönen, das sie von sich erzählen könnten, je mit einer Silbe gedenken. Diese führen auch trotzdem die lieblichste Sprache; es ist, als ob die Veilchen, Maßlieben und Himmelsschlüsselchen zwischen ihren Zeilen hervorblühten, ganz gegen Wissen und Willen der bescheidenen Schreiber und Schreiberinnen.«

Reinhart hatte auf dem Stuhle Platz genommen, der vor Luciens Tische stand, und sie lehnte lässig am Tische. Inzwischen griff er von dem Brette der Lebensbeschreibungen eines der Bücher heraus, und als er darin blätterte, entfiel demselben ein sonderbares Bildchen oder Einlegeblatt. Das Bildchen war mit ungezwirnter Seide und feinster Nadel auf ein Papier gestickt, in der Art, daß es sich auf beiden Seiten vollkommen gleich darstellte. Auf einem grünen Erdreiche stand ein Tannenbäumchen und ein Stäudlein mit zwei roten Rosen; dazwischen in der Reihe haftete am gleichen Grund und Boden ein Herz, von welchem ein entzweigeschnittenes blaues Band flatterte, dessen andere Hälfte an einem zweiten Herzen hing; und dieses, mit Flügeln versehen, hatte sich offenbar von dem erstern losgerissen und flog, eine goldene Flamme ausströmend, in die Höhe, wahrscheinlich zum Himmel hinan.

Reinhart besah das Blättchen zuerst achtlos, dann aufmerksamer, da er eben, als er es in das Buch zurücklegen wollte, den Inhalt erkannte.

»Was ist das für eine kleine Herzensgeschichte?« fragte er, »es scheint ja gar leidenschaftlich herzugehen. Das eine steckt wie eine rote Rübe im Boden fest, während das andere feuerspeiend und geflügelt sich emporschwingt!«

Lucie nahm ihm die naive Schilderei aus der Hand, beschaute sie ebenfalls und sagte dann: »Also hier steckt das närrische Ding? Es wandert seit Jahren in diesen Büchern herum und kam mir lange nicht zu Gesicht. Übrigens ist es eine Klosterarbeit, die ich selber verfertigte.«

Als Reinhart die Sprecherin etwas verwundert ansah, setzte sie errötend hinzu: »Ich bin nämlich katholisch!«

»Darüber brauchen Sie doch nicht zu erröten!« meinte Reinhart, den eine solche Verschiedenheit der Konfession eher belustigte als betrübte. Sie verstand seinen freien Sinn, wurde aber jetzt ganz rot und sagte mit unwillkürlichem Niederschlagen der Augen: »Ich bin nicht katholisch geboren, ich bin es geworden!«

Hiemit lag die Sache freilich anders. Ein Religionswechsel ist in dies scheinbar ruhige Leben gefallen; was mag damit alles zusammenhangen! sprach es sogleich in seinem Innern, und er blickte zu der unweit von ihm stehenden Lucie mit der Überraschung empor, mit welcher man sonst in einen unvermuteten Abgrund hinabschaut. Sein Gesicht zeigte sogar einen etwas bekümmerten Ausdruck; es malten sich darin Mitleid und Sorge eines Menschen, dem keineswegs gleichgültig ist, was ohne sein Wissen geschah, als ob es ihn nichts anginge.

Die Augen plötzlich aufschlagend, sagte Lucie mit wehmütigem Lächeln: »Sehen Sie, da haben wir gleich so eine Geschichte, von der man nicht weiß, ob man sie bekennen oder verschweigen soll! Es wissen nur wenige Personen darum und selbst mein Oheim ahnt nichts davon, obgleich er auch katholisch ist.«

»Mir aber«, erwiderte Reinhart, »haben Sie nun schon zu viel verraten als daß Sie mir nicht anvertrauen sollten, um was es sich handelt!«

»Es ist im Grunde nichts als eine Kinderei, die Sie erfahren dürfen«, versetzte Lucie; »es ist mir sogar lieb, wenn Sie es wissen, damit Sie eine gute Freundin, wie ich bin, nicht gelegentlich unbewußt verletzen oder wenigstens kleinen Verdrießlichkeiten aussetzen. Mein Vater war Protestant, wie jedermann in dieser Gegend, die Mutter dagegen Katholikin; er besaß aber so viel Gewalt über sie, daß sie ohne weitere Umstände den protestantischen Gottesdienst besuchte und es ohne Widerspruch geschehen ließ, daß ich in diesem Glauben getauft und erzogen wurde. Wir stellten so eine ungemischte protestantische Familie vor, und niemand wußte es anders.

Nicht daß der Vater ein besonders eifriger und gläubiger Lutheraner gewesen wäre; nur vertrat er den Grundsatz, daß aus einem reformierten Hause man nicht mehr rückwärts schauen solle, und das sogenannte Katholischwerden war ihm ärgerlich und verächtlich. Im übrigen benahm er sich duldsam und friedlich, und so verhinderte er auch keineswegs meine selige Mama, mit ihrer besten Jugendfreundin, einer stillen Klosterfrau, den alten Verkehr fortzusetzen und dieselbe alljährlich ein oder zweimal in ihren geweihten Mauern heimzusuchen. Bei Lebzeiten der Eltern bewohnten wir ein Haus in jener Stadt am Flusse, deren Türme wir von hier aus sehen können, wenn das Wetter hell ist. Die Gartenterrasse stieß unmittelbar an das Wasser, zu welchem einige steinerne Stufen hinunterführten, und am Fuße der Treppe lag ein leichter Kahn an der Kette, der zu Spazierfahrten auf dem leise ziehenden Gewässer benutzt wurde. Abwärts vermochte fast jeder Hausbewohner das Fahrzeug zu regieren, und wenn wir eine längere Fahrt unternahmen, kehrte man auf einem der kleinen Dampfboote zurück und ließ den Nachen anhängen.

Ungefähr anderthalb Meilen unterhalb unserer Stadt ragte am gegenüber liegenden Ufer, wo die Menschheit katholisch ist, das besagte Kloster idyllisch aus dem Wasser in ländlicher Einfachheit und nur von seinen Obstbäumen, Wiesen und Feldern umgeben.

Da die Besuche meiner Mutter meistens auf eines der heitern Kirchenfeste in schöner Jahrszeit verlegt wurden, wie z. B. auf Fronleichnamstag, wo die Stiftsfrauen sich eine gewisse Fröhlichkeit, ein bescheidenes Wohlleben gönnten, so machte die Mama sich die Freude noch dadurch feierlicher, daß sie sich auf dem blau glänzenden Flusse hinunterfahren ließ und meine Person im frühsten Kindesalter mitnahm. Sie putzte mich dann zierlich und hellfarbig heraus, damit ich den guten Nonnen in ihrer dunklen Tracht und Abgeschiedenheit den Sommertag hindurch als eine Art lebendiger Puppe dienen konnte, mit welcher sie spielten, und die Mama empfand das schönste

Vergnügen, mich von Hand zu Hand, von Schoß zu Schoß gehen zu sehen. Als ich jedoch etwas größer wurde, hielt ich mich selbst so ernst und still wie ein Nönnchen und war stolz darauf, die beiden Freundinnen nicht zu verlassen, wenn sie unter traulichen Gesprächen und Erinnerungen in der Zelle am Fenster standen oder einen Gang durch die blühenden Gärten und Felder machten. Bei der festlichen Tafel jedoch mußte ich neben der Frau Priorin sitzen, die mir ab und zu wohlwollend die Hand streichelte und mich niemals entließ, ohne mir ein buntes, mit seidenen Maschen geziertes Körbchen voll Backwerk und irgendein silbernes Kreuzchen oder Gottesmütterchen zu schenken. Kamen wir dann nach Hause, so verglich uns der selige Vater scherzend mit jenen aztekischen Indianern, welche heutzutage noch zu gewissen Zeiten auf den großen Strömen landeinwärts fahren sollen, um an geheimnisvollen Orten den alten Göttern zu opfern.

Leider war ich trotz dieser Klosterfreuden schon ein rechtes kleines Heidenstück und zwar durch den Unverstand der großen Menschen. Es besuchte ein hübscher junger Mann unser Haus, der, sooft er mich erblickte, mich auf seine Kniee nahm, küßte und seine kleine Frau nannte. Als ich das vierte oder fünfte Jahr hinter mir hatte, ließ ich mirs freilich nicht mehr gefallen; ich sträubte mich, schlug um mich und entfloh. Sooft er aber kam, fing er mich wieder ein, und so ging das Spiel fort, bis ich acht, bis ich zehn Jahre alt war. Ich blieb stets gleich wild und spröde, und doch wurde ich allmählig unzufrieden, ja unglücklich, wenn er etwa vergaß, mich seine kleine Frau oder seine Braut zu nennen, die er zu heiraten nicht verfehlen werde. Indessen sah ich ihn endlich nur noch selten, weil er längere Zeiträume hindurch abwesend war; wenn er einmal wieder kam, geschah es in veränderter Gestalt, jetzt als verwegener Student, dann als Militär in glänzender Montur oder als gereister Weltmensch, was ihm in meinen kindischen Augen einen geheimnisvollen Reiz verlieh.

Zuletzt aber verschwand er auf mehrere Jahre und ich vergaß ihn endlich. Jetzt war ich zwölf Jahre alt und die Mutter starb uns weg. Eine achtlose Erzieherin und einige Stundenlehrer besorgten meine Ausbildung, während der Vater verschiedenen Liebhabereien lebte und öfter verreiste. Um diese Zeit las ich den Wallenstein von Schiller und verliebte mich unversehens in den Max Piccolomini, dessen Tod mir gewiß so nahe ging wie der guten Thekla. Des Nachts träumte ich von ihm und am lichten Tage erfüllte er mir die Welt, ohne daß ich seine Gestalt, seine Gesichtszüge deutlich zu erkennen vermochte. Auf einem Stück Haide unweit der Stadt gab es eine kleine Erderhöhung, von ein paar Holunderbäumen überschattet. Ich nannte den Ort das Grab des Piccolomini und bepflanzte ihn heimlich mit Sinngrün, das ich in meiner Botanisierbüchse aus dem Walde holte. Manches einsame Stündchen saß ich dort und ließ friedlich Theklas Geist an meiner nicht unbehaglichen Trauer teilnehmen. Einst aber, als ich mir besonders lebhaft das Aussehen des jugendlichen Kriegshelden und Liebhabers vorzustellen suchte, sah ich deutlich vor mir die Züge Leodegars, meines scherzhaften Kindergemahls oder Verlobten. Sogleich ward ich dem zweihundertjährigen Toten untreu und meine stille Trauer um ihn verwandelte sich in eine ebenso stille Sehnsucht nach dem Lebenden, und ich zweifelte nicht an seiner Wiederkehr; denn ich merkte, daß er es eigentlich war, der in meinem geheimsten Herzen gelebt hatte. Ein tiefer Ernst bemächtigte sich meiner in allem, was ich tat, im Lernen und Arbeiten, da ich alles auf ihn und sein Wohlgefallen bezog, und ich kann wohl sagen, daß dies wunderlich ernsthafte Wesen mir in meiner damaligen Existenz Vater und Mutter, Lehrer und Führer war, wenigstens das alles einigermaßen ersetzte.

Und ich verschwieg die geheime Triebfeder meiner jungen Tugend unverbrüchlich; nie erwähnte ich derselben mit einem Worte und nannte den Namen so wenig, als wäre er nicht in der Welt. Wurde aber einmal von Leodegar gesprochen, so hörte ich aufmerksam zu und wich nicht vom Orte, solang es dauerte. Eines Tages hörte ich ihn als phantastisch, gewaltsam, rechthaberisch und ehrgeizig schildern in Verbindung mit dem Zugeständnisse, daß er von großen Gaben sei. Weil ich aber den Sprachgebrauch dieser Worte zum Teil aus mangelnder Erfahrung mißverstand, zum Teil aus Widerspruch und Parteilichkeit umkehrte, so nahm ich phantastisch für phantasievoll, gewaltsam für machtvoll; rechthaberisch verwechselte ich mit Recht liebend, und ehrgeizig galt mir so viel als von Ehre beseelt, als ruhmwürdige Gesinnung. Das Bild wurde daher immer schöner und idealer in meinem Herzen; mit ängstlichem Eifer strebte ich besser und Leodegars nicht ganz unwert zu werden, und wenn ich Fehler beging, so ruhte ich nicht, bis ich glaubte, sie durch Reue und allerhand kleine gute Werke als gesühnt betrachten zu dürfen.

So erreichte ich den Schluß des fünfzehnten Lebensjahres, der mit Sommers Anfang eintrat, als der Vater eben auf einer größeren Reise begriffen und für Monate abwesend war. Unverhofft erschien um diese Zeit Leodegar in der Heimat, jedoch nur auf ein paar Wochen, während welcher er einigemal in unser Haus kam, worin ich unter der Obhut einer Wirtschafterin und meiner Gouvernante einsam lebte. Jene gehörte zu einer kirchlichen Sekte mit sehr ausgeprägten Lehren und Gebräuchen, und sie verbrachte jede freie Minute mit dem Besuche der Konventikel oder dem Lesen der Traktate. Mein Papa ließ sie gewähren und munterte sie sogar auf, um zu seinem Vergnügen gewisse religions-psychologische Studien an ihr zu machen, und sie merkte natürlich nicht, daß er ihre Reden zergliederte und unter die Rubriken eines Tabellenwerkes verteilte. Die Erzieherin dagegen verwendete alle ihre Tage mit dem Vermehren und Ordnen einer Käfersammlung. Sie stand mit Gelehrten und Naturalienhändlern in Verbindung und sandte fortwährend Schachteln fort. Denn sie verstand auf zahlreichen Ausflügen den letzten Käfer aus seinem Hinterhalt zu ziehen und hatte eine seltene Art, die gerade in einem Gehölze unserer Gegend zu finden war, nahezu ausverkauft. Ich kann mich des Namens dieses ausgerotteten Käferstammes nicht mehr entsinnen. Am betrübtesten darüber war ein insektenkundiger Herr Oberlehrer, welcher der handelslustigen Dame den Ort nachgewiesen hatte und sich daher der Mitschuld an dem wissenschaftlichen Raubverfahren, wie er es nannte, anklagte. Übrigens hieß sie Fräulein Hansa. Sie bewunderte und liebte nämlich den Namen Hans über alles, und um seiner teilhaftig zu werden, hatte sie ihn ohne Rücksicht auf Sinn oder Unsinn mit einem a verziert und angenommen.

Unter solchen Umständen, solchen Vorgesetzten tat ich, was ich wollte, das heißt: niemand sah auf mich. Als ich aber von Leodegars Ankunft hörte, war es, wie wenn ich zu dieser Unabhängigkeit hinzu auf einen Ruck noch ein paar Jahre älter würde. Ich erwartete ihn mit zitterndem Herzen und trat ihm dennoch mit der Haltung einer zwanzigjährigen Person verschämt und feierlich entgegen.

»Alle Welt!« rief er überrascht aus, als er meiner ansichtig ward; »da darf ich ja nicht mehr von meiner kleinen Frau reden, das gibt bald eine große!«

Ich aber erblickte ihn jetzt fast mit Entsetzen; denn seine regelmäßigen, aber starken Züge, die schwarzen, in die Stirn fallenden Locken, die großen Augen, die mit kalten Flammen leuchteten, alles sah ich später noch einem gemalten Bilde gleich vor mir; damals aber erschreckte und blendete mich dies zu seinem vollen Ausdruck gelangte Wesen, und der Schrecken diente nur dazu, meine Kinderei auf den Gipfel zu treiben. Ich nahm mich jedoch zusammen; nach einer kurzen Unterhaltung lud ich meinen Seelenfreund auf einen bestimmten Tag gelassen zu Tisch, als ob es nur so sein müßte. Die Wirtschafterin nicht weniger als die Gouvernante erstaunten trotz ihrer gewohnten Zerstreutheit über meine Befehle und Anordnungen, und mein Gebaren verblüffte sie so sehr, daß sie gar keinen Widerspruch erhoben noch Schwierigkeiten machten, als ich dem Speisezettel immer neue Dinge hinzufügte, von denen ich wußte, daß er sie früher geliebt hatte.

Ich selber deckte schon in der Morgenfrühe den Tisch mit dem besten Geräte, das die Mutter nur bei seltenen Gelegenheiten einst gebraucht hatte; mit neuer Verwunderung gab Frau Lise, die Wirtschafterin, das Silberzeug heraus. Als dann der Tisch fertig war und in aller Herrlichkeit glänzte, zog ich mein schönstes Kleid an und unterließ nicht, mich mit den kleinen Schätzen zu schmücken, die man meiner Jugend anvertraut hatte. Auch Fräulein Hansa putzte sich auf meine Bitte stattlich heraus; sie rauschte in schwarzer Seide einher, einem Erträgnisse ihrer Käferhandlung, und hatte einen großen ägyptischen Scarabäus vorgesteckt, den ihr der Vater geschenkt. Das Altertum war aus edlem Stein geschnitten, in Gold gefaßt und zu einer Brustnadel verwendet.

So weit war alles gut und nach meinem Willen vollbracht. Aber nun änderte sich die Sache. Als wir zu Dreien am Tisch saßen und uns unter der Aufsicht der Frau Lise bedienen ließen, sah ich mich plötzlich auf mein wahres Alter und Zöglingswesen zurückgewiesen. Ich wußte nichts zu sagen und thronte in meiner Pracht steif und schweigend gleich einer hölzernen Puppe, während die Gouvernante die Unterhaltung führte und Leodegar genug zu tun hatte, ihr zu antworten. Als sie auf eine Bemerkung hin, die er wegen des Scarabäen an sie richtete, die Brosche losmachte und ihm zum Beschauen in die Hand gab, wollte mir das beinah das Herz abdrücken; voll Eifersucht ergriff ich eine Flasche, um nur auch etwas zu tun, und goß dem Gaste in der Verwirrung das Glas so voll, daß es überlief und der rote Wein das Tischtuch befleckte. Fräulein Hansa schenkte mir einen kleinen sehr anständigen Verweis nicht; bündiger machte es die Wirtschafterin, die, ihre geistliche Gelassenheit vergessend, mit einem weißen Tüchlein herbeikam, die Verwüstung bedeckte und einen verdrießlichen Blick nach mir abschoß. Das Wasser trat mir in die Augen; ich wußte nicht, wo ich hinblicken sollte, sah aber dann verstohlen nach Leodegar, der mir lachend und wohlwollend zunickte und seinen alten Scherz erneuerte. »Ei, gute Lucie«, sagte er,

»wenn du so ungeschickt bleibst, so können wir uns noch nicht heiraten.«

Die zwei älteren Personen mochten den Scherz, den sie von früher her kannten, nicht mehr für angemessen halten; denn sie lächelten etwas säuerlich dazu. Ich hingegen wurde rot und fühlte mich nichtsdestoweniger beruhigt, weil das unverhofft verlautende Wort meinen alten kindischen Glauben an den Ernst und die Wahrhaftigkeit desselben bestätigte.

Nach beendigter Mahlzeit und als auch der Kaffee genommen war, schlug unser Gast vor, einen Spaziergang in das Freie zu machen. Er werde am nächsten Morgen wieder abreisen, sagte er, früher als er geglaubt, und wisse nicht, ob er so bald wieder komme.

Mit schrecklicher Beklemmung hörte ich diese Ankündigung; kein größeres Unglück schien es mir in der Welt zu geben als die abermalige unerwartete Trennung. Allein kaum eine halbe Stunde später fühlte ich mich noch zehnmal unglücklicher. Wir gingen durch ein vernachlässigtes Lustwäldchen, dessen schmale holperige Wege sich an einem Hügel im Stadtforste verloren. Leodegar hatte der Erzieherin den Arm gegeben, den sie nun nicht mehr fahren ließ, so daß ich genötigt war, wie ein Hündchen hinter dem Paare drein zu laufen. Sie achteten nicht einmal darauf, und ich befand mich in meiner fünfzehnjährigen Nichtsnutzigkeit so elend, daß ich zu weinen anfing und mit dem Schnupftuch den Mund verstopfen mußte, um das Schluchzen und Stöhnen nicht laut werden zu lassen. Das paßte nicht gut zu meinem modischen Anzuge, den ich demjenigen erwachsener Damen so ähnlich als möglich gemacht hatte.

Plötzlich aber gab es eine Wendung der Dinge. Fräulein Hansa zog das Fläschchen mit Spiritus, das sie stets bei sich trug, aus der Tasche und tat einen Sprung unter die Bäume, wo sie die langen Fühlhörner eines Käfers aus einer bemoosten Rinde hervorstehen sah. Gleich darauf versank der arme Waldbruder in das Fegefeuer des Fläschchens und zitterte schrecklich, bevor er sich zur Ruhe gab. Diesen sah ich zwar nicht, aber ich kannte das Schauspiel genugsam. Fräulein Hansa aber rief uns zu, wir sollten einstweilen nur weitergehen, sie müsse den Ort genauer untersuchen und werde uns schon einholen.

Jetzt sah sich Leodegar nach mir um und erblickte mich in meinem verzweifelten Zustande, der mich wohl so schlimm dünkte wie die Lage des sterbenden Kerbtierchens. Überrascht ergriff er meine Hand, legte sie in seinen Arm und führte mich weiter, wie er vorher die Gouvernannte geführt hatte, indem er sagte: »Was gibts denn da? Warum weint man? Eine Braut, eine kleine Frau, die weint, wo soll das hinaus?«

So kindermäßig das klang, tröstete mich doch der alte Titel, der mir zukam wie der Platz an der Seite des Mannes, dessen Arm mich doch eher beängstigte als erfreute. Ich antwortete nichts, trocknete die Tränen und brachte das Gesicht in Ordnung. Als wir ein Hundert Schritte gegangen, erreichten wir den Saum des Gehölzes und betraten die anstoßende Haide, wo wir gleich das Grab des Piccolomini fanden. Das Immergrün, das ich einst gepflanzt, hatte seit drei Jahren den kleinen Hügel dicht übersponnen; die Holunderbüsche waren höher und breiter geworden und mit Blütenbüscheln behangen, und irgend jemand, dem das Plätzchen gefiel, hatte ein hölzernes Bänklein in ihrem Schatten errichtet.

»Hier wollen wir ausruhen und auf das Fräulein warten!« sagte Leodegar; »was ist das für ein lauschiger Winkel, den ich noch nie gesehen?«

»Es ist ein Grab, wie ich glaube«, erwiderte ich in ängstlicher Zerstreuung, brach jedoch meine Rede ab. Mir war zu Mut, als ob ich wenigstens dreißig Jahr alt wäre und auf weitentlegene Jugendträume zurückblickte. Obgleich es nur der Schatten eines Dichtergebildes war, der hier begraben lag, so empfand ich doch eine Art Furcht vor der Nebenbuhlerschaft der zwei Männer; denn der Lebende schien mir wohl so schön und gewaltig, wie ich mir einst den Toten gedacht. Das Laub der Holunderbäume flüsterte mir unheimlich in die Ohren. Auch hatte ich eines Tages meine Erzieherin in einer Damengesellschaft äußern gehört, daß die Männer es hassen, wenn ihre Frauen von früheren Liebesgeschichten erzählen. Alles das war trotz meinem Hange zur Aufrichtigkeit Grund genug, auf Leodegars Frage, wer denn hier begraben sein solle, stumm wie ein Fisch zu bleiben. Ich zitterte leise vor Beklemmung. Er bemerkte es, nahm mich brüderlich in den Arm, streichelte mir die Backen und fragte, was mir denn sei und warum ich geweint habe?

Da brach ich von neuem in Tränen aus; ich sehnte mich nach Vertrauen, nach Freundschaft und Liebe, nach einer besseren Heimat als ich besaß, und diese Sehnsucht machte sich jetzt, ohne daß ich daran etwas ändern konnte, mit den wunderlichen Worten Luft:

»Vetter Leodegar! Wann wirst du mich denn heiraten?«

Er schwieg erst ein Weilchen, wie um sich auf die Antwort zu besinnen. Dann hob er mein Kinn mit einem Finger empor, daß er mein Gesicht sehen konnte, und das seinige hing mit zärtlichen Augen über mir, indessen der Mund seltsam lächelte.

Endlich sagte er: »Du gutes Mädchen, wenn du erst katholisch bist, wird die Hochzeit sein!«

»Aber meine Mama ist ja auch nicht protestantisch geworden«, sagte ich, »und der Papa hat sie doch geheiratet.«

»In diesem Punkte sind dein Papa und ich zwei Dinge!« erwiderte er nachdenklich, indem er mich zärtlicher an sich zog und einen Kuß auf meine Stirne zu drücken im Begriffe war. Da hörten wir die Schritte und die Stimme der Erzieherin hinter den Bäumen, und Leodegar ließ mich unwillkürlich frei. Dieses Fahrenlassen kam mir kleinem Ungeheuer zu statten; denn eben sträubte ich mich gegen den Kuß. Dennoch gab es dem Abenteuer in meinem Sinne die Weihe des Geheimnisses; ich wußte nun, daß die Leute nichts von dem Vorgange wissen durften, und hielt denselben umso eher für eine heimliche Verlobung.

Der Spaziergang wurde nun auf breiteren Wegen fortgesetzt; erst nach einigen Minuten lachte Leodegar halblaut vor sich hin, aber nur einen Augenblick, als ob ihm etwas sehr Drolliges einfiele. Sonst ereignete sich nichts Besonderes mehr. Er begleitete uns noch bis vor unsere Haustüre und verabschiedete sich, da er in der Morgenfrühe abreisen wollte. Mir drückte er ernst und gütig die Hand und ermahnte mich, ferner so lieb und gut zu sein und fleißig zu lernen. Ich blickte ihm nach, bis seine hohe Gestalt in der Abenddämmerung verschwand. Dann trat ich in das Haus, während Fräulein Hansa schon oben saß und ihre Jagdbeute musterte.

Frühzeitig ging ich zu Bette, um ungestört weinen und über die ernste Wendung meines jungen Lebens, über Leodegars Worte nachdenken zu können. Allmählig aber schlief ich ein, erwachte jedoch kurz nach Mitternacht. Da stand ich leise auf und kleidete mich vollständig reisefertig an, worauf ich einen Handkorb mit den notwendigsten Sachen voll packte, endlich aber auch einen Brief an meine Hausgenossinnen schrieb, worin ich ihnen meldete, ich hätte ein Heimweh nach der Jugendfreundin meiner Mutter, der Nonne, empfunden und sei in das Kloster hinuntergefahren, wo ich einige Zeit, bis der Vater zurückkehre, verweilen werde. Punktum.

Hierauf nahm ich meine Nachtkerze und den Reise- oder vielmehr Marktkorb, schlich mit unhörbaren Schritten in den Flur hinunter, öffnete die hintere Haustüre, die in den Garten führte, und stieg in den dort angebundenen Nachen, den Korb auf dessen Boden setzend. Nach alledem endlich löste ich die Kette, legte das Ruder ein, das ich auch hinausgetragen, und lenkte das Fahrzeug auf die Mitte des sanft im Mondlichte fließenden Stromes hinaus; denn der Mond stand hoch am Himmel, wie es überhaupt die schönste Juninacht war. Am Ufer schlug hüben und drüben hie und da eine Nachtigall, und nie ist die unbesonnene Tat eines Backfisches unter solchen Begleitumständen begangen worden. Ich brauchte allerdings nur dann und wann einmal das Ruder zu rühren, um das

Schifflein in der Richte zu halten; allein die Fahrt war immerhin bedenklich genug, da ich unter zwei Brücken hindurch mußte und an einem ihrer Pfeiler scheitern konnte, wenn ich die rechte Mitte verfehlte. Ich fuhr aber frech und träumerisch ohne allen Unfall dahin und lenkte im ersten Morgenscheine in die mir bekannte Bucht ein, wo die Fischerkähne des Klostermüllers unter den hohen Weidenbäumen standen.

Eben läutete das Mettenglöcklein des Klosters; im Chore sangen die Nonnen ihre Frühgebete, während draußen die Amseln, die Finken und andere Vögel ihre Tagelieder erschallen ließen, daß die Luft zu leben schien. Aber auch die Hunde rannten bellend herbei, da ich die Landung mit Geräusch bewerkstelligte, an die Kähne stieß und mit der Kette des meinigen über dieselben hinwegsprang. Glücklicherweise kam einer der Klosterknechte, der sich meiner noch erinnerte, und beschwichtigte die Hunde. Er machte den Kahn fest und trug meinen Korb an die Klosterpforte. Blaß von der Morgenkühle und dem Nachtwachen zog ich die Glocke, mußte aber geraume Zeit warten, bis die Pförtnerin kam und mich nach einem kurzen Verhöre einließ. In der Vorhalle hieß sie mich auf eine Bank sitzen; nicht weniger als der Knecht über mein Erscheinen verblüfft, holte sie die Frau Schwester Klara herbei, die eben aus der Kirche kam. Die gute Tante Klara, wie ich die mütterliche Freundin sonst genannt hatte, war im Begriffe gewesen, nach der Hora noch das übliche Morgenschläfchen zu suchen, und kam nun ganz erschrocken, mich zu sehen, zu fragen, was sich ereignet habe, warum und auf welche Weise ich gekommen sei, und so weiter. Vor allem aber brachte sie mich in ihre Zelle und vernahm mit neuer Verwunderung, doch nicht ohne Rührung, daß ich mich einsam fühle und einige Tage bei ihr weilen möchte. Über meine verwegene Stromfahrt bekreuzte sie sich. »Du armes Kind«, rief sie, »wacht denn niemand über dich?«

Doch sogleich holte sie aus ihrem Wandschränklein ein Gläschen duftigen Nonnenlikörs und zwang mich, das wärmende Tränklein mit einem würzigen Zuckerbrote zu mir zu nehmen. Dies geschehen, ruhte sie nicht, bis ich auf ihrem Bette lag und einschlief, während sie sich selbst mit ihrem Gebetbuche auf einen Schemel setzte und dem Aufgang der Sonne entgegensah.

Als die Glocke zur Morgensuppe geläutet wurde, kam sie mich zu wecken; denn sie hatte inzwischen schon mit der Frau Priorin gesprochen und diese darauf befohlen, daß man mich vorläufig in Stille und Ruhe da behalten solle, bis die Angelegenheit sich abgeklärt habe. Ich frühstückte also mit den Klosterfrauen, von denen fast alles noch die alten waren. Gleich nachher wurde unser Hausdiener gemeldet, welcher nach der Entdeckung meiner Flucht und nach erfolgtem Ratschlag von der Fräulein Hansa und der Frau Lise mir nachgesandt worden und auf einem Flußdampfer heruntergefahren war. Der treue Mann, der nämliche, der jetzt noch bei uns ist, kannte die Schwester Klara und ihr Verhältnis zu meiner verstorbenen Mutter; als er mich daher in Begleit der Nonne am Sprachgitter erscheinen sah und wahrnahm, daß sich alles in Ordnung befand und ich soweit wohl aufgehoben sei, empfahl er sich bald und ruderte das Schifflein, das mich hergetragen, rüstig flußaufwärts, nachdem er den ihm gereichten Imbiß eingenommen.

Dergestalt blieb ich im Kloster samt dem Plane, den ich im Kopfe barg. Gegen Abend aber erging sich Schwester Klara mit mir im Felde, wie sie vormals mit der Mutter getan, und entlockte mir mit sanftem Andringen die Ursache, die mich auf so unvermutete Weise anher geführt.

Ich eröffnete ohne Zögern meinen Wunsch, mit ihrer Hilfe und im Schutze dieses Klosters zur katholischen Religion überzutreten.

Klara erschrak zum zweiten Male über mich und schüttelte den Kopf. Allein an Hingebung und Gehorsam gewöhnt, wagte sie nicht, mein Ansinnen von sich aus zu beantworten; sie begab sich unverweilt zu der Frau Priorin und teilte derselben die wichtige Neuigkeit mit. Die Priorin schüttelte ebenfalls den Kopf, worauf sie in die Propstei hinüber ging, um den über das Kloster gesetzten Propst von der Sache zu unterrichten. Er wandelte aber mit seinem Brevier auf seinem Lieblingspfade am Flußufer, und um nichts zu versäumen, watschelte die besorgte Vorsteherin ihm nach, bis sie ihn fand. Er schüttelte seines Teils mit nichten das Haupt, zog vielmehr den Fall in ernstliche Erwägung und entschied sich dahin, daß ich zur Prüfung und Beobachtung einige Tage zu beherbergen sei, indes er den Rat seines Abtes einhole.

Was mich betraf, so verharrte ich auf meinem Vorsatze; höhern Orts wurde überlegt, wie ich die mutmaßlich einzige Erbin des vorhandenen Vermögens, das Kind einer Katholikin sei, welche, durch den ketzerischen Ehemann dem rechten Glauben entzogen, ohne die Tröstungen der Kirche verstorben; wie mein Begehren offenbar eine Fügung sei, deren mögliche Früchte für Stift und Kirche nicht leichthin verscherzt werden dürften.

Nun war ich nach den Landesgesetzen, wenn ich erst ein Jahr älter geworden, berechtigt, nach freier Wahl den Übertritt zu tun, auch gegen des Vaters Willen. Es ward also die Frage gestellt: sollte man dies Jahr verfließen lassen und mich tunlichst unter den Augen behalten, auf die Gefahr hin, daß ich von meinem Entschlusse wieder abfiele, – oder sollte man jetzt sogleich meinen Willen tun unter der Bedingung, daß ich den Schritt bis zum Tage meiner konfessionellen Mündigkeit geheim halte? Und war auf mein Versprechen zu bauen? Das letztere Verfahren wurde dennoch für gut befunden. Für den Fall des verfrühten Kundwerdens gedachte man auf die Aufsichts- und Ratlosigkeit hinzuweisen, in welcher ich gelassen worden sei und die den ehmaligen Glaubensgenossen der Mutter des Kindes den gewährten Schutz zur einfachen Pflicht gemacht habe.

Solchermaßen wurde denn auch gehandelt. Der Herr Propst selber erteilte mir während zwei Monaten den geistlichen

Unterricht; dann empfing ich in der Klosterkirche die Taufe. Zwei Konventualen aus dem fernen Mutterstifte, dem der Propst angehörte, und zwei Nonnen, von denen Klara die eine, wohnten als Taufzeugen bei. Nachher wurden die nötigen Urkunden aufgesetzt und unterschrieben, und der Propst verwahrte sie einstweilen in seinem Archive. Der Name Lucia wurde mir gelassen.

Ich vermag meine Seelenverfassung während des Unterrichts und der Zeremonie kaum zu beschreiben. Jedenfalls hatte ich dabei ein böses Gewissen und fühlte deutlich, daß ich meinem Vater gegenüber nichts Gutes tat. Außerdem empfand ich eine eisige Kälte im Herzen, die mich auch drückte; nur der Gedanke, daß ich mich jetzt unauflöslich mit Leodegar vereinigt habe und keine Schranke mehr meinem Glücke im Wege stehe, löste die Starrheit der Seele, daß mein Blut wieder etwas Leben gewann. Die Leute nahmen das für religiöse Ergriffenheit; einzig Schwester Klara, die einen tiefern Anteil nahm, wurde weder klar noch ruhig über mein Wesen, und als ich eines Nachmittags bei ihr in der Zelle saß, begann sie mit leisen und vorsichtig gestellten Worten von neuem nach Natur und Art der wahren Grundursache zu forschen, die mein Inneres bewegte. Der mütterlichen Freundin verhehlte ich es nicht länger und sie vernahm im Verlauf eines Viertelstündchens den unglückseligen kleinen Kindsroman.

Sie schaute mich mit großen Augen an, schlug sie dann tief errötend auf ihre Arbeit nieder, und nach einem Weilchen fiel eine schimmernde Träne darauf. Ich glaubte, die stille fromme Dame schäme sich für mich, da ich es nicht selbst tue; ganz unglücklich kniete ich vor ihren Füßen und weinte auf ihre Hände. Es war mehr die Erinnerung an eigenes Leid, das sie einst in dies Kloster geführt, die sie jetzt bewegte. Sanft richtete sie mich auf und sagte:

»Wir sprechen nicht mehr darüber! Schweig und vergiß, oder mögen dir Gott und seine Heiligen helfen!«

Wir haben freilich nach Jahren wieder davon geredet; denn

sie lebt noch. In jenen Tagen, da ich noch bei ihr weilte, lehrte sie mich zur Zerstreuung dergleichen Bildchen sticken, wie Sie hier eines sehen, und dieses war von ihrer Erfindung. Es soll die himmlische und die irdische Liebe vorstellen, freilich mit weniger Kunst zustande gebracht als jenes berühmte Bild von Tizian. Ich verstand die stumme Mahnung und nähte die beiden Herzen mit der roten Seide auf das Papier; aber ich hielt es mit demjenigen, das zwischen dem Tännchen und dem Rosenstrauch auf dem grünen Rasen stehen blieb. Um die Widersprüche meines Zustandes voll zu machen, seufzte ich nicht einmal ein weniges, da Kinder wohl weinen, aber noch nicht zu seufzen verstehen.

Und doch gab es sofort Ursache genug zu Angst und Sorgen. Das regelmäßige Dampfboot legte beim Kloster an; ich guckte neben der Frau Klara neugierig aus dem Zellenfenster; aber statt einer fremden Ordensfrau oder eines Herren Prälaten-Inspektors oder eines weltlichen Geschäftsmannes sah ich meinen Vater an das Land steigen. Mit seiner Erscheinung fiel mir eine neue Last aufs Herz und das böse Gewissen verwandelte sich in eine Sorge, die ich noch nie gekannt. Er war früher als man gedacht und unversehens von der Reise zurückgekehrt und, als er erfuhr, daß ich seit Monaten im Kloster lebe, über meine Eigenmächtigkeit wie über die fahrlässige Art der Gouvernante und der Wirtschafterin von einem tiefen Unwillen ergriffen worden. Beide entließ er augenblicklich, und sie mußten sogleich aus dem Hause scheiden. Gegen die guten Klosterfrauen verlor er die frühere Duldsamkeit, von der zornigen Furcht befangen, sie möchten mich angelockt und in übler Absicht im Kloster behalten haben. Jetzt ließ er mich hinausrufen, verlor kein Wort und befahl mir, meine Sachen zusammenzupacken und ihn nach Hause zu begleiten. Die Einladung, in der Propstei das Mittagsmahl einzunehmen, lehnte er kurz ab. Auf dem Wege fragte er, ob man Versuche gemacht habe, mich zum Übertritt zu überreden; der Wahrheit gemäß und doch doppelsinnig verneinte ich das; denn nicht nur wegen des gegebenen Versprechens, sondern auch wegen der gefährlichen, so ganz veränderten Stimmung des Vaters wagte ich nicht, das Geschehene zu bekennen.

Jetzt lernte ich auf einmal das Seufzen, da ich, wenn auch nicht ein Verbrechen, doch einen unerlaubten, ernsten und auffälligen Schritt zu verhehlen hatte. Als ich in das väterliche Haus trat und die beiden, durch meine Schuld verstoßenen Frauen nicht mehr sah, seufzte ich wiederum tief auf und ward der Bitterkeit des Lebens inne.

Ich fand jedoch nicht lange Zeit, nach den Verschwundenen zu fragen. Der Vater hatte in Thüringen eine Art Erziehungs- oder Vollendungsanstalt für größere Mädchen gesehen. Dieselbe wurde in entschieden protestantischem Geiste geleitet, wodurch einer besonderen Klasse der Gesellschaft gedient werden sollte. Und da der Vater stets zu religiösen Experimenten geneigt war, die er an andern Leuten anstellte, wie die Naturforscher an den Fröschen, so dachte er hiedurch am ehesten den Katholizismus auszutreiben, welchen ich im Kloster eingeatmet haben mochte. Demgemäß brachte er mich unverweilt in das Institut und versorgte mich dort fest auf zwei Jahre.

Die strenge lutherische Rechtgläubigkeit, die er vorausgesetzt, war aber in Wirklichkeit nicht gar so weit her. Es handelte sich mehr um gewisse unzukömmliche Einwirkungen, um taktlose oder unschickliche Übungen und Torheiten, die sich heutzutage manche schlecht kontrollierte halb- oder einseitig gebildete Lehrerschaften beiderlei Geschlechts erlauben und welche durch ernsthaft und gleichmäßig geschulte Lehrkräfte fernzuhalten man bestrebt war. Das eigentliche Ziel konnte sogar ein recht weltliches genannt werden. Man suchte, da man doch für eine bessere als gewöhnliche Bildung sorgte, die Mädchen vor allerlei Unbescheidenheit, Absprecherei, Verschrobenheit und Unzierlichkeit zu bewahren, um ihnen nicht von vornherein Zukunft und Schicksal zu verderben, sondern ihnen ein unbefangenes Herz für die reifere Erfahrung, einen unbeschädigten Verstand für das in der Welt selbst zu erwerbende Urteil freizuhalten. In diesem Sinne konnte die herrschende Christlichkeit lediglich einem durchsichtigen Glasgefäße verglichen werden, welches den Staub abhielt und das Licht durchließ, ohne selbst vor dem Zerbrechen geschützt zu sein. Vollkommen ist ja nichts in der Welt.

Übrigens traf ich eine Anzahl sehr wohlerzogener, gutartiger Mädchen, alle heitern unschuldigen Herzens, unter welchen die Wahl der vertrauteren Freundinnen schwer gewesen wäre, wenn nicht ganz gleichgültige äußere Eindrücke sie hätten entscheiden können. Es kam auch in der Tat vor, daß einzelne Pärchen scherzweise gefragt wurden, was sie denn aneinander fänden, und es dann lachend hieß, man wisse das eigentlich nicht und sei bereit zu tauschen, wenn jemand wolle. Für mich aber lag noch ein freundliches Glück in dem Umstande, daß fast alle Zöglinge edle und gebildete Mütter besaßen, deren wohlwollende Freundschaft ich mitgenoß, wenn ich in den Ferientagen die eine oder andere Tochter in ihre Heimat begleitete, bald in eine Großstadt, bald auf das Land. Dergleichen Aufenthalte in der Mitte vollzählig blühender Familien mit gutgestimmtem Tone ergänzten in wohltuender Weise meine Lehrjahre, und alles wäre gut und schön gewesen ohne das Geheimnis meines Gewissens.

Denn mit jedem Tage, den ich älter wurde, erkannte ich deutlicher, daß es ganz unmöglich wäre, mich zu entdecken, wenn ich in diesen ruhigen Kreisen, wo nichts verfrüht und nichts gewaltsam gedreht wurde, nicht als ein abenteuerliches bedenkliches Wesen erscheinen wollte. Dieses ewige Verschweigen eines und desselben Geheimnisses, daß ich nämlich katholisch und wie ich es geworden sei, unterschied mich von der ganzen kleinen und großen Welt, in der ich lebte.

Aber im gleichen Maße, in welchem die verschwiegene Last an Schwere wuchs, wurde sie mir auch teurer. Ich hörte nie etwas von Leodegar und wußte nicht, wo er lebte. Weder der Vater noch die Schwester Klara, mit welcher ich Briefe wechselte, erwähnten seiner auch nur ein einziges Mal. Allein ich glaubte fest, daß er eines Tages, wenn die Zeit da sei, kommen und mich und mein Geheimnis befreien werde. Je weiter seine körperliche Gegenwart in meiner Erinnerung zurücktrat, desto heller glänzte er, einem Sterne gleich, mir in der Seele. Das zweite Jahr ging seinem Ende entgegen; ich war stark gewachsen, und mit meinem Geheimnis, in der Vertiefung meiner Gedanken mochte ich zuweilen einer vollständig erwachsenen ernsten Person ähnlich sehen. Zuletzt ging ich nur noch mit den ältesten Mädchen, die sich dem Zwanzigsten näherten, wagte aber nicht, mich in die Vertraulichkeiten zu mischen, welche unter diesen Großen doch schon vorkamen, sondern sehnte mich schweigsam nach der Heimkehr. Denn immer fester bildete ich mir ein, daß Leodegar nicht lange nachher eintreffen werde. Diese Hoffnung war auch eine bittere Notwendigkeit für mich: was in aller Welt sollte ich mit meiner Religionsänderung anfangen ohne Den, für welchen sie allein unternommen worden?

Mein Vater war in Italien und schrieb mir, er werde mich im Herbst abholen; und da er gute Berichte über mich erhalten, werde er mich zur Belohnung mit nach dem klassischen Lande nehmen, wohin er für den Winter und Frühling zurückzukehren gedenke. Dort würden mir die letzten etwaigen Klostergedanken sicherlich vergehen.

»Daß ichs nicht vergesse«, endigte der Brief, »unsern Vetter Leodegar habe ich ganz zufällig in Rom getroffen. Er ist dort in den Orden der Redemptoristen getreten und läuft in einem schwarzen Habit herum mit einem närrischen Hut und einem Rosenkranz. Es heißt, er wolle es zum Kardinal bringen; ich glaub es, denn er machte ein sehr durchtriebenes Gesicht, als ich ihn sprach. Es war gewissermaßen der alte Leodegar und doch etwas Neues in ihm, wie wenn seine Augen sagen würden: Kerl, dich wollt ich, wenn ich dich hätte und du mich nicht anbeten würdest!«

Die Nachricht war nur zu begründet. Fast am gleichen Tage sagte der Institutsvorsteher, als er bei Tisch die Zeitung las, zu mir: »Da steht, daß ein junger deutscher Liguorianer aus Ihrer Heimat sich in Rom durch seine Predigten berühmt mache. Er trägt sogar den gleichen Familiennamen mit Ihnen! Kennen Sie ihn, Fräulein Lucie? Sie sind aber doch nicht katholisch!«

Mit tonloser Stimme erklärte ich, von alledem nichts zu wissen, und schenkte mir möglichst gleichgültig ein Glas Wasser ein.

Mein armer Vater holte mich nicht mehr ab. Er hatte sich in den heißen Sommermonaten durch unvorsichtiges Reisen ein Fieber geholt, von dem er nicht genas.

So kehrte ich vollständig verwaist in mein leeres Haus zurück. Da ich für die Vermögensverwaltung noch eines Vormundes bedürftig war, so bat ich meinen Oheim, den Bruder meiner Mutter, darum, der eben in den Ruhestand zu treten beabsichtigte und mir einen Besuch ankündigte. Er übernahm den Liebesdienst mit treuer Sorgfalt. Seither leben wir zusammen und haben vor sieben Jahren schon dies Gut gekauft und bezogen. Nach der Fräulein Hansa und der Wirtschafterin hatte ich in aller Trauer gesucht, um soviel als möglich die ihnen widerfahrene Unbill gutzumachen. Es gelang mir aber nicht, meinen Wunsch zu erfüllen. Die Erzieherin hatte einen Naturalienhändler geheiratet, mit welchem sie nach Südamerika gereist war. Sie besorgte seine Buchhaltung und speziell den Einkauf der Käfer. Die Frau Lise war Küchenmeisterin in einem großen Krankenhause geworden und bedurfte meiner nicht mehr.

Von der verfrühten törichten Leidenschaft und ihrem Gegenstande erholte ich mich zwar bald, da es mir wie Schuppen von den Augen fiel. Aber ich hatte durch meine Streiche Jugend, Leben und Glück, oder was man dafür hält, mir selbst vor der Nase abgesperrt. Den Übertritt konnte ich nicht rückgängig machen, wenn ich nicht als eine abenteuernde Doppelkonvertitin in das Gerücht kommen wollte. Inzwischen lernte ich mich mit der Idee trösten, daß meine Geschichte mich vor späterm Unheil, Unstern und vor Teufeleien bewahrt habe, die ich ohne diese Erfahrung noch hätte erleben oder anrichten können. Es gibt ja auch Krankheiten, die man den Kindern einimpft, damit sie später davor bewahrt bleiben! Nun aber halten Sie reinen Mund, nicht wahr? Und mischen Sie die Geschichte nicht unter die Beispiele, die Sie etwa anderwärts vorzutragen in die artige Laune geraten, wie Sie hier getan haben!«

»Seien Sie in dieser Hinsicht ganz ruhig«, antwortete Reinhart; »ich gönne mir selber kaum, was Sie mir so gütig anvertrauten. Doch das Gleichnis mit dem Impfen der Kinder kann ich Ihnen nicht gelten lassen. Was Sie erlebt haben, ist wohl zu unterscheiden von der ungehörigen Liebesucht verderbter Kinder und widerfährt nur wenigen bevorzugten Wesen, deren edle angeborene Großmut des Herzens der Zeit ungeduldig, unschuldig und unbewußt vorauseilt. Der naive Kinderglauben an die leichtfertigen Scherzworte des Herren Kardinals, an welchem Sie so treulich festgehalten haben, gehört zu dieser Großmut, wie ein Taubenflügel zum andern, und mit solchen Flügeln fliegen die Engel unter den Menschen. Beschämt ermesse ich an diesem Beispiele des Guten, wie teilnahmslos mein Leben verlaufen ist, wie inhaltslos, und auf wie leichtsinnige Weise ich sogar vor Ihr Angesicht geraten bin!«

»Sie werden endlich ja wahrhaft artig gegen unsereines«, sagte Lucie; »ich danke Ihnen für das gnädige Urteil.«

Sie atmete leicht auf und fuhr fort: »Sehen Sie, nun bin ich erst ganz von der verwünschten Heimlichkeit befreit. Wie schwierig ist es, einen Beichtvater zu finden, wie man ihn braucht! Aber wollten Sie nicht lesen?«

»Jetzt nicht mehr«, meinte Reinhart; »wer möchte noch lesen! Lieber möcht ich hinaus ins Freie, den Tag entlang, und alle Sorgen von mir tun, das heißt, wollen Sie mithalten?«

»Da haben Sie recht!« lachte Lucie freundlich; »warum sollen wir uns nicht auch einen guten Tag machen? Wir habens ja in uns, nicht wahr?«

»Was denn?«

»Ich meine das bißchen Kinderdummheit mit den Taubenflügeln, trotzdem wir so große alte Leute sind! Wissen Sie was, wir gehen durch den Wald nach Althäusern am Flusse hinunter; dort finden wir sogar ein leidliches Mittagessen in der Post, wo wir die Reisenden und die Fuhrleute betrachten können. Und eben fällt mir ein, daß ich alsdann bei dem dortigen Schuhmacher nachsehen kann, ob er meine Wald- und Feldschuhe für den Herbst gemacht hat und ob sie mir passen. Der Meister Schuhmacher ist nämlich der Bräutigam unsers Bärbchens geworden, den man ein wenig zu Ehren ziehen muß.«

Sie schlug eine der grünen Gardinen zurück und rief hinaus: »Bärbchen, hast du etwas auszurichten? Wir gehen spazieren und kommen zu deinem Schuh- und Hochzeitmacher!«

Das angerufene Mädchen kam gelaufen, fragte zuerst, ob es am nächsten Sonntag ausgehen dürfe, und bat nach erhaltener Erlaubnis, dem Geliebten dies anzuzeigen und ihm zu verdeuten, daß er zu Hause bleiben und sie erwarten solle. Sie werde ihm auch die neuen Winterstrümpfe mitbringen.

»Nun haben wir eine Mission als Liebesboten«, rief Lucie, »und dürfen uns sehen lassen!«

Sie machten sich wohlgerüstet auf den Weg und beobachteten aufmerksam alle Merkwürdigkeiten, die ihnen aufstießen: einen Hirschkäfer, der am Fuße eines Baumes saß und fleißig schrotete, so daß er schon ein beträchtliches Häuflein Sägemehl ausgeworfen hatte; einen Eichbaum, der eine schlanke Buche in seinen knorrigen Armen hielt; das vermischte Laub ihrer Kronen flüsterte und zitterte ineinander, und ebenso innig schmiegte sich der glatte Stamm der Buche an den rauhern Eichenstamm. In einem klaren Bache, der durch den Bergwald herunterfloß, kam eine große schöne Schlange geschwommen und warf sich unfern den beiden Lustwandlern aufs Trockene; ein starker Krebs hing an ihrem Halse, vermutlich um sie anzufressen. Reinhart griff die Schlange mit rascher Hand und hob sie empor.

»Halten Sie mir das arme Tier«, sagte er zu Lucien, »damit ich den Quäler abnehmen kann! Fassen Sie nur fest mit beiden Händen, es ist keine Giftschlange!«

Lucie sah ihn etwas furchtsam an; doch traute sie seinen Worten und hielt die Schlange tapfer fest, die sich nicht heftig bewegte. Reinhart drückte den Krebs, bis er seine Scheren auftat, und warf ihn in den Bach. Die Schlange blutete ein wenig. Sie schaute das schöne Fräulein ruhig an und dieses blickte mit sichtlicher Erregung dem Waldgeheimnis in die nahen Augen. Ihre Scheu völlig bezwingend, legte Lucie das Tier langsam auf die Erde und ließ es sachte entschlüpfen.

»Wie schön es gemustert ist!« rief sie, ihm nachsehend, bis es im Farrenkraute verschwand; »und wie froh bin ich, daß ich gelernt habe, die Kreatur in Händen zu halten! Und wie erbaulich ist das kleine Rettungsabenteuer!«

»Ja«, erwiderte Reinhart, »es erfreut uns, in dem allgemeinen Vertilgungskriege das Einzelne für den Augenblick zu schützen, soweit unsere Macht und Laune reicht, während wir gierig mitessen. Aber sehen Sie, die Kreatur scheint diesmal dankbar zu sein und uns das Geleite zu geben!«

Er wies zur Seite des Weges, wo die Schlange wieder zum Vorschein kam und, neben ihnen herkriechend, das Paar in der Tat eine Strecke weit begleitete, bald im Gesträuche verborgen, bald sichtbar. Zuletzt hielt sie still, richtete sich in die Höhe und drehte sanft den kleinen platten Kopf hin und her.

Lucie schaute wortlos, aber mit wogendem Busen hin, und erst als die Erscheinung aus den Augen war, rief sie: »Ach, von dieser schönen Schlange wünschte ich zu träumen, wenn ich einmal traurige Tage hätte. Gewiß würde mich der Traum beglücken!«

Sich alle Zeit gönnend, gelangten sie um Mittag in das Dorf, gingen in die Wirtschaft zur Post und ließen sich Suppe und die übrigen einfachen Gerichte geben, die dort üblich waren. Gleich bescheidenen Reisenden oder Hausierern, die sich vorsehen müssen, fragten sie bei jeder Schüssel vorher um den Preis und trieben noch andere Kurzweil von ähnlichem Gehalte. Dann erinnerten sie sich des Schuhmachers und suchten ihn auf. Sie fanden das kleine Haus etwas abseits unter einem Nußbaume und die Wand an der Sonnenseite von einem Birnenspaliere bedeckt, jedoch nur zum Teil; der andere Teil war eine Weinrebe, so daß die ganze Wand mit reifen Birnen und blau werdenden Trauben behangen war.

»Das ist nicht übel«, sagten sie, »das Bärbelchen hat sich ein sehr behagliches Nest ausgesucht!«

Was ihnen aber noch mehr auffiel, war der Gesang einer schönen Stimme, welche durch das offene Fenster ertönte im allerseltsamsten Rhythmus. Da sich auf der entgegengesetzten Seite ebenfalls ein Fenster befand, war das Innere der Stube ganz hell und durchsichtig, und sie standen im Schatten des Baumes einige Zeit still und schauten hinein. Der junge Meister, der noch allein arbeitete, war eben im Anfertigen eines neuen Vorrates von Pechdraht begriffen. An einem Haken über dem jenseitigen Fenster hatte er die langen Fäden von Hanfgarn aufgehängt, welche durch die ganze Stube reichten, und schritt nun, die eine Hand mit einem Stücke Pech, die andere mit einem Stück Leder bewehrt, rück- und wieder vorwärts Garn und Stube entlang, strich das Garn und drehte oder zwirnte es auf dem einen Knie in kühner Stellung kräftig zum haltbaren Drahte und sang dazu sein Lied. Es war nichts Minderes als Goethes bekanntes Jugendliedchen »Mit einem gemalten Bande«, welches zu jener Zeit noch in ältern, auf Löschpapier gedruckten Liederbüchlein für Handwerksbursche statt der jetzt üblichen Arbeitermarseillaisen und dergleichen zu finden war und das er auf der Wanderschaft gelernt hatte. Er sang es nach einer sehr gefühlvollen altväterischen Melodie mit volksmäßigen Verzierungen, die sich aber natürlich rhythmisch seinem Vor- und Rückwärtsschreiten anschmiegen mußten und von den Bewegungen der Arbeit vielfach gehemmt oder übereilt wurden. Dazu sang er in einem verdorbenen Dialekte, was die Leistung noch drolliger machte. Allein die unverwüstliche Seele des Liedes und die frische

Stimme, die Stille des Nachmittages und das verliebte Gemüt des einsam arbeitenden Meisters bewirkten das Gegenteil eines lächerlichen Eindruckes.

Wenn er mit leichten Schritten begann:

Kleine Blumen, kleine Blätter – ja Blätter
Streien wir mit leichter Hand
Gude junge Frihlings-Gädder – ja Gädder
Tändelnd auf ein luftig Band,

bei dem luftigen Band aber durch einen Knoten im Garn aufgehalten wurde und dasselbe daher um eine ganze Note verlängern und zuletzt doch wiederholen mußte, so war die unbekümmerte und unbewußte Treuherzigkeit, womit es geschah, mehr rührend als komisch. Die Strophe:

Zephyr, nimms auf deine Flügel,
Schlings um meiner Liebsten Kleid;
Und so tritt sie vor den Spiegel
All in ihrer Munterkeit,

gelang ohne Anstoß, ebenso die folgende:

Sieht mit Rosen sich umgeben,
Selbst wie eine Rose jung,
Einen Blick, geliebtes Leben!
Und ich bin belohnt genung.

Nur schien ihm das »*genung*« nicht in der Ordnung zu sein, und er sang daher verbessernd:

Einen Blick, geliebtes Leben!
Und ich bin gelohnt g e n u c h .

Reinhart und Lucie blickten sich unwillkürlich an. Der Sänger im kleinen Hause schien für sie mitzusingen, trotz seines abscheulichen Idioms. Welch ein Frieden und welch herzliche

Zuversicht oder Lebenshoffnung pulsierten in diesen Sangeswellen! Am jenseitigen Fenster stand ein mit Grün behangener Vogelkäficht. Nun kam aber die letzte Strophe. Fihle, sang er,

Fihle, was dies Herz empfindet – ja pfindet,
Reiche frei mir deine Hand,
Und das Band, das uns verbindet – ja bindet,
Sei kein schwaches Rosenband!

Weil der Draht noch nicht ganz fertig war, sang er diese Strophe mehrmals durch, immer heller und schöner, mit dem Rücken gegen die Lauscher draußen gewendet; im Bewußtsein der nahen Glückserfüllung wiederholte er das

Reiche frei mir deine Hand

besonders kraftvoll und ließ dann im höchsten Gefühle die geschleiften Noten steigen:

Und das Band, das uns verbindet,
Sei kein schwaches Rosenband!

Da ein paar Kanarienvögel mit ihrem schmetternden Gesange immer lauter dreinlärmten, war eine Art von Tumult in der Stube, von welchem hingerissen Lucie und Reinhart sich küßten. Lucie hatte die Augen voll Wasser und doch lachte sie, indem sie purpurrot wurde von einem lange entbehrten und verschmähten Gefühle, und Reinhart sah deutlich, wie die schöne Glut sich in dem weißen Gesichte verbreitete.

Es war ihnen unmöglich, jetzt in das Häuschen hineinzugehen; ungesehen, wie sie gekommen, begaben sie sich hinweg, und erst als sie wieder die Waldwege betreten hatten, stand Lucie still und rief:

»Bei Gott, jetzt haben wir doch Ihr schlimmes Rezept von dem alten Logau ausgeführt! Denn daß es mich gelächert hat, weiß ich, und rot werde ich hoffentlich auch geworden sein. Ich fühle jetzt noch ein heißes Gesicht!«

»Freilich bist du rot geworden, teure Lux«, sagte Reinhart, »wie eine Morgenröte im Sommer! Aber auch ich habe wahrhaftig nicht an das Epigramm gedacht, und nun ist es doch gelungen! Willst du mir deine Hand geben?«

So kam es, daß am Abend, als die Alten nach Hause kehrten, Lucie schon vor ihrem Oheim auf Du und Du mit Reinhart stand. Alle waren zufrieden mit der Verlobung und Lucie mit dem Schuhmacher so sehr, daß sie Bärbel am andern Tage selbst hingehen ließ, ihm die vergessene Botschaft zu bringen.

Reinhart nannte später seine schöne Frau, wie der Oheim, nur Lux und, indem er das Wortspiel fortsetzte, die Zeit, da er sie noch nicht gekannt hatte – *ante lucem*, vor Tagesanbruch.

NACHWORT

Das gedichtete Leben

Kellers Gesamtwerk ordnet die Elemente seiner eigenen Biographie zu kaleidoskopartig wechselnden Mustern.[1] Der Muttersohn und Junggeselle schreibt von unglücklichen Söhnen, die auf die Mutter zurückfallen, und sei es im Grabe. Er schreibt von glücklichen Söhnen, die mütterliche Frauen finden und mit ihnen zahlreiche Kinder produzieren. Der Vaterlose schreibt von Vatersuchern, von guten und bösen, tyrannischen und schwachen Ersatzvätern und von symbolischen (Gott)vatermorden. Er schreibt in der Muttersprache der Lyrik vom Vaterland und in der Vatersprache des auktorialen Erzählers vom Mutterland. Das gedichtete Leben ist nicht eine Schrumpfung von Lebenswirklichkeit zu Phantasiebildern, sondern das Aufquellen der Lebensfülle als Leistung unersättlicher und unerbittlicher Imagination. Das stellt sich so dar:

Zwischen Elisabeth Keller und dem 1819 geborenen Sohn herrscht eine Spannung, die sich im Verhältnis des grünen Heinrich zu seiner Mutter Elisabeth Lee wiederholt. Aber wo das Leben sich in einer Verknorpelung der Konstellation stabilisiert, stößt der Roman zu deren hochempfindlichem Kern durch. Er läßt die Mutter an der Verlassenheit durch den Sohn zugrunde gehen und den grünen Heinrich zur Strafe für die

1 Die Textwiedergabe des »Sinngedichts« folgt: Gottfried Keller. Sämtliche Werke. Historisch-kritische Ausgabe. Hg. Jonas Fränkel und Carl Helbling. 22 Bde. Erlenbach-Zürich und München 1926-1948. Meine Ausführungen sind weitgehend identisch mit dem entsprechenden Kapitel aus meiner Gesamtdarstellung: Gottfried Keller. Das gedichtete Leben. Frankfurt 1981. Dort sind meine übergreifenden Thesen ausgeführt und begründet und im Anmerkungsteil die Bezüge zur Keller-Forschung hergestellt. Zitate im Nachwort zum »Sinngedicht« entsprechen dem Text der vorliegenden Ausgabe und, wo sie anderen Werken Kellers entstammen, der historisch-kritischen Ausgabe. Bei »Sinngedicht«-Zitaten steht die Seitenzahl in Klammern. Bei sonstigen Keller-Zitaten bedeutet die römische Zahl den Band der historisch-kritischen Ausgabe.

Schuldverstrickung an die Mutter ihr nachsterben. Damit erfüllt er ihm zugleich den geheimsten Wunsch: bei der Mutter zu liegen. Die krasse Kleinwüchsigkeit Kellers, eines embryonenhaft in sich verhockten, schwerfüßigen Mannes, ist ein Wachstumssignal für die Fixierung in einer kindlichen Entwicklungsphase, aus der sein Vater wegstarb, als der Sohn fünf Jahre alt war. Es ist das Alter, in dem sich noch nicht voll ausdifferenzierte, umfassende Wünsche des Knaben auf die Mutter richten, den nächsten Menschen des anderen Geschlechts [Abb. 1]. Der geliebte Vater steht dem entgegen und soll weg sein. Sein früher Tod, aus kindlicher Perspektive ein Ergebnis des Wegwünschens, rückt die Mutter noch näher und verewigt den toten Vater doch auch zum Monument des Verbots. Daß der grüne Heinrich ein vaterloses Kind ist, wird dem Sohn von der Mutter wie ein Richtspruch eingefleischt: vordergründig die Verurteilung zum Abseits im bürgerlichen Leben, das der Vater hätte erschließen sollen; untergründig die Warnung vor tödlichen Wünschen, die vereist werden müssen. Keine Zärtlichkeit zwischen Mutter und Kind, deren Beziehung doch von verhaltenen Erregungen bebt.

»Der grüne Heinrich« errichtet das Denkmal eines toten Bürgers und Vaters, in dem sich Handwerker-, Unternehmer- und Künstlertum, staatsbürgerliches und soziales Engagement ideal vereinigen, und er unterwühlt das Monument zugleich durch Ersatzhandlungen: Kellers wichtigster Lehrer in der fehlschlagenden Malerlaufbahn ist der Kunstmaler Rudolf Meyer, der dem Wahnsinn verfiel und unter Nichterfüllung vorab bezahlter Lehrverpflichtungen abreiste. Die Mutter Keller schrieb ihm einen mahnenden und kränkenden Brief, den der Sohn wohl zurückhielt und durch eine mildere Fassung ersetzte; jedenfalls hat Meyer ihm freundlich geantwortet. Im »Grünen Heinrich« erscheint – in der Rolle Meyers – der Kunstmaler Römer als väterlicher Mentor wie ein Gottesgeschenk. Um so schlimmer, daß statt der Mutter hier der Sohn Heinrich den schnöden Brief schreibt. Als Antwort erhält er aus dem Irrenhaus einen Fluch, der von nun an über seinem Leben liegt – es ist der Fluch gegen den, der über das tödliche Vergehen gegen einen Vater zum tödlichen Vergehen gegen die Mutter kommt.

Schließlich: Während Elisabeth Keller und Elisabeth Lee ihre Söhne zu gefrorenen Christen vereisen, stellt der Roman – und nur er – der versagenden Mutter die Wunschmutter gegenüber: die Mutter-Geliebte Judith, in deren elbischem Gesang die inzestuösen Lockungen und Drohungen laut werden, die Keller und seinem grünen Heinrich im Ohr lagen [Abb. 2]. Nur mit Müttern gibt es die totale Vereinigung – als totales Verschwinden, verschluckt vom Mutterschoß. Wo bei Keller Sinnlichkeit im Verhältnis der Geschlechter aufleuchtet, und das kann glanzvoll geschehen, liegt in ihr eine geheime Chaotik. Sie veranlaßt narzißtische Selbstbewahrungsmaßnahmen, die das Verhältnis des grünen Heinrich zu Anna mit dem von vorwärts und rückwärts gleichlautenden Spiegelnamen bestimmen. Steht Judith im Zeichen der Milch und der Früchte (III, 210), so Anna im Zeichen der Narzisse – der Totenblume, der Reliquie des Narziß. Darüber hinaus werden enorme Purgierungsanstrengungen notwendig, um das Übermächtige, Hexenhafte, Tierisch-Gefräßige der Frau auszutreiben, das bei Keller immer wieder zwischen den Zeilen herumgeistert. In der Zweitfassung des Romans darf der grüne Heinrich statt ins Muttergrab in die Arme Judiths sinken – um den Preis, daß ihre sexuelle Ausstrahlung von vornherein gedämpft ist und sie nach langer Trennung ganz mütterliche Freundin wird, die Entsagung predigt. Alle Wildwüchsigkeit ist der »Stimme der Natur« Judith (VI, 324) weggeschnitten; sie ist Mutter Natur als Mutter Kultur, Mutter Kultur als Mutter Moral geworden.

So groß ist das Leiden in Kellers Leben, daß es noch die Glücksbilder seiner Dichtung schmerzhaft durchtränkt, wie es noch in die Entsagungsbilder Sehnsüchte einsickern läßt. So groß ist der Druck, daß die Dichtung auch die Stummheit des

Lebens nicht nur bricht, sondern auch überbietet: Der mit der Mutter im Tod vereinigte Heinrich ist mit ihr in das totale und total sprechende Schweigen gehüllt, das diffus und partiell zwischen ihnen gelebt wurde. Wo bei Keller Liebeserfüllung imaginiert wird, wird sie als ›naturhaft‹ ehelich gedacht. Die gewitzte Jole in einer der »Sieben Legenden« erkennt im vitalen Vitalis deshalb den idealen Ehemann, weil er ein so standhafter Mönch und Märtyrer in allen Versuchungen gewesen ist. Die Sinnlichkeit darf in der offiziellen Literatur des 19. Jahrhunderts überall nur in Ketten tanzen, aber bei Keller sind sie besonders schwer, weil eine besonders gefährliche und gefährdende, eine furchterweckende Kraft zu bändigen ist. Vitalis fühlt sich in der Liebesstunde mit Jole wie ein Kindlein an die Brust genommen. Das Glück der Liebe, das im »Grünen Heinrich« noch luxuriert in allen Facetten der Sexualität und Erotik, versteckt sich, wenn es nicht wie bei »Romeo und Julia auf dem Dorfe« in den Tod zielt, in der Novellistik zunehmend im Glück der Kindererzeugung, das Glück der Kindererzeugung im Glück, Kinder zu haben. Das »Sinngedicht« führt nicht in eine sinnliche, sondern in eine sinnige Ehe.

Die Familie und das Rollenverhältnis der Geschlechter

Das »Sinngedicht« umspielt ein kulturelles Schema, das sich am Ausgang des 18. Jahrhunderts ausformt: das Rollenverhältnis der Geschlechter in der modernen Familie. Im alten dörflichen Haushalt, wie ihn der grüne Heinrich in der Heimat der Eltern vorfindet, sind Familienleben und Berufsleben eins – ähnlich wie im Adel oder zünftigen Handwerkswesen. Die Familie ist Hausgenossenschaft unter dem Gebot des Mannes und umfaßt Eltern, Kinder und Personal, unter Umständen unverheiratete Verwandte und Großeltern. Vater und Mutter befinden sich auf dem gleichen Boden; die Bauersfrau ist so berufstätig wie der Mann [Abb. 3]. In dem Maße, in dem dieser alte oikos, die *eine* Welt von Familie und Beruf, bei Dynamisierung der Gesellschaft auseinanderfällt, werden Vater und Mutter, Mann und Frau zu Repräsentanten gänzlich verschiedenartiger Bereiche, die doch aufeinander angewiesen sind. Einer als ideale Liebesgemeinschaft gedachten Familie drinnen liegt nun eine Außenwelt hoch verflochtener und arbeitsteiliger, abstrakt werdender ökonomischer, politischer und gesellschaftlicher Prozesse gegenüber[2] [Abb. 4].

Damit entstehen die modernen Rollenbilder der Geschlechter, wie sie sich hoch sublimiert etwa bei den Klassikern finden. Laut Goethe vermittelt der Vater »die Statur, des Lebens ernstes Führen«, während das »Mütterchen die Frohnatur und Lust zu fabulieren« weckt.[3] »Der Mann muß hinaus ins feindliche Leben«, weiß Schillers »Lied von der Glocke«, »und drinnen waltet die züchtige Hausfrau«. Auch wenn eine archaisierende Illustration dieses Gedichts den Mann im Aufbruch nach draußen wie einen Ritter aufs Pferd steigen läßt, kann doch kein Zweifel daran bestehen, daß dieses feindliche Leben nicht der Krieg, sondern das Piff Paff der freien Konkurrenz ist [Abb. 5, 6]. Von der »Macht das Weibes« erfährt man beim gleichen Autor:

> *»Kraft erwart' ich vom Mann, des Gesetzes Würde behaupt' er,*
> *Aber durch Anmut allein herrschet und herrsche das Weib.«*

2 Zum Wandel der Auffassung der Geschlechterrollen s. K. Hausen: Die Polarisierung der »Geschlechtscharaktere« – Eine Spiegelung der Dissoziation von Erwerbs- und Familienleben. In: Sozialgeschichte der Familie in der Neuzeit Europas. Neue Forschungen. Hg. W. Conze. Stuttgart 1976. S. 363-393. Für den Wandel der Familie s. D. Schwab: Artikel Familie. In: Geschichtliche Grundbegriffe. Historisches Lexikon zur politisch-sozialen Sprache in Deutschland. Hg. O. Brunner, W. Conze, R. Koselleck. Bd 2. Stuttgart 1975. S. 253-301; I. Weber-Kellermann: Die deutsche Familie. Versuch einer Sozialgeschichte. Frankfurt 1974; E. Shorter: Die Geburt der modernen Familie. Reinbek b/Hamburg 1977. Zum Bild der Mutter in Kunst und Literatur s. G. Kaiser: Mutter Nacht – Mutter Natur. Anläßlich einer Bildkomposition von Asmus Jacob Carstens. In: G. K.: Bilder lesen. Studien zu Literatur und bildender Kunst. München 1981. S. 11-51.

3 Goethes Werke. Hamburger Ausgabe in 14 Bdn. Hg. E. Trunz. Hamburg 1948 ff. Bd 1. S. 320.

»Auch dein zartester Laut ist dein harmonisches Selbst« – darin liegt bei Schiller die »Würde der Frauen«, »treuer Töchter der frommen Natur«. Das Mutterreich der Familie steht unter der Gleichung Natur – Gefühl – Harmonie – Poesie [Abb. 7]. Der Mann wird zum Agenten der feindlichen, jedenfalls schwer durchsichtigen Außenwelt und trägt deren Spannungen in die Familie hinein. Seine Sphäre steht unter der Gleichung Geist – Expansion – Energie – Prosa des bürgerlichen Alltags.

Erst in dieser modernen Familienkonfiguration bildet sich Kindheit als psychische Kategorie heraus, die in einer intimen Gemeinschaft zwischen Mutter und Kindern gründet.[4] Sie ist der Boden für die Austragung psychischer Kindheitskonflikte wie dessen, der für Keller selbst angedeutet wurde. Sie ist auch der Raum, in dem die mütterliche Einwirkung auf das Kind dominant wird. »Der grüne Heinrich«, schon früher Goethes »Wilhelm Meister« oder Novalis' »Heinrich von Ofterdingen« zeugen in klassischer Weise von der Abseitsstellung des Vaters und der Prägekraft der Mutter, für die im »Grünen Heinrich« noch die Rede vom Unglück, keinen Vater zu haben und deshalb nicht in die Gesellschaft eingeführt zu werden, zum Disziplinierungsmittel gegenüber dem Sohn wird.

Die historische Ausprägung dieser Strukturen vollzieht sich bei Fortdauer, teilweise Verhärtung der juristischen Herrschaftsposition des Mannes; und sie führt zur Ausbildung neuer männlicher Strategien. Wenn die Geschlechterrolle der Frau in der modernen bürgerlichen Familie von Männern formuliert ist, äußert sich darin einerseits der Anspruch des Mannes, ein in sich ruhendes Wesen der Frau komplementär zum männlichen Selbstverständnis zu bestimmen. Ist die Frau Herrin des Hauses, der Mann der Vermittler der Familie zur Öffentlichkeit, so veröffentlicht er auch, was die Frau ist. Zugleich spricht aber

4 Siehe zu dieser Frage: Ph. Ariès: Geschichte der Kindheit. München 1975; Hört ihr die Kinder weinen. Eine psycho-genetische Geschichte der Kindheit. Hg. Lloyd de Mause. Frankfurt 1977; Deutsche Kindheiten. Autobiographische Zeugnisse 1700-1900. Hg. I. Hardach-Pinke, G. Hardach. Kronberg/Ts. 1978.

in dieser Veröffentlichung die Erfahrung von Männern, die als Kinder in der Muttersphäre geprägt worden sind und die diese Erfahrung nun idealiter nach außen entwerfen, als Erfüllungsvorstellungen geweckter Wünsche. In Kellers Umschreiben seiner Biographie erweist sich die Situation, aus der Männer Frauen phantasieren, als ambivalent zwischen Herrschaftsverhalten und Verarbeitung mütterlicher Eindrücke. Derselbe Autor, der bis ins Mannesalter materiell und bis ans Ende seines Junggesellenlebens psychisch von der Mutter abhing, verkündet unerschütterlich den Alleinanspruch des Mannes auf die öffentliche Sphäre der Ökonomie, der Politik, der Kunst und der Gesellschaft. Aber derselbe unerschütterliche Verkündiger institutioneller männlicher Macht bezeugt erschüttert in seiner Poesie die psychische Übermacht der Frauen als Mutter-Imagines und schließt die Idealität der Frau mit der Realität vorhandener Natur dergestalt kurz, daß er alle Querelen der Kultur und der Gesellschaft in der Frau als Inkorporation kultureller Naturnormen zur Ruhe zu bringen sucht.

Doch nicht, daß Keller die gesellschaftlich-moralischen Normen des bürgerlichen 19. Jahrhunderts dergestalt zu Natur erklärt; nicht einmal, daß er die Frau zu deren naturhaftem Repräsentanten macht, sondern die Tiefe, in der er diese kulturnatürliche Gewalt der Frauen seiner individuellen Psyche und Biographie einfleischen läßt, einfleischt und als eingefleischt zur Darstellung bringt, macht das Exponierte seiner Situation aus. Sie läßt ihn in Judith, Frau Regel Amrain, Hermine Fry*mann*, Marie Salander Idealfrauen erfinden, die sich auf den Feldern männlicher Betätigung und Selbstbestätigung für entbehrlich und unangebracht halten können, weil sie den Mann bis in seine männlichen Tätigkeiten als Soldat, Ökonom und Politiker konditioniert haben.

Kellers eigenartige Position zeigt sich ferner in seinem wilden Zurückschrecken vor »Mannweibern«, das eine verbreitete Haltung der Zeit aufs äußerste verschärft [Abb. 8]. Er verabscheut im »Mannweib« sein Spiegelbild als Muttersohn und

Weibmann, der nicht zeugt und zeugen wird. Nicht zufällig erinnert eine seiner scheußlichen Emanzipierten in Gestalt – zu kurz geratene Beine bei mächtigem Oberkörper – und Namensklang – Kätter – an ihren Urheber. Der unselige Schreiberling Viggi Störteler, auch er laut Namen kleinwüchsig, wird in den »Mißbrauchten Liebesbriefen« dazu verurteilt, seine lediglich im Federhalter wirksame Manneskraft an die Herstellung eines dichterischen Briefwechsels mit ihr zu wenden. Kellers Erfahrungshintergrund läßt ihn schließlich einer der kompensatorischen Lieblingsvorstellungen des Mannes entsagen, die vielerorts durch das 19. Jahrhundert geistert und auch in Kellers Phantasie spukt: Bildet die Frau die Kinder, so will der Mann sich wenigstens die Frau bilden [Abb. 14, 15, 11]. Kellers Brieffreund Storm legt im Briefwechsel mit seiner Braut die naivsten Zeugnisse solcher männlichen Wunschträume ab, Frauen ihr Unheimliches zu nehmen und zu Heimchen am Herd zu machen.[5] Was daraus bei Keller im gestalterischen Reflexionsakt des Erzählens wird, zeigt das »Sinngedicht«: Die Brautschau wendet sich zur Damenwahl. Die vermeintliche Gartenlaube des »Sinngedichts« ist der Austragungsort einer höchst aktuellen Auseinandersetzung über das Verhältnis der Geschlechter.

Das Experiment: Küssen

»Das Sinngedicht« hat Keller fast so lange beschäftigt wie sein Lebensroman »Der grüne Heinrich«. Schon 1851, während der Arbeit am Roman, scheint die Gesamtkomposition erwogen zu sein. 1857/58 werden die »Sieben Legenden« aus der Erzählmasse ausgegliedert. Einem Vorabdruck in der »Deutschen

5 Zum psychohistorischen Zusammenhang s. G. Kaiser: »Aquis submersus« – versunkene Kindheit. Ein literaturpsychologischer Versuch über Theodor Storm. In: G. K.: Bilder lesen, S. 52–75.

Rundschau« folgt 1881, ein Jahr nach dem letzten Band der Zweitfassung des »Grünen Heinrich«, der kunstvollste und geschlossenste Novellenzyklus Kellers in der Buchausgabe mit der Jahreszahl 1882. Obwohl die Konzeptionen der meisten epischen Werke Kellers zeitlich eng benachbart sind, fällt es schwer, in der Chronologie ihres Erscheinens kein Zeugnis einer literarischen Entwicklung zu sehen. Sie wäre in der Weise vorstellbar, daß jedes Projekt das vorhergehende voraussetzt und daß die Reihenfolge der Ausarbeitung Antworten auf die sich summierenden und einander korrigierenden Zeiterfahrungen enthält.

So mußte der Roman die Breite der Zeit und Gesellschaft im Fokus der Lebensphantasie des immer grünen Heinrich sammeln, ehe die »Leute von Seldwyla« thematische Schwerpunkte aus dieser Erzählmasse novellistisch pointieren konnten. Das Spannungsverhältnis von Poesie und Kapitalismus spielt dabei eine besondere Rolle. Das für Keller charakteristische dichterische Umschreiben früher Erfahrungen mußte sich in der Quelle des autobiographischen Romans Bahn brechen, ehe es sich ins Feld der Novellensammlungen auffächerte und entäußerte. Die »Sieben Legenden« erfinden in einem zweiten Abstraktionsschritt die Schlüsselfigur zu Kellers Werk, indem sie diese Figur in der Tradition versteckt finden: die Jungfrau-Mutter Maria, die Patronin ordentlicher Liebe in der Ehe. Die »Züricher Novellen« öffnen in der zunehmenden Düsternis von Kellers Zeitverhältnis die Zuflucht einer von der Ökonomie gereinigten Geschichte. Die Utopie wird zum Refugium. Das »Sinngedicht« nimmt seine Helden aus der Gesellschaft zurück. Der geschlossenste Zyklus Kellers schließt auch am meisten aus. Die Dichte der Komposition ist größer als die Lebensdichte. Geschichte ist privatisiert zum Raum von Lebensgeschichten; Lebensgeschichten sind mediatisiert zum Argument von Streitrednern, deren Reden unter der Hand Lebensgeschichte macht. Wenn Erzählungen Leben machen, wird umgekehrt das Leben literarisiert zur Bühne des Geschichtenerzählens. Kellers zentrale Vision des Volks als einer Familie der Familien ist vergangen. Das Paar spinnt sich erzählend in den Kokon der Liebesehe ein.

Schon im grünen Heinrich lassen sich Schrumpfungen Fausts und Don Quijotes erkennen. Im Helden des »Sinngedichts« sind diese Bezüge noch einmal zusammengeschnurrt. Seine Studierstube ist die eines »Doctor Fausten, aber durchaus ins Moderne, Bequeme und Zierliche übersetzt« (9). Faust will fassen, was die Welt im Innersten zusammenhält, und genießen, was der ganzen Menschheit zugeteilt ist. Auch der grüne Heinrich ist als Träumer noch Visionär des ganzen Lebens. Reinhart im »Sinngedicht« wird als naturwissenschaftlicher Analytiker mit dem Rücken zum Menschen und zu sich eingeführt, konzentriert auf das »Stoffliche und Sinnliche« (11), aber ohne Ahnung von der eigenen Sinnlichkeit. Die leise Komik Fausts, der ausgerechnet mit einem geheimnisvollen Buch in der Hand hinaus ins weite Land jenseits der Gelehrsamkeit fliehen will, wird in Reinhart laut, wenn er, weil er schließlich doch etwas vom Menschenleben erfahren möchte, in die verwahrloste Bodenkammer hinaufsteigt, um im Werk des längst gestorbenen Klassikers Lessing nachzuschlagen – noch dazu in der historisch-kritischen Ausgabe Lachmanns, in die der Lesetext eingesargt ist. Prompt findet er dort das Sinngedicht des noch viel länger toten Barockautors Friedrich von Logau, das dem Zyklus den Namen gibt:

»Wie willst du weiße Lilien zu roten Rosen machen?
Küß eine weiße Galathee: sie wird errötend lachen.« (12)

Reinhart, der nicht nur die Liebe, sondern dementsprechend auch Zeit und Tod aus dem Sinn verloren hat – »eine Reihe von Menschen- und Tierschädeln« in seinem Laboratorium sah »so weiß und appetitlich aus . . ., daß sie . . . den Nippsachen eines Stutzers glichen« (9) –, stößt auf die Toten in ihren Buchgrüften, wenn sich das Leben als Augenschmerz bei ihm meldet. Der Mann mit den »schattigen Haaren« (9) ist in seiner wissenschaftlichen Dunkelkammer wie tot und begraben, ein aufgeklärter Dunkelmann in einer Zeit, »als die Naturwissenschaften eben wieder auf einem höchsten Gipfel standen« (9).

Don Quijote aus seiner Bücherkammer und Heinrich Lee ziehen in närrischem Heroismus auf Aventiure aus. Wenn Reinhart auf dem »ersten besten Mietpferd« losreitet mit der Don Quijotesken Einsicht, »daß nun nichts fehle, als eine Dame zu suchen«, in die er verliebt sei[6], geht es zunächst um das Gegenteil von Aventiure. »Ein Naturforscher entdeckt ein Verfahren und reitet über Land, dasselbe zu prüfen.« Er nimmt Logaus Sinnspruch als Anweisung auf ein »köstliches Experiment« und hat die »artige Vorschrift . . . wie ein Rezept . . . in die Brieftasche gelegt« (13). »Obgleich das Gesetz der natürlichen Zuchtwahl noch nicht bekannt war« – so die ironische Zeitangabe des Erzählers (9) –, unternimmt Reinhart so etwas wie eine experimentelle Zuchtwahl. Spricht das Gedicht allegorisch von Frauen als von botanischen Erscheinungen, wird Reinhart praktisch ihre Reaktionen wie die von Pflanzen prüfen, und der »reizende Versuch der Freiheit« (12) meint zunächst die Freiheit des Experimentators, die Versuchsanordnung zu bestimmen.

Gesucht wird eine Galatea. Die aus dem Meer geborene, von Delphinen begleitete, im Muschelwagen dahinziehende höchste Schöne ist in der klassischen Walpurgisnacht von »Faust II« als Krönung der Gestaltenreihe des Lebens der Gegenstand unstillbarer Sehnsucht. In Logaus Sinngedicht und demgemäß auch in Reinharts Experimentalunternehmen figuriert sie als hervorragendes Exemplar einer Sorte annehmlicher weißer Frauenzimmer. Als solches erscheint Lucie, die spätere Geliebte, bei der ersten Begegnung mit Reinhart vor dem Delphinenbrunnen, eine Rosen reinigende und ordnende Gestalt (29), und in der Berlockengeschichte am Ende des Erzählwett-

6 Miguel de Cervantes Saavedra: Leben und Thaten des scharfsinnigen Edlen Don Quixote von la Mancha. Übersetzung von L. Tieck. Bd 1. Erstes Buch. 1. Kapitel. Berlin 1799. S. 11.

streits erblickt man ein winziges Amphitritchen, quasi Galatea im Taschenformat, als Emailarbeit. Sie schmückt eine Taschenuhr zusammen mit einer Gravur, die einen kleinen Seehafen – wohl den Hafen der Ehe – zeigt: die Ehe als Verzierung der Mechanik des bürgerlichen Alltags. Während sich das Ziel von Reinharts Unternehmen unmerklich von der Augenheilung zur Brautschau erweitert, ist es merklich auch das gleiche geblieben. Die Ehe ist dem Naturwissenschaftler Mittel zum Zweck, ein gut erholter, gut aufgelegter, zufriedener Naturwissenschaftler zu sein, ans Leben so weit angeknüpft, daß er sein naturwissenschaftliches Feld frei von Störungen analysieren kann.

In der Tat steht als Handlungsergebnis kaum etwas anderes am Ende des »Sinngedichts«, als daß ein privatgelehrter, lediger, lebensblinder Naturwissenschaftler am Ende ein klar sehender, verheirateter, privatgelehrter Naturwissenschaftler geworden ist. Dabei läßt sich nicht leugnen, daß das nicht nur zu Lasten des Helden, sondern auch zu Lasten des Autors geht. Ist die Verschiebung des literarischen Sinngedichts zum Experiment Reinhart zuzuschreiben, so scheint es doch in der Auslegung des Gedichtsinns keinen Unterschied zwischen der Meinung der Figur und der Meinung der Erzählung zu geben. Und dieser Sinn ist gleichfalls verschoben. Logau stellt in einer seinen Zeitgenossen ohne weiteres durchsichtigen Blumenallegorie die Scherzfrage, wie man eine Jungfrau (= weiße Lilie) zur Frau (= rote Rose) macht: durch Küssen (und so weiter).[7] Reinhart und sein Autor verstehen das Sinngedicht so, als sollten durch Küssen die Charaktereigenschaften von Frauen herausgefunden werden. Ob und wie Erröten und Lachen als Reaktion auf Küssen zusammengehören, das ist nur Reinharts und Kellers, nicht Logaus Problem.

7 Vgl. in diesem Zusammenhang ein anderes Sinngedicht Logaus:
»Ich weiß nicht, was ein Kuß, ihr Jungfern, auff sich hätte?
O, wer auffs küssen kümmt, der kümmt auch gern ins Bette.«
(F. v. Logau: Sämmtliche Sinngedichte. Hg. G. Eitner. Tübingen 1872. S. 92.)

Es ist, neu formuliert, Kellers altes Problem. Erröten ist im Novellenzyklus Ausdruck der kulturnatürlichen Gebundenheit des Menschen. Eine Wallung des Bluts läuft dem Damm verinnerter Verhaltensnormen auf. Lachen ist Ausdruck der dem Menschen ebenso kulturnatürlichen Freiheit, ein Bekenntnis zur Wallung des Bluts in der spontanen Sicherheit, daß kein Dammbruch droht. Errötend lacht im Kuß, wer in seiner Kulturnatur wohlig geborgen ist. Des wahnsinnig liebenden, liebend in den Wahnsinn stoßenden Faust größtes Wort über die Liebe als Passion – »geheilt will ich nicht sein« – darf im »Sinngedicht« Kellers nie gehört werden.[8] Nur sanft, wärmend und erheiternd hat die eheliche Sinnlichkeit zu glühen. Gewiß kommt der Mensch bei Keller nicht durch natürliche Zuchtwahl zu seinem Ehepartner, aber er wählt ihn als züchtige Natur aus züchtiger Natur.

Faßte das »Sinngedicht« nichts anderes in sich, es wäre selbst kaum mehr als eine niedliche Gravur. Daß es so anfängt und aufhört, ist Zeichen höchster erzählerischer Präsenz und Konzentration. Reinhart erscheint im Raum der Erzählung als Spielfigur eines Erzählers, der es offenhält, wie weit die scherzhafte Erfindung des Liebesexperimentators auch als Scherz der erzählten Figur zu denken ist. Die Geschichte vom Experiment wird jedenfalls in der Kahlheit einer Versuchsanordnung durchgeführt. Schon die an den »Don Quijote« anklingenden resümierenden Überschriften der Kurzkapitel geben dem dialektischen Dreischritt des Handlungsfortganges die Künstlichkeit und Schwerelosigkeit des Balletts: Dem ersten Kapitel mit der Entdeckung des Verfahrens und dem Anwendungsentschluß folgt ein zweites, »worin es zur einen Hälfte gelingt« – eine schöne Zöllnerstochter an der Brücke lacht beim Kuß, errötet aber nicht – und ein drittes, »worin es zur andern Hälfte gelingt«; eine ebenso schöne Pfarrerstochter errötet beim Kuß, lacht jedoch nicht.

Selbst die Komplikationen des Schemas sind in diesem Ein-

8 Faust II. Vers 7459.

gang schematisch angelegt. Die Liebe der Zöllnerstochter ist um einer beruflichen Karriere willen verschmäht worden; um das Schöne bauen zu können, hat der Baumeister die Häßliche geheiratet. Die Pfarrerstochter ist lieblich auch als Angebot bürgerlicher Versorgung und Wohlhabenheit. Die Zöllnerin lacht, ohne zu erröten, weil sie nach der Liebesenttäuschung nur noch scherzt, statt zu fühlen. Die Pfarrerstochter errötet, ohne zu lachen, weil sie gehemmt im Umgang mit anscheinend sehr drängenden Gefühlen ist. So macht sie sich lächerlich durch die zierlichen Maßnahmen, mit denen sie auf die vitalen Freß- und Saufbedürfnisse von Reinharts Pferd antwortet. Ihre sittsam gesenkte Nase weist widerspruchsvoll auf einen prallen Busen, und die Entfesselung muß sich auf zwei goldene Löcklein beschränken, weil es sonst vielleicht kein Halten mehr gäbe. Jedenfalls ist das bürgerlich randständige Mädchen nicht leidenschaftlich und das leidenschaftliche gut bürgerlich eingehegt.

Im vierten Kapitel wird ein Rückschritt vermieden, weil Reinhart das Kußexperiment bei einer verlockenden Gastwirtstochter nicht wiederholt. Die ersten beiden Kußepisoden zeigen die Seltsamkeit, daß Reinhart nicht eigentlich küßt, wie es dem Rezept des Sinngedichts entspräche, sondern, zum Kusse auffordernd, sich küssen läßt. Offenbar ist das Küssen so irritierend, daß sogar der Erzähler sich in der zweiten Kußgeschichte verwirren läßt, denn er spricht vom Kuß, den das Mädchen gibt, woraufhin Reinhart sie »zum zweiten Mal küßte« (21). Genaugenommen küßt er sie hier aber zum ersten Mal, wenn es sich auch um den zweiten Kuß zwischen ihnen handelt. Doch gleichviel: bei der Wirtschaftstochter wird das Küssen jedenfalls unterlassen, weil der Experimentator Reinhart, der die Zöllnerin nach ihren Lebensumständen verhörte und die Pfarrerstochter durchschaute, sich plötzlich durchschaut von einem weiblichen Experimentator wiederfindet. Der küssend eine Dame auswählen wollte, ist von der Gefahr bedroht, der geküßte Gegenstand einer Damenwahl zu werden. Er weicht zurück, und »in diesem Augenblicke wallte ...

ein kalter Schatten über sein Gesicht, die Augen funkelten unsicher zwischen Lust und Zorn . . .« (26).

Das vierte Kapitel bringt also nicht nur eine Fermate; mit ihm beginnt eine Variation des Themas, die wieder drei Kapitel – bis zum sechsten – umfaßt: Das Experiment entgleitet dem Experimentator; das Rezept zur Berechnung von Frauen stößt auf die Unberechenbarkeit der Frau. Im fünften Kapitel wird der Wissenschaftler nun doch gegen seinen Willen zum irrenden Ritter, zum »Eindringling und Parkverwüster«, der in »traumhafter Verwirrung« auf das prächtige Fräulein Lucie, von jetzt an seine Partnerin, stößt. Wo er »eher eine stachlichte Distel als eine weiße Galathee« vermutet (28), hat er damit seine Galatea, aber sie zeigt sich vorerst als Distel, als er ihr in einer klassischen Fehlleistung, statt sein Experiment durchzuführen, die Experimentalanweisung in die Hand drückt. Eigentlich hatte Reinhart eine briefliche Bitte der Pfarrerstochter um Rettichsamen bei Lucie abgeben sollen. Rettich und Rübe sind alte Sinnbilder für Zank, Streit und böse Geister, ebenso alte Zeichen für das, was den Mann körperlich als Mann auszeichnet. Die Pfarrerstochter benötigte dergleichen; bei Lucie aber fällt es mit Zank und Streit ins Haus.

Stilgerecht findet sich der irrende Ritter in einem Zauberschloß zu schweren Prüfungen vor, nur daß Reinhart und Lucie dieses Zauberschloß durch ihre Scherze und Sticheleien aus der Realität eines behaglichen aristokratischen Landsitzes der Schweiz aufbauen. Das sechste Kapitel, »worin eine Frage gestellt wird«, führt Reinhart in Luciens Arbeitszimmer und Bibliothek und zu dem »bedachtlosen« Ausruf, auf den doch die gesamte bisherige Erzählung hingezielt hat: »Warum treiben Sie alle diese Dinge?« Diese Frage angesichts des Einblicks in Luciens literarische und künstlerische Liebhabereien erfährt erst nach sechs weiteren Kapiteln eine Antwort, aber schon sie zu stellen heißt: Reinhart sucht nicht mehr *eine* Galatea, sondern *die* Galatea, *diese* Galatea. Erst von jetzt an kann von Liebe gesprochen werden.

Während die Erzählung dem Experimentator folgte, hat sie ihn untergründig bereits durch Zeichen gedeutet. *Rein*hart, der den Lichtstrahl »auf die Tortur« spannt, indem er ihn durch einen »Kristallkörper« leitet (10), ist auf Lucie = Lux, das Licht, gestoßen. Lucie, eine Heilige der Augenkrankheiten wie Ottilie in Goethes »Wahlverwandtschaften«, wird seine Augenkrankheit heilen, Frauen nicht erkennen zu können – wohl im Wortsinn der Lutherbibel – und die Macht der Frauen zu verkennen. Lux, »von einem hellen innern Licht« strahlend (31), wird den Dunkelmann und Aufklärer durchleuchten. Sie wird aber auch als Raubtier Lux = Luchs mit dem »feinen Fell« (268) den Naturwissenschaftler zur Strecke bringen, nachdem sie als Spinnentier den Zeichner von »Pflanzengeweben« (9) »hinter dem goldenen Gewebe des leichten Gittertörchens« (30), in den »kunstreichen Netzen« ihres Landsitzes eingefangen hat.

Einleuchtend, daß ein derart manipulierbarer Naturforscher die Natur der Frauen durch Experimente ergründen will, ohne seine eigene Natur dabei aufs Spiel zu setzen. Hinter der Herrschaftsallüre herrscht Ich-Schwäche, die ihn auf Sicherheitsabstand achten lassen muß. Deshalb reagiert er mit Verwirrung und Abwehr auf Versuche, ihn zu erforschen. Weil er aus Ich-Schwäche ichbefangen und ichblind zugleich ist, stößt er bei seinen Kußexperimenten auf lauter Ich-Befangene: das Zöllnermädchen, das sich in der eigenen Schönheit sonnt; die Pfarrersfamilie, die ihren kleinen Haushalt dokumentiert, als schriebe sie die Geschichte der Heilsökonomie Gottes; die Wirtin zum Waldhorn, die ihren Witz ausstellt. Reinhart will auf diesem Instrument nicht blasen (26), doch er könnte es auch gar nicht, weil es ein Wirtshausschild und kein Instrument ist. Er muß sein Ich schonen, retten, herstellen, bestätigen – ohne es zu wissen und wissen zu wollen, ein gänzlich bewußtloser

Narziß, dem die Waldhornwirtin zum Zeichen ihres stumpfen Scharfsinns bestätigt, daß er »gewiß keinen Spiegel in der Tasche« trägt (24). Im sechsten Kapitel, bei Lucie angekommen, erhält er eine »schöne Kristallflasche« (35) und zeigt sich als einer, der Mädchen vor den Spiegel zu stellen versteht (35). Vom siebenten Kapitel an wird er sich mit Lucie in einer Auseinandersetzung befinden, in der sie die Lippen nicht zum Küssen, sondern zum Reden bewegen. Beide werden von anderen Leuten reden, um nicht von sich reden zu müssen, und dabei doch, ohne es zu merken, als Narzisse von nichts reden als von sich. Alles wird zum Spiegel, blind stehen sie davor; zunächst auch Lucie, die mächtig-ohnmächtige Frau.

Schon in den drei gerechten Kammachern treten bei Keller Figuren auf, deren Deformation nicht in einer individuellen Geschichte gründet, vielmehr darin, daß sie keine Geschichte haben. Aber das waren zünftlerische Gestalten einer abtretenden Zeit. Auch Reinharts Schwäche ist nicht das Ergebnis einer Geschichte, sondern haftet ihm als Typus unhinterfragbar an. Das Besondere und pessimistisch Stimmende der Figur besteht dabei darin, daß er ein Typus der Zukunft ist – der erste und einzige Naturwissenschaftler als Held einer Kellerschen Erzählung. Zerbrochen ist in der Faust-Paraphrase des »Sinngedichts« die *eine* Welt, in welcher der Philosoph Feuerbach noch einmal faustisch auf dem Boden seines anthropologischen Materialismus auch die naturwissenschaftlichen Forschungsergebnisse der Zeit einschließlich des von Keller verspotteten Darwinismus zu sammeln suchte. Mag der grüne Feuerbachianer Heinrich vage monistische Gedankengirlanden vom Stoff zum Licht und zum Geist flechten (XIX, 35 ff.), mag Reinhart die moralischen Dinge an den physischen fest angebunden wähnen, seine vorerst einzige menschliche Praxis ist doch nur naturwissenschaftliches Denken, und die Praxis seines naturwissenschaftlichen Denkens benutzt die reservatio mentalis im Blick auf die moralische Welt lediglich, um die Menschendinge wie entfärbte Schmetterlinge irgendwo flattern zu lassen

(11). So formt Keller im naturwissenschaftlichen Leben Reinharts eine Gegenexistenz zur humanen Wirklichkeit, wie er sie sonst ausbreitet. Dieses Naturwissenschaftlerleben ist ein factum brutum ohne Warum, weil es von außen angeschaut wird.

Indem die Sphäre der Naturwissenschaft in Reinhart als Männerwelt entworfen wird, wird die korrespondierend getrennte Sphäre des Lebendichtens zu Lucie, der Frau hin versetzt. Das Laboratorium, von dem Reinhart ausgeht, und Luciens Bibliothek, in der er ankommt, sind sinnbildliche Orte. Dort Maschinen und Bücher, unter denen kein einziges von menschlichen und moralischen Belangen handelt (10), hier Summen menschlichen Lebens in Autobiographien; dort Zahlen, hier Sprachen; dort Strukturen einer ganz anderen Natur, in die Reinhart nur leichteste Umrisse der menschlichen Komödien hineinprojiziert, um sie zu vergessen (11), hier Parkprojekte, in denen seit Goethes »Tasso« der Mensch sich Kulturnatur leise surrogathaft anschaulich zu machen sucht. Fragt Reinhart, wenn er sich der auf dem Boden verstaubenden Dichterwerke erinnert, sogar hinsichtlich des Menschlichen noch nach »Gesetzmäßigkeit«, »Ursache« und »Wirkung« (11), so sind bei Lucie Lebensbeschreibungen als Spuren individuellen, einzigartigen Lebens versammelt.

Hat der Epiker Keller beim autobiographischen Roman angefangen, läßt der alte Novellist sein Lichtgeschöpf Lucie an der Quelle der Biographien, Memoiren und Briefsammlungen wohnen. Unter ihren Büchern werden keine Romane, auch keine autobiographischen, erwähnt. Sie schreibt auch nicht, sie liest. Warum liest sie? »Warum treiben Sie alle diese Dinge?« (39) »Schönste, weißt du nichts Besseres zu tun? oder noch deutlicher: Was hast du erlebt?« (40) Hinter Reinharts Neugier steckt männlicher Chauvinismus: Warum, da du doch kein Blaustrumpf bist, hast du nicht geheiratet? Aber hinter diesem männlichen Chauvinismus steckt die tiefere Frage, die in allem Gegensatz zwischen Reinhart und Lucie auf die Gemeinsamkeit eines Mangels weist: Reinhart hat nicht teil am Leben,

Lucie hat nicht teil am Leben. Sie ist kein Lebensschreiber und kein Umschreiber ihres eigenen Lebens, wie es ihr Autor ist, aber sie lebt in Lebensbeschreibungen und wird sich ihrem Erzählen als Negativ einzeichnen, ehe sie sich positiv gibt. Das sortenhafte Mängelwesen Reinhart ist auf ein individuelles Mängelwesen gestoßen, das ihm überlegen ist.

Beide bewegen sich aufeinander zu; Reinhart bewegt sich auf Lucie zu. Auf ihrem Boden treffen sie sich: im Erzählen von Lebensgeschichten. Schon als er bei der schönen Zöllnerin die Brücke überschritt, hat er seine Welt verlassen und ist in einen Bereich literarischer Motive übergetreten. Daß ihn die Spinne gefangennimmt, läßt sich auch anders sagen: Der noch am Morgen Frauen inquisitorisch ausfragte und naturwissenschaftlich beobachtete, versucht jetzt, eine Frau im Wortsinn von innen – aus dem Interieur ihres geistigen Lebens – zu erfassen und stellt zum ersten Mal die Frage: Wie soll ich dich verstehen? Was ist deine Geschichte? Der Experimentator tritt mit dieser Frage ab, ein Hermeneutiker betritt als zaghafter Anfänger die Bühne. Die Kategorien von Ursache und Wirkung weichen den Kategorien von Ausdruck und Sinn. Daß am Anfang des siebenten Kapitels der Zettel mit der Experimentalanweisung verbrannt wird, ist nur noch eine äußere Konsequenz dessen, was sich innerlich bereits verändert hat. Hat Lucie den irrenden Ritter zunächst als »eleganten Abenteurer« eingeschätzt (41), der im Aristokratenstil Alteuropas sexuelle Freibeuterei betreibt, muß sich Reinhart jetzt als »junger Chorschüler« und »ungefährlicher Abenteurer« bekennen (42 f). Verstehen lernen ist die einzige Chance dessen, dem sein Koordinatensystem verwackelt ist. Öffnung heißt die Not zur Tugend machen. Verstehen, Berührung der Seelen anstelle und in der Berührung der Körper ist die bürgerliche ars amandi, vor der die aristokratische schon so lange gewichen ist, daß sie in Reinhart nur noch als Gespenst und leerer Schein erschien. Reinhart ist beileibe kein Ritter, aber daß er kein Ritter ist, ist das einzige, was ihm weiterhilft.

Mit der Veränderung der Konstellation verändert sich auch das Erzählen. Der von bedeutenden Zeichen durchzogene und übergriffene Experimentalbericht verbreitert sich im gleichen Augenblick, in dem Reinhart danach strebt, Leben als Fülle individueller Gestalten wahrzunehmen, zur detailreichen, psychologisch vertieften Schilderung eines Daseins in konkret vorstellbaren zeitlichen und gesellschaftlichen Bedingungen. Das Erzählen wird gewichtig, indem es die redenden und handelnden Figuren, den Naturwissenschaftler und die Leserin, zum Handeln durch Erzählen avancieren läßt. Was zunächst wie eine Schiefheit der Komposition aussieht – die Diskrepanz zwischen Kapiteleinteilung und Gesamtumfang –, erweist sich als Moment der Komposition. Weil der Experimentalbericht formelhaft bleiben kann, umfassen sechs von insgesamt dreizehn Kapiteln nur etwa ein Sechstel der Textmasse. Während in den »Züricher Novellen« das Erzählen vom Erzählen abflaut – nur die beiden ersten Novellen werden vom Oheim erzählt, die dritte wird als abzuschreibendes Manuskript mitgeteilt, die beiden letzten sprengen den Rahmen –, vollzieht sich im »Sinngedicht« die gegenläufige Bewegung. Erst in der dritten Kellerschen Novellensammlung rückt der Erzählprozeß in den Mittelpunkt. Der grüne Heinrich schreibt monologisch – von sich; Reinhart und Lucie erzählen dialogisch – von anderen. Aber beide versprechen sich dabei so lange und gründlich, daß Lucie schließlich doch von sich spricht und sich am Ende ihm verspricht: im Kuß. In den »Züricher Novellen« verfehlt das Erzählen sein Ziel, denn der Zögling, den es erziehen soll, wird ein Spießer. Im »Sinngedicht« wird das Thema vom gelingenden Erzählen, vom Sich-Freisprechen und Sich-einander-Zusprechen, zum Rahmenthema. Beide, Reinhart und Lucie, gewinnen den Erzählprozeß, den sie gegeneinander führen. Am Ende der Geschichten, die als Argumente im Streit darüber dienen sollen, wie man am besten zu einer Frau kommt, steht eine Lebensbeichte, durch die Lucie zu einem Mann kommt.

Von einer törichten Jungfrau:
Küssen und Gähnen

Lucie beginnt das Erzählen mit der Geschichte »Von einer törichten Jungfrau«. Es ist die seltsame Gastwirtstochter, bei der Reinhart seine Versuchsreihe abgebrochen hat. Der Bericht wird, wie Reinhart bemerkt, zur Strafaktion für den Abenteurer und Kußexperimentator, der doch nur ein Chorknabe ist. Lucie zeigt ihm nämlich das Ebenbild eines »Muttersöhnchens« und »unnützen Bürschchens« (45), das genau wie Reinhart zum Opfer des Spiels zu werden drohte, das er mit der Wirtstochter zu inszenieren unternahm. Während er vor einer Gesellschaft von Zechkumpanen im Dunkeln monologisch eine Kußszene mit der Wirtstochter imitiert – Luftküsse eines narzißtischen Luftikus –, legt sie sich ihm wirklich in die Arme und erzwingt damit die Verlobung. Eine Geschichte von der Eitelkeit, dem Selbstbezug, der Blindheit der Männer also. Der närrische Name Drogo macht das Bürschchen zum Dragoman oder – französisch – Drogman, was arabisch Dolmetscher heißt, aber dieser Dolmetscher versteht die Sprache der Kamele nicht – im Gegensatz zu Lucie.

Denn sie gibt, wie Reinhart ebensowenig entgeht, mit ihrer Erzählung ein Beispiel für die Überlegenheit hermeneutischen, historischen Deutens und Verstehens über Beobachtung und Experiment, indem sie Reinhart das Rätsel der Gastwirtstochter löst. Daß ihr Deuten aber noch mehr Entlarvung der Frau als Entlarvung des Mannes ist, deutet zum erstenmal ebensosehr auf eine innere Verletzung wie auf beginnende Liebe oder wenigstens Liebesbereitschaft bei Lucie hin. Als Kamel (48) entpuppt sich nämlich die Gastwirtstochter bäuerlicher Herkunft beim Versuch, ihr bürgerlichen Schliff zu geben und sie damit auf die soziale Ebene des Mannes zu heben. Hinter der »Waldhornjungfrau« Salome – parodistische Anspielung auf die mythische Jungfrau mit dem Einhorn und die böse Prinzessin aus der Geschichte Johannes des Täufers – steckt nichts als ein »vollständiges Schaf« in »dunkelster Gemütslage« (44). Ihre Gewitztheit ist leeres Stroh. In Wahrheit kann sie mit ihrem Mund nur küssen und gähnen, aber nichts Feines sagen und erzählen.

Was sagt diese zur Frauenbeschimpfung abrutschende Männerbeschimpfung? Daß das fremdartig beunruhigende Rätsel dieser Frau nur ihre Banalität ist; daß sie Männer nicht verschlingt, sondern lediglich gähnt; daß Frauen niemanden verschlucken, vollends nicht, wenn man sich an gebildete Damen gehobener Stände hält, die ihren Mund nur kultiviert und mäßig zum Erzählen öffnen. Sie können so gut erzählen, daß ihre Selbstverachtung hinter der Fähigkeit verschwindet, die weibliche Konkurrenz verächtlich zu machen.

Regine:
Sprachlosigkeit

Wäre Reinhart kein Anfänger im Verstehen, er verstünde dieses Signal. Wäre er kein Ignorant im Selbstverstehen, er erzählte die Geschichte von Regine nicht, mit der er auf Luciens Geschichte reagiert. Unbewußt wehrt er sich gegen Luciens Überlegenheit, indem er erzählt, wie ein gebildeter und reicher Mann – kein Dummkopf – sich einer Frau aus dem einfachen Volk zuwendet. Das Thema der Liebe über einen Ständegegensatz hinweg, das im 18. Jahrhundert sozialkritische Sprengkraft besitzt, ist bei Keller zur Chiffre eines seelischen Sachverhalts geworden. Abgeschwächt gilt das gleiche vom Thema der Bildung der Frau durch den Mann, das sich Reinhart ebenfalls von Lucie vorgeben läßt und nun in aller Breite entfaltet. Denn ohne es selbst zu wissen, will Reinhart weniger und mehr.

Weniger, denn ernsthaft taucht der männliche Anspruch, die naturhafte Seele der Frau durch den männlichen Geist zu überformen [Abb. 14, 15], bei Keller nicht auf. Reinhart wird nicht zufällig erstmals und sofort von Luciens Vornehmheit und Bildung gefangengenommen (36). *Mehr* als Frauen zu sich heranbilden will Reinhart im Experiment, das so viel über ihn und seine Ängste verrät. Er will eine Garantie für die kulturelle Fassung und Entschärfung ihrer Liebe – wer im Kuß errötend lacht, rast nicht gerade in verschlingender Leidenschaft. Er will darüber hinaus die Frau als Objekt in der Hand haben. Er will sie, wie den Lichtstrahl im Kristall, in Reinhart brechen. Sie müssen präpariert und tariert, sie müssen ›tot‹ sein, ehe sie leben dürfen. Wiederholt bei Keller treten Narziß- und Pygmalionmotiv eng zusammen, und der Arbeitstitel »Galatea-Novellen« für das spätere »Sinngedicht« gewinnt von hier aus einen weiteren Sinn, der über den Namen der weißen Schönen in Logaus Sinngedicht hinausdeutet: Galatea heißt in nachantiker Überlieferung die Geliebte, die auf das Flehen Pygmalions hin aus der von ihm gebildeten leblosen Statue zum Leben erwacht. Das Erröten im Kuß ist schon in Ovids »Metamorphosen« das Zeichen für die Belebung des Marmors. Pygmalion ist weniger und mehr als Galateas Erzieher – er ist ihr Hersteller, ihr Schöpfer. Er liebt in ihr sein Bild, weil sie als sein Bild auch lebend von ihm abhängt. Er will sie lebend, weil er vor selbständigem, unabhängigem Leben Angst hat.[9]

Wenn sich das Thema Bildung der Frau erst mit dem Schritt vom Experimentieren zum Verstehen ausformuliert, entwickelt sich darin allerdings auch schüchtern Reinharts neue Tendenz, das Objekt Frau zum Menschen freizugeben, das ja gleichfalls in der Pygmalion-Mythe gefunden werden kann. Frauen sollen leben, vorsichtig aus der Experimentalanord-

9 In Ovids »Metamorphosen« geht es Pygmalion nicht um die Bildung der Seele, sondern um den Genuß des vollkommenen Leibes. Vorher verzichtet er auf die Ehe und beschränkt sich auf die Frau als Kunstwerk, weil er das Schreckbild solcher Frauen vor sich hat, die für den Verkauf ihrer Körper zur Liebe von Venus zu Stein verwandelt wurden. In Shaws »Pygmalion« taucht etwas vom antiken Kern des Motivs in moderner Variante wieder auf, denn auch Higgins will ja keine Seele, sondern einen perfekten Sprech- und Verhaltensapparat hervorbringen. »Der Widerspenstigen Zähmung« bei Shakespeare zielt auf Beherrschung, nicht auf Seelenbildung der Frau.

nung entlassen, sie sollen selbst sein. Gebanntes Leben soll erweckt werden, freilich zur Kulturnatur der Ordnungen, am Chaos vorbei. Während Reinhart im Erzählen von Bildungsgeschichten diesen Gedanken abtastet, reizt ihn Lucie immerzu durch die Betonung und Verurteilung männlicher Machtansprüche und männlichen Heiratsmarktverhaltens. Doch mag Lucie noch so provozierend über den Warencharakter der Schönheit (54), über den Sklavenmarkt (54), über »sanfte Wollschäfchen... auf dem Markte« (162) sprechen – von natürlicher Zuchtwahl oder kommerziellen Interessen ist eben zwischen ihr und Reinhart gerade nicht die Rede, und einen männlichen Herrschaftsanspruch, der nichts wäre als das, kann Lucie zu diesem Zeitpunkt in Reinhart ernsthaft nicht mehr annehmen. Auch die Kritik an der bürgerlichen Ehe oder besser ihren Entartungserscheinungen erweist sich damit als Deckthema im »Sinngedicht« – verständlich bei einem Autor, an dessen Werk sich zwar vielfältig das Krisenpotential der bürgerlichen Ehe und Familie ablesen läßt, am meisten aber dadurch, daß er es zu verdecken und die Familie zu idealisieren bestrebt ist.

Am weitesten allerdings bleibt jenseits der Reflexion, was Reinhart immer wieder erzählt, weil er es immerzu erfährt: Die vermeintlichen Experimentalobjekte sind lebendiger als die Experimentatoren, die Galateen sind mehr als die Pygmalione, womit alle männlichen Bildungsunternehmungen an Frauen im »Sinngedicht« paradox werden – sei es in Katastrophen oder Happy-Ends. Das Ungezähmte, das Unzähmbare des Lebens triumphiert in der Lebendigkeit der Frauen, wie es der italienische Salonmaler Giulio Bargellini in einem Pygmalion-Gemälde 1896 unabhängig von Keller, aber in einer Keller nicht fremden Spielart illustriert: Mehr erschreckt als entzückt weicht der Bildhauer Pygmalion vor der zum Dasein erwachten Frauenstatue zurück, denn indem das männliche Wunschbild der Frau erwacht, erweist es sich als herrschgewohnte, Unterworfene zu ihren Füßen versammelnde femme fatale [Abb. 16, 13]. Die Geschichten von den bildenden Männern entpuppen sich allesamt als Geschichten von triumphierenden Frauen, wodurch Reinhart, ohne es zu ahnen, genau die Geschichten erzählt, die Lucie hören will, ohne es zu ahnen, während Lucie, ohne es zu ahnen, die Geschichte erzählt, die Reinhart hören will, ohne es zu ahnen: daß sie von ihm geliebt und geheiratet sein möchte.

Damit ist für Reinharts Erzählung »Regine« ein Grundriß gezeichnet. Vordergründig ist es eine Geschichte über die Frage, ob ein Bürger eine Frau aus einfachstem Stande lieben, heiraten und zur Bürgerin machen kann. Auf dieser Ebene nimmt Keller eine literarische Auseinandersetzung mit Berthold Auerbachs Novelle »Frau Professorin« auf, die oft erörtert und von Keller selbst durch die Arbeitsnotiz von 1851 »Novelle contra Auerbach« benannt worden ist (XX, 180).[10] Der unausgesprochenen Warnung der gebildeten Lucie vor dem Überspringen der Ständeschranken setzt Reinhart eine ausgesprochene Zustimmung zu diesem Verfahren entgegen mit dem angesichts seiner Erzählung seltsamen Argument, »daß ein angesehener und sehr gebildeter junger Mann ... eine Magd

10 Eine Beziehung auf Immermanns Gesellschaftsnovelle »Der neue Pygmalion« machen H. Anton (Mythologische Erotik in Kellers »Sieben Legenden« und im »Sinngedicht«. Stuttgart 1970. S. 90) und A. Dinter (Der Pygmalion-Stoff in der europäischen Literatur. 1979. S. 131-137) geltend. Sie ist lose, da bei Immermann der adlige Mann zwar den Gedanken faßt, ein einfaches Mädchen gesellschaftlich formen zu lassen und dann zu heiraten, aber dieser Formungsprozeß des Naturkindes dann in langer Abwesenheit des Mannes durch dessen Tante erfolgt. Als es zu Liebesverwicklungen kommt, hat er den früheren Plan längst als »Grille« verworfen. Bei Auerbach entfremden sich der Mann, ein Künstler und Akademieprofessor, und seine Frau vom Lande über der unauslöschlich dörflichen Prägung ihres Lebensstils. Im Gegensatz zu Keller geht es bei Auerbachs »Dorfgeschichte« tatsächlich primär um die Konfrontation bäuerlicher und bürgerlich-höfischer Gesellschaft, wobei alle Sympathien des Erzählers der dörflichen Welt gehören. Interessante zeitkritische Streiflichter fallen auf eine durch Verfassung verbrämte kleinstaatliche deutsche Monarchie des Vormärz. Anläßlich eines mäßigen Reformvorschlages heißt es: »Der Pfarrer kehrte sich verächtlich um und sagte: er würdige solche demagogische Reden – er war noch aus der alten Schule und hatte den Ketzerstempel kommunistisch noch nicht – kaum der Verachtung.« Zur Durchführung des Pygmalion-Motivs bei Immermann und Auerbach s. H. Anton: Mythologische Erotik, S. 90 ff. s. S. 390 dieser Ausg.

vom Herde weggenommen und so lange glücklich mit ihr gelebt hat, bis sie richtig zur ebenbürtigen Weltdame geworden, worauf erst das Unheil eintraf« (55). Der Klartext von Reinharts Äußerung heißt: solange die Frau unterlegen ist, geht es gut; erst die überlegenen Weltdamen machen das Unglück. Im Widerspruch zu seiner eigenen Meinung handelt Reinharts Erzählung aber von der Unmöglichkeit dieser Verbindung. Sie besteht darin, daß die Frau nicht von der Magd zur Weltdame wird, sondern Magd, Löwin und Regine zugleich ist und bleibt.

In diesen Widersprüchen nimmt der aus Amerika ins Land seiner deutschen Väter eingereiste Erwin Altenauer die »schöne Person« wahr (60), in die er sich verliebt: als kluge Jungfrau mit dem Öllämpchen (69) und gänzlich unwissenden, wissensdurstigen Geist; als »Dienstmagd . . . von so herrlichem Wuchs und Gang, daß das ärmliche, obgleich saubere Kleid das Gewand eines Königskindes aus alter Fabelzeit zu sein schien« (60); als sanft untergebenes, schüchternes Wesen und von einer Studentenmeute bedrängte wilde Löwin (62); als Kind aus edlem, aber moralisch degenerierten »uralten Volkstum« (66) und »gescheuchte Katze« (69). Umsichtig, vorsichtig, liebevoll zieht Altenauer das Mädchen zu sich heran, gibt ihr Schutz und Belehrung, erwägt und bejaht die Möglichkeit der Ehe, heiratet sie schließlich, um danach sein Bildungswerk an ihr zu vollenden und sie, den scherzhaften Ermahnungen seiner Verwandtschaft gemäß, als »eine recht sinnige und mustergültige deutsche Frauengestalt über den Ozean zurückzubringen« (57). Mehr noch: ». . . in Reginen hoffte er ein Bild verklärten deutschen Volkstumes über das Meer zu bringen, das sich sehen lassen dürfe und durch ein außergewöhnliches Schicksal nur noch idealer geworden sei« (77).

Und doch ist dieses behutsame Verfahren in sich Schritt für Schritt problematisch, ja nichtig. Der Schnitt, mit dem Erwin Regine von ihrer Herkunft abzunabeln versucht und sie gleichsam aus ihrer Familie loskauft, ist ein Schnitt ins Gewachsene. Ist Erwins Bewußtsein weit genug, Regine vielschichtig zu erfassen, ist es doch durch romantische Deutschlandklischees so präformiert, daß in diesen Raster leichter eine königliche Magd, ein Aschenputtel aus dem Märchen, als eine Tochter aus bildungs- und finanzbürgerlichem Hause paßt. *Alten*auer scheint nicht nach Deutschland, er scheint nach dem Lande Ur gereist zu sein, so oft kommt diese ur- und trivialromantische Vorsilbe in der Beschreibung seiner Tätigkeiten und Neigungen vor. Statt diplomatischer Akten studiert der amerikanische Gesandtschaftssekretär im »Urland« seiner Väter (56) historische »Urkunden« (60). Er spürt Waldduft von den »Urmüttern« her um die deutschen Frauen wehen (58), speziell um Regine aus »uraltem Volkstum«, dieses »Rheingold« (57). Er liebt sie und auch sein Ideal in ihr und zugleich seine bildnerische Leidenschaft, mit der er sie noch idealer machen will. Aber Ideale sind stumm und gehören keinem, die Urzeit ist nicht heute, und auf dem Rheingold liegt ein Fluch, der den trifft, der es zu heben versucht. Es ist ein Widersinn in dem Vorhaben, der die Frage nach einer moralischen Schuld des Mannes hinter sich läßt. Er kommt am krassesten darin zum Ausdruck, daß Altenauer im Verlaufe seiner Bildungstätigkeit Regine mit Hilfe der romantischen Liedersammlung »Des Knaben Wunderhorn« die Sprache zu lehren versucht, die das Bürgertum für die Sprache des Volkes hält: das bauchrednerische Unternehmen eines Narziß und Pygmalion.

Daß der Widersinn in Regines Bildungsprozeß im Augenblick des vermeintlichen Erfolges kraß nach außen tritt, ist die verderbliche Wendung ihres Schicksals. Wenn Erwin, statt Regine bei der aus familiären Gründen unumgänglichen Amerikareise heimzuführen, sie in Deutschland läßt, damit der Marmor seines Bildungswerkes den letzten Schliff erhalte, zeigt sich darin die Eitelkeit seines Verhältnisses zu ihr. Seine Haltung gerät unter ein Vergrößerungs- und Zerrglas in der Episode von den drei Parzen, Damen der gehobenen Gesellschaft, die »im Rufe einer großen und schönen Bildung standen« (81), in Wirklichkeit aber nur von frauenemanzipatorischer Geltungssucht und Betriebsamkeit beseelt sind. Erwin, der bei seiner Frau mangelnden Takt argwöhnt, zeigt selbst mangelnden Takt, indem er sie während seiner Abwesenheit diesen gesellschaftlich-kulturellen Betreuerinnen ausliefert. Der Mann, der »auf das zweckdienlichste nach menschlicher Berechnung« (72) Schicksal spielt und seinen Künstlerehrgeiz zur »schweren Notwendigkeit« für Regine erklärt (81), gibt seine Frau falschen Schicksalsgöttinnen in die Hände und löst damit eine Serie abenteuerlicher Zufälle aus, die Regine und ihn ins Unglück stürzen. Der Bildner findet seine Frau wie in einem schlechten Traum allerorts, wo sie nicht hingehört, als Bild wieder, denn die Kulturmannweiber prostituieren mit Hilfe einer dämonischen, an den römischen Tyrannen Nero erinnernden Malertransvestitin die lebende Regine zum Salonkunstwerk.

So stößt der Amerikadeutsche, der sein Meisterstück unvollendet zu Hause nicht hatte herzeigen wollen, im amerikanischen Kunst- und Kunstgewerbehandel auf eine frech gepinselte, als work in progress sich gebende »Studie« Regines: die Königin »gehüllt in einen Theatermantel von Hermelin und rotem Sammet, d. h. jener von Katzenpelz und dieser von Möbelplüsch« (85). So stößt der besitzstolze Ehemann und Romantiker beim einzigen diplomatischen Geschäft, das man ihn abwickeln sieht, auf einen verfänglichen Halbakt seiner gesichtslos gemachten romantischen Schönheit unter den Augen der »schwarzäugigen Romantik« eines südamerikanischen Diplomatengrafen (103). Es ist eine Herrenbekanntschaft, die Regine durch ihre Bildnerinnen zuteil geworden ist. Das Bild zeigt Regine als eine der Venus von Milo »durchaus verwandte« Erscheinung (101) in der Pose, die dem Rückkehrer seine einsam in den Spiegel versunkene, mit Seidendamast drapierte Frau dargeboten hatte. Die von Erwin zum Spiegel seiner Vortrefflichkeit und Bildung bestimmte Regine verliert sich im Spiegel. Die Darstellung nachstellend, ist sie eine Kopie des nach ihr gemalten Bildes, an die Kopie eines Originals erinnernd, die als »Dutzendware« in Paris beziehbar ist. Wie die Mediceische Venus bildet sie einen Inbegriff verfügbar gemachter Unverfügbarkeit im Kulturdekor der Zeit.

»Ach! – Die Venus ist perdü –
Klickeradoms! – von Medici!«

So Wilhelm Busch in der »Frommen Helene«, neben Kellers Gedicht »Venus von Milo« (II, 25) zu halten.

Die drei Parzen, selbst Besitzerinnen solcher Abgüsse der Venus von Milo, haben der armen Regine quasi als Aushängeschild ihrer Schönheit dieses vervielfältigte Einmalige im Vestibül der bürgerlichen Wohnpracht aufgestellt: Erwins Urweib – statt zum lebenden Kunstwerk erweckt – als Riesennippes, Duplikat, Triplikat, Serienerzeugnis und Boudoirstück im Spannungsfeld zwischen nacktem Gips und verhülltem Fleisch. Regine, zur Kopie von Altenauers Ideal verbildet – so taucht zwischen Bibel und Max Frisch das Thema des Bilderverbots auf, gegen das Erwin verstoßen hat; so entstellt sich das Narzißtisch-Pygmalioneske, Unfruchtbar-Fruchtlose von Erwins Pädagogik zur Grimasse. Und doch ist noch in der Entstellung, im »trockenen Gipsweiß«, das sich an die Stelle des Marmors schiebt, die »edle Gestalt« vorhanden (101). »Ich glaubte, die Regine selbst dahinschwanken zu sehen«, kommentiert der Erzähler Reinhart die von Altenauer angeordnete rohe Abfuhr der Heidengöttin (107). Wie sie auf dem Handwagen, unters Gesindel gefallen, davongekarrt wird, das verweist schneidend auf die geheime Brutalität von Erwins Unternehmen, das königliche Urbild des romantischen Volkstums in den bürgerlichen Salon zu transportieren.

Regines Herkunft holt sie dort in Gestalt des von der Polizei verfolgten Bruders und »Reitersmannes« ein (63), den die Zeugen und der verblendete Erwin für einen Liebhaber halten. Dritte sprechen über Regine. Das ist die Katastrophe. Daß in diesem Zusammenhang fälschlich der südamerikanische Graf und Exote in Verdacht gerät, sagt als Symptom: Regine, das Urbild des Urdeutschen, bleibt für Erwin auch die Exote. Das stumme, in seiner Idealität niemandem zugehörige, selbstgenügsame Ideal ist auch das stumme, anonyme Tier aus der Tiefe (der Gesellschaft), die Löwin, die Sphinx: rätselhaft und tödlich. Kein Mann macht einem Ideal ein Kind; kein Mann macht einem Tier ein Kind. Statt zu erzeugen, wird hier gekünstelt. Nach dem vermeintlichen Sündenfall berührt Erwin seine Frau nicht mehr und spricht nicht mehr mit ihr. Sie ist sprachlos, denn ihre Sprache ist unerhört. Was sie zu artikulieren neu gelernt hat, hat sie nicht zu sagen; was sie zu sagen hat, ist unartikuliert. Nur mißverstandene, mißverständliche Zeichen gehen von ihr aus. Ihre Fehlhandlungen rühren aus Unkenntnis oder Fehlverständnis bürgerlicher Regelsysteme des Verhaltens. Ihre Fehleinschätzung durch die Umgebung rührt aus Unkenntnis oder Fehlverständnis der Regelsysteme, in denen sie wurzelt.

»Nun ist es aus«, klagt die Magd Regine, als Erwin ihr seine Liebe und Eheabsicht erklärt (71). Regines Instinkt ist klüger als Erwins umsichtige Intelligenz. Wichtiger als die Erörterung, ob bei anderem Verhalten das Unmögliche doch hätte möglich werden können, ist die entgegengesetzte, warum Erwin Altenauer das Unmögliche versucht, indem er Regine heiratet. Die Antwort: weil ihm wie anderen Gestalten Kellers die Ehe selbst unmöglich ist. Nur der Mutter vertraut Altenauer bei der tristen Rückkehr nach Amerika einen Teil der Wahrheit über Regine an – oder dessen, was er für die Wahrheit über sie hält. Mit der Mutter spricht er sich aus, nicht mit seiner Frau. Die Mutter ist es, unter deren Augen und Anteilnahme Regine in Amerika vereinzelt wandelt. Sie ist ihr am nächsten, und so wird an ihrer Nähe Unnahbarkeit erschütternd deutlich. Die Mutter sieht während einer Reise Altenauers, wie die verlassene Regine schreibt, aber sie sieht nicht die Schrift. Es ist der Aufklärungsbrief, den Altenauer nach ihrem Selbstmord lesen wird. Erst als Tote wird sie sprechen.

»Woher sie solche Töne genommen, sei eben das Rätsel der ewigen Natur selbst«, sagt Altenauer paradoxerweise über die doch tonlose Schrift (113).

Die Mutter sieht auch, durch eine Fensterscheibe von ihr getrennt, Regine im Gebetbuch beten. Es ist ihr Totengebet. Die Umstände ihres Todes durch Erhängen machen Regine lesbar. An ihrer nackten Brust liegt der Brief für Erwin, der sie nicht hören konnte. Auf dem »edlen Körper« trägt sie wieder die Kleidung der Magd »von elendem braunem ... Baumwollzeuge« (112 f): Mutter Erde, die in Naturlauten schreibt. Als eine »mythische Heroenfrau« bezeichnet Lucie kommentierend die Tote (117) – ein mythisches Opfer für die Möglichkeit und Unmöglichkeit der Ehe bei Keller. Erst über die Tote wird gesagt, daß Altenauer ihre Brust berührt und sie an seine Brust drückt – die einzige sinnliche Zärtlichkeit in dieser Geschichte, die von ihm ausgeht. Warum war diese Liebe unsäglich? Weil Altenauer in Regine den Ursprung geliebt hat, die Mutter; weil er aus ihr die Mutter hervorbringen wollte. Die alte, letale Mutter kann zur Vertrauten werden; im Verhältnis zur jungen, begehrenswerten herrscht Schweigen. Sie ist die Sphinx, undurchdringlich und mich betreffend, die Löwin, die Königin, die Venus, die Magd, die Herrin, niedrig als durch Begehren erniedrigt, herrlich als unerreichbares Ziel hochfliegender Sehnsucht. Erwin ist bei dem Versuch, die Mutter zu reproduzieren und das Duplikat zu beherrschen, in das »Urland«, nicht ins Vaterland gereist: eine Reise in das Innere der Erde. Er ist nicht angekommen und kommt doch nicht wieder ganz heraus. Er bleibt über der Erde der Witwer der toten Frau unter der Erde. Denn sie hat ihm den Widerspruch verkörpert, an dem er leidet. Sie war für ihn der Marmor, zum Gips erweichlich, aber nicht von der fleischfressenden Lebendigkeit des Fleisches; die königliche Aphrodite, die aphrodisische Königin, die zum Idealen abgekühlte Sinnlichkeit und das die Sinnlichkeit treffende Ideal[11], die Heidin mit dem frommen

11 Siehe den Erzählerkommentar, S. 101.

Gebetbuch in der Hand, gebannt an die Grenze von lebendem Kunstwerk und künstlichem Lebewesen, Erwins aus der Kontrolle geratende Automate.

»Regine« ist – nach der komischen Geschichte von den küssenden und gähnenden, aber redeunfähigen Mündern – die schreckliche Geschichte von der Sprachlosigkeit, abgelöst vom biographischen Grund des »Grünen Heinrich«. Objektiviert ist die Schweigezone des Begehrens, das dort zwischen Mutter und Sohn schweift, verstellt die Geschichte eines Sekretärs und Sonderlings, der in zwei Sprachen spricht – der des phantasierten Ursprungs und der des Gastlandes der Gesellschaft, in dem er nie völlig anlandet. Judith im »Grünen Heinrich« kann aus Amerika heimkommen; wohin kommt Erwin Altenauer? Neben der Exote namens Regine und dem exotischen Südamerikaner gibt es in dieser Geschichte als dritten Exoten den Nordamerikaner Erwin Altenauer. Ein Exote hat nach der Exotin gegriffen, ein Sprachloser nach der Sprachlosen. Der Deutsche in Amerika ist in Deutschland ein Amerikaner, hier wie dort exterritorial, ein arbeitsloser Gesandtschaftssekretär ohne Botschaft. Die Familie hat in Amerika an der deutschen Sprache festgehalten, offenbar weil sie ihr ›Wesen‹ in der englischen Sprache nicht aussprechen konnte. In der Heimat angekommen versteht Erwin die Sprachregelungen und Spielregeln der deutschen Gesellschaft nicht, obwohl er sich ihnen äußerlich anzupassen weiß.

Die Muttersprache als Ursprache aber ist eine Phantomsprache, die Sprache von seinem Phantom, das sich in Regine verkörpert. Die Romantik ist das Phantom Altenauers. Er unterscheidet sich von seinem Autor darin, daß er der Sehnsucht nach der Romantik nachgibt, während Keller sich von ihr als einer Sphäre der Wunschentfesselung, Angstentfesselung, Redeentfesselung abstößt. Gibt Altenauer der Sehnsucht wirklich nach? Er will eine Rheintochter, die Konversation macht und die Sprache des Ursprungs spricht – als redigiertes Zitat. So lehrt er Regine Sprachen – Englisch, und, o Knabe

Wunderhorn, die Sprache des Volkes. Jenseits der Sprache, in der das Wesentliche nicht gesagt werden kann, lauscht er einer stummen Sprache des Unwesens.

Das Sprachproblem Erwins ist in anderer Form das Mutterproblem. Er kann mit der Mutter sprechen – von Regine. Er spricht in Regine die Mutter an, aber wie ein Taubstummer. Die Sprache von der Mutter ist nicht die Sprache mit der Mutter – eine Grunderfahrung des grünen Heinrich und Kellers. Die größte erreichbare Nähe ist die größte mögliche Ferne: die Umarmung des toten Körpers, zu dem Erwin Pygmalion schließlich die lebende Frau geraten ist. Wie hätte er sie nach Luciens verständiger Meinung der Mutter zur Erziehung anvertrauen können? Er ist das Produkt der Mutter, deshalb ihr nicht ebenbürtig. Er will nicht ein zweites Produkt der Mutter. Er wollte das Absurde: seine Produzentin, den Ursprung reproduzieren. Er wollte das Duplikat der Origo, das auf anderem Feld die drei Parzen als Kopie der originalen Venus herbeischafften. Der Ursprung soll der Gegenwart entspringen, aber nicht zu weit; er soll rufen und reden, aber möglichst leise. Romantik soll herrschen, aber von ihm beherrscht. Die stumme Sprache ist demnach nicht nur ein Zustand, der durch Erziehung überwunden werden soll. Sie ist auch ein Ergebnis; das Zeugnis und der Kreuzungspunkt widersprechender Wünsche. Der Gesandtschaftsangestellte hat am Ende die Botschaft, der Geheimschreiber den Geheimbrief. Der stumm tönende Tod Regines bedeutet das endlose Leiden Erwins. Doch es gibt auch einen Punkt in ihm, da ist dieser stumm tönende Tod die Erfüllung, nur übererfüllt. Die tote Regine ist das finstere Geheimnis des Sekretärs, das sekretierte Rheingold.

Reinhart spricht von Altenauers romantischen Idealen mit einiger Ironie. Er weiß nichts von Erwin in wonderland, nichts von der Phantastik, nichts von der Romantik der Muttersprache. Er spricht »über fremdes Schicksal . . ., das mich persönlich wenig berührt hat« (75). Er spricht über Leben, das zum Schicksal und Spiel des Zufalls entfremdet ist, weil es programmiert werden sollte. Seine Deutung der Geschichte ist abstrus, aber sein Erzählen ist – im Gegensatz zu Luciens rascher und gnadenloser Interpretation-Exekution der Wirtstochter – so vorsichtig und gegenstandsgesättigt, daß es Eigenständigkeit gegenüber seinem Meinen gewinnen kann. Der Mann ohne Geschichte beginnt so gut Geschichten zu erzählen, daß sein Geschichtenerzählen den Erzähler hervorbringt. Fremdes Schicksal? Der vom sprachlosen Experiment Abgefallene erzählt zunächst eine Geschichte von der Sprachlosigkeit einer Erzählfigur und dem Mangel eigener Erfahrung bei einem jugendlichen Beobachter. Er erzählt – »mit der unklugen Aufrichtigkeit, welche ihn seit seiner Ankunft plagte« (41) – worauf Experimentatoren mit Frauen, von ambivalenten Wünschen erfüllt, unbewußt hinauswollen: aufs Töten, aufs Lebendigmachen. ». . . und wenn er die ärgsten Teufeleien begangen, so würde ihm das Geständnis derselben über die Lippen gesprungen sein« (41). Von außen betrachtend hat er als ferner Zeuge Regine wahrgenommen, weithin, vor allem beim Schluß, auf die Wahrnehmungen Altenauers mit seinem wiederum begrenzten Verständnis angewiesen. Und am Punkt größter Nähe Regines, beim einsamen Schreiben und Beten, ist die Geschichte noch einmal im Medium eines dritten Blicks auf Regine gebrochen: es ist die Wahrnehmung durch die Mutter Altenauers.

Wo Lucie aus Insiderperspektive Frauen enträtselt, stellt Reinhart so – unwillentlich – das Rätsel Frau wieder her, das ihn erschüttert, und Lucie gibt dem Rätsel einen Namen: mythische Heroenfrau. Lucie empfiehlt sich als das Gegenteil, und Reinhart weiß es zu schätzen: eine Frau, mit der man noch über erschütternde stumme Heroenfrauen plaudern kann. Denn Stummheit beängstigt, Plaudern beruhigt. Wo verhandelt wird, wird nicht geschossen, sollte man meinen. Solange Verstehen geübt wird – und sei es angesichts eines Rätsels – fühlt man sich verständig.

Die arme Baronin:
Sprechen lernen?

So handelt denn die dritte Geschichte mit einer Frau im Titel, Reinharts zweite Erzählung, von einem sehr verständigen Mann und einer armen Baronin, die miteinander eine Sprache finden. Ein Schritt auf Lucie zu besteht darin, daß ihre Befürchtung aufgelöst wird, wenn die gebildeten Herren jetzt Mägde zu heiraten liebten, müßten die gebildeten Mädchen wie sie sich an die Kutscher und Hausknechte halten (120). Noch muß Fräulein Lucie nicht Strindbergs Fräulein Julie werden! Die arme Frau, die einen Mann findet, ist eine Baronin, die den ständisch unter ihr stehenden reichen Bürger heiratet. Das Thema der Liebe über Ständeschranken hinweg ist endgültig verspielt durch Luciens Bezeichnung der »Regine« als »Treppenheirat« (120) – es gehört im späten 19. Jahrhundert bereits dem Hintertreppen- oder Trivialroman zu.

Auch Reinhart macht sich nun, mutiger geworden, an das Geschäft der Frauenenträtselung in der zu »Regine« gegenläufigen Treppengeschichte. Die zum Scheuerweib und zur Zimmervermieterin deklassierte, ihres Mannes verlustig gegangene Baronin wird von dem Rechtsgelehrten Brandolf auf der Treppe fast über den Haufen gerannt. Sie sticht dafür mit einem Messer zornig nach seiner Ferse. Brandolf freut sich, daß es keine Achillesferse ist (121), aber er irrt sich. Er hat dem Amor die Achillesferse gezeigt. Noch näher liegt natürlich die Erinnerung an die biblische Schlange. Nach dem Sündenfall soll sie den Menschen in die Ferse stechen; der Mensch wird ihr den Kopf zertreten. Ein wenig Bibelkontrafaktur also: die böse Schlange wird sich zur lieben Schlange häuten – wie ja auch Reinhart und Lucie am Ende bei ihrem Abenteuer im Walde die Unschuld der Schlange entdecken. Aber zunächst wird die Bosheit der Frau, wie immer wieder bei Keller, als holder Unholdin ausgemalt. Die »kleine Hexe« (150) stellt als Vermieterin ihre Falle harmlosen Mietern auf (122); eine »wilde Katze«

(129) voll Hunger, der in Brandolfs weiser Betrachtung einen allgemeinen Bedeutungshorizont der Bedürfnisse leicht erkennen läßt: Der Hungerblick ist ein Liebesblick und umgekehrt (129).

Wer diese Möglichkeit an der Baronin mit dem sprechenden Namen Lohausen wahrnehmen kann, der muß wenigstens versteckt im Namen ein wenig Glut beherbergen. Brandolf heißt der gelehrte Märchenprinz, dem die Erlösung dieses »Aschenbrödels« gelingt (133). Er ist abermals ein »reicher Muttersohn« (134), so provozierend er sich zunächst aufspielt, wenn er sich männlich mit Wollmütze auf dem Kopf zum Fenster hinausrekelt. Entsprechend reagiert die Baronin mütterlich, indem sie dem jungen Herrn durch den Hinweis auf die Fliegen des benachbarten Pferdestalles erzieherisch die Luft abschneidet. Immer haben es Männer mit dem Tierischen und Schmutzigen zu tun. Konstellationsgemäß ist die erste Annäherung eine Annähung: sie befestigt dem großen Jungen mit Nadel und Zwirn einen Knopf an der Jacke.

Dagegen schlägt sein Versuch fehl, die wilde Katze zu füttern. Das Zähmungsobjekt Frau ist zu gefährlich, als daß man dem Knaben eine Chance einräumen könnte, käme nicht die Strategie des Schicksals ihm zu Hilfe, das die übermächtige hungrige Mutterhexe zum gefügigen Hausmütterchen macht. Die arme Baronin wird schwerkrank und darf nun so viel männlichen Schutz annehmen, wie Brandolf nur aufzubringen vermag. Es wächst der Mensch mit seinen höhern Zwecken; als reines Mitleid rechtfertigt sich die nicht ganz reine Liebe. Brandolf wird Armen- und Krankenpfleger beim »Drachen« (138). Sie wird ihm, dem Grabe entronnen, schön und begehrenswert. Die Undurchschaubare wird ihm glasklar wie die vielen polierten Gläser in der mit edlen Sächelchen übermöblierten Wohnung. Dennoch läuft es nicht komplikationslos auf Liebe und Ehe hinaus. Der Sohn muß erst an den Vater denken, dem er die geheilte Schöne als Haushälterin zuspielt. Der beantwortet die freundliche Rücksicht mit freundlichem

Verzicht auf Ehegedanken. Wilder sind Schatten der Vergangenheit, die wie ödipale Rivalengespenster aufsteigen und die vorhergehende Verstörung der schönen Frau verständlich machen. Ihre bösen Brüder hatten sie einem Herrn mit Namen (Ver-)Schwendtner in die Hände gespielt, der ihr Vermögen durchbrachte und sie und das gemeinsame Kind mit äußerster Brutalität behandelte. Er tötete es, indem er über dem Gesichtchen des schwerkranken Wiegenkindes seine Männerwaffe, die Pistole, abschießt.

Das war das Ende der Ehe mit dem unheimlichen »Rittmeister« (146), den sie nahm, weil sie noch keine zarteren Gefühle kannte. Die zarten Gefühle wachsen dem ersten guten Mann, den sie kennenlernt (142), also dem Muttermännlein Brandolf zu, das so vorteilhaft von dem verschwundenen Rittmeister Schwendtner absticht. Der böse Vater und routinierte Frauenreiter ist abgeräumt. Ganz ähnlich wird es in der nächsten Geschichte einem anderen Rittmeister gehen, der sich zum Oberst und Oheim läutert. Auch er muß hinter einem Rivalen zurücktreten, der ein Mannelin ist. Zum guten Ende aber müssen die Gespenster der Leidenschaft und schlimmen Lust noch exorziert werden. So inszeniert der edle und siegreiche zweite Gatte Brandolf zum Fest der Hochzeit mit dem Hausmütterchen eine dionysische Maskerade zu kathartischen Zwecken. Der verkommene Rittmeister und die schlimmen Brüder, die Kuppler, die es ahnungslos herbeigezogen hat, werden als Böcke, Affen und Teufel kenntlich und unkenntlich gemacht – an ihren überlangen Schwänzen rückwärts im Festzug bei der Braut vorbeigeschleift. Ein böser Scherz, wie Kellers Freunde fanden[12], aber für den Autor unverzichtbar – eine Selbstausrottung dionysischen Feuers, das ähnlich im Fest-

12 Heyse nennt die Bestrafung »barbarisch«, Storm spricht von einer »Roheit« und bringt sie klarsichtig in seinem Brief vom 15. Mai 1881 mit der tiefen Resignation in Verbindung, die über dem grünen Heinrich und Dortchen, Landolt und Figura Leu liegt. Kellers Briefantworten erfolgen am 27. Juli und am 16. August 1881 (s. Dichter über ihre Dichtungen. Gottfried Keller. Hg. K. Jeziorkowski. München 1969. S. 381, 385).

zug der Outlaws in »Romeo und Julia auf dem Dorfe« glüht. Nur ein bißchen Dionysos ist bei diesem unchristlichen Erben des Christentums zugelassen; der Weinrausch löscht andere Flammen. Am Dionysostag, dem Fest der Weinlese, ist Hochzeit, aber durch die Weinlese ist der Tag auch streng an die Arbeitswelt angekoppelt. Der bürgerliche Ehehimmel öffnet sich, nachdem das heidnische Chaos fesselloser Sinnlichkeit ausgetrieben worden ist.

Das also war die Lösung des Rätsels der armen Baronin – für Reinhart jedenfalls. Aber Lucie kehrt nun den Spieß um, indem sie das enträtselte Rätsel auf anderer Ebene neu stellt. Sie deckt zu diesem Zweck eine Schicht der Geschichte auf, die Reinhart zwar miterzählt, aber nicht mitbedacht und gedeutet hat. Die Diskrepanz zwischen den Geschichten Reinharts und deren Interpretationen durch ihn, zwischen Oberflächensinn und Tiefsinn der Erzählung wird damit thematisch, und zwar an der für Reinhart höchst sensiblen Stelle, die bereits mehrfach gereizt worden ist: ». . . aber sind Sie auch sicher, daß dieser Erkieser seines Weibes nicht ein wenig das Spiel des Zufalls war oder am Ende selbst eher gewählt wurde, während er zu wählen glaubte?« (161) War die Strategie des Schicksals nicht vielleicht Strategie der Baronin? wenigstens Strategie ihres Unbewußten? War Brandolfs Versuch mit ihr und an ihr nicht vielmehr ihre Versuchung für ihn? Haben sie miteinander sprechen gelernt oder sind ihm unterschwellig Motive imputiert worden? Wer wählte wen? Am Eingang der dritten Triade des Zyklus stellt sich zum drittenmal die Frage der Damenwahl in Liebe und Ehe. Die Antwort wird Reinhart alsbald in den Ohren dröhnen.

Die Geisterseher: ein Palimpsest lesen

Drei Novellen mit Frauen im Titel folgen drei Männernovellen, von denen die letzte zwar keinen Männernamen, aber ein Männerattribut nennt, die Berlocken. So tritt denn auch an dieser Schlüsselstelle des Zyklus ein zweiter Mann als Erzähler auf: Luciens lediger Oheim, ein pensionierter schwergängiger Oberst an einer Krücke, der »mit der Freiheit alter Soldaten oder Sonderlinge« Reinhart vor der Geschichte von der armen Baronin fixiert und begrüßt hatte (119). Jetzt ergreift er das Wort.

Die Geschichte des Oheims berichtet von zwei jungen Männern guter Herkunft, die in Freundschaft und Rivalität die gleiche Frau lieben. Sie kann sich nicht zwischen den Bewerbern entscheiden, denn beide zusammen wären, wie in Thomas Manns Legende von den »Vertauschten Köpfen«, der ganze ideale Mann. Vom wechselseitigen Ergänzungsbedürfnis rührt auch ihre Freundschaft. Der spätere Obrist und Erzähler ist im entscheidenden Augenblick, nach der Teilnahme an den Befreiungskriegen gegen Napoleon, Rittmeister und Berufsoffizier; der andere, ein Privatdozent und späterer Professor der Rechte, ist Infanterieleutnant, also ein bescheidener militärischer Fußgänger (167). Der Rittmeister ist leidenschaftlich, ein wenig Renommist, ein wenig romantisch angehaucht, »bald mehr ein aufgeklärter Mystiker, bald mehr ein gläubiger Freigeist« (164). Der Jurist ist ein »Mannelin« der Vernunft, Mäßigkeit und Ordnung. Im Scherz ernennt die junge Dame den Draufgänger zu ihrem Marschall, ein altes Hofamt, in dessen Zuständigkeit die Pferde (auch der Sinnlichkeit) fallen; den Gelehrten aber macht sie zum Kanzler, der für Wort, Geist und Norm einsteht.

Im Ernst entzündet das »heiße Feuer« des Krieges (167) auch das Feuer der Gefühle, und ein merkwürdiger Schiedsspruch der umworbenen Schönen wird zum Ausdruck emotionaler

Verwirrung: »Ich werde nie die Frau eines Mannes werden, es wäre denn einer von euch beiden; dazu müßte aber der eine fallen! ... Da ich mir aber keinen von euch tot denken kann und will, so lebt wohl auf ewig, liebste Brüder!« (168 f.) Das ist ein raffiniertes Arrangement, um Liebe mit schlechtem Gewissen und Schuld unlösbar zu koppeln. Eine Hälfte des Freundespaares muß begraben werden, weil es das Ganze, und das wäre alle Männer im vollkommenen Mann, nicht gibt. Die begrabene Hälfte wäre die schmerzlich vermißte; wenn nicht das Gegenteil wahr ist: Einer der beiden Männer soll dann in ihrem Schoß liegen, wenn der andere im Schoß der Erde liegt. Dann hätte sie beide, aber den zuerst, welcher der Erde gehört.

Denn Tödlichkeit der Liebe und Erdmütterlichkeit der Frau spuken in der Tiefe der »patenten Person«, des »fixen Kerls« (166), der sich wieder einmal durch seinen Namen verrät: Hildeburg Moorland – die bergende, einvernehmende Schlachtjungfrau (hilt[i]a = Kampf), Mutter Erde in gefährlicher, verschlingender Erscheinungsweise. Wie Judith, wie die mythologische Frau Regine, wie die Bärin Ursula in der gleichnamigen »Züricher Novelle« reicht die brünette dunkeläugige Hildeburg mit dem Tituskopf, der »nächtlichen Wildnis« ihrer Haare (167) und den zobelfarbenen Augenbrauen in heidnische Gründe des »verhexten Liebeswesens« (171) hinab. Sie werden aufgedeckt, wenn sie sich dem Mannelin zuwendet und den Rittmeister schmäht, als der Infanterist totgemeldet wird, dann schwerverwundet heimkehrt, während der Reiter nur »über manche Blutlache hinweggesetzt hatte« (174). Der Infanterist ist näher an der Erde. Die heidnischen Gründe werden zugedeckt, wenn Hildeburg mit einer bizarren Liebesprobe ihre vorgreifliche Gefühlsentscheidung rationalisiert und Gründe dafür herbeischafft, den Kanzler statt des Marschalls, den Gelehrten statt des Kriegers, den treuen Beglücker statt des leidenschaftlichen Verführers zu wählen (168).

Hildeburg inszeniert zu diesem Zweck einen Gespensterauftritt, deren Darsteller sie selbst ist, und setzt die beiden heimgekehrten Kriegshelden nacheinander dem Spuk aus. Es erscheint die alte Kratt (= Kröte), eine Hexe, die sich mit schauerlichem Eifer darum bemüht, eine Schrift von einem Dokument wegzuschaben. Der Rittmeister verliert die Fassung und das Spiel bei dem schauderhaften, das Gespenst beim Wort nehmenden Gedanken: »Hier ist einstmals ein Vertrag gefälscht, ein Geburtsrecht, ein Erbe, ein Lebensglück gestohlen worden!« (181) Das Mannelin aber liest den versteckten Sinn der Gespensterballade: Im Gespenst steckt ein »Frauchen«, dessen »allerdings schlangenförmigen, aber sehr lebenswarmen Körper« er in die Arme nimmt (187). Vernunft und Witz zähmen ein Gespenst zur Ehefrau, das Vernunft und Witz seine Existenz verdankt und sich als Preis für Vernunft und Witz einsetzt. Nichts ist ausradiert worden, wo nichts stand.

Und doch verscherzt ein Rittmeister im Augenblick, in dem er diesem Wahn verfällt, ein Geburtsrecht, ein Erbe, ein Lebensglück – die geliebte Frau, weil er sie im Rausch der Phantasie, des Muts und des Alkohols für ein häßliches Tier, eine alte Hexe, ein Gespenst hält. Und damit ist noch nicht die volle Wahrheit gesagt: Der Rittmeister *verliert* sein Glück nicht einfach; es wird von Hildeburg in ihrer Eigenschaft als radierendes Gespenst in der Tat ausradiert. Sie weiß, daß ihr Glücksspiel ein russisches Roulett mit höchstem Einsatz ist, daß es einen von zweien todunglücklich machen muß. Doch auch sie muß. Um bürgerlich zu leben, radiert sie zugleich die eigene Verwirrung des Gefühls aus, die sie beides – die Pferde und die Normen – als überschwengliches Ganzes haben ersehnen lassen. Indem das Mannelin aus dem Gespenst eine Frau herausschält und ihr Hexenhaftes als Maskerade von ihr abfällt, wird die Grunderfahrung des Kellerschen Werks und Lebens so ausgelöscht, daß sie als Schmerzensgrund unter dem Scherz lesbar wird. Das Menetekel erscheint als ein Palimpsest an der Wand, als heitere Scharade: In jeder Frau steckt ein Gespenst, eine Hexe, ein Tier – vom Kamel über die Löwin, die Schlange, die Kröte bis zu Lux = Luchs – weil in der Stummheit einer problematischen Mutterbeziehung ein Erstgeburtsrecht, ein Erbe, ein Lebensglück gestohlen worden ist. Die Alte, die im Kind radiert hat, hat auch in sich selbst radiert.

Reinhart und Lucie sprechen lediglich sich versprechend von sich. Der Obrist ist der erste in diesem Zyklus, der willentlich von sich spricht, und gerade das macht Reinhart so betroffen. Denn indem der Obrist von sich redet, spricht er im doppelten Erzählsinn von Reinhart. Der vom Himmel gefallene Unbekannte (31) erfährt die Vorgeschichte seiner Zeugung. Das Mannelin und Frau Hildeburg sind seine Eltern, der Obrist ist der alte Freund und Rivale. Der Erforscher von Ursache und Wirkung (11) erkennt sich »als der Sohn der willkürlichsten Manneswahl einer übermütigen Jungfrau« (190). Lucie schärft es ihm ein durch die parodistische Verwendung des Christuszitats: »Ihr habt mich nicht erwählet, sondern ich habe euch erwählet!« (Joh. 15, 16). Der Wahlmann verdankt sich einer Damenwahl. Der experimentierfreudige Naturwissenschaftler ist das Produkt eines weiblichen Experiments, das mit Männern als Versuchskaninchen durchgeführt wurde, wobei sich die Frau als der bessere Experimentator erwies. Reinhart wollte Gefühle experimentell begründen, um ihnen nicht ausgeliefert zu sein. Seine Mutter machte *das* Experiment, von dem ihr Gefühl ihr sagte, daß es ihrem Gefühl rechtgeben werde.

Reinhart ist »gedrückt«, weil er sich in seinem eigenen Papa geschlagen fühlt (193), denn indem dieser seinen Nebenbuhler besiegte, war er der stets Besiegte von immer größerem: der Mutter. Da hilft es auch nichts, daß die als Hexe durchsichtig verkleidete, von den Rivalen als Hildeburg klassifizierte junge Dame in Wirklichkeit eine gut bürgerliche Else ist, der die beiden Liebhaber den dämonischen Übernamen angehängt haben (190). Denn auch der eigentliche Name hat es in sich, bringt er doch als Kürzel Elisabeth Lee und Elisabeth Keller ins Spiel, die so vieles ausradiert haben. In der Hexe steckt Hildeburg, in Hildeburg Elisabeth und umgekehrt. Heinrichs und

Gottfrieds Mütter waren zwar nicht mit einem Reinhart, aber mit einem Rudolf verheiratet, der »die Bildung und den Ton jener Tage« – der Befreiungskriege nämlich – in die Heimat mitgebracht hatte, als er dort eine Frau suchte (III, 11). Der Sohn des Vaters Reinhart ist so radikal wie möglich ein Muttersohn, radikaler als Heinrich Lee und Gottfried Keller, radikaler als von Erziehung, noch radikaler als von Geburt. So sieht er seine eigene Niederlage voraus. Das Experiment, das mit ihm gemacht wird, besteht darin, ihn verräterische Geschichten erzählen zu lassen. Während er zu verstehen meint, wird er begriffen und übergriffen. Bei einer Gedankenausflucht zurück zum halb vergessenen eigenen Experiment erleidet er eine Bewußtseinstrübung: »Man sieht ja, dachte er, welchen Wert sie darauf legen, obenauf zu sein! Da lob ich mir die ruhige Wahl eines stillen, sanften, abhängigen Weibchens, das uns nicht des Verstandes beraubt! Aber freilich, das sind meistens solche, die rot werden, wenn sie küssen, aber nicht lachen! Zum Lachen braucht es immer ein wenig Geist; das Tier lacht nicht!« (193) Das Tier errötet aber auch nicht, lieber Reinhart. Steht denn bei der Brautschau in natürlicher Zuchtwahl ein Tier zur Wahl?

Don Correa: gelernte Sprache und stummes Zitat

Man könnte es meinen, wenn man Reinharts letzte Geschichte vom Seehelden und Politiker Don Correa hört, denn sie zeugt von Schrecken und Verstörung. Reinhart glaubt, eine Abwehrwaffe »gegen die Überhebung des ebenbürtigen Frauengeschlechts« zu schmieden, indem er von einem Mann spricht, der »seine . . . Gattin buchstäblich vom Boden aufgelesen hat und glücklich mit ihr geworden ist« (195 f). Wenn das nicht Frauen lesen heißt! Reinhart selbst hat die Geschichte in einem von Luciens Büchern gelesen. In den beiden letzten Geschichten werden – nach den Erzählungen aus dem eigenen Erfahrungsumkreis – literarische Quellen angezapft, die in Luciens Bibliothek sprudeln; kein gutes Vorzeichen für Reinhart! In seinem Triumph bedenkt er nicht, daß Frauen diese Geschichte ausgelesen und »artig« gefunden haben (195) – zum höheren Ruhme der Männer? Dem Ex-Experimentator scheint zu entgehen, daß der Held stellvertretend für ihn auf der ganzen Linie kapituliert mit der Erkenntnis, »man [solle] in Heiratssachen auch im guten Sinne keine künstlichen Anstalten treffen und Fabeleien aufführen, sondern alles seinem natürlichen Verlaufe . . . überlassen« (218). In der Einsicht: Keine Experimente! hört die Wahl auf. Glück aus Zufall und weibliche Aktivität werden die Ehestifter. Aus eigener Kraft hat sich Don Correa gründlich verlesen.

Welches Geschiebe in Reinhart durch des Oheims »Teufelsgeschichten« (193) in Gang gekommen ist, zeigt zunächst der Schauplatz dieser ersten historischen Novelle des Zyklus: Das Spanien des Katholizismus, der Inquisition, der Klöster, der Jesuiten, dem religiösen Aufklärer und Liberalen Keller fremd und fern. Es wird noch deutlicher an der äußersten Schärfung des Motivs vom janusköpfigen Wesen Frau. Das scherzhaft verspielte Doppelgebilde Hexe und Frauchen wird unversöhnlich in Hexe und Märchenprinzessin auseinandergelegt, aber gerade diese Trennung bindet die Pendants auch unlösbar aneinander, läßt das Lichtbild und das Nachtbild hartnäckig aufeinander verweisen.

Wie Reinhart geht der reiche Grande Don Correa in einer Arbeitspause auf Brautschau, »ehe die Tage der Arbeit und des Kampfes zurückkehrten. Nachher sei diese Sache abgetan« (197). Wie Reinhart anfangs will Don Correa auf experimentelle Weise »eine um so treuere und ergebenere Gattin . . . erhalten« (197). Um nur seine Person zur Geltung zu bringen, tritt er als »ein gänzlich unbekannter und ärmlicher Mensch« auf, unter »Verheimlichung von Namen, Rang und Vermögen« (197). Doch keine Lucie, vielmehr wiederum eine Hexe und schlimme Dunkelfrau läuft ihm in den Weg. Die schwarz gekleidete, rubingeschmückte »Furie« (216) ist – wie der schwarze Geiger von »Romeo und Julia« im roten Mohnfeld – eine Repräsentantin von Leidenschaft, Blut und Tod; eine Witwe, eine Gattenmörderin, die sich mit einem Verbrecher und Spießgesellen zum zweiten Mal verbunden hat. Während dessen Abwesenheit nimmt sie den Don Correa »eine Zeitlang als ihre Puppe« bei sich auf (214), der sich in einer Liebeskriegslist als armer Ritter an ihrem Burgfelsen hat anschwemmen lassen. Die Hochzeit der großen Dame mit dem namenlosen Mann ist die Adoption durch eine »Kalypso« (207), die mit ihrem Opfer in einer Grotte in der Erde tändelt (205). Trotz der Ehe versucht sie, ihn unmündig und besitzlos als ein Kind zu halten. Aber Don Correa schlägt wie David den Goliath von Verbrecherhäuptling nach dessen Rückkehr nieder (213), entgeht den Mordanschlägen der Feniza, deren Name Phönix, italienisch Fenice, ein Unikum bezeichnet, und läßt als Admiral und Gerichtsherr die »Bestie« (220) mit ihrer Bande aufhängen.

Hier ist nun wirklich die Bodenlosigkeit der Frau herausgekommen – oder die Bodenlosigkeit eines Frauenbildes, in dessen Vordergrund mit dem zweiten Teil der Geschichte ein Mädchen tritt, auf dem Keller durch seinen Erzähler Reinhart alle möglichen Vollkommenheitsattribute versammelt. Als Prinzessin aus sagenhafter afrikanischer, vielleicht letztlich ägyptischer Königsfamilie wird sie wiederholt mit der Königin von Saba in Beziehung gebracht (231, 249), die einst den König Salomon besucht und mit Goldgeschenken überhäuft hat (1. Kön. 10,10). Bei der Taufe auf den Namen Maria trägt sie einen mit roten Rosen durchflochtenen Myrtenkranz und ein weißes Kleid, Zeichen des Jungfräulichen und der erblühten Liebe zugleich. In der braunen Schönen ist die Erdhaftigkeit ins Liebliche abgemildert. Sie kommt von Osten (230) und blickt am Abend ihrer Taufe nach Westen, wo Sonne und untergehender Mond einander begegnen. »Vielleicht wendete sie sich, ohne es zu wissen, noch einmal der verschollenen Selene zu, ehe sie der goldenen Göttin folgte, an deren Altar sie heute gestanden . . .« (235). Nach antiker mythologischer Vorstellung hat Luna-Selene den Sonnengott Sol geboren; die »goldene Göttin« Maria und Gebärerin der Gnadensonne Christus steht wiederum im Zeichen des Mondes, der Sinnbild der Jungfräulichkeit und der Fruchtbarkeit in einem ist.[13] Totalitäts- und Kontinuitätssymbolik greifen hier ineinander, während Zambo-Maria in den Glanz der höchsten Sublimationsfigur der Kellerschen Mutter-Geliebten Natur tritt.

Er wird noch gesteigert durch ein vermeintliches Wunder beim Taufakt. Als die glänzende Wange der Marienstatue das Näschen des Christkindes widerspiegelt, meint Zambo, »es wohne ein Mann in der durchsichtigen Frau, der seine Nase herausstrecke« (231). Das »goldene Weiblein«, in welchem ein Geist haust, der größer ist als es selbst, läßt scherzhaft eine höchste Vorstellung aufsteigen: daß sogar der allmächtige Mann, Sohn und Vater liebend von der Frau Mutter eingeschlossen wird. Die Urmutter offenbart sich in diesem Mirakel, auf handliches Format gebracht. Maria ist – wie in Kellers »Legenden« – alles, und so kann die Größte in ihrer Repräsentantin Zambo-Maria auch die Kleinste, ja eine bloße Sache sein: eine Sklavin, die Don Correa als Geschenk übereignet wird. Er darf den vollen Pygmalion-Genuß empfinden, die braune Galatea, das »schöne Bildwerk« (227) ins Leben zu führen, als Gatte auch ihr Vater und Urheber zu sein. Er wird es, indem er die so ursprüngliche wie traditionsreiche Königin Kultur-Natur in ihrer Eigenschaft als »leidende Natur« (228) und »arme Kreatur« (237) vom Boden aufhebt. Dann läßt er sie sorgfältig erziehen und übernimmt bei der Taufe die Patenschaft über ein »Patenkind« (233), das mit etwa siebzehn Jahren ungefähr halb so alt ist wie er (244). Wie eine »Offenbarung« überkommt es ihn, »trotz der schlechten Erfahrungen, die er

13 Vgl. H. Rahner: Griechische Mythen in christlicher Deutung. Zürich 2.A. 1957. S. 89 ff.

einst gemacht . . . daß dieses weibliche Wesen ihn nicht betrüben werde« (229).

Eine blinde Verdoppelung des Hinweises auf die Königin von Saba unterstreicht, wie sehr und in welcher Weise hier Sehnsüchte in den Text eingegangen sind. Die Schenkerin Zambos, eine mit gewaltigem Pomp im afrikanischen Lager Don Correas einziehende kluge Barbarenfürstin, erinnert nämlich von Situation und Konstellation her zunächst viel eher an die dem König Salomon begegnende mythische Herrscherin. Aber nicht sie soll es sein, vielmehr die demütige Edle, die dem Herrscherweib zur Machtdemonstration als Stuhl gedient hat; die Königin, die nicht einmal einen Namen ihr eigen nennt. Denn Zambo, wie man sie ursprünglich rief, ist eine Sortenbezeichnung, und eine verächtliche dazu. Im spanischen und portugiesischen Südamerika heißt der Mischling so, speziell zwischen Neger und Indianer, den verachteten Rassen der Alten und der Neuen Welt. Das ist die Negativseite der Totalitätssymbolik, unter der Zambo-Maria steht. Nicht als Gleichberechtigte kommen Mann und Frau zueinander. Eigentümer-Vater-Ehemann sind die geplanten Stationen vorsichtiger Annäherung an die neue Königin von Saba, die Großmacht Frau im »weißen Wickelgewande« (229), das in Europa als Säuglingskleidung dient. Allerdings kommt noch eine Intrige dazwischen, die auch das zweite Eheprojekt des spanischen Herrn zunichte zu machen droht und Don Correa die an Erwin Altenauers Schicksal gemahnende Überlegung eingibt, »ob er sich mit seinen äußerlichen und luxuriösen Anstalten und Bestellungen nicht gegen die Einfachheit des unschuldigen Wesens versündigt und es zur Strafe dafür nun verloren habe« (237). Mit der Etablierung als geistlicher Vater ruft Don Correa schlimme und mächtige Konkurrenzväter auf den Plan, die ihm, unterstützt von einer bösen geistlichen Muhme, sein geistiges Kind, die Jungfrau-Mutter Erde und künftige Ehefrau wegnehmen wollen. Es sind Jesuitenväter, die Maria verschwinden lassen, weil sie als Visionärin für das bei der Taufe proklamierte falsche Wunder in Anspruch genommen werden soll, noch dazu in falscher Auslegung der Begebenheit als einer Verherrlichung nicht der Mutter, sondern des Supervaters Gott.

Glücklicherweise hat der schon vor der Ehe geprellte Ehemann Don Correa einen guten ›Sohn‹ zur Verfügung, seinen Pagen, der die verschollene Zambo-Maria aufspürt und ihr Nachricht von ihrem Herrn zuschmuggelt. In diesem entscheidenden Augenblick nun entfaltet der Schützling mehr Initiative als Don Correa, der über sein herannahendes Alter nachdenkt und zur Resignation neigt, während sie sich in langer ungewisser Wanderschaft zu ihm aufmacht. Nicht durch Wortgefechte, wie die gute Lucia; nicht durch Mordanschlag gegen den Mann, wie die böse Feniza – vielmehr durch Hingabe an ihren Herrn zeigt Zambo die Kraft der Frau. Sie wählt den Mann, dem sie gehört. So braucht dieser ihr nur noch den Trauring seiner Mutter anzustecken und zu heiraten, nachdem er sie begrüßt hat wie der Vater den verlorenen Sohn! (245) Luciens Oheim zählt richtig zwei ›Erniedrigungen‹ der »braunen Weibsperson« (251): Die als Sache vor Don Correa gelegen hat, wirft sich als zum Leben erweckte Frau am Ende ihres Weges vor ihm nieder.

Da sie von den Nonnen in keiner Weise auf weltliche Dinge vorbereitet worden ist, erfüllt sich für Don Correa noch ein anderer Männertraum. Maria erfährt erst durch ihn, was es mit dem Heiraten überhaupt auf sich hat. Er erweckt auf der Hochzeitsreise ihr Bewußtsein, und seine Frage nach ihrer Freiheit beantwortet sie genau in der vorschriftsmäßigen Weise. Hat er ihr einst die Hand gereicht und ihr aufgeholfen (228), so erlebt er jetzt, daß sie ihm »mit freier und sicherer Bewegung die rechte Hand« gibt und sich als sein Eigentum erklärt (250). Die Frau ist das Meer, das der Mann als Schiff und Kapitän zugleich durchfurcht – wie Don Correa in diesem Augenblick mit seinem großen Admiralsschiff. Er sagt zu ihr, das Meer sei frei, weil es nur den Winden und dem Schöpfer gehört. Sie antwortet, sie könne nicht anders als ihm gehören – wie das Meer dem Schöpfer. Sie ist sein Geschöpf. Der namenlose Ritter hat sich nicht von einer Hexe adoptieren lassen; der Grande hat vielmehr eine »namenlose Gattin« genommen (196) und dem Kind einen Namen gegeben. Das fremde Spanien ist auch das vorbildliche Spanien einer klassischen ›Musternovelle‹ nach Art von Cervantes' »Novelas ejemplares«. Don Correa ist kein Romantiker wie Erwin Altenauer, der seine wahre Sprache nicht finden kann und dessen wirkliche Sprache nichtssagend ist. Don Correa spricht die wahre und wirkliche, mit Vollmacht namengebende Sprache. Sie ist lehrbar und lernbar. In diese Sprache vermag Zambo als Maria überzutreten. Die unbegreifliche Frau wird begreifbar, indem sie die Sprache des Mannes annimmt. Sie ist seine tabula rasa. Der Augenblick der vollen Liebe ist der, in dem Zambo-Maria »die erlernte Sprache ihres Beschützers zum ersten Male ihm gegenüber hören ließ . . .« (248).

»Regine« ist die Geschichte von einem Phantasma; »Don Correa« ist eine Männerphantasie. Dahin gehört, daß Zambo-Maria ihr letztes Wort in Form eines Zitats spricht, das in die Zeichensprache des Traums übersetzt ist. Die frei gereichte Hand ist eine Formel aus Goethes Gedicht »Mit einem gemalten Band«, das am Ende des »Sinngedichts« erklingt:

»Fühle, was dies Herz empfindet,
Reiche frei mir deine Hand . . .«

singt dort der Mann. In »Don Correa« geht die Frau so weit, die Liebeserklärung und -aufforderung gestisch auszusprechen. Trotzdem ist dieser äußerste Punkt des Wunschtraums von der erzogenen Frau, die dem Mann nachzieht, auch sein kritischer Punkt. Regine ist als handsame Königin von Saba wiedergeboren, aber in einer sperrigen Geschichte, die noch einmal als verkappte Damenwahl zum guten Ende kommt. Nur wenn die Frau die Sprache des Mannes lernt, wird sie faßlich. Wird sie faßlich? Zambo-Marias Zitat ist stumm; es spricht hinter ihrem Rücken. Das ist die Grenze der Figur, der erzogenen Exotin, die in der Stellung einer Sphinx zum Stuhl erstarrt war (224), im Unterschied zur gebildeten Lucie, die nichts von einem Ritter und Granden wissen will. Das stumme Zitat spricht aber ebenso hinter dem Rücken Don Correas, ja sogar hinter Reinharts Rücken. Die Grenze der Figur Zambo-Maria läßt die grenzenlose Größe von Mutter Kultur-Natur aufscheinen, die immer schon den Klassiker Goethe zitieren kann, weil er der Natur das Wort gibt. Zambo-Maria hat die Sprache Don Correas gelernt, er hat ihr den Namen gegeben, aber beide sind sie bis in ihre Handlungen Worte von Mutter Kultur-Natur, die sich in Maria darstellt.

Die Berlocken: Mißverstehen durch Wörtlichnehmen

Es ist verständlich, daß Lucie – gleichfalls im Rückgriff auf historische »Lesefrüchtchen« aus ihren Büchern (251) – nichts Eiligeres zu tun hat, als Männerphantasien platzen zu lassen und die Serie Männer wählender Frauenzimmer mit einer den Bewerber verschmähenden Dame zu krönen. Zu Recht meint der Oheim, hier sei eine »Art von Duell« im Gange (251). Es ist zugleich eine Art von Duett, ein Minnekrieg der wechselseitigen Annäherung, bei dem im Gefechtseifer die Geschütze donnern. So eifrig ist Lucie, daß sie nichts vernimmt oder zu vernehmen vorgibt vom verhohlenen Kapitulationsangebot des wegen ihrer Grausamkeit besorgten Reinhart (251).

Auch Lucie erzählt eine zweiteilige Geschichte, deren Hälften sich im Gegensatz zusammensetzen. Der Held ist ein »hübscher guter Junge«, aus dem ein »gefährlicher Mensch und Mann« wird (252) – offenbar in der Tiefe Synonyme für Lucie wie für Reinhart Frau und Hexe. Zunächst allerdings wird Thibaut von Vallormes aus dem guten ein dummer Junge, und seine Dummheit besteht in der Konfusion des quid pro quo.

Lucie spielt das neue Thema an, wenn sie vorschlägt, ihr »Geschichtchen abzuwandeln, und zwar im wörtlichen Sinne, indem wir ein wenig ins Holz hinausgehen« (251). Sie läßt die Männer auf den Holzweg geraten. Schon die Überschrift »Berlocken« spielt mit einem Doppelsinn. Sie bezeichnet nicht nur den Uhrkettenschmuck eines Kavaliers, sondern deutet auch auf die französische Redensart battre la breloque = verworrenes Zeug reden.

Thibaut verursacht Leiden durch falsches Wörtlichnehmen. Der »Junker« erhält zum Dank für seine Pagendienste bei der Vermählung der Dauphine Marie Antoinette eine hübsche Uhr mit der bereits erwähnten Gravur des (Ehe)hafens und den Rat, die »Berlocken müsse er sich mit der Zeit selbst dazu erobern« (253). Er beginnt »schreckliche Raubzüge« nach Damenherzen, aber indem er darunter Schmuckherzen versteht, die er an seiner Uhr befestigen kann, verwechselt er das Zeichen mit der Sache. So »stiehlt« er – wiederum wörtlich und nicht metaphorisch – einer schlafenden Schönen ein Korallenherz und zerstört dadurch eine Verlobung. Später bemächtigt er sich »mit ihrer zärtlichen Einwilligung« des kleinen – Kristallherzens der Denise und gerät bei einer Tante in solch närrische Verzückung, »daß er selbst nicht wußte, ob er das kleine Schmuckherz oder das liebende Menschenherz verlangte« (259). Für seinen weiteren Weg läßt es die Erzählerin Lucie scheinbar offen, ob die vornehmen Dameneroberungen Thibauts diese selbst oder deren »Kleinödchen« betreffen. Die Antwort liegt aber darin, daß es dem »gefährlichsten Kavalier der Armee« (260) unklar bleibt, ob er die Schönen nach vollbrachter Eroberung sitzenläßt oder von ihnen sitzengelassen wird. Der Frauenheld ist unergiebig und insgeheim liebesunfähig, der Liebhaber weiblicher Siebensächelchen ist in Wirklichkeit der leere Bewunderer seiner selbst, der Fetischist eines wachsenden männlichen Gehänges vor seinem Bauch, von dem nur Theaterdonner ausgeht, daß es »klirrte und blitzte« (260).

Daß etwas mißraten ist beim gefährlichen Mann, wird noch deutlicher im Blick auf seine Opfer. Der Abschied von der oralen Lust an Geschichtchen und eßbaren Süßigkeiten alter »Tanten, Basen und andrer würdiger Matronen« (252) wird ausgelöst durch den mißverstandenen mütterlichen Rat der Dauphine, die zwar jung, aber doch auch jung verheiratet und das heißt eine erfahrene Frau ist. Er wird nacheinander erprobt an einem schönen zweiundzwanzigjährigen Frauenzimmer, das den siebzehnjährigen Jüngling für unverfänglich hält (254); an einem Mädchen, das nach der Enttäuschung mit Thibaut nur noch als »ein gedrücktes Hausfrauchen, so ein bescheidenes aufgewärmtes Sauerkräutchen« vor sich hin duftet (257); zuletzt an der empfindsam verblühenden Tante. Jedesmal steht der Heranwachsende in Konkurrenz zu einem ernsthaften, männlich erwachsenen Bewerber, am Ende zu einem »herrlichen jungen Edelmann«, der allerdings vor zwanzig Jahren gefallen ist, so daß sich der grüne Knabe unter der Erzählung der in Sehnsucht und Erinnerung verklärten älteren Dame raffiniert an die seelische Leerstelle schmuggeln kann: ein lebender qui pro quo. Es ist leicht, in alledem die symbolische Konstellation Mutter – Vater – rivalisierendes Kind zu erkennen, das sich der Mutter in deren Schlaf oder Verwirrung nähert. Beziehungsreich steckt in der ersten Beute, dem Korallenherz, ein smaragdenes, unendlich bewegtes Spinnlein (254), schon im »Grünen Heinrich« ein zentrales Sinnbild der Bindung an die spinnende Mutter daheim, in deren Netz Heinrich zappelt. Komödienhaft leicht tauchen am »Taugenichts« und seinem Verhalten die bittersten Themen des »Grünen Heinrich« auf – Sprachverwirrung zwischen Mutter und Sohn, Gold als Ersatzsprache für Leben und Liebe.

Was aber geschieht in der zweiten Hälfte der Erzählung dem erwachsenen Narziß, der Frauen als Beute und Schmuck seiner Eitelkeit mißbraucht hat – der Karikatur Erwin Altenauers mit seinem Rheingold und Don Correas mit seinem »Kleinod« Zambo? (236) Der erwachsene Narziß gerät in den Bann des

Groß-Narziß Rousseau, Autor nicht nur eines »Pygmalion«, sondern auch eines Lustspiels »Narziß«, dessen Schatten schon über den »Züricher Novellen« und früheren Werken liegt. Der historischen Paradoxie, daß ein Expeditionskorps des spätabsolutistischen Frankreich für die amerikanische Freiheit kämpft, entspricht der snobistische Enthusiasmus französischer Aristokraten für die »wahre Natur« (260), die Rousseau jenseits von Gesellschaft und Geschichte gefunden zu haben meint und die doch nur eine Projektion sentimentaler Sehnsucht ist. Der Kapitän Thibaut schwärmt »einem Neuling gleich« (261) auf den Spuren einer Wilden einher, die von Lucie pointiert dem verklärten Volkstum Regines und der königlichen Kulturnatur Zambos gegenübergestellt wird. Er beabsichtigt sogar, das »rote Naturkind« (262), dessen konstitutionelle Röte einen besonderen Hohn auf Reinharts Logau-Rezept darstellt, zu heiraten, nicht ohne daß dabei anklingt, der zum Philosophen fortgeschrittene Dümmling wolle »mit diesem Inbegriff von Natur und Ursprünglichkeit« abermals wie mit einem ausgefallenen Bijou in die Salons treten (262).

Nichts wird daraus. Die Thematik des quid pro quo taucht im neuen Leben verändert wieder auf und wird zum Instrument einer erbarmungslosen Rache am männlichen Helden. Das romantische Sprachproblem Erwin Altenauers, die Fragwürdigkeit der Herrschaftssprache Don Correas werden witzig unterlaufen durch die Darstellung praktischer Schwierigkeiten zwischen Eingeborenen und militärischen Touristen, die bei ihren Verständigungsversuchen auf Zeichensprache und Pidgin-Englisch angewiesen sind. Thibaut verkennt nun seinerseits die Neigung der hold errötenden Rothaut zu seinen Berlocken als Neigung zu ihm und ihre Dankbarkeit als Zärtlichkeit. Er schenkt seine Eroberungen der »jungen Natur ... die uns eine neue Welt gebären soll« (263). Der Wortsinn umfaßt vollmundig die zukünftige Mutter seiner Kinder und eine weltgebärende Mutter Natur, indessen die »Tochter des Urwaldes« die Trophäen ihrem hochdekorierten Urwaldungeheuer von Bräutigam als Tanz- und Kriegsschmuck unter die Nase hängt. Während Thibaut Christofor Columbus zu sein meint, »welchem sich der entdeckte Weltteil in Gestalt eines zarten Weibes anschmiegt« (265), ist er der Genasführte in jedem Sinne. Hat er mit Mißverständnissen Beute gemacht, so wird er nun zur Beute des Mißverständnisses, und doch ist er dabei im tiefsten Sinne ›verstanden‹, wenn auch nicht von der Rothaut, so vom Gang der Geschichte:

Lucie tut im Erzählen alles, um die schöne Natur der Rothaut als Scheingebilde zivilisierter Klischee-Erwartungen zu markieren. Sie nennt die Indianerin »Libelle oder Wasserjungfer« (261) und bezieht sie damit auf ein Symboltier der Anakreontik. Man sollte Libellen nicht fangen, weiß schon ein anakreontisches Gedichtchen des jungen Goethe mit dem Titel »Die Freuden«, denn das im Flug irisierende Insekt ist, in der Hand gehalten, glanzlos. Ein »buntes Papagenakleidchen« der Wasserlibelle (261) macht die Naturszene zur Opernszenerie der »Zauberflöte«. Der tanzende Bräutigam trägt seinen wilden Putz als »Quincaillerie« (266), und die zivilisierten Berlocken sind die Vollendung seines urigen Kriegs- und Jagdschmucks. Die Potenzierung der Projektionen aber ist es, wenn im barbarischen Tanz und Brautraub dieses Kriegers zuletzt noch die totale Fremdheit und Wildheit des Indianerwesens ihren Projektionscharakter erweist. Nach der Hingabe seiner Berlocken hat Thibaut das Gefühl, »wie wenn einer ihm den schönen Zopf abgeschnitten hätte, der so stattlich den Rücken seines Scharlachrockes schmückte, und in der Nacht hatte er einen schweren Traum. Es träumte ihm, er habe das Korallenherz der schönen Guillemette aufgemacht, die grüne Spinne sei herausgelaufen und habe ihn in die Nase gebissen, die wie eine Rübe aufgeschwollen sei« (264). Sein Männlichkeitsschmuck ist weg, sein Schwellkörper durch die Spinne schwer beschädigt und vor Schmerz statt vor Lust wie eine Rübe aufgequollen. Sein Prunkgehänge baumelt unter der kriegerisch bemalten Nase des Rivalen, deren Symbolbedeutung am Spinnenbiß so deutlich wird: der große Rächervater und Vaterrächer ist da, der dem dummen Jungen im listigen Einverständnis mit der Frau seine Männlichkeitstrophäen wegnimmt und ihn in seine Nichtigkeit verweist. Sie hat sich wählen lassen. Nur nicht von ihm. Der Knabe war qui pro quo für den Vater. Diese Sprache hat er verstanden, denn sie kam aus seinem Inneren.

Lucie leitet das Erzählduell ein und beschließt es. In beiden ›Rahmengeschichten‹ um Reinharts Erzählungen wird die Entlarvung männlicher Nichtigkeit überboten durch die Demontage eines weiblichen Idols, dessen Faszination nur das Produkt der eitlen männlichen Einbildungskraft ist. In beiden Fällen haftet der blendende Schein an einem ›Naturkind‹, so daß dessen Destruktion die gebildete Erzählerin stumm-beredt anpreist. In der zweiten Erzählung ist dieser Akzent um so schneidender, als Reinharts Geschichten immer wieder der Idolisierung von (Kultur)naturkindern dienten. Wurde die Wirtin zum Waldhorn auf die Künste des Küssens und Gähnens reduziert, so stammelt die Wasserlibelle Vokabeln einer kruden Wortwörtlichkeit.

Sind alle Binnenerzählungen des Zyklus Geschichten von Sprechen und Verstehen, so enthalten alle Geschichten und Kommentare seit der neunten Novelle, also seit dem Übergang zur letzten Triade des Erzählduetts, Aufschlüsse über den ablaufenden Redeprozeß selbst, auch wo die Beteiligten diesen Aufschlüssen gegenüber blind bleiben. Erzählt der Muttersohn Reinhart, wie der wackere Muttersohn Brandolf eine Frau gewählt hat, liest Lucie zwischen den Zeilen seiner Erzählung, daß der Ahnungslose im Spinnennetz weiblicher List gefangengenommen worden ist. Reinhart wehrt sich empört gegen diese Lesart und erklärt seine »Redaktion« für verbindlich (161), aber der Erzähler dieses Erzählers läßt unerbittlich zwischen den Zeilen lesen, daß die zwischen den Zeilen lesende Lucie richtig liest. Reinharts Muse Lucie hat ihm die Erzählgabe wie einen Dachziegel auf den Kopf fallen lassen (121), was das Reflexionsvermögen nicht unbedingt erhöht. Wo Erwin

Altenauer romantisch die Ursprache als Sprache des Ur und vom Ur sucht; wo Don Correa seine Sprache besitzt und von einer anderen nichts weiß, redet es aus ihrem Männerkollegen und Erzähler Reinhart in Orakelsprüchen. Wird im autobiographischen Schreiben des grünen Heinrich der Schreibakt thematisch, dann hier – am äußersten Reflexionsrand von Kellers Novellistik – eine letzte Konsequenz des Erzählens, indem dessen Muse verdeckt die Leseanweisung gibt, Umschreibungen als Umschreibungen zu lesen.

Des Oheims Geschichte vom radierenden Gespenst geht noch weiter. Sie plaudert die Grundregel von Kellers Erzählen aus, daß auch Radieren Schreiben, daß Schweigen erst recht Sprechen sein kann. Reinharts Bericht von Don Correa macht jenseits des Sprechens der Redenden und des Erzählenden eine Sprache hörbar, in der die Redenden gesprochen werden. Lucie endlich, die schon in ihrer ersten Erzählung für Erzählerinnen wirbt, klärt in ihrer zweiten Geschichte Reinhart darüber auf, daß er sie mißversteht, wenn er ihre Kriegführung zu wörtlich nimmt und die Strategie der weiblichen Annäherung in ihr überhört.

Geständnis, Verständnis, Einverständnis

Vergeblich: Reinhart beklagt sich beim Oheim über die »satirischen Pfeile« der »prächtigen Nichte«, die fast übers Ziel hinausschießen (268), aber vielleicht macht seine Betroffenheit ihn auch fähig, den onkelhaften Elementarunterricht im Lesen zwischen den Zeilen anzunehmen, nachdem er den der Nichte verweigert hat: »». . . merken Sie denn nicht, daß es weniger schmeichelhaft für Sie wäre, wenn sich die Lux gleichgültig dafür zeigte, daß Sie für allerhand unwissende und arme Kreaturen schwärmen, zu denen sie einmal nicht zu zählen das Glück oder Verdienst hat?‹ . . . ›So geht es‹, sagte er [Reinhart] mit unmerklicher Bewegung; ›wenn man immer in

Bildern und Gleichnissen spricht, so versteht man die Wirklichkeit zuletzt nicht mehr und wird unhöflich. Indessen habe ich natürlich an das Fräulein gar nicht gedacht, so wenig als eigentlich an mich selbst, so wie man auch niemals selber zu halten gedenkt, was man predigt. Es ist Zeit, daß ich abreite, sonst verwickle ich mich noch in Widersprüche und Torheiten mit meinem Geschwätz, wie eine Schnepfe im Garn.‹« (268 f.)

Freilich ist diese Wahrheit zwischen den Zeilen leichter zu lesen, weil sie zwischen den Zeilen Luciens steht und für ihn schmeichelhaft ist, im Gegensatz zur Wahrheit zwischen seinen Zeilen, die für ihn unschmeichelhaft war. Und doch »bewegt« diese Wahrheit Reinhart so tief und wörtlich, daß er sich in Bewegung setzt und abreist. Gerade an seiner Freude über diese Lesart erkennt Reinhart nämlich, daß der Wahlmann erfolgreich gewählt, der Frauenjäger »angeschossen« ist (270) [Abb. 9]. Bekennt sich Reinhart nach dem Eintreffen auf Luciens Landsitz als »groben Vogel«, der sich in Luciens »kunstreichem Netze« gefangen hat (33), so verrät Lucie schon in ihrer ersten Erzählung, von der Wirtstochter berichtend, ihre Taktik, »den Spötter in seinem eigenen Garne zu fangen« (46). Nach ihrer zweiten Geschichte bleibt dem umgarnten Mann nur noch übrig, den Erfolg dieser Taktik zu konstatieren [Abb. 10]. Der Frauenbeobachter und -prüfer hat sich im eigenen Sehmannsgarn gefangen – das Kunstreichste an Luciens Netz ist, daß es *sein* Netz ist, in dem er sich verwickelt. Das Produkt einer Damenwahl ist auch das Objekt einer Damenwahl, die der Damenwahl seiner Mutter korrespondiert, sie allerdings im Raffinement noch weit überbietet. Hildeburg-Else Moorland hat das Mannelin durch ein leibhaftiges Gespenst zum Handeln provoziert. Lucie hat lediglich den Geist der Erzählung beschworen. Sie hat nichts getan, als ihr Mannelin zu Wort kommen zu lassen. Reinhart, bei dem mit der Kindheitsgeschichte auch die psychische Großmacht Mutter ausgespart ist, bekommt auf diese Weise pragmatisch eine Mutter-Geliebte zudiktiert, nämlich eine Frau, die in das Verhaltensschema seiner Mutter bei der Wahl ihres Ehemannes eintritt.

Die Flucht ins Laboratorium belehrt Reinhart, daß solche Rückkehr in die Naturwissenschaft nicht mehr möglich ist. Der Versuch, an seinem Herzen »die Natur dieses Muskels« zu untersuchen (270), beweist ihm lediglich, daß sein Herz nicht dieser Muskel ist und daß es für ihn nur noch *eine* erfolgversprechende Fluchtrichtung gibt: nach vorn. Hat es ihn als Sohn bürgerlicher Familiengeheimnisse verwirrt, in den verehrten Eltern Geschlechtswesen erkennen zu müssen, wofür der Erzähler jedes Verständnis aufbringt, so wird jetzt das Zusammentreffen der Eltern mit Luciens Oheim, das heißt die Wiederherstellung der einstigen Situation der Geschlechterwahl, zur Anweisung für ihn, sich als gewählt zu bekennen und damit zugleich, durch die Vereinigung mit Lucie, den mütterlichen Riß zu schließen. In Lucie und Reinhart, dem reitenden Gelehrten und gelehrten Freizeitreiter auf dem Mietgaul, werden der Oheim-Rittmeister, das gelehrte Mannelin – ausdrücklich ein Nichtreiter – und Else-Hildeburg Moorland schließlich doch noch *ein* Fleisch. Und zwar parterre, denn auf Rat des Oheims und Geheiß Luciens ist Reinhart endgültig abgesessen und hat das »Nilpferd« (269) zu Hause gelassen. Gut bürgerlich und mit Reisekoffer kommt er gefahren, als klein gewordener Grande.

Zunächst jedoch liest Reinhart Lucie noch einmal falsch, nämlich wörtlich, als sie ihn mit der Ankündigung einlädt: »Der Onkel Marschall will mit Ihnen smollieren, was mir leider als einem Frauenzimmer versagt bleibt!« (271) Hört er doch die »vorläufige Andeutung eines Abschlages«, wo viel leichter zu vernehmen ist, daß man mit einem Frauenzimmer bei weitem schöner zum Du kommen kann als durch Schmollis. Doch dann geht Reinhart endgültig ein Licht – das Licht auf, als Lucie dem Rückkehrer ins Schnepfengarn statt des erbetenen Buches sich selbst zu lesen gibt. Bei diesem neuen ›Text‹ erweist er sich plötzlich als der erleuchtete Ausleger. Wo

Lucie erzählend und hörend demaskierte, Rätsel löste, Positionen ›hinterfragte‹, lehrt Reinhart sie jetzt, daß der Hermeneut Geheimnisse versteht wie Siegfried die Sprache der Vögel.

Das beginnt im letzten Gespräch über Lesen und Schreiben, Erzählen und Hören, Geheimnis und Offenbarung, das beziehungsreich an den Ort zurückkehrt, wo Reinhart einen ersten Blick in Luciens ›Inneres‹ getan hat: in das »Museum« ihrer Bibliothek und ihres Arbeitszimmers. Es leitet die Erzählung ihrer eigenen Geschichte ein, die endlich Reinharts erste Verstehensfrage beantwortet: Warum Lucie so klösterlich lebt, daß sie Leben nur in Lebensgeschichten anderer hat. Jetzt wird die Frage noch einmal weniger offensiv gestellt. »Vielleicht ... entdecke ich das Geheimnis, welches Sie in den Offenbarungen anzieht!« (273) Die lebensabgewandte Klosterjungfrau, die Offenbarungen des Lebens in Natur und Schrift studierend – in welcher Weise ist sie doch eine von den »unwissenden und armen Kreaturen«, für die Reinhart – laut Oheim – »schwärmt«?

Lucie eröffnet zunächst das Geheimnis ihres Lesens: »Ich suche die Sprache der Menschen zu verstehen, wenn sie von sich selbst reden« (273) – ein bemerkenswertes Programm für die literarische Figur des Autors, der eine so offene und zugleich versteckte Rede von sich führt, daß er immer wieder seinen Ärger und sein Mißtrauen über die philologischen Trüffelnasen der positivistischen Germanistik der Zeit äußern mußte. Lucie vertritt die pessimistische Meinung, es gebe kaum einen ganz wahrhaftigen Menschen, und die optimistische, daß mehr Gutes als Schlimmes verschwiegen wird (273). Reinhart setzt dem Pessimismus die optimistische und sehr hermeneutische Meinung entgegen, die Menschen offenbarten ihre Wahrheit stückweise nach und nach, so wie es die großen traditionellen Offenbarungsquellen Natur und Schrift tun (273). Der Leser ist also durch die Texte selbst aufgefordert, im Stückwerk das Ganze zu finden, aber mit dem Sukzessiven hat es seine Schwierigkeiten, jedenfalls im Hinblick auf die gegebene Situation. Denn nicht eine progressive Aufklärung findet im Erzählerwettstreit statt, sondern eine stückweise Enthüllung in immer anderen Verhüllungen, aus denen blitzhaft und paradox das Licht fährt wie aus Gewitterwolken und dem Hermeneutiker das Schlachtfeld erhellt. Die Einsicht ist so diskontinuierlich wie die Erkenntnis der Mondscheibe als Kugel, des Zweidimensionalen als dreidimensional.

Der optimistische Teil von Luciens These findet eine praktische anstelle einer theoretischen Antwort. An ihrer eigenen Geschichte macht Reinhart ansichtig, daß die Menschen deshalb weniger Schlimmes als Gutes verschweigen, weil ihr Schlimmes, richtig verstanden, so oft ihr Gutes ist, daß der Umkehrschluß einiges für sich hat. Dabei löst Luciens Geschichte auch das Problem, wieso der Verächter der philologischen Geheimnisforscher zur Heldin eine solche Geheimnisforscherin und zum Helden einen hermeneutischen Versteher gebrauchen kann. Lucie, selbstbezogen über Selbstbezogene gebeugt, findet deren ganze Wahrheit nicht, solange ihr die eigene ganze Wahrheit unverständlich bleibt. Sie läßt vom Geheimnis der anderen ab, als ihr das eigene Geheimnis offenbar wird. Dann kann sie mit Reinhart ins Freie gehen. Er, der Lucie ihr Geheimnis offenbart, ist ein Verstehender, der ein Liebender ist; das ist die Legitimation des Verstehens. Ist Verstehen die bürgerliche ars amandi, so gilt auch die Umkehrung: die ars interpretandi rechtfertigt sich als ars amandi.

Am Anfang von Luciens Geschichte steht ein allegorisches Bildchen, das durch ein im Boden steckendes und ein davonfliegendes Herz irdische und himmlische Liebe darstellt. Lucie hat es selbst als Klosterzögling gestickt, dann in Büchern verkramt wie ihr Geheimnis. Jetzt flattert es Reinhart aus einem Buch entgegen und wird dem Verstehenden als Lebensdokument lesbar, im Allgemeinsten der Allegorie das Individuellste. Die irdische Liebe, von der sich die kleine Klosterschülerin lossticken soll, ist die verfrühte Neigung zu einem viel älteren Vetter mit dem Stelznamen Leodegar, in Luciens Augen so herrlich, daß er ihr mit der literarischen Gestalt des strahlenden Max Piccolomini aus Schillers »Wallenstein« verschmilzt. An einem von ihr als Weihestätte hergerichteten Scheingrab Maxens träumt die Halbwüchsige vom fernen Leodegar, aber der Lebende ist toter als der Tote, selbst ein leeres Prunkgrab. Er wählt mehr aus Eitelkeit denn aus religiöser Berufung eine geistliche Karriere und vergißt über seinen Kanzelredekünsten die kleine sprachlose Lucie, die seinetwegen heimlich katholisch geworden ist.

Das feurig davonschwebende Herz der himmlischen Liebe, welche das Band zum irdisch in der Erde steckenden Liebesherzen zerrissen hat, ist also Leodegar? So einfach sind Allegorien nicht auf gelebtes Leben anwendbar. Die Auslegungsspannung zwischen Allegorie und Lebensdokument steht sinnvoll am Anfang der Geschichte, die hervorgehoben ist als Geschichte vieler Geschichten. Die Eigenschaft, Geschichte vieler Geschichten zu sein, stiftet ebenso wie die Eigenschaft, Allegorie und Dokument zugleich zu sein, die brüchigen Beziehungen und beziehungsreichen Brüche des humoristischen Textes gegenläufig zu symbolischer Kontinuität und Stimmigkeit. Reinhart, der »immer in Bildern und Gleichnissen« spricht (268), »versteht die Wirklichkeit zuletzt nicht mehr«, aber er ist für den Leser im Umriß dieser Bilder und Gleichnisse habhaft. Luciens »naive Schilderei« ist Allegorie und Dokument des Allegorischen und Dokumentarischen in Kellers Text, will sagen der Sinnbildlichkeit und Gegenständlichkeit in ihrer Verschränkung, gegenseitigen Kommentierung und Relativierung. Das »närrische Ding« von Stickerei steht hintersinnig im Gewebe des Texts, der mitteilt: Leodegars himmlische Liebe ist als Ausdruck seiner Egozentrik irdisch, und der jungen Lucie irdische Liebe ist himmlisch. Das gilt in einer Bedeutung, die Reinhart in Luciens Erzählung erfaßt und ausspricht, womit er an die Stelle von Luciens Vater und zugleich von Leodegar tritt, die einst dieses Wort schuldig geblieben sind.

Lucie selbst deutet ihre vorzeitige Liebesgeschichte naturwissenschaftlich als Einimpfung von Krankheitserregern zum Schutz vor ernsthafter Erkrankung – ein Vorbeugungsmittel gegen spätere Liebesabenteuer. Der Naturforscher Reinhart antwortet menschlich: »Was Sie erlebt haben, ist wohl zu unterscheiden von der ungehörigen Liebesucht verderbter Kinder und widerfährt nur wenigen bevorzugten Wesen, deren edle angeborene Großmut des Herzens der Zeit ungeduldig, unschuldig und unbewußt vorauseilt. Der naive Kinderglauben an die leichtfertigen Scherzworte des Herren Kardinals, an welchem Sie so treulich festgehalten haben, gehört zu dieser Großmut, wie ein Taubenflügel zum andern, und mit solchen Flügeln fliegen die Engel unter den Menschen.« (295) Die unwissende und arme Kreatur ist die reiche, es muß ihr nur bewußt gemacht werden. Ihre irdische Liebe war geflügelt und himmlisch, das Gute im Gewande des Schlimmen, das Vollkommene im Stückwerk. Und so reicht der Humor weitstrahlig bis zu Reinharts und Luciens anschließendem Liebesspaziergang ins Glück, der »Kinderdummheit mit den Taubenflügeln« (295), der gleichfalls Allegorie und dokumentarisches biographisches Ereignis in einem ist. Warum muß das feurige Herz der Stickerei davonfliegen? Vielleicht ist die Lesung falsch. Es kann auch auf dem Landeanflug begriffen sein. Ein Herz mit blauem Band kommt zu Lucie vom Himmel herab – der vom Himmel gefallene Ritter Reinhart (31). Die Pfarrerstochter muß den Rettichsamen entbehren, aber bei Lucie wird eine Rübe in der Erde stecken, sofern die Herzen Rüben gleichen (274) und die Rüben etwas anderem. Dann wären zwei Stationen eines Herzens auf dem Bildchen simultan dargestellt: Die Liebe wird erst wahrhaft himmlisch, indem sie irdisch wird.

Wieso ist, was Lucie von sich erzählt, eine Geschichte der Geschichten? Sie ist es in bezug auf Luciens eigene frühere Erzählungen. Die bösen Frauenentlarvungen sind Zeugnis ihres eigenen Nichtigkeitsgefühls, von dem sie erst durch Reinhart befreit wird. Die männlich faden Jünglinge, von denen der eine die Frau sitzenläßt, der andere durch die Frau sitzengelassen wird, sind Spielarten Leodegars, der sie verließ und den sie wenigstens im Phantasiebereich des Erzählens bestraft. Und Reinharts Geschichten? In Altenauer, Brandolf, Don Correa erkennt Lucie die Eitelkeit, die sich zu Frauen huldvoll herabläßt; in der armen Baronin die betrogene Frau, die sie bewußt, und die raffinierte Frau, die sie unbewußt selbst ist; in Zambo-Maria sieht sie die Selbsterniedrigung, die sie sich vorwirft, und in deren katholischer Taufe ihre eigene schmähliche Konversion als ungültige Eintrittskarte in die Welt des Mannes. Alles schmerzt, wo alles Wunde ist. Sternförmig zielen die Novellen in Luciens Geschichte, und Balsam ist der Bericht des Oheims: Rache der Frauen an den Männern *und* Liebesglück, Hochzeit *und* Freiheit, Frauenwahl als Damenwahl.

Damit ist aber Luciens Geschichte erst zur Hälfte gelesen. Es ist nicht nur eine verfrühte Liebesgeschichte, sondern auch die Geschichte einer Kindheit mit einem Vater, der eine gefrorene Tochter zurückließ. Die Toleranz, mit welcher dieser Protestant die Mutter beim Katholizismus duldete, war in Wirklichkeit Gleichgültigkeit, ja Hochmut. Die Erzählerin von der schönen Rothaut ist vom Vater bei den jährlichen Klosterbesuchen der Mutter scherzhaft »aztekischen Indianern« verglichen worden (277). Den Nonnen diente sie »als eine Art lebendiger Puppe« (276). Nach dem frühen Tod der Mutter wird sie einer Erzieherin übergeben, die sich eher für das kommerziell betriebene Fangen und Präparieren seltener Käfer als für ihren Zögling interessiert. So alleingelassen, kann sie gegenüber Leodegar die Erwachsene mimen, um dann doch »gleich einer hölzernen Puppe« vor der Konversation der Großen verstummen zu müssen (281) – die Querverbindung zur Sprachlosigkeit Regines, Zambos und der Indianerin liegt offen. Wenig später fragt sie Leodegar unvermittelt, wann er sie heiraten werde, worauf das verhängnisvolle Wort von der Konversion als Bedingung lässig hingeworfen wird. Leicht verständlich, daß die spätere Lucie so eifrig redet, um zu beweisen, daß sie keine Puppe ist, und so indirekt von Liebe und Ehe spricht, wo sie einmal derartig direkt war.

Die Käferjagd der Erzieherin beim gemeinsamen Spaziergang mit Leodegar im »vernachlässigten Lustwäldchen« (282), nachdem diese ihm vorher einen Schmuck-Skarabäus, auf deutsch einen Mistkäfer, zum Betrachten in die Hand gelegt hatte, erregt ein wirres Knäuel von Assoziationen. Sie reichen von streunenden frühen Sexualahnungen und -ängsten bis zur Identifikation mit dem für die höhere Ehre der Wissenschaft sterbenden »armen Waldbruder«. Ist doch Lucie wie der erbeutete Waldkäfer das Opfer eines Wissenschaftlers und Experimentators. Erst dient die Erzieherin dem Vater zu »religionspsychologischen Studien« (279); nach der Entdeckung der heimlichen Konversion ist sogar die Einweisung der Tochter in eine protestantische Erziehungsanstalt ein »religiöses Experiment«, das der Vater »an andern Leuten anstellte, wie die Naturforscher an Fröschen« (291). Leodegar, der ersehnte männliche Beschützer und verständnisvolle Freund, zeigt sich in diesem Licht als Phantasieprodukt: Wunschvatergestalt eines Geliebten, der die kleine Lucie nicht wie einen Frosch behandeln soll. In der Selbstdeutung ihrer frühen Erlebnisse als Impfung erweist sich bis in einen Sprachwinkel die Macht der wissenschaftlichen Denkschablonen des Vaters über die Tochter. Noch das Leben mit dem Oheim nach des Vaters Tod ist Leben mit einem unbedrohlichen, vertraut gemachten Vater.

Vor allem aber wird die Affektladung des Verhältnisses zu Reinhart ansichtig, damit noch ein weiterer Sinn, in dem Luciens Geschichte die Geschichte der Geschichten ist. Was muß es für sie bedeuten, wenn mit Reinhart ein anderer Experimentator anspruchsvoll in ihrem Leben erscheint, ein Mann, in dessen Laboratorium zu Hause »ein lebendiger Frosch in einem Glase« hockt und seines Stündleins für das Experiment harrt! (9) Bei alledem ist die Konversion, die sie mit Leodegar vereinigen sollte, für Lucie nicht nur Inbegriff einer Schuld am Vater, sondern aller in der verpfuschten Kindheit gründenden Versehrungen und Verkehrtheiten ihres Lebens: Konversion ist wörtlich Umkehrung. Sie wird erst mit der Beichte beim »Beichtvater« Reinhart (295) überwunden, wodurch zuletzt an ihm eine Wunschvater- und Wunschleodegar-Seite nach vorn kommt. Der geheimste Wunsch der überlegenen Wahlfrau richtet sich auf die quasi-väterliche Autorität eines Ehemanns und Liebhabers, der seinerseits in der Geliebten etwas von Mutter ahnt. Das ist das Spiegelverhältnis, das ein anderes in sich enthält: Luciens Geschichte wäre – ›konvertiert‹ – eine wohlbekannte Männergeschichte; eine, die Reinhart fehlt, aber für Keller und den grünen Heinrich quälend vorhanden ist: früh gestorbene Mutter hier – früh gestorbener Vater dort. Gestörte Liebe zum Vater hier – zur Mutter dort; Reihenbildung der Vater-Geliebten hier, der Mutter-Geliebten dort.

Daß Reinhart keine Geschichte hat, wird doppelt eindringlich im Blick auf Luciens Geschichte. So wird er – im Gegensatz zu Lucie – durchgehend beim Familiennamen genannt, der nur wie ein Vorname klingt. Er weist ihn als Familienerzeugnis aus, sonst nichts (190). Der Vorname, der ihn als Individuum auszeichnete, erscheint lediglich am Rande. Reinhart versteht Luciens verdrängte Geschichte, aber ihm fällt keine Geschichte seiner selbst ein. Er gewinnt nur in der Weise eine Geschichte, daß er Geschichten anderer Leute erzählt. Er erzählt sich eine Geschichte gleich dem grünen Heinrich und doch ganz anders, weil er nicht ausdrücklich von sich spricht, sondern seine Geschichte als unbewußte Verstellung in anderen Geschichten herstellt – das Verfahren Kellers in der ›Verstellung‹ seiner Novellen. Sie sind die Konversion seines Lebens, der »Grüne Heinrich« ist dessen Konfession.

Der Novellist Keller kann in den Erzähler Reinhart einwandern wie der Romanschreiber Keller in den grünen Heinrich – man erinnere sich der Namensgleichheit Elisabeth, die Reinharts, Heinrichs und Gottfrieds Mutter aufeinander bezieht. Es ist eine Einwanderung, die verhindert, daß das Dichten in dieser Dichtung thematisch wird. Als Persona des Autors vermag der Naturwissenschaftler – an der Oberfläche der Vertreter einer Gegenwelt – zu erzählen und zu verstehen. Umgekehrt kann Lucie als andere Persona eines Autors, der nicht ganz zu sein vermag, Lebensgeschichten sammeln und seine Geschichte als ihre Geschichte erzählen, wobei diese durch ›Konversion‹ in der Reichweite begrenzt und durch textinternes Verstehen stillgestellt wird. Das Verständnis erfolgt aus der unerschütterlichen Position eines Saubermannes Reinhart, der, wie er ist, einfach gegeben ist und doch – als einfach gegeben – weniger menschliches Gewicht hat als die gewordene Lucie, die bei ihm Halt sucht und findet.

Keller gewinnt Autorität als Autor. Reinhart gewinnt noch am Ende seiner Geschichte mit Lucie gegen alle Erwartung und in einer spiralenförmigen Rückwendung zum Anfang Autorität als Naturwissenschaftler, also in der Eigenschaft, in der er bei Lucie zunächst Animositäten geweckt hat. Er hat nur eine Naturgeschichte – seiner Erzeugung und Geburt – und kann mit autoritären Sprüchen aus der Naturgeschichte die Debatte beendigen, nachdem sie endlich beim Küssen angekommen ist. Ist er als Verstehender die Überbietung von Luciens totem Vater, so ist er in seiner Geschichtslosigkeit und darin ›Jenseitigkeit‹ zuletzt dessen Reinkarnation. Der Vater spricht aus dem Jenseits vom Kampf ums Dasein und von Schlangen. Reden statt Küssen war das Motto einer Annäherung durch Ausfluchten. Küssen statt Reden wird das Motto einer schicklichen Nähe am Eingang eines transparenten Häuschens namens Ehe. Sie kennt kein Liebesgestammel, keine Raserei, keinen Orgasmus der Rede, keinen Orgiasmus der Verschmelzung.

Das Experiment, das keines war:
Küssen statt Reden

Dem Geständnis und Verständnis folgt das Einverständnis bei einem Waldspaziergang Luciens und Reinharts. Mannigfach sind die Motive Wanderung, Reise, Wald schon angespielt. In einem »Vexierwald« fühlt sich Reinhart (193) nach der Geschichte von »Hildeburgs Männerwahl« (189). Die Erzählung von den Berlocken wollte Lucie im Holz »abwandeln« (251). »Wie ein Afrikareisender« zieht Reinhart danach heimwärts (270). Jetzt aber wird eine glückliche ›Abwandlung‹ möglich, die in allem das Gegenstück zum Leodegar-Spaziergang im »vernachlässigten Lustwäldchen« ist. Herrschte dort Trauer um den Waldbruder, den die Erzieherin tödlich berührt, und zugleich Selbstfremdheit in der Identifikation mit dem »Kerbtierchen«, einem Bild der fremden eigenen Geschlechtlichkeit Luciens (283), so vollzieht sich nun im *gepflegten* Lustwäldchen die schönste und glücklichste unter den Sündenfall-Paraphrasen Kellers.

Wo im Zeichen der Liebe die Natur spricht – Eiche und Buche flüstern in der Umarmung miteinander (296) –, werden Reinhart und Lucie zu einem für Keller einzigartigen Liebesspiel fähig, das die Aufhebung der Sexualangst praktiziert und damit Reinharts Tendenz, über Frauen distanziert zu verfügen, ebenso auflöst wie Luciens Selbst- und Männerhaß. Leodegar bekommt von der Erzieherin den schmucken Mistkäfer in die Hand (281); Lucie lernt durch Reinhart eine Schlange in der Hand zu halten zum Zwecke der Belebung anstelle der Tötung. Die Identifikation mit diesem Waldbruder erfolgt nicht in der Selbstfremdheit, sondern so, daß mit dem Fremden auch Fremdes an ihr selbst vertraut wird. In einem »Rettungsabenteuer« befreien Lucie und Reinhart die Schlange aus den Scheren eines Krebses (297). Das ›Kerbtier‹ Vagina wird den Penis nicht abklemmen. Die »große schöne Schlange« ist »keine Giftschlange« (297). »Lucie schaute wortlos, aber mit wogendem Busen hin, und . . . rief . . .: ›Ach, von dieser schönen Schlange wünschte ich zu träumen, wenn ich einmal traurige Tage hätte. Gewiß würde mich der Traum beglücken!‹« (297) Im traurigen Lustwald läuft Lucie »wie ein Hündchen hinter dem Paare« Leodegar und der Erzieherin drein (282); jetzt folgt die erlöste Schlange dem Paar Lucie und Reinhart: der versöhnte Versucher und Erbfeind Sexualität.

Lucie und Reinhart sind als Liebesboten für die Magd Bärbel zu deren Verlobtem, einem Schuster, unterwegs, aber sie vergessen das, denn er wird ihnen selbst zur Botschaft. Mit Birnen und Trauben ist sein Haus behangen, das »behagliche Nest«, in das Bärbelchen als Ehefrau einziehen wird (298): Dionysisches gemildert durch süß Nahrhaftes. »Ganz hell und durchsichtig« ist das »Innere der Stube«. Wo in Goethes klassisch-heiter gezähmtem Gedicht »Cupido, loser, eigensinniger Knabe!« noch der Gott selbst den Tumult in der Hütte des Liebenden verursacht, ist als äußerstes bei Keller »eine Art von Tumult in der Stube« entstanden aus dem schmetternden Gesang der Kanarienvögel und dem Arbeitsgesang des Schusters, »von welchem hingerissen Lucie und Reinhart sich küßten«. Das Experiment, »in welchem das Sinngedicht sich bewährt«, gelingt, als es keines mehr ist: ausgelöst durch einen Zufall, hingerissen beide, so daß nicht mehr unterschieden werden kann, wer von beiden wen küßt. Sie küssen sich; es fällt ihnen zu als Gabe der »allerliebsten Gottheit des Zufalls«, die Dortchen Schönfund im »Grünen Heinrich« ahnungslos preist (VI, 169). Ihre Macht im »Sinngedicht«, aufdringlich seit »Regine«, ist die Antwort auf so viele anmaßende Planspiele der Liebe. Und doch gibt sie nur die Bahn frei für das, was psychologisch und konstellativ angelegt ist.

Zwischen Reinhart und Lux wird eine helle, heitere Liebe und Ehe sein. Der Erdenrest, zu tragen peinlich, ist mit Hildeburg-Else Moorland in die Vorgeschichte zurückgetreten. Im Hain (»lucus a non lucendo« zitiert Keller am 20. Dezember 1873 gegenüber Adolf Exner) geht Reinhart aus dem adventistischen Heidentum »ante lucem« in die Heilswelt des Lichts über (301). Der Aufklärer ist aufgeklärt, und ganz leise ist die Reminiszenz geworden, daß Reinhart in Luchs mit dem feinen Fell wohlverschleiert auch jenes höllisch-wilde Tier davonträgt, das bei Keller immer in der himmlischen Liebe der Frauen und in den poetischen Himmelsträumen der Männer versteckt ist. Zuletzt sind sie alle behexte Hexenmeister wie der alte Zauberer Pineiß in »Spiegel, das Kätzchen«, dessen paradiesisch schönes Weibchen sich in der Hochzeitsnacht als alte Hexe entpuppt. Die Hexen, als Engel verkleidet, kommen in den Himmel, aber nur um die Männer in die Hölle zu holen, sofern sie nicht gefeit sind, weil sie als Poeten allwissend immer schon in der Hölle wohnen. Aber wir sprechen hier nicht davon. Die Hexen kommen in den Himmel.

Der Schuster singt Goethes Lied »Mit einem gemalten Band« zur Arbeit. Logaus Sinngedicht wird eingelöst wie das Experiment, aber auch zurückgelassen. Wirklich ist etwas von Rezept in ihm, soweit es sich den unpersönlichen Spielen eines gattungshaften Geistes mit gattungshaften Trieben verdankt, die jeden einzelnen Fall von Liebe zur Probe aufs Exempel machen. In der Anakreontik gehen diese unpersönlichen Rituale des Geistes und des Eros literarisch unter; in Goethes Sesenheimer Gedicht geht die moderne individuelle, innerliche und innige Liebe literarisch auf. Das Goethe-Lied im Munde des Schusters – nicht das Sinngedicht – trifft Reinhart und Lucie genau.

»Und so tritt sie vor den Spiegel
All in ihrer Munterkeit,
Sieht mit Rosen sich umgeben,
Selbst wie eine Rose jung,
Einen Blick, geliebtes Leben!
Und ich bin belohnt genung.« (299)

Reinhart sieht Lucie zum ersten Mal Rosen reinigend und ordnend (29). Der Blick soll aus dem Spiegel weggewendet werden – zum Blickwechsel der Liebenden. Das gelingt den Narzissen. Zambo-Maria vollzieht die Aufforderung des Gedichtes »Reiche frei mir deine Hand« als stummes bewußtloses Zitat. Reinhart fragt bewußt in den Worten des Gedichts, nicht in eigenen: »Willst du mir deine Hand geben?« (301)

Die Stimme des toten Klassikers bringt Mutter Kultur-Natur zur Sprache. Deshalb muß das Gedicht nicht aus der Gruft der Bücher heraufgeholt werden. Es klingt im Leben. Der Kreislauf vom poetischen Urstoff zu klassischen Prägungen, wie ihn Keller sich als Literaturtheoretiker dachte, läßt die Klassik hier wieder zum Urstoff sinken. Vollkommen ist der Kreis. Was das Klassische der Klassik bestätigt, macht das Gedicht zugleich offen für die Zeichensprache der Lebenswelt. Das Band, das uns verbindet, sei kein leichtes Rosenband. Es wird »Pechdraht« des Schusters sein, den er singend herstellt. Sie werden wie Pech aneinanderkleben. Das liegt unter der Stilhöhe des Gedichts und läßt ein wenig Alltag in den emphatischen Augenblick des Liedes ein. Aber der Pechdraht übertrifft zugleich das Rosenband inhaltlich als die solideste der Bindungen. Er bringt das Gedicht dahin, wohin es will. Ein wenig Mißklang, soziale Degradierung des Liedes und seiner Motive in der Herabstimmung zur mundartgefärbten, zersungenen Handwerkerpoesie läuft in der Vorstellung zyklischer Vollkommenheit mit, aber ein wenig Überbietung des nur Poetischen durch das gelebte Leben ist auch dabei. Träume werden wirklich und wirklich verbindlich – in einer Poesie, die den Schuster monologisch eine imaginierte Anrede singen läßt, während sich Reinhart dialogisch auf diesen Monolog beruft. Die feine Krakelüre des Humors zieht durch den gesamten Schluß.

So schon beim Bild des Spaziergangs: Die Natur, der Experimentalgegenstand des Naturwissenschaftlers, fängt an zu predigen in der Umarmung von Buche und Eiche, in der Erscheinung von Krebs und Schlange. Sie verfährt damit gemäß ihrer Anerkennung als Offenbarungsquelle durch Reinhart im Gespräch mit Lucie. Was die Natur im Paar mit der Schlange offenbart, ist eine Paraphrase der Heiligen Schrift, des anderen Offenbarungsträgers, von dem der Naturwissenschaftler sprach (273). Das Sprachlose – die Natur, die Handlungen – *muß* reden, weil Reinhart und Lucie stumm kommunizieren. Auch redend sprechen sie nicht, wovon sie doch sprechen. Was geschieht, findet quasi hinter dem Rücken ihres Bewußtseins und ihrer Sprache statt. Auf höherer Ebene ist das wieder die Situation vom Schluß der Novelle »Don Correa«. Die Dichter haben inzwischen das Letzte gesagt, deshalb kann im letzten nur noch zitiert werden. Die Naturwissenschaftler wissen inzwischen fast alles über Natur, nur nicht in bezug auf den Menschen. Zwischen dem Vorgegebenen und dem Vorgesagten läuft der Humor und verflüssigt beide. Es muß humoristisch vermittelt werden, was im Rest doch unvermittelbar bleibt. Es muß zeichenhaft gehandelt werden, was nicht gesprochen und gewußt werden darf. Reinharts und Luciens Zeit zu reden ist zu Ende, wo noch Unendliches zu sagen wäre. Reinhart zitiert den Klassiker, er zitiert den Schuster, wo er Liebe aussprechen und aus Liebe sprechen können müßte. Unpersönliche naturwissenschaftliche Autoritätsrede steht an der extremen Stelle des Liebesspiels: ». . . es ist keine Giftschlange!« Die Liebenden bewegen sich von der naturwissenschaftlichen Aussage zum Zitat. Die Natur stellt das Paradiesesbild, nicht Mann und Weib bringen es hervor. Sie müssen in eine redende Welt, ja in eine Welt aus Rede versetzt werden, weil sie so vieles zu sagen nicht vermögen, was zu sagen wäre.

Gleichzeitig durchkreuzt auch die Natur im humoristischen Hin und Wider das Paradiesesbild. Indem die Versöhnung der Sexualität als Basis der Allegorie der paradiesisch versöhnten Welt einsehbar wird, werden beide Zeichen-Reihen zugleich dissoziiert durch den Krebs, der als Bauelement der sexualsymbolischen Reihe ein Fremdkörper in der Paradiesesparabolik bleibt. So ist der Naturwissenschaftler Reinhart gleich Luciens Vater im skeptisch-desillusionistischen Reden und

Denken von Natur beredter als im symbolischen. Luciens Enthusiasmus angesichts der neu erworbenen Fähigkeit, »die Kreatur in Händen zu halten«, wird herabgestimmt durch Reinharts spöttische Erklärung: ». . . es erfreut uns, in dem allgemeinen Vertilgungskriege das Einzelne für den Augenblick zu schützen, soweit unsere Macht und Laune reicht, während wir gierig mitessen« (297). Nur im vollendeten Augenblick der Liebe scheint die Welt ganz. Reinhart ist schon dabei, sie wieder auseinanderzulegen, der geliebte Analytiker. Naturwissenschaftliche Autoritätsrede hat die Naturoffenbarung beglaubigt; sie weist diese Offenbarung auch wieder in die Schranken. Die Natur stellt das Bild des Paradieses; sie ist nicht das Paradies. Sie ist auch nicht das Gegenteil. Nichts ist gültig im Sinne der Endgültigkeit. Der Spaziergang als Lebensvollzug und der Spaziergang als Allegorie, sein Faktisches und dessen (Be)deutungen gehen nicht ineinander auf. Nirgends bei Keller ist so sehr Paradies wie hier. Nirgends wird ein Paradiesesbild so zerrüttet wie dieses durch das schneidende darwinistische Wort vom Kampf ums Dasein, das alles ungewiß macht und in der Mitte dieser strengsten Kellerschen Komposition den stärksten Schock von Dekomposition und Chaos auslöst. Er kommt aus der Explosion der Spannung des Humors.

Realismus?

Was im Text berichtet wird, ist vom Text zu berichten. Der Rahmenerzähler bringt die Natur zur Offenbarung als Liebesnatur, indem er die Bibel zitiert und paraphrasiert. Diese Offenbarung hat den Krebs, der die Schlange anfällt, als blinden Fleck. Das Paradiesische wird durch ein naturwissenschaftliches Dictum des Helden sowohl bestätigt – keine Giftschlange – wie im Blick auf den blinden Fleck aufgelöst – Kampf ums Dasein. Der Erzähler läßt anschließend in der Gestalt eines

Schusters, der singend Goethe rezitiert, die Menschenwelt Liebe predigen, und er gibt dieser Predigt Erfolg, indem er den Helden den Rezitator zitieren und das Liebespaar ein Sinngedicht praktizieren läßt – wahrhaftig »Wortspiele«, wie der Erzähler im letzten Satz sagt, dessen letztes Wort ein Wortspiel mit dem Namen der Geliebten ist. Immer schon hat Kellers Erzählen mit Zitaten des Erzählers und der Figuren gearbeitet, aber erst Spätwerke erreichen ihr Ziel in zitierenden Helden; so das »Verlorene Lachen« mit dem »Hamlet«-Zitat des Jukundus: »Der Rest ist Schweigen«; so »Hadlaub« mit dessen Liebesgeständnis in einer Frauenstrophe des Kürenbergers; so – in der Quintessenz – Reinhart im »Sinngedicht«.

Das Gemeinsame von naturwissenschaftlichem Dictum und literarischem Zitat liegt darin, daß sie fremdverantwortet sind. Für ihre Anwendung haftet der Sprecher, aber für ihre Gültigkeit bürgt der Textzusammenhang, aus dem zitiert wird, bzw. die Wissenschaft. Zitat und wissenschaftliche Aussage bilden die Ränder einer poetisch vergegenwärtigten Wirklichkeit, die in ihrem Kern undurchdringlich ist. Er kann nur eingekreist werden. »Das Wirkliche ist im Denken nicht in ganzen Zahlen, sondern nur in Brüchen darstellbar.« Dieses Feuerbach-Wort[14] ist wie eine Basiserklärung zum poetischen Realismus des 19. Jahrhunderts in Deutschland. Es ist mit dem Rücken zu Hegel und der Philosophie des deutschen Idealismus gesprochen. Das Überwältigende der Wirklichkeit, die nicht mehr aus dem Geist ist, deshalb stumm, bricht das Denken und Deuten vielfältig.

In dem Maße, wie sich für Keller der Kern des Undurchdringlichen in der Realität auswächst, zieht sich der poetische Realist auf das Zitat zurück, bis im Schluß des »Sinngedichts« die ganze Welt zum Zitat ausgedünnt wird. Die Kulturnatur selbst nimmt den Charakter des Zitats an und tritt in einen facettenreichen Bezug zur naturwissenschaftlichen Aussage,

14 Ludwig Feuerbach: Sämmtliche Werke. Neu hrsg. von W. Bolin und F. Jodl. Bd 2. Stuttgart 1904. S. 310 (Grundsätze der Philosophie der Zukunft. § 48).

die in der Klassifikation der Schlange Feststellungen unter Ausschluß des Menschen und in der darwinistischen Lebensdeutung unter Auslöschung des Menschlichen trifft. Vorhandenes wird so durch vorgegebene Muster teils übereinstimmend, teils widersprüchlich gedeutet – ein Ausdruck der Sprachkrise, die sich schon im »Verlorenen Lachen« bemerkbar macht. Im Rückbezug, im Rückzug auf das Zitat kann sonst nicht mehr Sagbares gesagt werden. Es wird als Zitat gesetzt und auch zurückgenommen. Die latente Tendenz zur Zurücknahme wird im »Sinngedicht« manifest durch die Konfrontierung des Zitats mit wissenschaftlichen Sätzen, deren letzter, übergreifender den Helden gerade in dem Augenblick in unaufgelösten Widerspruch zum Erzähler bringt, in dem die Figur ihren endgültigen Umriß erhält und damit maßgeblich wird:

Wird im Erzähleingang Darwins Satz von der natürlichen Zuchtwahl ironisiert, entschreitet dem Erzählende ein darwinistisch denkender Held, der mit dem Wort vom Kampf ums Dasein die gleiche Ausweitung des Naturgesetzes auf den Menschen vornimmt, die der Erzähler in bezug auf die Reproduktion des Menschen in Frage stellt: Mitten im Goldschnittbild der Kulturnatur macht sich der Repräsentant einer rigid naturwissenschaftlichen Naturauffassung breit, der zwar nicht mehr mit Menschen experimentiert, aber doch den Menschen selbstverständlich dem ›unmenschlichen‹ Naturgesetz subsumiert. Der sich und die Geliebte punktuell der Liebe überantwortet, unterstellt die Welt dem Trieb. Er treibt das absurde Geschäft, allgemeingültige Regeln und zugleich Ausnahmen von diesen Regeln aufzustellen – und wird nicht dementiert. Damit findet auf höchster Ebene des Erzählens statt, was am Erzählen Reinharts und Luciens beobachtet und textintern kommentiert wurde – das unbeherrschte Klaffen von Aussagegeschichten. Das Erzählte gewinnt eine Eigenständigkeit, die sich gegen das Deutungsmuster des Erzählers durchsetzt und es zuschanden macht – genau der Sachverhalt, den Lucie

Reinhart unter die Nase hält. Noch weiter geht das »Sinngedicht« darin, daß es den geschichtslosen Reinhart zum Ort macht, von dem Dicta und Zitate und Deutungen ausgehen. Das Undurchdringliche ist nicht nur Gegenstand und Widerstand der Rede, es liegt im Ausgangspunkt der Rede selbst. Die geniale Formel für die Darstellung des Unbegreiflichen und Unfaßbaren der Welt besteht in dem Widerspruch, einen geschichtslosen Erzähler Geschichten erzählen und deuten zu lassen, den Naturwissenschaftler zum Vexierbild des Poeten und weibliche Adoleszenz zum Vexierbild der männlichen zu machen. Es ist eine Darstellung, die das Unfaßbare nicht faßt, aber bezeichnet.

Zu dem, was draußen bleibt, gehört durchgehend bei Keller das Thema der Autorschaft. Wie sein Gesamtwerk phantasierend die Grund- und Ausgangskonstellation der eigenen Biographie umkreist und damit in einem strengen Sinne gedichtetes Leben ist, umkreist seine Dichtung fast zwangshaft, was die Mitte seines Lebens bildet – Vorgänge des Imaginierens, Redens, Erzählens, Schreibens. Aber er vermeidet es fast ebenso zwangshaft, das Lebensverhältnis des Dichters ernstlich und in allen seinen Konsequenzen ins Auge zu fassen. Nach zwei Seiten weicht er aus:

Es gibt bei Keller Redner und Erzähler, die ihr Glück machen, weil sie reden und erzählen, aber nicht von sich. Spiegel, das Kätzchen rettet seine Haut, indem er, statt auf sich und sein trauriges Schicksal zu starren, eine Lügengeschichte auftischt, die nichts mit ihm zu tun hat. Spiegel kann sich vom Tode freisprechen, weil er kein Erzähler ist – geschweige denn ein Autobiograph –, sondern ein Held und Liebhaber. Karl Hediger im »Fähnlein der sieben Aufrechten« bekommt die Braut, weil seine Redekunst nicht ihm selbst, vielmehr dem Volk und Vaterland gewidmet ist und weil seine Schützen- und Turnkünste seine Rhetorik womöglich noch überbieten. Ganz anders *die* Figuren Kellers, die ihr Leben phantasieren und ihre Phantasien leben. Sie stehen vor einer Alternative:

Hadlaub in den »Züricher Novellen« wird ein Mann, indem er aufhört, Verse einer imaginierten Liebesgeschichte zu machen. Der Dichter avanciert zum Bürger. Dem Schneidergesellen Wenzel Strapinski in »Kleider machen Leute«, der sich erst in seine Hochstapelei, dann in romantische Buß- und Todesphantasien versponnen hat, ruft das weltkluge Nettchen zu: »Keine Romane mehr!« (VIII, 62) und nimmt ihn zum Mann. Pankraz der Schmoller bezeugt durch das Erzählen seiner Lebensgeschichte, daß und warum er kein Schmoller mehr ist, und wendet sich hinfort so entschieden dem Gemeinwesen zu, daß er sogar den Namen der Heldin seines verflossenen eingebildeten Liebesromans vergißt. Der Schreiber Wilhelm in den »Mißbrauchten Liebesbriefen« macht seine Liebesimaginationen als Briefsteller durch praktische Arbeit gut und wird dadurch reif zur Ehe.

Andere Gestalten stehen in der Trübe. Es sind solche, die sich nicht aus einem die eigene Existenz umrundenden und erhöhenden Imaginieren, Erzählen, Beschreiben befreien können – an ihrer Spitze der grüne Heinrich. Er schreibt seine Lebensgeschichte, wie er durch sie hindurchgegangen ist: als Träumer. Sinkt er in der ersten Romanfassung ins Grab zur Mutter, so in der zweiten, nach dem Tod Judiths, in den Schacht der Erinnerung, wo Judith und die Mutter wohnen. Die Romanschlüsse sind identisch im Nicht-Identischen. Der Narr auf Manegg verkommt im Echoraum seiner mißtönenden Verse, mit denen er sich den Liedersängern der Manessischen Handschrift zugesellen will. Viggi Störteler, der Kontrahent Wilhelms in den »Mißbrauchten Liebesbriefen«, verstrickt sich immer tiefer in eine literarische Ausmünzung des Lebens, die zum tristen Ersatz- und Scheinleben führt. John Kabys, der Schmied seines Glückes, legt mit der Erfindung seines Lebensromans und mit der Ausarbeitung seiner Erziehungsdenkschrift den Grund zu seinem Unglück. Überall hier ist Imaginieren, Reden, Schreiben Ausdruck des Lebensmangels und der Lebensverfehlung.

Der Schriftsteller Keller erfindet damit Produktionsumstände, die den eigenen gleichen – bis auf einen fundamentalen Unterschied: Er ist der Autor, der die anderen nicht sind. Keine seiner Figuren ist ein Dichter wie Goethes Tasso oder Conrad Ferdinand Meyers Dante in der »Hochzeit des Mönchs«. So verrät er in seinen Gestalten die eigene Schreibsituation und verrätselt sie zugleich, indem er zweierlei verschweigt: Stünde in der Mitte seines Lebendichtens der wahre und wirkliche Autor, wäre der Held des »Grünen Heinrich« nicht ein Ich-Schreiber ohne Publikumsbezug, sondern der Romancier Keller, so läge das finstere Geheimnis offen zutage – daß das Mißlingen des Lebens die Voraussetzung für das Gelingen des Schreibens ist. Humor erweist sich im Text als Geschiebe von Leidenserfahrungen und Harmonisierungssehnsüchten bis zu dem Punkt, daß sie ineinander umschlagen. In der Einführung des Dichters als Gestalt müßte sich zugleich das verborgene und auf Verborgenheit angewiesene Glück dieses Lebens offenbaren, daß die Lebensverfehlung des Kellerschen Schreibens doppelgesichtig *auch* seine schmerzlich-intensive Lebensteilhabe ist. Ein zu kurz geratener und gekommener Mann, an dem Walter Benjamin das Männliche ins Weibliche, das Weibliche ins Männliche hinüberwechseln sah, erzeugt und gebiert in der Einsamkeit des Schreibens die vielen Kinder, die das Leben ihm versagt – Lichtgestalten, Schatten, Doppelgänger, Vexierbilder . . .

Kellers vielsagendes Schweigen von der künstlerischen Produktivität hat in seiner individuellen Motivation auch eine epochale Signifikanz. Die großen deutschsprachigen Realisten des 19. Jahrhunderts sind Schriftsteller, die von der Übermacht der Gegebenheiten, von der Verselbständigung der Prozesse, der Verdunkelung der Horizonte, der Mediatisierung des Menschen in der heraufkommenden modernen Gesellschaft zeugen und sie zugleich unterlaufen, indem sie als vorgefunden ausgeben, was sie kraft Phantasie für die Wahrheit des Realen hervorbringen. Der Autor ist ihnen kein Thema, wo der

Mensch nicht mehr ›Autor‹ seiner Welt ist. Aber er ist in ihnen eine Wirklichkeit.

Reinhart und Lucie sind am Ende des »Sinngedichts« angekommen. Wo und zu welchem Ende sind sie angekommen? Ein Zyklus kreist in sich. Darin kehrt die ›Zeitlosigkeit‹ des Naturwissenschaftlers wieder. Man hat von Gott und der Welt gesprochen und doch nur vom Sinn eines Sinngedichts. Urhaß und Kampf der Geschlechter, zu dem Hebbel, Nietzsche, Strindberg und andere die antagonistischen Momente der bürgerlichen Philosophie der Geschlechter tragisch verabsolutieren, sind novellistisch paradox eingefangen und zum Minnekrieg konventionalisiert, in dem jede Kampfhandlung Werbung ist. Reinhart bleibt ein leeres Schema, auch wenn er am Ende mit Lucie vereinigt ist. Der grüne Heinrich möchte für Anna durchsichtig sein wie ein Kristall. Reinhart, auf den Lux fällt, ist rein wie nichts. Er hat erzählt; er hat sich sogar freigesprochen, aber am Ende ist er nichtssagend. Im »Grünen Heinrich« wird das leere Schema, als das Heinrich von seinem Freund Lys verspottet wird (V, 275), schmerzhaft aufgebrochen. Im »Sinngedicht« entfaltet es einen Sog, weil seine Leere kein Ergebnis ist und kein Ergebnis enthält. Sie ist kein Punkt des Verschweigens, nicht einmal des Radierens, vielmehr etwas Einmaliges. Sie ist in einem Buch voller Lebenserzählungen und Lebensdeutungen absolut. Kernzonen werden beschwiegen. Das Schweigen wird zum Sprechen gebracht. Es sagt mehr als es will und soll – aber von diesem ›Unsagbarkeitstopos‹ aus und auf diesen ›Unsagbarkeitstopos‹ hin. Es ist der ou topos der Schlußutopie.

Wäre »Das Sinngedicht« nur eine Geschichte vom Heiraten, wäre es nur die Geschichte einer Damenwahl, man könnte das Buch beruhigt zuklappen. Aber Reinhart, der Held, hat Unvereinbares zitiert: daß es das Glück der Liebe geben soll, daß die Schlange nicht giftig ist *und* zugleich, daß alle alle fressen. Das ist nicht nur das Ende *seiner* Hermeneutik. Reinharts Frage: »Was hast du erlebt?« endet an ihm. In dem Augenblick, in dem Reinhart durch Verstehen die Lücke zwischen dem, was er sagen will, und dem, was er sagt, zu schließen fähig wird, bricht sie als Lücke der Verstehensmöglichkeit überhaupt in ihm wieder auf. Nichts ist es mit der ganzen Wahrheit und der vollen Offenbarung des Geheimnisses. Der Triumph der Hermeneutik ist zugleich deren Niederlage, und davon spricht dieses Buch. »Das Sinngedicht« enthält auch Sinnverzicht. Es ist darin die potenzierte Fassung der Kellerschen Wahrheit, daß das Ganze nicht ganz ist. Eine Inhaltsparaphrase des Sinngedichts hätte zu dem Ende zu führen, daß Reinhart im Verstehen Luciens sie und sich zur Liebe befreit und in den Hafen der Ehe einfährt, der freilich im »Sinngedicht« bemerkenswert wenig Umland und Hinterland hat. Das wäre noch einmal mit höchstem Aufgebot an Sicherungskräften das Kellersche Wunschmärchen. Doch schon im Inhalt der Geschichte sind Signale angebracht, die vor einer so einfachen Lesung warnen. Reinharts Reinheit bleibt undurchsichtig, sofern nur die Durchsicht seiner erlebten Geschichte den Menschen auf sein Wesen, auf ein Wesentliches durchsichtig macht; seine Reinheit bleibt Undurchsichtigkeit, sofern der rein Liebende am Ende rein gar nicht verrät, wie er Liebe in der Räuberhöhle des Daseinskampfes möglich, wirklich und wirkend machen will. Das Erzählen des Erzählers vertieft diese Fragen, denn es schweigt sich aus über den Binnenerzähler, es hat keine letzte Meinung über dessen letzte Meinung. Im Übergang der Erzähler Reinhart und Lucie von erlebten zu erlesenen Geschichten wird das Erzählen Literatur aus Literatur. Es stellt zuletzt eine Kulissenrealität aus Zitaten in die Realität. Ein schmaler Lichtstrahl fällt ins Undurchsichtige. Lucie entschwindet glücklich mit Reinhart. Aber die Form des Erzählens läßt sie auch *in* Reinhart verschwinden. Artisten in der Zirkuskuppel – weltlos.

Gerhard Kaiser

○	Damenwahl
□	Lucie erzählt
◌	Damenwahl?
◇	Oheim erzählt

I. Das Experiment: Küssen

Kap.	1	Experimentalanordnung und Experiment	
Kap.	2		
Kap.	3		
Kap.	4 (○)	Auflösung der Experimentalanordnung	
Kap.	5		
Kap.	6		

II. Hermeneutik: Erzählen statt Küssen

Kap.	7 (□○)	Unterwegs zur Sprache	Von einer törichten Jungfrau: Küssen und Gähnen.
Kap.	8		Regine: Sprachlosigkeit.
Kap.	9 (◌)		Die arme Baronin: Sprechen lernen?
Kap.	10 (◇○)	Was die Sprache sagt	Die Geisterseher: ein Palimpsest lesen.
Kap.	11 (◌)		Don Correa: Gelernte Sprache und stummes Zitat.
Kap.	12 (□○)		Die Berlocken: Mißverstehen durch Wörtlichnehmen.
Kap.	13 (□)	1. Hälfte:	Geständnis, Verständnis, Einverständnis: Das vernachlässigte Lustwäldchen.

III. Das Experiment, das keines war: Küssen statt Reden

Kap. 13, 2. Hälfte: Das gepflegte Lustwäldchen.

MÄNNERTRÄUME VON FRAUENBILDUNG

Im Frühjahr 1800 stellt Heinrich von Kleist schriftlich Fragen zu Denkübungen für Wilhelmine von Zenge, seine Braut. Darauf beziehen sich einige der folgenden Ausschnitte aus seinen Briefen:

Frankfurt a. d. Oder, den 30. Mai 1800

Liebe Wilhelmine. Die wechselseitige Übung in der Beantwortung zweifelhafter Fragen hat einen so vielseitigen Nutzen für unsre Bildung, daß es wohl der Mühe wert ist, die Sache ganz so ernsthaft zu nehmen, wie sie ist, und Dir eine kleine Anleitung zu leichteren und zweckmäßigeren Entscheidungen zu geben. (. . .)

Die Antwort auf meine erste Frage ist, ihrem Sinne nach, ganz so, und die Antwort auf meine zweite Frage, ihrem Sinne nach, vielleicht noch besser, als ich sie selbst gegeben haben würde. Nur in der Einkleidung, in der Anordnung und in der Ausführung beider Entscheidungen ließe sich einiges anführen, das zu tadeln wäre.

Das behalte ich aber unseren mündlichen Unterhaltungen bevor, und begnüge mich, Dir hier bloß den Weg vorzuzeichnen, den ich selbst bei der Beantwortung einer ähnlichen Frage einschlagen würde. (. . .)

Berlin, den 16. August 1800

(. . .) Ich eile zum Schlusse. Lies die Instruktion oft durch. Es wäre am besten wenn Du sie auswendig könntest. Du wirst sie brauchen. Ich vertraue Dir *ganz*, und darum sollst Du mehr von mir erfahren als irgend einer. (. . .)

Leipzig, den (...) und 1. September [1800]

(...) Du hast mir in Deinem vorigen Briefe geschrieben, Dein angefangner Aufsatz sei bald fertig. Schicke ihn mir nach Wien, sobald er vollendet ist. Du hast noch viele Fragen von mir unbeantwortet gelassen und sie werden Dir Stoff genug geben, wenn Du nur denken und schreiben willst. (...)

Nimm doch eine Landkarte zur Hand, damit Du im Geiste den Freund immer verfolgen kannst. (...)

Würzburg (...) den 15. September [1800]

(...) Vielleicht erhalte ich auch den Aufsatz von Dir – oder ist er noch nicht fertig? Nun, übereile Dich nicht. Ein Frühlingssonnenstrahl reift die Orangenblüte, aber ein Jahrhundert die Eiche. Ich möchte gern etwas Gutes, etwas Seltenes, etwas Nützliches von Dir erhalten das ich selbst gebrauchen kann; und das Gute bedarf Zeit, es zu bilden. Das Schnellgebildete stirbt schnell dahin. Zwei Frühlingstage – und die Orangenblüte ist verwelkt, aber die Eiche durchlebt ein Jahrtausend. Was ich von Dir empfange soll mehr als auf zwei Augenblicke duften, ich will mich seiner erfreuen mein Lebenlang.

Ja, Wilhelmine, wenn Du mir könntest die Freude machen, immer fortzuschreiten in Deiner Bildung mit Geist und Herz, wenn Du es mir gelingen lassen könntest, mir an Dir eine Gattin zu formen, wie ich sie für mich, eine Mutter, wie ich sie für meine Kinder wünsche, erleuchtet, aufgeklärt, vorurteillos, immer der Vernunft gehorchend, gern dem Herzen sich hingebend – dann, ja dann könntest [Du] mir für eine Tat lohnen, für eine Tat –

Aber das alles wären vergebliche Wünsche, wenn nicht in Dir die Anlage zu jedem Vortrefflichen vorhanden wäre. Hineinlegen kann ich nichts in Deine Seele, nur entwickeln, was die Natur hineinlegte. Auch das kann *ich* eigentlich nicht, kannst nur *Du* allein. Du selbst mußt Hand an Dir legen, Du selbst mußt Dir das Ziel stecken, ich kann nichts als Dir den kürzesten, zweckmäßigsten Weg zeigen (...)

Würzburg, den 10. (...) Oktober 1800

(...) Ich werde Dir die Gattin *beschreiben*, die mich *jetzt* glücklich machen kann -- und das ist die *große Idee*, die ich für Dich im Sinne habe. (...)

O lege den Gedanken wie einen diamantenen Schild um Deine Brust: *ich bin zu einer Mutter geboren!* Jeder andere Gedanke, jeder andere Wunsch fahre zurück von diesem undurchdringlichen Harnisch. Was könnte Dir sonst die Erde für ein Ziel bieten, das nicht verachtungswürdig wäre? Sie hat nichts was Dir einen Wert geben kann, wenn es nicht die *Bildung edler Menschen* ist. Dahin richte Dein heiligstes Bestreben! (...)

Berlin, den 13. November 1800

Liebe Wilhelmine, o Dein Brief hat mir eine ganz außerordentliche Freude gewährt. Dich so anzuschmiegen an meine Wünsche, so innig einzugreifen in mein Interesse – o es soll Dir gewiß einst belohnt werden! (...)

Berlin, den 11. (...) Januar 1801

(...) *Ein* Gedanke, Wilhelmine, steht in Deinem Briefe, der mich mit unbeschreiblicher Freude und Hoffnung erfüllt; ein Gedanke, nach dem meine Seele dürstete, wie die Rose in der Mittagsglut nach dem Tau – den ich Dir aber nicht in die Seele zu pflanzen wagte, weil er, wie die Orange, keine Verpflanzung leidet und nur dann Früchte trägt, wenn ihn die Kraft des eignen Bodens hervortreibt –: Du schreibst mir, daß Dir jetzt ein Gefühl die Seele bewegte, als ob eine neue Epoche für Dich anheben würde. – Liebe Wilhelmine! Soll ich Dir gestehen, daß ich mich oft schon, sinnend, mit Ernst und Wehmut fragte, warum sie nicht schon längst eingetreten war? (...)

(Heinrich von Kleist. Sämtliche Werke und Briefe. Hg. Helmut Sembdner. Bd 2. Darmstadt 1962. S. 505 f., 520, 537 f., 564 f., 576 f., 584, 611.)

Heinrich von Bülow an Gabriele von Humboldt, undatiert (wohl 1817):

»O meine teure Gabriele, ich beschwöre Dich bei der Liebe, die ich heiß und rein zu Dir im Herzen bewahre, vergiß nie, daß Du eine Deutsche bist und, um glücklich mit mir das Leben zu durchwandeln, nichts meiner Empfindung und meinen Gefühlen Fremdartiges zu mir zurückbringen darfst ...«

(Deutsche Liebesbriefe aus neun Jahrhunderten. Hg. Julius Zeitler. 5. A. 1943. Nachdruck Wien o.J. S. 293.)

Aus Briefen Theodor Storms an seine Braut Constanze Esmarch:

Husum 1844
Mai. (...) Mittwoch abend 9 Uhr

(...) Du kannst nur Einen lieben – meine Constanze, an mich mußt Du Dich mit allen Deinen Kräften anschließen, Du kannst ja nicht anders – Dein ganzes Leben flutet mir zu. So fürchte ich denn nie, daß Du je einen andern lieben, ja auch nur die kleinste Neigung für einen andern haben könnest (...)

Bitte, mein süße Dange, brauch nicht das Wort ›*ungeheuer*‹ als Verstärkung; es riecht so nach der Kinderstube. – (...) Den Brief von Ernst erhalte ich wohl nächstens; aber wenn Du bei mir bist, so lach doch nicht ›*furchtbar*‹, ich bin, wie Du weißt, etwas schreckhaft. Ich weiß gar nicht, wie kommt mein kleines Hasehäschen zu so enormen und abnormen Verstärkungswörtchen (...)

Husum 1844 [Anfang Juni]
Marktsonntag nachmittag 3 Uhr

(. . .) – Du schreibst Dienstag nachmittag, daß Du so *furchtbar* abgespannt bist – warum steht grade denn, Du, Dange, in einem Satze, der meine Besorgnis für Dich erregt, dieser Klippschulenausdruck? Wir müssen uns als Gebildete ohne Zweifel befleißen, die Worte in der Bedeutung zu gebrauchen, die sie durch den Sprachgebrauch haben; Ungebildete und Kinder tragen ihre Willkür in die Sprache hinein, namentlich so, daß sie ungeheuere – hier ist das Wort am Platze – Verstärkungsworte gebrauchen, wo sie nicht hingehören. Ist eine reine einfache Sprache nicht etwas Schönes, Edles? – – Aber Du hast jetzt für diese sprachliche Bemerkung wohl keinen Sinn, Du mein liebes teures Kind. Aber glaub mir's gewiß, ich will diesen Sommer noch länger bei Dir sein, als ich's nun könnte. – (. . .)

Husum [29. Oktober] 1845
Abend gegen 7 Uhr

(. . .) wenn Du mich, seit ich neulich bei Dir war, auch grade nicht mehr liebst als früher, so fühlst und verstehst Du doch jetzt mehr, was mir not tut von Dir, was mein Herz bedarf. Das seh ich heute wieder recht aus Deiner Bemerkung über die Stelle Deines vorigen Briefs, wo Du vom Komödienspielen schriebst. Allerdings befriedigte mich Dein Ausdruck nicht; ich kenne Dich aber Gott sei Dank und wußte, daß wir uns in dem Gefühle selbst verstanden. Deshalb hat es mich auch durchaus nicht aufgeregt. (. . .)

Husum 1845 26. Dezember
Freitag abend 8 Uhr

(. . .) Du schreibst gewöhnlich die Hälfte fast von Deinem Briefe am letzten Nachmittag, einige Stunden vor Abgang der

Post; das beweist mir, daß Du es mehr mir als Dir selbst zu Gefallen tust, daß es Dir nicht so wie mir Bedürfnis und Mittel zum Austausch Deiner Liebe ist. Deine Briefe geben mir nur sehr selten den Eindruck Deiner Persönlichkeit, wie das bei meinen, glaub ich, der Fall ist; daher habe ich gewöhnlich beim Lesen Deiner Briefe ein Gefühl der Täuschung (. . .)

Husum 1845 [27. Dezember]
Abends 7 Uhr

(. . .) – Du schreibst wohl, daß Du mein Dange bist; aber eine Dange, die auch nur einen Schatten von Unwahrhaftigkeit gegen mich hat, ist nicht mehr meine Dange. – Nicht umsonst hab ich mich um deinen Trotz geängstigt; ach wir werden noch dadurch manche trübe Stunden haben; kämpf doch immer redlich gegen an, er ist der gefährlichste Feind Deiner Vortrefflichkeit; wenn Du den besiegt hast, so werde ich durch Dich unnennbar glücklich sein. (. . .)

Husum 1846 Freitag, den 8. Mai
Vormittag 10 Uhr

(. . .) Meine geliebte Constanze, siehst Du mich jemals ruhig und gleichgültig sein, wo unsre innern Überzeugungen und Empfindungsweisen entzweit sind, so ist der Augenblick da, der niemals kommen kann. – Und das sage ich Dir offen, wie ich es sein muß, die Furcht, daß Du, meine Liebe, jene höhere Anschauens- und Denkweise noch nicht ganz, wenigstens nicht so ganz, daß sie unerschütterliche Überzeugung und Tat geworden wäre, mit mir teilst: dies ist vorzüglich das, was mich noch nicht zu dem Gefühl der innern Ruhe und Befriedigung kommen läßt. – Und nun wirst Du, meine Constanze, wenn Du mich so recht liebst, wenn Du wirklich ganz mein sein willst, mit Leichtigkeit diese Veranlassung zur Heftigkeit vermeiden können – – z. B. hierauf nicht zu antworten wäre, mir Veranlassung geben. (. . .)

6 Uhr abends

– Aber! versprachst Du nicht, die französischen Worte aufzuschlagen, die Du nicht schreiben könntest? Was für verzweifelte Dinger hatten die Kunstreitergören an? – Ja, ja, mein Dange, Versprechen und Halten sind bei Dir stets sehr verschiedne Dinge gewesen. – Ich merke, daß dies Papier sehr schlecht ist, will auch andres nehmen; Deine Dinte ist aber ganz zitronengelb, versuch noch einmal, andre zu bekommen. Kannst Du's nicht, so will ich Dir schicken. – Was das Mädchen anbelangt, so brauchst Du nie zu fürchten, daß ich Deine Anordnungen, namentlich in ihrer Gegenwart, beeinträchtigen werde. (. . .)

Husum 1846 Montag, den 11. Mai
Nachmittag 6 Uhr

(. . .) Wenn ich mich so recht herzlich krank fühle, dann bist Du mir oft so etwas wie eine Mutter oder ein Engel, und ich fühle mich dann wie ein Kind, das sich an Deine Brust legt. – Gewöhnlich ist's, und mit Recht, allerdings umgekehrt, da bist Du mein Kind und ich Dein Schutz; aber in den schönen Augenblicken, wo das Ewig-Weibliche sich geltend macht, da fühle ich Dich als das höhere Wesen, in dessen reinen milden Kreis ich flüchte. – (. . .)

Husum 1846 [13. Mai]
Mittwoch abend 7 Uhr

(. . .) – Du schreibst so zärtlich, mein süßes geliebtes Mädchen, wie ich für Dich fühle; möge das, was Du mir so zärtlich versprichst, in Erfüllung gehen; gewiß, Du hast Dich mir zulieb in vieles geschickt; ich will hoffen, daß Deine Oberflächlichkeit sich mit der Zeit verliere. Daß mir, meine gute liebe Dange, sehr angst darum ist, das kannst Du, wie Du mich kennst, gewiß begreifen (. . .)

Husum 1846 [23. Juni]
Dienstag abend 11 Uhr

(. . .) Ich bitte Dich um eins, meine angebetete süße Frau, lies keine Übersetzungen der französischen Literatur, sie verderben die Atmosphäre unserer Sittlichkeit, sie sind in dieser Beziehung ohne Gesinnung und oberflächlich, auch wo sie Tiefe prätendieren. (. . .)

Husum 1846 [29. August]
Sonnabend nachmittag 6 Uhr

(. . .) Meine Constanze, wirst Du wieder gegen mich erbittert durch das, was ich geschrieben? Dann würde ich ganz trostlos sein. Nein, meine heißgeliebte Dange, bring es Dir zum Bewußtsein, wie sehr es mir, der ich Dich so sehr liebe, daran gelegen sein muß, es zu fühlen, daß auch Du das, was ich als wahr erkenne, kräftig in Dir aufgenommen hast. Du verlangst ja selbst diese hohe Stellung, die ich Dir einräume; Du willst die Teilhaberin meines ganzen und vor allem meines geistigen Lebens sein. Und nun fall ich Dir um den Hals und küß Dir die Tränen ab, und Du bist wieder mein gutes liebendes und vertrauendes Kind. (. . .)

(Theodor Storm. Briefe. Hg. Peter Goldammer. Bd 1. Berlin und Weimar 1972. S. 54 ff., 63, 85, 86, 91, 93 f., 95, 96, 99, 102, 121.)

Ausschnitt aus Berthold Auerbachs »Die Frau Professorin« (Erstdruck 1847):

[Das Dorfmädchen Lorle sitzt dem Maler und zukünftigen Ehemann Reinhard Modell.]

»Die Mutter ging ab und zu, während Lorle ruhig da saß. Anfangs war Lorle stehts in der peinlichsten Verlegenheit, und wenn Reinhard geflissentlich Scherze machte, fragte sie: ›Darf ich denn auch lachen? Darf ich denn auch schwätzen? Saget's nur, ich will Euch nicht aufhalten.‹

Reinhard versicherte, daß sie sich nur ganz natürlich benehmen solle, eines aber bat er, sie möge sich nicht so viel mit der Hand ins Gesicht langen, worauf Lorle bemerkte: ›Ihr habt recht, ich merk's, ich hab' die üble Gewohnheit, ich will mir's gewiß abgewöhnen; aber es ist mir, als wenn ich's im Gesicht spüren thät, daß Ihr mich jetzt da malet und jetzt da. Ich bin dumm, nicht wahr? Ihr dürfet's frei 'raus sagen, ich nehm' Euch nichts übel.‹

Reinhard mußte an sich halten, Lorle nicht um den Hals zu fallen; die Mutter kam, stand von fern und hielt die Hände hart am Leibe, damit sie ja nicht vor Erstaunen das nasse Bild anrühre; sie konnte sich aber nicht genug verwundern, wie man Lorle schon ganz gut erkenne. – Es wurde ausgemacht, daß niemand im Dorf etwas von der Sache erfahren solle bis zur Einweihung der Kirche.

Wie still und friedsam flossen nun die Stunden hin, in denen die beiden bei einander waren. Von fern aus der Scheune hinter dem Hause vernahm man die Taktschläge der Drescher, und von der Straße hörte man bisweilen ein Kind schreien, einen Wagen rollen; und wieder war alles still und lautlos.

Lorle sagte einmal: ›Ich mein', ich wär' gar nicht mehr im Dorf, oder ich schlaf' und hör' das alles nur so, ich weiß nicht wie. Ich weiß nicht, für keinen andern Menschen auf der Welt thät ich so da sitzen.‹

›Gutes Lorle‹, erwiderte Reinhard, ›ich weiß, Ihr habt niemand auf der Welt so lieb als mich. Zittere nicht‹, fuhr er fort, ihre Hand fassend, ›ich kenne dein ganzes Leben; du hast, während ich in der Ferne umherschweifte, still meiner gedacht, du hast dich gegrämt, daß ich dich so oft geneckt, und hast mich doch lieb gehabt; und als ich wiederkam, hast du an jenem Abend geweint, weil jemand auf mich schimpfte.‹

›Um Gottes willen, hat das die Bärbel verraten?‹

›Also war's die Bärbel! nein, es hat mir niemand was gesagt. Mir zulieb warst du so freundlich gegen den Kollaborator, und in jener Nacht, als ich unter der Linde das lustige Lied sang, hast du still getrauert in deinem Kämmerlein, weil ich mich so heruntergäbe.‹

›Heiliger Gott! woher könnet Ihr das alles wissen?‹

›Weil ich dich lieb hab', weiß ich alles. Hast du mich auch recht lieb?‹

›Ja, tausend tausendmal.‹

In einem seligen Kusse umschlangen sich die beiden.

›Jetzt, jetzt‹, rief endlich Reinhard, ›jetzt möcht' ich sterben und du auch.‹

›Nein‹, rief Lorle, sich aufrichtend und Reinhard mit starken Armen fassend, ›nein, erst recht leben, lang, lang leben.‹ In ihrem Blicke lag eine Heldenkraft, eine stolze Spannung, als könne sie jeden Tod besiegen.

›Du willst also ewig mein sein?‹ fragte Reinhard.

›Ja, ja, in Gottes Namen, alles, alles.‹

Bei diesem Zusatze: in Gottes Namen – zuckte es fremd in den Mienen Reinhards; er glaubte, Lorle umfasse ihn nicht mit ganzer Seele, nicht mit freudigem Jubel; er bedachte nicht, daß auch Lorle mit sich gekämpft hatte und daß sie sich dieser Liebe demütig fügte, als einem Gebote Gottes.

›Was ist? Hab' ich was nicht recht gemacht?‹ fragte sie.

›Nein, nichts.‹

›Darf ich jetzt gehen und es meiner Mutter sagen?‹

›Nein, bleib, wir wollen das Geheimnis noch still bewahren; glaub' mir, es ist besser so.‹

›Ja, ja‹, sagte Lorle zaghaft, ›ich thu' gern alles; befiehl mir nur recht und immer, was ich thun soll, du guter Reinhard.‹«

(Berthold Auerbachs Sämtliche Schwarzwälder Dorfgeschichten. Volksausgabe in zehn Bänden. Dritter Band. Stuttgart 1884. S. 46 f.)

Abb. 1: Liebesspiele. Die Kirsche. Gemälde von G. de Jonghe. Stich in der Zeitschrift »Über Land und Meer« (1879)

Abb. 2: Die verlockende Mutter. Fidus: Mutter Nacht. Gemälde (1908)

Abb. 3: Die Familie als Hausgenossenschaft. Gemälde von Jan Josef Horemans (1712)

Abb. 4: Die Familie als ideale Liebesgemeinschaft. Radierung von Daniel Chodowiecki (1796)

Abb. 5: Der Mann muß hinaus ins feindliche Leben. Moritz Retzsch: Umrisse zu Schiller's Lied von der Glocke (1837). Anmerkung des Illustrators: »Auf Nr. 23 scheidet er aus dem Kreise seiner Familie, um in Geschäftsreisen und durch Spekulation sein Glück aufzusuchen . . .«.

Abb. 6: Die drinnen waltende züchtige Hausfrau. Moritz Retzsch: Umrisse zu Schiller's Lied von der Glocke (1837)

Abb. 7: Das Mutterreich. Holzschnitt nach einer Zeichnung von Otto Speckter (1852)

Abb. 8: »Adieu, mein Lieber, ich gehe zu meinem Verleger . . .« Das Zerrbild der emanzipierten Frau. Lithographie von Honoré Daumier aus der Serie »Les Bas-Bleus« (1844)

Abb. 9: Die Dame als kühle Jägerin. Gemälde der Marquise d'Hervey als Diana von Raimundo de Madrazo (1888)

Abb. 10: Der umgarnte Mann. Lithographie. Berliner Künstler, fünfziger Jahre des 19. Jahrhunderts

Abb. 11: Das Männliche zieht uns hinan. Fidus: Aufschwung. Gemälde (1911)

Abb. 12: Das Weibliche zieht uns hinab. Fidus: Illustration zu »Homo Sapiens« von Stanislav Przybyszewski. (1898)

Abb. 13: Femme fatale. Franz von Stuck: Die Sünde. Gemälde (um 1910)

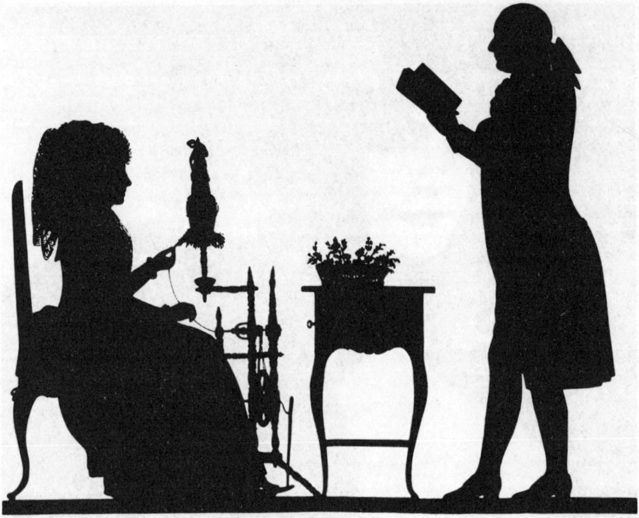

Abb. 14: Der Mann als Bildner der Frau. Unbekannter Herr liest einer Dame am Spinnrocken vor. Scherenschnitt. Anonym (etwa 1780)

Abb. 15: Unter den Augen des Mannes. Fidus: Vor dem Angesichte. Federzeichnung (1914)

Abb. 16: Pygmalions Erwachen. Gemälde von Giulio Bargellini (1896)

Bildnachweise

Abb. 1: Als der Großvater die Großmutter nahm. Hg. Gisela v. Bulla. Bern, München, Wien 1978. S. 97.

Abb. 2: Janos Frecot, Johann Friedrich Geist, Diethart Kerbs: Fidus 1868–1948. Zur ästhetischen Praxis bürgerlicher Fluchtbewegungen. München 1972. S. 457. Nr. 39.

Abb. 3: Kindlers Malerei Lexikon. Bd. 3. S. 318.

Abb. 4: Daniel Chodowiecki. Bürgerliches Leben im 18. Jahrhundert. Ausstellungskatalog Städelsches Kunstinstitut und Städtische Galerie Frankfurt a. M. 8. Juni 1978 bis 30. August 1978. S. 161.

Abb. 5: Moritz Retzsch: Umrisse zu Schiller's Lied von der Glocke nebst Andeutungen. Stuttgart und Tübingen 1837. Nr. 23.

Abb. 6: Ebd. Nr. 25.

Abb. 7: Quickborn. Volksleben in plattdeutschen Gedichten von Klaus Groth mit Holzschnitten nach Zeichnungen von Otto Speckter. Neuausgabe des Neudrucks Meersburg und Leipzig 1930. Berlin o. J. S. 14.

Abb. 8: Honoré Daumier. Mesdames. Hundert Lithographien. Hg. Christian Strich. Vorwort Klaus Schrenk. Zürich 1980. S. 95.

Abb. 9: A. Čelebonović: Bürgerlicher Realismus. Berlin 1974. S. 29.

Abb. 10: Günter Böhmer: Die Welt des Biedermeier. München 1968. S. 105.

Abb. 11: Janos Frecot u. a.: Fidus, S. 455. Nr. 37.

Abb. 12: Ebd. S. 416.

Abb. 13: Heinrich Voss: Franz von Stuck. Werkkatalog der Gemälde. München 1973. S. 182 (vgl. auch S. 159 und S. 374).

Abb. 14: Schattenbilder aus der Entstehungszeit der klassischen Literatur in Weimar. 2. A. Nationale Forschungs- und Gedenkstätten der klassischen deutschen Literatur in Weimar 1975. Zusammenstellung und Gestaltung Herbert Kiese.

Abb. 15: Die Schönheit. Fidus-Heft. 16. Jg. Dresden 1919/20. Hg. R. A. Giesecke. S. 17.

Abb. 16: Aleksa Čelebonović: Bürgerlicher Realismus, S. 82.

Umschlagbild: Bleistiftzeichnung von Gottfried Keller. Aus dem Protokollheft des Stadtschreibers. Zentralbibliothek Zürich (Gottfried Keller Nachlaß). Abdruck mit freundlicher Genehmigung der Zentralbibliothek Zürich.

INHALT

Romane, Erzählungen, Prosa

Apuleius. Der goldene Esel
Mit Illustrationen von Max Klinger zu »Amor und Psyche«. Aus dem Lateinischen von August Rode. Mit einem Nachwort von Wilhelm Haupt. it 146.

Honoré de Balzac. Die Frau von dreißig Jahren
Deutsch von W. Blochwitz. it 460
– Beamte, Schulden, Elegantes Leben
Eine Auswahl aus den journalistischen Arbeiten. Mit einem Nachwort herausgegeben von Wolfgang Drost und Karl Riha. Mit zeitgenössischen Karikaturen. it 346
– Das Mädchen mit den Goldaugen
Aus dem Französischen von Ernst Hardt. Vorwort Hugo von Hofmannsthal. Illustrationen Marcus Behmer. it 60

Joseph Bédier. Der Roman von Tristan und Isolde
Deutsch von Rudolf G. Binding. Mit Holzschnitten von 1484. it 387

Harriet Beecher-Stowe. Onkel Toms Hütte
In der Bearbeitung einer alten Übersetzung herausgegeben und mit einem Nachwort versehen von Wieland Herzfelde. Mit 27 Holzschnitten von George Cruikshank aus der englischen Ausgabe von 1852. it 272

Ambrose Bierce. Aus dem Wörterbuch des Teufels
Auswahl, Übersetzung und Nachwort von Dieter E. Zimmer. it 440
– Mein Lieblingsmord
Erzählungen. Aus dem Amerikanischen von G. Günther. it 39

Die Blümlein des heiligen Franziskus von Assisi
Aus dem Italienischen nach der Ausgabe der Tipografia Metastasio, Assisi 1901, von Rduolf G. Binding. Mit Initialen von Carl Weidemeyer. it 48

Giovanni di Boccaccio. Das Dekameron
Hundert Novellen. Ungekürzte Ausgabe. Aus dem Italienischen von Albert Wesselski und mit einer Einleitung versehen von André Jolles. Mit venezianischen Holzschnitten. Zwei Bände. it 7/8

Hermann Bote. Ein kurzweiliges Buch von Till Eulenspiegel aus dem Lande Braunschweig. Wie er sein Leben vollbracht hat. Sechsundneunzig seiner Geschichten.
Herausgegeben, in die Sprache unserer Zeit übertragen und mit Anmerkungen versehen von Siegfried H. Sichtermann. Mit zeitgenössischen Illustrationen. it 336

Romane, Erzählungen, Prosa

Emily Brontë. Die Sturmhöhe
Aus dem Englischen von Grete Rambach. it 141

Gottfried August Bürger. Wunderbare Reisen zu Wasser und zu Lande. Feldzüge und lustige Abenteuer des Freiherrn von Münchhausen. Mit Holzschnitten von Gustave Doré. it 207

Hans Carossa. Eine Kindheit und Verwandlungen einer Jugend
it 295/296

Lewis Carroll. Geschichten mit Knoten
Herausgegeben und übersetzt von W. E. Richartz. Mit Illustrationen von Arthur B. Frost. it 302

Miguel de Cervantes Saavedra. Der scharfsinnige Ritter Don Quixote von der Mancha
Mit einem Essay von Iwan Turgenjew und einem Nachwort von André Jolles. Mit Illustrationen von Gustave Doré. 3 Bände. it 109

Adelbert von Chamisso. Peter Schlemihls wundersame Geschichte
Nachwort von Thomas Mann. Illustriert von Emil Preetorius. it 27

James Fenimore Cooper. Die Lederstrumpferzählungen
In der Bearbeitung der Übersetzung von E. Kolb durch Rudolf Drescher. Mit Illustrationen von D. E. Darley. Vollständige Ausgabe. it 179 Der Wildtöter · it 180 Der letzte Mohikaner · it 181 Der Pfadfinder · it 182 Die Ansiedler · it 183 Die Prärie

Alphonse Daudet. Briefe aus meiner Mühle
Aus dem Französischen von Alice Seiffert. Mit Illustrationen. it 446
– Tartarin von Tarascon. Die wunderbaren Abenteuer des Tartarin von Tarascon.
Mit Zeichnungen von Emil Preetorius. it 84

Honoré Daumier. Robert-Macaire – Der unsterbliche Betrüger
Drei Physiologien. Aus dem Französischen von Mario Spiro. Herausgegeben und mit einem Nachwort versehen von Karl Riha. it 249

